MW00614619

Autobiografía del general Franco

Colección Autores Españoles
e Hispanoamericanos

Manuel Vázquez Montalbán

Autobiografía
del general Franco

Planeta

COLECCIÓN AUTORES ESPAÑOLES
E HISPANOAMERICANOS
Dirección: Rafael Borràs Betriu
Consejo de Redacción: María Teresa Arbó, Marcel Plans, Carlos Pujol y Xavier
Vilaró

© Manuel Vázquez Montalbán, 1992
© Editorial Planeta, S. A., 1993
Córcega, 273-279, 08008 Barcelona (España)

Diseño colección y sobrecubierta de Hans Romberg

Ilustración sobrecubierta: retrato del general Franco, por I. Zuloaga (© Visual
EGAP, Barcelona, 1992)

Primera edición: octubre de 1992
Segunda edición: noviembre de 1992
Tercera edición: noviembre de 1992
Cuarta edición: diciembre de 1992
Quinta edición: diciembre de 1992
Sexta edición: diciembre de 1992
Séptima edición: enero de 1993

Depósito Legal: B. 1.219-1993

ISBN 84-08-00149-3

Composición: Foto Informática, S. A. (Aster, 9,5/10)

Papel: Offset Ahuesado, de Papelera del Oria, S. A.

Impresión y encuadernación: Printer Industria Gráfica, S. A., Ctra. N. II, 14-16,
08620 Sant Vicenç dels Horts (Barcelona)

Printed in Spain - Impreso en España

Pero acabamos de ver que el ruido se traduce también en una cierta forma, un cierto espectro, en el que son más frecuentes algunos componentes que otros. Está ligado al grado de desorden relativo del universo (entropía) en relación al grado de orden impuesto por la señal (entropía negativa), como han demostrado los trabajos de Szilard y de Brioullin. Einstein ha demostrado que la energía global suministrada por el ruido era más grande que la del canal le proporcionaba más ocasiones de manifestarse, puesto que su *banda pasante*, es decir el conjunto de formas aleatorias que podía transmitir, era más amplio. Además, él ha demostrado que si ese ruido estaba fuera de las señales accidentales o intencionales, es decir superposición accidental de dos mensajes destinados a dos correspondientes diferentes entre sí, si, por ejemplo, este ruido estaba ligado a la agitación espontánea de átomos o electrones que constituyen el soporte material del canal de comunicación, era normal que el ruido aumente con la temperatura, cuanto más elevada sea la temperatura de los circuitos, más ruido harán. Ésta es una de las razones por las que los circuitos electrónicos más sensibles que realiza la tecnología (futuras memorias de ordenadores, canales emisores de televisión ultrasensibles) son artificialmente puestos a temperaturas extremadamente bajas, lo más próximas posible a ese límite imaginado por físicos bajo el nombre de *cero absoluto.*

De la voz «Ruido» en *La Communication. Les Images, les sons, les signes, les theories et técniques. De N. Wiener y C. Shannon a M. McLuhan.*

INTROITO

NADA MÁS DECIRLO ya estaba arrepentido de haberlo dicho. Ernesto se ha limitado a contestarme con un ¡ah sí! tan convencionalmente desganado que era flagrantemente desganado. Tu padre y yo nos entendíamos solo con la mirada. He creído que podía conmoverle, como me conmueve a mí, si me esfuerzo, recordar a su padre Julio Amescua en sus momentos más propicios, hijo y nieto de editores y ahora padre de editor, en paz descanse Julio, sus partículas de ceniza para siempre mezcladas con el mar de todos sus veranos. De todos los veranos no. Durante la guerra civil no había veraneado en Jávea, Xàbia como se escribe ahora, porque sus padres se lo llevaron casi neonato a Burgos, donde el cabeza de familia aportó su experiencia de editor a las publicaciones del bando franquista. Luego, el joven Julio me había hecho confidencias más de una vez sobre los rubores que pasó en su adolescencia cuando tuvo que asumir el colaboracionismo con el franquismo de parte de su familia, aunque contaba en su haber con un hermano de su madre fusilado por los nacionales después de un sumarísimo de pantomima. Nos encontramos en la universidad a comienzos de los cincuenta. Julio trataba de organizar las primeras células estudiantiles del PCE y en algún momento debí hacerle la confidencia de que mi padre había sido preso político, amigo personal de Bullejos y Azevedo, especialmente de Azevedo, del que se hablaba en casa con la temerosa devoción con la que los vencidos en la guerra civil recuperaban su memoria a oscuras y entre visillos. Mi talante atemorizado, ocultista, nada tenía que ver con la audacia conspiratoria de Julio y aunque más de una vez pensé que conspiraba como un señorito dotado de una cierta conciencia de impunidad, lo cierto es que era el primero a la hora de pegar carteles, tirar octavillas o poner petardos en la universidad los días en que se conmemoraba alguna efemérides del régimen milenario, es decir, casi todos los días.

Por mis orígenes y por la situación de mi familia después

de la guerra, que yo llegara a la universidad había sido un milagro y así yo era estadísticamente una de aquellas décimas de uno por mil de universitarios de origen proletario. Empecé el bachillerato tarde, cuando mi padre estabilizó algo su trabajo después de salir de la cárcel y tuve que hacerlo por lo libre en una academia de la calle Goya en la que acabé ganándome algo la vida dando clases a los retrasados, de noche, mientras los domingos cobraba recibos del seguro del entierro de la compañía El Ocaso, como ayudante de la cartera que llevaba mi padre. Hice el examen de estado con los veinte años cumplidos y cuando conseguí llegar a la universidad me matriculé por lo libre en los dos cursos comunes de filosofía y letras, aunque asistí a muchas clases como oyente porque mi jornada de trabajo en la academia empezaba a las siete de la tarde y el cobro de recibos del seguro de entierro lo seguía realizando los domingos en Vallecas, el barrio que la compañía había atribuido a diferentes cobradores entre los que estaba mi padre. Me daba vergüenza comentar tales oficios ante mis compañeros universitarios, la mayor parte chicas y monjas, sobre todo monjas teresianas y algunos curas que necesitaban el título para poder dirigir colegios religiosos «reconocidos», con derecho a examinar por su cuenta a los alumnos. Tal vez por esa mayoría de chicas casaderas, monjas y curas, personalidades como la de Julio Amescua destacaban como una luz deslumbrante. Estoy hablando de una universidad anterior a la ya muy politizada que viví en el último curso (1956-1957), una universidad que salía de los años cuarenta, donde todavía imponían su ley los matones del SEU y peligraba la integridad física incluso de los monárquicos. En cuatro años advertí un cambio de talante inmenso en el comportamiento de las nuevas promociones, menos acobardadas, más decididas, en todo, en los juegos de la política y del amor. Pero cuando Julio me propuso formar parte de la primera célula universitaria del PCE un poco más y me desmayo, con el pecho lleno del hormigón del espanto y la cabeza de los recuerdos de la guerra, pero sobre todo de la posguerra, en torno a la condición vencida de mi padre. Era precisamente él quien me había inculcado el miedo como instrumento de supervivencia, desde su vida cotidiana de topo aunque no lo fuera en el sentido estricto de la palabra, sin otro latiguillo en torno de lo que había sido su historia y nuestra historia que el «... no te metas en política, hijo mío, fíjate en mi caso». Precisamente por fijarme en su caso sentía la política como un desquite al que tenía derecho, aunque yo creo que casi todos los que nos hicimos antifranquistas, independientemente del bando de nuestras familias durante la guerra y la posguerra, tomamos la decisión ante la fealdad moral y estética del régimen, su mediocre y a la vez brutal ridiculez de fascismo enano, su liturgia babeante y diríase etílica, como programada por suboficiales cuarteleros convertidos en escenificadores de aquella fantochada. La mentira de aquel régimen era visual, ante todo visual, y en el futuro será imprescindible que los historiadores adjunten a su escritura analítica la imagen de aquellos comediantes sangrientos. Y si le dije que sí a Julio fue por no quedar mal, por no desmerecerle y si saqué de tripas corazón fue por lo mismo, para no quedar por detrás de sus zancadas de conspirador a lo Pimpinela Escarlata. Luego, cuando empecé a conocer a otros comunistas universitarios más jóvenes y no tan heridos por la posguerra como Pradera, Múgica, Muguerza o el tan conocido hoy día Sánchez Dragó, me impresionaba lo espontáneo de su seguridad, precisamente por lo que me había costado a mí sentirla mínimamente. Además eran unos ligones, sobre todo Sánchez Dragó, que consiguió los favores de una muchacha preciosa, rubia, si no recuerdo mal, con los ojos diamantíferos y que se llamaba Luz, como no podría ser de otra manera. Nunca formé parte de aquella élite por las dificultades profesionales que han jalonado mi vida y por un problema vamos a llamarle lingüístico, es decir, yo llegué a la universidad sin un código adecuado para conectar con aquella gente, mayoritariamente procedente de la escasa burguesía ilustrada del país o en cualquier caso no procedían de mi mundo lleno de cascotes de toda clase de destrucciones. En cierto sentido yo me sentía un intruso y quería salir cuanto antes de aquellas aulas para convertirme en un profesional, no en un intelectual. Pero era inevitable que algo me quedara de aquella condición y así durante años contribuí a la urdimbre de la resistencia intelectual del país, en torno de los comisarios culturales del partido, se llamaran Muñoz Suay, Federico Sánchez, José Antonio Bardem o López Salinas. Incluso después de acabada la carrera, de haber intentado hacer oposiciones a catedrático de instituto, de hacer de «negro» en casi todas las editoriales, escasas por otra parte, del Madrid en tránsito de la década de los cincuenta a los sesenta, intenté vincularme a algunos grupos intelectuales que trataban de editar revistas y expresar su pensamiento. Concretamente figuré en el consejo de redacción informal de *Cuadernos de Arte y Pensamiento*, donde conocí a gente deslumbrante como

César Santos Fontenla o un tal Maestro que se lo sabía todo sobre el tránsito de la cantidad a la cualidad y utilizaba frecuentemente a Sartre como punto de referencia, extremo considerado no muy ortodoxo en aquellos años en que tras las posiciones de Sartre ante lo ocurrido en Budapest y Poznan no se sabía muy bien si era un pequeño burgués existencialista o un nexo imprescindible entre el idealismo burgués más avanzado y el pensamiento materialista dialéctico. Maestro recitaba *Perspectives de l'homme* de Garaudy de memoria y sabía mucho sobre nexos entre las culturas presentes en el siglo XX, en cuanto a Santos Fontenla tenía tal seguridad cinematográfica que en plena Gran Vía, ante un cartel de María Schell, protagonista de *Los hermanos Karamazov*, se cargó el estilo de interpretación de la austríaca, de la que yo era un auténtico fan. «Los personajes no le crecen, porque se le enquistan dentro.» Jamás me había imaginado aquella dulce mujer llena de personajes enquistados. Pero no adelantemos acontecimientos. Cuando empezaba el último curso de carrera se produjeron los incidentes estudiantiles de 1956 y nos detuvieron a algunos cuadros del PCE universitario, mezclados con opositores jóvenes de otras formaciones menos perseguidas por el régimen, y algunas incipientes figuras de nuestra recuperada cultura crítica, como Bardem o Tamames; aunque Ramón y yo tenemos casi la misma edad, él era entonces un chico muy prometedor, en cambio mis glorias eran secretas y Julio uno de los pocos en saber y querer degustarlas. Le maravillaba mi capacidad de síntesis: ¡tienes una capacidad de síntesis prodigiosa! Y muy especialmente la que hacía entre Freud y el marxismo, sin otro secreto por mi parte que haber tenido acceso a unos textos de Trotski sobre esta cuestión que encontré en un cajón emparedado por mi padre en la cocina, como si hubiera preferido enterrar en vida sus señas de identidad, en un acto para mí aún más cobarde que destruirlas con las propias manos y para siempre. Pero yo no podía decirle a Julio que mi fuente era Trotski porque él entonces era muy dogmático, le conocía y sabía que habría arrugado el ceño y habría emitido un displicente: ¡ah, Trotski...! que hubiera dejado su buena predisposición hacia mí bajo mínimos. En la caída de 1956, luego padecí otras, Julio también fue detenido y he de hacer constar la gallardía con la que se paseó por la Dirección General de Seguridad, en contraste con la postración general de los detenidos que no teníamos un prestigio profesional o avales sociales indirectos. Julio mantuvo su actitud provocativa a pesar de las dos bofetadas que recibió, la primera se la dio uno de los jefes de la Brigada Político-Social y la segunda su propio padre, cuando le permitieron ver al hijo disidente en el despacho del jefe supremo de aquella checa blanca y azul. A mí me pegaron dos o tres veces con un vergajo, me dieron varios puñetazos en el estómago y me tuvieron en cuclillas horas y horas, sin permitirme apoyar el culo en la pared cercana. La policía me enseñaba informes sobre antecedentes familiares y yo tenía la sensación de que había perdido la guerra tanto como mi padre y que la tenía perdida para siempre, que estaba perdida para siempre. Ya en Carabanchel, Julio nos levantó a todos la moral y el apetito, porque compartía buena parte del lote que recibía de su casa, especialmente una clase de chorizo que a mí me gustaba mucho y a él le repetía. Yo era el primero en recibir la mejor ración de chorizo y de esta manera Julio demostraba a los demás que yo ocupaba un lugar preferente en su consideración. Lástima que su familia consiguiera sacarle valiéndose de algunas influencias, de la facilidad que tenía su padre de tutear a casi todos los ministros y muy especialmente a los de Educación, se llamaran como se llamaran. Se había tuteado con Sáinz Rodríguez e Ibáñez Martín, luego con Ruiz-Giménez y en cuanto nombraran a Rubio, recordó rápidamente que podía tutearle, Julio recuperó la libertad y yo me quedé sin chorizo. Es cierto que Julio, desde la calle, de vez en cuando nos fue enviando paquetes, cada vez más distanciados, eso sí, pero su familia, imbuida de que la desviación ideológica de su hijo era fruto de malas amistades, puso tierra por medio y su padre le mandó al MIT para que hiciera estudios empresariales en la famosa escuela de Massachusetts. Ya no le volví a ver hasta comienzos de los sesenta y él estaba al otro lado de la mesa de subdirección de Amescua, S.A. Editores. Me había abrazado, habíamos recordado el pasado de tú a tú, a este lado de la mesa, pero cuando ya se metió en materia, aprobar o no aprobar mi proyecto de colección sobre heterodoxos españoles, se puso en su sitio y aun dentro de su amabilidad exquisita, me puso en mi sitio y discutió como un empresario la racionalidad del proyecto. Era prematuro. Las cargas contra la cultura oficial del régimen debían ser cargas de profundidad, pero no podíamos empezar la casa por el tejado. El control del patrimonio, su filtraje, era fundamental para la verdad establecida, tan fundamental como *haberos quitado a los rojos la memoria* [sic] e impedir la formación de una nueva cultura crítica mediante la represión directa. Ya que no podemos ser tan fuertes como ellos, añadió Julio, hemos de ser más inteligentes. En pocas palabras me había dicho que ya no era rojo y que él era un posibilista, aunque en algo me alivió porque me encargó una biografía reducida del Cid, que podía escribir con gran libertad, sin que diera el parte de Radio España Independiente, me advirtió, entre divertido y tajante. Para mí aquel encargo fue una bendición. No es que me pagara lo que yo necesitaba, porque Julio discutiendo precios era inasequible al desaliento, pero sí saqué el vientre de penas y nunca mejor dicho, porque Lucy y yo hacíamos sobrevivir nuestro ya no tan reciente matrimonio de jóvenes licenciados rojos parados y pobres, comiendo un día en casa de sus padres, el otro en la de los míos y de vez en cuando menús de diez, doce pesetas por figones de los alrededores de Ópera o en la zona estrictamente estudiantil de Argüelles. A partir de este encargo, mi colaboración con Julio Amescua no cesó. Cuando heredó la propiedad y la dirección de la editorial creí que compensaría mi larga dedicación a libros de divulgación con la publicación de mi novela inédita *Nunca volverás a casa*, pero fue oponiendo obstáculos, que si la censura, que si la política editorial, hasta que ya a comienzos de la década de 1970 me dijo: estás obligado a escribir otra novela. No publicando ésta te he hecho un favor. No está a la altura de tu talento. Eran años difíciles para mí, esperanzas políticas en la calle y una crisis terrible en casa, que terminó con mi separación, la marcha de Lucy y los niños, alegando no crueldad mental, sino insuficiencia de espíritu, causa que ningún juez le habría admitido, pero que yo le admití porque no se puede convivir con alguien que te cree invisible.

Había conocido a Lucy en la facultad. Yo estaba acabando y ella empezaba, pero pisaba fuerte como delegada del SEU de su curso, hija de ex combatiente de la cruzada desengañado del régimen, falangista de los llamados auténticos y que había traspasado a su hija su propia contradicción. La muchacha estaba afiliada a la Sección Femenina de la Falange, de la fracción más contestataria, por eso era posible hablar con ella, es más, me encargó el mismísimo Julio que «la trabajara», eufemismo que en aquellos años y circunstancias no tenía otro sentido que el de prospección política, porque las muchachas de comienzos de los cincuenta, por muy avanzadas que fueran, y Lucy sexualmente no lo era, no se iban a la cama con nadie sin previo pase por la vicaría. Observé un cambio de actitud a fines de la década de los cincuenta, ya abocados hacia la de los sesenta. Entonces se iban a la cama si la pareja les inspiraba confianza hacia el futuro, es decir, si su olfato femenino les indicaba que las concesiones prematrimoniales no serían un anticipo a fondo perdido. Trabajé a Lucy con tanta eficacia que me desbordó por la izquierda, siempre, y todavía ahora se niega a militar en ninguna formación política de izquierda porque todas le parecen reformistas. Temí incluso que se hubiera vinculado a ETA, porque en los años setenta no se perdía ni un funeral clandestino por los caídos de ETA, hasta el punto que yo la llamaba «la viuda de ETA» y me planteé si sería capaz de prestar el piso donde vivía con nuestros hijos, después de la separación, como base de acción de algún comando Madrid. Pero un día me tranquilizó cuando empezó a hablar pestes de ETA y a decir que no les llegaban ni a la suela del zapato a los terroristas palestinos, que ésos sí se jugaban la vida y la historia por algo más que la nacionalización del chuletón. Algo le había pasado en sus vivencias etarras para aquella explosión de mal humor, pero desde hace años nuestras relaciones ya son lo suficientemente conflictivas a causa de nuestros dos hijos como para brindarle en bandeja motivos de conflicto políticos. Desde 1962 me tiene catalogado como revisionista, cuando en una de las comunicaciones que tuvimos por jueces en la cárcel de Carabanchel, le dije que no estaba clara la trinidad metafísica entre Estado de clase, Partido único y Proletariado tal como se había plasmado en el comunismo soviético. Yo estaba leyendo por entonces a Gramsci en italiano y Lucy me espetó algo parecido a lo que me oponía Julio cuando yo le mencionaba a Trotski: «¡Ah!, Gramsci.» No. No le gustaba, como no le gustaba el reformismo carrillista, ni el verbalismo maoísta, ni el anticomunismo de fondo de todos los movimientos hipercomunistas que se pusieron de moda a partir de 1968. En el fondo era yo quien no le gustaba y me utilizaba como *sparring* sexual, político, moral y mi tendencia a la racionalidad la encrespaba, como si racionalidad equivaliera a castración y a insatisfacción sexual. Mis lecturas de psicoanálisis me llevaban a la consideración de que tal vez Lucy tenía dentro de sí una insatisfecha sexual, por mi culpa, evidentemente, pensé al comienzo, pero ¿por qué era tan evidente que yo era el único responsable de su insatisfacción sexual e histórica? Años después, desde que aprendió a conducir y tomó la píldora, me di cuenta de que la responsabilidad sobre su insatisfacción sexual debía compartirla con un número no muy amplio, pero suficiente, de amantes y, una de dos, o la izquierda masculina madrileña estaba muy mal dotada para la sexualidad o el problema era de Lucy, impelida a enamorarse de atletas históricos en unos tiempos en que empezaba a agotarse la especie. Mi fracaso matrimonial me afectó tan intransferiblemente que jamás lo he comentado con nadie. Desde la infancia supe que el fracaso matrimonial es como una muerte parcial que te causa todo lo que te deja y todo lo que destruyes. Así lo creía mi gente y así lo había aprendido en el cine, en los seriales de radio y en los boleros.

Mi dedicación al partido era en cierto sentido compensatoria, aunque me hubiera costado dos caídas en la década de los sesenta en las que Julio estuvo presente, bien pagando mis colaboraciones rigurosamente a Lucy, bien enviándome algún lote alimentario en el que incluía el chorizo, sin que yo jamás le dijera que ahora me repetía. Sabía que de vez en cuando podía pedirle unas pesetas a Julio para cuestaciones clandestinas y tuve el honor de que me concediera su primera firma de protesta en septiembre de 1975 contra la ejecución de los etarras y los del FRAP que Franco convirtió en su última orgía sangrienta. Y luego Julio emergió como lo que era, un antifranquista secreto, que había actuado como un exiliado interior a lo largo de su vida, pero dando las suficientes claves como para que la sociedad civil antifranquista lo tuviera por uno de los suyos. Esta actitud era la que más necesitaba la transición. No requería heroísmos excesivos, testimonios demasiado duros de la crueldad franquista. ¿Quién estaba interesado en contrastar su propia abstención? Julio Amescua era un héroe ligero, como pedían los tiempos y estuvo en todas las listas para ministeriales, las hiciera UCD, las hiciera el PSOE y ni siquiera nosotros los comunistas le hubiéramos hecho asco, de hecho yo le propuse ser senador por Madrid en la primera convocatoria electoral y él se emocionó, recordó mis síntesis de Marx y Freud y tantas luchas, pero por la buena salud de la editorial que nos daba de comer a todos no podía comprometerse. Dado el clima de sinceridad de la conversación, me puse nostálgico y le dije que mi síntesis entre Freud y Marx se la debía a Trotski. Fue entonces cuando me di cuenta de las hondas raíces ideológicas que siempre había albergado Julio, porque hizo un mohín de refinado distanciamiento y dijo: «¡Ah, Trotski...!» Pero especialmente emocionado y comunicativo, aquel día me explicó por qué le tenía manía a Trotski: «Hay un momento clave en la historia del comunismo mundial, y es ese encuentro en Viena entre Trotski, Stalin y Bujarin. Stalin está realizando un trabajo sobre nacionalidades y sabe mediocremente el alemán, no olvidemos que era hijo de una sierva y un borracho, Stalin era un ex seminarista espabilado... en cambio Bujarin y Trotski hablan perfectamente el alemán. Los dos habían hecho estudios superiores, eran capaces de estar hablando horas y horas desde posiciones mentales de alta abstracción, mientras a Stalin le había costado muchísimo entrar en la dialéctica hegeliana, ¿me sigues?, bien. Trotski recuerda aquel encuentro desagradablemente, memoriza un dato menor, frívolo diría yo en el contexto del gigantismo de la época: recuerda que Stalin tenía los ojos "glaucos", ¿qué te parece? De un camarada tan fundamental como Stalin sólo le queda el que tenía los ojos glaucos. Es la frivolidad del señorito burgués marxista frente al intelectual proletario. Por eso no me extraña que la concepción política en su totalidad de Trotski se resintiera de esa malformación de origen. Stalin pisaba tierra, pero Trotski podía permitirse el lujo de soñar revoluciones totales y universales desconociendo la capacidad de réplica del antagonista, ¿me sigues? Stalin acertó en el diagnóstico de la situación, tanto en los años veinte como en los treinta, pero sobre todo en los treinta. Sí, ya sé que a los intelectuales nos molesta su crueldad, su zafiedad, todo eso. Al fin y al cabo ¿qué somos, de dónde venimos, a dónde vamos? Pero, ¿qué capitalismo podía ser competitivo del capitalismo real ya que no podía serlo un socialismo internacionalizado? Pues un capitalismo de estado que fue lo que Stalin fraguó con mano de hierro, porque no había otra manera, mientras Trotski se iba a México a inspirar manifiestos surrealistas a Breton y declaraciones hiperliberales sobre el arte y la cultura. Marcial. Trotski era un jilipollas.»

Asistía alelado a la revelación de las esenciales convicciones comunistas de Julio, pero me dijo que no quería ser senador, que no podía serlo aunque quisiera, y a mí me constaba, lo primerizo de su compromiso con el comunismo, pero en cambio dio la vía libre a la publicación de mi novela *Introito* a comienzos de los ochenta, en la colección de gala, me repitió tres veces, de gala, de gala de la editorial. Pese a no ser yo un autor literario conocido, sí tenía un cierto crédito como divulgador, especialmente en trabajos de reducción de libros de historia para jóvenes y niños y tal vez por ellos mi obra fue acogida con una expectación impropia tratándose de un novato. Tal vez algunos de los jóvenes críticos que me dedicaban su atención habían descubierto el gusanillo de la lectura gracias a mis obras menores y ahora me dedicaban una atención inmerecida. El señor García Posada desde *ABC* dijo que mi obra era doctrinal y que había que leerla en clave doctrinal. Sigo a este crítico con atención y no hay doctrinalidad que se le escape, es muy doctrinal, como a mí me gustan. En cambio el joven Goñi me obsequió en *Cambio 16* con una crítica dicharachera, fluida, espirituosa, veinte líneas suficientes para resumir la solapa del libro y añadir algún chiste distanciador pero cariñoso en el fondo. Sin duda trabajó mucho más la crítica Rafael Conte, en *El País*, crítica que me emocionó mucho porque Conte decía que yo «había perseguido la literatura durante toda una vida» y aunque no se comprometía a asegurar que la había alcanzado, sí explicaba muy bien mi novela durante tres cuartas partes de su trabajo, demostrando que no se le había escapado ninguna de mis claves y la cuarta parte restante la dedicaba a darme consejos sobre cómo escribir la próxima. Especialmente me conmovió la crítica de Conte, porque sé lo mucho que ama a la literatura, hasta el punto de que la protege como si fuera una hija quinceañera amenazada por toda clase de violadores y que quisiera entregarla sólo a escritores caballerosos. Le mandé una nota de agradecimiento por el mucho caso que me había hecho y le prometí enmendarme en mi próxima novela. La sorprendente atención merecida por *Introito* me conmovió más a mí que a Julio, porque cuando le presenté *La noche complica la soledad*, sólo me comentó que el título era excesivamente largo. Luego, casi sin solución de continuidad, Julio apareció en una lista de más que probable ministro de cultura socialista, pilló una de las peores leucemias que pueden pillarse y se murió en Seattle con aguacero, según recalcó uno de sus hagiógrafos, empeñado en construirle una biografía casi de Ho Chi Minh antifranquista y faltaba el casi porque lo único que no le atribuía a Julio era la voladura de Carrero Blanco. Puedo decir que la muerte de Julio Amescua me afectó como si se muriera una parte de la memoria de mí mismo y llegaba en un momento de problemas económicos y psicológicos, porque yo le había aceptado a Julio formar parte de su reconversión de personal, a cambio de una cantidad de indemnización que me pareció deslumbrante (¡tres millones de pesetas!) y sobre todo la promesa de trabajo continuado de colaboración hasta que llegara la edad de la jubilación. Consumado el divorcio, no sólo debía pasarle a Lucy una pensión supongo que compensatoria de su pérdida de virginidad en 1957, sino también dineros para paliar los desastres de nuestra hija pequeña, Ángela, en honor a Ángela Davis, culo de mal asiento, rebotada de todas las facultades, de todas las escuelas de arte, también de las de arte dramático y de un buen puñado de academias de meditación y gimnasias orientales y que sin embargo ha sido una excelente cliente de médicos abortistas y clínicas de desadicción a las drogas. En los períodos de desamor, Ángela va de casa de su madre a la mía y siempre he tenido la impresión de que escogía sus etapas más amargas, más desesperadas, más inquietantes para refugiarse en este oscuro piso interior de mis padres de la calle Lombía, base estratégica de mi programado plan de resistencia económica terminal en cuanto se consumara la jubilación. El chico, Vladimir, nunca nos dio otra clase de problemas que ideológicos. Extraño a todas nuestras causas, hizo una brillante oposición a abogado técnico del estado y en la actualidad colabora con el gobierno en el plan de desertización laboral de Asturias, zona de España de aguerrida memoria social, al parecer condenada por las reglas del juego de lo que antaño se llamó la división internacional del trabajo. En la futura Europa unida no necesitan ni la leche, ni el carbón, ni la siderurgia asturiana y mi chico trabaja tenaz y eficazmente en los planes de desarme lechero, industrial y minero de Asturias. La última conversación que tuvimos sobre cuestiones políticas no terminó bien. Yo le recordé que en 1962 me metieron en la cárcel por mi solidaridad con los mineros de Asturias y él me contestó que su solidaridad es universalista y macroeconómica: «Salvando a Asturias mediante subvenciones estatales, empobrecemos España, Europa, el Norte en general y sembramos la semilla de desórdenes futuros terribles.» Me felicita el año nuevo por teléfono, esté donde esté, y me consta que cuando alguien le habla de mí sonríe con una cierta ternura y cabecea vagamente, como si yo no le cupiera en la cabeza. En 1990 murió Julio, yo cumplía los sesenta años y apenas me quedaban trescientas mil pesetas en el banco. Lo que faltaba para completar los tres millones se me había ido en un regalito a mis chicos que no me agradecieron y en un viaje a Leningrado para ver el Instituto Smolny, el palacio de Invierno, el Aurora, temeroso de que la definitiva liquidación de los efectos de la Revolución soviética arramblase también con su mitología. Todo estaba todavía en su sitio y un oficial varado que tenía bajo su custodia el Aurora, al enterarse de que yo era español, me dio un abrazo soviético y recordó aquellos años en que la URSS y la España republicana luchaban unidas contra el fascismo, todo ante la mirada irónica de mi guía, jovencísima pero buena conocedora de todo lo español, entusiasmada ante la perspectiva del retorno del zar, porque una bisabuela suya había sido institutriz de una de las princesas imperiales. No recordaba si de Anastasia. No estaba segura. Encontré la URSS llena de zaristas y cuando conectaba la televisión y veía a Gorbachov esforzado en introducir la pedagogía parlamentaria en el primer congreso democrático, en un *tour de force* con Sajarov, que no conseguía sacarle de sus casillas, comprendí que Gorbachov era un sacacorchos lento, pero que en cuanto hubiera cumplido su misión, de aquella botella volverían a salir las esencias de lo que la Revolución soviética no había sustituido, sino simplemente aplazado. Paseé por el Leningrado revolucionario y por el Moscú institucionalizado como quien pasea por un escenario de película acabada, la misma impresión que tuve una vez en Tabernas, Almería, al recorrer un poblado del Oeste vacío que había servido de escenario para las películas de *spaghetti western* de los años sesenta. Mi guía me dijo que para ellos el socialismo era lo mismo que para nosotros el movimiento nacional, una asignatura molesta que había que memorizar para aprobar los estudios medios y superiores. Nada más. Me quedé embobado ante el hotel Lux de Moscú, recordando aquellos tiempos en que era la residencia de los internacionalistas del mundo, incluso de algunos altos cargos comunistas españoles como Fernando Claudín, que ejerció en Moscú un duro virreinato entre el exilio español, según me recordaban maliciosamente los «niños de la guerra», los ya viejos niños de la guerra que fui a ver al centro español, una madriguera de náufragos de la historia, rara especie de supervivientes de la guerra civil. Yo nunca había sido stalinista, ni siquiera estrictamente prosoviético, pero ¿cuántas veces regalé mi silencio, cómplice de la corrupción de tanta esperanza? Tanto hacer síntesis secretas de Marx y Freud, a escondidas del régimen de Franco, de Julio y del partido y al final del siglo XX lo único que quedaría de todo aquello era la industria multinacional freudiana del psicoanálisis. A mi vuelta de la URSS, apurado mi bolsillo y no menos mi espíritu, recordé por teléfono a Ernesto Amescua la promesa que me había hecho su padre. Al chico le conocía desde que era un adolescente y su padre me lo había enviado para que me enseñara sus poemas y le echara una mano. A un autor de prestigio, Marcial, no puedo enviarlo, porque el chico y el autor se cortarían demasiado. Te lo mando a ti como si se lo mandara a un jefe de negociado. Si quiere dedicarse a la literatura ha de empezar desde abajo. Traté de introducir algo de poesía en aquel amasijo de sensaciones adolescentes y Ernesto me miraba alelado, como si estuviera en presencia de la literatura en persona. Me cayó bien el chico y mejor todavía cuando su padre me comunicó que había abandonado toda veleidad literaria y se había ido a estudiar a Estados Unidos, dirección de empresas. La obligación de un empresario es ser un buen empresario y reprimir a veces otros impulsos creadores que podrían destruir su propia seguridad y la de todos aquellos a quienes da de comer. No me gustó oír de los labios de Julio que nos daba de comer al centenar y pico de trabajadores fijos o eventuales de Amescua, S. A., pero entendía su razonamiento y le propuse, una vez más sin éxito, que se vinculara a las comisiones de pequeños empresarios del PCE. Seguía siendo muy radical y le parecía un contrasentido revolucionario que el PCE tuviera empresarios y curas. Es el principio del fin de la racionalidad revolucionaria, solía decir Julio, sin que jamás llegáramos a discutir sobre racionalidad revolucionaria. Así que animado por mis nuestros positivos encuentros poéticos de su adolescencia pedí audiencia a Ernesto y me recibió con los brazos abiertos, se sentó primero frente a mí, casi tocándonos las rodillas, pero una vez agotado el cupo de nostalgia y reconstrucción de la estatura de su padre, cuando pasé a exponerle mi necesidad de trabajo continuado, se puso en pie, recuperó su puesto al otro lado de la mesa y empezó a meter palabras inglesas en la conversación, especialmente *feeling* y *timing*, ya que tanto la una como la otra afectaban sobremanera a mi petición, porque el *feeling* que él y la empresa entera sentían por mí, debía concertarse con el *timing* de producción que se había fijado. Caviló y así impuso un silencio que yo aproveché para reconocer rasgos de su padre entre los suyos y, en efecto, se parecían, aunque Ernesto era más frágil y no me refiero a la envergadura corporal, semejante a la de su progenitor, sino a una manera de hablar que me sonaba a laboratorio de relaciones de personal, demasiado obvio su saber hacer a poco que el interlocutor no fuera un simple o no le tuviera miedo. Yo no era un simple, pero empecé a tenerle miedo cuando me di cuenta que en nuestras relaciones contaba más el *timing* que el *feeling*. Tras cavilar me señaló con un dedo e inició un monólogo que inicialmente me sonó a música sentimental. Has de conocer a mi hijo mayor, tiene doce años y se pasa el poco tiempo que convivimos preguntándome cosas. Para los chicos todo es muy nuevo o todo es muy viejo. Has de conocerlo. Un día te lo enviaré como mi padre me envió a ti. Pues bien, el otro día me preguntó: papá, ¿quién era Franco? ¿Comprendes la pregunta? Y yo te la paso a ti. ¿Quién era Franco? Iba a contestarle mi leal entender sobre Franco cuando me cortó: No. No me lo cuentes a mí, cuéntaselo a mi hijo. ¿Cuándo? ¿Dónde? No. Tampoco es importante el cuándo y el dónde, sino el cómo. Y es ahí donde reclamo tu talento de divulgador. Imagínate que tú eres Franco. Me puse a reír sin ganas. No te rías, porque la idea te va a gustar. Tú eres Franco y estás casi muriéndote. Entonces alguien de tu confianza, tu hija o tu médico o el jefe del gobierno, o quien sea, te dice: excelencia, las nuevas generaciones pueden recibir un mensaje falsificado de su persona y su obra. Quién sabe a dónde irá a parar esta España que usted... etc., etc., etc... Excelencia, usted debe contar su vida a los españoles de mañana. Y yo te digo, tú, tú, metido en la piel de Franco has de contar su vida a las generaciones de mañana. Es decir, te propongo que escribas una supuesta autobiografía de Franco que será el número uno de una colección titulada: A los hombres del año dos mil. Retuve una respuesta inmediata, calculándola, buscando una frase que expresara mi amargura, pero también mi agradecimiento. Sobreestimas mi capacidad de distanciamiento, se me ocurrió al fin y él arqueó una ceja, una sola ceja. ¿Por qué has de distanciarte? ¿No eres un técnico en divulgación? Tú métete en la piel de Franco y excúlpate ante la historia. Todo lo demás es cosa tuya. Pero es que... pero es que... Me atreví a decirle que desde niño Franco ha sido una sombra que ha modificado mi vida, la de mi familia y que algo de sarcasmo tiene que yo sea ahora su autobiógrafo, algo así como un biógrafo secreto, de cámara. No, no, estás muy equivocado. El libro lo firmarás tú, no lo firmará Franco, comprenderás que entonces se me echarían encima los descendientes o cualquier fundación franquista. Tú has de tratarlo con la misma falsa objetividad con la que Franco se trataría a sí mismo y has de marcar el tono de una colección en la que luego aparecerían Stalin, Hitler, Lenin... Dos millones de anticipo a cuenta de derechos de autor, tres millones a la entrega del original y te garantizo una primera edición de veinte mil ejemplares.

Mi padre no volvió a casa hasta cinco años después de acabada la guerra civil y ya nunca fue el mismo. Más de una noche estuvieron a punto de darle el paseo y por eso luego nunca más salió de casa de noche, nunca más fue al cine, al teatro, le daba miedo la noche porque tal vez nunca más saldría de su tripa llena de sangre seca. Crecí a la sombra de su miedo, forcejeé contra Franco con tanta vergüenza como miedo y finalmente me di cuenta de que a Franco sólo le había vencido la biología y ni siquiera el olvido de su rastro era mi victoria, sino que se me convocaba para sacarle del olvido y convertirlo en memoria para los tiempos venideros. Me senté en mi escaso despacho de mi pequeño, oscuro piso interior de la calle Lombía, esta calle que es como el pariente pobre del barrio de Salamanca, el piso de mis padres a donde había ido a parar después de una corta vuelta al mundo que empezó en mi piso de casado de Argüelles y terminó en una buhardilla de Malasaña cuando me lié dos años con la responsable de finanzas de Maravillas. En aquel lío no debí meterme y atribuyo la causa de aquel ejercicio de autoengaño a esa locura masculina interiorizada que se desarrolla como un tumor cerebral a partir de los cuarenta años, en mi caso casi a los cincuenta, la locura del volver a empezar, del riesgo a vivir una segunda juventud fomentada por la juventud de la pareja, cual conde Drácula que necesita sangre fresca para superar su eternidad de noches. No es que Francesca, era muy italianizante y muy eurocomunista, fuera una niña, pero le llevaba más de tres lustros y me obnubiló mi posibilidad de seducir, a la vista de como le entusiasmaba a Francesca mi historicidad: la guerra, la posguerra, la militancia en tiempos difíciles. De historicidad no vive una pareja y a los dos años de convivencia me di cuenta de que Francesca empezaba a dar muestras, como Lucy, de convivir con el hombre invisible. Me daba vergüenza volver a contar batallitas del 56, del 59 con la llegada de Eisenhower, del 62 cuando la huelga de Asturias y lo de Munich, de... Y eso que ella pertenecía a la última promoción historicista, sin sustituta por ahora, porque, por ejemplo, por no hablar de mi hijo, Ángela mi hija no es historicista. Es una rebelde frustrada como su madre pero desde la ahistoricidad, por eso necesita tanto fracasar personal y individualmente y no sentir otra compañía que la propia, una compañía a la vez autocompasiva y narcisista, contemplada culpablemente por su madre y por mí. La responsable de finanzas del barrio de Maravillas era muy guapa, rubia, de ojos diamantíferos y no sé por qué me recordaba a aquel deseo apenas formulado que me quitó Sánchez Dragó en los años cincuenta, aquella Luz que no sé dónde para, aunque Fernando me aseguró que un día me llamaría para ayudarme a localizarla, porque cada vez que nos encontramos Fernando y yo empezamos a litigar ideológicamente y terminamos hablando de Luz, por mi culpa, porque es el único dato personal que compartimos y de algo hay que hablar. En cuanto a Lucy sólo me llama para decirme que no puede aguantar más a Ángela o para preguntarme ¿dónde está Ángela?, pregunta que me sobresalta porque precede a días y noches de búsqueda por las pensiones más baratas de Madrid, incluso por los más baratos descampados. Ya no milito. Ni cotizo. De vez en cuando voy a alguna marcha contra la OTAN, contra las nucleares, contra la guerra del Golfo o me acerco a algún mitin de Carrillo o de Anguita para hacer comparaciones y hacerme cruces, sobre todo en los de Carrillo. Recuerdo aquella vez en que saludé a Carrillo en un encuentro entre fuerzas del trabajo y de la cultura y al presentarme el secretario de organización se equivocó de persona: Santiago, éste es un escritor muy famoso, Álvaro Pombo... Marcial Pombo, le corregí para su rubor, aunque Carrillo salvó la conversación ¿tiene algo que ver con los Pombo de Santander? No, no, todos los Pombo que conozco son gallegos de la zona entre Sarria y Lugo, por ahí estaba repartida mi familia, porque mi abuelo... No me dio tiempo Carrillo a que le contara que mi abuelo había tenido algunas fincas modestas en Galicia y que mi padre había sido amigo de Bullejos, Óscar Pérez de Solís, Azevedo, sobre todo Azevedo. Me dio un abrazo soviético y se fue a por otro. Es decir, vivo en plena épica, ética, estética terminal, totalmente responsable ya de mi cara y de mi alma y me dan el cuerpo de Franco enterrado en el Valle de los Caídos para que lo resucite. ¿Por qué no? Le pregunto a ese alter ego que me ofrece el espejo oxidado de mi cuarto de baño. Resucitarle para matarle. ¿No estoy en condiciones de cumplir el sueño de media España vencida? Cinco millones de pesetas. Igual se vende mucho. Podría ir tirando con alguna traducción y ahorrar esos cinco millones, con los intereses que dan los bancos me quedaría un vitalicio de cincuenta mil pesetas al mes de por vida, a sumar a las cuarenta o cincuenta que puedo arañar de la pensión cuando me jubile definitivamente. *Nunca me movió la ambición de mando.* Podrías empezar con esta frase, aunque serías acusado de sarcasmo entorpecedor desde la primera línea. No. No puedes dar pie a que se diga que Franco es tu víctima, no puedes convertirlo en mártir de tu escritura. Sería su victoria después de muerto. *Mi madre siempre me decía que mirara fijamente las personas y las cosas. Paquito, tienes unos ojos que intimidan...*

INFANCIA Y CONFESIONES

MI MADRE SIEMPRE ME DECÍA que mirara fijamente las personas y las cosas. Paquito, tienes unos ojos que intimidan. Y yo veía en el espejo de nuestro grande, frío cuarto de baño de una familia hidalga pero sin demasiados posibles, mis propios ojos, grandes, negros, brillantes, tristes y duros, como los de un capitán de cenetes, según solía decirme Carmen cuando empezamos a salir en Oviedo, conmovida por el relato y las ilustraciones de la historia de un capitán de cenetes. Los zenetes o cenetes, formaban parte del pueblo bereber y fueron soldados aguerridos a las órdenes de los Omeya. Nómadas, agresivos, agrestes, fueron desplazados hacia las zonas más montuosas de al-Andalus y desde allí muchas veces se alzaron en armas contra los árabes, actuando como tropas mercenarias de distintos reyes taifas, llegando a ser la mayoría étnica dominante en algunos de estos reinos del sudeste de España. Yo pude conocerlos en su propia tierra, a lo largo del Magreb, especialmente los seminómadas del Rif y puedo dar fe de su valor que llegaba al desprecio de la vida, propia y ajena. Paquito, tienes unos ojos que intimidan y no es que yo intimidara a mi santa madre, a la que reservaba y reservo buena parte de mi capacidad de querer, casi tanta como la que reservo a mi querida España. Algo en común he percibido a lo largo de mi vida entre mi madre y España, dos poderosas y frágiles, alegres y entristecidas, inmaculadas mujeres que no siempre han tenido ni la vida ni la historia que se merecían. Lo vieron mis ojos desde que vieron. Paquito, si alguna vez tienes un problema mira de frente, tanto al problema como a los que te lo causan. Mi madre confiaba en el poder de mis ojos magnéticos, decía y en sus labios me gustaba hasta que me llamara Paquito, diminutivo que me irritó desde que fui consciente del uso no siempre cariñoso que los demás hacen de nuestros diminutivos. No comprendía por qué a mi primo, Francisco Franco Salgado Araujo, todos le llamaban Pacón y a mí Paquito, aunque él fuera algún año mayor que yo y, desde luego, mucho más alto y corpulento. ¿Acaso la grandeza de los hombres se mide por su edad y su estatura? Somos como creemos ser y hay que rechazar la mirada interesadamente disminuidora de los demás. Principio válido no sólo para las personas, sino también para los pueblos. España ha sido víctima de la mirada reductora de los otros y de su apocamiento para creer firmemente en sí misma, ha sido tarea de españoles de bien y, modestamente, la mía inculcar que la estatura de los pueblos no la marcan sus límites, sino la sombra que proyectan sobre la historia. Cuando vuelvo la vista atrás y recuerdo aquel niño que fui no lo veo acomplejado por tener unos centímetros más o menos, sino sorprendido a veces por la diferencia que hay entre los contornos que los demás nos atribuyen y los reales, de los que sólo nosotros y contadísimas personas somos conscientes.

Nací en El Ferrol, a las doce y media de la madrugada del tres al cuatro de diciembre de 1892, año del cuarto centenario del descubrimiento de América y de la unificación del territorio del estado español, mediante la conquista del reino árabe de Granada a cargo de los Reyes Católicos. Fui bautizado el 17 del mismo mes en la parroquia castrense de San Francisco, con los nombres de Francisco, Paulino, Hermenegildo, Teódulo, hijo del contador de navío don Nicolás Franco y de Pilar Bahamonde, descendiente de una copiosa genealogía de Francos y Bahamondes vinculados a la historia de la gloriosa marina española.

Menos haches, general. Su apellido materno real siempre se escribió Baamonde, hasta que usted, ya en la etapa de su despegue epopéyico le añadió la hache intercalada para subirlo de estatura social.

La familia paterna se había instalado en El Ferrol desde 1737 a través de don Manuel Franco, gaditano, proveedor de la flota y casado con María de Viñas Andrade, dama de una ilustre familia gallega. Mucho se ha especulado sobre el origen del apellido Franco, adoptado según dicen por judíos conversos, aunque nada se haya podido probar sobre el origen hebreo de mi familia paterna, sino que el apellido fue generalmente aplicado a emigrantes europeos instalados a lo largo del camino de Santiago desde los siglos XI y XII, declarados «exentos», «francos», libres en suma de las cargas que podían caer sobre los del país. Ya es suficiente antigüedad la de ocho o nueve siglos para que me entristezca un posible origen no español de mi linaje, pero en esos ocho o nueve siglos los Franco estuvieron siempre al servicio de España y muy especialmente de la marina. Y por si faltara peso a esta aseveración, ahí está el linaje de mi madre, Pilar Bahamonde y Pardo de Andrade, con el árbol genealógico lleno de poderosas ramas: Bermúdez de Castro, Tenreiro, Losada, Basanta y Taboada. Si mi padre era contador de navío, siguiendo una tradición de Francos vinculados a la intendencia de la Armada, mi madre era hija también de un intendente, don Ladislao Baamonde Ortega de Castro-Montenegro y Medina y mi abuela era una Pardo de Andrade Coquelin y Soto. No es de extrañar este encuentro entre dos escuadras genealógicas tan similares, porque El Ferrol era bastión fundamental de la marina española y desde la pérdida del Peñón de Gibraltar, la piedra de toque de la dignidad patria en mares cercados por la ambición británica. Los ingleses habían tratado de apoderarse de El Ferrol en 1800 y en 1805, pero la ciudad supo defenderse y en cierto sentido adquirió conciencia de avanzadilla de la capacidad de resistencia de España, de ahí la preponderancia social de los marinos y sobre todo del cuerpo general de la Armada. El Ferrol siempre conservó una sensibilidad especial para las victorias y las derrotas de España.

Mis padres habitaban en una casa de propiedad de la calle de la María, casa típica ferrolana, con amplias galerías acristaladas, tres pisos y un desván. Allí fuimos naciendo los hermanos Franco Bahamonde, Nicolás en 1891, yo en 1892, Pilar en 1894, Ramón en 1896 y Mari Paz «Pacita» en 1898, aunque breve fue su vida porque murió en 1903, de una calentura que los médicos no supieron atajar. Mi madre siempre dijo que a lo largo de los cuatro meses de agonía oía un roce en el pulmón cuando acercaba la oreja a aquel cuerpecillo que se achicaba día a día, menos los ojos, vivos como los míos, verdes como los de mi hermano Ramón. La casa de la calle de la María era lo suficientemente holgada como para que mis padres alquilaran los bajos a una señora de mediana edad que vivía con una hija soltera. En el primer piso, para facilitarle la ascensión, vivía mi abuelo materno Ladislao y cuando mi madre se quedó sola también se trasladó a esa planta. Compartí habitación con Ramón hasta que nos separó mi ingreso en la Academia Militar de Toledo en 1907, pero por la corta distancia de nuestras edades, todos los hermanos crecimos al unísono y tuvimos vivencias casi comunes. Nicolás siempre prefirió estar en la calle, yo no la rehuía pero me gustaba pasar largas horas junto a mi madre en el salón, mientras ella hacía sus labores y me contaba historias felices de hijos buenos que siempre volvían a casa a tiempo de recoger el último suspiro de su madre. Pilar y Ramón trapisondeaban por el desván, intrépida y rebelde ella y fantasioso e imprevisible él, rasgos de carácter que conservarían toda su vida. En el cuarto de estar a veces mi madre detenía el vuelo de la aguja o de la voz para quedar callada como a la espera de un sonido o de un pensamiento y yo también imitaba sus gestos, tratando de ver y oír lo que sin duda sólo ella veía y oía. De todas las piezas de la casa es la que puedo reconstruir pieza por pieza en mi memoria: la gran mesa velador ovalada que había en el centro, su tapete de terciopelo verde oscuro, cubierta con los últimos números de ABC o de Blanco y Negro, luego la Estampa, Crónica o El Correo Gallego, donde mi madre seguía día a día los hechos de armas o aventura en los que nos veíamos envueltos Ramón y yo. Un sofá, una imagen del Sagrado Corazón patético pero confortado por la intensa piedad de mi madre, un pequeño cuarto biblioteca adosado donde trabajaba la costurera cuando venía a casa un día a la semana y sobre todo la presencia de mi madre, equilibrada, sonriente, propicia. Mira fijamente a las personas y las cosas, Paquito, tienes unos ojos que intimidan. Desde el desván llegaban a veces los lloros de Ramón, porque Pilar le había hecho alguna barrabasada y cuando llegábamos mi madre y yo, había que poner orden en aquel trastero contemplado con displicencia por los gatos que paseaban por el alero, porque mis hermanos habían revuelto los uniformes de gala dormidos en los baúles, derribado rollos de alfombras viejas y empolvadas cual momias, utilizado viejos y pobres collares de cuentas brillantes para disfrazarse de Dios sabe qué quimeras, tratando de imitar los modelos lucidos en figurines antiguos que olían a humedad. Años después, en tiempos previos a nuestra cruzada de liberación, alguien vino a contarme que habían visto a Ramón, a su mujer y a unos amigos, disfrazados con vestuarios exóticos paseando contra el cielo del amanecer, después de una noche en blanco. No comenté nunca nada pero recordaba cualquier escena presenciada en la buhardilla de nuestra casa de El Ferrol y aquellos ojos verdes de Ramón, triunfantes, porque habían despertado el alma *dormida de la casa y nos obligaba a preocuparnos de sus travesuras. La casa hoy ha cambiado mucho bajo la batuta de mi mujer, capaz de convertir aquella morada de clase media en una pequeña mansión que refleja mejor no ya mi estatus particular sino la relación que hay entre ese estatus y el de España. Carmen lo tuvo siempre muy claro, desde el principio de nuestra relación y de mi ascensión: La apariencia es lo único que vemos, Paco, y no tenía que recordármelo porque yo siempre he procurado ir pulcro y elegante dentro de mis posibilidades, que nunca fueron muchas.*

No tan propicio el juicio sobre esta reforma que aporta su hermana Pilar en *Nosotros los Franco*: «Esta casa la compró el caudillo al morirse mi madre. Mi cuñada Carmen hizo grandes reformas. Es una lástima, pues ha borrado toda la huella de nuestro hogar de la infancia. Insisto, es una lástima porque aquello tenía su encanto y se hubiera tenido que dejar tal como estaba, como respeto a lo que fue el primer hogar del caudillo. Creo que sería muy interesante para las futuras generaciones poder ver la auténtica casa donde el generalísimo vivió sus primeros años. ¿No sería interesante visitar ahora la casa paterna de Napoleón, por humilde que fuese? Normalmente estos desaguisados los cometen gentes que no tiene ningún respeto por la historia. El que esto lo haya hecho de mi hermano su señora, es una cosa muy curiosa. Demuestra lo sencillo que era y la poca importancia que se daba. Aunque no por eso deja de ser una pena.»

Es la providencia, otros dicen que el azar, el que nos hace nacer de unos padres determinados, en un lugar concreto y en el seno de circunstancias sociales, económicas y culturales que están fuera de nuestro posible control. Lo importante es tener clara conciencia de esos orígenes para encontrar la raíz de la propia identidad. ¿En qué sentido la particularidad histórica y geográfica de El Ferrol hizo mi vida diferente y diferente la historia de España contemporánea que en buena medida la providencia puso en mis manos? En escrituras del siglo XI recogidas en el Archivo General de Galicia ya se utilizaba el nombre de Ferrol, villa que desde 1858 puede reclamar el título de ciudad, por concesión regia, pero su valor real está determinado por su condición de puerto natural excepcional.

Puerto extremado que ha todos ha popa
Pues puede afirmarse que en toda la Europa
podemos a éste pintalle por sol

... canta un poema del licenciado Molina, dentro de su Des-cripción del Reino de Galicia, impresa en Mondoñedo en 1550. Si esto era cierto en el siglo XVI, mucho más lo sería en el XVIII y XIX cuando España luchaba contra su agonía imperial en todos los mares, frente a las modernas escuadras francesas e inglesas y El Ferrol era a la vez cubil y plataforma privilegiados para la resistencia naval del Imperio. El 25 de agosto de 1800 la escuadra de la Pérfida Albión atacó El Ferrol pero no lo rindió, a pesar de la potencia de sus efectivos: siete navíos de guerra, dos de ellos de tres puentes; seis fragatas, cinco bergantines, dos balandros, una goleta y ochenta y siete buques transporte con tropas de desembarco. Iba al mando de la escuadra el almirante Warren y de las tropas invasoras, el teniente general Pultney. Quince mil hombres se predisponían a la «hazaña», fondeados ante la playa de los Doniños, confiados en su prepotencia y en el desconcierto causado entre los lugareños ante tamaño despliegue. Mas por fortuna, estaba en el puerto de El Ferrol una escuadra española al mando del almirante Juan Joaquín de Moreno, de escasos efectivos: cinco navíos, cuatro fragatas, un bergantín y una balandra, con un potencial global de fuego de unos doscientos cañones. Como siempre, la negligencia de los políticos había dejado la plaza muy mal acondicionada para la resistencia y no digamos ya para la victoria. La plaza y los fuertes carecían de tropas, ni un solo cañón estaba montado en tierra y no había otros víveres almacenados que los de consumo ordinario, pero como siempre, improvisación y coraje, dioses celtibéricos, vinieron en nuestro auxilio y quinientos, digo bien, quinientos soldados españoles pararon el avance de más de cuatro mil ingleses, mientras en la plaza y alrededores se reclutaban hasta dos mil combatientes que al entrar en fuego con enorme despliegue de valor, intimidaron a los ingleses, les hicieron temer un elevado costo al empeño de apoderarse de la plaza y se fueron por donde habían venido, a la espera de que Vigo fuera puerto más propicio. Mucho debió de ser el valor desplegado, porque las tropas inglesas que nos atacaban fueron las mismas que años después desalojaban al gran ejército de Napoleón de sus emplazamientos en Egipto. Valor y condiciones estratégicas de una ría profunda y cerrada, enmarcada por alturas desde la que se puede hos-

tigar al enemigo. Volverían los ingleses en 1804 para establecernos un bloqueo que no se levantaría hasta 1805, bloqueo salpicado de batallas navales costosas para nuestra escuadra que, aliada con la francesa por los sospechosos pactos entre los ministros masones de Carlos IV y Napoleón I, pagó los platos rotos en mayor medida que nuestros aliados y futuros invasores. La victoria de El Ferrol sobre los ingleses encendió farolillos, izó banderolas y gallardetes y hasta nuestra generación perduró una copla de origen anónimo que decía:

> *Qué es aquello que aparece*
> *en lo alto de la Graña?...*
> *Son los ingleses que quieren*
> *separar Ferrol de España.*
>
> *Castillo de San Felipe*
> *prepara tu artillería*
> *que se acercan los ingleses*
> *por la boca de la ría.*

También me impresionaron desde niño las historias referentes a la ocupación de El Ferrol en la mañana del 27 de enero de 1809, por las tropas del mariscal Ney que fueron aceptadas por el teniente general de la Armada, el afrancesado don Pedro de Obregón. En el transcurso de la ocupación que perduró hasta el mes de junio, las vejaciones a que nos sometieron los franceses fueron contestadas con la bravura emboscada de los ferrolanos que llegaron a atentar contra el ayudante del mariscal Ney. Finalmente, vencidos en casi todos los frentes peninsulares, por la alianza decisiva entre tropas regulares, guerrilleros y el ejército expedicionario británico al mando de Wellington, los franceses se retiraron de Galicia y se llevaron en la cola de ejército vencido a los afrancesados que les habían hecho el juego, Obregón incluido. Dueñas de la calle, las masas ferrolanas aplicaron una justicia simbólica a la traición afrancesada, incendiando y demoliendo la mansión de Obregón, que ocupaba el lugar donde en mi infancia se alzaba el número 125 de la calle Real, o sea, la octava de la acera sur, contando desde la esquina de la calle de San Eusebio y la cuarta desde la de Sánchez Barcáiztegui. Muchas veces nos hemos detenido en aquel lugar en el transcurso de los paseos didácticos con mi padre y siempre él trataba de sacar una conclusión aleccionadora de lo sucedido. Aunque recuerdo que me molestaba cierta benevolencia de su juicio sobre Obregón quien, a su parecer, dentro de lo que cabía hizo lo que pudo, sin que llegara a aclararme qué o con respecto a qué.

Trafalgar. El 2 de mayo. La guerra de la Independencia. La progresiva pérdida de colonias. Las luchas fratricidas entre liberales y absolutistas a lo largo del siglo XIX, la suma de la conspiración masónica antiespañola con la aparición de las ideas disolventes del obrerismo y la lucha de clases... Y sin embargo, El Ferrol seguía fiel a sí mismo y a su destino, hecho a la medida de sus necesidades estratégicas, breve ciudad reticulada, de pocas calles y pocas familias de élite al servicio de la marina, más una población instrumental de mano de obra para los astilleros, comerciantes o pequeños artesanos, que no contaban a la hora de dar carácter a una ciudad marcada por la impresionante contundencia de sus arsenales. La vida social era tan intensa como compartimentada. El mundo de los oficiales de marina era el más selecto y a él no tenían acceso ni siquiera los oficiales de máquinas. Luego estaba la sociedad civil, consciente de su subalterneidad y sin crear problemas por ello, aunque buscaban protagonismo en la ciudad, desde centros asociativos y recreativos como el Casino Ferrolano, La Piña, el Círculo de Artesanos, Airiños d'a miña Terra dedicados a organizar actos privados y públicos, algunos tan loables como la cabalgata de la caridad destinada a recoger dinero y juguetes para los niños pobres y otros no tan recomendables o especialmente irritantes como los carnavales, fiesta de fondo pagano y absurda que se convertía en tumulto y en prepotencia de los mascaritas más brutos, pertrechados en la impunidad de su disfraz. Durante el carnaval era especialmente evitable la calle Real y mi madre nos aconsejaba rehuir tales tumultos y aprovechaba la ocasión para prevenirnos sobre el riesgo de una fiesta basada en la ocultación de la cara que era, es, el espejo del alma. No es que nosotros, mis hermanos y yo, le hiciéramos ascos a esa vida exterior y callejera, porque los niños niños son y a pesar de los consejos aislacionistas de mi madre, buenas batallas de piedras me he tirado yo en compañía de Chalín, Monchito y Vierna contra la banda del muelle, una pandilla de arrapiezos capitaneada por el Piojo, razón del apodo no sabría darla, aunque recuerdo lo brutal que era el condenado a pesar de su corta edad, con esa brutalidad que suelen exhibir las clases económicamente débiles como expresión de una rabia explicable pero insana. Por lo demás, mis juegos fueron los tradicionales en aquellas épocas y variaban con los

meses del año. Así había el mes del trompo, el de las come-
tas, los de la villarda, marro, rescate, justicias y ladrones. So-
líamos jugar en la plaza del Amboage, tan próxima a nuestra
casa, y en el paseo de la Herrera, enfrente a la casa de mis
abuelos y primos. Si teníamos más tiempo íbamos hasta la
alameda de Suances, más alejada. Los días de fiesta hacía-
mos excursiones por los alrededores, a los distintos pueblos
de la ría o subíamos con mi madre, nunca con mi padre, a la
ermita del Chamorro, situada al oeste de El Ferrol sobre la
ladera del pico Douro, a la que muchos creyentes ascendían
de rodillas y a donde tantas veces fue a rezar mi madre para
pedirle a la Virgen protección para sus hijos en peligro. Cada
vez que volvía a El Ferrol después de mi primera estancia en
África, acompañé a mi madre en aquellas ascensiones en cum-
plimiento de sus promesas y para agradecer a la Señora la
buena estrella que me había concedido. No quisiera ofrecer
una imagen falsa de mi madre como una santurrona, al con-
trario, su sincera fe no la excluía del mundo y con menos
conocimientos pero a veces con más cordura que mi padre, sa-
bía entender y sancionar los hechos políticos y sociales que
vivíamos. Así ante el malestar de los trabajadores ella oponía
la caridad luminosa de la educación que les prestaba en cla-
ses nocturnas promovidas por la Iglesia y ante los males de
España que con tanta frecuencia yo le expuse, me oponía ar-
gumentos de paciencia como «no hay mal que por bien no
venga» o «ten confianza, Paquito, porque lo que hoy es yun-
que, mañana será martillo». Dos afirmaciones que me han
acompañado luminosamente a lo largo de mi vida. Lo que
puede parecer un mal, un daño, un contratiempo, ¿acaso no
obliga a la superación? Y bien es cierto que la repetida con-
dición de yunque estimula a esa rebelión que lleva a conver-
tirte en martillo. Decir que la sociedad de El Ferrol de mi
infancia era cerrada es quizá sentar las bases de un tópico,
de un prejuicio. Es cierto que la oficialidad de la Armada era
la clase superior y se notaba su hegemonía, no compartida
con la oficialidad de cualquier otro cuerpo del ejército, ni con
los cuerpos subalternos de la propia Armada. Desde una sen-
sibilidad contemporánea, igualitaria a veces hasta la irracio-
nalidad, puede resultar casi monstruoso que estuviera mal
visto que los niños de familias de la marina no pudieran jugar
con niños civiles, a no ser que pertenecieran al más alto nivel
del estamento profesional. Pero era una manera de defender
un espíritu de cuerpo y de ciudad alerta, de cabo vigilante,
avanzado hacia la mar hostil al destino de España y no hay

*mal que por bien no venga. Desde niño he comprendido el
profundo sentido que tenían aquellos prejuicios: «Con Merce-
ditas no saltamos a la cuerda porque su familia tiene una
ferretería», prejuicio que llegó a sentir en carne propia mi
hermana Pilar, a pesar de la estirpe marinera de toda la familia, por el simple hecho de haberse casado con un ingeniero de caminos y no con un marino, Pilar siempre a la contra, una rebelde, que no siguió la consigna común a todas
las chicas casaderas de El Ferrol, que no fueran unas* pichone-
*neras: «... pescar a un guapo alférez de marina». En mis tiem-
pos, no sé ahora, se llamaban* pichoneras *a las chicas hijas
de familias pertenecientes a cuerpos subalternos de la Armada, de máquinas, por ejemplo, o hijas de industriales, comerciantes y hasta las coplas reflejaban la voluntad de que se
perpetuara el orden natural de las cosas:*

> *Ayer de mañana al pasar por la Herrera
> me paró la tía de la costurera
> para darme cuenta de que su sobrina
> está enamorada de un guardia marina.*

> *Sólo porque el chico la ha llamado hermosa.
> ¡Pero habrase visto con esta mocosa!
> Yo ya se lo advierto, no hay quien la convenza:
> ni tiene sentido ni tiene vergüenza.*

Su sobrina, Pilar Jaraiz, socialista, al evocar El Ferrol de
su infancia, casi intocado desde los tiempos en que usted y
sus hermanos eran adolescentes, se muestra más taxativa que
usted a la hora de juzgar el clima moral y cultural de aquella
sociedad: «Cuando pasados los años acuden estos recuerdos
a mi mente me asalta la incredulidad. ¿Cómo es posible que
en aquel ambiente no nos idiotizáramos todos? Ignoraba yo
entonces el sentido de algunas palabras, hermosas palabras,
como libertad, igualdad de todos los hombres, la busca de
un ideal solidario para toda la humanidad, el respeto a ciertos valores humanos que acompañaban a la dignidad. Esto
lo fui aprendiendo con el tiempo aun a costa de cierta aureola de idealista y utópica medio chiflada que a mucha honra
acepto con todo mi corazón.»

*Nací, pues, marcado por un linaje, a la vez marinero y mi-
litar, al servicio de España y de su bien común, tanto por
parte de padre como de madre y desde niño fui poseedor de*

un mandato moral previo a mi existencia, que emanaba de la conducta y del papel social de mis mayores en el marco de una ciudad hecha a su medida. Un linaje sin mancha, que debía asumir y traspasar a mis descendientes, si era posible enaltecido por mi obra. Pero un linaje glorioso no tiene nada que ver con el nivel de vida y he de agradecer a mis padres, en este caso tanto a mi madre como a mi padre, que nunca estiraran más el brazo que la manga y fueran con nosotros a la vez generosos y austeros. Recuerdo, por ejemplo, los regalos de Reyes, modestos y razonables: muñecas para Pilar y armas para nosotros tres, aunque en este punto Pilar nunca estuviera de acuerdo porque decía que nosotros la deslomábamos con las espadas y ella no podía darnos golpes con las muñecas. Pilar era de armas tomar y a veces me gustaba darle sustos fingiendo situaciones que la desbordaran, precisamente a ella, tan difícil de desbordar. Una vez estábamos jugando en nuestra casa, nos subimos a un gran armario y alguien me empujó, luego dijo que sin querer. Caí de cabeza contra el suelo y daño me hice, pero fingí quedar sin conocimiento a ver cómo reaccionaban mis hermanos. Nicolás sólo sabía preguntarse: pero, ¿cómo ha sido? Ramón aprovechaba mi falta de conciencia para hacerme perrerías y Pilar después de quejarse y llorar cual plañidera, cogió un cubo de agua helada y me lo tiró por encima. Estuve a punto de resucitar en este momento pero me sobrepuse a la impresión y aún tardé unos minutos en levantarme y decirles: «No estoy muerto. Sois unos burros.»

Nos íbamos a pescar a la Graña en un bote de remos alquilado, siempre acompañados por alguna criada y cuando conseguíamos pescar un pez volvíamos a casa entusiasmados, con un entusiasmo que jamás he vuelto a sentir, a pesar de los grandes peces que he conseguido en los últimos veinticinco años de intensa dedicación a la caza y a la pesca. Con mi padre dábamos largos, fatigosos paseos que él aprovechaba para aleccionarnos sobre historia, geografía, botánica y mineralogía, pues era hombre culto y muy leído. Ya he dicho que las excursiones con mi madre iban sobre todo hacia la ermita del Chamorro, a cuya Virgen ella guardaba especial devoción, sobre todo cuando Ramón y yo nos vimos metidos en hechos de guerra y mi madre rezaba a la Virgen por nuestra supervivencia. La leyenda dice que la imagen de la Virgen apareció un día al cortar una piedra, que aún se conserva y el pueblo la venera hasta el punto de que acude al santuario de rodillas, montaña arriba, despellejándose las rodillas, si-

guiendo un vía crucis pedregoso muy agreste. Con el tiempo, ya muerta mi madre y yo jefe del Estado, ordené hacer una carretera igualmente jalonada por un vía crucis y casi todos mis viajes a El Ferrol posteriores a la muerte de mi madre no tuvieron otro destino que ojear la que había sido nuestra casa y acercarme a la ermita de la Virgen del Chamorro, sintiendo cada vez, muy cerca, la presencia de mi madre o tal vez sólo se tratara del efecto sensorial de nuestra profundísima comunión espiritual.

Mi hermana Pilar gusta de decir en público que ella siempre consideró a Nicolás el hermano más inteligente, a Ramón el más interesante y que yo era un niño normal, algo más astuto y cauteloso que los demás niños pero normal. Sé que a Carmen no le gustan estos comentarios, pero a mí me iluminan una parte de mi vida y me plantean la cuestión de cuándo realmente fragua la personalidad de los hombres. Yo era más meditador que tímido, más oidor que callado y es falso que mis compañeros de juego me llamaran Cerillita, como dice una y otra vez Pilar, por mi aspecto enclenque. Ella ha olvidado que en El Ferrol era normal que unas bandas de arrapiezos acusasen a las otras de ser cerillitas, motivo más que suficiente para generar pedreas de las que salí sin descalabro por la mucha agilidad natural de mi cuerpo, en aquellos años acrecentada por la delgadez. Nicolás demostró desde niño su gran habilidad para escaquearse de situaciones difíciles y una asombrosa facilidad para caerle bien a todo el mundo, menos a mi padre que fue siempre muy severo con él, aunque sin llegar al extremo que cuentan algunos historiadores enfebrecidos.

Historiadores tan poco enfebrecidos como Hill o Ramón Garriga otorgan a su señor padre una especial dureza que ejercía contra usted, pero sobre todo contra Nicolás, el primogénito, obligado a permanecer castigado durante un día debajo del sofá donde fue a buscar refugio ante la ira paterna por unas malas notas. La tradición oral de El Ferrol ha conservado en su memoria a un don Nicolás alegre, bebedor y dicharachero fuera de casa y Júpiter tronante nada más traspasar el portón de la casa familiar de la calle de la María. Alto para su tiempo, ancho de caderas, algo estrecho de hombros, rómbico, con voz aplastante y argumentos irrebatibles, su padre fue su primer enemigo interior.

A pesar de la severidad en el trato, Nicolás fue siempre muy comprensivo con nuestro padre, tal vez porque también nece-

sitaba comprensión especial para su conducta. Aunque ingresó en la Escuela Naval, estudió ingeniería porque, solía decir, yo no tengo madera de héroe como Paco o Ramón y se vive mejor en la marina mercante que en la de guerra. No se equivocó de elección y su primer empleo lo obtuvo en la Compañía Transmediterránea, propiedad del financiero Juan March, contacto que había de ser trascendental en su vida y en la historia de España. Nicolás se ubicó en Valencia durante catorce años, en plena juventud ya al frente de la Unión Naval de Levante, precoz como todos los Francos, extrovertido sin llegar al excentricismo de Ramón, creativo, ingenioso, generoso con su tiempo, su dinero y con el tiempo y el dinero de los demás. Así como mi vida militar se cruzó frecuentemente con la de Ramón, los encuentros con Nicolás están ligados a los veraneos en Pontedeume, mientras vivió mi madre, y era el más divertido de los presentes: había que dejarle hablar y hacer, y él solo daba sentido a los a veces tediosos días de un veraneo ocioso. Nada que explicarle sobre el ocio. Me contó que los dueños de su empresa le habían llamado la atención porque se presentaba en la oficina a las doce del mediodía y se marchaba a la una: «No entiendo por qué se preocupan de mi conducta. Pusieron en mis manos una empresa que era el caos y la bancarrota y yo la he reorganizado de tal forma que tengo el orgullo de puntualizar que ahora los astilleros marchan perfectamente y rinden bien en el nuevo camino emprendido. Ustedes deben comprender que yo actúo como el relojero que, después de haber montado el reloj y logrado que dé puntualmente las horas y los minutos, no le corresponde otra función que dedicarle el rato indispensable para darle cuerda y controlar su buen funcionamiento. Considérenme ustedes como el relojero de los astilleros y tengan la seguridad de que dedico a mis funciones el tiempo necesario para comprobar que todo marcha bien.» Luego estuvo metido en la política junto a Lerroux, uno de los que fecundaron el huevo de la serpiente de la II República, pero algo que no se le puede negar es el valor patriótico que opuso al separatismo catalán durante los tiempos en que dirigió desde Barcelona su partido radical y sus «jóvenes bárbaros». Cuando se produjo el alzamiento, Nicolás olió lo que iba a venir y puso la suficiente distancia entre el Madrid ganado por los rojos, como para llegar a mi lado y ayudarme considerablemente en el aprendizaje de mi caudillaje. Luego cuando apareció mi cuñado Serrano Suñer, Nicolás supo apartarse sin dar un portazo y aceptó el cargo de embajador en Lisboa, donde me sirvió de enlace entre el gobierno portugués aliado y con el pretendiente monárquico don Juan de Borbón. A veces me llegaron noticias de los excesos de sus ocios y las usuras de su tiempo laborable, pero yo recordaba entonces su parábola del relojero y contestaba, supongo que enigmáticamente, para los demás: «Con tal de que dé cuerda al reloj y vigile que vaya bien...»

Pilar, Pilar. ¿Qué decir de Pilar? Siempre ha tenido mucho carácter y hubiera compuesto un magnífico militar de haber sido eso posible, o quizá, mejor, un magnífico coronel de la Guardia Civil. A pesar de ser más joven que yo, normalmente era ella la que nos hacía objeto de sus arbitrariedades y no al revés. Una vez, cuando éramos niños me llamó Cerillita y cuando yo, apenas con siete años pero ya muy reflexivo, trataba de hacerle ver lo absurdo de su afirmación, ella me propuso: «Si te dejas marcar el brazo con hierro candente, ya no te llamaré nunca más Cerillita.» Me mortificaba tanto el apodo, repito que generalizado entre una bandería de El Ferrol, que me presté al experimento y Pilar, cinco años de edad, se sacó una horquilla del pelo, la puso al rojo vivo en las ascuas del hogar y me la aplicó en el brazo. Miré el crecimiento de la quemadura en mi piel y luego clavé mis ojos en los suyos. Mi mirada no la impresionaba, al contrario, parecía contenta, morbosamente contenta con el experimento y yo, sin apartar el brazo, comenté displicente: «¡Cómo huele a carne quemada!» Ella retiró entonces la horquilla. Estaba muy enfadada y me siguió llamando Cerillita hasta que ingresé en la Academia Militar de Toledo. Mi padre se lo consentía todo y mi madre era impotente ante su frescura, en el doble sentido de la palabra. Del colegio llegaban a casa constantemente las críticas de los maestros; que si la niña ha llenado de agua todos los tinteros del aula, que si maúlla en la clase en el momento álgido de las explicaciones de la maestra, que si llena todos los pupitres de muñecos hechos con papel y miga de pan. Muy pronto empezó a tener pretendientes que la esperaban a la salida del colegio y les tiraba mensajes desde dentro con piedrecitas envueltas en papeles... Cuando mi pobre madre exigía a mi padre parte de la cuota de severidad que nos dedicaba a mí o a Nicolás, se encogía de hombros, miraba a Pilar como si fuera un ser distante y sentenciaba: «Es una mujer. Arreglaros entre vosotras como podáis.» Luego, cuando mi madre se quedó sola con Pilar y Ramón, se las vio y se las deseó para meter en cintura a la niña y respiró aliviada cuando se casó con Jaráiz en 1915, aunque no era un marino, ni siquiera militar, sino un ingeniero muy trabajador, eso sí, y carlista acé-

*rrimo. El pobre Jaráiz murió poco después de la guerra de-
jando a Pilar con muchos hijos, y uno de ellos, Pilar también
de nombre, escorada hacia la izquierda, a pesar de haber pasado dos años en las cárceles rojas de donde la saqué mediante un canje forzado por mi hermana: «O sacas a mis hijos de
las cárceles rojas o cruzo las líneas y me paso al otro lado
para protegerles.» Durante mis estancias en Madrid en los
años treinta con destino o a la espera de destino, a veces convivimos Carmen y yo con Pilar, su marido y su abundante
camada. A Carmen le molestaba la excesiva confianza con que
me trataba Pilar y el abuso que hacía del lacón con grelos,
que según ella era mi plato preferido y, después de mi madre,
nadie lo sacaba tan bueno. Le pilló el alzamiento en Pontedeume y la primera vez que me vio, ya caudillo en Salamanca, me puso verde por no haber avisado a la familia de lo
que se preparaba. Pero mujer, trataba de razonarle, ¿cómo
iba yo a poner a salvo a todos los Franco, a todos los Jaráiz,
a todos los Puente, a todos los Salgado Araujo, para que se
hubieran dado cuenta los servicios de información republicanos? Nunca entendió este abandono, pero en Pontedeume se
puso al frente de la población al producirse el alzamiento, se
echó una escopeta al hombro y se dedicó a organizar el al-
macenaje y control de alimentos, iniciando así una capacidad
gestora que muy bien le fue cuando se quedó viuda.*

Trabajé: representaciones, carpintería metálica, tornillos...
Y como mis amigos me colocaron, salí adelante. Claro que
mi nombre caía bien. Eso es natural y lógico. Pero es toda la
ayuda que obtuve del caudillo. Porque yo no quise. Recuerdo que al producirse el alzamiento yo estaba en Pontedeume
y un miliciano me apuntó al cuello una escopeta. Decía que
tenía orden de matarme. Yo le respondí: «Baja eso, que se te
puede disparar y tenemos un disgusto. Si a mí me pasa algo,
vienen las tropas de mi hermano y no dejan piedra sobre piedra. ¿Pero tú no te acuerdas cuando tu mujer tuvo una hemorragia que se desangraba? ¿A quién fuiste a buscar entonces, bendito de Dios? ¿A quién llamaste a las cuatro de la
madrugada? ¿No te acuerdas de que con mi coche os llevé al
hospital de Santiago? ¿No te acuerdas que gracias a mí os
trataron divinamente y no os cobraron nada? Es que yo creo
que la guerra idiotiza a la gente. Y así me quedé, como quien
dice, al frente de Pontedeume. Lo decía la copla: "El Ferrol
del Caudillo; Pontedeume de su hermana." Y no es de extrañar. Cuando se organizaban manifestaciones para celebrar los

triunfos nacionalistas, los del pueblo me hacían ir en cabeza porque yo con mis ¡Viva España! y mi entusiasmo los contagiaba a todos.» Mariano Sánchez Soler en *Villaverde: Fortuna y caída de la casa Franco* hace algunas observaciones de la milagrosa capacidad de supervivencia de doña Pilar Franco viuda de Jaráiz: «Desde la España del estraperlo hasta el relanzamiento económico de los años sesenta, doña Pilar consiguió comprar una residencia valorada en doce millones de pesetas, un piso para cada uno de sus numerosos hijos, una finquita en La Coruña y "algunos títulos" de acciones bursátiles. Todo un milagro para una pensionista que cobraba treinta y ocho duros mensuales.» «Mi madre —escribe la socialista hija de Pilar Franco— cuando ocurre el fallecimiento de una persona allegada se desmorona. Sólo ella tan entera para las cosas de la vida, ante la muerte se acobarda y todo el mundo tiene que ocuparse de ella. En el caso de mi padre no fue una excepción, explicable si se tiene en cuenta lo inesperado del golpe y la relativa juventud de mi padre, cincuenta y cuatro años... Mi madre se desenvolvió bien y ganó algún dinero, pero lo que pudo ganar, aparte de no ser de mi incumbencia, no es ni con mucho lo que se le atribuye. Más bien creo que ha habido personas que durante muchos años se han aprovechado de su buena fe y la han engañado. Por otra parte han propagado ciertas cosas que se ha llegado a creer ella misma, como por ejemplo, lo del regalo de un piso a cada uno de nosotros. Esto no es exacto y más de la mitad de sus hijos, entre los que me encuentro, no hemos recibido ayuda económica, que por otra parte no tenía obligación alguna de prestarnos, ni nosotros necesidad de recibirla.»

En el fondo Nicolás siempre rehuyó las complicaciones y solía comentar: Con dos hermanos héroes en la familia ya basta. Yo no busqué complicaciones, pero cuando vinieron les hice frente y no perdí la cara. Ramón, en cambio, las atraía como los pararrayos atraen los rayos. De niño era travieso como Pilar, pero lo que en mi hermana era expresión de una fuerza psicológica irreprimible, en Ramón era puro ejercicio de funambulero. Le gustaba caminar por alambres suspendidos sobre el vacío y desde allí nos contemplaba sonriente, como si eso fuera una prueba de superioridad. Los años de estancia en la Academia de Infantería de Toledo nos separaron y a mi vuelta a El Ferrol en 1910 para hacerme cargo del regimiento de Zamora número 8, coincidí con él cuando se preparaba para ingresar también en la institución toledana.

Yo tenía dieciocho años y Ramón catorce, pero aunque éramos de parecida estatura, mi delgadez, que no perdí hasta que contraje matrimonio, y su tendencia a la robustez hacían que él pareciera de mi edad, por más que yo me dejé bigote. Traté de que mi vida ordenada, disciplinada, marcada por los valores transmitidos por nuestra santa madre, le sirviera de pauta, pero su espíritu burlón no tenía límites, ni siquiera a sus catorce o quince años. Eso no quiere decir que careciera de virtudes militares, porque una vez ingresado en la Academia consiguió el número 37 de su promoción sobre un total de 413 cadetes, mérito doble por cuanto fueron muchos los arrestos que sufrió por su conducta bullanguera, que no indisciplinada. También él abandonó la Academia gritando: «¡Ascenso o muerte!» y buscó en la guerra de África la posibilidad de lo primero y el riesgo de lo segundo. Ramón salió de la Academia en 1914 y un año después ya estaba en Larache en los Regulares, con acciones heroicas tan temerarias que le valieron el apodo de el Chacal. Lo que son las cosas, para muchos compañeros de armas, hasta 1936 yo fui Franquito y mi hermano ya era el Chacal cuando apenas contaba veinte años de edad. Nuestra vidas se cruzaron alguna vez en África y recuerdo cuando me comunicó que estaba estudiando la posibilidad de cambiar de arma y pasar a... la aviación. Yo había hecho mis estudios y sacado mis conclusiones sobre el uso de la aviación en la guerra del 14, porque los italianos en 1911 habían hecho uso bélico del avión en la llamada guerra tripolitana. No carecíamos de pioneros en lo que más aspecto entonces tenía de dedicación deportiva que de preparación para la guerra en el aire. Alfredo Kindelán había volado en globo desde comienzos del siglo, el infante Alfonso de Orleans y Borbón fue de hecho el primer piloto de guerra español, graduado en la escuela francesa de Mourmelon y el coronel Vives y Vich fue compañero de las hazañas aéreas de Kindelán. Fruto de todo esto fue la formación de la escuela aerodinámica de Cuatro Vientos, cuna de la aviación militar española, y los raids aéreos de Kindelán sobre Marruecos, primero en vuelos de reconocimiento y en noviembre del mismo año, 1913, de bombardeo. Mi hermano Ramón, capitán de infantería, ingresó en un curso de aviación en Getafe en febrero de 1920, en noviembre estaba en la escuela de Cuatro Vientos y a comienzos de 1921 ya salía en los periódicos, ganador de un premio por haber alcanzado los 5 895 metros de altura en aeroplano. Luego se cubriría de gloria en los cielos de Marruecos en lucha contra el enemigo: 82 horas *de vuelo, 54 acciones de bombardeo y 10 de reconocimiento en el último semestre de 1921. Juntos participamos en el desembarco de Alhucemas en 1925, yo por tierra, él por aire, yo teniente coronel, él capitán, pues al no haber sido herido en campaña esta circunstancia impedía la rapidez del ascenso, también más difícil en el arma de la aviación. Tal vez por esto se dedicó a la aviación experimental, una vez terminada la guerra en Marruecos, y realizó la hazaña de la travesía del Atlántico en el Plus Ultra en 1926 que figura en los anales de la historia de la aviación universal, travesía que realizó en compañía del bravo Ruiz de Alda, mártir de la cruzada, del capitán Durán y del mecánico Rada, hombre valeroso pero políticamente funesto, en buena parte responsable de la inculcación de las ideas izquierdistas que hicieron de mi hermano un rebelde entre 1927 y 1936, cuando volvió al buen camino y se sumó a las tropas de la verdadera España. Ya daré cuenta de nuestras difíciles relaciones en ese período, pero como rasgo definidor de su carácter he de decir que su antipatía por el general Kindelán, mutua si he de ser sincero, acabó siendo tan fuerte como la que sentía por Alfonso XIII, Su Majestad, que nos había regalado su protección y recibido tantas veces que muchos compañeros de armas, envidiosos, nos llamaban «los palaciegos». Pues bien, tras una audiencia con el rey le vi yo caviloso y al preguntarle el motivo de su preocupación, Ramón me contestó: «Alfonso XIII es casi tan alto como Kindelán, y me parece que casi tan tonto.» Clavé mis ojos en los suyos, pero sólo recibí una divertida mirada verde y luminosa. Las hazañas de Ramón con el Plus Ultra y luego en otros viajes de final no tan feliz, me llenaron de orgullo, por más que algunos enemigos hayan levantado la calumnia de que yo me sentía vejado porque era más conocido Ramón y muchos se referían a mí como «el hermano del aviador». En 1927 le levantaron un monumento en El Ferrol, pusieron una placa dedicada a nosotros dos en la fachada de nuestra casa natal y fue tanta la alegría de mi madre, premiada por el rey con una preciosa joya, robada del domicilio madrileño de mi hermana Pilar en 1936 por la horda roja, que yo sentí como mía aquella alegría, después de todo lo que mi madre había llorado por los peligros que corríamos Ramón y yo y de las veces que había subido con las rodillas destrozadas y sangrientas por los caminos que llevaban hasta la Virgen del Chamorro, para pedirle protección para sus hijos. Pero Ramón era Ramón y en pleno delirio universal y español por su gesta, volvía a ser el niño que se negaba a crecer.*

Primo de Rivera, que tampoco vio nunca a Ramón con bue-
nos ojos, no estuvo en el recibimiento que se tributó a los
héroes del Plus Ultra en Palos y les citó en Sevilla. No era
una cita cualquiera. La hacía el dictador por acuerdo del rey,
el hombre fuerte del Estado. Pues bien, Ramón, cansado de
tanto agasajo, dejó a Primo de Rivera plantado en Sevilla y
se fue a Madrid para sentirse libre y celebrar por todo lo alto,
lo que él consideraba por todo lo alto, su alegría interior. Era
inútil llamarle la atención. Al contrario, como en aquella oca-
sión que he contado del zafarrancho del desván de la casa,
podía leerse en sus ojos la satisfacción por haber escandali-
zado a los demás y la conmiseración dirigida hacia «los que
no sabemos vivir». Yo estaba enterado de que jugaba a la
ruleta y a otros juegos de azar que prohibí en cuanto alcancé
la máxima jefatura del Estado, por la experiencia negativa fa-
miliar que yo había experimentado en relación a aquella mal-
sana pasión. Y fue jugando en el casino de San Sebastián
donde Ramón conoció a la que habría de ser su primera mujer
y he omitido la reticencia de las comillas, pero fue público y
notorio que Ramón se casó con una artista del casino, Car-
men Díaz, bajo los efectos de la embriaguez y que aquello le
cerró las puertas de palacio y abrió el corazón de mi madre
con una puñalada más, un puñal más en aquel sufrido cora-
zón de Dolorosa. Cuántas veces al escuchar la romanza del
tenor de la zarzuela La Dolorosa se me superpone la imagen
de mi madre como una Virgen Dolorosa con el corazón atra-
vesado por los puñales que le clavaron seres tan próximos.

> *Por un sendero solitario*
> *la Virgen Madre sube*
> *ve la silueta del calvario*
> *y al hijo agonizante*
> *y llora su callado tormento...*

He observado en los testimonios de ustedes los Franco, sobre todo de usted y Pilar, una cierta actitud tiquis miquis hacia
cuñados y cuñadas, como si nunca hubieran estado a la altura de ustedes. Especiales víctimas de esa altanería genética un
tanto tribal y minifundista, le hablo de casi gallego a gallego, general, fueron las dos mujeres que tuvo Ramón Franco,
causa y efecto de su alocamiento. Pero las señas de identidad que usted atribuye a su primera esposa, Carmen Díaz, no
coinciden con las que ella pudo establecer en *Mi vida con*
Ramón Franco, memorias dictadas o escrituradas por José An-

tonio Silva. No, no era una contumaz cabaretera de casino a la caza del joven oficial ya por entonces pequeño héroe de la guerra de África, de sobrenombre *el Chacal* por la agresividad de sus acciones de guerra. Carmen Díaz tenía diecinueve años cuando conoció a Ramón y acababa de salir de un colegio de París, Le Sacré Coeur, donde había terminado el bachillerato, porque su padre trabajaba en Francia como ingeniero industrial de la Renault. Se encontró con Ramón en Madrid: «No era alto, apenas un metro y sesenta centímetros, tenía algo de tripa y su pelo rizo había comenzado a desaparecer, pero yo no veía nada de eso. Sólo sus ojos. Ni siquiera su uniforme con alas de aviador y el pasador de la medalla militar.» Carmen Díaz supo comprender la cantidad de rabia oculta y generosidad de vida que había en aquel loco que exteriorizaba todo lo que usted, general, llevó siempre interiorizado como un quiste. «Miraba fijo, como taladrándote, con unos ojos verdes muy bonitos y arrogantes que sin embargo escondían algo. Más adelante lo supe. Escondían sus miedos, sus traumas, sus complejos, su rencor de niño a los demás niños que le decían que no tenía padre, su odio a la sociedad mezquina y chismosa de El Ferrol, su orgullo y su miedo a sí mismo.» Fue esta mujer la que mejor supo connotar a su hermano: «Vivía permanentemente pensando en cómo llevar la contraria a todos.»

No sólo hirió a mi madre y se cerró las puertas de Palacio, sino que cortó su propia carrera, por cuanto no pidió permiso para casarse, como estaba obligado por su condición militar. Matrimonio escandaloso y vida disipada que ya no quiero esconder, porque tuvo su redención posterior, ese supremo acto de contrición que es la muerte por un ideal cristiano. Nadie que esté dispuesto a jugarse la vida es mala persona, pero Ramón digirió mal su éxito del Plus Ultra y no hubo juerga suya, y de su señora esposa, que no acabara en bronca, especialmente cuando se ponía un homosexual a tiro, porque Ramón no podía soportar a los homosexuales y en lugar de distinguirles con la compasión que merece todo aquel que tiene una conducta antinatural, a veces dictada por impulsos malsanos innatos, se lanzaba contra ellos con una violencia loca. Yo le había dicho más de una vez que los homosexuales son capaces de lo más heroico y lo más cobarde, conclusión a la que llegué tras verles actuar en los Regulares o en la Legión, donde había unos cuantos. Para empezar se ofrecían para las acciones más arriesgadas y a veces llegaban a cotas de heroísmo extraordinarias, suprahumanas, para otras veces arrugarse, echar a correr, esconderse cobardemente y hacerse acreedores al justo correctivo, implacablemente. *Pero nada de lo que se le dijera a Ramón, a aquel Ramón borracho de éxito, servía para algo.* Y esa obsesión por el éxito le llevó a la descabellada empresa de intentar dar la primera vuelta al mundo aérea, que acabó en un naufragio junto a las Azores, que estuvo a punto de costarle la vida y también a González Gallarza, que tan útil me había de ser durante la cruzada. «*Tú, Paco, no sabes vivir la vida.» «¿La vives o la malgastas?*» Ramón creía que malgastar la vida era la mejor forma de vivirla y no empleaba en ello la parsimonia de Nicolás, sino que hacía exhibición compulsiva de su vitalidad frente a lo que consideraba mi mediocre vida ascética. ¿Sabía vivir o era como una de esas mariposas de noche que se lanzan sobre las luminarias sin prever la cremación? El alcohol, por ejemplo, al que era tan aficionado, ni sabía beberlo en cuanto a la cantidad, ni sabía catarlo en cuanto a la calidad. Yo estaba destinado en Tetuán y una noche Carmen invitó a Ramón a cenar. A la hora del café, mi mujer descubrió angustiada que sólo quedaba un fondo en la botella de coñac francés y me pidió un aparte para consultarme el mal trance. Junto a la botella casi vacía de coñac francés permanecía casi llena una de coñac español, así que le propuse hacer un trasvase y servimos coñac español dentro de una botella de coñac francés. Ramón dedicó buena parte de la sobremesa a glosar las excelencias del coñac francés sobre el español, se bebió media botella y aun se permitió comentar: *¿Y qué hace una botella de coñac francés en una casa como ésta?* A Carmen le ensombrecían estas pequeñas agresiones. Yo me limité a contestarle: *Esperar a que vengan a beberlo paladares exquisitos como el tuyo.*

Hijos de la misma madre y del mismo padre ¡cuán distintos todos! Voluntad de Dios, sin duda, pero las ciencias modernas insisten en la existencia de genes que condicionan el carácter y al analizar yo la normalidad probada del mío, en comparación con la de otros miembros de mi familia, me pregunto: ¿dónde empieza la excepción y termina la regla? No es que yo haya sido un hombre prudente, incapaz de rebeldía, como probé cuando me enfrenté a mandos muy superiores que no entendían nuestra acción en África o cuando me sublevé, en nombre de España, contra aquella república roja y masónica. Pero no fue excentricidad mi conducta, sino, al contrario, resultado de la aplicación de la más estricta racionalidad y cálculo a la vez ético y estratégico, dotado por Dios

de la capacidad de distinguir entre el bien y el mal. La reli-
gión nos enseña que todos los humanos somos animales ra-
cionales y no lo pongo en duda, pero de siempre me ha sor-
prendido la conducta de los excéntricos, que sin llegar a locos,
es decir, irracionales, hacen de la extravagancia la señal más
poderosa de su personalidad. En mi propia familia mi her-
mano Ramón fue un excéntrico toda la vida, aunque supiera
morir como un almogávar, como un defensor de la España
Imperial y junto a su figura asocio la de mi tía Gilda, herma-
na de mi padre Nicolás, solterona, cariñosa, imprevisible, la-
drona de pequeñas cosas, patatas por ejemplo, que se lleva-
ba de nuestra casa a pesar de que Nicolás y yo le dejábamos
mensajes escritos en papeles revueltos entre los tubérculos:
«Tía Gilda, ya sabemos que eres tú.» «Tía Gilda, te vamos a
denunciar a la infantería de marina.» Vivía con una criada
de su misma edad y la recuerdo como un vendaval de pala-
bras, historias, figuraciones, fabulaciones que pasaba por
nuestra casa y nos dejaba boquiabiertos a los niños y algo con-
fusos a los mayores porque no sabían cómo tratarla, si como
una adulta o como uno de nosotros. Pero la recuerdo a veces
como un viento no sólo conmocionador, sino también libera-
dor, cuando nos cogía y nos llevaba al circo, a las fiestas po-
pulares, a las botaduras de barcos, donde siempre se metía
entre «los golfos», como ella llamaba a la gente del pueblo,
mientras mis padres estaban entre todo El Ferrol, vestidos muy
elegantes, muy a tono con aquellos palcos irrepetibles, porque
yo, habitual gozador de palcos a lo largo de una vida de prota-
gonismo militar y político, jamás vi ni pisé palcos como los de
mi infancia, a la exacta distancia de todo lo que se quería dis-
tanciar. Tía Gilda, Gildita, nos contaba cuentos de la tradición
mágica celta y lo que no recordaba se lo inventaba, como aque-
llas narraciones dedicadas a la vida de los animales, totalmente
inverosímiles porque nadie sabe cómo vive un corzo o un cone-
jo, qué piensa, qué relaciona. A veces cuando en las cacerías
he abatido un animal perteneciente al universo fabulador de
Gildita, no he podido evitar recordarla situada como un hada,
como una brujilla buena en el centro de nuestro salón, jugan-
do al parchís, siempre se dejaba ganar por nosotros, o contan-
do la historia de un conejo verde que se llamaba Aristóbulo.
Por otra parte, tía Gilda, como todas las mujeres de la familia,
era muy ahorradora y a pesar de sus pequeños, inocentes robos
podía decirse de ella que era una mujer acomodada. Tenía unos
pisos en La Coruña y la convencí para que se los dejara a mi
hermana Pilar, cuando se quedó viuda con tantos hijos.

En cuanto a mi madre, ya han dado constancia suficiente mis biógrafos sobre el respeto que me mereció desde que tuve discernimiento para apreciar su grandeza. Hasta aquellos biógrafos miserables que han tratado de falsificar el sentido de mi vida porque en el fondo querían falsificar el de España, no han podido más que rendirse ante la grandeza de aquella gran mujer. Tenía las facciones finas, una estructura ósea delicada y armoniosa daba a su rostro las luces y sombras de una rara belleza, a la vez luminosa y triste. Ojos en cambio los suyos que normalmente eran dulces, pero que de pronto podían ser una proclama a la dignidad a la defensiva, nunca ofendida, porque nadie podía ofender a aquella pequeña pero indestructible fortaleza de dignidad. Era una fortaleza, no una mujer acobardada por una supuesta formación antifeminista, como se diría ahora. Era nada más y nada menos que eso, una gran mujer, una gran madre a la que todos los hijos idolatrábamos. Todos me la recuerdan como dotada de una distinción natural que llamaba la atención, siempre vestida con austeridad, aunque sus movimientos suaves y armoniosos mejoraban la modestia y contención de su vestuario. Su carácter era a la vez dulce y enérgico, con una bondad natural que la llevaba a ser caritativa hasta el límite de sus escasas fuerzas económicas y lo que no podía dar materialmente, lo daba espiritualmente impartiendo clases a los obreros analfabetos en las escuelas religiosas para adultos que se abrieron en El Ferrol para llevar por el justo camino la formación de la conciencia de los económicamente débiles. Su amplitud de miras la llevó a dejar que mi hermana Pilar estudiara una carrera, la de magisterio, contra el sentir general de una sociedad como la ferrolana, en la que las chicas de buena familia debían aprender sólo lo fundamental que les permitiera encontrar un buen marido.

En este punto, general, hay absoluta coincidencia entre usted, la primera esposa de Ramón, Carmen Díaz, y el testimonio directo de su sobrina, que recuerda a su abuela materna con una ternura indestructible por cuarenta y seis años de distancia entre la muerte de Pilar Baamonde (1934) y el momento en que aparece *Historia de una disidencia*: «No es mi intención hacer de estos recuerdos un panegírico de mi abuela Pilar, no me seduce tal oficio. Sin embargo el hecho de visitarla era para mí una liberación. A su lado se respiraba paz y confianza y estos sentimientos se incorporaban a los que vivíamos a su alrededor, proporcionándonos una especie de remanso espiritual. Yo era una niña como todas y tenía mis caprichos e impertinencias, pero jamás me reprendió, ni me dijo una palabra dura. Si en alguna ocasión comprendía que debía llamarme la atención o necesitaba su ayuda, me hacía una observación o una sugerencia con ponderación y amor. Es decir, que lo que hubiera podido ser una represión, se convertía en una conversación o un discreto consejo. La única pena que sufrí por su causa fue la de su muerte y el vacío que dejó en mí. Por lo demás siempre la vi mirar con indulgencia las faltas de los inferiores, ser abnegada con la familia, fiel a los amigos y guardando una atenta reserva con los que pudiera considerar superiores por su cargo o su orden social. Nunca fue servil y si algo puede caracterizarla en este sentido fue su gran dignidad sin el orgullo mal entendido del que muchos hacen gala. Cuarenta y seis años han transcurrido desde su muerte y la abuela sigue viviendo en mi memoria como un ser de los que pocas veces se encuentran en la vida...» Mi abuela Pilar vestía siempre de negro, como si algo muy profundo se hubiera muerto dentro de ella y su luto fuese eterno.»

Mi padre. He aquí un elemento familiar en el que algunos han querido ver el talón de Aquiles de los Franco, el único punto débil por el que podrían herirles y matarles. Vana pretensión. Ante todo mi padre fue un marino que pasó toda su vida al servicio de España y murió en 1942 con rango de almirante, confortado con los santos sacramentos y velado por sus hijos supervivientes: Nicolás y yo. Faltaba Ramón, q.e.p.d., tal vez su preferido, no niego esta preferencia subrayada a veces por mis biógrafos con mala intención, pero allí estábamos los Franco rescatándolo quizá de la parte más oscura de sí mismo. ¿Acaso no he luchado yo toda mi vida para sacar a España de la parte más oscura de sí misma? ¿Mi recurso a la fuerza no ha tenido la finalidad de que España no se condenara material y espiritualmente? Le recuerdo como un hombre más severo para con nosotros que para sí mismo, acalorado y provocador como Ramón y no contenido cuando llegaban borrascas familiares que herían mi sensibilidad porque mi madre era siempre la víctima fundamental. Eso es todo. ¿Cuántos retratos de patriarcas familiares se corresponden al de mi padre? Si le tuve como modelo en lo que consideré positivo, la eficacia de su trabajo y la ejemplaridad de su servicio, no lo tuve en el de su conducta ni en el de su carácter. La autoridad no emana de la fuerza de la voz o de la estatura, sino de la rectitud de miras del que manda. Mi padre era un excéntrico, como mi tía Gilda o como Ramón y lo era en opiniones políticas, fiel en lo fundamental a la monarquía como servidor de ella que era por juramento, pero liberal y rebelde hasta el exceso y víctima, supongo, de aquel clima de libertinaje librepensador que llegó a España coincidiendo con su crisis histórica. Con respecto a mi padre ha sido objeto de una campaña de difamación a cargo de mis enemigos, imposibilitados de hallar mancha alguna en mi comportamiento privado, han magnificado debilidades de mi progenitor, para zaherirme indirectamente. Se le ha llamado «calavera» cuando la denominación más apropiada hubiera sido la de excéntrico, de hombre poco amoldado a las reglas del «qué dirán» en una ciudad tan pendiente de las apariencias como El Ferrol. Irreprochable como servidor de la patria, en su expediente de fin de carrera se dice: «... ha demostrado singular aplicación, clara inteligencia y notable amor al cuerpo... es digno de recordar entre los discípulos más distinguidos de esta academia en la que deja honroso y plausible recuerdo». La carrera de mi padre se inicia en aquel Madrid de 1878, al comienzo de la Restauración, Prim asesinado por la masonería, entre nostalgias republicanas a pesar del fracaso de la I República gobernada por traidores o pusilánimes. Su primer destino importante lo cumple en Cuba, de la que siempre conservaría un recuerdo extraordinario ligado a la bonanza del clima y de la vida de un oficial joven todavía, soltero, pero también crítico ante el abandono de la metrópoli que él apreciaba en lo militar y don Santiago Ramón y Cajal reflejó en lo asistencial, especialmente en el aspecto sanitario que a él le interesaba. Mi padre fue siempre un devoto lector de Ramón y Cajal, al que tanto se parecía en algunos rasgos de carácter intemperante y de ideología laicista.

Volvió a El Ferrol y la ciudad se le caía encima y movió cielos y tierra para ser destinado otra vez a ultramar, Filipinas ahora, a donde llegaría en 1888. Me parecía fascinante el relato de su viaje: Suez, el Índico, los estrechos, Manila, Cavite finalmente, donde ejerció su trabajo con ejemplaridad. Cuba y Filipinas, lo que quedaba del imperio español de Carlos I y de Felipe II, aquel imperio en el que no se ponía el sol, testimoniaban el desastre de la política metropolitana y lo que no se destruía desde el desgobierno, lo pudría el alcohol, las indígenas y el juego como recursos para la descomposición de la tropa. El hecho de que fueran las últimas colonias provocaba la codicia de aventureros recién llegados, sin escrúpulos que se dedicaban a una pura depredación, sin crear nada, traicionando así el espíritu con el que los Reyes Católicos, cuatrocientos años antes, habían empezado la cristianización del continente americano. Mi padre cumplió su destino en Cuba muy dignamente, porque nunca hubo nadie que pudiera reprocharle falta de capacidad de trabajo y de eficiencia. E igualmente cumplió durante su etapa en Filipinas y se ha exagerado mucho sobre las irregularidades de su conducta personal, de un hombre soltero y lejos de su tierra, tal vez demasiado extrovertido y privado del santo temor de Dios. Recuerdo el relato de sus viajes, especialmente el de 1888 a Filipinas, a través de Suez, el Índico, los estrechos. España, decía, aún abría camino en todos los mares a pesar de que sólo conserváramos dos esquinas del mundo: «Un país que envía funcionarios a la otra parte de la Tierra, quiere decir que aún tiene horizontes», nos dijo un día mientras miraba soñador el mar, desde el cabo Porriño, después de habernos contado costumbres filipinas y el porqué los mantones de Manila no eran de Manila, sino chinos, llegados a la capital de Filipinas y luego comercializados en España. «Cuando seas mayor te regalaré un mantón de Manila», le prometió a Pilar y sólo consiguió enfurruñarla, porque ella objetaba que hay mantones de Manila de muchos tamaños.

Lamento que por circunstancias derivadas de la censura que usted ejerció sobre la vida cultural española, no estuviera en condiciones de enterarse, general, de que su padre, en efecto, fue un eficiente funcionario, pero también un juerguista y un mujeriego que dejó algo más que recuerdos en sus expediciones coloniales, si hay que hacer caso del prólogo de Rafael Abella a la edición de la pieza teatral de Jaime Salom dedicada a don Nicolás: *El corto vuelo del gallo.* La revista *Opinión*, general, editada por el importante y franquista editor José Manuel Lara, publicaba el 26 de febrero de 1977 la revelación de que don Nicolás dejó en Cavite un hijo, fruto de sus amores treintañeros con casi una niña, hija de un compañero de armas: «Seguía soltero —dice *Opinón*— pero no tenía precisamente fama de puritano. Por el contrario era tenido por hombre alegre y vividor y amigo de aventuras amorosas. Una de esas aventuras tuvo consecuencias. Sedujo y dejó embarazada a una joven española de sólo catorce años, Concepción, hija de un compañero de armas. El hijo nació el día de los Santos Inocentes de 1889 y recibió en el bautismo el nombre de Eugenio, reconocido por don Nicolás como hijo suyo, poco antes de abandonar definitivamente Filipinas de regreso a España. El problema, en todo caso, quedó resuelto con el matrimonio de la madre con otro militar, muy poco tiempo después. Eugenio se integró en la familia, se llevó bien con el resto de sus hermanos, aunque conservaba el apellido Franco.» Se dice que tras la pérdida de Filipinas en 1898, Eugenio Franco volvió a España, quiso ser marino, pero, como usted, no lo consiguió y acabó ejerciendo de topógrafo en un organismo oficial donde siguió apellidándose Franco, pero sin hacer el menor esfuerzo porque se relacionara su apellido con el de usted y muy especialmente a partir de 1939. La existencia de este supuesto hermano ultramarino fue rebatida sin demasiados argumentos por su hermana Pilar: «Después de la muerte del caudillo, cierta revista española sacó a relucir la existencia de un supuesto hermanastro nuestro, residente en Madrid. Según la citada revista, este señor, del que se publicaron varias fotografías y unas explosivas declaraciones, sería hijo de don Nicolás y de cierta señorita, hija de militar, residente en Filipinas. Añadía este señor que nunca había molestado al caudillo, ni siquiera para mencionarle su existencia. Yo lo leí en la dichosa revista. Pero como tantas mentiras que se dijeron, ésta es otra más. ¡Bueno era don Nicolás como para no atender a un hijo suyo! Mi padre estuvo en Filipinas de soltero. Esto es cierto. Tenía recuerdos de Filipinas, nos hablaba mucho de aquellas islas. Pero cuando llegó a la península conoció a mi madre y se casó con ella. Lo que pasa es que al morir el caudillo empezaron a salir cosas la mar de raras: novias, o que decían haberlo sido, y que no lo fueron, enamoradas que tenía en El Ferrol... En El Ferrol bromeó con unas, bromeó con otras, como se hacía entonces. Nada más. Pues lo mismo que le "salieron" las novias le salió este hermanastro fantasma que no existió jamás.»

No me he expresado nunca públicamente sobre la dramática vivencia de la ruptura del matrimonio de mis padres, relativa si se quiere, porque nunca se consumó legalmente la separación. Ascendido por méritos de su trabajo, ajenos a los altibajos de su vida privada, mi padre fue destinado a Madrid y contra toda lógica, mi madre y mis hermanos pequeños permanecieron en El Ferrol, mientras Nicolás partía hacia la Escuela Naval y yo hacia la Academia de Infantería de Toledo. Mi padre en Madrid conseguía ser intendente y por lo tanto adquiría el rango de vicealmirante, pero con la distancia recuperó libertades de soltería que fueron aprovechadas *por gentes sin escrúpulos para separarlo del sagrado vínculo. Si hablo ahora lo hago para advertiros, muchachos, sobre la facilidad de toda dejación y la dificultad de la responsabilidad. En aquel espejo me miré e hice propósito de mi vida poner todo lo sagrado a salvo de las veleidades de mi propio espíritu. Vino, juego, mujeres... ¡Cuán fácilmente llenan los sentidos de nada y cuánto daño pueden hacer a los inocentes que dependen del jugador, el embriagado o el mujeriego!... aunque en honor a mi padre he de decir que siempre atendió económicamente a su familia verdadera y no perdió la patria potestad sobre sus hijos.*

Entre las gentes sin escrúpulos que al parecer torcieron las andaduras del ya cincuentón don Nicolás Franco, Salgado Araujo destacaba la que fue su compañera fiel hasta la muerte Agustina Aldana, descrita como muchacha rubia, de ojos azules, muy bella y relajante, hija de Aldea Real, provincia de Segovia, maestra de escuela, a pesar de la humildad de su origen. La familia ferrolana ayudó a que prosperara el bulo de que Agustina había sido la criada de don Nicolás que con malas artes había llegado a ser su compañera de cama. Pilar Franco rechaza la bien cimentada fama de bebedor de su padre: «Sufría un poco de reuma y como tenía aprensión, tomaba sólo medio vasito de vino.» Le decía mi madre: «Para manchar el vaso no vale la pena.» Y él le contestaba: «Tú a callarte, que el vino no me conviene.» En cuanto a Agustina, Pilar Franco la odiaba tanto que confabulada con usted, ya todopoderoso caudillo, le impidió velar el cadáver de don Nicolás, secuestrado en el palacio de El Pardo tras su fallecimiento en 1942. «Mi hermano Nicolás, en el fondo era un sentimental. Buena prueba de ello fue el orgullo con el que lucía el bastón de mando de nuestro difunto padre, que fue a parar a él, aunque me va por la cabeza que el generalísimo se lo pidió. Claro, Nicolás no podía dárselo, porque Paco no fue marino de guerra como él. Por otra parte Nicolás era el mayor de familia y le correspondía por derecho. No hay que olvidar, además, que llevaba el mismo nombre y el mismo apellido de nuestro padre. El generalísimo lo comprendió y no quiso insistir. Sentimental fue también su actitud con Agustina, la mujer que vivió con nuestro padre en los últimos años de su vida, ya que se ocupó de tramitar su viudedad a fin de que no se quedara sin nada. Lo que yo me he dicho siempre es que esa viudedad no podía tramitarse, porque mi padre y Agustina no estaban casados. Ignoro cómo se las arregló, pero el bueno de Colás así lo hizo.» Pero se habían casado, a su manera. El excéntrico intendente de la Armada consiguió un casamiento y una fiesta de bodas en La Bombilla, lugar chulesco del entonces Madrid castizo, donde se marcó un chotis con Agustina y no sólo con ella, hasta el punto de merecer el sobrenombre de *el chulo de la Bombi*, noticias que llegaron a El Ferrol y a los oídos de doña Pilar Baamonde que no quiso darse por enterada, pero sí su nieta Pilar Jaraiz: «... recuerdo haber oído decir a las muchachas, teniendo yo doce años, y en comentario con otras personas, una visión muy pintoresca y sin duda ciertísima sobre la «boda» de mi abuelo Nicolás. Una de las muchachas de mi madre le decía a la lavandera que el padre de la señora, es decir mi abuelo Nicolás, se había casado en La Bombilla de Madrid, en un ventorro muy conocido. Que su nueva mujer se llamaba Agustina y que la boda se había celebrado como una gran verbena con farolillo, churros y organillos... Cuando yo conocí a mi abuelo fue cumplidos los quince años en visitas a su casa en la calle Fuencarral, donde nuestra madre nos mandaba para visitarle y que él nos fuera conociendo. Íbamos aún en vida de la abuela Pilar y seguimos yendo después de su muerte. Nos recibía siempre con Agustina y parecían agradarle nuestras visitas. En aquel tiempo ella era una mujer de mediana edad. Solía llevar vestidos de colores discretos, falda gris y chaqueta verde oscuro, por ejemplo. O traje entero marrón con algún dibujo menudo. En verano llevaba manga corta y los vestidos eran de tonos apagados o azul marino. Siempre iba muy modesta. Llevaba el pelo con melena corta suelta, la raya al lado derecho y en las puntas del cabello llevaba permanente, que, por cierto, se le notaba mucho y debía ser barata. El resto era liso y bien peinado. Tenía el aspecto de una mujer modesta del pueblo. Iba limpia, pero no atildada; la ropa era barata y los zapatos de medio tacón, por lo general negros. No era alta, ni baja. Llena, sin ser demasiado gruesa, daba la impresión de fuerte y trabajadora. Mi madre la llamaba «el ama de llaves» de mi abuelo y no iba nunca a su casa, que yo sepa. A mí me parece que no se trataba con su padre. Agustina tenía unas manos de mujer hacendosa y rojas y algo gruesas, seguramente no usaba guante de goma para preservarlas y hay que tener en cuenta que ella hacía los trabajos del hogar. Tenía un lunar grueso en la parte inferior derecha de la barbilla y llevaba siempre pendientes de oro, sencillos, sin ostentación. Era trigueña, cutis blanco y pelo castaño natural. Mi abuelo la tra-

51

taba con confianza y deferencia, menos cuando se enfadaba por cualquier cosa. Entonces nos gritaba a ella y a nosotros. Estoy segura de que Agustina cuidaba mucho de mi abuelo y tenía una paciencia infinita con sus muchas impertinencias.»

Bien es cierto que a la muerte de mi madre, mi padre volvió a El Ferrol algunas temporadas, recuperó su casa, nuestra casa, de la calle de la María y allí estuvo a veces en compañía de su concubina, sin respetar el hálito que la poderosa personalidad de mi madre había dado al caserón. No sólo eso, sino que paseaba desafiante por El Ferrol, del brazo de su amiga, tirando de la mano de una niña, al parecer una sobrina ahijada de ella, pero que concitó el rumor de que era su hija. Recuerdo que, muerta mi madre, nos vimos obligados a encontrarnos todos los parientes y allegados en la notaría y yo llegué acompañado de mi cuñado, Ramón Serrano Suñer. En contraste con mi padre, con el vestir descompuesto, la figura rómbica y un estrafalario sombrero de alas enormes, Ramón parecía un dandy: «Papá, te presento a mi cuñado Ramón Serrano Suñer, que está aquí con nosotros, como abogado.» Mi padre ni se movió y dedicó a Ramón una mirada de soslayo: «¡Abogado! ¡Abogado!... ¡Querrás decir picapleitos!» Ramón no se lo tuvo en cuenta porque ya estaba informado de sus excentricidades y a mí ya nada podía sorprenderme de su conducta. Poco volvimos a hablar hasta el momento de su muerte y quise ignorar algunos comentarios políticos que se le atribuían durante la guerra y en la inmediata posguerra, sin duda inventados por mis enemigos que eran también los de España.

Hizo bien en ignorarlos, porque eran ciertos a juzgar por el testimonio, entre otros, de su sobrina Pilar Jaraiz. El viejo intendente se reía de un país que había acabado bajo la dictadura de «Paquito», se ciscaba de Hitler y Mussolini a los que acusaba de querer esclavizar Europa, mientras usted les dedicaba los adjetivos más entusiasmados y ofrecía «un millón de pechos españoles para defender Alemania». Cuando le hablaban de su hijo como de un «político», preguntaba: «¿A qué llamarán aquí un político?» y en cierta ocasión cuando usted repitió por enésima vez uno de sus rollos preferidos, general, el referente a la conspiración judeo-masónica, el viejo Nicolás Franco estalló: «¿Qué sabrá mi hijo de masonería? Es una asociación llena de hombres ilustres y honrados, desde luego muy superiores a él en conocimientos y apertura de espíritu. No hace más que lanzar sobre ellos toda clase de anatemas y culpas imaginarias, ¿será para ocultar las suyas propias?»

Pero no quisiera alargarme demasiado sobre la figura de mi padre, tangencial en mi vida desde que yo abandoné El Ferrol en 1907. Sus defectos no eran exclusivamente suyos, sino también atribuibles al mucho daño que había causado en los espíritus, incluso dentro de las fuerzas armadas, la disolución de la disciplina del pensamiento tradicional español, ligado a tres ideas fundamentales que hicieron suyas los tradicionalistas del siglo XIX: Dios, Patria y Rey. Mi padre se proclamaba cristiano pero a su manera y en realidad se alejó demasiado de Dios, origen de todas sus oscuridades posteriores. ¡Tan cerca de Él como estuvo mi madre y tan lejos como estuvo mi padre hasta que yo conseguí devolverle al seno de la Iglesia! Está próximo mi fin, hijos míos, muchachos. No busco yo las cavilaciones religiosas, que ya me buscan ellas a mí, sobre todo a propósito de postrimerías, tiempo de encuentro con los seres queridos y perdidos, placer suficiente como para merecerlo a costa de toda clase de sacrificios, como se merece un permiso el recluta que ha cumplido con todo lo que se le ha encomendado. Hago cuanto puedo por reencontrarme con mi madre, con Pacita, aquella hermanita cuyo recuerdo se me desdibuja, con Ramón, incluso con mi padre y a pesar de todo cuanto se dice, estoy más convencido de ver a mi padre en los cielos que al pobre Ramón. Cuando mi padre estaba agonizando le envié dos sacerdotes de mi confianza, el capellán de mi regimiento y a mi asesor religioso, el padre Bulart. En su delirio de moribundo confundió a estos dos misioneros de su salvación con los curas que iban a casarle con su compañera ilegal, trámite al que había sido inducido y para el que estaba dispuesto. No lo estaba en cambio para recibir la extremaunción y la presencia de mi hermana Pilar, el alejamiento de la nefasta compañera y de su hija, así como la contundencia argumental de los sacerdotes que yo le enviaba, forzaron la confesión y la extremaunción, por lo que el alma de mi padre consiguió la purificación final tras una vida que como buen pero distante hijo no debo sancionar. Forcé su retorno al seno de la Iglesia, con la misma vocación de servicio con que forcé el retorno de España a sus esencias católicas. Yo entonces ya había asimilado suficientes estudios para saber la causa del torcimiento de aquel árbol viejo, no corregido a tiempo y, sin ánimos teó ricos excesivos, me creo en el deber de transmitiros un resumen somero de mi pensamiento, adquirido tanto o más por la observación de los efectos, que por el estudio de las causas que los provocaron.

Comprendo que la dispersión del espíritu moderno, convocado por tantos estímulos y separado de la correcta selección de lo necesario, puede llevaros, muchachos, a minimizar el papel de los enemigos secretos del orden, agentes malignos de la división y la destrucción de aquellos países llamados por Dios a ser la reserva espiritual de su obra en la tierra. Aquella España unida, única, imperial que padeció la leyenda negra exterior como guerra psicológica e ideológica contra una hegemonía ganada en los campos y en los mares de batalla, tuvo que afrontar desde el siglo XVIII la acción de fuerzas disgregadoras interiores conectadas con las sectas. Un somero inventario para que se alerte vuestro espíritu y una recomendación: Leed con espíritu patriótico y devoto la Historia de los heterodoxos españoles de nuestro gran polígrafo Marcelino Menéndez y Pelayo. El gigante intelectual de nuestro tiempo señala que fue la Ilustración la causante de la corrupción del pueblo español, la destructora de una antigua ciencia española basada en el conocimiento desde Dios de la obra de Dios. No faltaron en aquellos tiempos, como no faltan ahora, intelectuales valientes que osaron oponerse a los hijos de Voltaire o Rousseau y ahí quedan los nombres de venerados pensadores religiosos: Rodríguez, Castro, Alvarado o esa ristra de providenciales pensadores civiles como Juan Pablo Forner, autor del Discurso sobre el espíritu patriótico que yo leí según el consejo de un sabio dominico. Allí se denuncia la filosofía de la Ilustración como el horrendo fruto de sofistas audaces e impunes, que sólo ha sabido inspirar ruina, destrucción, destrozos, mortandades, rapiñas, sacrilegios, proscripciones, rabia, ferocidad como nunca se había contemplado en los anales de la locura humana.

Y se dice que el pensamiento no delinque, máxima de Lombroso, cuando el pensamiento negativo se emite, delinque cuando se organiza a través de las sectas y se convierte en un delito de corrupción social. En vano intentó el erasmismo desde el Renacimiento minar los cimientos de la católica España y llegó la siguiente arremetida mediante los jansenistas, primeros corifeos del mal, anunciadores de los excesos filosóficos posteriores. Reformistas encubiertos, los jansenistas españoles actúan a la sombra del impotente Carlos IV y forman un partido jansenista protegido en algunos *salones de la aristocracia, como el de los condes de Montijo, avance de una actitud esnob de las clases más educadas y mejor instaladas, que afortunadamente siempre tuvo la réplica contundente del pueblo bajo pero sano. Y a la par, antes de converger, iba la masonería, activa en España desde el primer cuarto del siglo XVIII y cincuenta años después ya instalada en los pasillos del poder, cuando no en el mismo poder. Quizá no os digan nada los nombres de Floridablanca, Aranda, Jovellanos, Godoy y mal síntoma si no os dicen nada, porque mediante estos altos cargos de la corte de Carlos III y Carlos IV, la masonería empezó a destruir la fortaleza española y el imperio mismo como territorio a la sombra de esa fortaleza. Masones fueron los que convocaron las Cortes de Cádiz y masones los agentes que propagaron por América la rebelión contra la madre España, Sanmartín y Bolívar a la cabeza. La grandeza militar, evidente, de los llamados libertadores no oculta su carácter de agentes destructivos de la obra de España, alentados desde las logias de Londres, París y Viena, como una auténtica quintacolumna movida por los intereses destructores del poderío español. Y a lo largo del siglo XIX fue la masonería quien debilitó el antiguo orden sin sustituirlo por un nuevo orden, la que llevó al empantanamiento moral donde se hundieron, más que en los mares, las escuadras y los ejércitos de una España debilitada desde dentro.*

Tardé en llegar a este saber clarificador, pero me bastaba ver y escuchar para adquirir una primera conciencia de la causa de aquel efecto, de aquella melancólica tristeza que reforzaba la ya de por sí natural melancolía gallega de mis gentes, rota en ocasiones por estallidos de rabia justiciera. Recuerdo un paseo con mi padre, mis hermanos y mis dos primos mayores de la rama Franco-Salgado Araujo, por los alrededores de El Ferrol y la indignación paterna por el desgobierno de España. Especial mención debo hacer de mi primo hermano Francisco Franco Salgado Araujo, «Pacón», sobrenombre que recibió por lo alto que era desde niño, en inevitable comparación conmigo: Pacón y Paquito. Pacón era hijo de un oficial de marina muerto en campaña y también huérfano de madre desde temprana edad, por lo que él y sus hermanos fueron tutelados por mi padre. En cierta manera yo heredé aquella tutela a lo largo de casi toda mi vida adulta, porque allí donde yo fui destinado, me seguía Pacón, unas veces por petición suya y otras en atención a mis demandas, sabedor yo de que mi primo se sentía más seguro a mi lado

*y fue mi sombra como ayudante militar o secretario hasta que
se jubiló. Tal vez gracias a este entrañable lazo, prosperó en
su carrera militar, no porque yo algo hiciera para promocionarlo, sino porque algo recogió de los hechos históricos que
yo iba viviendo, desde la guerra de África hasta la guerra
civil.*

También su primo Pacón, el teniente general Francisco
Franco Salgado Araujo, confirma en *Mi vida junto a Franco* el especial carácter de su tutor, su padre, general, y la
escena de su primo Nicolás refugiado bajo un sofá. Pero conserva una cierta ternura en el recuerdo para aquel hombrón
que lo trató casi como un hijo y ocupó el espacio vacío dejado por su padre. «A nuestro tutor, que contaría por aquella
época unos cuarenta y cinco años, le gustaba mucho pasear
con sus hijos por los alrededores de El Ferrol; como es natural,
también íbamos mi hermano menor y yo, aproximadamente
de la misma edad de su hijo Nicolás y algo mayor que la de
Paco. En nuestros largos paseos por tierra, por las carreteras, caminos y montañas de la ría ferrolana, fomentaba nuestra cultura y unión fraterna. Mi tutor, que era hombre muy
inteligente y ameno, hablaba constantemente, nos describía
las diferentes clases de terrenos, árboles, pájaros, ganado, etc.,
etc., todo cuanto consideraba de interés que supiésemos; lo
mismo cuanto se relacionaba con las comunicaciones telegrá-
ficas y telefónicas, electricidad, etc. Si paseábamos por un camino costero y se divisaba de cerca un barco, se apresuraba
a describirlo, pudiendo asegurar que nos aprendíamos la técnica marinera y la nomenclatura, lo que jamás olvidé. No olvido tampoco las magníficas lecciones de historia naval ferrolana; ataque de los ingleses y desembarco de una flota que
mandaba el vicealmirante John Warren, compuesta de veintiún buques de guerra. Sobre el propio terreno de la playa de
Doniños, nos explicó con todo detalle el desarrollo de dicho
desembarco, que se inició el 28 de agosto de 1800.»

*A pesar de sus defectos, mi padre era un hombre severo
e ilustrado que tenía en su cabeza toda la historia de la grandeza de España y escogía un mirador sobre la bahía para repetir lo que había exclamado Pitt cuando la contempló por
primera vez: «Si Inglaterra tuviese en sus costas un puerto
como éste, mi gobierno lo cubriría con robustas murallas de
plata.» ¿De dónde iba a sacar la empobrecida España de 1898
la plata para aquellas murallas? Y fue en uno de aquellos*

paseos, consumado ya el desastre americano, cuando mi padre entre eruditas disquisiciones sobre las técnicas del navegar y de portentosas exhibiciones de su memoria a propósito de la nomenclatura de los barcos, nos habló por primera vez de esa parte irreductible de la raza española que aparece en momentos de crisis, cuando es más necesaria, desde los tiempos de los almogávares. «Papá, ¿quiénes eran los almogávares?» «Eran guerreros escogidos de la raza española... Duros para la fatiga y el trabajo, firmes en la pelea, ágiles y decididos en la maniobra. Su valor no es igualado en la historia por el de ningún otro pueblo...» «¡Qué bonito es ser almogávar! ¿Cómo no hay ahora almogávares?» «Cuando llega la ocasión no faltan. Sólo se perdió tan bonito nombre, pero almogávar será siempre el soldado elegido... el voluntario para las empresas arriesgadas y difíciles, las fuerzas de choque o de asalto... Su espíritu está en las venas españolas y surge en todas las ocasiones.» No recuerdo si era yo quien interrogaba a mi padre, aunque por mi temprana edad, lo más lógico era que sus interlocutores fueran mi primo Pacón o mi hermano Nicolás, pero a pesar de ser un niño, adivinaba que tras aquella frente poderosa y fruncida se agitaba una profunda insatisfacción histórica. El discurso de mi padre prosiguió: «Frente a la conjura masónica que ha minado nuestras propias filas, y nos ha hecho perder el imperio, algún día volverán a resurgir los almogávares.» Mi padre quedó inmerso en sus pensamientos y nosotros nos pusimos a correr por los senderos y los bosques incorporando a nuestro vocabulario las voces peyorativas heredadas del desastre: ¡Insurrecto! ¡Masón! ¡Mambís!, el nombre dado a los rebeldes urbanos en la guerra separatista de finales del siglo XIX.

Aquí es evidente la idealización del padre, según el modelo de padre que usted se inventó en el guión cinematográfico *Raza*. Incluso la información sobre los almogávares está extraída de *Raza*, desde el error de suponer «españoles» a una tropa mercenaria catalanoaragonesa anterior a la existencia de una conciencia de España. También parece poco probable que su señor padre condenara a la masonería porque flirteaba con la masonería, y años después reaccionaría indignado cuando llegaban a su conocimiento las opiniones filosóficas de su hijo caudillo sobre los masones. Usted se permitió ascenderle de categoría naval y humana, a su criterio, en *Raza* y lo convierte en el capitán Churruca, nada menos que Churruca, apellido nobiliario de uno de los héroes de la batalla de Trafalgar. Es curioso que usted matara a su padre y a su hermano Ramón en su novela-guión *Raza*. El primero, bajo el nombre Churruca, le regaló a usted las estaturas de héroe naval en desigual combate con los norteamericanos en la guerra de 1898 y al segundo, Pedro en la novela, lo mata usted a manos de sus propios ex compinches, los milicianos rojos. Dejo estos datos en manos de los siquiatras. Del deseo de un padre diferente queda constancia en la misma obra, considerada por sus aduladores como mérito suficiente como para compararle con Cervantes, mitad escritor, mitad soldado:

«¡Qué rápidos pasan los días en la paz de la pequeña villa! ¡Qué sucesión de intensas emociones; cuánta ha sido la sabiduría de la excelente madre en la formación y cuidado con los hijos!

»¡Qué alegría al constatar sus adelantos, o sus reacciones nobles y generosas!

»¡Con qué afán se dispone Churruca a llenar su papel de padre, hasta ayer desempeñado por su noble compañera!

»Juegan en el jardín los niños cuando Churruca regresa de la Base Naval. Isabel y sus hijos salen a su encuentro. Los hijos lo rodean y lo besan.

»*Isabelita.* ¿Has traído los libros?

»*El padre.* Sí; aquí los traigo. (Mostrando un paquete. Y, acercándose a una mesita de jardín, se sientan y desata el paquete.) Para ti, Isabelita, tu historia de Becasine. Tómala.

»*Isabelita* (besándolo, después de coger el libro). Gracias, papaíto.

»*El padre.* Para ti, José, el cuaderno para tus dibujos y los lápices que deseabas...

»*José.* Gracias, muchas gracias.

»*El padre.* Y para ti, Pedro, y en realidad para todos, este hermoso libro de las *Glorias de la marina española.* Veréis qué bonito es. (Los tres chicos se acomodan a su alrededor. En el libro van apareciendo efigies de caudillos, grabados de mares y de combates en la mar.) Mirad: las galeras fenicias. ¡Qué finas y arrogantes!, más comerciales que guerreras. Han sido la madre de las marinas del mundo. Los fenicios, navegantes por excelencia, pusieron su capacidad náutica al servicio de sus empresas mercantiles.»

Tal vez se produjera la inculcación de estas lecturas concretas, pero en cualquier caso, su selección de libros y papeles, ayuda a deducir las lecturas de toda su vida, aquellos libros que usted llevaba en la maleta, viaje tras viaje, esa maleta biblioteca ambulante que sus hagiógrafos glosan como prueba fehaciente de su inconmensurable cultura, cultura de noticiario, de voz en *off* pedantuela y gangosa.

Especialmente sensible a la suerte de nuestra escuadra y nuestras armas ¿cómo podía acoger El Ferrol en 1898 la noticia del desastre de Santiago de Cuba y posteriormente de Cavite? España ya no contaba en el mundo. «España tiene un heroico ejército pero no tiene marina», titulaba La voz de Galicia *y mi padre blandía el periódico ante nuestros desmesurados ojos infantiles mientras despotricaba contra políticos, reyes y militares, que nos habían llevado a las bajuras de la historia. La historia ha demostrado que los norteamericanos provocaron la guerra en 1898 falsificando un supuesto atentado español contra el* Maine, *mientras filibusteros de la información como Hearst, no sólo prefabricaban un clima belicista contra España, sino que pagaban directamente a agitadores para que soliviantaran al pueblo cubano. En mi casa, en El Ferrol, vibrábamos pero el resto de España parecía carecer de pulso y o bien se dedicaba a un pasivo rasgarse las vestiduras o se desentendía de la cuestión desde un esnobismo suicida. ¿Puede entenderse que después de la prueba de endeblez de nuestra marina la reacción oficial fuera precisamente clausurar la Escuela Naval «por falta de presupuesto»? Tal medida me dejaría sin posibilidad de cumplir mi deseo de hacerme oficial del cuerpo general de la Armada, mientras mi hermano Nicolás logró ingresar en la Escuela Naval en el último reemplazo antes de tan arbitraria supresión. En 1898 yo tenía seis años, pero vivía en El Ferrol y en una rama de un frondoso árbol de genealogías marineras. ¿Puede sorprender que tomara conciencia del desastre en un grado superior a la que hubiera tomado un niño de mi edad en otro lugar y circunstancia? Avestruces antiespañoles, aunque hijos de madre española, se negaban a ver la dimensión de la catástrofe y otros no antiespañoles, pero sí avestruces, como el propio y por tantas cosas loable don Joaquín Costa sostenían que para regenerar a España había que prescindir de gastos superfluos e incluía los destinados a proyectos militares y navales. En este marco de glorias, afanes y empeños conducidos al pudridero por la vana política liberal, el desastre de 1898 sacudió mi alma de niño. Apenas si contaba seis años, pero en mis ojos quedaron imantados los gestos de impotencia de mis mayores ante el abandonismo que había conducido a España a la momentánea pérdida de su destino imperial. Entre las sombras de la memoria conservo la sorpresa que produjo en mi padre mi arrebato patriótico, espada de madera en ristre me subí a una silla y emplacé a todos los enemigos de España. ¡Batíos! ¡Bellacos! ¡Fementidos! Ignoraba yo entonces el significado exacto de tales adjetivos, extraídos del vocabulario de las gestas de la Reconquista glosadas en los libros históricos que mi madre leía a la luz de la lumbre, y tanta admiración provocó en mi santa madre mi osadía infantil, como contenida pero evidente satisfacción en los ojos de mi padre, entornados, como si tratara de establecer la escala entre mi estatura real y mi estatura patriótica. Ignoraba yo entonces la conmoción creada por los acontecimientos en el alma nacional, por aquel eterno Problema Nacional que había puesto título a un libro premonitorio del gran regeneracionista Macías Picavea, profeta de «... un hombre histórico» destinado a salvar a España de la decadencia.*

El desastre de 1898 no sólo habría de afectar moralmente a El Ferrol, sino que tuvo inmediatas consecuencias materiales calamitosas. El corte de la relación con las colonias reportó que desaparecieran muchos comercios, muchos puestos de trabajo entre la población civil y que tuviera que reducirse la capacidad de consumir de las clases medias, mientras aparecían manifestaciones de miseria entre las clases económicamente débiles. ¿Consecuencias? Emigración y algaradas sociales, justificadas por ideólogos de ateneo, mientras el gobierno trataba de frenar el desencanto entre los oficiales de la Armada, empeño que no fue bien entendido por muchos civiles que empezaron a levantar bandera antimilitarista. Años después, en un número de El Almanaque de El Ferrol, publicado más o menos en torno a mi marcha a la Academia de Toledo, leí un artículo que me abrió los ojos sobre los males de la economía dentro del sistema económico nacional y mundial, ya que favorecía a los muy ricos y permitía a los muy pobres, especialmente a los campesinos, formas de subsistencia ligadas a su mayor o menor capacidad de trabajo productivo, pero en cambio dejaba a las clases medias pendientes de un sueldo fijo, aunque revisable, como víctimas heroicas enfrentadas a la inflación. De este artículo nace mi descubrimiento de la economía, disciplina que entonces aún no se llamaba así y se cobijaba dentro de la generalidad de asuntos de Hacienda. Ni que decir tiene que comprendí inmediatamente que la riqueza de los pueblos no depende de la cantidad de oro y divisas extranjeras que puedan acumular, acumulación que acabará por beneficiar al conjunto de la población y cada cual según su nivel y su capacidad, sin duda, pero... que *a nada conduce si no se invierte en industria, agricultura, co-munic*aciones *y comercio. Luego, bajo el gobierno del poco comprendido Maura, el relanzamiento de la producción naval en El Ferrol levantó los ánimos, alivió el pesimismo, pero esta operación ya se hizo mediante la penetración de capital y téc-nicos extranjeros, lo que significó una puerta abierta a ideas y costumbres que nos eran extrañas y que a veces procedían del centro irradiador de nuestros males a lo largo de toda la historia de nuestro imperio.*

¿Puede ser un niño consciente de tales desastres? Depende de su entorno familiar y de la educación que ha recibido, aun-que en aquellos tiempos, en El Ferrol, la educación era saní-sima y casi no habían penetrado los funestos cambios peda-gógicos perseguidos por los liberales y masones de la Institu-ción Libre de Enseñanza. Todos los hermanos Franco aprendimos las primeras letras en un colegio de párvulos mixto, regido por dos señoritas, doña Asunción y doña Pa-quita. Estaba al lado de casa y era algo parecido a lo que hoy llaman «jardín de infancia», un evidente extranjerismo. No es que estuviera mucho más lejos el colegio del padre Mar-cos Vázquez en el que continué mis estudios primarios y se-cundarios, aunque para examinarme de bachillerato tenía que viajar a La Coruña y hacer las pruebas en el Instituto Gene-ral Técnico, acompañado por Pacón (el hoy teniente general Franco Salgado Araujo) siempre tan huérfano. Pero fueron mis dos primeros colegios y sobre todo bajo la mirada de mi madre donde recibí una educación a la vez religiosa y patrió-tica, idealista si se quiere, porque ya la realidad de la época, llena de conflictos sociales y desmanes personales, demostra-ba que las costumbres empezaban a corromperse. Me impre-sionó aquel ejemplo del arbolillo que crece torcido y si se en-dereza a tiempo adquirirá su postura y razón de ser, pero si se descuida el jardinero será para siempre un árbol torcido y este ejemplo me parece aún hoy válido para los individuos, para los pueblos, para la sociedad. La escuela sirvió para darme los conocimientos habituales en la época, afortunada-mente impregnados de una visión cristiana de la ciencia y de la historia, aunque las ideas disolventes de la institución libre de enseñanza y de pedagogos anarquistas empezaban a infiltrarse en las escuelas de enseñanza general básica y en las enseñanzas superiores. Afortunadamente no habían llega-do a la academia del padre Vázquez y recuerdo con ternura mis primeros libros de lectura, mis lecturas graduadas, mis enciclopedias, mis historias sagradas, aquellos libros de arit-

mética que tanto me servirían para los futuros cálculos de logística y balística y sobre todo recuerdo aquella paciente educación caligráfica con distintas plumillas, la de perfiles y gruesos, la de redondilla, la de letra gótica. En todavía imperfectos perfiles y gruesos redacté una supuesta carta a mi madre que le entregué, emocionados los dos, aunque sólo era un ejercicio escolar y la veía todos los días: «Mamá querida, soy todavía muy pequeño y la pluma, como usted ve, tiembla entre mis dedos al trazar estas cortas líneas para decirle cuanto la quiero. Reciba de ellas, por felicitación, todo el cariño de su hijo. Francisco.» Aquellos libros estaban llenos de sabios consejos que iban enderezando el árbol de nuestra joven moral, algunos de los cuales aún recuerdo de memoria:

> Niños lo que vais a oír
> Procurad nunca olvidar:
> Si al cielo queréis subir
> Y eterna dicha gozar,
> Mucho a Dios debéis amar
> Y sus preceptos cumplir.

Aquellos libros de texto orientaban hacia la causa última, hacia Dios y hacia la causa temporal, el amor a la familia y la patria. Recuerdo estremecido aquella sentencia de mi primer libro de lectura a propósito de la historia de la Reconquista, ocho siglos de lucha para liberar a España de la invasión árabe. «¡Pobre España! Siempre sometida al yugo de los extranjeros y siempre grande y majestuosa al luchar por la independencia de nuestro territorio...» Y el primer poema patriótico que recité con motivo de la celebración de la fiesta de fin de curso de 1900, ya desfasado con respecto a la realidad imperial de España después de 1898:

> Al occidente de Europa
> Se halla la fértil España,
> Por altos montes y mares
> En contorno resguardada.

> Al norte de los Pirineos
> La dividen de la Francia;
> Sirviendo sus altas cumbres
> De límite y muralla.

Dos mares, al mediodía,
Sus costas en torno bañan;
Y un estrecho las divide
De las costas africanas.

Galicia yace al ocaso,
Al Portugal apegada,
Y el Atlántico es el foso
Que defiende aquellas playas.

En tanto que por Oriente
El Mediterráneo aguarda
A las naves que algún día
Fueron a Grecia y a Italia.

No lejos las Baleares
Recuerdan su antigua fama,
Por los célebres honderos,
Terribles en las batallas.

Mientras a extremo opuesto
Descúbranse las Canarias,
Como descanso y refugio
En navegaciones largas.

Por aquella nueva senda
Fueron los hijos de España
A conquistar otro mundo
Con una cruz y una espada.

Pasaron aquellas glorias,
Con tanta sangre compradas
Y sólo quedan vestigios
De dominación tan vasta.

Puerto Rico que a Colón
Llenó el pecho de esperanza,
Y Cuba, fértil en frutos,
Que a todos sacan ventaja.

También en África hay restos
De las glorias castellanas;
Y Ceuta que del Estrecho
Parece guardar la entrada.

En los climas más lejanos,
Allá en los mares del Asia,
Aún rige el cetro español
Filipinas y Marianas.

De modo que donde quiera
Se ven las señales claras
De que el sol a todas horas
Tierra española alumbraba.

Permítame que irrumpa con mi vida privada, general, por primera vez en este largo viaje autobiográfico que compartimos. Mis primeras lecturas las afronté bajo la república y noté, entre otras cosas, que algo había cambiado, cuando en mi primera escuela de la posguerra me obligaron a memorizar poemas parecidos al que usted había memorizado cuarenta años antes. Yo recuerdo

España es la patria mía
y la patria de mi raza
engendraste un nuevo mundo
y al viejo vuelves la espalda.

Poema poco europeísta, incluso en aquellos primeros años cuarenta en los que usted trataba de sumarse al esfuerzo hitleriano y musoliniano por construir una nueva Europa imperial que pasaba por encima del cadáver de las caducas democracias liberales y sobre todo de la pérfida Albión. A partir de 1939, gracias a usted y a los planes de enseñanza de sus ilustrados ministros, como el futuro disidente Sáinz Rodríguez, yo leí monstruosidades muy parecidas a las que usted leyó de niño, como si la conciencia de todo un pueblo mereciera no ya quedar anclada, sino volver atrás, por encima de las destrucciones de la razón de la nueva pedagogía que usted tanto había odiado, hasta el punto que después de rojos y masones, fueron los maestros de escuela sus favoritas víctimas durante y después de su cruzada.

Muchos de los libros que estudiábamos venían de editoriales catalanas, ya por entonces la laboriosa Barcelona era la capital de la industria del libro. Y de todos cuantos leí me impresionó sobremanera El padre de familia, *de Joaquín Roca y Cornet, manual a la vez que guía de conversación ilustrada para los padres de familia cristianos y de nuestra educación*

*para ser algún día padres de familias cristianos. No era mi
padre quien utilizaba el libro en casa, ni quien hacía demasiado caso a mis frecuentes citas a sus enseñanzas. Aquel
libro comenzaba bajo el lema «La moral, y sobre todo la moral
evangélica, es la base de toda educación» y a continuación
decía que las virtudes sociales, con ser importantes, son se-
cundarias ante las virtudes del espíritu. Dios. Dios. Dios estaba presente en todos aquellos libros: «... Dios, ser purísimo
y eterno y omnipotente, centro de todas las perfecciones y
compendio de todas las bellezas.» Hasta los ejemplos grama-
ticales, los más primarios, se basaban en la definición de
Dios: «Yo soy el que soy», ejemplo sublime del verbo ser. Y
era Dios quien conducía la historia bien entendida, como una
ramificación de las ciencias morales y señalaba a España
como el brazo secular de la religión verdadera y de la Iglesia
y era Dios quien serviría de consuelo al obrero o al campesino a veces injustamente maltratados por la codicia o las leyes
de los hombres. España. Dios. Familia. Tríada luminosa que
conducía libros de educación moral para niños y niñas, para
nosotros el* Juanito *de Pallavicini y en las manos de mi hermana Pilar veo* Flora *de Pilar Pascual de San Juan o* Luisita,
*de Aurora Lista que también me gustaba mucho a mí por la
mezcla de enseñanza e historias conmovedoras que contenía.
Gracias a este libro podías saber qué era un espongiario o
un equinodermo y a la vez recibías enseñanzas tan revelado-
ras sobre modernismos peligrosos, como el capítulo dedicado
al feminismo en el que la autora decía que el hogar era el
trono de la mujer, la reina amable y misericordiosa y quienes
querían sacarla del hogar pretendían la destrucción de la familia, de la célula social fundamental. La autora del libro
aun siendo partidaria de las escritoras, condenaba los excesos cometidos en otros países, por ejemplo, Estados Unidos,
donde las mujeres querían imitar al otro sexo. Lo que me sorprendía del libro es que después de hablar del feminismo, fenómeno entonces apenas naciente, pasaba sin transición a la
zoología y nos informaba sobre las arañas, mejor dicho sobre
los arácnidos, divididos en arañas y escorpiones. Se decía que
en África había arañas hiladoras de hilos tan largos que se
utilizaban para la producción de la seda. Mi padre no se mostró demasiado propicio a la pregunta que Pilar y yo le dirigi-
mos sobre este asunto, confiados en sus experiencias viaje-
ras: «Esta tonta confunde las orugas con las arañas.» ¿Tonta
Aurora Lista? Tardé semanas en decidir que entre el saber
de Aurora Lista y el de mi padre no había una distancia que*

mereciera ser recorrida. Luisita *era* Luisita *y mi padre era mi padre.*

Los libros serios, los que verdaderamente nos transmitían conocimientos fundamentales para futuros desarrollos eran sobre todo las enciclopedias, de primer grado, de grado medio y la de grado superior. Eran libros maravillosos, que nada tenían que ver con el enciclopedismo masónico, al contrario, porque trataban de transmitir el conocimiento armonizado a través de la religión y la moral. De todas las disciplinas, me gustaban sobremanera la historia sagrada, la historia, la geografía y la geometría, sobre todo la geometría porque nos hacían construir cuerpos volumétricos de cartón y el más difícil era el icosaedro. A mí me salían unos icosaedros impecables y en cambio todos los poliedros que hacía Ramón parecían engendros geométricos que a mi padre le hacían mucha gracia: «Ramón, acabas de inventar un nuevo poliedro.» En cambio nunca tuvo una palabra de elogio para mis icosaedros perfectísimos. A pesar de que las enciclopedias eran libros constructivos, no tenían la disciplina moral y patriótica de los libros dedicados a la formación espiritual. Por ejemplo, en una enciclopedia se decía que Carlos III había realizado muchas reformas, tales como abrir canales de riego, el cultivo de terrenos incultos, la protección al trabajo y establecer en las ciudades faroles para el alumbrado, serenos para la vigilancia nocturna y carros para la basura. Aún admitiendo estas evidencias modernizadoras y tan higiénicas, callaban que gracias a este rey la masonería llegó a las más altas instancias del Estado. Por eso el padre Marcos nos aconsejaba completar los conocimientos de historia con libros como el de don Bernardo Montreal en el que se denunciaban las ideas filorrevolucionarias de muchos ministros de Carlos III y Carlos IV. Por ejemplo, en Mi libro de lectura *se decía que Carlos III había introducido muchas reformas en España, pero que «... desgraciadamente se dejó engañar por sus ministros y expulsó del reino a más de cinco mil jesuitas». Era un rey formado en el extranjero y por lo tanto no ajeno a los vientos enciclopedistas del llamado Siglo de las Luces. En uno de los libros de historia universal, que luego por cierto repasé cuando fui a Londres como representante del gobierno español en la coronación de Jorge V, se hablaba de ese mal del siglo* XVIII *en el que tomaron incremento las sociedades secretas, dispuestas a acabar con el trono y el altar. Iniciadas precisamente en Inglaterra, luego exportadas a Francia e Italia y Alemania, que obligaban a sus afiliados median-*

te terribles juramentos, celebraban ceremonias ocultas, hacían uso de fórmulas misteriosas, tenían diversos grados y aun pretextando propósitos filantrópicos, manifestaban perversas intenciones. Sociedades secretas condenadas por los papas y que habían combatido especialmente a los jesuitas, soldados espirituales del papado, expulsados sucesivamente de Portugal, Francia y España. Así se dejaba campo libre para los falsos filósofos. La reacción católica dirigida por la beata Margarita María Alacoque, dio culto al Sagrado Corazón, del que tan devota era mi madre e hizo de los jesuitas sus principales valedores.

Murió el padre Marcos Vázquez y ocupó su lugar un seglar de su hechura, don Manuel Comellas Coimbra, pero ya entonces debía ir a La Coruña a examinarme, siempre acompañado de Pacón, y allí nos albergaba en uno de sus pisos coruñeses la excéntrica tía Gilda, tan imaginativa como tacaña, hasta el punto de tener que dormir Pacón y yo sobre un colchón tendido en el suelo. Los días de exámenes, lejos de El Ferrol, eran días de libertad y dueños de nuestro tiempo, nos dedicábamos a recorrer La Coruña, un poco sobrecogidos por sus dimensiones y por su carácter de ciudad abierta en comparación al baluarte de El Ferrol.

Cuentan y me cuentan que una buena parte de sus paseos se dirigían hacia el puerto de donde partían los paquebotes cargados con inmigrantes gallegos, fugitivos de la miseria de la tierra y de la mal pagada muerte en el mar. En la trastienda de aquel puerto se escondía una lucha sorda por embarcar, vendiendo lo que fuera preciso vender, un nuevo tráfico de esclavos económicos, blancos, que iban a hacer las Américas con un ánimo muy diferente al de los conquistadores depredadores de cuatro siglos atrás. De aquel puerto que usted recorría con Pacón saldría una parte de mi familia, la primera mi abuela, una vez cumplida su tarea paridora, para hacer algún dinero en Cuba con el que mi abuelo pudiera construir en Souto una casa lo suficientemente grande para tanta chiquillería. Mujer de las más duras limpiezas en La Habana, ama de cría en Madrid, entre viaje y viaje quedaba preñada mientras mi abuelo, el mejor cantero de la comarca, iba construyendo la casa, el pozo y cercando las primeras, pequeñas propiedades compradas. Seguramente se detuvieron sus ojos alguna vez en un paquebote de nombre *Alfonso XII*, aunque usted, monárquico de ingeniería genética, siempre fue más devoto de los Austrias que de los Borbones y tal vez por eso vio en Alfonso XIII, hijo de un Borbón y una Habsburgo, la síntesis enmendadora de una desviación dinástica. En aquel paquebote se embarcaría mi padre a los quince años, en La Coruña, fugitivo de un linaje de canteros y destripaterrones, al encuentro de oficios sobrantes en La Habana o Santiago de Cuba, ignorante que nunca escaparía a su destino de clase subalterna. Pacón, siempre más lírico y más hambrón que usted recuerda que junto a los paseos por el puerto, les gustaba acercarse al convento de monjas de Santa Bárbara, del que era abadesa la tía Mercedes, una hermana de su madre y prima de su señor padre. La tía Mercedes, sor Mercedes, les ofrecía unas meriendas estupendas y era más previsible que la tía Gildita, que caminaba por La Coruña con una vieja sirvienta que jamás iba a su lado «... sino, como en la milicia, medio cuerpo a retaguardia».

Tanto Pacón como yo queríamos ser marineros y aspirábamos a ingresar en la Escuela Naval Militar en cuanto se abriera, pero las finanzas del Estado siguieron un curso adverso y todos los jóvenes ferrolanos que queríamos seguir la tradición marinera de nuestros antepasados nos vimos una vez más defraudados al suspenderse la convocatoria de ingreso en la Escuela Naval Militar. ¿Qué hacer? Si no serviríamos a la patria por mar, la serviríamos por tierra y tanto Pacón como yo orientamos nuestra formación al ingreso en la Academia de Infantería de Toledo. En ese trance conocí a Camilo Alonso Vega, huérfano como Pacón, su padre había muerto en 1898 en los combates de Santiago de Cuba y esa amistad me ha acompañado hasta la fecha. Por su condición de huérfano de guerra, Camilo tenía plaza asegurada, Pacón y yo no. Pacón fue suspendido a causa del dibujo y yo entré en la Academia en un lugar discreto, muy por detrás de Camilo, que me recordó esta circunstancia al menos hasta que me proclamaron generalísimo. Después lo olvidó o no creyó oportuno recordármelo. Pacón aprobaría en el siguiente examen y así nos encontramos los tres en la Academia de Toledo, en la que ingresé a los quince años de edad.

¿Qué formación había recibido antes de llegar hasta los portones de la gloriosa Academia toledana? Por una parte la que me había dado mi madre, religiosa, histórica, humana, y mi padre, un tanto enciclopédica más que enciclopedista, aunque tenía un ramalazo de librepensador. Luego la versión de los planes de enseñanza oficiales filtrados por el criterio rigurosamente católico del padre Marcos y sus ayudantes, en unos

tiempos en que los planes de enseñanza reflejaban el vaivén pactado por la política de la Restauración: conservadurismo y liberalismo, prolongación del pacto entre Cánovas y Sagasta, mezclados en un imposible conocimiento veraz del sentido de nuestra historia. Pero fue la formación que me había entrado por los ojos y el oído la que me llevaba a la carrera de marino, y en su defecto la de militar, dispuesto a servir a la patria. De haber seguido el consejo de mi padre, que me juzgaba demasiado débil para cualquier empeño militar, tal vez habría estudiado cualquier rama del saber, ninguna lo suficientemente atractiva para mí porque ninguna podía estar al servicio de España como la militar o la eclesiástica. Era empeño de mi madre que Ramón fuera cura y mi voluntad en cambio se inclinaba por las armas, por lo que contesté a mi padre que quería ingresar en la Academia de Infantería de Toledo, ya que era imposible seguir mi vocación marinera. Aunque se mostró contrario a tal decisión, consultó con el que había sido mi maestro y yo asistí a la conversación consciente de que se estaba jugando mi futuro, inconsciente en cambio de que se estaba jugando el futuro de España. El maestro, don Manuel Comellas Coimbra, fue claro con mi padre: «Es un chico corriente, dibuja muy bien, estudia lo justo, ni está alegre, ni está triste. Es muy equilibrado.» «¿Equilibrado?» se preguntó o me preguntó mi padre. «¿Basta con ser equilibrado para llegar a ser militar? ¿No hacen falta más cosas? Ser más alto por ejemplo. Y tener otra voz... A ver, imagina Paquito que estás ante la tropa y has de decirles ¡Viva España! Pero no un Viva España de tenor cómico de zarzuela, sino un Viva España viril, un ¡Vivaaaaa Espaaaaaaaaaaaña...! de jefe que tiene lo que hay que tener. Venga Paquito, da ese Viva España.» Con el tiempo, la práctica de las arengas y la seguridad de mis argumentos consiguió hacer de mí un orador, aunque José María Pemán no estuviera del todo de acuerdo y desde ese gracejo a veces excesivo y supuestamente andaluz, un día me dijera: «Debemos dar gracias a Dios porque usted, mi general, no sea orador... porque si usted hubiera sido orador España hubiera acabado por ser fascista. Y hubiéramos acaso entrado en la guerra. Los oradores necesitan redondear su retórica con estallidos de acción.»

Él sí se consideraba un orador, capaz de disertar cinco horas sobre cualquier fruslería, desde la soberbia característica de los intelectuales. Pero volviendo a la escena en el despacho de don Manuel Comellas, no me salió el Viva España

*ante la mirada demasiado escéptica de mi padre y le envié
una mirada incisiva, de las que tanto le gustaban a mi madre
y puedo decir que mi padre bajó los ojos y murmuró: «Que
estudie lo que quiera. Éste no pasa el examen de ingreso si
es oral.» Así que de las manos de Marcos Comellas Coimbra,
pasé a la Academia de Nuestra Señora del Carmen, regida
por el capitán de corbeta Saturnino Suanzes y destinada a
formar a quienes querían ingresar en la Academia Naval o en
la Militar y con cuyo hijo, Juan Antonio, me uniría una amistad de por vida. De El Ferrol saldrían los amigos más constantes: Camilo Alfonso Vega, Juan Antonio Suanzes, Pacón,
«Pedrolo» Nieto Antúnez, el almirante que, aunque algo más
joven, supo estar a las verdes y a las maduras en sus relaciones de amistad y de política.*

*El año anterior a mi marcha hacia la Academia de Tole-
do, el 30 de agosto se produjo un eclipse de sol, que desde
El Ferrol pudo contemplarse muy especialmente porque se hallaba en la zona de completa oscuridad de la intersección del
cono de sombra que trazó su negra pincelada sobre el esfe-
roide terrestre con la velocidad de 43 kilómetros por minuto,
durando allí el eclipse dos minutos y cuarenta y dos segundos. Todo El Ferrol se había convertido en campo de astróno-
mos improvisados, apostados en las calles, los paseos, mira-
dores, balcones, tejados, con el vidrio ahumado en el ojo, contemplando un sol barbado y por si la ciudad no fuera
suficiente, cientos de ferrolanos se encaramaron por las lomas,
valles, prados, con el cristal sí, pero también con empana-
das, buenos pedazos de jamón y chorizo, como si la astrono-
mía conllevara hambres de romería. Estábamos en La Graña
y como alborotaran mis hermanos y primos por la disputa
de los mejores pedazos de vidrio, les reclamé silencio y con
un gesto les invité a respetar la hondura del misterio científico que presenciábamos. Hasta mi padre calló y me miró con
cierto respeto. Tía Gildita opinaba después que los eclipses
de sol no traen buenos presagios. «El sol es el ojo de Dios y
cuando se oculta el sol mueren los héroes.» Luego tía Gildita,
amasando el cabello largo de Pilar, seguía en sus fantasías,
que si el sol hace ruido cuando nace por Oriente y cuando se
acuesta en Occidente.*

*Recordé meses después la premonición de tía Gildita cuan-
do se hundió el crucero ferrolano Cardenal Jiménez de Cisneros, construido en las gradas de Esteiro, el barco benjamín
de nuestros arsenales. Se hundió en la singladura entre Muros
y El Ferrol al chocar contra un bajo desconocido, en un capri-*

choso desvío de la derrota. Tras la angustia, la tristeza, se presentó la curiosidad y finalmente la indignación. ¿Tan pobre era España que ni siquiera tenía cartas fidedignas sobre los fondos de sus costas más transitadas? ¿Acaso no recibe el nombre de Costa de la Muerte la que desde Finisterre hacia abajo se ha tragado a tantos barcos e hijos de la mar? Una publicación de El Ferrol al comentar esta circunstancia sentenciaba: África empieza en los Pirineos. Era la primera vez que yo leía esta frase, y me indignó tanto que la censuré acaloradamente ante todo aquel que quiso escucharme; el último fue mi padre, y más tomó él al vuelo mi razonamiento, que yo traté de transmitírselo. «Es ignominioso que nos vejen de esta manera. ¿Qué queda de nuestra dignidad nacional?» Mi padre me miró primero con curiosidad y luego con cierto cansancio, «Paquito, Paquito. Crece más y piensa menos». Pero yo pensaba: hoy eres yunque, mañana serás martillo.

Una noche de luna llena, en torno al final de la primera década del siglo, mi padre tenía cinco años, estaba en el monte Negro vigilando las escasas vacas de la familia. No sé por qué asocio su pequeña vivencia mágica celestial con su referencia al eclipse, pero al parecer nadie le había dicho al niño que la luna llena no era un sol extraño, sino el signo de la llegada de la noche y siguió con sus vacas en el monte, a la espera de que cambiara aquel sol tan pálido y allí estuvo hasta que le fueran a buscar mis abuelos para explicarle la diferencia entre la luna y el sol, la noche y el día. De una vieja foto hecha en Lugo deduzco que por entonces mi padre era demasiado insuficiente pastor de aquellas vacas, especialmente de la *Rubia*, esquinada y corneadora, pero que siempre calculó mal la estatura del niño que la aguijoneaba en una precoz sabiduría de mono armado.

El viaje a Toledo, para los exámenes, iba a contribuir a formarme una primera y ligera visión de España. Todo se presentaba para mí como una novedad. Mas al no existir los medios de información de hoy, ni los modernos de relación y transporte, se vivía cercado por el ambiente local. Para emprender el viaje había que tomar el tren en La Coruña o en la estación de Betanzos. Resultaba más cómodo y práctico el viaje de dos horas, por mar, a La Coruña, que el tener que utilizar la diligencia, durante más de siete, ya que el ramal del ferrocarril en construcción, entre El Ferrol y Betanzos, seguía el ritmo de las obras públicas del Estado, en aquella época, que no se sabía cuándo iban a acabar, pese, en este caso, al interés de la marina en su terminación. De esta forma, recibí la citación que se me hacía, para mi presentación en los exámenes de Toledo, un día caluroso de julio. Acompañado por mi padre, emprendimos el viaje hacia Madrid. Deliciosa fue la primera parte del viaje en el recorrido por Galicia, pese a las incomodidades que el trayecto entrañaba por su difícil trazado y deficiente estado de la vía. Una mejora importante había tenido recientemente el viaje: la incorporación al pasaje de primera de algunos vagones de corredor, en los que podía el viajero levantarse y moverse durante el recorrido. La parte más molesta del trayecto era el paso entre Lugo y León, por los numerosos túneles, con sus humos asfixiantes y el abrir y cerrar ventanas, para aliviar la situación. Pronto disminuyó la vegetación y empezaron a presentarse los montes pelados, sólo alegrados por la zona de viñas del valle del Bierzo. Este contraste entre Castilla y Galicia viene a mis ojos a justificar la admiración expresada por los visitantes de Galicia y la ponderación del paisaje que a los chicos tanto nos sorprendía.

He de confesar que este primer viaje con mi padre, rígido y adusto, no resultara divertido, pues le faltaba la confianza y la solicitud que le hicieran cordial. ¡Qué diferencia con los futuros viajes con los compañeros! Entrado en la dilatada llanura de Castilla, el tren parece precipitarse, con propósito, sin duda, de ganarse el retraso acumulado en la parte montañosa del recorrido. Bajo ese traqueteo del tren, necesitábamos pasar la noche, para amanecer en el cruce de la sierra. Allí quedaba Ávila, recoleta tras sus viejas murallas. Y más abajo El Escorial, desde donde Felipe II gobernaba el mundo. Y, en seguida, el llano Madrid, con sus modestos pueblos y diminutas colonias veraniegas. Y, tras una dilatada parada, para conceder la entrada, la llegada a la estación del Norte, donde esperaba la algarabía de los mozos de cuerda y la salida a la espera de los coches de punto y los ómnibus de los hoteles. Ya estamos en el Madrid feliz de los quinientos mil habitantes. El paso por Madrid no pudo ser más rápido. Unas horas para asearse, visitar a unos parientes y recoger una carta de recomendación, para volver, a la tarde, a tomar el tren para Toledo. Así, salvo el paso a través de las avenidas y calles principales, quedaba para mí, inestimable, la capital de España. Esto de la carta de recomendación era cosa que yo no alcanzaba a entender. Me parecía un vicio que arrastraba la sociedad, que no podría tener influencia en el ingreso en un establecimiento militar y que podría alcanzar efectos contrarios a los pretendidos. Así se lo expresé a mi padre, que acabó por comprenderlo. Por otra parte, las cartas en sí carecían de valor. ¡Quién iba a decirme entonces que, veintiún años después, me iba a corresponder, como director de la Academia General Militar, el corregir estos abusos!... Mediada la tarde, en un viaje en tren de dos horas, salimos para Toledo. Próximos a la llegada, al cruzar la Vega, se nos presentó la vista magnífica de la ciudad, coronada sobre la cumbre por su alcázar y más abajo, la catedral y los principales monumentos, asomándose sobre las casas de la vieja urbe. Frente a la estación, nos esperaban las típicas galeras tiradas por seis caballos que, cruzando el Tajo por el viejo puente de Alcántara, iban a enfrentarse con la dura faena de remontar la cuesta del Miradero, que da acceso a la típica plaza de Zocodover, mentidero y centro comercial de la población, y en donde se dislocaba el tráfico, para tomar por el laberinto de las estrechas y sombreadas callejuelas, que imprimieron su carácter a esta antigua población dormida en el tiempo. Allí nos esperaba el que había de ser mi apoderado durante mi futura estancia en la Academia, quien nos pilotó hasta la calle del Horno de Bizcochos, en la que estaba el alojamiento que nos había buscado para nuestra estancia en la ciudad. El día siguiente había sido señalado para mi presentación en el alcázar. La impresión que me produjo la entrada, la grandeza de su patio de armas, presidida por la estatua de Carlos V, con aquella leyenda de su base: «Quedaré muerto en África o entraré vencedor en Túnez», fue inenarrable. La emoción que me producían esos lugares gloriosos, con sus piedras seculares, embargaba mi ánimo y desbordaba mis ilusiones. Lo que sí puedo decir es que aquí, en la cuna de la infantería española y ante la evocación de sus glorias, se desvanecían mis antiguos sueños marineros y descubría que iba a hacer algo importante en mi vida, al tener el honor de vivir bajo esos techos.

La Academia de Toledo ni siquiera era Academia General Militar, sino solamente de infantería, porque la General había sido clausurada en 1893 dejando a España sin la posibilidad de un centro de enseñanzas militares integradas tan necesario para los modernos ejércitos, pero era lo único que estaba a mi alcance para vincularme con la causa sagrada de la defensa de España. La habían ubicado en el antiguo alcázar, remodelación del palacio herreriano de Carlos I de España y V de Alemania, que aún estaba en obras cuando yo atravesaba la plaza de Zocodover para acudir al examen de ingreso, una dura pero justa criba que sólo iba a dar paso a trescientos ochenta y dos aspirantes a caballeros cadetes. Dada la circunstancia de las pocas cosas que pasaban en la ciudad y de la vida que le daba la ubicación de la Academia, los exámenes no sólo eran seguidos por algunos familiares de los aspirantes y por oficiales del ejército interesados, sino que mucho público se agolpaba en torno a las aulas y hasta en los sótanos del glorioso alcázar, siguiendo las vicisitudes de los exámenes a la espera de los comentarios animados o desanimados de quienes ya habían pasado la experiencia. Se examinaba de día y de noche, ante tribunales implacables, realizando a veces los ejercicios sobre pizarras, con los profesores militares al lado provistos de un puntero con el que iban señalando el desarrollo de las operaciones. Eran exámenes estilo militar: eficaces y severos y en cambio fuera nos esperaba el asalto de los mirones y el bullicio de la plaza Zocodover o de la calle del Comercio, en un Toledo completamente ocupado por los examinados y sus mentores, familiares o no: hoteles, bares, billares, sastres, sobre todo sastres, porque en cuanto teníamos la certeza del aprobado había que ir al sastre para encargarle los atuendos reglamentarios, casi con mayor urgencia que ir a Telégrafos para comunicar la buena nueva a la familia, porque te exponías a no tener los uniformes en la fecha precisa. No quiero colgarme medallas que no me pertenecen, ni Camilo dejaría que ésta me la pusiera, pues durante toda la vida, hasta que ya generalísimo un día le detuve la lengua con una simple mirada, alardeó de haber sido séptimo en los exámenes de ingreso de la Academia y yo haber quedado hacia la mitad de los 383 admitidos. Estaba yo sentado en un velador de la plaza de Zocodover y vino un compañero con la noticia: Franquito, te han aceptado. El 9 de julio salió la lista de aprobados en el Boletín Oficial del Estado, que ya leí en El Ferrol mientras pasaba las vacaciones y trataba de digerir una noticia larga y dolidamente esperada: la marcha de mi padre a Madrid, para cubrir un destino que se transformó de hecho en una huida del hogar, no con la villanía de quien abandona con todas las consecuencias a la familia, por cuanto mi. padre económicamente siempre cumplió y no permitió que le faltara nunca nada a mi madre ni a mis hermanos que aún estaban bajo su tutela, pero huida al fin y vergüenza callada para mi madre que soportó más de veinte años de resignada esperanza de que todo volviera a ser como antes. He de decir, aún más en su honor, que cuan-

tas veces le constara que yo había de pasar por Madrid, me encarecía que fuera a ver a mi padre y por no desairarla más de una vez cumplí el encargo, tratando siempre de que los encuentros fueran a solas, sin la presencia de quien inútilmente trataba de sustituir a mi madre.

Pero a fines de agosto de 1907 volvía yo a llamar a las puertas de la Academia y nada más entrar supe algo bien cierto: que o conseguía sobreponerme y hacerme un hombre o la vida militar me caería encima con toda su gloria, pero también con todo su peso. Para empezar, las novatadas, especialmente dirigidas contra mi estatura. Franquito me llamaban, porque tenía aspecto de niño y si me molestaba que me llamaran Paquito, con más razón me molestó lo de Franquito, aunque con los años se asumió como un apodo cariñoso de mis compañeros de promoción que me siguió durante años y que cesó, como Paquito, en cuanto me nombraron generalísimo. Las novatadas estaban a la orden del día y habían costado la vida a un cadete, y como las sufrí las he odiado siempre, sin conseguir desterrarlas de los cuarteles, pero sí de las academias militares, porque lo intolerable es que los oficiales futuros se formen en la humillación. Un oficial es un caballero desde el momento en que consagra su destino a la salvación de la patria y si los demás no tienen en cuenta esa dignidad, él debe reclamarla. Los cadetes se dividían en «antiguos», «apóstoles» y «perdigones» según su antigüedad y, como es fácil deducir, los antiguos abusaban de los apóstoles y los apóstoles de los novatos, es decir, de nosotros, los perdigones. No se producían allí brutalidades normales en los cuarteles, pero sí abusos de fuerza y prepotencia que yo no estaba dispuesto a soportar. Y nada más entrar, cuando me entregaban el equipo militar, el «antiguo» que servía de auxiliar al suboficial se me quedó mirando de arriba y abajo y gritó:

—A éste que le den un mosquetón más pequeño.

Me puse firmes y pregunté:

—¿Puedo preguntar a qué se debe esa medida?

El mozarrón, luego nos hicimos camaradas y amigos, volvió a recorrer con los ojos mi figura con sorna y dijo:

—Pues porque si te damos un mosquetón de hombre igual te caes al suelo.

Me encaré con el suboficial y le dije:

—Puedo llevar el mismo equipo que mis demás camaradas.

Lo conseguí y pude disimular el remolino de palabras y ros-

*tros que llevaba en mi cabeza: Paquito, Franquito, Cerillita.
Era muy niño, aún estaba creciendo, mi estatura no era escasa para la época, pero aminorada por mi poco peso y aquella
cara de niño que no conseguía paliar la sombra de un bigotillo excesivamente convocado. Franquito por aquí, Franquito
por allá, que si te vamos a dar un mosquetón más pequeño,
que si un cubo de agua fría un día, que si un examen médico
el otro y a la fuerza, hasta que el acoso llegó al extremo de
ocultarme los libros y poner en peligro mi suerte en los exámenes. Así que cogí una palmatoria que pesaba más de una
arroba y se la tiré a la cabeza del incordiante. Me llevaron
ante la presencia del coronel y cuando le expuse la causa de
mi reacción, los acosos estúpidos, pertenecientes a una tradición de la novatada que me parece malsana y antimilitar, me
exigió que le diera los nombres de quienes me vejaban. Ése
era otro cantar. Yo le había dicho la causa de mi reacción,
no los causantes y cumplí el arresto por salvar una ley de
honor personal y corporativo. El propio coronel, una vez cumplido el castigo, me llamó a su despacho, me dio la mano y
me dijo: caballero aspirante, le llaman Franquito, pero es usted
un Franco como la copa de un pino. No hay mal que por
bien no venga. ¡Qué gran refrán! Aquel castigo me resultaría
rentable porque a partir de ese momento se acabaron las novatadas y me rodeó el cariño de toda una promoción, cariño
que me acompañó a lo largo de toda mi vida militar y política. Quien ha sido yunque, un día puede llegar a ser martillo.*

La impresión que usted dejó en sus compañeros de la academia militar cambió con los años, supongo que a partir de
sus éxitos africanos, porque el coronel Vicente Guarner testi-
moniaría que nadie hubiera podido pensar que usted iba a ser
Franco, Franco, Franco. Aunque un año más joven que usted,
Vicente Guarner era de la promoción de su primo Pacón: «A
Franco le considerábamos un gallego triste y cauteloso, siempre melancólico o deprimido, de aspecto vulgar, moreno, bajito, con voz de falsete y que había leído poco. Figuraba, contra lo que dicen sus biógrafos, a la cola de la promoción.
Entre los seis o siete cadetes que a veces nos reuníamos, cualquiera hubiera sido pronosticado como futuro dictador menos él».

*Les recuerdo y les veo con sus caras de adolescentes agra-
vadas por el uniforme y la búsqueda de una marcialidad imposible: Esteban Infantes, el héroe del cerco de Leningrado*

al frente de la División Azul, Sáenz de Buruaga, el «rubito»
tan capital en el alzamiento y malogrado pocos años después;
Camilo Alonso Vega, tan tozudo como un mulo, hasta el punto
de que malas lenguas me lo rebautizaron Camulo Alonso
Vega; Díez Gílez, músico y militar, que compondría el himno
de la infantería, bajo cuyos acordes combatieron y murieron
muchos oficiales de la fiel infantería. Se hicieron amigos de mi
coraje, no lo hubieran sido de mis debilidades. Si puse fin a
las novatadas por procedimientos expeditivos y viriles, no por
eso dejé de padecer las imprescindibles represiones para que
se moldee el alma del soldado en la obediencia ciega, lo que
no impide que su razón deje de funcionar, pero secretamente,
y a expresarse, si se quiere críticamente, una vez cumplidas
las órdenes. Me gustaban las clases, la vida de camaradería
siempre que permitiera recuperar mi intimidad cuando qui-
siera y poca cosa podía hacer por las calles de Toledo con
las dos pesetas de asignación semanal para gastos extras.
Daba gozo ver a aquella juventud marcial paseando por las
calles de la imperial Toledo, perfectamente vestida, porque
era exigencia de la Academia que la pulcritud en el vestir
tradujera la pulcritud del espíritu militar. Cada cadete dispo-
nía de tres guerreras, una de paño oscuro para galas y dos
grises para diario; cuatro pantalones, dos rojos y dos grises
y todo por 325 pesetas, de la época, claro, pero no era dinero
dada la magnificencia del atuendo. Disponíamos de un sable
de acero de Toledo (35 pesetas), un espadín (25 pesetas), un
impermeable negro con esclavina (ochenta) y una gorra de pa-
ño cuyo precio no recuerdo. Con las dos pesetas semanales me-
rendábamos y hasta podíamos ir al barbero callejero una vez
por semana para que nos afeitase. Podíamos salir de la Aca-
demia una o dos horas diarias, siempre que no tuviéramos
arresto y yo los tuve, porque era difícil permanecer estricta-
mente dentro de la disciplina de la Academia. Ofreceré un
ejemplo. Estábamos en filas y se me ocurrió decirle algo a
un compañero, a manera de conclusión de una conversación
iniciada antes de que nos convocaran al patio. Yo estaba en
segundo curso, era domingo y había quedado con Pacón para
ir al encuentro de un pariente suyo, civil, de paso por Toledo
y deseoso de pagar una buena merienda a su sobrino y a mí.
A Pacón, que siempre ha tenido algo de ingenuo, no se le
ocurrió otra cosa que ir al cuarto de banderas a mediar por
mí con el impermeable puesto, cosa lógica desde un punto de
vista civil, porque llovía, pero reñida con la ordenanza inter-
na de la Academia. Así que nada más entrar, el teniente de

guardia, le señaló con un dedo la puerta de salida y le dijo:
«Señor, pase usted arrestado a la guardia de prevención por
haberse atrevido a entrar en un cuarto de banderas con el
impermeable puesto, en vez de llevarlo doblado al brazo, como
está mandado reglamentariamente.» Así que no compartimos
almuerzo sino arresto y lo curioso es que Pacón reaccionó contra toda lógica y pegando un puñetazo contra la mesa más
próxima dijo: «Estos militares razonan como asnos.» Opinión
más de un civil desafecto, que de un aspirante a oficial, aunque explicable en aquella circunstancia, sobre todo ante la
perspectiva de marcar el paso a mi lado, bajo la lluvia, por
el patio del alcázar, sin otro público que la estatua del césar
Carlos.*

Pero así me hice un hombre y recuerdo el interés que nuestros desfiles y marchas hasta El Escorial, por Valmojado,
Brunete y Valdemorillo despertaban entre las mozas y se organizaban bailes en honor de los cadetes. ¿Qué habrá sido de
aquellas mozas con las que bailábamos? ¿Habrán cumplido
sus destinos de esposas y madres o habrán tropezado con
irresponsables vejadores de su virtud o ingratos compañeros
para una vida de zozobra? No todo eran marchas, bailes o paseos al atardecer, bajo los crepúsculos inimitables de Toledo,
sino también deseo y aprovechamiento de conocer la imperial
ciudad. Y en uno de estos merodeos con Camilo y Pacón, nos
llegamos al convento de San Pablo donde me quedé extasiado ante la espada con que fue degollado san Pablo, el apóstol de los gentiles, conseguida al parecer por el glorioso cardenal Gil de Albornoz. La espada desapareció en 1936, ocultada en un secretísimo lugar por el mandadero del cenobio,
para que no cayera en manos de la horda roja. La espada no
cayó, pero sí el mandadero, por lo que al ser asesinado, se
fue al otro mundo con el secreto de su ocultamiento. Desde
el año santo de 1950 voy tras esa espada y no hay visita a
Toledo que no aproveche para encimar a las autoridades en
su búsqueda. No lo he conseguido, pero el hallazgo en el
museo de Santa Cruz de un pergamino con su reproducción
a tamaño natural, por las dos caras de la tizona, permitió
que la fábrica de armas la reprodujera fielmente con las inscripciones: «Neronis Cesaris mueri» y «Quo Paulus trunca-
tus capite fuit. Era CVIII», y para mayor fidelidad reproduc-
tora me hicieron caso cuando les dije que sin duda el Greco
había reproducido la espada en el cuadro La degollación de
san Pablo. Soy tenaz en mis empeños y a pesar de la soberbia reproducción, aún insisto en la búsqueda del original y

un día de estos quiero ir a Toledo a ver si se insiste en las indagaciones, porque si no estás encima de las cosas, van como van.

Toledo hizo de mí un hombre y un aprendiz de soldado que identificaba su profesión con un matrimonio con España, con la España vejada y expoliada de los últimos siglos. En cierta ocasión un historiador americano me preguntó por mi juventud. «¿Juventud? Mire usted, no le puedo hablar mucho de mi niñez. Fui cadete a los catorce años y desde entonces no fui un muchacho, sino un hombre, desde muy joven echaron sobre mis hombros responsabilidades superiores a mi edad y empleo.» Toledo también fue el descubrimiento de una ciudad fundamental en la historia de España, tan fundamental que allí el rey godo Recaredo había sembrado la semilla que con los años germinaría para dar sentido a España. Y era la primera ciudad en la que vivía largo tiempo una vez salido de El Ferrol y de Galicia con los horizontes más abiertos al mar que a la España interior y Toledo era eso, una ciudad española del interior, rutinaria aunque sanísima, a pesar de que ya empezaban a acudir a ella los turistas en busca de el Greco de moda entre los esnobs europeos. Velaba por la salud de la ciudad el cardenal Aguirre que llevaba a cabo una cruzada contra la prensa liberal y la imagen del Corazón de Jesús pasaba en procesión por un Toledo que reducía sus alegrías públicas a las verbenas de algunos de sus barrios, la del de San Justo la más celebrada. No pude cerrar entonces los ojos, ni los cierro ahora, a las miserias que se podían apreciar en aquellas ciudades que pagaban el precio de la decadencia de España y me impresionaban especialmente los mendigos que rodeaban la Academia a la espera de nuestra salida y de las monedas que echáramos sobre sus manos sucias o sus boinas de color indescriptible. De entre todos los mendigos era el más popular Carrero, un viejo estrafalario que vestía pantalón encarnado, de los llamados de franja, polaca gris y gorro militar, vestuario que debía a los regalos de ropa vieja de los alumnos. A nuestro paso, y sobre todo cuando le caía algo en el gorro que nos tendía, gritaba ¡Vivan los «caetes», y nosotros le cotestábamos ¡Viva! como si respondiéramos a un grito militar. El viejo Carrero juraba y perjuraba que procedía de una familia de la rancia nobleza, pero cuando lo ingresaron, para morir, en el hospital de la Misericordia, fueron los «caetes» de la Academia los que sufragaron sus gastos, los que le hicieron compañía y los que pagaron su entierro. ¡Cuántas veces he pensado en el viejo Carrero como expresión misma de los secretos designios de la providencia que a unos hace caudillos y a otros mendigos!

Si en El Ferrol las muchachas iban tras los jóvenes oficiales de la marina, en Toledo su presencia se percibía interesada, alegre pero elegantemente reservada en torno de aquellos cadetes de los que saldría la flor y nata del futuro ejército español. El Zocodover era lo que debió ser desde sus orígenes árabes: un zoco. Y allí se desarrollaba desde el mercado de los corderillos pascuales hasta los conciertos bullangueros de los organilleros, absurdamente prohibidos durante un tiempo y afortunadamente reautorizados durante mi estancia como cadete. También aquella absurda prohibición me ha servido de referencia siempre, porque prohibir a veces es inevitable, pero siempre debe responder la prohibición al bien que causa, no a la arbitrariedad del poder. Los mejores clientes de los organilleros eran las modistillas, pero algunas perras venían de los cadetes, no de mis manos, porque no me sobraban, ni de las de Pacón o Camilo, en parecidas circunstancias, pero sí éramos oyentes de gorra porque a los tres nos gustaba la música de organillo, especialmente la que divulgaba el género chico, la música que más me gusta y la que en mi opinión mejor refleja el alma española.

Especialmente atractivo era el mercado de los martes en el Zocodover, aún más parecido a un zoco como luego tuve ocasión de comprobar en Marruecos. Ropas, semillas, vajilla, alfarería, quesos artesanales, herrajes, chorizos, morcillas, botas, en una pintoresca mescolanza que respondía a un antiguo orden respetado durante siglos y que los toledanos conocían perfectamente y que a mí al comienzo me parecía un laberinto de cosas y olores. Y los extranjeros que asistían al espectáculo sin ninguna duda les parecía un anticipo de África, sin darse cuenta de que ellos con sus sombrillas, sus catalejos, su vestir de safari componían también para nosotros una presencia estrafalaria, siempre rodeados de chiquillos como moscas, pidiendo unas monedas en un gesto de miserabilidad que me sublevaba y me hacía huir del espectáculo por las callejas empinadas empedradas con cantos rodados, esquivando borricos con alforjas, aguadores, barberos que afeitaban y cortaban el pelo en plena calle, sin más utensilios que una silla, la navaja, unas tijeras mal afiladas y la bacía llena de jabones olorosos, cuando no se valían directamente de la barra de jabón y de la brocha. Los periódicos llamaban excéntricos y estrafalarios a los turistas. A mí me parecían engreídos y falsificadores de lo que ahora veían y luego contarían, contribuyendo aún más a la leyenda negra contra España, aunque buenas pesetas dejaban en las tiendas de damasquinos. Siempre recelé del turismo, aun sabiendo que nos era necesario.

La nueva promoción estrenaba nuevo uniforme: cuello y bocamanga de paño encarnado, las hombreras doradas, la gorra inglesa sustituía a la teresiana, azul y encarnados, con el emblema y la corona real española. Mes y medio de dura instrucción que fue menos dura desde el momento en que vencí el rechazo que a priori me ofrecía saltar el potro, artefacto amenazante que me parecía crecer a medida que me acercaba a él, en una carrera que terminaba con los ojos cerrados y más de un coscorrón me costó mirar cuánto potro me faltaba para ultimar el vuelo de mis entrepiernas amenazadas. Mas a pesar de mi fragilidad aparente y lógica en un muchacho de catorce años, yo era estructuralmente fuerte y mis correrías por El Ferrol me dotaron de una constitución sana que tantas veces puse a prueba en guerras y deportes. Así llegó el 13 de octubre de 1907, el día de la jura de la bandera: «¿Juráis a Dios y prometéis al rey seguir constantemente sus banderas, defenderlas hasta verter la última gota de sangre y no abandonar al que os estuviera mandando en función de guerra o preparación para ella?» «¡Sí, juro!» Emití el grito con una voz que hubiera asombrado a mi padre y que destacó por encima de mis compañeros de fila, hasta el punto de merecer algún comentario posterior que no consiguió ofenderme, porque no ofende quien quiere, sino quien puede.

Los estudios empezaron y los fundamentales giraban en torno del libro Reglamento provisional para la instrucción teórica de las tropas de infantería, buen manual, aunque algo desfasado y negligente, porque a pesar de las muchas experiencias que habíamos padecido en la guerra de guerrillas contra los insurgentes cubanos y filipinos, no aparecían incorporadas, con lo útiles que nos hubieran sido estos conocimientos de cara a la guerra contra el moro. Yo devoraba los libros de la biblioteca, escasa, especialmente aquellos que hacían referencia a las experiencias militares del pasado y al arte de la guerra. De los textos españoles que más me impresionaron he de citar el de Fanjul, Misión social del ejército, no incorporado a la biblioteca de la Academia hasta el siguiente curso, pero que desde su aparición dio que hablar porque por primera vez el ejército era considerado un elemento vertebrador de la sociedad, junto a la Iglesia, cuya misión ya se daba por descontada, pero los militares empezábamos a ser conscien-

tes del papel que cumplíamos implícitamente, a veces explicitado. No faltaban allí libros de piedad y de los apologistas del catolicismo, en una época marcada por los intentos heréticos del modernismo que no era otra cosa que la instrucción de la mundaneidad en el territorio de lo espiritual. Mi avidez lectora comenzó en Toledo y me acompañaría hasta la guerra civil. Siempre viajó conmigo mi maleta llena de libros y con el tiempo mis aficiones se fueron decantando hacia el derecho, la historia y la economía, aunque he de decir que leí con desigual aplicación y gusto a todos los clásicos de la filosofía y muy especialmente a santo Tomás de Aquino.

Los estudios que realicé fueron excitantes, eficaces y sorprendentemente modernos dada la penuria de medios y la mala voluntad política que se movía hacia el estamento militar. Evidentemente predominaba el traspaso de conocimientos sobre el arte de la guerra de infantería, pero algunos conocimientos se daban sobre otras ramas y eran correctos los departamentos dedicados al estudio de armas, topografía, física y telegrafía, así como de fotografía, circunstancia que hizo nacer en mí una gran afición a la fotografía en concreto y a la cultura de la imagen en general, el cine en primera línea. Contábamos con profesores curtidos en los recientes desastres, pero también esperanzados, que, viajeros por el extranjero en comisión de servicios, nos aportaban conocimientos impartidos en otras academias más modernas y fue capital el período de dirección de la escuela a cargo del coronel Villalba que instaló sistemas de juegos de guerra en dos planos, el de las pequeñas unidades y el del movimiento de una división. Conocimientos teóricos, formación física, ejercicios tácticos, sofistificación logística, no, no fue mala la formación militar recibida y capital la intelectual, por cuanto la Academia me permitió coincidir con muchachos de parecidas inquietudes militares y con profesores testigos o cómplices, de todo había, de la conjura antiespañola decretada por las logias y por los enemigos tradicionales de nuestra hegemonía imperial. Además, gracias a mi paso por la Academia, se produjo un hecho trascendental en mi vida y, creo ya inútil minimizarlo, en la historia de España.

Se cumplía el mes de abril de 1909 cuando se nos instaló en un campamento de los Alijares para cumplir el supuesto táctico del rechazo de una fuerza enemiga atacante. A la una y media de la madrugada del día 3 se produjo el ataque. Nos desplegamos los cadetes, defendimos nuestras posiciones con ardor y cuando sonó el cornetín del enemigo dando la señal de alto el fuego, nos sentimos felices y vencedores. Fue entonces cuando de entre el revuelto horizonte de polvo y humo, aparecieron «los atacantes» y allí estaba, al frente de dos compañías del regimiento de León... ¡el rey! El joven Alfonso XIII avanzaba marcial pero con aquel caminar preocupado por la longitud excesiva de sus piernas y era pálida su sonrisa y su tez, rojos, rojísimos sus labios como pude comprobar cuando se levantó el sol y todos los figurantes en el simulacro, con los huesos ateridos por el relente y el relajo, formamos una piña de comentarios y análisis críticos y tácticos a posteriori. En mi promoción figuraba don Alfonso de Orleans, príncipe de sangre real y el futuro destacado militar a mis órdenes durante la cruzada, aunque también hubiese estado a las órdenes de la masonería durante algunos períodos de su vida. Pero un príncipe era un príncipe y un rey era un rey y Alfonso XIII emanaba simpatía, naturalidad, majestad. Era, sin discusión, estuviera donde estuviera: el rey. En mi casa se me había inculcado respeto al rey como árbitro social providencial, resultado de una selección natural del poder practicada por los siglos y esa convicción abstracta, teórica si se quiere, me fue ratificada por la personalidad fascinante de Alfonso XIII que derrochaba naturalidad, pero también majestad. Fui frecuentemente favorecido por sus disposiciones y su trato y en más de una ocasión he dicho que ha sido el mejor Borbón que hemos tenido, malogrado por los tiempos de disgregación moral, social y patriótica que levantaron la masonería y el comunismo. Pero él estaba dotado para ser un gran rey y sus errores nunca alcanzaron la estatura de sus propósitos. Sin la influencia nefasta de las corrientes disolventes, Alfonso XIII hubiera sido un rey de la estatura de los grandes Austrias, Carlos I y Felipe II, porque aunque Borbón, también era un Austria, hijo de María Cristina de Habsburgo y por lo tanto punto de encuentro de las dos casas reinantes desde la concreta unificación de España tras los Reyes Católicos. El único defecto que yo le recuerdo al rey Alfonso XIII, al parecer ha sido hereditario. Su majestad fumaba unos cigarrillos muy bonitos, emboquillados, en los que figuraba la corona real y los repartía profusamente entre todos nosotros, mientras contaba chistes, a veces subidos de tono. Nunca pude aceptarle un cigarrillo porque siempre supe estar a salvo del vicio de fumar y si transijo en que el príncipe Juan Carlos, su nieto, futuro heredero de la Corona de España, fume en mi presencia es en recuerdo de su abuelo y su generosa tendencia a repartir aquellos regios cigarrillos.

Mi padre me trasladó cincuenta años después la impresión que mi abuela recibiera en Madrid, en torno al final de la primera década del siglo, al ver pasar a Alfonso XIII por la Castellana, en coche de caballos descubierto y, de pronto, detenida la carroza ante un edificio principal que mi abuela no supo identificar. Toda la estatura del rey se alzó sobre sus largas y delgadísimas piernas, para boquiasombro de aquella casi muchacha celta paridora, hecha a las medidas bajas de celtas campesinos y conmovida ante la estatura de la realeza. Mi abuela y el rey compartían instinto dinástico. A todo rey lo único que le interesa en este mundo es que prosiga su dinastía y a este fin consagra la paz y la guerra, se tercie lo que se tercie. También mi abuela estaba en Madrid por cuestiones dinásticas, a vender la leche de sus pechos, provocada por el nacimiento de mi tío Manolo, acumulación de ahorros indispensable para el frenesí cantero y agrario de mi abuelo convencido de que sólo la posesión de la tierra bien delimitada podría sacar a su dinastía de siglos de subalternidad. Mi abuela daba de mamar en un hotelito de la calle Zurbano a un niño con el cabello color paja y un bracito más corto que el otro, hijo de una familia cargada de apellidos de necrológica de *ABC*.

En la antigüedad era relativamente fácil formar la conciencia recta de los pueblos, por cuanto la educación estaba en manos de la Iglesia y bastaba transmitir los conocimientos indispensables para trabajar y salvar el alma. Pero con la aparición de las masas, la educación se convirtió en un problema social y la España dividida del siglo XIX vivió el conflicto de las diferentes filosofías educativas, fundamentalmente entre la tradicional y la librepensadora. Durante la enseñanza media estudié según los planes pactados entre liberales y conservadores, intento de pacificar los espíritus desde la base que en ocasiones se basaba en la ocultación de las causas reales de la decadencia. ¿Cómo pueden ponerse de acuerdo conservadores y liberales para ofrecer un mismo criterio sobre la historia? Fue en la Academia Militar donde empecé a recibir una formación rica, elemental coherente, bajo la autoridad moral de unos profesores militares que habían vivido en primera línea las causas del desastre español. Entre los libros de la biblioteca, rigurosamente seleccionados, aún no figuraba Mi mando en Cuba *del general Weyler, relato acusatorio contra la dejación del poder civil, libro que me impresionaría*

en mis primeros años de joven oficial y que formaría a jóve-
nes cadetes que luego tuve bajo mi mando, así en las guerras
de África como durante la guerra civil.

Era secreto a voces lo bien que le había rentado económicamente al sanguinario general Weyler su mando en Cuba,
hasta el punto de que se parafraseó el título de su obra y
quedó en *Mamando en Cuba.*

A veces, cuando recuerdo cuán vertebrado estaba el saber
dentro de la Academia Militar y cuan invertebrado estaba
fuera de sus muros, comprendo que los militares saliéramos
de las academias con pocas ideas pero claras y los civiles tal
vez tuvieran muchas ideas, pero confusas. Ética espartana,
respeto a la autoridad y a la jerarquía, recuperación de la ima-
gen de la España del siglo de oro, convencimiento de que no-
sotros los militares éramos esa columna vertebral que le fal-
taba a la España invertebrada, tan inteligentemente analiza-
da por el a veces funesto Ortega y Gasset, esas fueron
nuestras enseñanzas fundamentales basadas en el lema honor
y patria. En su libro Misión social del ejército, *el general Fan-*
jul tomaba buena parte de la argumentación de la obra del
general francés Lyautey sobre el papel social de unos ejérci-
tos que pasaban más tiempo en la paz que en la guerra, y
aunque los jóvenes oficiales españoles teníamos el objetivo
de mantener lo poco que quedaba del imperio africano y de
recuperar, si era posible, pasadas zonas de influencia, tam-
bién éramos conscientes de que poder civil equivalía a desor-
den y de que en cuanto el poder civil quedaba desbordado,
éramos los militares los que teníamos que salir a la calle o a
los caminos a restaurar el orden. Si éramos la garantía del
orden ¿por qué no trasladar este método a la organización
total del Estado y de la sociedad civil? No quiero adelantar
conclusiones, pero no me resisto a señalar que los dos perío-
dos más prósperos de la moderna historia española se han
conseguido bajo una dictadura militar, la de Primo de Rivera
(1923-1929) o durante el orden que bajo mi mando instauró
el glorioso ejército español tras la cruzada de 1936-1939 y
que sería necesario definir como democracia orgánica.

El tercer y último curso estuvo presidido por la compleji-
dad y la impaciencia. Complejidad de las materias estudia-
das e impaciencia para que llegara el día final, la graduación,
el comienzo de una carrera militar que, a la vista del estalli-
do de la guerra de África, prometía ser estimulante. O ascen-

so o muerte *era nuestra divisa mientras nos aplicábamos sobre disciplinas tan variadas como la táctica de las tres armas, geografía militar de Europa, reglamentos, armas portátiles, fortificación, ferrocarriles, telegrafía, historia militar. También eran obligatorios el inglés, el francés y potestativo elegir alemán o árabe, así como obligatorio lo que se consideraba repaso del francés. Esgrima. Florete. Dibujo de paisaje, tiro, instrucción. Pero a la vista de cómo iban las cosas en África, las disciplinas teóricas fueron dejando espacios a los ejercicios prácticos y tácticos y también aquel año contamos con la presencia del rey Alfonso XIII, acompañado esta vez de Manuel II de Portugal y en esta ocasión el rey estuvo al frente de mi bando, lo que me causó orgullo y satisfacción. El rey quedó muy contento por nuestro comportamiento y se rumoreaba que en Europa tenía muy buena fama la Academia, hasta el punto de que nos visitaron unos oficiales japoneses y se maravillaron del nivel técnico y teórico de nuestra enseñanza. Esta opinión la valoramos mucho porque el ejército japonés estaba en la cima de su prestigio tras su reciente y sorprendente victoria sobre los rusos. De las visitas del rey, consciente de que en Toledo se estaba fraguando la futura cúpula del ejército, quedó memoria en el paisaje cercano al campamento de los Alijares: en una piedra que no podrá destruir el tiempo hasta la consumación de los siglos se mencionó la presencia constante de Alfonso XIII en los ejercicios tácticos del curso 1908-1909. Su majestad dio continuas pruebas de afecto a los militares, hasta el punto de lucir continuamente el uniforme del arma de infantería, lo que le granjeó el odio de intelectuales como Salvador de Madariaga, de la opinión de que el rey de tanto llevar ese uniforme lo había convertido en su propia piel. Esta presencia constante de Alfonso XIII al lado del ejército fue la base de nuestro monarquismo, sano en buena medida, aunque muchas veces algunos altos jefes no supieran discernir dónde terminaba su devoción a la monarquía y dónde empezaban sus obligaciones para con la patria. A esta cuestión ya haré referencia cuando escriba sobre el período posterior a la cruzada y especialmente a la actitud de algunos altos jefes tras la derrota del fascismo en la segunda guerra mundial. Sólo debo añadir, que de mi promoción, de la que salimos trescientos doce segundos tenientes, noventa y seis murieron en la guerra civil, la inmensa mayoría lucharon en el bando de España y en 1950 en nuestro cuadro de honor se censaban cuatro laureadas de San Fernando, la más alta distinción que puede recibir un militar español y doce medallas militares individuales. Otra vez el misterio que relaciona al hombre con su propio proyecto personal se dio en los resultados de los estudios militares de la Academia. De los trescientos doce segundos tenientes yo ocupé el lugar doscientos cincuenta y uno. ¿Me reservaría el mismo lugar el libro de la historia?*

Y llegó el gran día 14 de julio de 1910. En el soberbio patio del alcázar de Toledo, presidido por la estatua de nuestro más grande césar, Carlos I de España y V de Alemania, allí estábamos alineados y acerados los cadetes convertidos ya en segundos tenientes. De las altas galerías colgaban los tapices y terciopelos, sobre los que se acodaban docenas de muchachas que parecían esperar una señal para revolotear gozosas cual palomas sobre nuestra joven gallardía. Y al acabar la misa, mientras la marcialidad no nos impedía atisbar de reojo la presencia emocionada de nuestros allegados, las bandas atronaron el ámbito con himnos gloriosos y por encima de todos el de España. La bandera de la Academia, en manos del abanderado saliente, avanza hacia las manos del abanderado entrante y en ese gesto mis ojos velados por las lágrimas vieron el sentido de la verdad profunda que el ejército lleva dentro, la salvaguardia de la patria convertida en símbolo, en el más excelso y alto: la bandera nacional. Cuando sonó el rompan filas, me dejé llevar por la baraúnda y me sentí abrazado y besado por familiares y amigos, pero ellos ya percibieron que estaba ausente, ausente pero dentro de mí, en un éxtasis íntimo ante el descubrimiento del sentido de mi vida, de mi misión. Mi madre fue quien mejor advirtió la hondura de mi conmoción y mientras me acariciaba la mejilla con la misma mano que había tratado de convocar a mis ojos para aquella gozosa realidad, suspiró y dijo: «¡Cómo no va a estar emocionado, si estas piedras sobrecogen.» «Sobrecogen, sí —contesté— y aquí hay mucha historia de mujeres tan valientes como tú.» «¡Valiente, yo! ¡Pobre de mí! ¡No tengo otro valor que el que me transmite el consuelo de los santos evangelios.» Mi madre no recordaba que Toledo, cuna de nuestra catolicidad gracias a Recaredo, había contado con mujeres ejemplares como doña Berenguela, la esposa de Alfonso VI que desde uno de los torreones del viejo alcázar vio acercarse impertérrita las tropas agarenas que, advertidas del escaso número de caballeros leales que velan a la reina, corresponden a tanta generosidad pasando de largo sin importunarla. También aquí en Toledo, en las mazmorras del alcázar, purgó su proeza la ejemplar doña Blanca de Bor-

bón, esposa legítima de Pedro el Cruel, mientras su irrespon-
sable marido se entregaba a los amores impuros de doña
María de Padilla. ¿Y qué decir de doña María de Pacheco, la
Leona de Castilla, viuda del caudillo comunero que desde
estas almenas defendió la ciudad contra las tropas leales?
A medida que yo desgranaba estas historias, se ampliaba el
cerco de oyentes y alguien dijo: «Como usted verá, señora, su
hijo vivió más las piedras que los libros.» Miré fijamente a
quien así hablaba, de cuyo nombre no quiero acordarme y le
contesté: «Pobre de aquel que a causa de los libros dejó de
leer las piedras.»

¿Fue así? ¿No se limita usted a parafrasear lo que imaginó
en *Raza*, cuando José, es decir usted, recibe el despacho de
cadete?

«*Luis.* Como usted verá, señora, su hijo vivió más las
piedras que los libros.

»*José.* Al revés que tú, Luis, que por los libros dejaste de
leer las piedras. No sabes lo que has perdido. ¿Qué son unas
pocas más matemáticas en una vida? ... ¡Nada! En cambio,
¡qué lecciones no encierran las piedras!...

»*Luis (algo picado).* No por ello he olvidado la historia;
tú sabes qué atención le dediqué.

»*José.* Sí, primero en clase, maestro en la repetición de los
relatos fríos y sin alma de algún autor adocenado; los episodios de la historia sin fuego y sin calor...; párrafos y palabras que se lleva el viento. ¿A que no recuerdas quién fue el
primer alcaide de este alcázar donde has vivido tres años?

»*Luis.* Sí, Alfonso VI.

»*José.* No. Ese fue el conquistador de Toledo, el que
mandó construirlo. El primer gobernador fue Rodrigo Díaz
de Vivar, el Cid. Oye, Isabel, a ti que te gustan estas cosas:
yo quise un día grabarlo allí en aquella piedra; pero salió el
capitán de servicio y me echó. A poco me arresta. ¡No supo
comprenderme! (Dice con sorna.) ¿Y estas torres? Obra son
de Alfonso el Sabio, y nosotros las vimos con la frivolidad de
la ignorancia.»

Convenga en que es algo desagradable que usted ridiculice
a los primeros de la clase, después de confesarnos que ocupó
el puesto doscientos cincuenta y uno sobre un total de trescientos doce tenientes. Treinta años después de recibir tan pre-
cario despacho, en el momento de escribir *Raza* y rodeado ya
de todos los botafumeiros de la adulación por su caudillaje,
usted volvió la vista atrás y ajustició moralmente a los dos-

cientos cuarenta y nueve mil cadetes que habían osado precederle, posiblemente maestros en la repetición de los relatos fríos y sin alma de algún autor adocenado.

Si El Ferrol, proa de la marina española, había dejado en mi alma la resaca del desastre de 1898, en Toledo, lo repito, me hice un hombre, y en África me haría realmente militar. En Toledo quedaron mis vivencias de adolescente, los descubrimientos de las turbaciones del alma y el cuerpo que me ayudaron a superar esas pocas pero claras finalidades del espíritu militar. No soy de esa clase de hombres que sigue fiel toda la vida a los santuarios de su nostalgia. Me puedo encariñar antes con un árbol o con un arma que con un fragmento concreto de mi vida, tal vez porque la largueza de mi caudillaje le ha dado un definitivo signo y todo lo demás me parecen situaciones que, sin yo sospecharlo, me conducían a él. Bien lo sabe Dios. Nunca me movió la ambición de mando, sino la de servicio, pero cuando se tienen quince, dieciséis, diecisiete años la ambición de gloria se adquiere en algún momento, en algún lugar y este momento fue la llegada de las primeras noticias sobre ex cadetes muertos en la guerra de África y el lugar fue Toledo, la imperial ciudad tan amada por el césar Carlos. Luego volví varias veces a Toledo antes de aquel día glorioso en que conseguimos apoderarnos de la ciudad y liberar el alcázar asediado, y casi destruido, por la horda roja. La primera fue el 10 de marzo de 1926, recién proclamado general y convocado por el encuentro ritual de los que habíamos sido compañeros de la XIV promoción. Fui elegido invitado de honor y mis compañeros, «los novatos» de 1907, me entregaron un fajín y una espada toledana, esa espada que canta el barítono en la zarzuela El huésped del sevillano:

> *Fiel espada triunfadora*
> *que hoy brillas en mi mano*
> *resplandece la hermosura*
> *de tu acero toledano.*

Junto a la espada y el fajín, un pergamino que en cierto sentido era excesivamente halagador y en otro, profético: «Cuando el paso por el mundo de la actual generación no sea más que un comentario breve en el libro de la historia, perdurará el recuerdo de la epopeya sublime que el ejército español escribió en esta etapa del desarrollo de la nación y los nombres de los caudillos más insignes se encumbrarán gloriosos, y sobre todos ellos se alzará triunfando el general Francisco Franco Bahamonde, para lograr la altura que alcanzaron otros ilustres hombres de guerra como Leiva, Mondragón, Valdivia y Hernán Cortés y a quien sus compañeros tributan el homenaje de admiración y afecto por patriota, inteligente y bravo. Toledo, 10 de marzo de 1926.» No tuve más remedio que responder, emocionado pero sereno a través de las palabras que dejé en el álbum de firmas de la biblioteca de la Academia: «A los dieciséis años de salir del querido solar de la infantería, a él vuelvo de general, con el cariño de siempre a mi querida arma, de la que nunca me separo, pues el título más glorioso del que dispongo es el de infante: y de todos aquellos que en el cumplimiento del deber hicieron a nuestra infantería grande, me he guiado. ¡Viva España! ¡Viva la infantería! ¡Viva la infantería! ¡Viva la infantería! ¡Viva España! Francisco Franco.» Treinta y tres años tenía yo entonces ¡quién los pillara! Volví a Toledo en 1935, como jefe del Estado Mayor Central y ante los ciento cincuenta compañeros de 1907 les dije: «Con soldados como vosotros, España será grande.» Así sería porque la inmensa mayoría de aquella promoción estaría a mi lado durante la próxima, temida, inevitable cruzada.

Vida ensimismada la de academia, pero no por ello de espaldas a cuanto ocurría en la calle, en la vida de los «paisanos». Buena parte de nuestros profesores eran oficiales curtidos en las batallas y derrotas de Cuba y Filipinas y habían conservado la rabia impotente contra el abandonismo político que nos había llevado al desastre. Cuando estalló la guerra de Marruecos, todos los cadetes deseamos que se aceleraran los estudios para entrar cuanto antes en combate, no sólo por una voluntad de servicio a la patria, sino también porque las guerras significaban poner a prueba nuestro valor y nuestro saber, con las consiguientes distinciones y los posibles ascensos. Pero no se nos escapa el ambiente hostil que las fuerzas antiespañolas estaban creando contra el ejército, fuerzas interiores y exteriores recelosas y tacañas ante la apertura de un posible nuevo frente imperial que España debía defender para compartir relevancia con otras potencias europeas en el control de África. Era la explosión del antimilitarismo social, propagado por los que convirtiendo al ejército en el blanco del odio del populacho, debilitaban aún más a la débil España. De todas aquellas explosiones de barato antimilitarismo, la más dramática y significativa fue sin duda la de la Semana trágica de Barcelona, revuelta *cívico-anarquista contra la leva de tropas para luchar en África que traducía también un antiestatalismo, un antiespañolismo de fondo al que jugaron casi todas las fuerzas políticas catalanas, aunque luego se desentendieran, al ver cómo la chusma se apoderaba de la calle y levantaba sus barricadas. La crisis del Estado español, es decir, de la patria, era aprovechada por fuerzas centrífugas nacionalistas vascas, catalanas y gallegas para plantear la secesión y de todos estos movimientos el más profundo sin duda era el catalán, porque gozaba de la complicidad de fuerzas económicas, políticas y sociales complementarias y complejas. Es cierto que algunos políticos catalanes regionalistas moderados como Cambó, colaboraban en la tarea de la modernización del Estado, pero el propósito escisionista permanecía en el fondo de las conciencias y ya se vio cómo trataron de aprovechar ocasiones posteriores para evidenciarlo. Desvertebrar España significaba topar con el ejército y por eso hubo choques continuos entre separatistas y militares, iniciados por la agresión de la revista catalana* Cu-Cut *al honor militar y la réplica de unos oficiales que allanaron los locales del diario* La Veu de Catalunya *donde se imprimía la publicación y causaron destrozos importantes. Como la sociedad catalana reclamara una reparación, los militares cerraron filas y reclamaron a su vez el enjuiciamiento de quienes les habían insultado. Nacía así la prueba de dos conciencias diferenciadas, dos visiones de la misma historia y como consecuencia se crearían distintas jurisprudencias, una para civiles y otra para militares, circunstancia admitida por el jefe del gobierno Segismundo Moret y que plasmaba la existencia de dos lógicas ante la historia. Pero si el caso del* Cu-Cut *en 1905 había sido alarmante, lo de la Semana trágica en 1909 era doblemente peligroso, porque planteaba por primera vez el espectro amenazante de la España roja y rota y la posibilidad de que las fuerzas moderadas fueran desbordadas por la presión de la calle. Una y otra vez era el ejército el llamado a restablecer el orden, un orden que el poder político sólo sabía deteriorar, nunca restaurar. Las imágenes de las turbas asaltando conventos y bailando esperpénticamente con las momias desenterradas de las monjas poblaron mis pesadillas de juventud y fueron una sana advertencia sobre los desmanes a que puede llevar la subversión, la nueva subversión, a la que tuve que hacer frente en mis destinos posteriores y durante el destino supremo de la cruzada. Otro hecho de la Semana trágica que me conmocionó fue la campaña internacional antiespañola por el ajus-*

ticiamiento del supuesto pedagogo Ferrer Guardia, instigador intelectual de la revuelta, maestro de regicidas como Mateo del Morral. La bandera española fue pisoteada, vejada, quemada en las principales capitales europeas y en Bruselas ¡se levantó un monumento a Ferrer Guardia! Leí con estusiasmo y vergüenza torera aquella carta patriótica que Luca de Tena, director de ABC, dirigió a la opinión pública internacional, carta enviada por telégrafo a los principales diarios del mundo y reproducida íntegramente en ABC, mi diario preferido, también el preferido de mi madre: «He visto con profundo dolor la calumniosa cruzada dirigida contra mi patria por la pasión de algunos y el desconocimiento de la verdad por parte de otros. Ferrer ha sido juzgado por un tribunal legalmente constituido, que ha obrado de acuerdo con las leyes y que ha dado al acusado cuantas garantías dan los tribunales de los pueblos cultos y civilizados. No se le ha juzgado por sus ideas y sí por complicado en los actos que realizaron los revolucionarios que se entregaron en Barcelona al incendio, al saqueo, a la violación de religiosas y al asesinato de mujeres y niños. Ferrer resultó complicado en esos crímenes, según han declarado republicanos y radicales. La sesión del consejo de guerra fue pública. Ferrer eligió libremente su defensor, que cumplió su misión con entera libertad. No prendieron a ese defensor, como se ha dicho. Ferrer pudo, durante muchos años, publicar sus libros, enseñar en la Escuela moderna, desarrollar doctrinas anarquistas, excitando al incendio y al asesinato. Esto demuestra que no lo han condenado por sus ideas. Los que quieren calumniar a España ante Europa ocultan la verdad. Los fusilamientos de Montjuich de que todo el mundo habla ahora como si se tratara de centenares de vida, se reducen a cuatro en el espacio de dos meses y medio. Cuanto se ha dicho de tormentos es una mentira infame. Permita usted, señor director, que un español que ama a su patria y que ha dedicado su vida, su fortuna y su inteligencia al periodismo, se dirija a usted con la esperanza de que dará hospitalidad en su periódico a esta declaración, hecha con objeto de que se conozcan en el mundo entero las verdaderas causas de la condena de Ferrer que tanto empeño tiene en falsear el anarquismo internacional que de ese modo quiere deshonrar a mi patria.»

Con los años, cuando tuve que asumir los destinos más altos de la patria, muchas veces tuve que hacer frente a campañas de difamación similares: la falsa destrucción de Guernika, la detención de López Raimundo, el comunista que había organizado los desórdenes barceloneses de 1951, el juicio y ajusticiamiento de Julián Grimau, el juicio contra el anarquista y luego comunista Jorge Cunill, los procesos de Burgos contra el terrorismo de ETA, la ejecución de cinco terroristas hace pocos días, a fines de septiembre de 1975. ¿Les movía la compasión? No. La voluntad de ofender a España, de perpetuar el cerco masónico y comunista, porque si en el pasado temieron nuestra grandeza, en el presente están rabiosos por la contundente paliza histórica que a masonería y comunismo dimos durante la cruzada de liberación.

Curiosa la pervivencia del quiste mental Ferrer Guardia en la memoria colectiva de la contrarrevolución española. Todavía hoy sus historiadores, gentes casi del siglo XXI, siguen denunciando la conjura antiespañola que significó la campaña internacional contra la ejecución de Ferrer Guardia en 1909 y usted agradeció a los alemanes que en su avance sobre Bélgica en 1939 desmontaran el monumento construido en Bruselas en honor del pedagogo catalán, convertido en símbolo internacional de la izquierda mártir. Casi ningún historiador serio pone hoy en duda que Ferrer Guardia fue el chivo expiatorio utilizado por el gobierno de su admirado Antonio Maura, el profeta de la revolución desde arriba, para escarmentar a los anarquistas que rechazaban el intervencionismo militar, coartada de los intereses de parte de la oligarquía española, el mismísimo conde de Romanones era accionista de Minas del Rif, implicados en las explotaciones mineras marroquíes, y para halagar al joven rey ávido de expediciones militares. Y cómplice de aquella operación amedrentadora fue la burguesía nacional catalana, asustada ante el crecimiento de una protesta que ya no era sólo nacionalista, sino que implicaba una crítica del Estado de la Restauración que la afectaba. Estaban ustedes ciegos de ascenso y de muerte para no entender hasta qué punto el cadáver de Ferrer Guardia era tan instrumentalizado como su heroísmo de jóvenes oficiales drogados de patriotismo. Tan ciegos que ni siquiera tenían ojos para leer y entender un discurso como el pronunciado por Francesc Cambó, el líder del catalanismo moderado, ante las cortes de Madrid: «Hay que situarse, señores diputados, en la realidad social de la vida española en agosto, septiembre y octubre de 1909. Yo estaba en Barcelona cuando se detuvo a Ferrer, y me enteré de que se le había detenido porque dos diputados republicanos me comunicaron la noticia. En ninguno de los dos había la más leve sospecha de que Ferrer no mereciera una condena de muerte por sus hechos; ninguno de ellos sospechaba que los tribunales dejasen de imponerle pena de muerte; pero en aquel momento me dijeron: «No, Ferrer no será ejecutado; Ferrer es demasiado fuerte, y no será ejecutado; Ferrer es demasiado fuerte, y ante Ferrer se torcerá la justicia, y lo que hará torcer la justicia será el miedo. (Rumores.) Ése era el estado de conciencia en Barcelona, y éste fue el estado de conciencia de toda España durante las semanas que mediaron desde que Ferrer fue detenido, hasta que Ferrer fue ejecutado. No pidieron el indulto de Ferrer los elementos del partido radical; fueron en el sumario sus acusadores; no lo pedimos los que éramos neutrales en la contienda; no pidió nadie, repito, el indulto de Ferrer. Si culpa hay por el fusilamiento de Ferrer, culpa es de todo el cuerpo social, principalmente de Barcelona; todos los ciudadanos de Barcelona hemos fusilado a Ferrer no pidiendo su indulto. (Aplausos.)»

El espíritu antipatriótico disfrazado de antimilitarismo fue cultivado en España tanto por la masonería como por los movimientos de izquierda, muchas veces teledirigidos por la propia masonería hasta que apareció Moscú como centro de emisión de consignas desintegradoras de la civilización cristiana. Fue Barcelona, a pesar de su fama de capital del sentido común, del seni (1) *creo que le llaman los catalanes, la punta de lanza del antimilitarismo por los muchos masones y anarquistas que allí proliferaron y ya en 1871 el general Baldrich tuvo que bombardear la barriada de Gracia porque allí se habían refugiado los amotinados contra las levas. La bazofia antimilitarista se plasmaba en coplas populares, que curiosamente mi padre sabía de memoria y a veces canturreaba, sin que yo pudiera comprender tamaña excentricidad en un hombre curtido en los combates imperiales de Filipinas y Cuba.*

> *Clamemos que viva el pueblo*
> *y la República Federal*
> *fuera derechos de sangre,*
> *muera la inquisición.*
> *No más reyes ni tiranía*
> *se acabó esta función:*
> *madres que al dejar los hijos*
> *os parten el corazón,*
> *cuando se van al servicio*
> *exclamad con efusión:*

(1)   Se escribe correctamente *seny. (N. del e.)*

¡Viva nuestra República
Federal y Libertad
y viva Castelar y Orense,
gloria al general Pierrad!

Es decir, gloria a los derrotistas y vivas a esos políticos parlanchines, picos de oro que enajenan la buena predisposición natural de las masas. Mi paisano y fundador del PSOE, el ferrolano Pablo Iglesias, continuaría años después la propaganda antimilitarista, artera, traidoramente, cuando nuestros ejércitos estaban empeñados en la guerra de África: «¿Qué es la guerra? Un crimen de la humanidad. Sí, un crimen que todos, y especialmente los obreros, que somos sus principales víctimas, debemos combatir y condenar, apostrofar, trabajando todo lo que sea posible para que no se lleve a cabo.» Claro que las clases populares alguna razón tenían en aquellos tiempos en que los ricos se libraban del servicio militar mediante el pago de una cuota y sólo las clases bajas eran llamadas a filas. Pero no hay mal que por bien no venga y mediante ese encuadramiento, los jóvenes españoles pobres viajaban, veían mundo, ampliaban el horizonte de sus vidas y para la inmensa mayoría de ellos el recuerdo de su «mili» será el más importante de su existencia. Mucha demagogia se hizo sobre «la lucha de clases» plasmada en el cumplimiento desigual de los deberes con la patria y es cierto que a veces la riqueza conlleva egoísmo y falta de solidaridad, pero también ha habido, hay y habrá ricos imbuidos de su responsabilidad, cumplidores de los preceptos de aquel Catecismo para ricos del padre jesuita Ruiz Amado, que Carmen me hizo leer durante nuestra estancia en Zaragoza. La justicia social ha sido una de las metas de mi acción al frente del Estado y permitidme, muchachos, que os transcriba precisamente aquella parte del Catecismo de los ricos dedicada a la reflexión sobre las contrapartidas o dificultades de la acumulación de riqueza:

«—No hay ninguna ley natural que limite el derecho de adquirir propiedad.

»—Aunque no haya ninguna ley natural que limite a priori el derecho de adquirir propiedad, éste queda limitado por las necesidades de los desheredados.

»—Pero ¿por qué ha de preocuparse el rico de estas necesidades?

»—En primer lugar, por la fraternidad establecida por Cristo entre todos los hombres; y, en segundo lugar, porque

95

el pobre se halla excluido del goce de los bienes materiales por efecto de la ampliación de las adquisiciones del rico.

»¿Hay alguna causa racional por la que el pobre haya de obtener una participación en los bienes del rico?

»—La razón fundamental es que Dios creó limitadas las cosas materiales, y las ordenó para el sustento y socorro de todos los hombres. Por lo cual, aunque uno se las apropie, siempre queda a las cosas de este mundo la servidumbre de haber de satisfacer todas las necesidades humanas.

»Si esta doctrina se generalizara, nadie tendría afán de adquirir riquezas, y se impedirían todos los progresos culturales.

»—Antes bien al rico quedarían siempre ventajas suficientes para estimularle a adquirir riquezas.

»¿Qué ventajas serían éstas?

»—En primer lugar, la preferencia en la satisfacción de todas sus necesidades, con anterioridad a las necesidades del mismo orden de los pobres.

»En segundo lugar, la dirección de la actividad social, en cuanto ésta depende de la riqueza. El rico, libre de la solicitud por satisfacer sus necesidades urgentes, siempre tendrá opción para escoger los trabajos más de su agrado, y pedir a sus operarios los que le parecen de mayor utilidad común.

»Si los ricos hubieran de atender a satisfacer las necesidades de los pobres, no podrían fomentar las artes suntuarias, que son el esplendor de la civilización.

»—Es cierto que la práctica universal de la moral evangélica haría más sencilla la vida, y cercenaría el lujo en el comer, en el vestir y en los edificios privados. Pero aumentaría el amor entre los hombres y la felicidad general.

»Si no hubiera grandes fortunas, no sería posible emprender grandes obras y empresas, beneficiosas para el público, incluso los pobres.

»—Por eso es bueno que haya ricos, y por eso dispone Dios que algunos hombres se enriquezcan legítimamente. Pero es malo que haya ricos que reserven sus bienes sobrantes, no para emprender obras beneficiosas, sino para satisfacer vanas necesidades de su imaginación, mientras sus prójimos perecen en la indigencia.

»Pero si los ricos no pudieran usar libremente de sus bienes, nadie querría trabajar para hacer una gran fortuna.

»—Si los ricos cumplieran sus deberes con los pobres, les faltarían, para enriquecerse, los móviles viciosos del egoísmo; pero todavía les quedarían móviles poderosísimos.

»¿Qué móviles serían estos?

»—El deseo de progresar, innato en los corazones alentados; el deseo de hacer bien a la humanidad; el deseo de mejorar la propia vida, al paso que se mejora la de los demás; el amor de la propia familia, de la patria y de la humanidad; y, sobre todo, el amor y servicio de Dios, que reparte los talentos diversamente, y pedirá a cada cual estrecha cuenta de los que le confió.»

Frente a la demagogia nacionalista, la guerra de África que había causado los alborotos de 1909 no sólo era justa, sino también necesaria para que saliéramos del complejo de derrota de 1898. La provocación vino de los moros que no respetaron el acuerdo hispano-francés de 1902 de repartirse Marruecos en dos zonas de protectorado, habida cuenta de las discordias intestinas que dividían a diferentes etnias y reyezuelos locales. Alemania, celosa de este acuerdo, no estuvo exenta de responsabilidad en la creación de expectativas levantiscas entre los bereberes y así consiguieron que en 1909, estallara el primer conflicto abierto. El 9 de julio de 1909, cuatrocientos kabileños rifeños atacaron una instalación minera española y dieron muerte a un minero y a cuatro soldados de escolta. El 11 el incidente aún fue más grave: una harca (formación militar rifeña) de 600 kabileños atacó y derrotó a una compañía española de 2 000 hombres ¿Cómo no iban a derrotarlos si nuestros soldados iban a Marruecos de mala gana y nuestros oficiales estaban desconcertados por el sí pero no o el no pero sí de los políticos vacilantes? Continuó el hostigamiento indígena y el general Marina, comandante de Melilla pidió refuerzo al gobierno de Madrid. Maura lo presidía y decidió intervenir. La izquierda apareció con sus monsergas, de que si la guerra de Marruecos era una simple cuestión de control de las materias primas del subsuelo marroquí... que si era una guerra imperialista... Y si así fuera ¿cómo una nación con voluntad de crecimiento puede renunciar a reservas de materias primas o energéticas? ¿Por qué había que asumir el papel de colonia y no el de imperio? ¿Acaso la historia recoge el silencio de los corderos o el aullido del lobo? La orden de movilización de Maura provocó la resistencia popular al embarque de tropas en Barcelona y la ya mentada Semana trágica. Nosotros en Toledo sólo teníamos un objetivo. Ir a África a luchar por España y por nuestros ascensos. O ascenso o muerte. Las noticias de la guerra de África nos excitaban porque guerra equivale a demostración del propio temple y a una carrera militar abierta.

Ya en el último curso yo había pedido el destino de África, protegido por el director de la escuela, el coronel Villalba, también deseoso de entrar en combate. Igual destino pidieron Camilo y Pacón, un año retrasado en sus estudios, los tres movidos por el mismo propósito. Hasta utilicé a mi padre para que, desde Madrid, presionara de cara a la obtención de un destino africano, pero todo fue inútil y recibí un destino mortificante como teniente en la guarnición de El Ferrol, que sólo tenía la contrapartida del reencuentro estable con mi madre y con los paisajes, que ahora me parecían insípidos, de mi infancia. Me angustiaba la simple idea de ir ascendiendo por escalafón, es decir, por vejez, sobre todo teniendo a mi alcance el sueño de todo militar con voluntad de afirmación de su condición militar. Una guerra. Y una guerra patriótica contra el infiel que podía compensarnos de los sinsabores del desastre de 1898. Hacer compañía a mi madre ocupaba buena parte de mis ocios. Durante los diecisiete meses que permanecía vegetando en la guarnición de El Ferrol, lo más positivo que hice fue ingresar en la Adoración Nocturna, concretamente en junio de 1911, en parte porque sabía lo mucho que esta decisión la complacería. Yo tenía diecisiete años y era el teniente más joven de España, relación a la que me acostumbré porque hasta llegar al generalato siempre fui el oficial más joven de mi escalafón. Tantas ganas tenía de salir de El Ferrol, que cuando a primeros de febrero de 1912 nos llega la orden de incorporarnos a la guarnición de Melilla, reclamados por Villalba, al que le habían matado cinco oficiales en la campaña del Kert, Camilo, Pacón y yo decidimos incorporarnos cuanto antes. Pero primero restaba el duro trance de comunicárselo a mi madre. Ya no me iba a una academia militar, sino a la guerra y a pesar de su probada entereza a ninguna madre le place una noticia semejante. La despedida me conmovió. Ella prometió que subiría a rezar por mí a la ermita de la Virgen del Chamorro y yo que cada vez que terminara una acción de guerra le mandaría un escueto telegrama: «Yo, salvo.» Respeté esta costumbre durante mis dos campañas de África, temeroso de que mi madre acrecentara sus temores por la lectura de los periódicos, cada vez más pendientes de los hechos de guerra de los hermanos Franco. Me parece que Ramón también le enviaba telegramas tranquilizadores, pero, conociéndole, mucho me temo que los mandara de uvas a peras. Era tan fuerte el imperativo de la consigna: «O ascenso o muerte», que pasé por encima de mis sentimientos y como he dicho, con el deseo de llegar cuanto *antes a África, Camilo, Pacón y yo nos embarcamos en lo primero que nos acercara a La Coruña: un ferry, el* Palmira, *a pesar de la resistencia del capitán por el temporal. Nada más salir de El Ferrol vimos cómo el mar se convertía en un cordillero y el* Palmira *en un cascarón. Camilo estaba lívido, Pacón ponía la cara de circunstancias que le caracterizaba y los tres mirábamos hacia la Marola, la peña asesina que tantos barcos había destripado haciendo cierta la sentencia: «El que pasa por la Marola pasa la mar toda.» Fue un viaje disparatado de seis horas, agarrados a una barra metálica adherida al techo de un pasillo interior. Fuera, el océano parecía empeñado en frustrar nuestras jóvenes carreras militares, pero finalmente nos permitió llegar a La Coruña y de allí iniciar el viaje en tren que nos llevaría hasta el abrazo de Villalba, el 17 de febrero de 1912, Melilla, Comandancia General. Camilo y yo fuimos destinados al Regimiento de África en el Campamento de Tifasor, cerca de Kert y Pacón al Regimiento de Melilla n.º 59 en Ras-Medua. A Pacón se le cayó el alma a los pies cuando comprobó que nos separaban. Siempre tuvo una voluntad de dependencia para con mi persona que sólo Carmen me supo explicar suficientemente: Tiene sicología de huérfano.*

LA LLAMADA DE ÁFRICA

PARA UN MUCHACHO GALLEGO, apenas pasado por los soles
y las nieves duras de Castilla durante la estancia en la Academia, llegar a Melilla, a la Melilla del primer cuarto de
siglo era como vivir una experiencia de novela de Julio Ver-
ne, como meterse en un cuadro exótico lleno de color y calor. Zuloaga, el gran pintor que me inmortalizó en un lien-
zo ejemplar, solía decir que no hay que confundir la luminosidad con el color y que los colores son más apreciables en
lugares de soles sutiles, como el País Vasco, que en lugares
de soles deslumbrantes como el Mediterráneo o los países africanos. No distingo exactamente la frontera entre lo uno y lo
otro, pero Melilla era en 1912 una algarabía de colores, vestuarios, lenguas, razas, donde españoles, judíos, moros, hin-
dúes y europeos de distintas procedencias componían aparentemente un crisol de coexistencia, aunque a pocos kilómetros,
a veces metros, empezaba la amenaza traidora de la emboscada y la muerte. ¡Cuánto nos herían en aquellas circunstancias los comentarios interesados que nos llegaban desde la
península, no sólo de civiles, sino también de compañeros de
armas, minimizando nuestra acción en Marruecos! Se nos
atribuía exagerar el problema marroquí para justificar nuestra intervención y la grandeza de nuestras acciones para justificar los ascensos. Lógicos estos comentarios entre civiles
antipatriotas, pero ¿entre militares? De este espíritu disgre-
gador nacerían las Juntas Militares de Benito Márquez; negativas en su origen, aunque cabe atribuirles a la larga, un
efecto de concienciación e intervención de los militares en la
maleada vida política española. Lejos estaba yo de tanta mez-
quindad. Yo tenía veinte años mal cumplidos y un deseo enorme de probar en combate mis enseñanzas y de probarme a
mí mismo la madurez adquirida en la Academia de Toledo.

Como quien dice con mi llegada habían empezado a operar las fuerzas Regulares de indígenas, fuerzas nativas al servicio de España, mandadas por oficiales de la península. Los políticos, y el mismo rey, habían pedido que entráramos en combate sólo lo necesario, pues no querían bajas que pudieran soliviantar a los civiles, como ya había ocurrido durante la Semana trágica de Barcelona. Si la muerte llegaba abrazaría a los militares, fuera cual fuera su graduación, no a los civiles de la metrópoli que contemplaban la corrida desde la barrera y desde el tendido de sombra. Los moros a nuestro mando combatían por dinero y más de una vez después de cobrar nos habían traicionado matando a oficiales demasiado confiados, por lo que convenía atarles corto, no darles ninguna familiaridad, y dormir con la pistola bajo la almohada. A la espera de destino descubría una Melilla hecha a la medida de la presencia española, con la población civil a nuestro lado, incondicionalmente, porque le iba en ello la vida y el fruto de la laboriosidad de muchas generaciones y un casino que emanaba vida social constructiva, a diferencia de El Ferrol, en el que ya he dicho había comenzado a penetrar la cizaña reformadora, antiespañola, antimilitarista.

Entre febrero y diciembre del 1912 participé en diferentes campañas de vigilancia y hostigamiento en Kert e inmediatamente pedí ser trasladado a las fuerzas Regulares, donde era más habitual la acción y la valoración de los méritos en combate. Nos movimos por la zona de Uxuan, entre escaramuzas y hechos de armas señalados, en los que no voy a extenderme, que me valieron la primera recompensa en campaña: la cruz de primera clase del mérito militar con distintivo rojo.

Admita usted general que la cruz premiaba muy poca cosa: «... por haber estado sin recompensa durante tres meses en operaciones activas», es decir, por haber cumplido con su trabajo tres meses.

Mis primeras experiencias fueron a la vez excitantes y deprimentes. Todo bautismo de fuego implica descarga emotiva, como la que provoca un examen, pero en este caso apruebas o suspendes tu vida y las de los que están bajo tu mando. El lenguaje de la especial guerra con los kabileños, guerrilleros que no respetaban ninguna regla del arte militar y que por lo tanto obligaban al adversario a improvisar continuamente, se plasmaba en palabras como harca, pacos, blocao *que pronto utilizaría como si las hubiera usado toda la vida.*

La harca *era la partida de rebeldes marroquíes, formación guerrillera irregular, caracterizada por su gran movilidad y por practicar acciones de hostigamiento concretos hasta que, debilitado el enemigo, la harca podía convertirse en una unidad militar más amplia y regular, dispuesta a dar la batalla incluso en un término convencional. El* paco *era el nombre que recibía el francotirador moro y* blocao *el pequeño fortín improvisado para defender una posición. Si el olor a pólvora, es un decir, y el indefinible olor de las heridas y la muerte formaban parte de la excitación, la depresión te llegaba cuando antes del combate o después, la política se mezclaba en hechos de guerra. Luchábamos con miedo a escandalizar con nuestras bajas, actitud muy diferente a la de luchar procurando que te hagan las menos bajas posibles. Pero en la guerra de África, salvo en las acciones que afectaban a las tropas regulares indígenas (Regulares) o posteriormente la Legión, la opinión pública peninsular era fácilmente impresionable por los excesos de bajas, manipulados por los políticos antiintervencionistas.*

Éste fue uno de los motivos por los que solicité pasar a los Regulares, aparte de que el teatro de operaciones se trasladaba a la zona de Ceuta donde las harcas del mítico al-Raisuni salían de su pasividad e incluso de su colaboracionismo, para causar importante bajas a nuestros efectivos. Pieza clave para la estrategia española de ejercer nuestros derechos sobre Marruecos era conseguir la ciudad de Tetuán y convertirla en capital del protectorado, pero al-Raisuni oponía dura resistencia y estuvo a punto de hacerse con Alcazarquivir de no haberse producido allí un hecho de armas que sentó las bases del contradictorio prestigio militar de Gonzalo Queipo de Llano. Queipo era por entonces comandante, con mediocres expedientes como oficial de mandos peninsulares, pero en cambio condecorado durante la guerra de Cuba e imprevisible en cualquier frente de combate, como imprevisible había sido su trayectoria humana desde que huyó de un seminario a los catorce años para hacerse militar. Cuando Alcazarquivir estaba a punto de ser tomada por los rebeldes, Queipo, al frente de setenta y tres jinetes, protagonizó una carga suicida que abrió brecha en el enemigo y permitió una reacción efectiva de nuestras tropas.

Conviene que empecéis a retener nombres de grandes guerreros de las campañas de África que luego lo serían durante la cruzada española. Emilio Mola Vidal también estaba por allí, de comandante, y otros jóvenes oficiales se estaban ga-

nando en África, a pecho descubierto, el honor y la gloria. Con base en Tetuán, participé en muy duros combates, mientras me llegaban noticias de la profunda crisis de la política peninsular, descompuestas las dos formaciones que se habían turnado durante la restauración, liberales y conservadores y unos días inclinada la política militar al intervencionismo, otras a la retirada. Si en el combate abierto, en un solo combate abierto, yo había aprendido tantas cosas sobre la guerra y sobre mí mismo como durante todos los años de formación, una experiencia también fundamental fue mandar tropas indígenas, buenos luchadores pero mercenarios al fin y al cabo que te podían traicionar a causa de cualquier cambio de luna y por eso me acostumbré a dormir con la pistola bajo el jergón, porque era deber de un buen oficial español no fiarse de dónde terminaba o empezaba el enemigo, aunque también era mala filosofía la de que el mejor moro era el moro muerto. Tal vez la batalla más importante de aquella etapa basada en Tetuán fue la de Beni Salem, en la que se distinguió el comandante José Sanjurjo, hasta el punto de merecer la laureada de San Fernando, la medalla soñada por todo militar español. En la batalla de Beni Salem participamos también Emilio Mola y yo, por primera vez en un mismo frente, y el general Berenguer, jefe de las operaciones, se fijó muy especialmente en mi actuación, elogiando mi mando de tropas y claridad de decisión entre los altos oficiales que contemplaban nuestra acción.

Nadie ponía en duda mi valor, ni mi capacidad de mando, pero junto a la formación del hombre de armas se estaba produciendo también la del hombre en todas sus dimensiones. Dos años después de haber llegado a África, a mis veintidós años, yo tenía un gran prestigio entre compañeros y tropa en general, pero toda la seguridad que podía manifestar en combate o en la aplicación de las ordenanzas militares y reglamentos que con tanta dedicación estudiaba, podía convertirse en inseguridad cuando salía de las coordinadas estrictamente militares. Por eso me impuse como disciplina relacionarme con todo lo que había extramuros de los cuarteles y conocer el mecanismo de la conducta de los civiles, más allá de esa identidad impresionante que te otorga un uniforme. Siempre que a lo largo de mi vida he querido tomar una decisión importante, la he tomado de uniforme, pero aquel joven Franco de 1914, el año del estallido de la primera guerra mundial, vestido de civil era simplemente un muchacho todavía inexperto en las diferentes lógicas de las conductas hu-

manas y nada de lo humano debía serme ajeno si parte de mi
tarea era dirigir las conductas de los demás dentro de ese todo
que es una unidad militar. Creo que fui un buen compañero de
mis compañeros, pero nunca cómplice de lo que me desagra-
daba o consideraba injusto, firmeza de carácter que al comien-
zo me causó alguna incomprensión, pero que a la larga con-
tribuyó aún más a cimentar el respeto de mis compañeros de
armas. Ya sabía que por los mentideros de la tropa, especial-
mente entre aquellos que menos me conocían, se me llamaba
el hombre sin las tres emes: sin miedo, sin mujeres y sin
misas. Vana generalización. Tanto el miedo como las mujeres
y las misas tienen su tiempo y lugar y donde me parecía cri-
minal sentir miedo es en el fragor de la batalla. Hay que tener
un valor frío, aunque esté servido de palabras calientes, a
veces incluso, Dios nos perdone, de blasfemias. La religiosi-
dad la heredé de mi madre y la fortaleció lo muy rezadora
que me salió mi mujer Carmen, tal vez como contraste con
un medio familiar excesivamente laico y liberal. Y sobre las
mujeres, jamás he pertenecido al ejército de los pavos presu-
midores de conquistas, a veces exponentes fieles de aquel
decir castellano: Dime de qué alardeas y te diré de lo que
careces, pero siempre fui un hombre viril que hizo de su virili-
dad una ética basada en el respeto a la mujer y a las normas
de la Iglesia, porque la debilidad de la mujer la convierte en
víctima propicia de desaprensivos que una vez cumplidos sus
apetitos las abandonan, sin importarles la humillación, el agra-
vio, a veces irreparable, que han causado. Y desde esa virilidad
bien entendida, en la adolescencia me sentí atraído por el bello
sexo, primero en El Ferrol, luego en todos los lugares que fueron
jalonando mi fulgurante carrera militar, hasta que encontré a
Carmen en Oviedo y supe que sería la mujer de mi vida, la
destinada a perpetuar mi especie, fin providencial, sentido
mismo de la relación matrimonial, programada por Dios como
una delegación de su capacidad absoluta de crear.

Malas lenguas militares que le sobrevivieron, ratificaron
que usted nunca fue de putas, general, y perdone la franqueza
del lenguaje cuartelero, pero recordaban que le gustaba muchísimo que los demás le contasen las experiencias vividas
en los burdeles reservados a la tropa, y usted, años después,
recordaría con una cierta justicia a aquellas cantineras que
cuando conseguían pescar a un legionario como marido, le
eran tan fieles como los perros perdidos sin collar que encuentran un nuevo dueño.

Mi hermana Pilar, a la que, por cierto, últimamente no veo en demasía, suele recordarme que yo escribía versos a sus amigas, supongo que a las que me gustaban. Yo había olvidado casi por completo esta afición poética adolescente, acometida durante las tediosas horas de libertad en El Ferrol aunque recuerdo furtivos seguimientos de muchachas a la caída del atardecer huidizo del invierno o al rutilante, largo atardecer del verano del Norte. De todas ellas retengo vagamente a Sofía, que luego se casaría con un Rocha, ingeniero naval compañero de mi hermano Nicolás. Luego de Paquita Maristany, la Pacorra. ¿Por qué llamarían Pacorra a Paquita Maristany? No creo que fuera por mi culpa. Y sobre todo, aunque es mucho decir sobre todas, a Ángeles Barcón, la única mujer rubia que me ha atraído y no consigo recordar si su padre se oponía o no a nuestras relaciones. Pilar dice que estaba encantado, en cambio yo creo recordar que se oponía y que incluso llegó a pegarle una bofetada una vez cuando la acompañé a casa. Memoria, memoria, que fiel eres para lo que nos interesa de verdad y que infiel para su contrario. Mi hermana Pilar aún se ve de vez en cuando con Ángeles por Madrid. «Te tenía como hechizado.» ¿A mí? «Claro como era una rubia en el país de las morenas.» Salvo Ángeles, no sé por qué, las rubias me han parecido distantes, como de un tercer sexo, menos humano que el que componen las personas morenas. Sé que no se puede generalizar; pero a lo largo de mi vida he recibido más desdenes e ingratitudes de rubios que de morenos. Ahí está el caso de Eva Perón o de mi cuñado Serrano Suñer, que por cierto se escapó de zona roja durante la guerra disfrazado de señora y dando el brazo a un caballero que le sacaba de un hospital. Supongo que se afeitó el bigotillo para la ocasión. «Ramón Serrano Suñer, tan rubito, tan fino. Lo que yo hubiera dado por ver al cuñadísimo vestido de señora.» Solía comentar mi hermana, que no lo podía ver. «Menos mal que cuando fue ministro se vistió de hombre.» Pilar. La terrible, incontrolable, incontrolada Pilar siempre ha tenido una lengua viperina y no me fío demasiado de su memoria como para delegarle mi propia memoria amorosa. Lo cierto es que el primer impulso serio, adulto diría incluso a pesar de que yo contaba veinte años de edad, lo experimenté en Melilla y a él he vuelto de vez en cuando la mirada benevolente del viejo que se contempla a sí mismo sesenta años atrás como si fuera un desconocido. Se acercaban las navidades y me dieron mi primer permiso largo de campaña, circunstancia que me permitió conocer más a fondo la vida social melillense, urdida en torno del casino, donde destacaba la familia del coronel Subirán, cuñado y ayudante de campo del general Luis Aizpuru, alto comisario de España en Marruecos y futuro ministro de la Guerra. La soledad del hombre joven es campo cultivado para el enamoramiento y no fui una excepción, atraído por Sofía Subirán, hija del coronel, una bella y encantadora muchacha que sabía tocar el piano y tenía una voz bellísima. Un cronista de sociedad de El Telegrama del Rif, había escrito sobre ella: «Los bellos ojos de Sofía Subirán, rostro de indecible encanto, adquieren un prestigio inmenso allá en la penumbra de aquel palco. Son como joyas, como piedras raras, de un fulgor extraño, guardadas y defendidas por el doble cerco de pestañas largas.» El inicio de cortejo de una muchacha por parte de los jóvenes oficiales se le llamaba «asalto», encuentros inocentes de muchachas que aún no habían sido puestas de largo y oficiales que deshojaban la primera margarita del amor. El general Aizpuru daba recepciones todos los viernes, donde se tocaba el piano y en ocasiones alguna voz femenina cantaba cuplés de moda, los menos zafios, porque los otros los voceaban por las calles de Melilla cantadores a palo seco, sin otra ayuda que un amplificador de zinc a manera de embudo que sostenían con una mano y en la otra su mercancía, los cancioneros de Raquel Meller, La Goya, Consuelo Hidalgo, Luisa Vila, La Bella Chelito, Luisita Esteso, La Preciosilla... A mí siempre me han gustado los cuplés y he visto muchas veces El último cuplé de Sara Montiel, pero ante todo me gustan las zarzuelas que me parece música más seria. En la fiesta se bailaban chotis, pasodobles, mazurcas, habaneras, pero yo siempre he sido muy patoso para el baile a pesar de lo ligero que era, de lo delgado que estuve hasta que me casé y me establecí en Zaragoza. Era difícil bailar con la señorita Subirán, tan solicitada y opté por provocar encuentros para hablarle o enviarle cartas y postales que iban señalando la ascensión en el termómetro del interés más que del amor.

—¿Cómo era Franco, como hombre, doña Sofía?
—Era fino, muy fino. Atento. Todo un caballero. Si se enfadaba tenía un poco de genio, pero en plan fino. Tenía mucho carácter y era muy amable. Entonces era delgadísimo. Parece mentira cómo cambió luego. Conmigo era exageradamente atento, a veces hasta te fatigaba. A mí me trataba como a una persona mayor y eso que era prácticamente una niña...

Estaba en la plaza de Melilla casi todos los días, el paseo por las tardes o por la mañana en el parque Hernández... no, no me contaba chistes, no tenía ocurrencias... creo que era demasiado serio para lo joven que era. Tal vez por eso no me gustaba. Me aburría un poco... Él insistía... Cartas, que rompí cuando se casó... postales, de las que conservo una veintena... Hablábamos a veces desde la ventana de mi casa que estaba muy cerca de la calle y cuando yo veía venir a mi padre le avisaba y él se echaba a correr como un gamo. ¡Ni que lo persiguieran los rojos! Con decirle que el hombre que más hizo correr a Franco en esta vida fue mi padre, con eso ya estaba todo dicho... Todas las tardes íbamos al teatro... No nos costaba nada... Franco estaba abonado a las butacas de abajo y a veces me hacía una señal para avisarme que me enviaba una carta. Tía Caridad se daba cuenta y se lo decía a mi padre quien la interceptaba y la rompía... Yo le daba celos con otro oficial, Dávila, el hermano del que sería ministro... pero él seguía escribiendo: «Mi querida amiga: De regreso en esta posición le envío estas postales haciéndole presente mi sentimiento por no haber encontrado ocasión de decirle adiós. Deseando pasen pronto los días para tener la alegría de verla, le saluda su buen amigo. Francisco Franco.» Las postales que me enviaba eran muy bonitas, hasta en eso demostraba su buen gusto y delicadeza... «Mi distinguida amiga. De regreso a esta posición le escribo estas líneas a fin de saludarla y anunciarle que el día de mañana le escribiré unas líneas contando con su bondad y perdón. Se despide de usted su afectísimo amigo q. b. s. p. Francisco Franco.» Era más íntimo en las cartas, lástima que las rompiera, pero me pareció una acción justa romper cartas de amor de un hombre casado... «El que espera desespera, Sofía, y yo espero. Francisco Franco.» Yo nunca le había dado pie a que se creyera correspondido y por eso me sorprendió aquella postal del 6 de abril de 1913 que escondía un reproche: «... Hace varios días bajé a la plaza esperando que después del tiempo pasado y de la confianza que creí tendría en mi cariño hablaríamos y obtendría su respuesta, pero aunque me duela confesarlo inútiles fueron mis esfuerzos que para ello hice y si bien comprendo que las circunstancias no me ayudaron, éstas nunca podrán justificar ausentarse al verme y sólo la indiferencia puede ser la causa de su conducta...» Años después se encontró con mi hermano Carlos, hoy teniente general, en un viaje a la península e hizo ir bien la conversación para saber qué era de mí. Lo hizo de una manera bien. Ya le digo que era muy correcto. Y a veces me asustó pretendientes, valiéndose de su superior jerarquía... Fíjese usted, cuando Paquito ya era comandante o teniente coronel, el capitán Sebastián Vila, del Tercio me hacía la corte... Pues bueno, ese hombre no podía estar nunca a mi lado cuando Franco venía por aquí, pues como era superior suyo, en cuanto lo veía conmigo lo mandaba a otro destino. Y el pobre hombre me decía: Paquito la ha cogido conmigo... Y oiga, Paquito ya estaba entonces para casarse... Sí, nos fuimos viendo hasta que se casó... Luego rompí las cartas... Entonces el importante no era él, sino su hermano Ramón... Le llamaban «el hermano del aviador»... Sí, mucha gente me ha dicho que me parezco a doña Carmen Polo, pero aunque pueda ser parecida en lo físico, soy muy distinta, porque de mandona nada y ella de mandona todo lo que quieras. Pero yo no le hubiera dejado hacer muchas cosas que hizo... Por ejemplo no hubiera ido bajo palio. Bajo palio sólo debe ir Dios y hasta mi padre se ponía negro cuando lo veía... Yo conocía a unas primas de Paquito y me decían: ¡Qué pocas ganas tiene Paquito de casarse! Yo no me casé con Franco porque no era mi destino, pero si yo hubiera sido coqueta, yo le hago pasar un mal rato a la señora de Meirás que, por cierto, cuando venía por aquí daba instrucciones en Capitanía para que si ella no dirigía la palabra, nadie se la dirigiera a ella... Ricardo de la Cierva habla de los dos amores prematrimoniales de Franco, no da nombres, pero dice: «... una está casada con un millonario y la otra permanece soltera y vive de sus recuerdos...» Si ésa soy yo, pues vamos a dejarlo... Debió ser un buen marido. Aburridito el pobre, sí, pero bueno... Me arrepiento de no haber aceptado a otro pretendiente que tuve en La Coruña, por amor propio... Lo de Paquito no fue por amor propio, fue porque no me gustaba. «Mi querida Sofía: He sentido muchísimo en el día de hoy no tener noticias suyas como esperaba pues supongo tendrá usted diez minutos para acceder a un ruego tan justo y sabiendo lo mucho que me alegraban sus ratos. Sin más se despide de usted su buen amigo que le quiere, Francisco Franco.»

Sofía Subirán, excelencia, realizó estas declaraciones a Vicente Gracia en 1978 y permitió las publicaciones de unas postales, en su mayor parte reproductoras de adolescentes y nínfulas, con una perversidad lolitesca que quizá la retina de la época, salvo la de Lewis Carroll, no estuvo en condiciones de detectar.

La diferencia de edad y de vivencias frustró aquella relación. La señorita Subirán sólo se jugaba una regañina de su padre o su reputación, que mi asedio fortalecía más que perjudicaba, pero yo me jugaba la vida cada vez que tenía que salir de campaña y la acción bélica es tan absorbente, tan totalizadora que enajena y hace olvidar esos apetitos íntimos que en cambio vuelven en tiempos de bonanza o de paz. Si yo era frágil en materias sentimentales, cada vez lo era menos en materias de guerra. A la fuerza tenía que curtirme cuando las balas silbaban a mi alrededor y les hacía frente con una impavidez que no era locura, sino conciencia de que estaba en manos de la Providencia. Algunos de mis actos de valor impresionaron a mis compañeros e incluso al enemigo que llegó a atribuirme el tener baraka, la suerte de los elegidos y en la media lengua de la tropa indígena de los regulares decían que yo sabía manera, es decir, sabía mandar. Es completamente cierto que estaba yo bebiendo agua de una cantimplora en primera línea y una bala dio en la cantimplora. No me lo pensé dos veces. Puse un pie sobre el parapeto, mostré la cantimplora agujereada al enemigo y grité: «A ver si apuntáis mejor.» Mienten los que aseguran que yo saqué este comentario de alguna película del Oeste, por el hecho de que, en efecto, en alguna película del Far West, John Wayne o cualquier héroe de ficción, alguna vez han pronunciado frases semejantes. Pero yo la emití en pleno cine mudo y aunque me gustaban ya mucho las películas, imposible que yo hubiera copiado la bravata de cualquier héroe del celuloide rancio. Me salió del fondo de mí mismo y me valió reputación de valiente e invulnerable. Mientras en la península los políticos se dividían en intervencionistas, Maura, y pactistas, Romanones, en el protectorado nos jugábamos la vida casi todos los días. Nuestra lucha había servido para que en 1913 el ejército tuviera posiciones sólidas en Melilla, Ceuta, Larache, Alcazarquivir y Tetuán, aunque nos costaba mantenerlas porque las fuerzas de al-Raisuni nos hostigaban mediante acciones guerrilleras y sus temibles tiradores aislados a los que llamábamos pacos. Por otra parte, el estallido de la guerra europea hizo que el gobierno alemán tratase de comprar, materialmente comprar, al español, sus derechos sobre el protectorado, atraído por los ricos yacimientos minerales indispensables para su economía de guerra. También en el ejército se alzaban voces abandonistas, como la del general Primo de Rivera, el futuro dictador, declarado enemigo de la intervención en África. Nos llegaban rumores de lo uno y lo otro, pero lo nuestro era luchar y el 1 de febrero de 1914 tuve un buen día en el combate de Beni Salem, en las afueras de Tetuán, y se abrió expediente para ascenderme a capitán. O ascenso o muerte. De momento ascenso y mi fama traspasaba las líneas enemigas y el estrecho para llegar a España. Más allá de las líneas enemigas se me llamaba mizzián, valiente, o baraka, invulnerable, y en España hasta el rey se preguntaba quién era ese teniente del que todo el mundo hablaba como un ejemplo de valor e inteligencia en el combate. La guerra de África colmaba nuestras aspiraciones de ascenso, pero también nos hubiera interesado participar en la guerra europea, por lo avanzada que fue su tecnología y lo mucho que progresó gracias a la ciencia y el arte de la guerra. Pero si España estaba dividida con respecto a la intervención o no en Marruecos ¿cómo no iba a estarlo en la participación o no en la gran guerra? La indecisión de los políticos y el temor a la insumisión de la retaguardia, esos fueron los factores que nos impidieron participar en aquella interesante contienda, es decir, nuestra propia impotencia. Pero no hay mal que por bien no venga y el expediente de ascenso se cumplió: en marzo de 1915 yo era capitán, lucía tres estrellas en mi guerrera y en mi gorra y recibía órdenes de mantener en sordina la acción bélica para que chispazos marroquíes no hicieran explotar la pólvora de una intervención alemana en el protectorado francés. Cumplí destinos pasivos en Ceuta y Tetuán, lo que sirvió para adquirir conocimientos sobre la trastienda organizativa del aparato militar, desde las finanzas hasta la intendencia. El 29 de noviembre de 1915 mi compañía fue agregada al segundo tabor y yo recibí el encargo de responsabilizarme de las finanzas. Otro oficial hubiera puesto reparos, lo hubiera considerado «poco castrense». Yo en cambio pensé que algo aprendería y de mucho me serviría en el futuro saber lo que cuesta un combate, esa economía al servicio de la guerra que a veces es la pieza clave que inclina la derrota o la victoria. Había demostrado que sabía mandar en primera línea, que sabía moverme en las situaciones más complejas, que sabía administrar el estipendio para la tropa y nadie me ganaba en la aplicación de las ordenanzas militares porque me las sabía de memoria, como la lista de los reyes godos, los afluentes del Ebro o los siete pecados capitales. Me estaba preparando para ser un gran profesional, con la misma o con más seriedad que cualquier otro profesional, porque de la nuestra se deriva el principio y el fin, la vida y la muerte. ¡Vaya responsabilidad! Las ordenanzas son el reglamento de la conducta militar y la disciplina su lógica. Se me atribuyen hechos de dureza extrema durante mi mando como oficial de África, algunos son falsos y otros son ciertos y me enorgullecen. Se cuentan los que afectan a soldados rasos víctimas mortales a veces de mi rigor y no se mencionan los que afectan a oficiales, incluso a oficiales de superior graduación a la mía. Tendría yo unos veinte años de edad y era a la sazón teniente de Regulares en Melilla, cuando un soldado de artillería, con todos los agravantes, incluido el de estar en el frente, mató a un cabo. El tribunal fue constituido por el coronel del regimiento de artillería, dos capitanes del mismo, más dos oficiales pertenecientes a otros regimientos, elegidos por sorteo, uno de ellos, yo. El coronel, con unos bigotazos que recordaban a los de Saliquet, alto, gordo, imponente, opinó que como el soldado era un muchacho de buena conducta, se le debía castigar sólo a doce años de prisión. Los capitanes se apresuraron a apoyar esta petición. Como no habían contado conmigo antes de firmar el escrito les dije: «Un momento, señores. Según las ordenanzas —que aquí las traigo— aquel que mata a un superior en pleno frente debe ser pasado por las armas. Ahora bien, como según dicen, se trata de un muchacho de buena conducta, debemos elevar una súplica al rey para que sea conmutada la pena. Es su majestad, y no nosotros, quien tiene atribuciones para perdonar.» Saltó el coronel: «Lo dicho, dicho está y se acabó el juicio.» No me callé: «Perdón, mi coronel, con todos mis respetos, sepan que informaré de todo lo ocurrido al ministro de la Guerra para que decida.» Me fui al regimiento, tomé una máquina de escribir y redacté un informe al ministro. Consecuencia: el coronel condenado a un castillo. Cuando éste abandonaba Melilla me lo encontré casualmente y me dijo: «Teniente, me ha j..... usted.» Le respondí: «No, mi coronel, sólo he cumplido con mi deber. A sus órdenes.»

La consigna política era no hostigar al enemigo, mantener posiciones y moverse lo menos posible, se confiara o no en la aparente pacificación de al-Raisuni, que nos dio facilidades para construir el ferrocarril que uniría Tánger con la frontera francesa. Quedaban guerrillas incontroladas, pero desasistidas de al-Raisuni, tal vez era el momento de hacer limpieza y dejar Ceuta a salvo de cualquier intentona guerrillera. El alto comisario de España en el protectorado de Marruecos, Gómez Jordana, ordenó que varias unidades situadas en Tetuán se trasladaran a Ceuta en operación de limpieza y entre ellas estaba el segundo tabor de Regulares, en el que figuraba mi *compañía. Terminaba junio de 1916 y en la noche del 28 al 29 nuestras unidades se desplegaron en silencio para alcanzar las posiciones desde donde asaltar El Biutz, foco guerrillero que nos había causado muchas preocupaciones. Nos esperaba una resistencia impropia y la primera compañía fue implacablemente diezmada incluido su capitán, Palacio. Me tocaba a mí y di la orden de subir colina arriba hasta la cota de Ain Yir, predicando con el ejemplo, porque no sólo avancé al frente pistola en mano, sino que cuando cayó herido a mi lado un soldado, le cogí el fusil, calé la bayoneta y volví a dar orden de asalto, con tanta enjundia que me hubiera gustado que mi padre hubiera estado allí para oírme dar órdenes. Me volví para ver si era seguido por mis hombres y tras asegurarme de ello, volví a dar la cara al enemigo y fue entonces cuando sentí el impacto de una bala en el vientre, vi que el mundo daba una vuelta completa y yo con él. Con la mano sobre la herida de la que brotaba la sangre, pensé en el disgusto que estaba a punto de darle a mi madre y no cerré los ojos. Miraba cara a cara a la muerte para intimidarla. Si el consejo de mi madre era válido con los seres humanos, ¿por qué no con la muerte? Se ha contado que perdí el conocimiento y que fui un sujeto pasivo en manos de mis compañeros, pero no es cierto y esa falsa información me costó la no concesión de la laureada de San Fernando, la más alta distinción que puede recibir un militar español en el campo de batalla, siempre que* esté consciente *para la lucha. La verdad fue que, cercados por los moros en un desfiladero, caímos once oficiales de los quince que éramos y yo recibí un balazo en el hígado, pero a pesar de todo continué dando órdenes y dirigiendo las operaciones desde la camilla. Es más. Pasó un médico militar, le pedí que me atendiera y me contestó que también estaba herido el teniente coronel del regimiento al que le correspondía la asistencia antes que a mí. No tenía fuerza para cargar la pistola, pero ordené a mi asistente que así lo hiciera y al siguiente médico que pasó por mi posición, se llamaba doctor Cuevas, le encañoné y le hice frenar en seco. No hubiera hecho falta. Era un buen amigo y me atendió estupendamente durante los diez días en que tardé en ser evacuado hasta el hospital, donde llegué con la satisfacción de haber logrado sacar a las tropas del desfiladero y copar a los moros. Si al doctor Cuevas le debo agradecer conservar la vida, también le debo reprochar haber perdido la laureada, porque movido por el celo de magnificar la gravedad de mi estado, escribió en su informe que yo estaba grave, muy grave, al borde del colapso y el fiscal que decidía la concesión o no de la gloriosa medalla se acogió a esta circunstancia para negármela. ¿Cómo no iba a estar yo consciente si una de las cosas que hice fue entregar la cartera donde estaban las veinte mil pesetas para la paga de la tropa que estaban en mi poder? Advertí, ¡qué no se pierda ni un real!, y entonces ya pude desmayarme.*

¿Cuándo trocó usted su timidez congénita en prepotencia y seguridad en su destino? Sus compañeros propicios acusaron su cambio tras pasar por Oviedo e incorporarse a la Legión y otro nada propicio, Vicente Guarner, militar fiel a la república realizó en 1979 una plausible interpretación de su evolución a partir de la rápida ascensión de su primera etapa africana: «Desde entonces se despertaron en él ambiciones ilimitadas y un inmenso complejo "señoritil" de vanidad y presunción, rayando el narcisismo. Incluso había cambiado su aspecto, adelgazando y ostentando fino bigotito. Medía prudentemente todos sus pasos y acciones y en Oviedo, en un destino poco militar, como era la zona de reclutamiento, podía aguardar tranquilamente ascensos sucesivos y el acceso al generalato, figurando en la "sociedad" local, tan admirablemente retratada por *Clarín* en *La regenta*, con aspiraciones a la mano de una señorita adinerada (con disminuida fortuna, de origen indiano), sin mucho éxito inicial. Cuando el inconmensurable histrión que era Millán Astray organizó, bajo el patrocinio regio, la Legión Extranjera, imitada de Francia, escribió a los tres comandantes de infantería más jóvenes para mandar "banderas", pequeños batallones, y Franco mandó la primera de ellas, con imposición de una disciplina que rayaba en la crueldad. El "pelotón de castigo" trabajaba duramente, con las mochilas rellenas de piedras y eran fusilados sistemáticamente los legionarios indisciplinados. Franco no tuvo nunca prejuicios humanitarios. La compasión y la piedad ante los sufrimientos de sus semejantes no entraban en su mentalidad. Se cubrió, desde entonces, con una falsa máscara impasible y severa.» La misma secuencia heroica de su impasibilidad ante el dolor y la exhibición de pistola para que le atendiera un médico, ha sufrido diferentes tratamientos hagiográficos. En las versiones oficiales aparece como un herido desarmado, sufriente y responsable. En la versión que casi cincuenta años después usted relató al doctor Soriano, recogida en *La mano izquierda de Franco*, es donde confiesa su instinto de vida que le llevó a exclusivizar a un médico militar, pistola en mano.

Tan grave era mi estado, que el capellán castrense, padre Quirós, atendió mi demanda de recibir los santos sacramentos y de confesarme, para lo que se me sentó en una de las artolas de la caballería y se utilizó a un soldado indígena de Regulares para que sirviera de contrapeso. Recuerdo aquella confesión con los dientes apretados y el vientre ardiéndome, como recuerdo desmayos y lucideces entre voces confusas que razonaban la imposibilidad de evacuarme de la primera línea de batalla, a la posición base de Cudia Federico a la que llegué en camilla. A la imposibilidad de moverme debo tal vez la vida, porque de haberme trasladado al hospital de la ciudad, los movimientos hubieran podido ser fatales. Y en aquella posición de primera línea recibí la visita de mis padres, reunidos por mi herida, confortada mi madre por la mucha seguridad que le daban sus rezos a la Virgen del Chamorro y digno y conmovido mi padre ante mi entereza frente al dolor. No hay mal que por bien no venga y gracias a aquella herida, que casi todos creímos mortal, conseguí mi ascenso a comandante, la cruz de la reina María Cristina y ante la negativa a concederme la laureada, inicié un recurso que duraría varios años hasta que la recibí ya ganada la cruzada de liberación.

Discrepo. Según mis datos la laureada se le concedió el 13 de mayo de 1939, ya caudillo victorioso, a petición del Ayuntamiento y la Diputación de Madrid y el decreto fue firmado por su amigo el general Dávila.

Aquellas gestas africanas habían puesto estrellas de comandante en la gorra de Mola y permitido a Sanjurjo subir de capitán a teniente general por mérito de guerra en uno de los ascensos más fulminantes de la historia del ejército español. Me concedieron un permiso de dos meses que pasé en El Ferrol bajo los cuidados de mi santa madre y de todos los parientes que se desvivían hasta asfixiarme y tras una breve reincorporación a mi destino de Tetuán, recibí con el ascenso la orden de traslado al regimiento del Príncipe en Oviedo. Tanto en El Ferrol como en Madrid, a cuyo hospital militar tuve que ir periódicamente durante años, para revisar mi herida, ya advertí que se había creado una cierta curiosidad en torno de mi persona, gracias al trabajo de los corresponsales de guerra entre los que había patriotas y antiespañoles, porque no hay que olvidar que fueron corresponsales de guerra en África Gregorio Corrochano, Ruiz Gallardón «Tebib Arru-

mi» o Manuel Aznar, pero también Indalecio Prieto. Uno de los corresponsales más de fiar fue Ernesto Giménez Caballero, eminente escritor vanguardista que descubrió en las guerras de África el sentido de España y desde un originalismo gracejo me comentaba que en mi primera campaña africana hubo dos grandes vencedores: Sanjurjo, que empezó a estrellarse demasiado y tuvo ascensos fulgurantes, y yo, que empecé a enseñar mi buena estrella. Lo cierto es que tanto en Madrid como en Oviedo, una pequeña fama empezaba a precederme y mi nombre de soldado ya tenía un lugar en la memoria histórica de mis compatriotas y en la del rey de España que seguía muy de cerca la aparición y consolidación de nuevas estrellas militares. Años después, en El Biutz, por iniciativa ajena, se levantó un monumento conmemorativo de mi herida de guerra y en cuanto al padre Quirós, que tan bien dispuso mi alma para el encuentro con Dios, llegó a tener el grado de coronel castrense del ejército del aire.

Indalecio Prieto, en efecto, general, diputado del parlamento español en 1921, al conocer el desastre de El Anual pidió plaza de corresponsal de *El Liberal* de Bilbao y ejerció como tal. Se entrevistó con el general Berenguer, y quiso hacerlo también con Abd el-Krim, acompañado de Dris Ben Said, compañero de la Universidad de Tetuán del jefe rifeño, pero una serie de obstáculos políticos convirtieron el contacto directo en un simple cuestionario. Prieto vio de cerca de qué guerra se trataba y el horror ante la matanza le inspiró páginas cáusticas sobre tanta «heroicidad», exhibición del desprecio de vida tanto hacia el adversario como hacia los propios efectivos, fundamentalmente por las urgencias de ascenso de ustedes los jóvenes oficiales de entonces. Su retrato de Abd el-Krim no coincide con el de ustedes. Lo describe como un hombre culto, que se jactaba de ser descendiente de un excéntrico vasco establecido en Marruecos tras su fuga del penal de Melilla, vasco muy proclive a mezclarse con las indígenas. Abd el-Krim, «Siervo del Generoso», había pretendido ser amigo de España y colaborar en la explotación de la minería causa material del conflicto, hasta el punto de que uno de sus hermanos cursara la carrera de ingeniero de minas de España, un estudiante más de la residencia de estudiantes dirigida por Jiménez Fraud. Prieto había seguido el conflicto de África desde su estallido y opinaba que Marruecos se había convertido en una fábrica de héroes artificiales, salvadas las excepciones de quienes lo fueron realmente. «Para medrar agrupábanse jefes y oficiales en camarilla alrededor del general más influyente. A los que formaron la del general Manuel Fernández Silvestre, llamábaseles "los manolos", tanto por el nombre de pila de su caudillo, como por imitar a éste en el manolesco aire de jeque. El favoritismo prevalecía entre los africanistas, constantemente obsequiados con ascensos injustos y condecoraciones retribuidas. A tal grado llegó el abuso que en el ejército peninsular fue cundiendo la protesta contra tales recompensas, protesta que cuajó en las famosas Juntas de Defensa, atentatorias a la ordenanza militar, pero inspiradas inicialmente por un sentimiento de justicia que pronto hubo de desnaturalizarse.» También el coronel Vicente Guarner relaciona la aparición de las Juntas de Militares de Defensa con la indignación de la oficialidad peninsular ante los meteóricos y en ocasiones prefabricados ascensos de los oficiales africanistas, algunas de cuyas acciones fueron generosamente disfrazadas de hazañas. Las Juntas fueron presididas por el coronel Benito Márquez y consideradas subversivas en primera instancia, tanto por el rey como por los altos mandos, pero con el tiempo fueron legitimadas y convertidas en comisiones consultivas, simple manifestación de la progresiva intervención de los militares en la política española, intervención que culminaría en el golpe del general Primo de Rivera en 1923 y su autoproclamación como dictador, consentida o inducida por el propio rey.

Mi primera etapa africana había terminado. Entregué el mando el 4 de marzo de 1917, viajé a Madrid para revisar mis heridas en el hospital militar y finalmente llegué a mi nuevo destino, Oviedo, con tres sombrereras y dos maletas, una, como siempre, llena de libros. Recuerdo la vieja estación del Norte, posteriormente destruida durante los combates de nuestra cruzada, dispuesto a afrontar una nueva etapa en mi vida desde la posición privilegiada de ser el comandante más joven del ejército español, aún no cumplidos los veinticinco años. Aunque Toledo o las dos etapas africanas, fueron mis auténticos períodos de formación humana y militar. Oviedo fue el escenario de dos descubrimientos esenciales: el amor y el comunismo. En Oviedo encontraría a la que sería mi mujer y fue durante mi estancia allí cuando se produjo la conquista del Estado soviético a cargo de los comunistas y movimientos miméticos de rebeldía en todo el mundo manipulados por las organizaciones políticas y sindicales que pronto estarían bajo la férula de Moscú y de la III Interna-

cional. *Las noticias de la guerra europea, como se llamaba entonces, quedaron relegadas a un segundo plano cuando tras la abdicación del zar, los bolcheviques desbordaron la frágil democracia burguesa dirigida por un socialista pusilámine, el nefasto Kerenski, e instauraron lo que ellos llamaban dictadura del proletariado y que no fue otra cosa que la dictadura de un partido no sólo ateo, sino también desalmado. Cuántas veces ante el comportamiento histórico de burgueses autollamados progresistas como Azaña, Alcalá Zamora o el propio Negrín, he recordado el ejemplo de Kerenski. Primero aparecen las palabras y la retórica y luego llega el golpe, la dictadura, la violencia de estado.*

Asturias tenía por entonces dos caras diametralmente opuestas. Por una parte la cuenca minera, el foco obrerista más peligroso de España, y por otra parte, Oviedo, capital señorial de hacendados, indianos algunos, profesionales y ricos propietarios de minas que querían dar un toque de distinción a su ciudad y a sus vidas. Pero durante la primera guerra mundial el hecho de que todo el carbón asturiano fuera vendido a Europa a precio de oro, enriqueció fugazmente a los mineros y a los patronos, sin que los primeros ahorraran para el día de mañana, ni los segundos utilizaran sus ganancias para diversificar la economía asturiana y preparar nuevas derivaciones industriales para cuando llegaran las vacas flacas mineras. El Oviedo del barrio Uría marcaba el tono de la ciudad, así como el que envolvía la catedral, un Oviedo maltratado por la historia, tanto en la revuelta secesionista y revolucionaria de 1934 como en el asedio de los mineros a la capital conquistada por los militares leales a mi alzamiento de 1937. Muy destruido ha quedado el Oviedo de mi memoria, al que los pedantes intelectuales de la época llamaban Vetusta, nombre literario de la ciudad en la novela de Leopoldo Alas Clarín, La regenta, *novela juzgada importante por los estudiosos, pero gravemente peligrosa desde un punto de vista moral y religioso y tan alambicada que nunca pude pasar de las primeras cincuenta páginas. Vetusta por aquí, Vetusta por allá en boca de los nuevos ricos del carbón, en concomitancia con los ricos indianos que habían amasado sus fortunas en Cuba y flirteado como esnobs con ideas de progreso que se encarnaban en el reformista Melquíades Álvarez, un Kerenski local, aprendiz de brujo que sería asesinado por los brujos de verdad, los rojos, en los primeros días de nuestra cruzada de liberación. Celosos de sus escritores, de sus pintores, de sus glorias locales, los ovetenses se consideraban beneficiarios de la capital más culta del norte de España y sólo aceptaban que en Bilbao había más vida musical. Esta casta dirigente contemplaba sin alarma la progresiva osadía de los topos, nombre que se daba a los mineros, hasta entonces resignados con su duro oficio, pero cada vez más levantiscos por la inculcación de las ideas anarquistas, socialistas y sindicales. Uno de los pioneros del comunismo español era el asturiano Isidoro Azevedo, y dejó una novela incendiaria sobre los mineros titulada precisamente* Los topos *y el relato de un viaje a la Rusia revolucionaria, de donde volvió entusiasmado y ciego, porque no vio las barbaridades que sí supieron ver otros viajeros incluso representantes de la izquierda española: el sindicalista Ángel Pestaña o el socialista Fernando de los Ríos. Por debajo de este barniz intelectual, esnob, peligrosamente juguetón con bombas de relojería, las costumbres ovetenses eran las de cualquier capital de provincias española de la primera mitad de este siglo: romerías, comilonas, hombradas, rumores, malidicencias. De todos estos hábitos, eran las romerías las que más me gustaban por tener su origen en la doble comunión del hombre con Dios y la naturaleza, y también fue en Oviedo donde empecé a aficionarme seriamente al cine, a través de las sesiones del Salón Toreno, uno de los cines más elegantes de España, situado frente al Campo de San Francisco, y hoy desaparecido. También me atraía la campiña asturiana, con perspectivas más amplias y verdes más nítidos que los gallegos, aunque toda la Galicia que yo conocía entonces era la que llevaba de El Ferrol a La Coruña, una Galicia de rías y mares. Me maravillaban aquellos hórreos asturianos, tan grandes, tan generosos, en comparación con los pequeños hórreos gallegos. Sin duda Asturias era más rica que la Galicia de entonces, la pobre Galicia minifundista y emigrante y eso se notaba en su monumentalidad, en la grandeza de las casonas y de los edificios patriciales de Oviedo o Gijón.*

Los ojos llenos de paisaje y de morriña, pero no morriña de mi tierra sino morriña de África, en la habitación del hotel París leía y meditaba durante muchas horas que me dejaba un destino que dejó de ser exasperadamente cómodo cuando el mal ejemplo de la revolución soviética puso en marcha la conflictiva etapa de luchas sociales que vivió España entre 1917 y 1919, muy especialmente en Asturias y Cataluña, tierras donde se había cebado la propaganda antiespañola y disolvente, respaldada por los nacientes y nefastos prestigios de personalidades del anarquismo, el socialismo y el comu-

nismo: Besteiro, Fernando de los Ríos, Indalecio Prieto, Salvador Seguí el Noi del Sucre, Ángel Pestaña, Anguiano, Largo Caballero... Eran las cabezas visibles de la izquierda dispuesta a destruir el estado de la restauración como forma política del estado burgués, según la pedante fraseología religiosa de los marxistas y sus intelectuales tan llenos de soberbia. Tertulias. Algunas salidas nocturnas. Lecturas. Paseos a caballo. Pronto las gentes empezaron a llamarme comandantín, *denominación que ha servido a mis enemigos para demostrar que los asturianos me devaluaban, pero es que ignoran que el dialecto asturiano es como el castellano pero todo terminado en* in *y los diminutivos están presentes en aquel dialecto en mayor medida que en cualquier otro dialecto peninsular. Me llamasen como me llamasen, la noticia de mis luchas y mi buena fortuna, así como la evidencia de la brillantez de mi carrera, había llegado a Oviedo y en todas partes encontré muestras de respeto y aun admiración. Y así llegó aquel verano de 1917 en el que en el transcurso de una romería conocí a una adolescente dotada de una distinción y una belleza singular, de la que luego supe era Polo por parte de padre y Martínez Valdés por parte de su madre, desgraciadamente muerta. Es decir, que pertenecía a la más rancia alcurnia ovetense. Aunque debo decir que nunca tuve en cuenta esta condición bienestante de la familia de mi mujer como factor de acercamiento, según el retrato convencional de joven oficial de guarnición cazadotes. Al contrario. Mis aficiones femeninas se habían dirigido hasta entonces hacia muchachas vinculadas al medio ferrolano o a la milicia en general y mis sentimientos hacia Carmen me inspiraron algunas vacilaciones, primero por la diferencia de nivel económico y segundo porque ella pertenecía a un mundo muy alejado de las vivencias de la milicia. Pero fue tan decidida, determinante su actitud, puso tanto empeño en facilitar nuestras relaciones que casi no tuve tiempo para las dudas y en la zozobra del amor veía una vez más la confirmación de que no hay mal que por bien no venga. Carmen había recibido una educación cuidadísima y sus inquietudes y lecturas fueron las mías, sobre todo porque dejada en manos de institutrices responsables le habían inculcado valores católicos muy firmes, no del todo coincidentes con los que animaban a su propio padre, hombre tan liberal en ideas como consciente de la necesidad de una educación recta para las muchachas. Carmen me pasaba sus libros, yo los que me acompañaban en mi maleta como constantes compañeros de viaje y cuantas veces yo*

le pregunté qué había encontrado en mí que la enamorara,
ella se echaba a reír y no la saqué de la respuesta: «Es que
ni yo misma lo sé. Pero me recuerdas a un capitán de cene-
tes que vi en un calendario.»

Supongo que coincidirían varias causas que alentaron a aquella señorita de buena sociedad a imponer su noviazgo con un soldado de fortuna y a llevar desde entonces zapatos de poco tacón para no ofender su masculinidad por la diferencia de estatura. Pero entre las causas no hay que desdeñar precisamente el que usted fuera bajito y de poca voz, rodeada como había estado de su padre, hermano y familiares demasiado rotundos y tronantes. Es más. Muchos años después, general, cuando su señora viuda conoció al pretendiente de su nieta Merry, *la Ferrolana* como usted la llamaba porque era una chica muy suya, expresaría su entusiasmo porque Jimmy Giménez Arnau, el novio, era bajito. «Me gustas porque eres bajito como Paco», dijo tiernamente su viuda, general, en otra constatación de que no hay mal que por bien no venga. Y en cuanto a la historia de las lecturas graduadas y cruzadas. ¿Qué libros llevaba usted en esa maleta a la que con tanta frecuencia aluden sus biógrafos? Algunos de sus compañeros de vida e historia, en efecto, han comentado su afición a la lectura de historia general, de historia militar y de cuestiones económicas. Porque usted fue de los que entendieron que la economía era la ciencia fundamental de toda política. Se le recuerda a usted jugando al ajedrez en los locales del Real Automóvil Club, con tantas ganas de ganar la partida como de ganar las guerras, incluso con algún gesto de mal perder, sin duda juvenil, aunque a usted se le atribuye la afirmación: «Cuando yo me subleve será para ganar» tras el fracaso del golpe del «echao palante» general Sanjurjo en 1932. No se le recuerda una copa de más, ni una aventura de las entonces llamadas galante, pero la familia Polo acogió con menosprecio sus pretensiones, el mismo menosprecio que ustedes manifestaban en El Ferrol contra las «pichoneras» que trataban de casarse con oficiales de la marina. Huérfana de madre, la joven Carmen Polo había sido educada por su tía Isabel y en ella tuvo usted su principal enemiga, así como en su futuro suegro, Felipe Polo, un acomodado hacendado liberal que consideraba a los militares poco menos que la policía exterior de sus fincas. Ramón Garriga atribuye a su suegro, general, la despectiva exclamación: «Casar a mi hija con un militar es como casarla con un torero.» Pero insisto: ¿qué libros llevaba

121

usted en esas maletas? Meses después de su muerte visité con un permiso especial sus dependencias privadas de El Pardo y allí, en una mezquina mesa de trabajo, ni siquiera en una estantería, aparecían memorias de diputaciones provinciales, balances de actividades de gobiernos civiles, folletos turísticos. En alguna parte debe estar la biblioteca, insistí al bedel y casi con malos modos me señaló la literatura descrita y sentenció: Pues eso ¿no lo ve usted? Aparte de libros de derecho y economía inspirados por la doctrina social de la Iglesia, que en efecto, le vieron leer a usted en sus años de preparación para saber más economía que los economistas, sólo hay constancia escrita de un par de libros evidentemente leídos: *La paz empieza nunca*, del invicto Emilio Romero, *La crítica de la democracia*, de Benoist, que le recomendó su cuñado Serrano Suñer durante su convivencia en Zaragoza, y las declaraciones de doña Carmen a *Crónica* sobre su improbable estusiasmo por don Ramón del Valle Inclán.

Mi suegro, don Felipe Polo, era un hidalgo ovetense, descendiente de una familia de indianos enriquecidos, algo excéntrico y, aunque sordo, mecenas de la ópera, llevaba con cierta ligereza del espíritu la memoria de su esposa muerta. Todas sus hijas eran bellísimas y no es cierto que se las llamara las de Caín, *en recuerdo de las hermanas solteronas de la obra teatral de los Quintero. Esta falsa denominación forma parte de la leyenda negra de nuestro noviazgo fomentada por la maledicencia de toda ciudad de provincias por más que se la dé de culta, como ocurría en la capital de Asturias. Mi suegro presumía de poseer el mejor tronco de caballos, que utilizaba para trasladarse a la hermosa finca de «La Piniella» en San Cucufate de Llanera, rodeada de bosques frondosos, llenos de mirlos y jilgueros que don Felipe, insisto que sordo como una tapia, fingía escuchar con deleite. Precisamente nuestras primeras conversaciones una vez aceptado en la casa de los Polo, versaron sobre América y sobre los caballos, por el entronque de mi linaje con los trabajos de mi padre en Cuba y porque a mí me gustaba pasear a caballo por las calles de Oviedo, en ese pretendido deporte de la equitación en el que el único deportista real es el caballo. A Carmen le gustaba verme montar porque le recordaba estampas ecuestres no sólo del capitán cenete sino también de Napoleón III y de su tío Napoleón I. Si el noviazgo tuvo comienzos difíciles fue porque, con buen criterio y conociendo mi desprecio a la cobardía, el padre de Carmen temía que su hija* llevara una vida de sinsabores por el camino más corto hacia la viudez. Pero yo era correspondido y acordamos con Carmen que le escribiría cartas, las depositaría en el bolsillo de un buen amigo de su padre, frecuentador del bar del Real Automóvil Club y ella las recibiría cuando fuera de visita a su casa, porque rutinario, como buen provinciano, el hombre iba indefectiblemente del Club a la mansión de los Polo. También me ayudan en el empeño el doctor Gil, médico de Posada de la Llanera, patriota de espíritu castrense y padre del que sería mi médico de cabecera Vicente Gil, Vicentón, como le llamábamos cariñosamente. Los Gil, el doctor y su esposa, dejaban que Carmen y yo nos encontráramos en su casa, escasos momentos de conversación íntima que me demostraron rápidamente la firmeza de carácter y la categoría de aquella muchacha. Mis ojos no se habían equivocado, como no se equivocaron al comprender la lealtad de los hijos del doctor y muy especialmente la de Vicentón, lealtad no exenta de terquedad y baladronería, que finalmente le costaría el puesto hace unos meses. Vicentón quiso ser militar y se me presentó en la Academia de Zaragoza cuando yo la dirigía. Estaba tan mal de dinero que alguna vez le metí más de un duro de plata en los bolsillos de su chaqueta cuando venía a visitarnos. Estaba mal de dinero y de logaritmos, por lo que un día le dije con toda la sinceridad del mundo: «Vicente, estas academias militares exigen mucho y no hay sitio para paniaguados.» Comprendió el mensaje, estudió medicina y con los años adaptó todo su saber a la conservación de mi salud. Lo que no sabía lo aprendía, aunque sin duda estuvo siempre mejor dotado para ser presidente de la Federación Española de Boxeo, que médico de un estadista. No estaba dotado pero suplía su poquedad con celo, lealtad y un cariño sincero. Hizo de mi salud su causa y la verdad es que desde que no aparece por aquí le echo de menos y no le llamo para no darle un disgusto a Carmen y a mi yerno que nunca supieron entender a ese noble bruto que es Vicentón.

Si el amor fue mi experiencia ovetense más determinante, no lo fue menos mi primer enfrentamiento como militar a los problemas sociales que subyacían en la tragedia española. Ya he dicho que durante la guerra europea, Asturias había vivido una época de vacas gordas, por la mucha necesidad de carbón que había en los países contendientes. Pero a punto de acabar el conflicto, los mineros, agitados por la UGT, empezaban a interrogarse sobre su futuro. Además la crisis de la minería afectaba a la economía de toda la región, por lo que algunos sectores de la burguesía liberal, como el liderado por don Melquíades Álvarez, jugaban ligeramente a apoyar las reivindicaciones de los mineros. La revolución soviética en marcha, levantisca media Europa como consecuencia de los desastres de la guerra, en peligro de ser contagiada Alemania por la pelagra comunista, Asturias se puso insumisa de la noche a la mañana. El 13 de agosto de 1917 estalla la huelga general en toda España y Asturias y su minería se ponen a la cabeza del levantamiento subversivo, regido por un comité de huelga en el que llevaban la voz cantante los socialistas Besteiro, Largo Caballero, Anguiano y Saborit. Dirigió las operaciones de pacificación asturiana el general Burguete, demasiado hablador y fabulador, que prometió sofocar la rebelión y «cazar a los mineros como alimañas». Con el tiempo Burguete quiso hacerse miembro del Partido socialista y no le aceptaron, para acabar en el Partido comunista que lo aceptaba todo. Yo recibí la orden de recorrer parte de la cuenca minera al frente de una compañía de infantería, un grupo de ametralladoras y una sección de la Guardia Civil. He de reconocer que no encontré resistencia, que ni un cartucho de dinamita, la temible arma minera, cayó sobre nuestra columna y que, al contrario, establecí un diálogo con los mineros que me sirvió para comprender sus malas condiciones de vida instrumentalizadas por los politicastros. ¡Cuántas veces la clase obrera ha tenido que sufrir una lógica represión contundente mientras los inductores, los políticos e intelectuales, tenían el lomo bien cubierto y abiertas las puertas de la huida! También en Asturias recibí esta lección, porque mientras nosotros, cumpliendo con nuestro deber, debíamos cazar a los mineros como alimañas, el comité de huelga era juzgado en Madrid y condenado a cadena perpetua, de la que se escaquearían por la concesión de indultos y amnistías. ¿Acaso se condenó a los intelectuales que jaleaban el alzamiento minero de Asturias o las huelgas de la Canadiense de Barcelona? Miguel de Unamuno pronosticaba malos días para la democracia liberal y apostaba por la sinceridad histórica de la protesta obrera y la huelga como instrumento de combate. ¿Qué sabía un profesor de griego de minería y de huelgas? Y si se me dice que como filósofo estaba en condiciones de opinar sobre todo lo divino y lo humano, yo también he leído a grandes filósofos y siempre me parecieron personas sensatas que apostaban por el justo término medio, menos el funesto Rousseau, padre de buena parte de los males del mundo en estos últimos doscientos años.

Terminada la huelga, volví a la rutina, el Real Automóvil Club, el noviazgo intermitente. Pero aunque rutinaria, cada experiencia de mando implica aprender y aplicar nuevos conocimientos. Oviedo no fue una excepción y me dediqué a estudiar las cuestiones tácticas ligadas al batallón como unidad. No tenía pelos en la lengua a la hora de llamar la atención de mis inferiores, y a veces de mis superiores, sobre un ejercicio mal realizado, porque un ejercicio mal realizado implica autodestrucción y derrota. El estudio de las batallas clásicas de la historia, especialmente de las napoleónicas y de la franco-prusiana de 1870, se veía muy enriquecido por las experiencias de la primera guerra mundial, guerra fundamentalmente de trincheras, basada en operaciones de desgaste y de una gran crueldad porque combinaba los enfrentamientos tradicionales cuerpo a cuerpo con nuevos armamentos, algunos de sorprendente eficacia como los químicos. Admiraba a mis compañeros por mis conocimientos en la materia, muchas veces adquiridos en la simple lectura de los corresponsales de guerra, pero ha sido vicio atávico de nuestros militares el leer poco o demasiado, mal o a destiempo. Por lo demás, y salvo mis relaciones con la que habría de ser mi esposa, la vida de guarnición incluso en una ciudad cultural y socialmente viva como Oviedo me producía una sensación constante de desánimo. Mala cosa es estrenar la carrera militar en unas acciones de guerra tan estimulantes como las africanas y pasar a continuación a la vida larvada de una capital de provincia, con las tertulias inevitables en el Real Automóvil Club de la calle Uría, centro de la vida social ovetense y de su barrio más cualificado. Allí conocí a Joaquín Arrarás, mi excelente biógrafo y a la sazón joven estudiante, y al escultor Sebastián Miranda, y hasta allí llegó Pacón que seguía pegando su carrera militar a la mía. También coincidí en Oviedo con don Pedro Sáinz Rodríguez, eminente catedrático, que como expresara en mi presencia opiniones banalizadoras de la función militar, le obligué a retractarse. Años después colaboraría conmigo en el primer gobierno de la cruzada. ¡Éramos tan jóvenes! Forzosamente la inercia, la melancolía de una ciudad norteña y la rutina del tiempo libre, forzaban a veces a comportamientos que rozaban la gamberrada, bromas de juventud que hoy podrían parecer inocentes al lado de la barbarie que muchas veces preside el comportamiento de una parte de la juventud. Yo me presté a algunas de aquellas bromas, como la que dedicamos al médico paisano Pérez y Linares Rivas. Me puse de acuerdo con Pacón y otros amigos, nos disfrazamos de facinerosos y una tarde que el buen médico salía de su cotidiana partida de tresillo en una residencia de la buena sociedad ovetense, situada en las afueras de la ciudad, nos dedicamos a seguirle amenazadoramente. ¡A ése! ¡A ése! gritamos y abriendo grandes navajas nos lanzamos en su persecución, pero no pudimos evitar las risas y Pérez Linares Rivas se dio cuenta del engaño, al que opuso una lógica indignación. Días después recibí una comunicación firmada por Rodríguez de Viguri, auditor destinado en el ministerio de la Guerra, en la que me informaba que el ministerio había aprobado el expediente de concesión de la laureada de San Fernando, atendiendo el recurso que yo había presentado. Poco a poco la noticia se fue extendiendo como una mancha de aceite y cuando ya la estábamos celebrando, el propio Linares Rivas me dijo jocosamente que él era el autor del telegrama y que de la laureada, nada de nada. Me molesté, no tenía por qué encajar la broma aunque yo hubiera empezado aquella peligrosa dialéctica. Experiencia y lección, porque jamás me volví a meter en acciones semejantes que suelen convertir al alguacil en alguacilado. No obstante corté mi relación de amistad con el médico, porque a un militar no se le puede ofender hasta el extremo en que yo había sido ofendido y a costa de algo tan sagrado, tan cargado del honor de nuestros mejores cual eran los caballeros laureados.

Podrá comprenderse el alivio con el que acogía cualquier pretexto para salir de Oviedo y uno de ellos fue las prácticas de tiro de precisión para oficiales que me llevó a Pinto, cerca de Madrid, viaje providencial porque en el mismo curso habría de encontrarme con el legendario Millán Astray, encuentro decisivo en mi vida y en la de España, capital para comprender el inicio y sentido de la formación de la Legión o Tercio de Extranjeros, empeño del entonces teniente coronel José Millán Astray Terreros, paisano de La Coruña. ¿Quién era Millán Astray? Ante todo he de decir que su físico imponía. Alto, enjuto, con voz de arenga y un prestigio militar sin mácula iniciado durante su estancia en Filipinas donde llegó con la graduación de alférez y apenas diecisiete años de edad. Sus actos de valor consiguieron impresionar a sus compañeros, pero no a los políticos de Madrid y él, testigo directo del desastre, me contó varias veces la sensación de indignación y derrota con la que volvió a España, donde pronto destacó como un oficial estudioso, laureado en la escuela de la guerra y uno de nuestros mejores expertos en topografía. Como todo militar de verdad, ansiaba volver a entrar en combate y lo *consigue al ser destinado a África en 1912, vocación de África en la que persistiría con breves interregnos en Barcelona y Madrid exasperantes, deseoso del contacto humano con los soldados, a los que sabía arengar y poner en tensión, con su figura erguida y una pistola en la mano del brazo alzado señalando el momento del ataque. Las vacilaciones de los políticos, presionados por una opinión pública dividida, dejaban nuestras tropas en África entre dos actitudes diametralmente opuestas: o el heroísmo del combate o la relajación e incluso la corrupción de los períodos de calma chicha. Millán Astray era un decidido intervencionista y desde su cargo de vocal de la Comisión Técnica del Ejército en Madrid, ya teniente coronel empezó a programar lo que sería una tropa de élite, el Tercio de Extranjeros o, como él le gustaba llamarlo, la Legión. Tuvo el apoyo moral y político del general Berenguer, convencido de que contra los moros debían emplearse «... las armas más terribles que puedan esgrimirse contra aquellos infieles, su propia codicia y sus inconstancias, envidias, odios, rivalidades y ambiciones que siempre les hacen estar predispuestos a la traición y a pactos vergonzosos, incapacitándoles para la unidad dentro de una misma causa». Millán estudió en Argelia la organización de la Legión Extranjera francesa y se dio cuenta de que la empresa necesitaba un halo de romanticismo y literatura que atrajera a hombres dispuestos a jugársela, desde una mística de virilidad y desprecio de la vida. Fue en septiembre de 1918 cuando nos encontramos por primera vez, a pesar de que habíamos actuado en escenarios próximos durante mi primera estancia en Marruecos. El pretexto fue un curso de tiro de precisión para oficiales. Yo venía de Oviedo, cansado de la vida de guarnición, pero ilusionado por la marcha de mi noviazgo con Carmen. Desde el comienzo nació entre Millán y yo una gran simpatía, hasta el punto de que juntos redactamos la memoria del curso y según me dijo años después, admiraba mi trayectoria y desde que nos conocimos pensó en mí como uno de los oficiales de la futura Legión Extranjera. Una Real Orden de 27 de enero de 1920 disponía la creación del Tercio de Extranjeros y encargaba a Millán su organización. Se establecen banderines de enganche en distintas capitales españolas de cara a formar tres banderas o batallones, cada una de las cuales contaría con dos compañías de fusileros y una de ametralladoras, minadores, trenes de impedimenta y municiones. Millán crearía la primera «literatura» al servicio del ideal romántico legionario, antes de que escritores patrióticos como Ernesto Giménez*

*Caballero y Luis Santamarina hicieran espléndidas glosas de
la gloria, el heroísmo, la violencia legionaria: «La Legión os
ofrece gloria y olvido.» «Nada hay más hermoso que morir con
honor, por la gloria de España y de su ejército.»*

Sobre la excelente prosa que los dos escritores citados
prestaron para glosar las hazañas legionarias, no me resisto
a recordarle, general, un fragmento de *Tras el águila del césar*,
de Luis Santamarina, muestra suficiente del comportamiento
bélico de los caballeros legionarios o de la imaginación morbosa que despertaban las hazañas de la Legión. Usted mismo,
antes de ser caudillo, en la primera edición de *Diario de una
bandera*, cuenta como práctica habitual que los legionarios le
corten la oreja al moro al que han matado. Es un trofeo tau-
rino. En las ediciones posteriores, cuando usted ya era caudillo por la gracia de Dios, desapareció el corte de orejas. ¿Es
de usted este fragmento de *Diario de una bandera*, edición
1922?: «Poco después llegan a la posición las otras unidades,
el pequeño Charlot, cornetín de órdenes, trae una oreja de un
moro, "lo he matado yo", dice enseñándola a los compañeros. Al pasar el barranco vio un moro escondido entre las
peñas y encarándole la carabina, le subió al camino junto a
las tropas, el moro le suplicaba: "¡Paisa no matar!, ¡paisa no
matar!" "No matar eh, marchar a sentar en esa piedra", y
apuntándole descarga sobre él su carabina y le corta la oreja,
que sube como trofeo. No es ésta la primera hazaña del joven
legionario.»

¿Y este hecho de guerra que le atribuye su biógrafo Luis
de Galinsoga en *Centinela de Occidente*?: «Sigue el decidido
desembarco de tropas y elementos, la mehala ocupa su puesto en el combate. La VII bandera avanza firme a ocupar el
suyo y aprovechando los momentos de indecisión enemiga se
lanza a la ocupación de las baterías de El Fraile y Morro
Nuevo: como hileras de hormigas se les ve a los legionarios
escalar por vaguadas de la abrupta cuesta y pronto la gloriosa bandera de Valenzuela corona la parte alta de los fuertes.
Es un empuje arrollador ...los defensores demasiado tenaces son pasados a cuchillo. Son las tres de la tarde cuando
quedan alcanzados todos los objetivos, con captura de tres
cañones que el enemigo tenía en sus baterías de El Fraile y
Morro Nuevo.» Santamarina no tenía en cambio nada que
ocultar sobre la ética legionaria:

«Ocurrió esto en una planicie, entre nuestro campamento
y el general de Dar Drius.

»Los ánimos estaban muy excitados, pues el día antes, en una agresión, los moros de las cabilas próximos al Kert habían matado varios soldados y un comandante del regimiento de Álava, y fuerzas de éste cogieron en una descubierta y cerca del lugar del combate a dos.

»Uno era joven y fino, con chilaba de buena clase y una cartera de cuero con flecos y dibujos de color. El otro, fuerte y atezado, el tipo corriente en el Rif. Los infantes gritaban, enfurecidos:

»—¡Lincharlos!, ¡matarlos...!

»Y al vocerío acudieron varios legionarios que vagabundeaban por el campamento. Cada vez más coléricos, repetían como un estribillo:

»—¡Lincharlos!, ¡matarlos...!

»La Legión, en casos tales, no se hace rogar, y los otros, animados por el ejemplo, les secundaron.

»Formóse un corro, en cuyo centro los moros corrían y chillaban, acosados a palos y a pedradas...

»Medio muertos los arrastraron cogidos por los pies, cantando:

»Dies irae, Dies illa,
el que es tonto se espabila,
que lo manda el rey Favila...

»... El azul frío de las navajas no tardó en lucir: orejas, narices, dedos y quién sabe qué les cortaron... Poco después, aquellos tristes despojos, ardían...

»(Algo apartados, con hoscas miradas de odio, los policías indígenas seguían la escena).»

Llegarían a formarse hasta ocho banderas, entre 1920-1927, y cada una de ellas con símbolos propios: la primera una rama de roble mordida por jabalíes, distintivo de la casa de Borgoña; la segunda el escudo del emperador Carlos I, sobre fondo rojo; la tercera un tigre rampante sobre fondo azul; la cuarta, la enseña de don Juan de Austria en la batalla de Lepanto; la quinta, las armas del Gran Capitán; la sexta las del duque de Alba; la séptima las armas del glorioso teniente coronel Valenzuela, muerto el 5 de junio de 1923 cuando era jefe de la Legión, momento en que yo le sustituí en la jefatura; la octava, las armas de Cristóbal Colón. Un legionario debía inspirar seguridad a la población española en África del Norte y pavor a los indígenas. ¿Qué mejor urdi-

dor que Millán Astray para este ejército que debía convertir deshechos humanos y apátridas en «caballeros legionarios», en los mejores guerreros de Occidente? Millán conocía, recitaba fragmentos de memoria, el Bushido, código de moral ascética de los samurais, y frecuentemente decía que el legionario español debía ser como un samurai y pronto las inscripciones espontáneas que los legionarios escribían sobre las paredes de los cuarteles traducían la filosofía del creador de la Legión: «La muerte llega sin dolor.» «Lo más horrible es vivir siendo un cobarde.» «No se muere más que una vez.» «Podéis llegar a capitanes de la Legión desde la nada.» «Jamás un legionario dirá que está cansado hasta caer reventado.» «La Legión pedirá siempre, siempre, combatir.» Desprecio a la muerte, no nos engañemos, significa desprecio a la vida y cualquier oficial sabe que hay que matar más enemigos si quiere salvar más efectivos propios. Se elaboró un credo. El propio Millán fue un ejemplo porque las luchas de la Legión le costaron primero una grave herida en la pierna, luego quedarse manco en otra acción de guerra y finalmente perder un ojo y parte de la mandíbula correspondiente por un tiro perdido lanzado desde posiciones enemigas en un momento en que revisaba las trincheras. Fue el militar más mutilado de España y por España, lo que le forzó a un retiro de la acción directa, en el que tuvimos que mantenerle a veces por la fuerza porque él era un samurai. Cuando le recompensaron condecoraciones, incluso la Legión de honor francesa, aquel ciprés herido por el hacha recordó el credo de la Legión y terminó su discurso con un Viva España, Viva el rey, Viva la muerte, Viva la Legión.

¿Cómo iba yo a desoír la llamada de un hombre semejante? Pero también ¿cómo decirle a Carmen que debíamos aplazar nuestros preparativos de boda? A pesar de que Carmen era diez años más joven que yo, me turbaba su gravedad, su empaque, producto de una educación exquisita bajo la tutela de su tía Isabel Polo, casada con un sobrino del marqués de Canillejas y de porte tan altivo que era conocida en Oviedo como «la condesa». Ella asumió cuidar de sus sobrinos y había puesto especial empeño en Carmen, su predilecta, educada en el mejor colegio de monjas de la ciudad y luego por institutrices inglesas y francesas. Especial influencia en su educación había tenido su última institutriz francesa, madame Claverie, mujer de carácter fuerte que prestaría su residencia en el sur de Francia como refugio para Carmen y nuestra hija en los primeros compases del glorioso alzamiento na-

cional. Yo no sé si fue madame Claverie quien habló por primera vez a Carmen de Eugenia de Montijo, la española que llegó a ser más que reina, porque fue esposa y a veces tutora política de Napoleón III, emperador de los franceses. En la galería de mujeres mitificadas por Carmen estaban junto a Eugenia de Montijo, María Antonieta y Josefina, la primera mujer de Napoleón I. Yo le había hecho ver alguna vez cuán contradictorias eran sus preferencias y ella me contestaba: María Antonieta es el símbolo de la razón decapitada por los bárbaros revolucionarios, Josefina, el de la mujer capaz de empujar a su marido hasta el trono imperial, y Eugenia... Eugenia era la reunión de belleza, espíritu de emulación y además era española. La inculcación de estos mitos a cargo de madame Claverie me fue muy útil a la hora de revelarle la petición de Millán Astray y la necesidad de aplazar nuestra boda. El sacrificio está en proporción directa a lo que se espera conseguir y para mí la nueva llamada de África significaba dar un salto de gigante en una carrera que había empezado con muy buen pie. ¿Qué hubiera hecho en tu lugar Eugenia de Montijo? Seguro que los grandes ojos de Carmen se cerrarían abanicando las profundas ojeras con sus largas pestañas y en silencio asentiría como asienten las protagonistas de la historia.

Convencer a Carmen del aplazamiento de nuestra boda fue fácil porque Carmen comprendió la necesidad de que una brillante carrera militar acabaría de eliminar la ya entonces escasa reticencia familiar ante un matrimonio entre partes económica y socialmente desiguales. La boda se celebraría en mejores condiciones, en un descanso de mi nueva acción africana, el 16 de octubre de 1923 y para entonces mi prestigio tenía la recompensa de que el propio Alfonso XIII me apadrinase, delegando la representación en el gobernador militar de Oviedo. La familia Polo montó una ceremonia por todo lo alto, a la que asistieron mis hermanos y mi madre, no así mi padre. Poco tiempo dispusimos para celebrar la luna de miel, en la finca «La Piniella», tan poco que ni siquiera abrimos la botella de champaña francés que nos habían regalado. El rey nos recibió en audiencia, acto que colmó de satisfacción a mi joven esposa, y me concedió el honor de consultarme sobre la actitud de las tropas de África ante el recién proclamado dictador Primo de Rivera, conocido por sus tesis abandonistas. Las tropas, le dije, son fieles a su majestad y si su majestad ha legitimado la dictadura, las tropas serán fieles a la dictadura. Tras la audiencia, Carmen volvió a Oviedo y yo me

puse al frente de la Legión, preocupado por el abandonismo
del general Primo de Rivera, pero obsesionado sobre todo por
una cuestión pendiente para mí fundamental: la victoria mili-
tar que garantizase el dominio de España en nuestra parte
del protectorado. Para siempre. Tal vez el recuerdo externo
más sorprendente que conservo de la boda es el comentario
de ABC. Por primera vez me llamaban caudillo. Se referían a
mi persona como «el joven caudillo».

Desde una visión marcial de las cosas, general, pasa usted
por alto demasiados detalles de la ceremonia que fue considerada en Oviedo como la boda del siglo. Nada menos que
una Polo Martínez Valdés casada con un héroe de África:
Franco *el Africano*, y ni siquiera los últimos intentos de su
suegro para que su hija se echara atrás, ante las noticias de
las crueldades legionarias cometidas en su protectorado, general, sirvieron ante la tozudez de la novia convencida de que
usted la sacaría de Oviedo por la puerta grande, del mismo
modo que ella le sacaba a usted de su pequeñez cuartelera, ferrolana, pequeño burguesa de medio pelo, también por la
puerta grande. Ramón Garriga cuenta que su suegro, Felipe
Polo, le enseñó a la novia un ejemplar del diario *El Sol* en el
que se relataba cómo la duquesa de la Victoria, madrina de
las tropas africanas, había recibido un delicado presente legionario: «Esta mañana la duquesa de la Victoria recibió de
los legionarios una *corbeille* de rosas encarnadas. En el centro lucían, con su morena palidez de alabastro, dos cabezas
moras, las más hermosas entre las doscientas de ayer.» Dicen
que la novia lloró de horror, pero ¿acaso había alguna prueba de que usted hubiera cortado aquellas cabezas personalmente? Ninguna. Los caballeros legionarios eran los encargados de convertir la mutilación del vencido en arte floral y así la
novia pudo llorar de emoción aquel 16 de octubre de 1923.
Su sobrina, la socialista, acudió como adolescente acompañante de la matriarcal doña Pilar, su madre, general, y sus
ojos jovencísimos se dieron cuenta de dónde se había metido
usted y de la influencia que a partir de aquel momento iba a
jugar en su vida ponerse tacones postizos para estar a la altura del nivel social de su familia política.

»La casa de los Polo me impresionó mucho. Era suntuosa y
se parecía muy poco a nuestras casas de El Ferrol. Yo no había
visto nunca salones parecidos. Las cortinas, alfombras, muebles y adornos de decoración producían una impresión de lujo
contenido mezclado de buen gusto.

»Nada había ostentoso, todo era de calidad y el orden y la armonía de la disposición hacía que pareciera que nada sobraba o faltaba. Era un hogar muy confortable y al mismo tiempo vívido y familiar. En los salones, salitas y otras piezas yo miraba y admiraba las cornucopias, grandes espejos, cuadros de señoras y caballeros elegantes con marcos de la época, lámparas de cristal de roca y arañas resplandecientes. Todo me impresionaba y me quedaba embobada mirándolo y la primera vez que vi la mesa del comedor, en una pieza amplia y tan bien decorada, servida y alhajada con preciosas vajillas y cristalería, con criados para servir, me entró una especie de miedo a estropear algo. Quien haya visto alguna vez aquella casa, se explicará perfectamente el gusto, o la pasión de la señora de Franco por las piezas de anticuario y los muebles preciosos.

»La familia Polo, que tuvo toda clase de atenciones para con nosotros, estaba formada por el padre, viudo, y sus cuatro hijos, tres chicas y un varón. Yo recuerdo al padre como un señor muy alto, de pelo canoso, arrogante y erguido y muy guapo. Muy cuidadoso en el vestir sin llegar a ser atildado, era la amabilidad y la cortesía personificadas. Las tres hijas, Carmen, Isabel y Zita, me parecieron muy agradables y guapas. En cuanto a Felipe, el hermano, me encantó desde el primer momento. Quizá porque se ocupaba de mí, que no era más que una niña, y sus atenciones me hicieron inclinarme a su favor. En cuanto a la novia de Franco, tenía un aire de mujer francesa, distinguida y bella, como de un estamento superior.

»Quiero insistir en el hecho de que tanto la abuela como yo fuimos tratadas con toda clase de atenciones. En nuestra primera relación con los Polo no hubo por parte de ellos más que respeto, deferencia y consideraciones. Por cierto que la abuela comentaba conmigo en el hotel estas cosas y me hablaba con frecuencia de la novia del hijo, de su discreción y dulzura. Ahora, transcurrido el tiempo que todo lo clarifica, pienso qué le habría parecido a la abuela la misma chica veinte años después.

»Y llegó el gran día. La abuela y yo muy bien arregladas llegamos a casa de la novia una hora antes de la ceremonia. Desde allí en uno de los coches de la familia salimos hacia la iglesia de San Juan.

»Lo primero que me llamó la atención fue la gran cantidad de público estacionado en las aceras a lo largo del trayecto y la gente que esperaba en las puertas de la iglesia o sus alrededores. Y es que aquella boda, sin que suene a tópico, fue un acontecimiento social en Oviedo. Los Polo eran muy conocidos y considerados y el novio había salido infinidad de veces citado y fotografiado en *Blanco y Negro* y otras revistas y periódicos españoles. Empezaba a ser muy popular en el estamento militar y entre el público en general y tenía un bien ganado prestigio poco corriente en los jóvenes de su edad.

»Yo no solamente asistí a la boda, sino que participé en ella como paje de la novia y en compañía de una sobrina suya. Del resto de la familia no pudo venir nadie más. Mi madre por sus hijos pequeños, y Nicolás y Ramón por estar en sus destinos. En cuanto a la ausencia del abuelo Nicolás, el padre del novio, tampoco se presentó. Confieso que ignoro la causa, pero probablemente le era violento enfrentarse con la abuela y con su hijo dadas las circunstancias.

»Nostalgia del tiempo pasado, sí, y desencanto del tiempo que había de venir. Porque recordando ahora todo lo que allí pasó, pienso en los cambios que experimentan las personas. ¿Por qué los protagonistas de aquellos acontecimientos llegaron a convertirse en unos seres extraños a mí?, ajenos. Y no lo digo como es natural por mi abuela que siguió siendo la misma hasta su muerte. Pero ¿y los demás? ¿Qué se hizo del cariño, de la intimidad que nos unía? ¿Qué de la confianza y de la llaneza en el trato? ¿A qué vino más tarde tanta sequedad y dureza? Porque es lo cierto que hasta a mi madre se la recibía a veces a regañadientes. A mi madre, la única hermana del jefe del Estado y en cuya casa habían pasado tantas temporadas e incluso durante una de sus estancias se había operado mi tía Carmen de las amígdalas y mis padres les habían cedido su propio cuarto. Dígase lo que se diga, la actitud de despego no partió de mí cuando empecé a concienciarme. Tampoco yo entonces era la misma. Pero el cambio de posición hizo de aquella familia unos seres llenos de despego, inamistosos, altaneros. ¿Por qué? ¿Les parecíamos poco? ¿Ambicionaban alternar con personas de mayor alcurnia? ¿Tanto había cambiado Franco desde que asumió la jefatura del Estado? ¿Y la familia Polo? ¿Qué se hizo de su trato cortés y amable? ¿Dónde quedaba su cariño? Y mirándolo desde otro punto de vista, ¿cuál había sido nuestro delito?, ¿les habíamos hecho algún daño?, o ¿es que nuestra posición social les parecía poco?

»No trato de revindicar con estas palabras no sé qué agravios. Lejos de mí una actitud que juzgo reprobable. Del mismo modo que nunca quise aceptar cargos ni favores, me niego ahora a ofender. Pero hay cosas que duelen, porque aunque los años hayan pasado, el corazón de una mujer adulta guarda siempre los recuerdos y sensaciones gratas a la niña que fue.»

Su sobrina, excelente cocinera por lo que me cuentan, olvida la composición del menú del banquete nupcial servido en la mansión de los Polo: huevos imperiales, langosta y langostinos dos salsas, espárragos, champiñón, solomillo a la Perigord, mantecado, dulces, pastas, regado con vinos Marqués de Riscal, Borgoña de 1902, champagne Pommey, café, tabacos, licores. Excelente rancho, general. «La Piniella», inmensa finca de trescientos setenta mil metros cuadrados situada en el término de Llaneza, fue el marco de una luna de miel en la que, en efecto, no tuvieron tiempo de descorchar la botella de Pommey que les ofrecieron para el brindis previo al himeneo. La última vez que usted estuvo allí fue en junio de 1974, pocas semanas antes de su flebitis. Su paso, general, era el de un anciano y las máquinas de segar le abrieron veredas para que pudiera llegar hasta el río y retener los ojos para que no se los llevaran las aguas.

El antimilitarismo de los civiles, que desaparece en cuanto la guerra llega cerca de sus casas, desmoralizaba a las tropas de leva y toda la campaña nauseabunda contra la intervención en la guerra de África, inspiraron a Millán Astray la formación de un cuerpo de élite, de soldados mercenarios, a los que no se les pediría información sobre su pasado y sí un coraje total, dispuestos a morir y a matar sin hacer preguntas. Se inspiraba Millán en la Legión Extranjera francesa, y admitía por igual a españoles y extranjeros obligados a beneficiarse de un somero capítulo de ventajas:

No debían tener más de cuarenta años y no se les exigiría documentación. Se les daba setecientas pesetas como prima de enganche por cinco años y quinientas por cuatro, primas de reenganche, equivalencia de cumplimiento del servicio militar para los españoles y aumentos de sueldo según los años de servicio.

Millán Astray me había hablado de su proyecto en nuestro encuentro en Pinto, pero yo no esperaba que me reclamara telegráficamente como su lugarteniente. Clarificada la situación con Carmen, O ascenso o muerte, *seguía siendo el lema de mi vida y por ella misma esperaba conquistar en África ascensos que me llevaran cuanto antes al generalato y por lo tanto a una posición social indiscutible para su familia. No niego que existiera la llamada de África, ese reclamo exótico del sur misterioso que ha perseguido siempre a los soldados que han vivido experiencias coloniales. Pero un cálcu-*

lo frío de mi interés profesional y un impulso apasionado pa-
triótico me llevaron a contestar que sí a Millán y el 10 de
octubre de 1920 volvía a cruzar el estrecho y me enfrentaba
al embrión de Legión Extranjera, de Tercio de Extranjeros,
aunque la palabra tercio no le gustaba a Millán, y batiburri-
llo sin orden ni concierto al que pronto domesticaríamos y
convertiríamos en una formidable tropa enfrentada al más pe-
ligroso líder de las tropas moras, Abd el-Krim. No sé cómo
había circulado que yo aplazaba mi boda para atender la lla-
mada de la Legión y los soldados a veces hacían la instruc-
ción cantando:

> *El comandante Franco es un gran militar*
> *que aplazó su boda para ir a luchar*

... con la música de La Madelón.

No sé si sentir vergüenza general en el momento de con-
fesarle que casi paralelamente a su incorporación al mando
de la Legión, mi padre, unos quince años recién cumplidos,
llegaba a La Coruña en tartana, con una maleta de madera y
poca ropa dentro, porque en Cuba hacía calor, pero sí un buen
hatillo lleno de chorizos y quesos gallegos curados para no
depender durante la travesía del Atlántico del rancho a la altura de la tercera clase. Le acompañó en la tartana mi abuelo y tras invitarle en un figón del puerto a «la última comida
decente que tomarás en muchos días» le armó filosóficamen-
te de unos cuantos consejos. Era una marcha algo forzada
por las circunstancias. Mi abuela y mis tías mayores ya estaban en Cuba trabajando de fregonas para subvencionar el
techo de la casa, de pizarra gris azulada que yo aún pude
ver en todo su esplendor en el verano de 1948. Mientras esperaba los dineros para el tejado, el cantero cavó el pozo con
la ayuda de los dos hijos varones que quedaban a su lado. A
mi padre ya le galleaba la adolescencia y le molestaba la excesiva rudeza de las órdenes patriarcales y como en una de
estas peripecias, se le volcara a mi abuelo desde las alturas
un cubo lleno de tierra que mi padre había extraído del fondo
del pozo, dejándole sucio y casi ciego, subió a la superficie
embravecido y tras un intercambio de ferocidades, decidió el
muchacho ser esclavo por cuenta ajena y no por cuenta paterna. No hay mal que por bien no venga, pensó mi abuelo,
con su permiso, general, y permitió que el chico se le fuera a
Cuba a ahorrar para el tejado y en la emigración estaría cuan-

do le llegaran las levas, poniéndole a salvo de morir en la guerra de África. Mi abuelo era ateo y cantonalista, general, convencido como los caldeos, de que el mundo terminaba en las montañas de su más alejado horizonte, con el añadido de los caminos que llevaban a la feria de Puebla de San Julián y, puestos a exagerar, a La Coruña. Y ateo porque sin leer a Dostoyewski había deducido de la dureza y la crueldad de la vida que era imposible atribuírsela a un ser absolutamente justo y bueno. Tan ateo era que pese a las maledicencias de aldea, nunca fue a misa, ni siquiera después de la guerra cuando mal signo era y ejercía de capellán un cura castrense ex combatiente y hermano del cacique. Tan curiosamente superviviente y receloso como mi padre, sentado a la mesa del figón donde humeaba el último pote gallego de varias semanas, le instó a que siempre tuviera con qué pagar lo que fuera a comerse y a no meterse jamás en camisas de once varas, porque justa sabiduría de la persona es conocer el tamaño exacto de su camisa. Si él mismo había incumplido aquella filosofía ejerciendo de ateo en territorio carlista, tampoco consiguió traspasarla del todo a mi padre que le oía mientras recordaba la batalla del pozo. Aquel niño de quince años aún tuvo que merodear por La Coruña durante tres o cuatro días, hasta que la mar se puso a tono y le subieron a la barcaza transbordadora que le llevaba a bordo del *Alfonso XII* y tres semanas de navegación. Le esperaba un empleo de mozo de clínica en La Habana, en La Benéfica, exactamente, general, la clínica de la todopoderosa comunidad gallega, aunque entre sus sueños figuraba leer libros, e imprimirlos, tal vez escribir algún día alguno en el que pudiera contar por qué le ponía triste recordar que se había marchado del único lugar del que nunca debió marcharse: La Habana.

Desde mi llegada empecé a redactar un diario que recogía las acciones de la bandera a mi mando, la tercera, diario que recoge el período de tiempo entre octubre de 1920 y mayo 1922 y que fue publicado bajo el título Diario de una bandera. *No hubo batalla importante en la que no estuviera implicado y en el diario recojo mis observaciones sobre el comportamiento humano, propio y del enemigo y sobre máquinas y estrategias de guerra que pusimos a prueba hasta culminar con los dos hechos decisivos: el desastre de Annual y la conquista de Alhucemas, el punto más bajo de un temible desastre y el más alto de una victoria gloriosa que significó el comienzo de nuestro asentamiento permanente y total en el te-*

rritorio del protectorado español. Mucho me enseñaron aquellos combates sobre la guerra de guerrillas, tan nuestra porque la habíamos inventado durante las luchas contra Napoleón y sin embargo que tanto daño nos habían causado en Cuba y Filipinas, sin que hubiéramos sabido sacar consecuencias. En África aprendimos a luchar contra las guerrillas y ensayamos la aviación y los carros blindados desde un afán exclusivo de victoria pronta por parte del Estado Mayor, pero desde la curiosidad que todo guerrero debe dispensar hacia lo que serán instrumentos de futuro.

Una de las innovaciones bélicas que ustedes no habían podido experimentar durante la primera guerra mundial, la aplicaron durante su segunda campaña de Marruecos, *la guerra química*, dirigida por un ingeniero militar, Planell, futuro ministro de Industria después de la guerra civil. Cien bombas, cien, de cien kilos cada una, sobrantes de la guerra mundial, arrojadas por los cristianos sobre los moros, dentro de una lógica de toma y daca que Hidalgo de Cisneros, uno de los aviadores dedicados disciplinadamente a arrojarlas, considera como el factor alineante que le hizo prestarse a la guerra sucia. «Es curioso los años que tuvieron que pasar para que yo me diese cuenta de la monstruosidad que cometía tirando gases a los poblados moros. Fue durante la invansión de Abisinia por los italianos. Recuerdo perfectamente cómo me indignó leer unas declaraciones que hacía un hijo de Mussolini, aviador, en las que explicaba con una gran satisfacción sus bombardeos y ametrallamientos de los indefensos abisinios.»

A la crueldad implacable y artera del enemigo tuvimos que oponer decisión y valor, pero la una y el otro serían inútiles sin los dones de la observación y el análisis, fundamentales en los estrategas militares completos. Del mismo modo mi espíritu práctico supo solucionar problemas de abastecimientos fundamentales para el correcto desarrollo de la campaña, como la organización de una granja entre Camilo y yo, con el tiempo capaz de autoabastecernos de carne y leche y de cultivar productos tan sofisticados como el té. Con decir que llegamos a ser proveedores de té de nuestros legionarios británicos, está dicho todo. Los abastecimientos en manos de Camilo o de Pacón y yo en disposición de atemperar la excesiva fogosidad de Millán o el a veces inconsciente sentido de la improvisación del general Sanjurjo, puedo decir que aquellos legionarios acabaron de hacer de mí un buen militar. Pongo un ejemplo sencillo. El uso de los prismáticos para un militar es tan útil como el de los ojos y gracias a mi costumbre de ojear los movimientos a distancia, no sólo conseguía lo que altos jefes no habían logrado sino que después del desembarco en Alhucemas pude indicar exactamente dónde podríamos encontrar agua para la tropa en una situación crítica de agotamiento de las reservas. Por los prismáticos había visto a mujeres árabes cargadas con tinajas, todas provenientes del mismo punto. Allí había agua, en un manantial del monte Malmusi. La propia composición humana de la Legión, tropa de aluvión, desesperados llegados de los cuatro puntos cardinales, implicaba su virtud y su defecto. Gentes dispuestas a morir y matar, pero no encauzadas dentro de la funcionalidad de las tropas tradicionales. Por ejemplo, improvisamos un cocinero que había sido payaso, que a los demás les hacía mucha gracia cuando empezaba con los trucos de su antiguo oficio, pero maldita la gracia que me hacían a mí las migas quemadas o los potajes salados. Por lo que un día lo cogí por mi cuenta y le enseñé a cocinar.

Tampoco hay que descuidar la buena forma física, porque ha sido vicio de nuestros jefes militares de cuartel y procesión, como los describían los antimilitaristas, el criar carnes más que ideas descuidando la puesta a punto de los músculos. Mens sana in corpore sano, recomendaban los clásicos y el deporte es formación ideal de un militar. El general Saliquet, que tantos servicios me prestaría durante la cruzada, estaba gordo como un cebón y tenía una extraña predilección por meterse en la trinchera conmigo cuando arreciaban las ráfagas de ametralladora de las tropas de Abd el-Krim. Era un problema encontrar un espacio junto a aquel corpachón y cuando yo le pedía que se apartara un poco para dejarme sitio, él se quejaba de que cada vez se excavaban las trincheras más estrechas. Como yo le contara esta anécdota a mi médico Vicentón, cada vez que yo me pasaba de peso, me sacaba de quicio diciéndome: A ver si va a parecerse usted al general Saliquet. No tenían mejor aspecto los mandos superiores de la campaña de África. Dámaso Berenguer y José Sanjurjo, pero ellos eran estrategas a distancia y los oficiales con mando directo en el escenario de la batalla teníamos que ir al frente y a marcha viva cuando subíamos las crestas para desalojar de ellas a los «pacos» de al-Raisuni o de Abd el-Krim, el nuevo hombre fuerte de las kabilas, un masón izquierdista y ambicioso que había dado nuevos argumentos ideológicos a las tribus indígenas en armas. Valor, valor sí, pero valor apoyado en el saber y en la fuerza. Valor frío que nos hubiera evitado desastres como el de Annual, equivalente al de 1898 si no hubiera estado allí un ejército nuevo, mandado por una oficialidad dispuesta a dar la cara al enemigo y a los políticos que minaban nuestra retaguardia. Fue la politiquería la causante indirecta de aquella derrota histórica que llegaba precisamente después de un año de lentos avances y establecimientos de nuestros efectivos, con el Tercio de extranjeros como ariete de todas las batallas y mi bandera entre las primeras. Conviene que nos detengamos en por qué el desastre de Annual de julio de 1921, localizado en una población situada a ochenta kilómetros de Melilla, cuando la posición defendida por una guarnición al mando del general Silvestre fue diezmada por los rifeños y en la desbandada que siguió a la derrota, otros dos destacamentos nuestros quedaron reducidos prácticamente a la nada. Estaban así abiertas las rutas hacia Melilla y Millán Astray me dio orden de llegar cuanto antes a aquella ciudad desmoralizada, en pánico colectivo que agolpaba a los civiles y a los militares en el puerto tratando de ganar cuanto antes las costas españolas. Conviene que nos detengamos porque tanto el desastre, como el uso político que las izquierdas y los masones hicieron de él, instrumentalizando las conclusiones a las que llegó una comisión investigadora dirigida por el general Picaso, dan la clave de dos lógicas opuestas por el vértice: la patriótica y la antipatriótica. De cuanto se ha escrito sobre el desastre de Annual, con el fin de enmascararlo o de convertirlo en un factor de envenenamiento antimilitarista, nunca se ha resaltado lo que pesa el factor humano. Todo fue más simple y a la vez desgraciado de cuanto se ha dicho. El general Silvestre, Manuel Fernández Silvestre para ser exactos, estaba en 1920 en Madrid destinado a la Casa Real, como ayudante del rey. Cada día tenía que soportar los elogios de su majestad hacia los que estaban luchando en África, con evidente éxito en su campaña de pacificación y el general añoraba la gloria de la acción directa, en la que había destacado como joven oficial en Cuba y luego en África. Insistió en ser destinado a Marruecos y Alfonso XIII lo consultó con el ministro de la Guerra, Luque, masón por más señas, quien a su vez propuso a Berenguer, el alto comisario en Marruecos, los pros y contras del envío de Silvestre. Hay que decir en honor de Berenguer que se negó, por una razón militar y humanamente comprensible. Silvestre había sido compañero suyo de promoción en la Academia y obtenido notas más bri-

llantes, además era hombre cargado de amor propio y difícilmente se sometería a su disciplina. También yo quedé en la Academia de Toledo muy por detrás de cadetes que luego han sido excelentes oficiales a mis órdenes, para empezar el propio Camilo Alonso Vega, pero Berenguer dudaba de su propia capacidad tanto como reconocía la de Silvestre y mal asunto cuando un subordinado está en condiciones de comerle la moral a un superior. Luque adoptó una solución salomónica y desgraciada. Envió a Silvestre a Marruecos, pero lo situó como comandante general de Melilla, es decir en la zona occidental, mientras Berenguer se movía, con renovados éxitos, en la oriental. Silvestre no podía soportar la situación y sin hacer caso de Berenguer que le prometía tropas de refresco para pacificar la zona occidental en cuanto él hubiera cumplido esta tarea en la oriental, montó un cuerpo expedicionario y se adentró en la zona insegura, con éxitos fulgurantes al principio, pero tan costosos y peligrosos que fueron muchos los jefes que se desentendieron públicamente de aquella aventura. Silvestre iba a por todo. Vencer a Abd el-Krim y llegar a Alhucemas, enclave fundamental para nuestros propósitos estratégicos en el flanco oriental. Avanzó hasta Annual, desoyendo los consejos incluso del comandante Benítez, un valioso oficial al mando de uno de sus batallones. Benítez, con gran sensatez, le aconsejaba retroceder y afianzar la retaguardia, pero Silvestre le vino a decir que si tenía miedo se fuera a retaguaria. Abd el-Krim rodeó con su harca a las tropas españolas y empezó una auténtica cacería de nuestros soldados. Benítez aguantó la posición de Annual pero en condiciones tan desesperadas que el propio Silvestre se dio cuenta de la catástrofe que se avecinaba y le envió la orden de sálvese quien pueda. Benítez utilizó el heliógrafo para contestarle: «Los jefes y oficiales y soldados, merced a la estulticia de V.E. mueren, pero no se rinden.» Benítez murió defendiendo su posición y no se supo nunca nada más del general Silvestre, ni si se suicidó o murió a manos de sus enemigos. Su cuerpo no apareció y entre los comentarios de las tropas circulaba como un sarcasmo la bravata de su telegrama dirigido al rey: «Para el día de Santiago, estaremos en Alhucemas.» Se dijo que el rey había contestado: «Olé, los valientes», pero esa respuesta de Alfonso XIII desapareció, como el cuerpo del desdichado Silvestre.

También le dijo, que el redactado de su majestad era más contundente. «Olé tus cojones.»

Y allí estábamos en Melilla, solos ante el peligro, aclamados por una población que vio en las banderas de la Legión la única esperanza de salvación, como quince años después ocurriría sobre el suelo sagrado de España. Afortunadamente el gobierno que había provocado el desastre cae y Antonio Maura, el mejor político civil de este siglo propugnador de la fórmula «La revolución desde arriba», formó uno de concentración dispuesto a no amedrentarse y salvar la dignidad de España. Al frente del ministerio de la Guerra quedó don Juan de la Cierva, patriota ejemplar que puso en pie un ejército de 160 000 hombres para la reconquista de la dignidad nacional y a pesar de las campañas en contra, desde la Melilla reforzada, iniciamos una nueva etapa. Berenguer fue conservado en el puesto para evitar dar carnaza al enemigo interior y a nosotros, los del Tercio, se nos dio carta blanca para actuar como vanguardia de la totalidad del ejército. Y así estuve en las acciones victoriosas de Nador, en la punta de apertura de las tropas de Sanjurjo, admirado de mi valor y el uso de mis prismáticos, ya famosos en la prensa peninsular, especialmente la que mejor contribuía a glosar las acciones del ejército de África: ABC. Hubo hechos de armas legionarios tan admirables que parecían extrahumanos, pero es que yo había prometido a aquellos novios de la muerte que ni un cadáver de legionario iba a quedar sin sepultura. La orden exactamente decía así: «Muertos o heridos, todos deben volver.» Me emociona recordar fragmentos de aquellos años insuficientemente recogidos en Diario de una bandera, *como cuando reflejo el respeto y el pánico con el que los rifeños nos veían aparecer y a veces nos daban la espalda al grito de: «¡Llegan los del Tercio!», sobre todo cuanto sabían que yo iba al frente, yo tenía baraka, yo «tenía manera».*

No fue menos heroico que el suyo el comportamiento de su compañero de armas Fermín Galán al que usted propuso para la laureada de San Fernando, pero así como usted se prestó a domesticar brutalmente a aquel material de deshecho y a sacarle un partido técnico, militar, profesional si se quiere, la experiencia legionaria le sirvió a Fermín Galán para abrir los ojos ante la barbarie del poder y al papel que las oligarquías atribuyen a los cuerpos militares de élite. El futuro mártir de la república, describió en *La barbarie organizada*, el salvajismo desplegado en la Legión durante los combates y esta vez no era literatura épico-imperial como la de Luis Santamarina, sino simple descripción de lo que usted omite en su

Diario de una bandera; el aprovechamiento de los bajos instintos de soldados desarraigados para convertirlos en prototipo de comportamiento bélico y patriótico. Para Galán, sus «caballeros legionarios», general, eran simple carne de cañón utilizada para una empresa imperialista. Otro compañero de armas, fiel a la república y obligado exiliado después de la guerra, cuenta cómo usted ordenó que fusilaran a dos legionarios que habían cometido un pequeño robo. Vicente Guarner tragó saliva para poder oponer reparos a un superior, a un superior como usted y le recordó que su orden se oponía al código de justicia militar: «¡Tú cállate! No tienes ni idea de qué clase de gente son, si no actuara con mano dura, pronto esto sería el caos.» Vicente Guarner, que regresaba de una expedición topográfica al Sahara para fijar el mapa de la zona, empezó a conocerle a usted en aquel momento. Gran admirador de Napoleón, general, usted sabía que antes de la batalla el buen jefe ha de calcular cuántos muertos le va a costar la victoria. Napoleón reflexiona una noche sobre los soldados que tiene a su mando, unos trescientos mil, y calcula que tras el enfrentamiento con los prusianos puede sufrir treinta mil bajas. Un diez por ciento. Ahorrativa estadística. Tal vez, tenía usted presente al general alemán Von Falkenhayn que ante la batalla de Verdún había hecho sus cálculos y le señalaba que por cada cuatro o cinco franceses muertos, sólo perdería la vida un alemán. Frente a él, su admirado Pétain, concluía cálculos semejantes y al final medio millón de muertos traicionaron las estadísticas militares de los dos gloriosos jefes, sin duda respetuosos al darse la mano después de la batalla, con el paisaje de fondo de la carnicería que habían fraguado. Era el arte de la guerra. Sigue siendo el arte de la guerra. Y ustedes, sus artistas.

Yo tenía baraka *pero Millán Astray no. En la ofensiva del monte Arbós yo estaba a su lado comentando los efectos de la acción de la artillería sobre los alrededores de Nador, cuando una bala se metió en el pecho del jefe de la Legión quien cayó a mis pies. Yo mismo le metí en la camilla y vi en los ojos de la tropa más próxima la vacilación, el miedo, por lo que sin pensármelo ni un instante, agité el bastón del mando y ordené «¡Viva la Legión! ¡Adelante!». Aquel mismo día coronamos el monte Arbós. El enemigo nos había dejado un espeluznante recuerdo. Cuerpos de moros destruidos por nuestra metralla, algunos muertos desde hacía días, putrefactos, pero vencidos. Millán era todo un tipo. Primero gritó mientras caía: «¡Me han matado! ¡Me han matado!» y cuan-*

do le creíamos muerto, se levantó como un resorte dando gritos: «¡Viva España! ¡Viva el rey! ¡Viva la Legión!» Se lo llevaban en camilla y ya estaba yo ordenando el asalto secundado por Pacón y así ocupamos los tres objetivos, las Tetas de Nador, monte Arbós y el poblado. Poco tiempo después, Pacón caería herido y sería evacuado. La pérdida de Millán Astray no debilitó a la Legión, al contrario. No hay mal que por bien no venga y lo que perdimos en arengas y en valor, si es que perdimos parte del valor que sin duda le sobraba a Millán, lo ganamos en experiencia y astucia. Pude utilizar Dar Ruis como base para la reorganización de las banderas y estabilizados los frentes, aproveché el respiro para volver a la península a ver a mi madre y a Carmen, mientras Millán Astray, recuperado de su primera herida, aunque cojo para el resto de sus días, era reclamado por Berenguer para ponerse al frente de la primera, segunda y sexta banderas. Nuevas heridas harían de Millán el caballero más mutilado de España. El expediente Picaso sancionaba conjeturas que yo había hecho y demostraba que el fracaso de Annual era hijo directo de vicios del pasado y del contexto derrotista de la política peninsular. El ejército de Silvestre no estaba preparado para aquel tipo de guerra y bastó la traición de buena parte de nuestras fuerzas indígenas que se pasaron a Abd el-Krim para que quedaran en evidencia nuestras debilidades. ¿Con qué espíritu podían combatirlos soldados de leva que habían venido a regañadientes y azuzados por el derrotismo de civiles y políticos? La izquierda en cambio utilizaba el mismo expediente para zaherir al ejército y colocar al rey ante la suma responsabilidad del desastre. Alfonso XIII no se amilanó y en un discurso que causó escándalo anunció que se buscaría solución a nuestros problemas «dentro o fuera de la constitución». Tormenta sobre tormenta. Los militares se agrupaban en las Juntas que iban adquiriendo un carácter corporativo, con la vanguardia en África, donde desde Cabanellas, masón, hasta Sanjurjo, declaradamente monárquico, defendían el honor del ejército por encima del derrotismo civil. Mientras tanto tanques y aviación se preparaban para la agudización del conflicto, porque éramos conscientes de que las espadas estaban en alto y nosotros debíamos vengar el desastre de Annual. Me reincorporé a la Legión a final de marzo de 1922 al mando de las banderas del frente oriental, como capital en Melilla, mientras Millán partía hacia Ceuta, en un epicentro más seguro. Llegué a tiempo de utilizar los prismáticos en las batallas y escaramuzas motivadas por nuestros *trabajos de fortificación. Vi cómo caía herido el jefe de las tropas indígenas y se iniciaba un desconcierto al que siguió una huida en desbandada. Partí a caballo al frente de mis oficiales y a pistolazos y gritos conseguí restablecer el frente. Algunos de mis subalternos se sorprendieron de mi repentina iniciativa, pero me bastó enseñarles los prismáticos para que comprendieran. Alhucemas era un objetivo fundamental para conseguir apuntarlos en el protectorado y primero la dimisión de Berenguer, o su cese y luego el golpe de estado del general Primo de Rivera, partidario del abandonismo de África, nos pusieron tensos. ¿Se iban a frustrar los esfuerzos de nuestros mejores, de nuestros caídos por la causa de España en África? Las Juntas Militares de Defensa, fruto de la incompetencia de los civiles, hacían de las suyas y, como diría don Antonio Maura, ni gobernaban ni dejaban gobernar. Millán, asqueado, pidió el retiro y se fue a París a vivir un poco, como me dijo en un recado personal que me hizo llegar. Valenzuela era el nuevo jefe de la Legión, un valiente teniente coronel que, ¿quién iba a saberlo?, tenía los meses contados. Moriría en un cuerpo a cuerpo a la bayoneta calada el 5 de junio de 1923, mientras daba los gritos legionarios de rigor, los vivas al rey, a la Legión y a España. Ya he contado cómo la muerte de Valenzuela frustró otra vez mi matrimonio, porque su majestad me concedió el honor de nombrarme jefe absoluto de la Legión y gentil hombre de cámara. Estaba ya en un puesto principal y en la primera ocasión se celebró la boda ya descrita, para incorporarme otra vez a los frentes de África.*

Con la llegada de la dictadura la situación se había enrarecido. Años después, cuando con motivo de las luchas entre los independentistas argelinos y el ejército francés de ocupación, se produjo una gran crisis política en la metrópoli, el general De Gaulle asumió el poder en Francia, deshizo la trama institucional de la IV República y creó la V, basada en un poder presidencialista sin precedentes en Francia desde los tiempos de Napoleón III, es decir de Eugenia de Montijo. Pues bien, fue precisamente ese militar, De Gaulle, aupado al poder en 1958 para imponer el orden nacional, quien daría paso a la independencia de Argelia traicionando buena parte de las expectativas que había suscitado entre los nacionalistas franceses que le consideraban el salvador de la identidad francesa durante la segunda guerra mundial. Pensé yo entonces en Primo de Rivera. El general había sido autorizado a dar el golpe para imponer orden, pero una de sus intenciones era abandonar Marruecos a su suerte o imponer una solución re-

ductora del papel español pactado con Francia. No era éste el criterio dominante entre la más joven oficialidad y así se explica el choque que tuvimos en Ben-Tieb en julio de 1924. He de aportar algunos antecedentes del incidente. El rey en persona me había sondeado en dos ocasiones sobre el porvenir de nuestra acción en Marruecos y yo le había asegurado que pasaba por el desembarco en Alhucemas, la derrota militar y por consiguiente política de Abd el-Krim, la definitiva pacificación de las kabilas, la estabilidad en el protectorado. El rey me había pedido que yo mismo se lo sugiriera a Primo de Rivera, como si confiara más en la capacidad de persuasión de la oficialidad africana que en su propia jerarquía natural política y militar sobre el dictador. Tras los feroces combates por Tizzi Azza, al coste de la vida de Valenzuela, Primo había contemporizado demasiado con Abd el-Krim, permitiéndole demostrar estatura política, peligrosa porque podía volver a levantar kabilas que tanto nos había costado pacificar. Algo había que decirle a Primo de Rivera, pero mis superiores en Marruecos al aparecer no se atrevían, ni Sanjurjo, ni Aizpuru y me encargaron que yo hablara en el transcurso de un almuerzo con el dictador, de visita en nuestra posición de Ben-Tieb. «Franquito —me dijo Sanjurjo—, ofrece tú la comida.»

Ésta tenía lugar en un barracón que era dormitorio de la tropa y que se había preparado al efecto. Las paredes estaban llenas de inscripciones tomadas del credo de la Legión y las mandé retirar en la revista que pasé oportunamente, pero quedó una, más difícil de quitar, que estaba sobre una ventana y que se refería al espíritu de fiera y ciega acometividad de la Legión. Este letrero sirvió a Primo de Rivera después para decir en su discurso que él lo cambiaría por otro que alabase la disciplina como virtud fundamental. En mis palabras de ofrecimiento le dije que estas comidas se caracterizaban siempre por una especial alegría y un ambiente de sana camaradería; pero que suponía que no se le habría escapado que en esta ocasión no sucedía así, porque pesaba sobre la oficialidad el temor de que llevasen a cabo los planes de abandono. Que si estábamos allí no era por nuestro capricho sino porque así lo habían ordenado los planes del gobierno y los de nuestros superiores. Y que lo mismo que cuando el general Primo de Rivera mandaba la brigada de cazadores escuchaba a sus oficiales y los tranquilizaba, yo esperaba que al contacto con las inquietudes de todos los generales, jefes y oficiales tuviera la reacción que siempre había tenido y que los tranquilizase también. Y que en esa idea sólo podía condensar mis pensamientos en un grito de «¡Viva España! ¡Viva España! ¡Viva España!»... que mis compañeros repitieron hasta que se quedaron roncos.

Primo de Rivera agradeció las palabras amables dando las gracias por la confianza que le merecía y que aquel letrero que había allí él lo cambiaría por otro que aludiese a la «férrea disciplina». En una cabecera de la mesa había unos coroneles y tenientes coroneles del séquito de Primo de Rivera, y cuando estaba diciendo eso, uno de ellos, ante el silencio sepulcral, dijo con voz fuerte: «Bien, muy bien», y Varela, que estaba enfrente, lo agarró a través de la mesa y chilló, «Mal, muy mal»; diciendo entonces Primo de Rivera: «Ese señor, que se calle.» Acabó entonces el discurso y al sentarse el dictador no hubo ni un solo aplauso. Se levantó entonces violentamente, volcando un poco el café y me dijo:

—Para eso no me debiera usted haber invitado.

A lo que contesté:

—Yo no le he invitado a usted: a mí me lo ha ordenado el comandante general. Si no es agradable para usted menos lo es para mí.

—A pesar de todo he de considerar que es una oficialidad... —iba a decir buena, pero rectificó—: mala.

—Mi general, yo la he recibido buena. Si la oficialidad ahora es mala, la he hecho mala yo.

Al salir el general les dije a los oficiales que podían dormir tranquilos por el incidente, pues yo lo había provocado y yo respondería de él. Poco después me citó Primo de Rivera en la Comandancia General a la una de la noche, pues iba a ir al teatro después de cenar. Cuando yo estaba esperando en el antedespacho entró con el general Aizpuru, quien, con evidente pelotilla al general, me dijo: «Lo que ha hecho usted con el general no tiene nombre», a lo que contesté: «Lo que no tiene nombre es que me diga usted eso...» Primo de Rivera intervino entonces diciéndome: «No se preocupe usted, ha hecho usted bien.» Pasé con él al despacho, donde tuve una conversación de dos horas en que hablé yo casi todo el tiempo. Poco después invitó Primo de Rivera a los oficiales a un acto y dijo que en la visita a Marruecos había aprendido muchas cosas. Que no se haría nada sin consultar a los mandos más caracterizados.

Una de las conciencias más limpias del bando republicano durante la guerra civil fue la del general Ignacio Hidalgo de Cisneros, aviador como su hermano Ramón, buen amigo de la oveja negra de su familia hasta que le consideró rodeado por una chusma nihilista en el límite entre la extrema izquierda y al parafacismo. Déjese describir por Hidalgo de Cisneros, general, quien más de una vez le llevó en su aparato durante esa epopeya africana que después de la guerra pareció haber protagonizado usted sólo, usted y en un alejado segundo término todos los militares africanistas que estuvieron de su parte. «También hice varios viajes con Francisco Franco, que había ascendido aquellos días a teniente coronel, y por el cual nunca sentí la menor simpatía. En la base de Mar Chica lo detestábamos, empezando por su hermano Ramón, con el que casi no se hablaba. Cuando pedían un hidro para el teniente coronel Francisco Franco, todos procurábamos eludir el servicio, pues nos molestaba su actitud. Llegaba a la base siempre puntualísimo y siempre serio. Muy estirado, para parecer más alto y disimular su tripita ya incipiente. Según nos decía su hermano, siempre tuvo el complejo de su pequeña estatura y de su tendencia a engordar. Nos saludaba muy reglamentario, ponía mala cara o decía algo desagradable si el hidro no estaba listo. Montaba al lado del piloto y no soltaba palabra hasta llegar al sitio de destino. Allí se despedía también muy militarmente, sin haber abandonado un solo instante su aspecto antipático de persona perfecta. No recuerdo nunca haberlo visto sonreír ni tener un gesto amable o humano. Con sus compañeros del Tercio era igual o quizá más seco; se veía que lo respetaban y temían, pues como militar tenía mucho prestigio, pero sin la menor muestra de amistad o de afecto. Franco es antipático desde que era célula.»

No le cegaba la bandería, porque años después, en el momento de redactar sus memorias, en un exilio poco dorado en Rumania, en el que sólo había reclamado el privilegio de beber whisky de importación, el que había sido señorito riojano, miembro por nacimiento de la oligarquía vencedora en la guerra, conservaba palabras de respeto humano para otros militares antagonistas como Muñoz Grandes, al que describe como un militar honesto y austero, o al mismísimo Sanjurjo: «No podía comprender cómo Sanjurjo se había unido a las fuerzas que siempre creí él despreciaba. No comprendía que una persona como Sanjurjo que siempre me pareció sencillo, modesto y sin rasgo de señoritismo, cometiese la canallada de sublevarse contra un régimen que le había demostrado su aprecio y su confianza, poniéndole en uno de los puestos más responsables del ejército.»

Yo había actuado lealmente no indisciplinadamente. La disciplina es la lógica del soldado. No puede tener otra porque de su colectivo en el que unos pocos piensan y los demás ejecutan. Y sobre todo en la guerra hay que mantener la disciplina a toda costa. Cuando tomamos Alhucemas estaba yo un día en pleno almuerzo con unos compañeros cuando uno de ellos, como si tal cosa, nos dijo que habían detenido a un soldado desertor que no sólo se había pasado al enemigo, sino que había hecho propaganda para que otros soldados le secundaran. Interrumpí el almuerzo, llamé al cabo de la sección del soldado por si había posibilidad de duda, y no, el desertor era el detenido. Una vez seguro de su identidad, mandé que formara una compañía y le pasé por las armas. Un acto de dureza hoy impide la dureza ilimitada de mañana. A los jóvenes de hoy día ablandados por esta cómoda paz que para vosotros hemos conquistado aquellos que supimos vencer al totalitarismo comunista y nazi, puede sorprenderos una decisión de este tipo, pero pensad que la indisciplina es como una termita que socava la moral de un ejército y por eso consigue destruirlo. ¿De dónde llegaban las críticas a mi comportamiento en los frentes de África? De la masonería que al considerar cruel mi disciplina, daba por buena la indisciplina. Allí donde veáis campañas pacifistas, sabed, muchachos, que o bien las alienta el comunismo para minar las defensas del cristianismo o bien la masonería atea para conseguir el mismo objetivo.

A mi padre le pilló un tifón no sé en qué año y se quedó con la mano cogida en una puerta, el agua hasta la cintura y la cabeza llena de premonición de muerte. Pero en La Habana los tifones pasaban y no se quedaban mucho tiempo, acostumbradas las gentes a rehacer la ciudad y la vida después de cada tifón, inundación o acometida del mar que no respetaba la breve contención del malecón e invadía la vieja Habana y sobre todo el entrante propicio de la ensenadilla que queda entre el paseo del Prado y el de la Infanta. Cuando tuvo constancia de que el tejado de la casa de la aldea se había acabado, de regreso a España mi abuela y mis tías, mi padre fue cambiando de clínicas acompañado de un sólido prestigio como mozo de limpieza concienzudo y poco dormilón. Se disponía a ahorrar para poner un bar nada más volver a España, quién sabe si en Puebla o en el mismísimo Lugo, ¿La Coruña?, ¿Madrid? La juventud es ambiciosa y estos sueños se los contaba mi padre al cirujano Espalter, poeta lírico y masón cariñoso con el jovenzuelo gallego al que ilustró sobre la isla a la que había llegado, colonia que había sido de España y ahora de Estados Unidos, bajo la espada de Damocles de la intervencionista enmienda Platt. No sólo esta enmienda permitía a los yanquis intervenir en Cuba cuando quisieran, sino que la crisis azucarera de 1920 permitió a los americanos invertir y disponer del minifundio cubano a su gusto. Espalter se sabía a Martí dc mcmoria, le pasó libros a mi padre y le recomendó que aprendiera un oficio, porque no iba a ir de recoge desperdicios de clínica toda la vida y un bar es un negocio azaroso. Un oficio es siempre un oficio, Celso, Celso Pombo se llamaba mi padre y el Pigmalión urólogo le puso en contacto en 1925 con pacientes suyos de la Confederación Nacional Obrera de Cuba, tipógrafos. En horas rescatadas al sueño, mi padre iba a un taller de tipografía de la calle Empedrado, cerca de la catedral, y junto al manejo de la caja y a nociones de lo que era una linotipia, por si quería dar el salto a los talleres de algún diario, de reoído escuchaba las malas noticias, en voz mulata y queda, sobre la represión del presidente Machado contra el movimiento sindical hasta el extremo del asesinato del dirigente ferroviario Enrique Varona, la detención de Alfredo López y Julio Antonio Mella, posteriormente asesinado en México, acusados de poner en marcha el asociacionismo marxista. Con una parte del cerebro en el bar de sus sueños, otra en el trabajo, una tercera en el aprendizaje de un oficio que le enseñaba la urdimbre de la lectura y la cuarta en la adquisición de conciencia de clase, mi padre se dio cuenta de que a los gráficos les daba más por la anarquía y él se sentía atraído por el recién fundado Partido comunista sobre todo por la figura seductora de Mella, un bellísimo estudiante recolector de adhesiones obreras y femeninas. Espalter terció en este momento: «Mire, Celso, los anarquistas son poéticos y los comunistas prácticos.» Circulaba la noticia de que Mella, burlando la vigilancia de la policía había entregado una bandera cubana al capitán de un buque soviético fondeado en la bahía Cárdenas. A las manos de mi padre llegó una colección de pensamientos de Lenina, como se transcribía en La Habana el nombre de guerra de Ulianov, y a la luz del carburo, que años después recuperaría en la España de la guerra y la posguerra, en un cuartucho de pensión de la calle O'Reilly, desde cuya galería podía ver la esquina de la plaza Armas y allí los palacios más hermosos que había visto en su corta vida aldeana, mi padre se hizo más o menos leninista, dentro del signo constante en su vida de ser más o menos todo lo que fue: emigrante, tipógrafo, leninista, combatiente republicano en su cruzada, general y después, más o menos, superviviente. Cuando paseaba junto al mar o la morriña le llevaba a jugar al subastado en el centro gallego del paseo del Prado, se repetía la consigna que le había transmitido mi abuelo: No te metas en camisas de once varas. Y no hizo caso ni a su padre ni a sí mismo. En 1927 se metió en el Partido comunista cubano.

¿Hay masones y masones? Es cierto. La masonería que se convirtió en el objetivo de mi lucha es la sectaria, la satánica, la antiespañola, la anticristiana. Pero también hay una masonería cultural, algo así como clubes masónicos que han perdido su carácter de gobierno secreto del mundo. Por eso en mis discursos de los años sesenta, si bien acentuaba mis diatribas contra el comunismo, empecé a no generalizar sobre los masones, porque hay masones norteamericanos partidarios de mi política, a los que resultaría estúpido y contraproducente zaherir. En Europa se pueden encontrar masones cristianos, que nada tienen que ver con el masón poseído por los demonios de la historia. Yo empecé a estudiar sobre masonería, seriamente, en Melilla, a pesar de que ya en la Academia de Toledo había recibido cierta cultura sobre el corsé masónico que se cernía sobre buena parte de la política e incluso el ejército español. En Melilla vino a verme un capitán que ejercía de juez en la causa del desastre de Annual y quería pasarse a la Legión. Yo le dije que en la Legión necesitábamos gente combatiente, no juristas y le aconsejé que se metiera en los Regulares y de allí pasara al Tercio, pero luego quise saber el porqué de su transfuguismo y me dijo: La mayor parte de jueces que han venido de Madrid para la causa del desastre de Annual son masones y quieren hacer a Berenguer responsable de todo, porque es una consigna de la masonería para desmoralizar a nuestro ejército. Días después tuve un encuentro con Berenguer y le expliqué lo que me habían dicho, pero él se lo tomó a broma y sólo se le borró la sonrisa cuando le llamaron de Madrid, le quitaron el mando y se desató una campaña de prensa en su contra en primera instancia y contra el ejército en general, que azuzaban periodistas masones, como Augusto Vivero, autor del panfleto titulado El desastre, verdadero ventilador para esparcir toda clase de basuras. ¿Por qué aquella conjura de la masonería contra Berenguer? Pues porque era masón, un masón caído en desgracia al no obedecer todas las consignas que le dieron cuan-

do ejerció de alto comisario en Marruecos. La misma masonería que le había hecho ascender a una velocidad de vértigo de capitán a los más altos cargos, le pasaba factura y se aprovechó de su responsabilidad en el desastre para hundirle en 1923 y para rematarlo cuando trató de prolongar la dictadura de Primo de Rivera. La masonería estaba en África a uno y otro lado de nuestras trincheras. Abd el-Krim, nuestro más duro y valioso enemigo, era masón. Los masones eran apostólicos, pero sabían seleccionar. Conmigo nunca se atrevieron porque yo hablaba claro sobre ellos y en otros casos limitaron sus campañas de proselitismo por los más variados motivos. Por ejemplo, un comandante de ingenieros destinado a Tetuán que en el fondo deseaba ser reclutado, vio frustrado ese reclutamiento porque su mujer tenía un Sagrado Corazón de Jesús en la puerta de su casa. Un «hermano» masón le dijo: ¿Cómo puede ingresar en la masonería alguien que tiene esa «víscera» en la puerta de su casa? Además la masonería era fácil refugio para el político cobarde que jamás había pegado un tiro ni olido a pólvora y para el militar igualmente cobarde que se trabajaba los ascensos en los despachos y no en los campos de batalla. Mi repugnancia por los políticos se basaba en que su materia prima no era el honor, ni la gloria de España, sino algo tan efímero, miserable, arte de cambalache y trueque, charca de hozamiento, como la política. Mi repugnancia por la política hizo que aceptara con algún recelo asistir a las tertulias en la casa madrileña de don Natalio Rivas, ministro en un gobierno de Allende Salazar, después de haber ocupado altos cargos a la estela de Moret o de Santiago Alba. Era un hombre muy culto, que siempre manifestó un gran respeto hacia mi persona y al que le agradecí las muchas cosas que aprendí en su casa designándole procurador en Cortes en 1947. Tuvo una larga vida don Natalio, noventa y tres años, y por su tertulia de los años previos y posteriores a la dictadura, pasaron desde Marañón a Millán Astray y yo me arrimé a ella de oyente, porque era consciente de que sabía pocas cosas aunque seguras. Sólo entraba en conversación cuando alguien sacaba la cuestión militar y como don Natalio era un malicioso, cuando descubrió mi mecanismo de reacción de vez en cuando era él mismo quien llevaba la tertulia hacia cuestiones de milicia. Aún estaba en marcha la guerra de África, se aproximaba nuestra gloriosa intervención en Alhucemas, cuando un contertulio dijo que era un crimen llevar a nuestra juventud hacia la muerte. Don Natalio me miró de reojo y oyó lo que esperaba oír. Que yo no me metía en opiniones políticas, porque la política no es cosa mía y nunca lo sería, pero como militar, consideraba que en África se jugaba el ser o no ser histórico de España, el subirnos al tren de las potencias o quedar definitivamente como un país perdedor. La mejor manera de salvar vidas de nuestros jóvenes era intervenir con decisión e inteligencia y conseguir una victoria incontestable. ¿Dónde? me preguntó el escéptico antimilitarista. En Alhucemas, contesté. ¿Cómo? prosiguió el escéptico. Saqué mi pluma estilográfica y sobre un papel que me tendió don Natalio, hice un croquis de desembarco en Alhucemas, sin tener yo entonces ni idea de que el desembarco se produciría y siguiendo mi imaginario esquema táctico, el único lógico posible. Don Natalio no olvidó aquella escena mientras vivió. Es que tiene usted algo de brujo, excelencia, porque desde que asumí la jefatura del Estado siempre me llamó excelencia. Pues bien, si he recordado las tertulias en casa de don Natalio, especialmente frecuentes durante mis destinos en Madrid es para introducir mi participación en aquel providencial hecho de armas que fue la victoria de Alhucemas, consagración de la Legión, punto determinante de la guerra de África y definitiva consolidación de mi prestigio militar. Y todavía recordando a don Natalio, cuando yo le recibía en audiencia en El Pardo, poco antes de morir, siempre me decía: Ya lleva usted veinte años de jefe del Estado y eso que presumía de no entender de política, pues vaya, si llega usted a entender. Si hubiera entendido de eso que ustedes llamaban política, seguro que no hubiera durado ni seis meses al frente de la jefatura del Estado, le contestaba yo.

Alhucemas. Paso por alto moratorias de mi vida profesional, entre África y Madrid, en parte condicionadas por los tiras y aflojas de la política, porque aunque tras el incidente de Ben-Tieb, Primo de Rivera había cambiado de posición ante el intervencionismo en África, y el rey le respaldaba plenamente, no por eso dejaba de sufrir presiones y él mismo era muy sensible a la opinión pública, no como un versátil político, pero sí como un estratega militar. Alhucemas era una batalla y una victoria imprescindible para pacificar definitivamente el protectorado y cerrar con broche de oro la campaña africana. Esta gloriosa acción militar hubiera podido celebrarse antes de no haber estado el ejército de África atado de pies y manos primero por la estulticia de los políticos peninsulares y luego por los criterios inicialmente abandonistas de Primo de Rivera. Pero tampoco ayudaba mucho a la empresa, la actitud francesa de desleal colaboración con nues-

153

tras tropas y de prepotencia sobre sus hechos de armas en el protectorado, por eso fue decisivo que el ejército francés sufriera serios reveses frente a Abd el-Krim para que se replanteara la situación y se llegara al acuerdo entre el general Pétain y Primo de Rivera para dar la batalla de Alhucemas, en la que España pondría las tropas de desembarco y Francia parte de la cobertura naval. Allí estuvo presente lo mejor de la oficialidad española del pasado y del futuro: Primo de Rivera al frente, Sanjurjo dirigiendo la división de desembarco, yo con la Legión en la vanguardia de la columna de Ceuta, Goded responsable de la columna Fernández Pérez, mientras el futuro mariscal Pétain lanzaba por tierra una dura ofensiva contra Abd el-Krim para distraer sus efectivos. Pero la astucia diabólica del rebelde rifeño le hace prever la inminencia del desembarco, por lo que lanza un ataque sobre Tetuán con el objetivo de dividir nuestros efectivos. Yo había advertido previamente a Primo de Rivera sobre esa contingencia y conseguimos superar la última trampa dentro de una sucesiva superación de trampas, en la que no había sido menor los escrúpulos de última hora de Alfonso XIII para acometer el asalto. Rodeado de pusilánimes, Alfonso XIII estuvo a punto de suspender la operación y por suerte esta disposición no se filtró a la opinión pública, porque habría suscitado una gran conmoción popular de protesta contra la guerra. Sólo nos faltaba eso.

Por fin llegó el día. Allí estábamos frente al Morro Nuevo, rodeados de nuestro propio entusiasmo. La costa se dibuja algo brumosa, pero la sabana de arena de Cebadilla destacaba claramente con una blancura amarillenta. El griterío, los cantos, la alegría se sucedían entre las tropas expedicionarias, pero no había llegado aún el momento y el alto mando dispone un simulacro sobre Quilates para desorientar al enemigo. Las tropas deben permanecer en las barcazas y aplazar el asalto para el día siguiente, orden no bien comprendida pero obedecida por los soldados que ardían en deseos de acción, apiñada e incómoda, pero ilusionada, la tropa ansía la orden del asalto. Precisamente era la brisa que balsamizaba nuestra espera la causante de la demora y fue la causa de algún accidente, a la deriva barcazas arremetieron contra otras y el cañonero Cánovas embistió por la amura al destructor Alsedo que hubo de ser remolcado hasta Melilla. Primo de Rivera, agarrotado sobre la baranda del Alfonso XIII, decía una y otra vez que había prometido a Pétain que atacaría aquel día y que no iba a echarse atrás. La tenacidad de Primo *fue importante, pero mucho más el conocimiento del capitán de fragata Carlos Boado, experto en aquellos mares y costas que corrigió la posición de nuestra desorganizada escuadra de desembarco e hizo posible que éste se produjera. Los cruceros franceses y nuestros acorazados lanzaron un duro bombardeo contra las posiciones insurgentes y bajo su cobertura pudimos comenzar la operación, inicialmente protegida también por la acción de nuestros hidroaviones, aunque quedarían fuera de combate por dificultades técnicas los que tripulaban Lecea, Rubio y mi hermano Ramón. Treinta y dos barcos de guerra españoles, los dieciocho franceses, los treinta y dos cañones del Peñón, setenta aviones que martillean las posiciones enemigas componen una baraúnda sin precedentes en la moderna historia militar española. Saltamos al agua y con el mar hasta el pecho, el fusil en alto, conseguimos llegar a la playa, casi codo con codo Muñoz Grandes y yo e inmediatamente di orden de asaltar los riscos que se nos enfrentaban para aprovechar el evidentemente aturdimiento que estaba causando el bombardeo. Por la tarde del día 8 de septiembre la Legión ya dominaba la meseta costera y arrincona al enemigo hacia uno de sus bordes, el que se precipita sobre el acantilado. Tengo la suficiente seguridad en nuestra victoria como para posar rodeado de mis hombres para una foto histórica, pero previamente ya había ordenado las primeras fortificaciones que hicieran estable nuestras posiciones. Mucho se ha escrito sobre aquella operación gloriosa, audaz para el saber militar de la época, hasta el punto de que Eisenhower la estudió previamente a los desembarcos aliados, y si bien sobre el papel el dispositivo táctico fue perfecto, sólo el valor durante el combate cuerpo a cuerpo fue la baza decisiva en la victoria, muy discutida por los derrotistas de siempre que se rieron de Primo porque se produjeron algunos desajustes en el plan previsto. Supe semanas después que Pétain había elogiado mucho mi acción decisiva al frente de la Legión y de sus labios nació un elogio que me ha acompañado de por vida: «Franco es la espada más limpia de Europa.» Atendidos los heridos en el navío hospital Barceló, bajo el cuidado de la duquesa de la Victoria y del doctor Gómez Ulla, mi misión no era parar mientes en los elogios, sino sacar fruto del desembarco y rechazar los desesperados contraataques de Abd el-Krim. No voy a cansaros con la descripción global ni particular de las operaciones que sucedieron y que terminaron con la derrota total de Abd el-Krim, su exilio y la pacificación del protectorado marroquí, así como el definitivo esta-*

blecimiento de la hegemonía franco-española. Tetuán fue desde entonces la capital de la presencia española en tierras tan vitales para nuestra defensa y el ejército, a lo largo de veinte años de combate podría hacer balance digno, desquitado, en 1928 gracias a lo que había sido fundamentalmente una operación de limpieza de la ensuciada gloria de nuestras armas en el desastre de 1898. En lo particular debo a Alhucemas el nombramiento de general de brigada y automáticamente por lo tanto la obligación de abandonar el mando de la Legión, que vuelve a manos de Millán Astray. Tengo treinta y tres años y como la prensa no deja de proclamar, soy el general más joven de Europa. Por si algo faltara en aquella ristra de satisfacciones personales, el rey me hace el honor de nombrarme gentilhombre de cámara, cargo que no comportaba ningún servicio cortesano, sino simplemente honorífico y muestra de la deferencia que el rey me tenía. Algún periodista me llamó «el favorito del rey» y después, cuando Ramón mi hermano realizó la hazaña de la travesía del Atlántico a bordo del hidroavión Plus Ultra, *los dos Francos fuimos calificados de militares «palaciegos» especialmente por aquellos militares que no se habían ganado en campaña la simpatía de aquel rey tan militar. Tuve repetidas muestras del afecto social y del afecto del rey, muy especialmente en torno a las circunstancias de mi nombramiento como jefe de la Legión y de mi boda. ABC habló por primera vez de mí como «joven caudillo», aunque este periódico monárquico ya hacía tiempo que me distinguía con su seguimiento y en 1922, siendo yo sólo teniente coronel, ya publicó una foto mía con el epígrafe: Franco, el as de la Legión. Del afecto de Alfonso XIII tengo constancia no sólo por el nombramiento de gentilhombre o por las audiencias que tuvo a bien concederme, sino también por pequeñas cosas como el envío de una medalla de la Virgen del Pilar el 1 de marzo de 1925 y estas líneas: «Querido Franco: al visitar el Pilar de Zaragoza y oír el responso ante la tumba del jefe del Tercio Rafael de Valenzuela, muerto glorioso al frente de sus banderas, mis oraciones y mis recuerdos fueron para vosotros todos. Toqué al Pilar esta medalla que te ruego uses, que ella, tan militar y tan española, te protegerá seguramente. Mil felicitaciones y gracias por tu actuación y ya sabes lo mucho que te quiere y aprecia tu amigo. Alfonso XIII.» Tiene más valor esta carta para mí que la concesión, por fin, de la cruz laureada de San Fernando, que su majestad tuvo a bien asumir el 9 de abril de 1939 tras mi último parte victorioso en la guerra civil. En 1925 sólo podía haber aprecio en la carta del rey, en 1939 junto al aprecio se percibía el interés dinástico ante el milagroso triunfador de la cruzada. De momento, vencedor en Alhucemas, terminaba otra vez para mí la llamada de África y era destinado a Madrid como general de brigada, al frente de dos regimientos, el Inmemorial del Rey y el de León.*

La memoria de la guerra de África desde que usted participó en ella en 1910 ha sido construida por sus aduladores, fueran historiadores o hagiógrafos en general que han dado una versión cercana a la caricatura: ¡usted fue el único combatiente y el único vencedor! Cuando en nuestra infancia sometida a sus pautas educativas, general, recibíamos conocimiento de aquella guerra, ni los nombres de sus correligionarios Sanjurjo, Goded, Muñoz Grandes, Varela, Queipo de Llano aparecían, aunque fuera de simples comparsas de sus glorias. Sobre las causas económicas del conflicto, ligadas a la disputa de lo que para Francia y Alemania eran restos imperiales y para la monarquía y el ejército español la última oportunidad de conservar un pedacito de imperio, hay suficientes escritos. En todas las historias se percibe el carácter aleatorio de aquella guerra empecinada por el honor militar y por unas razones de Estado que muchos hombres de Estado no sabían ver, incluso el propio Primo de Rivera no era intervencionista y no tuvo más remedio que serlo para no perder el respaldo del ejército. Era la guerra de ustedes, los partidarios de *Ascenso o muerte* y esa evidencia formaba parte de la conciencia crítica del país, se plasmara en la novela *Imán* de Ramón J. Sender o en las referencias entre la burla y la amargura de Fernández Flórez, fuera en *Las aventuras del caballero don Rogelio de Amaral* o en *La familia Gomar*, alegatos antibelicistas de un escritor que acabaría siendo paradójicamente franquista. Y su propia memoria, general, es muy poco generosa a la hora de citar a compañeros de combate africano que luego le combatieron a usted durante la guerra civil. Uno de ellos, Hidalgo de Cisneros, adquirió otra perspectiva de la batalla de Alhucemas desde su puesto de piloto de hidroaviones ametralladores. «Tomamos agua al costado del portaaviones de la aviación naval, el *Dédalo*, para cargar gasolina. Monté a bordo para tomar un café y, cuando salía de la cámara, vi en cubierta a varios oficiales del barco que estaban mirando con gemelos a Morro Nuevo, la posición que acabábamos de ver conquistar a las fuerzas del Tercio. Me dijeron que estaban viendo cómo los legionarios tiraban al mar, desde lo alto del acantilado, a los moros que habían cogido vivos. Me prestaron unos gemelos, y, efectivamente, presencié horrorizado la caída de dos moros dando vueltas, desde una altura de unos cien metros. Embarqué en mi hidro, cada vez más impresionado e indignado por lo que acababa de presenciar; puse un radio al jefe de aviación, en el que le daba cuenta de la toma de Morro Nuevo, elogiando el valor con que habían luchado las unidades del Tercio, pero explicando, a la vez, la canallada y la cobardía que esas mismas fuerzas acababan de cometer con los prisioneros. Terminaba mi parte diciendo que semejantes faenas deshonraban a todo el ejército. Más tarde supe que el coronel Soriano, cuando recibió mi radio, se lo transmitió inmediatamente a Primo de Rivera. Naturalmente, Abd el-Krim no podía hacer milagros; la desproporción de medios era demasiado grande; los inmensos recursos acumulados por España y Francia acabaron, no sin una valiente resistencia, con sus fuerzas.

»Las operaciones y la guerra de Marruecos terminaron con la toma de la zona de Alhucemas y con la entrega de Abd el-Krim a las autoridades francesas.»

En cuanto a su condición de militares palaciegos, algo de verdad había en ello. Su hermano Ramón, ¿por qué lo omite?, también fue nombrado gentilhombre y su esposa, ¿por qué lo omite?, fue tan recibida por el rey y la reina como doña Carmen Polo de Franco. No había restaurante, ni sala de fiestas de Madrid que no se convirtiera en claque cuando entraban Ramón Franco y su mujer. Tampoco era tan cierto que su sufridora madre, doña Pilar, le hiciera ascos a una nuera tan desvirtuada por los rumores familiares como Carmen Díaz. En más de una ocasión vivió en Madrid en la casa de Ramón y su nuera la describe como una mujer buena y cariñosa que fue para ella como una segunda madre, «Ramón la quería profundamente y me atrevo a asegurar que era su hijo predilecto, ya que era el más cariñoso de todos y por quien su madre más sufría a causa del constante peligro que ella veía en los aviones. No había día en que Ramón no nos contara la muerte de algún compañero en accidente de aviación».

Pero mientras usted se reunía con compañeros africanistas en La Gran Peña o con los viejos carcamales de la tertulia de don Natalio Rivas, su hermano Ramón tenía la suya en La Granja del Henar junto a su inseparable y anarquista Rada y otros ácratas de distintas cosechas. Entre juergas y arrestos por desacatos a la autoridad de Primo de Rivera o de cualquier otra autoridad, Ramón se construía una imagen de disidente, lo que no le impedía una deferencia cómplice del rey juerguista e intentar la fracasada aventura de dar la vuelta al mundo, que pudo costarle la vida tras su naufragio cerca de las Azores en compañía otra vez de Ruiz de Alda y de otro oficial, González Gallarza, futuro ministro del Aire cuando usted ya era tres veces Franco: ¡Franco, Franco, Franco! Ni siquiera en su condición de náufrago perdió su sentido del humor o de la locura *el Chacal*: «Hacemos un recuento de los víveres que empiezo a tasar exageradamente. Tenemos muy poca agua, y ésta desaparece rápidamente. Tratamos de recoger agua de lluvia; después de un fuerte chubasco obtenemos escasamente medio litro de agua bastante sucia. Echamos mano entonces del último recurso; el agua de los motores, que suponíamos mala y casi imposible de beber. Nuestra sorpresa y alegría suben de punto al comprobar que es un agua clara e insípida, de la que disponemos el enorme tesoro de 130 litros, cuyo consumo tasamos en dos litros diarios. De los víveres que tenemos para ocho días hago pequeñas raciones para que duren un mes, y yo me encargo de ser su único distribuidor. Tengo que vigilar a Ruiz de Alda, que un día, acuciado por el hambre, cogió unas galletas y se las comió ocultamente. En broma le amenazamos con cortar unos filetes de su robusta pierna. En la cabina de los motores, en lo más alto del hidro, establecemos una severa guardia con relevo cada dos horas, en la que nos turnamos todos. Allí colocamos todo el arsenal de señales de que disponemos, incluso unos potentes gemelos de largo alcance, de mi propiedad, que la dejadez habitual de Ruiz de Alda dejó perder a bordo del *Eagle*, y que habrán contribuido a reforzar el equipo de alguno de sus tripulantes ingleses.

Nuestra situación, aunque incómoda y peligrosa, no deja de ser interesante. Mientras en todo el mundo se esperaba la noticia radiotelegráfica que confirmase nuestra llegada a Horta, éramos como héroes de leyenda, abandonados en pleno océano; viviendo de nuestros propios recursos, en espera del auxilio ajeno que nunca llega, viendo con profunda inquietud cómo paulatinamente van desapareciendo nuestros escasos víveres y cómo los elementos, en lucha contra nuestro frágil cascarón, logran poco a poco abatir y vencer su resistencia.»

Nuestro primer domicilio madrileño estable estuvo en el paseo de la Castellana número 28, un sector aristocrático de Madrid que gustó mucho a Carmen y que le servía para conectar con el señorío asturiano que al igual que el vasco, gus-

taba mucho de pasar largas temporadas en la capital o de instalarse definitivamente en ella para gozar de sus rentas o para tramitar nuevas expansiones económicas. Fueron frecuentes las relaciones con los Aledo, Vega de Anzo, Vega de Sella, Vereterra, Argüelles, Teverga, García Conde. No es que a mí me disgustaran estos encuentros, pero yo era más dado a la reflexión sobre mi trabajo y al estudio y en cuanto a tertulias, prefería la de don Natalio Rivas, en cuya casa llegué incluso a ejercer de figurante en una película de uno de los pioneros del cine español. Pero siempre añoraba la escasez de palabras y la profundidad del sentido de aquellas palabras, incluso de las más rituales, que caracterizan la vida del militar en campaña, frente a la ligereza del diálogo social en el que la idea disolvente si es brillante tiene el mismo peso que la idea constructiva. Y en estas circunstancias los más crispantes eran los intelectuales, no sólo los letraheridos de izquierda surgidos de las cavernas de la institución libre de enseñanza o de la feria de las vanidades del Ateneo de Madrid donde ya era figura principal Manuel Azaña, un republicano masón, enemigo jurado de Dios, de España y del rey. También los intelectuales de la supuesta derecha frivolizaban y así lo hicieron hasta que vieron las orejas al lobo con motivo de la caída de la monarquía y la proclamación de la nefasta II República, el 14 de abril de 1931. Empecé por entonces a ser frecuentemente entrevistado por la prensa, al igual que Carmen, como un matrimonio triunfador en el que se concertaba el señorío y el brillo de la milicia de nuevo prestigiada gracias a la guerra de África. Pero donde me hallaba más a gusto era entre los oficiales y los soldados, mi verdadera gente de la que me separaba una voluntad de formación y una capacidad observadora del conjunto de la circunstancia política, económica y social que suele quedar al margen de la apreciación de los militares comunes.

El hecho de ser general de brigada y destinado a una plaza tan grande como Madrid, ponía bajo mi tutela varios cuarteles. De mi experiencia sobre el control de subalternos, cuando se trata ya de comandantes para arriba, deducía que mala táctica es controlarles asidua y estrechamente y mucho más eficaz es hacerlo a distancia y de vez en cuando convocarles para revisar y hacer balance. Conseguí así una ejemplar y relajada relación con mis coroneles, lo que me permitió disponer de tiempo para dedicarme a satisfacer mi recelosa curiosidad sobre el juego político y continuar mis estudios de historia y economía, y muy especialmente acerca de la segunda disci-

plina, pues de la primera ya era un antiguo y fiel cortejador. Complementaba mis estudios con encuentros con expertos, no necesariamente buscados, pero en la vida de relación social a la que me obligaba mi jerarquía o a la que accedía Carmen por su gusto, frecuentemente se me ponían a tiro hombres de la economía práctica o de la teoría económica. Recuerdo una conversación con el entonces director del Banco de Bilbao, entidad en la que Carmen tenía unos ahorrillos y cómo a partir de aquella conversación inicial, el buen hombre se prestó a cuantas consultas le hice. Aprendí mucho de aquel trato y me sirvió para poner las bases de la política económica durante la cruzada y de todo lo que aprendí retuve una máxima: en economía hay que hacerse pagar un poco más de lo lógico pero sin llegar nunca a lo ilógico. Sabio consejo. En los primeros años de la cruzada sólo podíamos exportar vino de jerez y wolframio y eran los ingleses clientes principales de lo uno y de lo otro. Subí el precio de la libra de 36 a 38 pesetas y me vinieron los economistas con el grito en el cielo, dentro del debido respeto, pidiéndome que la subiera hasta el doble. Hay que aguantar este tope. Las ganancias locas de hoy pueden ser pérdidas irreparables mañana. Con el tiempo me dieron la razón.

Mi preocupación por las cuestiones económicas no sólo me forzó a estudiar la cuestión, sino también a debatirla, a veces al más alto nivel. Por ejemplo, yo estaba de vacaciones en Gijón en 1929 y también veraneaba allí Primo de Rivera, quien me invitó a almorzar en compañía de Calvo Sotelo, el brillante ministro de Hacienda. Ésta es la mía, me dije y le pregunté su opinión sobre la medida de enviar a París quinientos millones de pesetas oro para revalorizar la moneda, medida con la que no estaba de acuerdo, porque yo siempre he sido partidario de acumular oro y divisas, pero no por tenerlas, sino para poder invertir. Calvo Sotelo era algo prepotente y me miraba por encima del hombro, para finalmente desestimarme algún juicio entre la ironía y el desdén. «Mire, Calvo —le dije—, le voy a poner un ejemplo. Supóngase que ahora llega el gobernador del Banco de España y en un aparte le dice: "Señor ministro, nos hemos dado cuenta de que el oro que tenemos en el Banco de España no es tal oro, sino pedruscos." Usted se pondría lívido, el general Primo de Rivera se lo notaría y al final se lo referiría al gobierno. Entonces exigirían la máxima reserva a las personas informadas. «No dormirían esta noche...» «Pero ¿qué tonterías está usted diciendo?» Estalló Calvo, pero yo no perdí la calma, me limité a mirarle fijamente y continué: «*Nada de tonterías, al día siguiente comprobarían que no había pasado nada, ni al otro..., pronto pasaría el disgusto. En resumen, más que tener reservas oro, aquí o en París, lo importante es invertir, en este caso invertir esos quinientos millones en maquinaria industrial para revalorizar las posibilidades económicas de España en vez de cambiarlos en París, pues a ese paso se van a vaciar las arcas del Banco de España.*» *Calvo quedó molesto, pero pensativo. Creo que el tiempo me dio la razón.*

Comprendo la estupefacción de Calvo Sotelo ante el general sabelotodo, capaz de discutirle sus procedimientos para conservar la cotización de la peseta y en cambio años después capaz de comentar que la dictadura de Primo de Rivera entre otras causas cayó por la depreciación de la peseta, mal contemplada por la oligarquía financiera española, defraudada ante una política económica de efímero éxito entre dos crisis mundiales, la que comenzó y la que acabó la década de los años veinte. Debió ponerle usted nervioso general, con su vocecilla ya entonces demasiado suficiente, asombrados quienes le conocían por los ataques de logomaquia con que les obsequiaba sobre los temas más diversos, salvo cuando estaba presente su señora esposa, general, presencia que casi le enmudecía, como si se sintiera inseguro ex alumno de academia de barrio frente a aquella muchacha educada por institutrices extranjeras. Años después sus ex ministros del Opus más audaces llegarían a opinar que la economía no era su fuerte, lo siento, general, después de tanto acarreo de libros en su famosa maleta. Los historiadores están diciendo que su pensamiento económico se reducía a un retrógrado intervencionismo estatal autoritario, ni siquiera planificador, desde la prevención de que la democracia frena el progreso económico. Esto lo sostenía usted todavía en 1955 cuando era obvio que la Europa arruinada por la segunda guerra mundial emergía de sus cenizas sin privarse del sistema democrático.

Don Natalio siguió presente en mi vida después de la victoria y de mi instalación en El Pardo. Era un político a la vieja usanza, más del siglo XIX que del XX. Tenía una cabeza que parecía un archivo pero su conversación era tan rica como divagante: frases ingeniosas aunque no siempre dentro de una lógica trabada. Yo escuchaba, pero cada vez me sentía más seguro en mis intervenciones, a la vista de que tras las seguridades aparentes de mucho pedante sólo quedaba lo rotundo de su voz y lo de su real saber o sus argumentos. Yo seguía pendiente de la definitiva liquidación de la guerra de África, donde Sanjurjo había escogido Goded como jefe del Estado Mayor General del Ejército de operaciones en Marruecos y así el tándem Sanjurjo-Goded apareció como el definitivo ganador de la guerra, mientras Primo de Rivera y Pétain acordaban los términos finales de la pacificación. Yo tanto en Madrid, como en El Ferrol, Toledo o Asturias recibía homenajes y calificativos de caudillo ilustre que lejos de envanecerme más bien me entristecían por lo lejos que estaba de escenarios determinantes para una carrera militar y de real servicio a la patria. Tuve a mi lado a Pacón desde 1927 hasta su jubilación y con él iba a las reuniones de la Gran Peña con otros generales de guarnición en Madrid. Así recuperé a Millán Astray, Varela, Orgaz, Mola y Vicente Rojo, de inferior graduación, pero militar muy bien dotado, aunque luego prestara su ciencia y su arte militar a la funesta causa de la república.

Morriña de guerra, pero alegría de padre, porque fue en este período cuando nació nuestra hija Carmen, «Nenuca», el 14 de septiembre de 1926, a las nueve y media de la mañana, en la casa de los Polo de Oviedo, Uría, 44. Los padrinos de la niña, bautizada en el templo parroquial de San Juan del Real con los nombres de María del Carmen Ramona Felipa María de la Cruz Franco Polo Bahamonde Martínez Valdés, fueron mis cuñados Felipe y Ramona, y aquella niña en cierto sentido, aunque algo retardado el descubrimiento, llegó con un pan bajo el brazo, nada menos que uno de los sueños de mi vida: el nombramiento de director general de la Academia General Militar a instalar en Zaragoza, según decreto de la Gaceta Oficial *de febrero de 1927. Primo de Rivera me llamó para ofrecerme el nombramiento pero yo, a pesar de mis secretos deseos, opuse resistencia, convencido de que Millán Astray tenía más méritos y conocimientos que yo para asumir la dirección. El dictador reunía motivos de preocupación por los brotes de indisciplina que habían aparecido en el arma de artillería, por la intentona golpista grotesca de Sánchez Guerra y por el relajamiento de los mandos militares una vez roto el espinazo del dragón africano y me convenció de la necesidad de pensar en una nueva oficialidad bien formada por profesores que les transmitieran la experiencia triunfal y optimista de la guerra de África. «Nadie admira tanto a Millán como yo, pero mi candidato a dirigir la Academia es usted y le advierto que es también el candidato del rey.» Era el definitivo adiós a participar activamente en el final del combate africano y por eso hice un último viaje a Marruecos para despedirme definitivamente de mis caballeros legionarios. Pero desde el recuperado escenario africano, con los ojos vueltos hacia la península y mi nuevo destino, comprendí que no hay mal que por bien no venga y que la dirección de la Academia me convertía en pigmalión de promociones y promociones de oficiales.*

Vuelve a producirse un cierto paralelismo viajero entre usted y mi linaje, general. En torno a 1928 mi abuelo de tanto cercar campos cae enfermo, por lo que reclama la presencia de mi padre para que se ponga al frente de tan duras propiedades. Mi padre detesta el oficio de cavador, ha leído algunos libros, ha perfeccionado su letra, ha colaborado en la impresión de algún panfleto, en cierto sentido se ha marxistizado y teme que a su vuelta sea reclamado como prófugo y castigado, pero puede más la llamada del linaje y regresa para no volver a Cuba, aunque siempre la añorara y ya viejo, en cuanto el invierno oscurecía aún más este oscuro interior de la calle Lombía, musitaba como una letanía: lo mío es el trópico. Mi padre regresa, trabaja las tierras mientras moviliza alguna influencia secundaria en Madrid para que le alivien la declaración de prófugo y hasta los pobres, general, pueden en Madrid llegar a las alturas siempre y cuando sepan estar en su sitio. Mi tía servía en casa de un proveedor del ejército, creo que de leche condensada, y es conocido el poder que en el ejército tiene la intendencia, por lo que a través de un general de este cuerpo pudo hacer Celso Pombo una mili corta no lejos de sus tierras. Sanado mi abuelo, mi padre puso mili y tierra por medio, consiguiendo pasar a Madrid donde seguía leyendo, trabajando de impresor, estudiando magisterio y relacionándose. Fue entonces cuando conoció tangencialmente a algunos de los fundadores del PCE y él les hablaba de sus experiencias cubanas que no se tomaban nunca demasiado en serio, porque ni izquierdas ni derechas, en general se han tomado nunca demasiado en serio los vínculos americanos. Una tarde del día de Santa Lucía, patrona de las modistillas, mi padre y mi madre se encontraron en un merendero próximo a la ermita de San Antonio de la Florida. Mi madre era aprendiza en el taller de doña Consuelo Nieva, vestidora de gente principal y había refinado sus orígenes agrarios y pescadores murcianos a base de entrar por las puertas traseras de muchos caserones del barrio de Salamanca. Mi padre tenía palique y era desconcertantemente rubio. Mi madre tenía gracejo y una tendencia a la huida hacia adelante que jamás pudo cumplir. Ante el malhumor de mis abuelos maternos, juntaron sueldos y cuerpos en un subsótano de la calle de la Escalinata, a dos pasos del palacio de Oriente, en un subsuelo cercano al escenario del final de la monarquía. A fines de 1930 mi padre se afilió al PCE y mi madre siguió siendo ferviente partidaria de Raquel Meller y Luisita Esteso. Mi padre seguía leyendo reducciones de Lenin y mi madre novelas de María Teresa Sesé. Pero muchos años después, ella siguió conservando sin miedo su memoria roja y mi padre la escondió en un cajón, con sus libros malditos, tras una doble pared de este piso de la calle Lombía, de mis abuelos, en el que yo nací casi de penalty el 27 de julio de 1930. Me llamé Marcial a secas, hasta que me obligan a bautizarme en 1939 para no constar como hijo natural. Yo también tengo varios nombres: Marcial, Celso, Evaristo Pombo Larios Tourón, dentro de lo que cabe.

LAS AFINIDADES NUNCA SON ELECTIVAS

MI ESTANCIA EN ZARAGOZA al frente de la Academia Militar entre 1928 y 1931 fue de los mejores períodos de mi vida, no sólo por el interés que despertaba en mí responsabilizarme del alma castrense de los futuros oficiales de nuestros ejércitos, sino por la acogida extraordinaria que me dispensó la capital de Aragón. La instalación de la Academia fue considerada como un bien patrimonial que iba a dar fisonomía y carácter a la ciudad, por lo que el alcalde Allué Salvador cedió los generosos terrenos del campo de San Gregorio y provisionalmente me instalé en el cuartel del Carmen, junto a la histórica puerta desde donde Agustina de Aragón dirigió el fuego contra las tropas invasoras napoleónicas. Aquello no era un hogar para Carmen y para la niña y comprendiéndolo así, el municipio me cedió un apartamento en un barrio nuevo, junto al templo de Santa Engracia, que pronto fue muy visitado por los hermanos de Carmen, Felipe y Zita, hasta el punto de que Zita se instaló casi perennemente a nuestro lado y fue una de las jóvenes más festejadas y admiradas por la buena sociedad aragonesa. Hice varios viajes al extranjero para documentarme sobre las innovaciones en la enseñanza militar y me sorprendieron gratamente los avances franceses que capté en la escuela de Saint-Cyr, dirigida por el glorioso Pétain y nuestro reencuentro fue el origen de una amistad que no rompió el mal trato que la historia dio al ejemplar mariscal. Como siempre me admiré de la precisión del conocimiento militar de los alemanes tras una visita a la Infanteriaeschule de Dresde, pero aquella Alemania reducida por los aliados a un ejército de cien mil hombres poco podía competir, 1928, con el despliegue brillante del ejército francés. No obstante, en mi visita al centro de entrenamiento de oficiales dirigido por el general Von Seeckt ya pude darme cuenta de que el espíritu del militarismo prusiano no había muerto y por eso no fue una sorpresa para mí aquel fulgurante avance de las tropas hitlerianas de 1939. *Una cultura militar no se improvisa y aunque pase por períodos de vencimiento, incluso de vejación o casi aniquilamiento, más tarde o más temprano emerge, reflexión que tantas veces yo había empleado para esperar el resurgimiento del pasado esplendor militar de España. He de decir que sin ser inútiles los viajes, no añadieron gran cosa a esa gran escuela de saber militar que es la guerra y dentro de la precariedad de nuestros medios, las guerras de África nos habían hecho sustituir a veces el poder por el valor y la imaginación. De regreso a Zaragoza convoqué los exámenes de ingreso a la Academia y el 25 de julio emití un veredicto que pareció duro: de 785 aspirantes sólo 215 aprobaron el examen de ingreso. Lo primero que hice fue enfrentar a estos 215 cadetes a un decálogo que yo elaboré a partir de mi experiencia de estirpe, de ser humano y de militar:*

1. *Tener un gran amor a la patria y fidelidad al rey, exteriorizado en todos los actos de la vida.*

2. *Tener un gran espíritu militar, reflejado en su vocación y disciplina.*

3. *Ser fiel cumplidor de sus deberes y exacto en el servicio.*

4. *No murmurar jamás ni tolerarlo.*

5. *Hacerse querer de sus inferiores y desear de sus superiores.*

6. *Ser voluntarioso para todo sacrificio, solicitando y deseando siempre ser empleado en las ocasiones con mayor riesgo y fatiga.*

7. *Sentir un noble caballerismo, sacrificándose por el camarada y alegrándose de sus éxitos, premios y progresos.*

8. *Tener amor a la responsabilidad y decisión para resolver.*

9. *Ser valeroso y abnegado.*

10. *Unir a su acrisolada caballerosidad constante celo por la reputación.*

Si en el pasado yo había sido muy crítico sobre el uso de las recomendaciones, apliqué este criterio taxativamente en cuanto se puso en marcha el mecanismo de exámenes de ingreso en la Academia Militar de Zaragoza. Si los examinandos no estaban a la altura exigida, fueran hijos, hermanos, primos, ahijados, sobrinos de quien fuera, no eran admitidos. La única recomendación que tuve en cuenta fue la de la muer-

te en combate: todos los hijos de militares muertos en combate tenían una plaza asegurada, como herencia moral que recibían de quien les dio la vida y en cambio estuvo dispuesto a perder la propia en beneficio de la patria.

Puedo presumir de que de las tres promociones de la Academia de Zaragoza, un 95 por ciento de sus integrantes lucharon por nuestra causa durante la guerra civil de liberación. Era subdirector de la escuela el coronel Campins, fusilado en 1936 por no sumarse a nuestro alzamiento nacional, pero he de decir en su honor que durante la etapa de la Academia fue un espléndido colaborador y su esposa Dolores Roda una de las más simpáticas amigas y colaboradoras de Carmen en la formación de un núcleo social que abrió la oficialidad de la Academia a lo más notable de la sociedad zaragozana. Otros profesores de la escuela son nombres que hoy aún figuran en nuestra historia militar y en nuestra historia, como los generales Monasterio, Alonso Vega o Franco Salgado Araujo, el inevitable Pacón. Época de formación por cuanto Primo de Rivera, en tantas cosas adelantado a su tiempo, había suscrito a una serie de oficiales de alta graduación al Bulletin L'Entente internationale contra la Troisième Internationale, *órgano de lucha contra la penetración del comunismo en los cenáculos militares y yo escribí algunos artículos para la* Revista de tropas coloniales. *Los cadetes crecían rectos y a salvo de las dos grandes plagas de los centros de formación militar: las novatadas y las enfermedades venéreas. Estos dos demonios enemigos del espíritu militar me obsesionaban desde mis tiempos de cadete y puedo decir que allí donde yo tuve puestos de mando no hubo ni novatadas, ni sífilis, ni comunismo y así pude decir en mi discurso a los cadetes de la Academia el 14 de julio de 1931: «Las enfermedades venéreas que un día aprisionaron, rebajándolas, a nuestras juventudes, no hicieron su aparición en este centro, por la acción vigilante y la adecuada profilaxis.» Que se entienda como se quiera, pero allí donde yo mandé y pude imponer unas determinadas normas sanitarias, no hubo sífilis, ni la habrá.*

Daba gloria ver a mis cadetes y daba gloria ver a Zita, posando para Sangroniz, un gran retratista zaragozano de la época o paseando conmigo a caballo, en compañía de los Urzáis o de otros ilustres patricios de la ciudad. Si nuestros salones se abrían a lo mejor de Zaragoza la ciudad nos correspondía y eran frecuentes las invitaciones a casa de los Urzáis, los Jara, los Valenzuela (familia del malogrado jefe de la Legión), los Llobet, los Portolés. Frente a la realidad y al mito del ensimismamiento endogámico del ejército, yo practicaba una política de relación en la que Carmen era una figura esencial, joven pero experta por cuanto había vivido entre el patriciado de Oviedo. Fue en casa del interventor de Hacienda Lope Onde donde conocí a un joven abogado con ambiciones políticas, Ramón Serrano Suñer, amigo personal del hijo del dictador, José Antonio Primo de Rivera, de alto nivel cultural e ideas tan regeneracionistas como las mías, hasta el punto de que, venciendo mi tendencia al recelo hacia el político, tenga la edad que tenga, hablé muy favorablemente a Carmen de Serrano Suñer y pronto fue un habitual de nuestro salón, tanto que no podía ser fruto la frecuencia de la fecundidad de nuestra conversación y así Carmen descubrió que Ramón venía más por Zita que por nosotros. Carmen siempre ha admirado a los hombres elegantes y convincentes en sus argumentaciones y a lo largo de más de cincuenta años de convivencia sólo he visto otro caso de impacto como el causado por Serrano Suñer y fue el conseguido por López Bravo, ministro de Industria en el gobierno del verano de 1962. Carmen escuchaba a Ramón con deleite y a veces interrumpía mis discrepancias para dar curso abierto a la dialéctica fina del abogado: Calla, Paco y deja hablar a Ramón. Y yo lo hacía a gusto, porque era consciente en aquel momento de mi vida que llegaría algún día en que no todo podría resolverlo mediante un decálogo para cadetes o para oficiales. Por cierto que Ramón Serrano Suñer, ya con la confianza que le dio ser aceptado por Zita, por Carmen y por la familia Polo, años después, en una sobremesa de nuestro piso madrileño de la calle Jorge Juan, me criticó el decálogo de los cadetes de Zaragoza. «Está lleno de reiteraciones, Paco.» La vida militar, pensé, está llena de reiteraciones. Pero no se lo dije, porque Serrano se creía tan sabio que había que tomarlo o dejarlo, y era de la familia. Más insoportable me pareció otro intelectual amigo suyo, Jesús Pabón, un sabiondo que me discutía las batallas napoleónicas como si él fuera un estratega y yo un aprendiz de polemología. Con el tiempo fue un buen colaborador en mi política cultural y aprendió a escucharme. Volviendo a mi relación zaragozana con Serrano he de decir que me sorprendió su antimonarquismo que yo atribuía a que era descendiente de uno de los presidentes de la I República, el catalán, Estanislao Figueras, pero que él me razonaba intelectualmente, recurriendo a citas de diferentes teóricos de la política, Ramón siempre ha sido muy leído, y compartía opiniones con José Antonio Primo de Rivera, futuro fundador

de la Falange Española. Serrano había sido un estudiante bri-
llantísimo, hizo toda la carrera con matrículas de honor, se
había destacado como dirigente del movimiento estudiantil y
compartido clases, lecturas y aficiones con José Antonio. Su
antimonarquismo no equivalía exactamente a republicanismo.
Creo deducir, años después, que Serrano, como siempre, no
sabía muy bien lo que quería y podía sacrificar cualquier cosa
al efecto de una frase brillante que le aplaudiera la claca de
intelectuales. En el fondo él se consideraba un intelectual, y
como tal trataba de orientar mis lecturas, casi siempre dirigi-
das hacia la crítica de la sociedad de masas que había crea-
do la revolución industrial y al papel de una democracia igua-
litarista que daba el mismo derecho político al sabio y al
tonto.

Quizá naciera en Zaragoza mi afición a la caza, porque allí
se salía a caballo a por la liebre por los páramos aragoneses
y llegué a ser un experto en este lance. Me complacían sobre-
manera los ejercicios tácticos que consideraba fundamentales
para la formación del cadete. Incluidos los de alta montaña y
el vadeo de ríos, es decir, aplicaba a las enseñanzas todos
los déficits que yo había comprobado en la experiencia bélica
en directo. De vez en cuando Pacón y yo hacíamos algún viaje
a Madrid a evacuar consultas o a Valencia a visitar a mi her-
mano Nicolás, y fue en uno de esos viajes a Valencia cuando
comprobé que a pesar de la lejanía de los frentes de batalla,
yo seguía teniendo baraka. *Viajábamos, Carmen, yo y Pacón*
en mi coche particular, yo conducía, y de pronto me patinó
el vehículo, dio con una rueda en un guardacantón que se
rompió, pero algo mitigó el impulso del coche que tras dar
una voltereta quedó acostado en mitad de la carretera. Eran
otros tiempos y todavía el progreso creado por nuestro movi-
miento no había llenado de coches las carreteras españolas,
por lo que no tuvimos la embestida de otros automóviles y a
pesar del lamentable estado en que quedó el nuestro, pronto
me di cuenta de que estábamos casi ilesos, pero con las puer-
tas empotradas y sin posibilidad de ganar el exterior. Pasa-
ban por allí unos muchachos que nos ayudaron a salir y como
les diera cien pesetas de propina, cantidad fabulosa para la
época, Pacón me llamó la atención por mi esplendidez: «Así
les animo a que sigan siendo tan oportunos y serviciales.»

Cualquier cosa que me pasara ya era noticia. Mi nombre
ya estaba grabado en piedra, en aquella lápida colocada por
el Ayuntamiento de El Ferrol en la fachada de mi casa natal,
el 10 de febrero de 1926: «En esta casa nacieron los herma-

nos Francisco y Ramón Franco Bahamonde, valientes milita-res. El pueblo de El Ferrol se honra con tan esclarecidos hijos a los que dedica este homenaje de admiración y de cariño.» La primera lápida. ¿Cuándo pondrían mi nombre a mi primera calle? Casi inmediatamente. Tantas calles, avenidas, plazas, glorietas, pueblos han recibido mi nombre que no llevo la cuenta, pero sí conservo el recuerdo de la primera calle dedicada entonces al general Francisco Franco, bautizada el 8 de mayo de 1929, en Zaragoza, en el barrio del Arrabal, próximo a las instalaciones de la Academia Militar. Todo parecía sonreírnos. La Academia despertaba admiración a propios y extraños, Carmen era una de las protagonistas principales de la vida social de Zaragoza, yo me sentía admirado y respetado, a la par que aceptado por las mejores familias de la ciudad, la niña crecía feliz y fuerte y la obra de la dictadura de Primo de Rivera había lanzado a España por los cauces de la prosperidad. Demasiado hermoso para ser duradero. Los demonios familiares de la discordia, no sólo permanecían instalados entre los civiles, sino que habían penetrado en el ejército, fruto quizá de las torpezas de Primo de Rivera a la hora de atraerse a la oficialidad. Chocó para empezar con el arma de artillería, arma con poco espíritu integrador, que durante la cruzada se pasaría mayoritariamente a los rojos. Pero el dictador no puso nada de su parte para cortar el pleito con mano izquierda y así se lo había hecho saber durante mi período de mando en Madrid. Pero la herida estaba abierta y la monarquía se convertía en el objetivo de fondo de las fuerzas antiespañolas aunque en primer término parecían apuntar contra Primo de Rivera. A fines de enero de 1929 un supuesto comité revolucionario de Madrid había convocado un levantamiento contando con el apoyo de los artilleros y se esperaba el desembarco en Valencia del político Sánchez Guerra para ponerse al frente de la sublevación que tenía un carácter todavía no antimonárquico, sino constitucionalista, es decir de retorno a la situación anterior a 1923. El rey empezaba a estar cansado de quedar entre dos fuegos y fue retirando su plena confianza en don Miguel, equivocados los dos, según mi criterio, porque de haber sabido ceder el general y de haber confiado en él nuestro rey, de males mayores futuros nos habríamos librado. Pero el cáncer de la desunión estaba en el propio ejército donde jóvenes oficiales como López Ochoa o Fermín Galán no ocultaban su antimonarquismo, el primero escorado hacia la masonería y el segundo hacia el bolchevismo. También daba muestras de re-

publicanismo el general Queipo de Llano y con gran dolor supe que Ramón, mi hermano, no se limitaba a satirizar siempre que podía a Primo de Rivera o al rey, sino que conspiraba abiertamente, aliado con la extrema izquierda anarquista y comunista. Dime con quien andas y te diré quien eres, sabio refrán y Ramón andaba con Rada, su ángel malo y de poco le servía el freno de su mujer de tan dudosos orígenes. Su actividad conspiratoria le lleva a proponer al general Goded que se sume a un golpe que sería algo más que la caída de la dictadura, que significaría la caída de la monarquía. Primo sabe que la conjura va creciendo y sumando a una nueva oficialidad militar con agravios o sin memoria, a los viejos conspiradores constitucionalistas como don Niceto Alcalá Zamora que acaba haciéndose republicano, a los socialistas con los que había pactado, a los anarquistas a quienes había perseguido con rigor. Los anarquistas odiaban muy especialmente al ejército, encarnado en la persona del general Martínez Anido, que para acabar con el pistolerismo no había vacilado en aplicar la «ley de fugas» contra los ácratas. ¿Y los capitanes generales? ¿Y el rey? Primo solicitó por telegrama la adhesión de las capitanías generales y sólo recibió las de Mola y Marzo y en cuanto al rey le volvió la cara porque no quería implicar a la monarquía en la caída de la dictadura. Desde mi observatorio de Zaragoza o mediante frecuentes viajes a Madrid, iba siguiendo los acontecimientos asombrado de que fuera tan fácil que prosperara aquel ejercicio de autodestrucción. Yo comprendía que el dictador se había equivocado al no dotarse de un instrumento político que le comunicara con el pueblo y desde el que pudiera hacer frente a la acción de los politicastros. La noticia era esperada. El dictador dimite el 28 de diciembre de 1929, el rey encarga la formación de gobierno al general Dámaso Berenguer, en un error de elección que precipitaría el desastre y Primo se marcha a Francia en febrero de 1930 rechazando propuestas de dar otro golpe de estado para recuperar la iniciativa. Un golpe de estado ¿contra quién? ¿Contra el rey? Alfonso XIII no se había dado cuenta que el dictador era un dique de contención de represiones interiores y exteriores que a partir de aquel momento se desbordarían y tanto durante el gobierno de Berenguer como el del almirante Aznar, trató de gobernar directamente. Siempre he dicho que ha sido uno de nuestros mejores reyes, pero tuvo mala suerte y peores consejeros en las situaciones límite. Paralelamente al drama del deterioro político del rey se producía el hundimiento psicológico y físico de Primo de Rivera que contrajo una de esas enfermedades que nacen de la sensación de amargura y abandono. A los dos meses de exiliarse en París, muere y desaparece la posibilidad de un retorno político. En Zaragoza yo retenía la ventaja de poder contemplar la política española desde la barrera y desde allí asistí a la caída de Primo de Rivera, su exilio, su muerte y la llegada del gobierno Berenguer. Entonces se acabaría mi tranquilidad con la noticia de que mi hermano Ramón era uno de los jóvenes oficiales más activos en la conspiración contra el rey. Sobre la caída de Primo he de decir que la sentí, a pesar de nuestras pasadas diferencias, pero que comprendí formaba parte del orden lógico de la situación. El general Primo de Rivera no había sabido institucionalizar su régimen y de hecho le dio carácter de período provisional, de etapa de transición, error que yo no cometería años después al dirigir la cruzada de liberación. Yo captaba el sentimiento antimonárquico que se extendía por la sociedad, no sólo entre las clases populares, sino también entre los sectores burgueses y no sólo por la actitud antimonárquica de Serrano Suñer, porque tuvimos una prueba evidente de este nuevo talante social con motivo de la visita que Alfonso XIII hizo a Zaragoza en el verano de 1930. En su visita a la iglesia del Pilar, la reacción del público fue fría y tampoco sus acompañantes tenían muchas ganas de exhibirlo, en cambio fue vitoreado por nuestros cadetes cuando presidió la jura de bandera. Le acompañaba Berenguer y tuvimos un pequeño aparte sobre la situación creada por la marcha de Primo. Él creía que el ejército seguía siendo básicamente monárquico y yo le señalé el recinto de la Academia y me limité a decirle: Aquí dentro sí. Pero a mí me constaba que ni siquiera Sanjurjo estaba dispuesto a jugar fuerte a favor del rey y eso que disponía de un cargo fundamental para la seguridad de la monarquía: director general de la Guardia Civil. A Sanjurjo no le había gustado el comportamiento del rey con Primo de Rivera y a mí tampoco, pero yo lo asumía disciplinadamente y Sanjurjo era muy suyo.

El rey se marchó entusiasmado por el nivel que habíamos demostrado, nivel que nos ratificaría semanas después monsieur Maginot, ministro de la Guerra francés, visitante ilustre que pasó a la historia por haber ideado una línea defensiva potencialmente contenedora de cualquier avance alemán que se reveló inútil ante la guerra relámpago hitleriana. El clima social extramuros de la Academia se deterioraba por momentos y eran frecuentes los lances entre mozos zaragozanos, obreros o estudiantes, y cadetes de la Academia, incidentes casi siempre instigados por socialistas y comunistas que insultaban a nuestros muchachos «chulo, cobarde, m......». Organicé pues una fiesta social de alto rango a la que vinculé a los miembros de la universidad y la mejor sociedad zaragozana, así como a sus hijos, en abierta relación con nuestros cadetes, hijos muchos de ellos de familia de militares. El encuentro fue un éxito, pero era un pequeño esfuerzo positivo frente a la tormenta de esfuerzos negativos que ya se cernía sobre nuestra pobre España. Pacón, con motivo de un viaje a Madrid, fue a visitar a mi hermano Ramón y me contó que su casa se había convertido en un nido de conspiración antimonárquica. «Tiene unas amistades rarísimas y en cuanto toman dos copas, se ponen a cantar La Marsellesa y el Himno de Riego y a dar vivas a la república y gritan abajo la monarquía sin parar». Al gobierno de Berenguer, respaldado tan directamente por el rey se le llama popularmente dictablanda y en efecto fue una caricatura de dictadura, aunque contara como director general de Seguridad a un militar tan experto como el general Emilio Mola, hombre de tendencia republicana pero leal a la monarquía, con capacidad de organización y valor moral, porque si dura fue su tarea velando por el orden público en tiempos de desbordamiento dura sería su decisión de conspirar insistentemente contra la república desde su proclamación el 14 de abril de 1931. Pero no adelantemos acontecimientos, muchachos. Aún estoy en Zaragoza enterándome de la dimisión de Primo de Rivera y golpeado por las noticias que me llegan sobre el frenesí conspiratorio de mi hermano Ramón, que se estaba jugando la vida, la salud, la carrera, incluso la gloria conseguida por la hazaña del Plus Ultra. Me contaron que le habían visto caminar desnudo o sin otra vestimenta que una túnica, mientras hacía públicas declaraciones de anarquismo, nudismo, republicanismo, mesianismo revolucionario militar, más agresivo que la propuesta republicana. La rebeldía de Ramón, su antimonarquismo creciente era causa de preocupación familiar y aproveché un viaje a Madrid para tratar de montar un almuerzo con Pilar, su marido Alfonso Jaraiz y Ramón, a ver si podía hacerle reflexionar, pero no di con él porque estaba viajando por España predicando la buena nueva de la república. Así que le mandé una carta comedida, de hermano mayor, por su bien, recordándole que él siempre había sido un elemento de orden y un patriota y que no se dejara arrastrar por las malas compañías: «Piensa un poco en todo esto, mi querido

Ramón y perdona que primero por ti y luego por el disgusto grande que mamá sufre con las cosas, y que compartimos los demás, te escriba en este sentido.» Su respuesta fue desabrida, panfletaria, provocadora y sus amigos se encargaron de repartir copias, porque, sabiamente, la censura impidió la publicación de nuestras cartas cruzadas. Ramón ya estaba perdido para la causa de la renovación desde un orden y sorprendía que militares de prestigio como Queipo del Llano secundaran sus veleidades republicanas, a sus años, con la misma ligereza que utilizaría para hacerse filocomunista un «señorito aviador» como Hidalgo de Cisneros.

Cuando releo hoy la carta de su hermano aún me parece subversiva y sorprende en personaje tan alucinado, la claridad de ideas que exhibe sobre usted y sus militares africanistas, fanáticos del lema *ascenso o muerte* y una vez ascendidos dispuestos a continuar la conquista colonial pero esta vez a costa de sus propios compatriotas.

«Querido hermano: Recibo atónito tu carta y me asombro de los sanos consejos que en ella me das.

»Tienes formado muy mal concepto de las fuerzas republicanas y excesivamente bueno de las monárquicas y de lo que representa el trono.

»Siguiendo la monarquía en España, ya conoces el rumbo de la nación. La nobleza, que se considera casta superior, en su mayoría descendientes bastardos de otros nobles, viviendo a costa del país al amparo de la monarquía, con delegaciones regias, negocios dudosos, puestos políticos influyentes, y escarneciendo a las clases inferiores —más morales cuanto más inferiores— con sus desenfrenos de todos conocidos. El alto clero y las congregaciones, que tienen su principal apoyo en la dinastía reinante, asfixiando las libertades públicas con sus demandas y desafueros, llevándose en forma directa o indirecta un buen trozo del presupuesto, mientras el país languidece y la incultura perdura por falta de escuelas y elementos de enseñanza, pues en los presupuestos no queda dinero para tan perentorias atenciones. Los príncipes, infantes y demás parientes más o menos cercanos al trono, hacen truculentos negocios con el amparo que les presta el poder. El ejército, que debiera ser servidor de la nación, hoy sólo sirve al trono y, para proteger a éste, se atreve a ametrallar al pueblo ansioso de recuperar su soberanía, atropellada y escarnecida por la dictadura borbónica. Mientras, el ejército se apropia el oficio de verdugo de la nación, descuida su eficiencia guerrera y es tan sólo una caricatura de lo que debiera ser. En cambio, se lleva la tercera parte de los presupuestos nacionales.

»La vieja política, desacreditada, dando origen al golpe de Estado del año 23, llegó a aquel punto de descrédito, gobernando, o mejor dicho, desgobernando las clases monárquicas en cooperación con el poder moderador —por no llamarle absoluto— de ese trono que tanto defiendes.

»En la monarquía no aparecen valores nuevos. Las mismas causas de antaño producirán los mismos efectos. Tras una nueva etapa de desgobierno, funesta, desde luego, vendrá otra etapa de dictadura, que completará la labor de la dictadura anterior, terminando de ahogar todo espíritu liberal y ciudadano y convirtiéndonos en lo que son hoy algunas repúblicas americanas. Los pocos ciudadanos que queden, para no morir a manos reaccionarias tendrán que emigrar, perdiéndose para España los valores que ellos representan.

»Los generales —incapaces— que hoy se agrupan en torno del trono para defenderlo, no llevan otras miras que evitar la llegada de un orden nuevo, en el que por su incapacidad no tendrían puesto decoroso; y para salvar su actual posición privilegiada, defienden a su señor con instinto y dote de esclavos, tratando de poner una vez más el ejército enfrente del pueblo. Esto, que sucedió otras veces, ya no lo conseguirán, y el soldado y el oficial se pondrán al lado de aquél para ayudarle a sacudir sus yugos legendarios y hacer justicia, su justicia, la verdadera justicia, la justicia popular.

»El pueblo paga al ejército y al trono para que le sirvan y no para que lo tiranicen, y cuando se cansa de pagar servidores desleales, está en su legítimo derecho a prescindir de ellos.

»El trono rompió la constitución, que es el pacto que tenía con el pueblo; roto el pacto, al pueblo, sólo al pueblo, corresponde rehacerlo o elegir el régimen de gobierno que le ofrezca más sólida garantía de progreso y bienestar. Un régimen que por evoluciones parlamentarias y no por revoluciones sangrientas consiga que no sea un mito el significado de las tres palabras «Libertad, Igualdad, Fraternidad». Ese régimen no puede ser ya la monarquía, puesto que ha demostrado cumplidamente que sólo satisface sus egoísmos, sin importarle un ardite las necesidades del país.

»El mundo en pocos años ha evolucionado rápidamente. Casi todas las naciones de Europa están hoy constituidas en repúblicas, lo están todas las de América. Los que sentimos el culto de la patria, debemos quererla republicana, única forma de que progrese y se coloque al nivel del resto de Europa, respecto al cual vamos atrasados muchos años.

»Una república moderada sería la solución al actual estado de cosas. Ella atraería a la gobernación del país a la clases privilegiadas sin espantarlas ni ponerlas enfrente, como sucedería con el establecimiento de una república radical. Los elementos más radicales la respetarían, porque verían siempre en ella la posibilidad de evolucionar hacia sus ideales, tratando de ganar puestos en los comicios con su conducta, sus programas y una adecuada propaganda. El país se gobernaría en definitiva como quisiera y evitaríamos la llegada de una revolución que camina con pasos de gigante y que cuanto más tarde más violenta ha de ser.

»Dices en tu carta con un profundo desconocimiento que las izquierdas son averiada mercancía. ¡Mercancía y bien averiada son las derechas! ¡Ya hemos visto cómo se vendían o alquilaban! Lo poco bueno que en ellas quedaba, se ha marchado a la república, por no convivir con tanto profesional de la indignidad y de la falta de decoro. Los partidos monárquicos ¡¡ésos sí que son averiada mercancía!!

»Dices también en ella que si el patriotismo, el deber, la fe jurada, etc.; todo ello debes decírselo al perjuro que olvidó y violó la constitución jurada solemnemente, llevando al país a la bancarrota y a la inmoralidad. Y todo para evitar que se exigieran las responsabilidades de Marruecos, todavía sin liquidar y aumentadas ahora con las de la pasada dictadura.

»Cuando un rey falta a su juramento, los demás quedamos relevados del nuestro. Cuando se ventilan los sagrados intereses del país, los juramentos son papeles mojados.

»Si desciendes de tu tronito de general y te das un paseo por el estado llano de capitanes y tenientes, verás qué pocos piensan como tú y cuán cerca estamos de la república. Quitando el generalato, la mayoría de los jefes y casi toda la aristocrática arma de caballería, el resto del ejército es republicano, las clases lo son también, lo son las de marina, y la oficialidad de esta última, por no ser menos, dio una pequeña muestra de su republicanismo el día 11 de febrero, conmemorando el aniversario de la primera república española.

»Como estoy profundamente convencido de que los males de España no se curan con la monarquía, por eso soy republicano, ¿está bien claro? Creo sería una gran desdicha para España que perdurase la monarquía. Hoy se es más patriota siendo republicano que siendo monárquico, pero claro es, esto es incomprensible cuando la vida que se ha creado uno le lleva a tratarse con las clases aristocráticas y más acomodadas del país, como te pasa a ti.

»Todavía es tiempo de que rectifiques tu conducta y no pierdas el tuyo en vanos consejos de burgués. Tu figura al lado de la república se agigantaría; al lado de la monarquía pierdes los laureles tan bien ganados en Marruecos. Si te gusta una postura más cómoda, más de cuco, siéntete constitucionalista como han hecho muchos políticos viejos, y conviértete en censor de la pureza de las nuevas elecciones y no olvides que se puede ser amigo de la persona del rey —aunque el monarca no lo sea tuyo— y ser un buen republicano. A la república no debe irse por odios, solamente por ideales, y cuanto más amigo se fuere del rey y más favores se hayan alcanzado de él, más mérito tiene ser republicano.

»Siento el terrible disgusto que a la familia le ocasiono con mi actitud, pero la familia debe considerar que el manifestarme su disgusto para que pese en mis decisiones, es una decisión intolerable. En ellas, como siempre, procederé sólo con arreglo a mi conciencia, y el tiempo nos dirá con quién estaba la razón y la justicia.

»Te remito una carta de un amigo que debes leer con calma, y ella te dará una ligera idea de lo que es hoy el ejército y a qué extremos ha llegado. También te servirá, ahora que estamos en la cuaresma, para que hagas un pequeño examen de conciencia.

»Para terminar, un consejo. Ya sé que a los alumnos les dais una educación física maravillosa, que saldrán de la Academia siendo brillantísimos oficiales, pero contemplo con dolor que serán muy malos ciudadanos. Necesitaban clase de ciudadanía, pero ¡mal podéis ser vosotros los que la inculquéis!

»De cuanto me dices no tomo nada, dejo el resto y termino diciéndote que hago y seguiré haciendo lo que quiera, que siempre es lo que me dicte mi conciencia, menos aristócrata y más ciudadana que la vuestra. Si para ello me estorba la carrera, no vacilaré en colgarla y ganarme la vida como ciudadano, consagrándome al servicio de la república, que es en definitiva el servicio de la nación.

»Te abraza tu hermano

RAMÓN.»

Mola, a la sazón director general de Seguridad, me tenía al corriente de las idas y venidas de mi hermano conectando tanto con los sindicalistas anarquistas como con la «burguesía republicana» representada por don Miguel Maura, el hijo de don Antonio, que le había salido tan rana como a nosotros Ramón. Lo que nos temíamos se produjo. Ramón fue detenido por la policía de Seguridad de Mola el 11 de octubre de 1930. Mola en persona me enseñó las pruebas de su trabajo conspiratorio, que iba más allá de una simple relación clandestina con grupos políticos e incluía contrabando de armas y fabricación de explosivos. Fui a ver a Ramón a la cárcel y aunque nuestro encuentro fue fraternal, volví a ver en sus ojos verdes la satisfacción por todo lo que había provocado. Hasta que no se produjo la frustrada intentona revolucionaria de los oficiales Galán y García Hernández, Ramón se convertía en el líder militar del republicanismo y estaba repleto de una dramática autosatisfacción. Visitarle en la cárcel, se recibieron hasta trescientas solicitudes, se convirtió en un referendo de los sectores republicanos del ejército, casi siempre coincidente con los sectores masónicos. Yo regresé a Zaragoza con el corazón destrozado, pero la cabeza clara y allí me enteré de la fuga de Ramón, tan espectacular como todo lo suyo y urdida desde el exterior por su funesto amigo el anarquista Rada. La indignación de Mola le hizo escribir en su libro Lo que yo supe... apreciaciones excesivamente despectivas contra Ramón al que llamaba conspirador de opereta y en cambio se extendía en elogios hacia el capitán Galán que poco después llevaría su intentona revolucionaria hasta las últimas consecuencias: el pelotón de fusilamiento. No contento con su fuga, Ramón dirigió una carta insultante al general Berenguer:

«Excelentísimo Sr. D. Dámaso Berenguer.

»No he perdido ningún territorio ni he producido por ineptitud la muerte de 10 000 españoles. Confié en sus palabras cuando vino a restablecer la constitución en todas sus partes. No fue esto lo que hizo, sino solamente salvar a la monarquía, haciendo caso omiso del sentir popular, hoy más oprimido que nunca.

»Los que de corazón somos liberales sentimos sonrojo al ver la libertad escarnecida y pisoteada. Me habéis encerrado en una jaula de hierro, sin pensar que los gorriones mueren dentro de las jaulas, y pensando en su ofuscación que era de la misma naturaleza que usted, que vivió encantado en una jaula de oro.

»Por salir en defensa de la libertad ciudadana me tuvistéis aprisionado pero nunca amordazado. Mi pensamiento vuela más alto que toda la gloria que para España ganó el Plus

Ultra. *Poco a poco el pájaro rebelde, con su pico, ha quebrado los barrotes de hierro, y todo el orín de los mismos lo ha lanzado al viento para que sirvan de ejemplo al país, que está anhelando romper sus cadenas.*

»Hoy soy yunque y usted martillo; día vendrá en que usted sea yunque y yo martillo pilón.

»Mientras tanto, no olvide que a la libertad he entregado mi vida y que sólo a ella he de servir.

»Si para ello tuviera que ponerme frente a mis amigos de hoy, también lo haría, cumpliendo un penoso deber.

»Salgo de prisiones por la puerta grande, que es la del sacrificio por un ideal. Creo que en estos momentos mi papel se desarrollará en el extranjero.

»Allí intento ir. Si caigo, no importa; mi nombre pasará al martirologio de la libertad. ¿No envidia usted mi camino recto, cuando el suyo se aparta cada día más de la senda liberal!

»Deseo que siga usted cosechando desaciertos en su tortuoso camino de gobernar.

»Que Dios guarde su vida.

RAMÓN FRANCO

»Cavernas Militares, 26 de noviembre de 1930.»

Mi hermano había perdido definitivamente el norte o se lo habían hecho perder. ¿Podrían volverle al recto camino las plegarias que mi madre, cual dolorosa, ofrecía a la Virgen del Chamorro? Kindelán dio la orden de que ningún avión despegara para evitar que mi hermano se fugara por aire. Mi hermano era un alocado pero no tonto y Kindelán tal vez había crecido demasiado. Mientras tanto proseguía la conspiración republicana y Fermín Galán, el oficial de irreprochable actuación durante la campaña de África, al que yo mismo propuse para la laureada, tramó una conspiración ingenua, a iniciarse en Jaca, guarnición irresponsablemente bajo su mando, a pesar de que ya había sido castigado durante tres años en el castillo de Montjuic de Barcelona por sus veleidades antimonárquicas. En Madrid conspiraba una junta revolucionaria de «caballeros» como Miguel Maura, Alcalá Zamora, Casares Quiroga, Fernando de los Ríos y demás ralea y Galán confiaba en que su sublevación fuera la señal para un levantamiento generalizado y una huelga general revolucionaria de respaldo. Galán proclamó por su cuenta y riesgo la república española en Jaca el 12 de diciembre de 1930, a contrapié de los planes de la junta conspiratoria de Madrid, y

*tras detener a sus mandos superiores, inició una marcha tes-
timonial y desesperada hacia Huesca al frente de unos quinientos hombres, bajo la lluvia, con los soldados muertos de
frío y hambre. Yo puse en estado de alerta a mis cadetes de
la Academia por si Galán conseguía sublevar a la guarnición
de Huesca y llegaba hasta Zaragoza. Mola le salió al paso
con tropas enviadas desde Zaragoza, Pamplona, Madrid y Cataluña y en el encuentro hubo muertos y heridos. En primera instancia, Fermín Galán y su cómplice el capitán García
Hernández, trataron de ganar la frontera francesa, pero luego
decidieron entregarse y asumir gallardamente la responsabilidad total de la intentona. Fueron condenados a muerte en un
juicio sumarísimo y ejecutados. La futura república hizo de
ellos unos mártires y la oficialidad más joven, maleada por
los vientos de una mal entendida modernidad, se sintió conmovida por su gesto. Fueron fusilados en domingo y la masonería internacional, cínicamente, reprochó el silencio de la
Iglesia española ante unos fusilamientos cometidos en una
fiesta de guardar. ¿Dónde estaba mientras tanto Ramón? Yo
me temía que estuviera en Jaca, pero en realidad permanecía
escondido y reapareció en una reunión de aviadores conspiradores entre los que estaba, cómo no, el señorito Hidalgo
de Cisneros. Mientras la policía de Mola detenía al comité revolucionario encabezado por Alcalá Zamora, varios aviadores
republicanos y Queipo de Llano en taxi se dirigían al aeródromo de Cuatro Vientos, daban un golpe de fuerza, se apo-
deraban de unos cuantos aparatos y sobrevolaban Madrid,
algunos lanzando octavillas revolucionarias. En el avión que
tripulaban mi hermano y Rada no sólo había octavillas, sino
también bombas destinadas al palacio de Oriente, es decir,
al palacio real. Afortunadamente la Providencia intervino ¿o
fue mi madre desde su oratorio en la ermita del Chamorro?
y mi propio hermano relató en Madrid bajo las bombas dictado al marxista Julián Gorkín lo que ocurrió en aquella peripecia.*

«Me acompaña Rada, que se encarga de hacer el bombardeo. Llegamos sobre palacio. Hay dos coches en la puerta.
En la plaza de Oriente y explanadas juegan numerosos niños.
Las calles tienen su animación habitual. Paso sobre la vertical del palacio, dispuesto a bombardear, y veo la imposibilidad de hacerlo sin producir víctimas inocentes. Paso y repaso de nuevo, y la gente sigue tranquila, sin abandonar el peligroso lugar. Doy una vuelta por Madrid, regreso a palacio y
no me decido a hacer el bombardeo. Si llevara un buen ob-

servador precisaría uno de los patios interiores; pero Rada no es más que un aficionado, y no puedo responder del lugar donde caerán nuestros proyectiles.»

Fracasada la intentona, Queipo de Llano, Hidalgo de Cisneros, mi hermano y otros aviadores pusieron proa hacia Portugal, donde aterrizaron, fueron detenidos y confinados. Mientras ellos escapaban, otra avioneta sobrevolaba Madrid y lanzaba unas octavillas contra los sublevados, cuya redacción me produjo una anormal indignación. Decía: «Un mal nacido, ebrio al parecer de vuestra sangre, robando un avión militar, ha lanzado esta mañana sobre Madrid una hojas excitándonos a la rebelión...» Para qué seguir. Mi hermano podía ser un loco pero no un mal nacido y si él era un mal nacido también lo éramos Pilar, Nicolás y yo. Así que me planté en Madrid y exigí explicaciones por la redacción de la octavilla, tanto a Berenguer, jefe del gobierno, como a Mola, responsable de la seguridad. Me juraron que no eran avaladores de la injuria y que había sido fruto de una operación espontánea de otros dos aviadores, los hermanos Ansaldo, personajes excéntricos e inconscientes que con el tiempo se pondrían también en contra mía. Era público y notorio que el general Queipo de Llano se había sumado a la rebelión de Cuatro Vientos movilizando tropas de infantería y que estaba en Portugal con los demás fugados, síntoma de una gravísima descomposición de la lealtad del ejército hacia el rey. Por otra parte los socialistas habían anunciado una huelga general que no llegaron a materializar y Berenguer se puso tan nervioso que empezó a movilizar tropas de aquí para allí e incluso reclamó la presencia de la Legión en la península, Millán Astray al frente. Por primera vez la Legión era convocada para una acción en España, como un cuerpo de élite al servicio de la seguridad del Estado. No fui yo por lo tanto quien hizo este uso por primera vez al estallar la revolución asturiana de 1934, como aseguraba la propaganda roja que llamaba «africanistas», despectivamente, a los oficiales que nos habíamos formado en la guerra de África.

Ante la sublevación de Jaca yo actué según el mandato recibido. Reaccioné contra un pronunciamiento antipatriótico y si el movimiento de mis cadetes no tuvo un papel activo en la represión del golpe, pude colaborar como vocal del tribunal militar que juzgó a los flecos de la oficialidad implicada en la conspiración. Los juicios se celebraron en Jaca y tuve ocasión de visitar los cuarteles de donde había partido Galán. Las paredes eran el retrato mismo de la corrupción de la moral militar, desde pornografía hasta llamadas a la subversión y expresé a los oficiales que me acompañaban durante el proceso, que si empezaba a pudrirse el ejército eso quería decir que todo el país ya estaba podrido. El oficial de más alta graduación incluido en el último paquete de sediciosos era el capitán Sediles, al que condenamos a muerte, pero como temíamos, fue indultado por el rey, coaccionado por una huelga general que afectó a casi toda España. Fue en este clima de desmoronamiento de las instituciones en el que se produjeron las elecciones municipales del 12 de abril de 1931. Voté a las fuerzas que significaban la continuidad de la monarquía, pero el poder de la CNT en Zaragoza era extraordinario y también allí ganaron los candidatos republicanos. El 13 de abril supe que habíamos perdido, pero jamás imaginé que el resultado de unas elecciones municipales, claramente antimonárquico en las grandes ciudades, iba a considerarse como un plebiscito: monarquía no, república sí. Así se lo tomaron ganadores y perdedores, porque el rey se dio cuenta de que estaba solo y que ni siquiera prosperaba la propuesta de Cambó de un gobierno de salvación nacional. Berenguer me hizo llegar un aviso en el sentido de que conserváramos la calma y estuviéramos atentos a los acontecimientos y mi teléfono empezó a sonar desde todas direcciones, pero sobre todo desde Madrid, donde Millán Astray había perdido algo de su voz de arenga y me decía que pintaban bastos para la monarquía, que Sanjurjo no movería ni un guardia civil en su favor. «¿Tú qué vas a hacer, Franquito?» Yo le contesté que si no se contaba con la Guardia Civil, la suerte del rey estaba echada, eso dije exactamente y no una negativa contundente a sumarme a la defensa del rey, negativa que me atribuyó Mola en su libro El derrumbamiento de la monarquía. *Si Sanjurjo no lo impedía, ¿quién lo iba a impedir?*

Ese rey que tanto le deslumbró desde aquella aparición evidentemente majestuosa tras los ejercicios tácticos de los Alijes, hizo bueno el verbo borbonear a lo largo de toda su vida, desde un mal utilizado instinto dinástico. A los animales les interesa salvar las crías, a los reyes las dinastías. Ese mismo rey que al parecer no quiso mancharse las manos de sangre y escogió el exilio en 1931, ya las tenía sucias al respaldar la política represiva de los Martínez Anido y compañía y las acciones de aquella guerra imperialista encabezada por los caballeros legionarios decapitadores o despeñadores y luego, desde el exilio, le prestó usted avales políticos y estratégicos, porque intercedió ante Mussolini para que le cediera aviones para bombardear a sus queridos súbditos, aquellos cuya sangre al parecer no había querido derramar en 1931. Ese rey borboneador, chulesco, pichabrava había sido contemplado desde una cierta náusea por una nieta de Maura, Constancia de la Mora, adolescente sensible que presenciaba los alardes donjuanescos de su majestad. «Conocí al rey en el Tiro de Pichón, donde éste pasaba muchas horas, llegando allí temprano por la tarde, durante los meses de primavera, y marchándose después de oscurecido. Se sentaba en uno de los palcos, al lado del pasillo de los tiradores, rodeado de sus amigotes, vestidos con cómodas chaquetas de caza, bebiendo y bromeando. De vez en cuando, el anunciador llamaba el nombre del rey para que éste ocupase el puesto de los tiradores. En cada una de aquellas ocasiones había como un segundo de expectación, en espera de que su majestad no errase el tiro; pero éste tenía buena puntería y, casi siempre, mataba el pichón. Se le notaba gran satisfacción cuando regresaba al palco a recibir los aplausos de sus amigotes, puestos en pie; cualquier intruso entre aquella selecta concurrencia hubiera imaginado que el rey de España acababa de conquistar nuevos territorios para su corona. Uno de mis tíos, también buen tirador, era de los más asiduos compañeros del monarca y se le veía inclinarse muchas veces hacia él para contarle al oído un nuevo chiste, algo más subido de tono; hasta que, a la vista de todos, un día, mi tío y el rey terminaron su amistad por asuntos de faldas.

»Iba con frecuencia, acompañada de mi madre o de la madre de alguna de mis amigas, a pasar la tarde en el Tiro. Nunca me pareció aquello un deporte, porque los pichones, al ser puestos en libertad, salían atontados de sus cajas y eran un blanco demasiado fácil para cazadores. Cuando algún pichón lograba escapar con vida, solía caer dentro de la cerca y antes de que emprendiese el vuelo, era recogido y utilizado de nuevo. Pasábamos allí nuestras tardes volviéndonos de vez en cuando para observar al rey o algún tirador que gozase de renombre; el resto del tiempo tomando refrescos o merendando chorizo con patatas fritas. Algunas veces, al anochecer, se organizaba un pequeño baile. Aquello tenía un aspecto familiar, aunque de gran esnobismo, porque los presentes eran siempre los mismos y formaban parte de un grupo muy escogido.

»No recuerdo haber visto a la reina en el Tiro de Pichón. ¡Quizá su temperamento británico no le permitiese presenciar tamaños actos de crueldad con los animales!

»El rey bailaba sin ningún protocolo con las señoras o señoritas presentes que más le agradasen. Ni siquiera se tomaba la molestia de disimular sus gustos ni deseos. Alguna recién llegada a Madrid, extranjera o de provincias, a veces una simple advenediza, que no soñaba más que con pertenecer a aquel grupo elegante, atraía sobre sí las miradas del rey. Lo único que le interesaba al monarca es que fuese bonita. Lo demás le importaba bien poco.

»Recuerdo una tarde en el Tiro, mientras se bailaba, cómo estuvimos observando al rey hacer el amor a una joven casada, de las nuevas ricas, recién llegadas a sociedad. Producía verdadera sensación de náusea ver a aquella joven, tan hermosa, bailando tan cerca de los repugnantes y malolientes nariz y aliento del rey. Todo el mundo en España hablaba de la enfermedad de Alfonso XIII; incluso las muchachas como yo, que no debían de saber nada de la vida, y, sin embargo, aquella advenediza se convertiría en la amante del rey, como tantas otras lo habían sido antes y lo serían después. Y no era ningún secreto, todo el mundo en sociedad hablaba de esas cosas.»

Claro que el testimonio tal vez no le sirva a usted viniendo de quien viene, la primera divorciada de España, separada de un Bolín para casarse con Hidalgo de Cisneros, el señorito rojo como usted le llama, conspirador y futuro jefe de la aviación republicana. Pero usted general, tan austero, debería tener el alma dividida ante el hombre que le había nombrado gentilhombre de cámara, pero que encargaba películas pornográficas a políticos adictos y tan ardientes como él, Romanones y Francesc Cambó, de quien se decía que a veces aprovechaba un descanso en las Cortes para desfogarse un poco. Yo he visto algunos de aquellos films, llenos de gordas hoy día infornicables por una simple cuestión de estrategia volumétrica. Lástima que se haya perdido la obra maestra porno de los cineastas hermanos Baños: *Los polvos de la madre Celestina*. Se dice que Romanones le proyectaba estas películas al rey en las tardes lluviosas de los días de caza, en un exacto cambio de pichones por gallinas viejas. Usted prefirió siempre disparar cuatro, seis mil cartuchos en una jornada cinegética, lloviera o no lloviera, y volver a casa para ver películas de John Wayne.

Y el 14 de abril de 1931 se proclamó la república, más por omisión del rey y de los monárquicos, que por derecho político y electoral de los republicanos. La república llegó sin dispararse ni un tiro, mientras la familia real abandonaba España, el rey en barco, desde Cartagena y la reina y los príncipes en tren, por Hendaya. En aquella circunstancia, aparte de declaraciones de monárquicos segundones y desbordados por las circunstancias, sólo una voz auguró lo que se avecinaba, no sé si desde la lucidez o desde la provocación que anunciaba ya su futura demencia. Fue la voz del cardenal Segura, que desde el púlpito de la catedral de Sevilla, llegó a decir:

«Si permanecemos quietos y ociosos y nos dejamos ir hacia la apatía y la cortedad, si dejamos el camino abierto a los que intentan destruir la religión, si esperamos la benevolencia de nuestros enemigos para alcanzar el triunfo de nuestros ideales, no tendremos ningún derecho a quejarnos cuando la amarga realidad nos muestre que hemos tenido la victoria en nuestras manos pero no hemos sabido luchar como intrépidos guerreros dispuestos a sucumbir gloriosamente.»

Empezaron a salir banderas republicanas de debajo de las piedras. Yo conservé en el mástil la bandera de España, reuní a cadetes y oficiales en el patio de la Academia y ordené a Pacón, como oficial ayudante del día, que leyera el siguiente comunicado: «Proclamada la república de España y concentrados en el gobierno provisional los más altos poderes de la nación, a todos corresponde cooperar con disciplina y sólidas virtudes a que la paz reine y la nación se oriente por los naturales cauces jurídicos. Si en todo momento ha habido en este centro elevada disciplina y exacto cumplimiento en el servicio, aún son más necesarios hoy, en que el ejército necesita estar sereno, unido y sacrificar todo pensamiento e ideología en bien de la nación y de la tranquilidad de la patria.» Luego pronuncié unas palabras en la misma dirección argumental. La república se presentaba mediante un gobierno provisional y la presidencia de don Niceto Alcalá Zamora, político ex monárquico que había cambiado de camisa, quien sabe si por considerarse insuficientemente compensado por la monarquía. Pero la personalidad dominante iba a ser Manuel Azaña, uno de los pocos intelectuales ateneístas interesados por la cuestión militar, hasta el punto de ser autor de un estudio sobre la política militar francesa. Hombre resentido quien sabe si por su fealdad, y soberbio como todos los intelectuales, recibió la cartera de la Guerra y se convirtió por lo tanto en mi ministro, mi más alto superior en el seno del gobierno. Tenía en la cabeza la descatolización y la desmilitarización de España y estas dos ideas iban a ser el origen de la trage-

dia de la guerra de 1936. De sus criterios militares, que el llamaba reforma y nosotros trituración, tuvimos inmediata noticia mediante sus primeras disposiciones: Supresión de las Capitanías Generales y de la graduación de teniente general; supresión del Consejo Superior de Guerra y de Marina; reducción de dieciocho divisiones a ocho; anulación de los ascensos por méritos de guerra y por elección concedidos bajo la dictadura (lo que significaba degradarme de general de división a general de brigada); en los decretos de 23 y 27 de abril de 1931 pasa a la reserva a muchos generales y propone un apetitoso retiro a muchísimos jefes y oficiales y para contrarrestar el efecto de desorden de la trituración del ejército, duplicó el número de miembros de las fuerzas de orden público, en busca de un cuerpo armado defensivo leal al nuevo orden republicano. Sus nombramientos no tenían desperdicio: Sanjurjo, sin duda premiado por su deslealtad al rey, conservaba el mando sobre la Guardia Civil; mi hermano Ramón recibía el encargo de reformar el arma aérea como director general de Aeronáutica y reparte los mandos principales a generales de cartel republicano como Goded, Queipo de Llano, Riquelme, López Ochoa y el masón Cabanellas. Días después solicité ser el defensor del general Berenguer en el juicio político que le montaron los republicanos y me trasladé a Madrid donde llegué el 1 de mayo de 1931, en plena celebración de la llamada Fiesta de los Trabajadores, en realidad manifestación de afirmación de las intenciones subversivas. Allí vi por primera vez en todo su despliegue la imagen de la España roja que se avecinaba, ya rojas las banderas, tantas como la tricolor republicana y revolucionarios los gritos y las demagógicas proclamas.

Pocos días después, el 11 de mayo, una provocación de señoritos y señores monárquicos que al inaugurar el Círculo Monárquico, pusieron a todo volumen la *Marcha real* para que se escuchara en la calle, generó una dialéctica de puñetazos, el intento de las masas de asalto al local y una marcha posterior del gentío hacia los locales de Prensa Española, editora de *ABC*, dispuesto a incendiarlos. Era rumor que su propietario Juan Ignacio Luca de Tena había participado en la trifulca, apaleando a un chófer que había dado vivas a la república. La guardia civil enviada por el ministro de la Gobernación Miguel Maura, impidió el asalto, pero dos tiros perdidos causaron sendas muertes y la indignación creció aquella madrugada y se hizo hogueras al amanecer que fueron dando pasto de iglesias y conventos, vieja catarsis. Siento decirle, general, que al frente de los incendiarios iba el mecánico Rada, provisto de bidones de gasolina de la base de Cuatro Vientos, que había retirado con la autorización del nuevo director general de Aeronáutica, don Ramón Franco Bahamonde. El mismísimo Rada al frente de un piquete fue recibido por una comisión del gobierno impotente pero reunido para constatar su propia impotencia. Azaña se había negado a intervenir contra los incendiarios, frente a la opinión de Maura y los ministros socialistas: «Todos los conventos de Madrid no valen la vida de un republicano.» No les gustó a ustedes la salida de tono de don Manuel, pero meses después, cuando cambiando de criterio y agobiado por la constatación de los resultados de la demagogia, Azaña respaldó la represión contra excesos revolucionarios maximalistas, y tuvo que tragarse la salvaje matanza de Casas Viejas que no había autorizado personalmente, ustedes entonces le denunciaron como represor y verdugo de republicanos. Lo importante era desautorizar a la república, por su demagogia o por su intento de reprimirla. De pensamiento, palabra obra u omisión ustedes la hostigaron desde el mismísimo 14 de abril y apagaron el fuego de la demagogia con la gasolina de la provocación.

Aunque aparentemente las fuerzas más radicales al servicio de la república eran el PSOE (sobre todo el ala ugetista y Largo Caballero) y los anarcosindicalistas de la CNT-FAI, los comunistas del PCE, insignificantes, casi un retén mantenido por el empeño de la III Internacional, pronto se infiltrarían en todas partes y empezarían a ser el principal enemigo cualitativo.

En lo del empeño de la III Internacional estaríamos de acuerdo, general. A mi padre le parecía militar en una vanguardia testimonial que algún día haría posible los sueños de Lenina, porque siguió pronunciando Lenina, según la escritura cubana, hasta hoy, hombre fácil de palabra mi padre, pero desmemoriado para los nombres hasta el punto de reducir, ya en la vejez, Eisenhower a Chenover y Vietnam a Viam. Casi todos los comunistas se conocían a pesar de la clandestinidad y fue en un encuentro de gráficos que se hizo en las afueras de Madrid, más allá de la Casa de Campo, donde conoció al ya viejo Isidoro Azevedo, tipógrafo en sus orígenes y propicio a pegar la hebra con un militante que había aprendido el oficio en Cuba. Don Isidoro y mi padre intercambiaban ensoñaciones cubanas y soviéticas: ¿Y todo el año hace la misma temperatura, Celso? Todo el año. ¡Qué bendición! ¿Así que usted ha visto una comuna, don Isidoro? He visto al mismísimo Lenin, Celso, y muchas comunas y al renegado Trotski al frente del ejército rojo. Mi padre se callaba que conservaba unos escritos de Trotski muy complejos sobre marxismo y psicología, porque estaban en alto las espadas entre los comunistas de Maurin, conocidos como el grupo de La Batalla y los del PCE que en Madrid se cobijaban en la Agrupación Madrileña del PCE. Mi padre recitaba los nombres de los dirigentes de entonces como si recitara la de los reyes godos: Bullejos, Pérez de Solís, Trilla, *la Pasionaria.* Se negó a aceptar de por vida que a Trilla lo habían asesinado sus propios camaradas después de la guerra. Fueron los franquistas. Fue una encerrona franquista. Aquellos dirigentes entraban y salían de la cárcel, porque los gobiernos de transición republicana agrandaban su capacidad de revuelta, pendientes de la gestualidad tremenda de *la Pasionaria,* de unas dimensiones tales para la época que ella sola parecía una manifestación o una huelga. Era tal la debilidad del partido que se quedó casi sin respuesta ante la caída de la monarquía y la proclamación de la república. El responsable de célula a la que asistía mi padre, les leyó las consignas que llegaban de la Internacional que exigían nada menos que quitar a las fuerzas monárquicas su base material mediante la confiscación de los bienes de la Corona, la eliminación de los oficiales monárquicos y la confiscación de las tierras a los terratenientes. Y como segundo paso, por si quedaban fuerzas después del primero, desarmar a las fuerzas reaccionarias y armar a las masas obreras y campesinas. Recordaba el hombre que tras la lectura de las consignas se miraron los unos a los otros y una voz más o menos anónima comentó: No te jode. La voz más o menos anónima fue identificada y castigada con seis meses de suspensión de militancia. A mi padre le gustaba aquella gente y trató de convencerse a sí mismo de que sus discrepancias se debían a que tenía miedo, un miedo sin duda insolidario y de pequeño burgués, lógico en un heredero de la moral de un cantero coleccionista de minifundios y cantonalista.

Pero aquella república «pacífica» iba a enseñarme sus dientes. Para empezar, Azaña me rebajó un grado porque mi ascenso anterior lo había concedido un gobierno «ilegal». Para continuar no se me dejó defender a Berenguer, porque yo no tenía residencia oficial dentro de la jurisdicción militar donde se le juzgaba. Además, el señor Azaña publicaba la Ley de Retiros de militares y otros cuerpos de seguridad del Estado, con el fin, decía, de racionalizar esos efectivos, pero con el objetivo real de triturar el ejército, verbo que utilizó por primera vez el general Mola, obligado primero al exilio y luego a la reserva, en su memorial de agravios:

«Afirmar que ni el decreto de retiros ni la reducción del ejército permanente constituyó la "trituración" no quiere decir que no estuviese en el ánimo del señor Azaña fueran éstos los primeros pasos de ella, y aun es seguro entrase en sus propósitos hacer mucho más de lo que hizo; me afirma en mi creencia, entre otros muchos detalles, el hecho de haber aconsejado a una persona de su intimidad, y hasta creo que allegado suyo, abandonara el servicio activo, porque como sus propósitos eran los de hacer un ejército nuevo de pies a cabeza, estimaba que otros métodos exigían otros hombres, aunque fueran —esto ya es de mi cosecha— de la moral e incapacidad de algunos de los que le rodeaban... Otro paso hacia la trituración fue la supresión de los capitanes generales de las regiones, porque, según opinión expuesta por el señor Azaña en el preámbulo del decreto del 16 de junio de 1931, dichas autoridades conservaban "cierta sombra de los virreyes, como se usaron en tierras coloniales", y la demarcación y elevado rango "no son ya adecuados a la verdadera misión del ejército ni a un sano concepto del equilibrio interno del Estado, y es preciso concluir en lo político y gubernativo, cuando se roza con las fuerzas armadas, una reforma equivalente a la ya realizada en orden a la justicia militar". Y la concluyó de un plumazo, pues quedaron suprimidos la dignidad superior del ejército y el empleo de teniente general, poniendo al frente de las extinguidas Capitanías Generales las cabeceras de las ocho divisiones orgánicas a que había dejado reducido el ejército, y a las órdenes del jefe de cada una de éstas un Estado Mayor tan raquítico que ni podría atender a un desdoblamiento en caso de movilización general, ni tan siquiera al servicio de la propia unidad en pie de guerra.»

En su memorial de agravios, Mola olvida, no sé por qué razón, el decreto de cierre de mi Academia Militar de Zaragoza. Nos dejaron acabar el curso, pero el decreto ya estaba en marcha y el 14 de julio de 1931 arriábamos bandera simbólicamente porque ninguna bandera ondeaba en el mástil al no poder ondear la mía. Pronuncié un discurso que ya es historia y que algunos interpretaron como una declaración de gue-

rra a la república, cuando sólo era un Eppure se muove *a la manera de Galileo contra la sinrazón de su tiempo; como demuestran estos tres fragmentos:*

«Caballeros cadetes: quisiera celebrar este acto de despedida con la solemnidad de años anteriores, en que, a los acordes del himno nacional, sacásemos por última vez nuestra bandera y, como ayer, besarais sus ricos tafetanes, recorriendo vuestros cuerpos el escalofrío de la emoción, nublándose vuestros ojos al conjuro de las glorias por ella encarnadas: pero la falta de bandera oficial limita nuestra fiesta en estos sentidos momentos en que, al hacerse objeto de nuestra despedida, recibáis en lección de moral militar mis últimos consejos.»

«¡Disciplina...! Nunca bien definida y comprendida. ¡Disciplina...!, que no encierra mérito cuando la condición del mando nos es grata y llevadera. ¡Disciplina...!, que reviste su verdadero valor cuando el pensamiento aconseja lo contrario de lo que se nos manda, cuando el corazón pugna por levantarse en íntima rebeldía o cuando la arbitrariedad o el error van unidos a la acción del mando. Ésta es la disciplina que practicamos. Éste es el ejemplo que os ofrecemos.»

«No puedo deciros, como antes, que aquí dejáis vuestro solar, pues hoy desaparece, pero sí puedo aseguraros que, repartidos por España, lo lleváis en vuestros corazones y que en vuestra acción futura ponemos nuestras esperanzas e ilusiones; que cuando al correr de los años blanqueen vuestras sienes y vuestra competencia profesional os haga maestros, habréis de apreciar lo grande y elevado de nuestra actuación; entonces vuestro recuerdo y sereno juicio ha de ser nuestra más preciada recompensa. Sintamos hoy al despedirnos la satisfacción del deber cumplido y unamos nuestros sentimientos y anhelos por la grandeza de la patria gritando juntos: ¡Viva España!»

Póngase en posición ¡descansen!, general, y atienda otros juicios sobre la reforma Azaña y algunas consideraciones sobre su reacción. Ortega y Gasset en su discurso pronunciado en las Cortes se refería a la reforma militar de Azaña como un sueño de todos los pueblos del mundo y afirmaba que había sido realizada sin rozamientos graves, con corrección por parte del ministro de la Guerra y por parte de los militares, que han facilitado el logro de este magnífico proyecto. En cuanto a su discurso, amargo discurso, es cierto, general, de clausura de su querida Academia, ¿por qué se refirió específicamente, y ahora lo silencia, a que usted había suprimido las novatadas? ¿Tan importante era este capítulo como para merecer un lugar de honor en su oración fúnebre o es que usted se consideraba aquel día algo parecido a la víctima de una novatada, la última que iba a tolerar?

Sería inútil el lenguaje para describir la amargura que sentía al terminar el discurso. Casi ni me di cuenta de los aplausos, los apretones de manos, los abrazos de compañeros y amigos. Carmen lloraba en lo alto de la escalera noble, pero yo pude contener las lágrimas que hubieran sabido a victoria a mis enemigos que eran los de España. Hasta esa sal, la sal de mis lágrimas quise negarles. Me consta que Azaña, en su insensatez, estaba exultante por el cierre, aunque consultó a Sanjurjo sobre mi real valer y mis intenciones. Sanjurjo salió del paso a su manera, sin demasiada precisión: «Es un buen general, señor ministro, no es que sea Napoleón, pero dado lo que hay...» ¿También Sanjurjo era un experto en Napoleón? Qué me iba a contar a mí. Recibí una reprimenda de Azaña y me sentía observado y hostigado a distancia por aquel rostro algodonoso y gris, temeroso Azaña de que yo conspirara contra la república, más preocupado por mí que por las andanzas de mi hermano vuelto del exilio y mezclado con Rada en los primeros desmanes públicos, anuncio de los futuros. Envié a Carmen y a mi hija a Asturias; permanecí con Pacón en Zaragoza hasta comienzos de agosto, una vez inventariados y cerrados los edificios de la Academia, y antes de ir a Asturias, a acabar el verano, reflexionar y esperar mi nuevo destino, creí mi obligación pasar por Madrid, presentarme en el ministerio de la Guerra y dar cumplimiento a mi inmediato superior administrativo, el señor subsecretario. Casi al final de un despacho protocolario, en el que nada saqué en claro sobre mi futuro, el propio subsecretario me señaló la necesidad de pasar a saludar al señor ministro. Azaña y yo frente a frente. Allí estaba el hombre que encarnaba toda la tradición antimilitarista y por lo tanto antiespañola, imbuido de sí mismo, distante y a la vez paternalista, instándome a que no me metiera en líos. «Sabe usted muy bien que no me meto, porque me hace seguir por la policía y le darán cuenta exacta de mis pasos.» Se lo dije con una sonrisa y él adoptó aires de gravedad para asegurarme que de ser cierto no era fruto de una orden expresa suya. Hizo referencia crítica de mi discurso de clausura y me despidió amablemente, asegurándome que contaba conmigo, que pronto volvería a solici-

tar mis servicios y me da como ejemplo de conducta negativa el de mi propio hermano Ramón, que «se ha mezclado con agitadores y ya se ha convertido en un problema para la república». En un problema para mi madre, para todos nosotros, para España... pensaba yo, pero me mordí la lengua, me despedí cortésmente y esperé acontecimientos.

Muy pronto había caído en desgracia ante Azaña, Ramón, héroe romántico del golpe de Cuatro Vientos, exiliado no menos romántico en París, donde solicitó la entrada en la masonería, conectó con otros exiliados españoles como Indalecio Prieto o Francesc Macià y recibió dos mil pesetas, sí, dos mil pesetas que usted le envió porque un Franco, ni siquiera un Franco convertido en ángel caído, podía hacer el ridículo en el extranjero. Esas dos mil pesetas representaban la complicidad tribal provinciana con que los miembros estables de las familias meten en los bolsillos del recluta o del pariente en apuros, las monedas que le recuerden el calor del hogar. Es uno de los pocos gestos románticos que le reconozco, general. Ramón se gastó las dos mil pesetas en compañía de otros compañeros de exilio menos afortunados, niño bonito de la pandilla para desesperación de Queipo de Llano que nunca olvidó su más alta graduación y algo molesto por tener que saludar a un separatista como Francesc Macià. En cambio su hermano no sólo no le hizo ascos a Macià sino que se presentó como candidato a las elecciones en las filas de Esquerra Republicana de Catalunya, para escarnio de sus ideas de unidad nacional. Como luego se haría independentista andaluz al lado de Blas Infante e iría predicando en chilaba por los pueblos las raíces islámicas de al-Andalus. Proclamada la república, Ramón era su principal militar victorioso. Rodeado de anarquistas y extremistas de toda condición, Ramón recibió de Azaña el encargo de reforma de la aviación republicana, pero quería ser un tribuno, el Robespierre de la república y exponer en las Cortes todo lo que sabía e imaginaba. El choque con Azaña era inevitable: el racionalista de ateneo frente a un nihilista aéreo, gaseoso. Ramón se echa a los caminos y a la calle. Se le ve tratando de incendiar La Gran Peña, centro de encuentro de tertulianos militares reaccionarios, o dando vales de gasolina a Rada para que contribuya a los incendios de iglesias y conventos que siguieron a la provocación de los monárquicos. Ante los incendios, Ramón comentaría: «Contemplé con alegría aquellas magníficas luminarias.» Enfebrecido inconsciente de que no volvería a ser el héroe preferido de las masas y su crisis afectaría a todas las dimensiones de su vida llevándole hasta el fracaso político y matrimonial.

Fue agradable aquel final de verano del 31, en «La Piniella», en la fresca benevolencia de los veranos del Norte, entre el estudio y la pesca, deporte del que aún no era muy ducho pues aún no había conocido a grandes pescadores como el doctor Iveas o Max Borrell. Seguía atentamente lo que ocurría en la vida política española, en parte porque Pacón merodeaba por la corte y me enviaba cumplidos informes sobre la situación en general y la mía en particular. Se confirmaba la división del ejército entre los militares republicanos y los que empezaban a conspirar con ligereza contra un régimen que aún no se había desacreditado entre las masas. Los militares republicanos se reunían en una tertulia en torno del comandante Menéndez, ayudante de Azaña, y a ella concurrían Vicente Rojo futuro jefe del ejército republicano, Sanz de Arana, Asensio Torrado y también el pobre teniente coronel Valcázar, republicano leal, pero también leal amigo mío que avisó a Pacón de que estaban tramando desacreditarme porque, decían, había administrado incorrectamente los fondos de la Academia Militar: por ejemplo, había regalado gemelos esmaltados con el emblema del ejército a todos los jefes y oficiales. Aquellos gemelos fueron pagados con los beneficios que producía el bar de la Academia y no había tocado ni un real del dinero del presupuesto. La lealtad dividida de Valcázar le costaría la vida, porque a pesar de su republicanismo, su amistad conmigo hizo que los rojos lo asesinaran en una de las sacas de presos de la cárcel Modelo, en noviembre de 1936. Pacón se movía por los cafés céntricos de Madrid: Negresco, la Granja del Henar, Acuarium, Molinero de la Gran Vía, Molinero de las Torres, y pasaba de las peñas republicanas a las monárquicas sin inspirar recelos porque Pacón era entonces la estampa misma de la neutralidad, aunque luego simpatizaría con la Falange. Al parecer, a los pocos meses de la instauración del nuevo régimen ya estaban conspirando contra él militares represaliados como Mola o acogidos a la ley de Azaña, como Kindelán y jefes que aparentemente se movían dentro de la legalidad republicana como Varela, Goded, Muñoz Grandes, jefe de la Guardia de asalto, o el mismísimo Sanjurjo, él, que había dejado caer a Alfonso XIII. Recuerdo que en una de las visitas que hice al ministerio de la Guerra, siempre a la espera de destino, Varela o Goded, no recuerdo cuál de los dos, me dijo que Sanjurjo quería hablar conmigo a propósito de un intento de derribar la república y orientarla hacia perspectivas más moderadas o volver a traer la monarquía. Por cortesía y antiguo respeto, accedí a la propuesta y tuve una clarificadora conversación con Sanjurjo, clarificadora por mi parte, porque él aún no sabía si conspiraba o no conspiraba, si estaba con la república o en contra. Le dije lo mismo que había dicho a Varela y a Goded, que no contaran conmigo, que yo no me sumaba a intentonas alegres y condenadas al fracaso. Por la amistad que entonces unía a Sanjurjo con Lerroux y a éste con el financiero Juan March, pensé que alguna trama civil y económica empezaba a haber tras los conspiradores, pero me indignó mucho que mis compañeros, Varela y Goded, divulgaran por Madrid que yo estaba en el asunto, por lo que les increpé y les llamé la atención sobre sus excesos verbales.

No introduzca usted a don Juan March por la puerta trasera de esta historia. A don Juan se le llamaba con toda justicia el pirata del Mediterráneo. Identificado por sus enemigos, amigos no tuvo, bajo la etiqueta de judío mallorquín, hizo su fortuna como contrabandista de altura, fuera de tabaco o de materiales estratégicos que durante la primera guerra mundial vendía por igual a uno y otro bando, colaborando incluso con los ingleses a hundir barcos alemanes que había cargado con sus productos. Que fuera colaborador de los ingleses no quita que contara entre sus hombres en Berlín nada menos que con el almirante Canaris, futuro jefe de los servicios de Información nazis y que ya en los años veinte consiguiera en España el monopolio del tabaco marroquí, la compañía Transmediterránea y toda clase de negocios legales e ilegales relacionados con el comercio naval. Su ductilidad humana y política le permitía manejar mafias incondicionales, así en Mallorca como en la península y a la vez financiar casas del pueblo a los socialistas. Temerosos de que tras la caída de Primo de Rivera, la república no fuera un socio político proclive, sacó acta de diputado y conspiró contra el nuevo régimen hasta el extremo de que un ministro dijera: O la república acaba con March o March acaba con la república. La premonición del ministro Carner se hizo realidad. Encarcelado en la cárcel de Alcalá de Henares tras la pérdida de la inmunidad parlamentaria, March compró al director de la prisión y se fugó con él al extranjero mientras un periódico de su propiedad, *Informaciones*, titulaba en primera página: Don Juan March abandonó la cárcel de Alcalá para atender la recuperación de su salud.

Por fin, el 20 de febrero de 1932 me llega un nombramiento como jefe de la 15 brigada de infantería y comandante militar de La Coruña. «Vuelvo a casa», le dije a Carmen y aunque ella estaba muy a gusto en «La Piniella» y consideraba mi destino en La Coruña un tanto vejatorio para mis méritos, cumplió con su obligación de sacrificada esposa de un militar, seguirle en sus destinos y en su destino. Azaña, como siempre, me colocó en La Coruña un «defensa marcador», en este caso el coronel de la Guardia Civil, Aranguren, futuro general republicano, fusilado tras nuestra victoria en la guerra. Lo único que me alegraba del nombramiento era que me permitía estar cerca de mi madre, tan martirizada por todo cuanto estaba ocurriendo y sobre todo por la incalificable conducta de Ramón. La vigilancia policial de mis movimientos se incrementó desde mi llegada a La Coruña y se convertía casi en un espectáculo cada vez que yo iba a Madrid por motivos oficiales, muchas veces acompañado por Pacón, que, era de esperar, había solicitado destino en La Coruña para estar a mi lado. Yo me hospedaba en el hotel Alfonso XIII de la Gran Vía y cada noche, antes de irme a dormir, daba vueltas y vueltas por la Gran Vía, Alcalá, Puerta del Sol, calle del Carmen, hablando con Pacón y otros compañeros, regocijado por lo mal que lo estaban pasando los policías que me estaban siguiendo.

Me está saliendo usted un gamberro, con perdón, general. Los militares perseguidos por los servicios de seguridad de la república podían permitirse el lujo de burlarse de la policía, de juguetear con ella, cosa que no pudieron permitirse, pudimos permitirnos los que años más tarde quisimos hablar de política por las calles, de noche, libremente, si estábamos fichados, aunque fuera mínimamente, con su policía política, general, inmune e impune, con derecho a todas las violaciones de los derechos humanos, incluido el de tomar el fresco.

En uno de aquellos viajes, requerido nuevamente por Sanjurjo, pude despistar a mis seguidores y tuvimos un encuentro bajo la conducción de Sáinz Rodríguez, el catedrático monárquico al que conocí en Oviedo que habría de ser ministro de mi primer gobierno de la cruzada. En aquel encuentro Sanjurjo me habló directamente de su intención de sublevarse.

Nada dije a nadie e incluso procuré que nada supiera Pacón, pero Sáinz Rodríguez si es veraz podrá decir que yo contesté a Sanjurjo, claramente, que no, que no me sumaba a la rebelión. El encuentro se produjo en el restaurante Camorra, en la Cuesta de las Perdices, en un reservado y nuevamente vi a Sanjurjo en La Coruña, en un encuentro descaradamente público, protegido por su condición de director general de Carabineros, pero que levantó lógicas suspicacias. Volví a decirle que no y me pareció un absurdo que concretase su rechazo a la república en la persona de Azaña, como si se tratara de derribar a una persona, no a un régimen. Se lió Sanjurjo su propia manta a la cabeza y el 10 de agosto de 1932 se pronunció contra Azaña, *tal como suena. La única unidad militar que se pone a su lado es la de Sevilla y sólo un puñado de reservistas y militares jubilados secundaron el intento auténticamente sanjurjista de apoderarse del ministerio de la Guerra en Madrid. Desde la ventana de su despacho, Azaña pudo ver cómo la respuesta contundente de su guardia militar, reforzada y dirigida por Menéndez, se bastaba para desbaratar la intentona, aunque Azaña estaba en aquellos momentos más preocupado por lo que podía hacer yo, me consta, que por lo que evidentemente no podía hacer Sanjurjo. Azaña no paró hasta conseguir que yo me pusiera al teléfono y le transmití el informe de la total novedad de La Coruña y de las tropas bajo mi mando. Sé que le complació, porque no la entendió, la respuesta que hice llegar a Sanjurjo cuando me pidió que yo fuera su defensor en el consejo de guerra que se le había instruido: «No le defenderé porque usted se merece la muerte, no por haberse sublevado, sino por haber perdido.» No era una simple exposición de moral militar, sino de indignación ante la incompetencia. Azaña pensó que era el momento de dar señales públicas de que yo era un militar republicano íntegro y se montó un viaje oficial a La Coruña acompañando al ministro Casares Quiroga, para que yo tuviera que darle la bienvenida e incluso provocó una foto en la que aparecemos juntos, profusamente publicada en toda la prensa española. Quería separarme de aquellos jefes y oficiales que cuestionaban o bien su política militar o bien a la república como tal. Procuré que aunque nos vieran juntos no nos vieran revueltos y aunque recurrí a toda clase de pretextos para saltarme encuentros protocolarios excesivos, no obstante no pude evitar sentarme en la presidencia cerca de Azaña del banquete que se dio en el Atlantic Hotel, el mismo escenario de mi último encuentro con Sanjurjo. Me ocurrió allí lo que ha ocurrido más de una vez en actos semejantes, que la cortesía del comensal bien educado le obliga a escuchar a veces lo que no puede contestar. Azaña quiso remachar su jugada coruñesa obligándome a tragar en silencio lo que dijo en su discurso: La república es hoy tan estable como el 14 de abril de 1914. ¿Tan ciego era que un año después de la proclamación de la república no se había dado cuenta de que tenía enfrente al poder económico, a la Iglesia, a la aristocracia, al ejército, y no contaba con la incondicionalidad de la izquierda, ni siquiera de los socialistas?*

Vayamos por partes. Ortega y Gasset señaló en *Rectificación de la república*, que el nuevo régimen debía hacer frente a los cuatro poderes dominantes: grandes capitales, la aristocracia terrateniente y monárquica, las jerarquías militares y la Iglesia. Estos cuatros poderes, en mayor o menor medida se pusieron a conspirar y a bloquear la república desde el día siguiente de su proclamación y ahí quedan los testimonios de señores y señoritos monárquicos que lo demuestran, independientemente de la quema o no quema de conventos. De la misma manera se opuso la mayoría de la jerarquía católica a la reforma de la enseñanza implicada en la separación de la Iglesia y el Estado o la aprobación de la ley del divorcio, por más que algunos cardenales, Vidal y Barraquer a la cabeza, tratan de llegar a un buen entendimiento con Azaña. La expulsión del provocador cardenal Segura, expulsión a la que, años después, usted más de una vez se vio inducido porque el cardenal era un loco peligroso, fue utilizada para la satanización de Azaña y sin embargo más error fue quitarles el pequeño sueldo a los curas, medida injusta y agraviadora que fue criticada por muchos republicanos, el mismo Hidalgo Cisneros la desautoriza en sus memorias. En cuanto al gran capital, March es un ejemplo de su disposición y en la historia de la oligarquía financiera española de aquellos tiempos sólo un gran empresario, el vasco nacionalista Sota, permaneció fiel a la república y tuvo que exiliarse. Entre las reacciones especialmente odiosas fue la del señorío latifundista la peor, impugnador de las timoratas reformas agrarias, hasta el punto de poner en la picota la que presentó el cristiano demócrata Giménez Fernández, ministro del bienio negro que se vio acusado de bolchevique blanco y cuando recurrió a las citas pontificias para justificar su reforma, un hacendado extremeño, Díaz Ambrona, le espetó en pleno parlamento: «No vamos a dejar que su señoría nos quite las tierras con las encíclicas en la mano.» El odio a Giménez Fernández estuvo a punto de costarle la vida tras el alzamiento, cuando un grupo de señoritos falangistas de Jerez quiso fusilarle en un dramático allanamiento de morada que volvió loca a su mujer. Un hijo del catedrático católico andaluz comentaría años más tarde que su padre se libró del fusilamiento porque los señoritos de Jerez estaban borrachos. No se tenían en pie, ni estaban en condiciones de disparar contra el blanco de un bolchevique blanco.

Azaña se jactaba de que España había dejado de ser católica y de haber «triturado» al ejército reaccionario. Su soberbia podía convertirse en mera insensatez y provocó que frente a las asociaciones masónicas y comunistas de militares republicanos, inspiradas en el mal ejemplo de Queipo de Llano, Fermín Galán, mi propio hermano o Hidalgo de Cisneros, apareciera la Unión Militar Española formada por núcleos de militares sanos en todas las guarniciones. Pude darme cuenta de su coordinación durante mi etapa posterior como jefe de Estado Mayor y aunque el coronel Galarza mantenía los contactos desde Madrid, los militares más activos eran Mola y Kindelán. Si era público y notorio que Mola estaba en contra de aquella república a pesar de ser republicano y que mantenía esta actitud desde el 14 de abril, Kindelán aún era un caso más escandaloso de conjurado, porque se apartó del ejército tras la proclamación del nuevo régimen y volvió del extranjero con el exclusivo fin de conspirar para la restauración monárquica, hiciera lo que hiciera Sanjurjo, el líder militar monárquico natural. En mis conversaciones con Galarza quise que quedara bien claro que mi apoyo a la UME no podía interpretarse como antirrepublicanismo, sino como medida precautoria para que el ejército no cayera en manos de rojos y masones destructores de la propia república. Muchos miembros de la UME así lo entendían, aunque los sucesos de Asturias y Cataluña de octubre de 1934 nos pusieron en estado de alerta y de pesimismo sobre el futuro de un régimen que no respetaban los propios republicanos. Si ellos habían traído el sufragio universal, ¿por qué se sublevaron en octubre de 1934 cuando ganó el centro derecha representado por Lerroux y Gil Robles? Para aquellos republicanos, la república era un pretexto para la subversión, la ruina de España y la futura implantación de la dictadura del proletariado. Fuimos los militares quienes salvamos a la república de 1934 y sólo recibimos el recelo general como respuesta y

Azaña se había dejado arrastrar por aquel intento de golpe de izquierda antidemocrático. ¿Qué autoridad moral le quedaba a aquel hombre que me había dicho en La Coruña, poco después de la «sanjurjada», que la república era tan fuerte como el 14 de abril?

No se pase reprochando a las izquierdas su mal perder de 1934, porque monárquicos y derechistas en general estuvieron conspirando contra la república desde el mismo día de su proclamación el 14 de abril y Sáinz Rodríguez, quien fuera su ministro durante la guerra, lo confiesa en *Testimonios y recuerdos*. Monárquicos reaccionarios como el propio Sáinz Rodríguez, Goicoechea, Calvo Sotelo, el conde Rodezno, se ponen en contacto con Mussolini a través de Italo Balbo y alcanzan el acuerdo de que si en España se produjera un alzamiento, el fascismo italiano lo apoyaría. Dice el erudito Sáinz Rodríguez, futuro fugitivo del terror franquista y especialista en místicos españoles: «Este documento lo negociaba yo con Carpi, con autorización y en nombre de Goicoechea, Calvo Sotelo y Rodezno. Cuando Carpi me dijo:

—Bueno. Esto ya está conforme y hay que firmarlo.

Eran las ocho de la noche. Fui al Congreso y a Rodezno me lo encontré en la entrada: firmó el documento apoyándose en el anca de uno de los leones que hay en la puerta...» Los otros conjurados lo firmaron en distintas dependencias del Congreso, del nuevo Congreso que reflejaba la soberanía popular republicana.

A veces he reconocido la inteligencia de Azaña, prueba también de que la inteligencia conduce a la prepotencia, a la soberbia y sólo desde la soberbia ignorante e insensible hacia lo que pasaba a su alrededor, podía Azaña haber pronunciado una frase como aquella. La indignación militar, el alerta de la Iglesia tras la expulsión del incordiante cardenal Segura y la quema de iglesias y conventos ya referida, el malestar por la reforma agraria que afectaba por igual a los que la consideraban excesiva como a los que la consideraban alicorta, se unió a la indignación producida por la represión de Casas Viejas contra una familia anarquista, seis muertos cuya sangre caía sobre una república supuestamente de izquierdas. Por otra parte la derecha política salía de su sueño sanjurjista y se reorganizaba en torno a Lerroux y a Gil Robles, un joven político creado por Ángel Herrera, jefe de la Asociación Nacional de Propagandistas, hombre fuerte de la Acción

Católica, muy conectado con la política del Vaticano entonces dirigida por el versátil Pío XI. Al mismo tiempo, tras la ascensión del fascismo italiano, empezaba la del alemán, allí llamado nacionalsocialismo y con su propia peculiaridad, pero sin duda emparentado ideológicamente con aquella respuesta anticomunista, nacionalista y antimasónica que fue el fascismo italiano. Si Azaña no veía claramente que la república ya no podía ser la del 14 de abril, sí seguía empeñado en que yo era un peligro y para compensarme de mi lógica indignación por haberme rebajado el puesto de escalafón en el generalato, lo que me impedía ya de por vida acceder a general de división, es decir, cortaba mi carrera militar en plena madurez, me nombró comandante general de las Baleares. Era un ascenso formal y un destierro virtual, tan clara esta relación que hasta los socialistas especularon con mi posible negativa a aceptar el nombramiento: «Franco dirá que no», pronosticaba Largo Caballero en sus cenáculos, pero Franco dijo que sí, porque Franco seguía siendo un jefe disciplinado y no había alternativa clara a la obediencia al poder civil, aunque por un momento estuve tentado a dejar el ejército y pasarme abiertamente a la política, abiertamente, no conspirativamente. Mi estancia en las Baleares entre febrero de 1933 y septiembre de 1934 tuvo un fuerte carácter profesional, aunque yo seguía en contacto con compañeros de la península que ya estaban trabajando en la UME (Unión Militar Española) frente a la UMR (Unión Militar Republicana). Goded y Varela conspiraban, Mola y yo estábamos informados pero no implicados y la UME a todos los efectos era una simple asociación de defensa contra la desvirtuación patriótica, nacionalista del ejército, frente a la desvertebración que implicaba la masonería, el comunismo y los separatismos vasco, gallego y catalán. Pero en Mallorca tenía que demostrar que Franco era ante todo un jefe profesional, por lo que me dediqué a recorrer todas las Baleares, palmo a palmo, censando sus déficits defensivos, que eran todos y corrigiéndolos, hasta el punto de que las nuevas estructuras de defensa que yo creé en Mallorca nos fueron muy útiles durante la guerra para rechazar la intentona de recuperación republicana dirigida por el coronel Bayo, futuro instructor militar de los guerrilleros de Fidel Castro, y a su vez las mismas estructuras que yo creé en Menorca permitieron conservar la isla a los rojos durante la cruzada. De mañana temprano nos íbamos de inspección Pacón y yo, otra vez mi primo a mi lado, bien fuera en coche, bien a caballo, y nos llevábamos las viandas humildes y sa-

brosas que nos había preparado Carmen. Recuerdo que en una de aquellas excursiones de inspección nos cayó encima un aguacero interminable y tuvimos que refugiarnos en un bar de pescadores de Pollensa. Tan mojados estábamos que los pescadores nos cedieron sus prendas mientras se secaban las nuestras, porque proseguía la tempestad en el cielo, la tierra y el mar. Gentes sencillas. ¡Cuánto me emocionaban aquellos contactos con el pueblo sencillo y llano! ¡Cuántas veces he pensado que algunos de aquellos pescadores fueron luego sacrificados en la vorágine purificadora de nuestra cruzada, mal llevadas sus conciencias por la propaganda roja antipatriótica!

La compañía de Pacón me servía para protegerme de malas compañías militares porque no sólo he de reprochar a la república el cierre de la Academia de Zaragoza, medida para descabezar al ejército del pasado y al del futuro, sino que aunque aparentemente los republicanos me daban cargos en correspondencia con mi jerarquía y mis dotes, siempre me colocaban, o trataban de hacerlo, segundos que eran masones. En Palma de Mallorca al teniente coronel Redondo, después a Garrido de Oro y en Canarias se convirtió en mi sombra el coronel Villanueva. Redondo era el más inocentón de los tres y un día le pregunté que por qué se había hecho masón y me contestó que porque era teósofo. Más peligrosos que los masones empezaban a ser los comunistas, todavía escasamente organizados, pero con una gran capacidad de infiltración y trabajadores fanáticos y tenaces. Ocurrió que durante mi mando en Palma, con Pacón, inevitablemente a mi lado, gozó de nuestra deferencia un eficientísimo ordenanza de mi primo, tan eficiente que se ganó su confianza, cosa nada difícil, y entraba y salía de Capitanía como Pedro por su casa. Tenía a su disposición despachos y cajones, informes y carpetas y un día se presentaron un capitán y un sargento a detener al eficaz ordenanza, reclamado desde Barcelona por un juzgado militar, catalogado como uno de los comunistas más peligrosos y activos. Yo no quise ni verle, pero Pacón sí lo vio cuando se lo llevaban esposado hacia el barco que lo devolvería a Barcelona. Al pedirle explicaciones, el recluta le contestó: «Es cierto que soy comunista, pero durante el tiempo que estuve a sus servicios, cumplí fielmente con mis deberes de soldado.» El juez militar de la isla nos dijo que era un caso típico de soldado comunista: «Siempre son cumplidores en grado sumo, pero nunca son desleales a su partido.»

Lástima que no recuerde usted el nombre de ese anónimo soldado comunista infiltrado, ni su suerte posterior. No es que yo tenga demasiada noticia de las vivencias de la vanguardia comunista en aquellos años, porque a mi padre tuve que sacarle información tardíamente, cuando ya estaba más viejo que acobardado. Durante su estancia en Mallorca, no se hablaba entre los rojos de otra cosa que del peligro fascista y muy especialmente a partir del acceso al poder de Hitler en Alemania. El PCE lanzó la consigna del Frente Antifascista, paso previo al Frente Popular y realizó un análisis bastante correcto de lo que nos esperaba, análisis que pedía el respaldo determinante de la única izquierda política importante que había en España, el PSOE, y de las centrales sindicales más determinantes, la CNT y la UGT. «Todos los trabajadores, sin distinción de tendencias, deben unirse en un gran frente común para la lucha antifascista. Todos los trabajadores tienen el mismo interés vital en aniquilar en sus mismos gérmenes el peligro reaccionario, sus provocaciones funestas y sus preparativos de golpe de estado. El ejemplo de Alemania debe servir de advertencia imperiosa para todos. Una dictadura fascista en España, si llegara a establecerse a causa de la insuficiente vigilancia y de la falta de unidad de los trabajadores, al desencadenar su terror sangriento no haría ninguna distinción entre los obreros socialistas, anarquistas o comunistas.» Si alguna vez le preguntaba a mi padre cómo vivieron él y mi madre aquellos años, me contestaba que trabajando, viéndome crecer y colaborando políticamente todo lo que le permitía su pluriempleo de cajista en Ediciones Pueyo y corrector de pruebas a destajo, en una decidida tendencia ahorradora gallega que le permitió tener algunos ahorrillos cuando estalló la guerra y casi conservarlos a su final, para enterarse, ya en la cárcel, que el dinero republicano carecía de valor y que había conseguido llegar desde la nada a la más absoluta pobreza. Pero el clima de recelo ante la inminencia del golpe fascista hay que situarlo en el centro de las causas subjetivas que dieron lugar a los hechos revolucionarios de octubre de 1934. ¿No se jactaban los gilrroblistas de que iban a deshacer la obra reformista de la república? ¿Hasta el moderadísimo Julián Besteiro no había proclamado que las violencias de la revolución no son motivo para retrasarla?

A fines de 1933 me trasladé a Madrid para curarme rebrotes de la dolencia de mis heridas de guerra, lo que me permitió hacer algo de vida de capital, asistir a las tertulias, recuperar a los compañeros destinados a Madrid, la tertulia de don Natalio y a Millán Astray. Si estaba solo porque Carmen y la niña se habían marchado a Oviedo, cenaba con Pacón y los amigos en la Gran Peña y luego nos lanzábamos a conversaciones sobre la política militar de la república, que yo procuraba juzgar con objetividad. Observaba que cada vez me sentía más seguro en el arte de llevar la voz cantante en las conversaciones y era más escuchado. Pocas veces me introducía abiertamente en asuntos políticos y eso que el país estaba en una situación límite y en este marco me había sorprendido el abierto compromiso político de José Antonio Primo de Rivera, asumiendo la jefatura nacional de un nuevo movimiento, Falange Española, claramente inspirado en el fascismo italiano, en línea parecida o complementaria a las Juntas Ofensivas Nacional Sindicalistas de Ramiro Ledesma Ramos o a las Juntas Castellanas de Actuación Hispánica de Onésimo Redondo. Lo de Ledesma Ramos tenía un carácter más sindicalista y lo de Redondo reflejaba el profundo malestar del campo español, de un agro que seguía abandonado por la política republicana y no tenía presencia suficiente para imponer sus razones como la burguesía de las ciudades o los trabajadores industriales. Las elecciones generales de fines de 1933 motivaron el acto fundacional de la Falange en el cine Comedia de Madrid, exactamente el 29 de octubre de 1933 y al mes siguiente las izquierdas sufrían una aparatosa derrota electoral que situaba a Lerroux políticamente como el nuevo hombre fuerte, aunque debía contar con la mayoría electoral conseguida por la CEDA (Confederación Española de Derechas Autónomas) dirigida por el propagandista católico José M.ª Gil Robles. Entre los militares renació un poco la confianza, porque unos veían en los movimientos más o menos de inspiración fascista una manera de atraer a la juventud hacia los ideales patrióticos y nacionales, otros consideraban que la nueva derecha republicana representada por Gil Robles quitaba el monopolio de republicanismo a las izquierdas, un tercer sector veía en Lerroux el nexo natural entre el republicanismo anterior y el nuevo republicanismo conservador y finalmente estaba el sector que seguía soñando con el retorno monárquico. El propio Alfonso XIII desde Roma, a la vista del deterioro republicano y de los vientos europeos, vio alguna posibilidad de vertebrar nuevamente a sus leales y apareció una juventud monárquica de nuevo tipo, dirigida por José M.ª Valiente, que jugó un papel importante en nuestra futura cruzada. Son datos, hechos, cifras que voluntariamente os ahorro porque ahí están los libros de historia a vuestro alcance, pero no puedo evitar los indispensables para que comprendáis mi posición en aquellos momentos. Yo no veía posible la restauración monárquica y en cambio sí me parecía viable que la pareja Lerroux-Gil Robles devolviera la moderación a la república y metiera en cintura las fuerzas revolucionarias del largocaballerismo del PSOE, de la CNT y de las diferentes formaciones comunistas, a cual peor. Sin duda la peor ya era el PCE, nacido como consecuencia de la escisión bolchevique del PSOE y conectado con la III Internacional. Si algo tenía claro en aquellos momentos es que el comunismo empezaba a ser ya más peligroso que la masonería, porque estaba en condiciones de instrumentalizar a los masones para llevar a los pueblos a las tinieblas de la dictadura totalitaria del partido. No era una reflexión nueva, ni basada en el apriorismo, sino fruto de continuadas lecturas y de bien claras actitudes, con la que había tomado al comienzo de la república contra la traición nacional de algunos intelectuales a los que yo más respetaba.

Mi clara alineación anticomunista procede de profundas meditaciones sobre la naturaleza humana y me irritaba que los intelectuales transigieran con el comunismo, desde un esnobismo suicida. Así, cuando vi cómo hombres tan eminentes como Marañón, Ortega y Gasset o Pérez de Ayala flirteaban con la Asociación de Amigos de la Unión Soviética, escribí una carta al doctor Marañón reprochándole su ligereza, impropia en un hombre de tanta influencia social. Le adjuntaba una nota sobre una reunión de la Komintern, la Internacional Comunista, en la que se decía claramente que las asociaciones de amigos de la Unión Soviética tenían por objetivo convertir en compañeros de viaje del comunismo a las principales figuras de las letras, las artes y las ciencias. Luego, en caso de victoria comunista, esos mismos compañeros de viaje son los primeros en recibir el pago de la represión, y son tratados como elementos pequeño burgueses portadores de ideologías no proletarias. Yo conocía la monserga. ¿Cómo no la conocía Marañón?

La victoria de las derechas en las elecciones no fue bien encajada por las izquierdas, ni por los separatistas, pero poco tiempo tuve a comienzos de 1934 para preocuparme por estas cuestiones, porque en febrero, exactamente el 28, moría en Madrid mi madre de una pulmonía contraída cuando salía de la santa misa. Quiso la providencia que coincidiéramos allí todos los hermanos, menos Ramón, y en sus últimos momentos pudimos rodearla de nuestro cariño, nuestros rezos, nuestras lágrimas. La evidencia de mi madre muerta es una de las imágenes más tremendas de mi vida, una de esas situaciones espirituales que te llevan a la desesperación, que sería pecado de desesperanza si el espíritu no estuviera confortado por la fe y yo precisamente era hijo de una mujer que al inculcarme la fe me había inculcado la esperanza. Pero a veces cuando recuerdo la muerte de aquella santa me estremece pensar que los hechos más terribles pueden resumirse en pocas líneas de la propia memoria. Mi madre murió en Madrid, en casa de mi hermana Pilar, Columela, 3, en una breve parada de su peregrinación para ver al Papa, en Roma, una de las ilusiones de su vida. Se le complicó la pulmonía que cogió al salir de misa porque era hipertensa y en un golpe de tos le vino un ataque cerebral, le sangraba la nariz, como si por aquella pequeña, delicada nariz que nos había enseñado a oler y respirar el incienso de la fe, se le escapara la vida. Yo había corrido en busca del doctor Jiménez Díaz, pero cuando llegó a casa de Pilar, mamá ya estaba muerta. Pilar la tenía entre sus brazos y repetía una y otra vez: «Fíjate, Paco, como una santa.» Yo trataba de clavar mis ojos, tan incisivos según ella, en los de la muerte, pero la muerte nunca mira de frente y cuando lo hace está ciega para no ver el sufrimiento que causa.

Brillante párrafo, mi general, el mejor hasta ahora, sin duda el más sentido, porque usted cuando habla de la muerte siempre se refiere a una muerte calculada como un riesgo de combate o de la vida, menos en este caso, precisamente en este caso. Sólo dos precisiones, sobre dos ausencias notables en torno de tan lamentable pérdida: la física de su hermano Ramón, que de viaje por Estados Unidos en ampliación de estudios, se había autoproclamado ante la prensa norteamericana agregado de aviación ante la embajada española en USA sin saberlo el gobierno, y la de su padre, que aún vivía en Madrid, pero no fue invitado al sepelio, ni siquiera citado en la esquela mortuoria aparecida en la prensa de la capital. Ramón continuaba sumando dificultades. Acusado de intentar una sublevación militar desde la izquierda, utilizando como base el aeropuerto sevillano de La Tablada, sólo la obtención de acta de diputado le salvó de ir a la cárcel, pero le llevaría a la autodestrucción política después de un desorganizado, balbuceante discurso pronunciado en las Cortes en presencia de verdaderos tiburones de la palabra que no dejaban de regocijarse ante el fracaso de aquel Robespierre cada vez más empequeñecido y con más acento gallego a medida que empequeñecía. Abandonado, desencantado, problamente de sí mismo, la amargura convirtió a Ramón Franco en un nihilista total, secundador de las intentonas anarquistas que culminan en la bárbara represión de Casas Viejas. Su fracaso como político y como agitador le llevan a pedirle a Lerroux, vencedor en las elecciones de 1933, que le restituya a su condición de piloto, que no quiere saber nada de la política, pocos meses después de esta convulsa proclama de maximalismo revolucionario.

«No soy partidiario de llegar a la república por evolución. Estimo que el pueblo debe manifestarse revolucionariamente para conquistar sus ideales. No encontramos en el adversario la lealtad que éste encontrará en nosotros.

»Hay que arrollar todo cuanto se oponga al triunfo de la voluntad popular.

»¿Que un grupo de generales trata de establecer una nueva dictadura?

»Arrestarlos o lincharlos sin más ley que la de Lynch.

»¿Que un grupo de militares se reúne, en amenaza contra el pueblo?

»Quemarlos en su propia guarida.

»¿Que un sacerdote en el púlpito o un obispo trabucaire hacen propaganda revolucionaria?

»Se recomienda la dinamita.

»¿Que unos cuantos invertidos y damas histéricas salen al grito de Cristo Rey a ofender los sentimientos populares?

»Descuartizarlos y hacer ofrenda al pueblo de sus inmundos pedazos.

»¿Que unos individuos de la Guardia Civil, de Seguridad u otra fuerza pública, instigados por sus jefes o sus malos instintos hacen armas contra el pueblo?

»Que sus culpas caigan sobre sus familiares, y cobrarse en éstos un anticipo de la justicia que con ellos será en un mañana muy próximo.

»¿Que el ejército, desoyendo la voz de su deber para con el pueblo que le paga, sale a luchar con aquél en defensa de la reacción?

»Que los soldados, hijos del pueblo, obreros ayer y obreros mañana, disparen contra sus jefes y oficiales y al primer escarmiento no será necesario hacer el segundo.

»¿Que las clases priviligiadas —aristócratas, cavernícolas,

plutócratas, terratenientes, etc.— intentan provocar una guerra civil?

»Todos los medios son legales para liberar a la humanidad de tales alimañas y sobre el lugar que se cumpla la justicia popular un monumento se levantará al libertador.»

»La noticia de que Ramón Franco está chaqueteando con la derecha republicana escandaliza a su todavía buen amigo Hidalgo de Cisneros que va en su busca para que le desmienta lo que circula. «Llevaba en Madrid más de un mes y todavía no había visto a Ramón. Habían llegado a mi conocimiento ciertos rumores que me resistía a creer. Me dijeron que tenía una gran amistad con Lerroux, que no quería saber nada con las izquierdas y que su comportamiento dejaba mucho que desear. Un día que estaba solo en mi despacho, se abrió la puerta y apareció Ramón Franco. Por la cara que puso al verme comprendí que había abierto la puerta por equivocación. Se quedó un momento indeciso, pero al fin vino a darme la mano. Le dije que me alegraba mucho verlo, pues habían llegado hasta mí ciertos rumores que me tenían muy alarmado. Al principio habló con cierto titubeo, pero no tardó en confiarme la veracidad de los rumores. Habló con un cinismo que me dejó asombrado. Me pareció escuchar a un verdadero fascista. Nunca he olvidado su frase final: "Mira, Ignacio —me dijo—, entre que me den ricino o darlo yo, prefiero lo último."

»Aquello colmó mi indignación. Le dije muy violentamente que habíamos terminado y que saliese de mi despacho.

»Fue la última vez que vi a Ramón Franco.»

»De nuevo aviador, enviado oficioso del gobierno republicano en México y Nueva York, tanto el gabinete de derechas de Lerroux-Gil Robles como el de izquierdas de Azaña, pensaron que era un alivio para todos que Ramón Franco siguiera lejos de España en compañía de su nueva mujer y de su hija y cuando se autoproclamó agregado de aviación en la embajada en Washington, pasado el estupor de las primeras horas, nadie se lo discutió. Allí hizo su trabajo y esperó a que se cumpliera su secreta sospecha que un día había revelado a un amigo, el dirigente anarquista Diego Abad de Santillán: «Vosotros no conocéis a Francisco, es el hombre más peligroso de España. Habría que...»

Inconsolable, tuve que hacer de tripas corazón para valorar el gesto del nuevo ministro de la Guerra, don Diego Hidalgo, que me atribuía por decreto, suscrito por Lerroux, el ascenso a general de división del que me había privado Azaña.

Entre Madrid y Palma prosiguió mi carrera, aunque cada vez era más consultado por el señor ministro, en clara demostración de que estaba cambiando la relación entre la república y los militares. Con ocasión de unas maniobras navales en las que participaron la mayor parte de los efectivos de nuestra armada, visitaron Mallorca el presidente de la república, don Niceto Alcalá Zamora, que había heredado de Azaña cierto resabio contra mí, y don Diego Hidalgo, con el que conversé mucho y al que asesoré en los tiempos que precedieron y siguieron a la revolución de Asturias de octubre de 1934 y a la intentona separatista del mismo año. Voy a explicar el origen de mi papel ante ambos acontecimientos, porque pecan de excesivos tanto los que lo atribuyen exclusivamente a la casualidad, como los que me sitúan en el centro de una operación de disuasión de la conjura antirrepublicana que estaban preparando los propios republicanos de izquierda. Desde esta posición se había desatado una auténtica campaña de intoxicación sobre la pérdida de las conquistas políticas y sociales que implicaría la victoria de las derechas y era obvio que la cuenca minera se estaba armando y que Companys recelaba de la buena intención autonomista de Lerroux, presionado además por los radicales del nacionalismo catalán. Yo estaba en Madrid cuando se produjeron los hechos revolucionarios de octubre, porque al solicitar un permiso para trasladarme unos días con mi familia a Asturias, don Diego Hidalgo me retuvo en comisión de servicios y me utilizó como consejero durante toda la crisis. Como simple asesor militar del ministro de la Guerra dirigí la sofocación de aquel ensayo general de revolución bolchevique y separatista.

Aunque el jefe del Estado Mayor central era el azañista general de división Masquelet y Lacaci, Hidalgo me rogó que me hiciera cargo desde Madrid de la coordinación del proceso de resituación de Asturias y Cataluña. Fueron semanas de intensísimo trabajo, prácticamente sin salir del ministerio, donde Pacón y yo comíamos y dormíamos bajo el respaldo político de Hidalgo. Cuando estalló la revolución de octubre en Barcelona y Asturias inmediatamente me centré en el problema asturiano, allí estaba el peligro porque mis informadores me habían avisado de que la revolución comunista empezaría en Asturias. Lo de Cataluña fue una bravata separatista y grotesca del irresponsable Companys, desarticulada inmediatamente y puestos a buen recaudo sus dirigentes, pero en Asturias había un sustrato prerrevolucionario peligroso. López Ochoa era el encargado de dirigir las operaciones, pero

su condición de masón y republicano se percibía en la lenti-
tud de sus movimientos, como si actuara en el límite del cum-
plimiento del deber o de los mandatos de su corazón republi-
cano y masón. Afortunadamente yo dirigía las operaciones
desde Madrid y no me tembló el pulso. Envié la Legión al
mando de Yagüe y no se anduvieron con chiquitas, por el bien
del propio pueblo asturiano que de otra manera hubiera ser-
vido de cobaya de una revolución bolchevique. López Ochoa
asumió públicamente las consecuencias de la acción punitiva
y años después, cuando estalló nuestro glorioso alzamiento
nacional, permaneció fiel a la república, pero las masas te-
nían memoria y le hicieron pagar cara su acción en Asturias
en 1934. Lo mataron como a un perro, le cortaron la cabeza
y la pasearon por las calles de Madrid.

En efecto, la memoria de las masas recordaba que la brillante operación contrarrevolucionaria que usted dirigía desde
Madrid y que contaba con Yagüe y López Ochoa como arie-
tes, había dejado un duro saldo de muertos, heridos, torturas
y encarcelamientos especialmente en la zona minera asturiana y servido para extender la represión a todo lo que repre-
sentara un republicanismo reformador avanzado. Si por parte
de los revolucionarios fue un ensayo del fracaso de la guerra
civil, por parte de ustedes fue un ensayo de la operación de
exterminio como objetivo final de la guerra tal como la concibió cuando consideró más importante que fuera una guerra
larga, larga y profundamente depuradora. Veintiséis mil efectivos, incluidas tres banderas del Tercio, dos tabores de regulares y 3 000 guardias civiles fueron necesarios para doblegar
la rebelión minera y un saldo de 1 100 paisanos muertos frente
a los 300 contados entre militares y guardias da idea del desigual reparto de la muerte.

Diez mil prisioneros, general, pronto está dicho y consejos de guerra, torturas, violaciones, sembrando un espíritu de
revancha que produciría las peores flores del mal en 1936. Y
en medio de aquella escabechina, la figura del comandante
de la Guardia Civil Lisardo Doval, nombrado comisario del
Orden Público, creador de la consigna: «Hay que extirpar la
semilla revolucionaria del vientre de las madres.» ¿Por qué
Asturias les ha excitado siempre tanto y a la consigna de Burguete en 1917 de cazar mineros como alimañas, se añade la
de Doval en 1936 de complejas insinuaciones genéticas? ¿Qué
se hizo de Doval? Ustedes y Martínez Fuset le resucitarían en
Salamanca en 1937 para actuar como provocador y represor

de los falangistas enfrentados al Decreto de Unificación. Salvador de Madariaga descendió de su olimpo políglota para opinar sobre Doval que «fue más conocido por su eficacia para obtener resultados que por su escrupulosidad en escoger los medios para obtenerlos». Le salió rana el torturador, general, porque al acabar la guerra civil se dedicó a dar palizas, personalmente, a los detenidos y tanto fue el cántaro a la fuente que al final no tuvieron más remedio que hacerle un juicio militar, condenarle a dos años de cárcel, expulsarle del cuerpo y ponerle puente de plata para un exilio de película años cuarenta. Panamá. Doval inauguró la galería de retratos de torturadores jurídicos y policíacos a la que usted fue tan aficionado, profilácticamente, eso sí, porque siempre contó con los intermediarios responsables de gobernación que asumieran la guerra civil sucia que no cesó en los calabozos del franquismo, desde julio de 1936 hasta el infinito.

Mi actuación ante la revolución de octubre de 1934 me situó en el punto de mira de los odios de la izquierda y los separatistas, pero la Providencia seguía enviándome señales de su protección. Al margen de las especulaciones sobre atentados que no llegaron a consumarse, varias veces la Providencia me ha demostrado su preferencia, fruto quizá de la telúrica dedicación de mi madre o de la finalidad que Dios había dado a mi vida: el instrumento de la salvación de España. Si durante la guerra de África me salvé de un balazo que podía haber sido mortal y me silbaron las balas alrededor y tan cercanas que los moros decían que yo tenía bara-ka (la suerte de los elegidos), en otras ocasiones he sentido sobre mí el velo protector de los cielos. Ya he hablado del accidente de carretera en Valencia y se ha divulgado poco el accidente automovilístico que tuvimos Carmen y yo a comienzos de 1935, ocupando yo el cargo de inspector general del Ejército. Volvíamos hacia Madrid y entre Pelabravo y Calvarrasa de Abajo, dos ciclistas se interpusieron ante el coche y a pesar de que el chófer hiciera una maniobra para evitarlos, los arrolló, volcó el vehículo y el balance no pudo ser más providencial: un ciclista muerto, el otro malherido, Carmen con una herida leve en la región parietal izquierda y yo.... ileso.

Su coche, general, iba conducido por un sargento del arma de ingenieros y a su lado viajaba un soldado. Los dos jóvenes arrollados, veinticuatro años el muerto, Agustín Curto, y veintiséis el herido superviviente, Matías Martín Miguel, se habían desplazado de su pueblo, Calvarrasa de Arriba porque estaban parados y buscaban emplearse como temporeros en trabajos agrícolas de los pueblos cercanos. El superviviente sólo supo explicar que de pronto los dos ciclistas se vieron envueltos por una polvareda levantada por el coche, arrollados y lanzados contra el camino. *El Adelantado de Segovia* de 24 de agosto de 1934 termina su información un tanto despreocupado por la suerte del ciclista superviviente y en cambio formulando expresos deseos de una pronta recuperación de la ya premonitariamente calificada como «ilustre dama».

Vencida la intentona separatista catalana y la revolución asturiana, la escasa envergadura de las condenas aplicadas a los conjurados, unida a la fuga de Azaña al extranjero, nos dejó a los buenos españoles que habíamos salvado la república de los pretendidamente republicanos un mal sabor de boca. No tuve tiempo en recrearme en él, porque me llegó un nuevo destino, el mando de las fuerzas militares de Marruecos. De nuevo la llamada de África que acepté con tanta impaciencia como para pedir un hidro que me ayudara a llegar cuanto antes a mi puesto. Recuperé los paisajes de mi primera juventud, diez años después de mis últimas actuaciones en África, ignorante de que aquel iba a ser el escenario de lanzamiento del glorioso movimiento nacional de julio de 1936. No tenía ojos suficientes para recuperar los paisajes de mis batallas: Alhucemas, Dar Drius, Ceuta, Larache, Melilla. Recuerdo cómo me las tenía que ingeniar par seguir manteniendo mi independencia al tiempo que mi sentido innato de la disciplina y cómo oficiales republicanos azañistas trataban de meterme en su saco dando en las arengas vivas a la república que yo jamás secundé... Pero fue breve aquel nuevo paso por África, porque a Diego Hidalgo le sucedería Gil Robles en la cartera de la Guerra y el joven jefe de la derecha republicana, con maneras de caudillo o de «jefe», como le gustaba que le aclamasen en los mítines de su partido, me nombró jefe del Alto Estado Mayor. Por fin había llegado la oportunidad de enmendarle la plana al antimilitarista Azaña y a poco que Gil Robles me respaldara, el ejército iba a recuperar su alma, su conciencia de ser minada por la infiltración de la masonería y del comunismo. Mi desconfianza hacia los políticos ha repercutido en mí escaso entusiasmo por casi todos ellos, con la excepción de Antonio Maura, cuya «revolución desde arriba» traté de llevar a la práctica a lo largo de mi caudillaje. Gil Robles me tuvo engañado durante algún tiempo. Creí ver en él al político alto de miras, por encima de las miserias del interés personal y partidista. Le conocí en una comida en casa del marqués de la Vega de Anzo, en los últimos días de julio de 1932, donde escuchó con mucho interés mis críticas a cualquier intentona militar antirrepublicana en un momento en que la república conservaba casi todo su prestigio. Fue él quien avaló ante Lerroux, jefe del gobierno, mi colaboración con Diego Hidalgo durante los hechos de Asturias y ahora me nombraba jefe del Estado Mayor Central, a pesar de la oposición del presidente de la república, don Niceto Alcalá Zamora, quien repetía con frecuencia una frase que le había robado al socialista Indalecio Prieto: «Los militares jóvenes son aspirantes a caudillos fascistas.»

Gil Robles se salió con la suya y cuando me comunicó finalmente mi nombramiento dijo que creía expresar el sentir mayoritario del ejército, al menos del ejército que a él le interesaba porque representaba las esencias de la patria. Era el discurso que me interesaba oír. Otra vez en Madrid, me entregué con fervor al trabajo de poner las cosas en su sitio. Para empezar, restituir el mando a los jefes postergados por Azaña, Mola a la cabeza y a continuación Varela, Monasterio, Yagüe, a quien concedí la medalla militar por su actuación en Asturias. Esta política molestó al presidente de la república, don Niceto, que nunca me dijo nada directamente, pero sí a Gil Robles: «De los ochenta nombramientos que ha propuesto el jefe del Alto Estado Mayor, sólo veinte me han cumplimentado como presidente de la república.» Gil Robles le contestó: «Desconocen el protocolo.» A continuación monté un servicio de información muy adicto, con el fin de saber la situación real del ejército dividido entre la UME (Unión Militar Española) dirigida por los coroneles Barba y Orgaz y la UMRA (Unión de Militares Republicanos) dirigida por la plana mayor del azañismo y del separatismo catalán. Si bien mis simpatías lógicamente se iban hacia la primera institución, nunca milité en ella y procuré inculcar un espíritu profesional y apolítico a cuantos estamentos militares se pusieron a mi alcance. Eso no quiere decir que mi política de nombramientos fuera inocente y para empezar cedí una oficina en el propio ministerio de la Guerra a Emilio Mola para que estudiara la situación del ejército con distancia y rigor, situación que sin duda aprovechó para sentar las bases conspirativas de un alzamiento nacional por si las izquierdas desbordaban la situación. También dediqué buena parte de nuestros esca-

sos recursos a la investigación y a la mejora de armamento, la investigación dirigida sobre todo a las armas químicas. Igualmente me preocupaba el futuro de la oficialidad, demasiado maleada nuestra generación por las ideologías, soñaba en la reapertura de una Academia General Militar, reapertura que le propuse a Gil Robles, proposición que él llevó a las Cortes, pero que quedó allí empantanada. Más suerte tuve en mis planes de militarizar aquellos sectores de la producción vinculados al ejército, donde se habían infiltrado muchos agitadores comunistas entre los obreros y empleados. Fracasé en mi propuesta de abordar una ambiciosa industria de guerra que a la par de armarnos, se convirtiera en un sector productivo relanzador de nuestra economía.

En el verano de 1935 todos parecían preparar «la lucha final». Gil Robles daba un carácter de masas a su partido demócrata cristiano; Azaña reagrupaba a la izquierda para el combate decisivo contra la involución del gobierno Lerroux-Gil Robles; José Antonio Primo de Rivera unificaba los diferentes movimientos parafascistas; y las Juventudes socialistas dirigidas por Largo Caballero, preparaban un plan de acción directa armada en el que colaboraban sus más destacados dirigentes, Simeón Vidarte y Santiago Carrillo a la cabeza. El ejército estaba alarmado ante los planes anexionistas de la URSS claramente expresados en Moscú en el VII Congreso de la Internacional comunista y yo empecé a recibir incitaciones a la revuelta para impedir que las izquierdas dieran un bandazo y consiguieran desvirtuar el moderantismo de la república. Zarandeado por el escándalo del tráfico de influencias conocido popularmente como «estraperlo» en el que había figurado un ahijado, Lerroux deja la jefatura de gobierno en manos de Chapapietra, quien conservó a Gil Robles en Guerra y lanzó una política de estabilización económica muy restrictiva de sueldos, con lo que inflamó los ánimos ya de por sí inflamados de la izquierda. Vinieron a verme Goded y Fanjul con la evidente intención de sondear cuál sería mi reacción si parte del ejército consideraba imprescindible intervenir ante una posible victoria de las izquierdas, obedientes a la consigna frentepopulista de Moscú. Jamás les dije que sí y me limité a favorecer una política militar constructiva, en detrimento de los sectores del ejército penetrados por la pelagra roja. No satisfechos por la conversación, mis compañeros de generalato abordan directamente a Gil Robles y le proponen llanamente un golpe de estado. Gil Robles da la callada por respuesta y me pasa la patata caliente: «Consulten con el jefe del Estado Mayor Central y me dan mañana su respuesta.» De nuevo vienen a verme Goded y Fanjul, esta vez acompañados de Varela y apareció por allí Ansaldo, emisario de Calvo Sotelo, para pedirnos que diéramos un golpe de estado, peor, no el que pedía Gil Robles, sino un golpe de estado de signo abiertamente autoritario. Yo les dije lo que pensaba: no se podía contar con la mayoría del ejército, sobre todo con la mayoría de su dispositivo táctico operacional, como para dar un golpe con éxito. Gil Robles deja el ministerio de la Guerra y para la historia han quedado los parlamentos que cruzamos, sinceramente emocionados, en el momento de la despedida. Yo dije: «Los que hemos colaborado cerca del ministro en estos meses queríamos reunirnos un momento para saludar a vuecencia. Pero ha cundido con rapidez inusitada esta noticia y todo el personal ha querido participar en este sencillo acto de despedida. Ello indica por qué inesperada y rápidamente se ha llenado este salón. Yo sólo puedo decir en este momento que nuestro sentimiento es absolutamente sincero. El honor, la disciplina, todos los conceptos básicos del ejército han sido restablecidos y han sido encarnados por vuecencia. Yo no puedo hacer otra cosa en estos momentos en que la emoción no me deja hablar, que significar hasta qué punto la rectitud ha sido la única norma del ministro de la Guerra, y para ello basta relatar una sencilla anécdota: llegó una propuesta para desempeñar un cargo, venían en la propuesta tres nombres, tres oficiales que reunían las mismas circunstancias y a los que acompañaban los mismos méritos. El ministro de la Guerra tenía que resolver entre esos tres nombres, y le indiqué que cualquiera de ellos era capaz y podía desempeñar brillantemente el cargo, pero con toda lealtad le dije que uno de los tres oficiales estaba recomendado por casi todo el partido del propio ministro, por la cámara y por figuras del ejército. El ministro me respondió: «Haciendo caso omiso de eso, ¿usted a quién designaría?» Yo le contesté: «Los tres tienen iguales méritos. Yo designaría al más antiguo.» El ministro no dudó un momento y me ordenó: «Pues al más antiguo.» Ése fue vuestro ministro de la Guerra... A su vez el señor Gil Robles me contestó: «Cuando me encargué de la cartera de la Guerra, os dije que no venía a hacer una actuación de carácter partidista. Creía y creo que el ejército debe permanecer siempre ajeno a las luchas de los partidos políticos. En todos vosotros encontré la colaboración más leal y patriótica. Contra mí y contra los dignos generales que han sido mis colaboradores se desató una campaña de inju-

rias y calumnias. Se nos atribuían los más torpes propósitos. La realidad ha demostrado lo injurioso y falso de esa campaña. Al salir de aquí me llevo una herida profunda en el alma, pero como esa herida es de carácter político, no puedo haceros partícipes de ella, y tengo que ir a ventilarla a la calle. Yo sólo os puedo decir una cosa: volveré aquí, volveré a trabajar con vosotros, volveré a recibir vuestro concurso... Señores, ¡Viva España! Luego nos fundimos en un abrazo viril, mientras yo le decía al borde de la oreja: «Hoy es usted yunque, pero mañana podrá ser martillo.» Me pareció que no me había oído bien o que no entendía el sentido de mi frase pero no iba a repetírsela porque nos abrazaban los compañeros y no era cuestión de alarmar con metáforas. El sucesor de Gil Robles, el general Mollo, me ratificó en el puesto, por especial encargo del nuevo primer ministro Portela Valladares, un pusilánime que contempló pasivamente cómo crecía en la calle el clima de enfrentamiento.

Una de mis últimas actuaciones como jefe del Alto Estado Mayor fue viajar en representación del gobierno a los funerales del rey de Inglaterra Jorge V. Tuve ocasión de asistir a la mayor concentración de la época de poderosos del mundo. Reyes, políticos, altos jefes militares, diplomáticos, en el marco de la grandeza impoluta de la monarquía inglesa, grandeza y estabilidad que estaba en la base de la grandeza y estabilidad de un imperio que se había construido a costa de nuestras debilidades. Aquel viaje fue un sueño para Pacón que iba de sorpresa en sorpresa, así en París como en Londres parecía como si hubiera acabado de salir de El Ferrol. Recuerdo la ceremoniosidad con que se calzó su frac, de alquiler, al igual que el mío, y el empaque que ponía en los saludos desde esa elevada estatura que él siempre ha creído tener. A posteriori, el recuerdo que más me impresionó de aquella visita a Inglaterra fue haber conocido al mariscal soviético Tuhachevsky, posteriormente purgado por Stalin tras una encerrona de la política. Recuerdo sobre todo un detalle. Hacía horas que no probábamos bocado y en el tren que trasladaba los restos de Buckingham Palace al castillo de Windsor, nos sirvieron un bocadillo de lechuga, una tacita de té, un cigarrillo, en fin, un tentempié a la británica. Todos lo tomamos con verdadero apetito menos el mariscal soviético que permaneció con la boca cerrada, ni bebía ni comía. Sólo recuerdo haberle visto cruzar alguna palabra con el militar que representaba a Yugoslavia, pero a él, a Tuhachevsky le retengo como la encarnación del recelo y el miedo. En cambio comi-

mos muy bien tanto en la recepción que nos dio en París don Salvador de Madariaga, representante del gobierno español en la Sociedad de Naciones, como en la que nos dio en Londres el escritor asturiano Pérez de Ayala, embajador de España, al que yo tenía entre ceja y ceja por su apoyo «intelectual» a la Unión Soviética.

Curiosos encuentros históricos e intelectuales, general. ¡Cuánta verdad hay en la aseveración de que el viajar educa y qué poco viajero nos salió usted! Poco partido le sacó al trato con intelectuales liberales de la talla de Pérez de Ayala o Madariaga y en cambio cuantos apartes pregolpistas hizo usted con el oficial Antonio Barroso, agregado militar en París, al que llegó a revelar, antes de la victoria electoral del Frente Popular, sus definitivas intenciones subversivas: «Cuento con usted, Barroso. Tiene un importante papel a jugar en París. Sobre todo tendrá que explicar a todos los que le rodeen, las razones y los objetivos de nuestra acción. Si le pongo en su conocimiento que he salido para África, esto significará que hemos considerado el alzamiento como el único y último recurso.»

Motivos de molestia moral que se ratificaron al volver a España, porque se había establecido el clima previo a las elecciones que darían el triunfo al Frente en febrero de 1936 y buena parte de las propuestas frentepopulistas de inspiración soviética en política militar deshacían todo lo que yo había enmendado desde mi puesto de jefe del Alto Estado Mayor y la más preocupante de la propuestas era la disolución de la Guardia Civil y la creación de milicias especiales vinculadas al largocaballerismo, ya que era Largo Caballero, respaldado teóricamente por Azaña, quien urdía en la sombra aquel acto de revanchismo contra el ejército. Largo Caballero ya se dejaba llamar «el Lenin español» y había dicho en un discurso: «Antes de la república nuestro deber era traer la república... pero establecido este régimen, nuestro deber es traer el socialismo.» Más claro el agua y en la sombra agazapado el real instrumento de Moscú, el pequeño pero activísimo Partido comunista dirigido por aquella mujer que era el símbolo de las contravirtudes de la mujer española según aquel prototipo que yo había aceptado en mis lecturas infantiles y a través de la conducta de mi madre: reina amable y misericordiosa del hogar. En lugar de aquella dulce reina amable y misericordiosa del hogar aparecía Dolores Ibárruri la Pasionaria, *mu-*

jeruca inflamando a las masas, predicando feminismo y revolución e incitando a que la mujer española dejara las cocinas y se pusiera a hacer la revolución. La llamaban la Pasionaria, *no sé si por la pasión que ponía en sus arengas o por la flor que se llama pasionaria, aunque cualquier parecido entre aquella mujer y una flor sólo estaba al alcance de sus más fanáticos correligionarios.*

Se llamaba *la Pasionaria* porque publicó su primer artículo en una Semana Santa. Originalmente católica, hija de mineros vascos y carlistas, algo nacionalistas, encontró junto a su marido Julián Ruiz lo que entonces se llamaba conciencia de clase y escandalizó a la sociedad española de los años veinte porque era la proletaria que sabía hablar e imponía con su figura poderosa y un encanto de belleza serena en nada encasillable en el prototipo de sufragista fea y resentida que ustedes propiciaban para desacreditar la emancipación femenina. Les irritaba aquel prototipo de proletaria emergente del silencio de una clase y sin la coquetería demandante de perdón con el que algunas señoritas de la buena sociedad empezaban a jugar al tenis y al bolchevismo. Nadie sabe muy bien, todavía hoy, muerta ya Dolores largamente superviviente a su muerte, general, y repuesta en su escaño de diputada comunista en el primer parlamento democrático de 1978, qué papel político real cumplió aquella mujer, pero nadie pone en duda su carácter simbólico, como si encarnara el mito del intelectual orgánico surgido del proletariado por el que tanto abogara Lenin y que con los años, tras la revolución soviética, acabaría degenerando en el burócrata orgánico quinquenal. Pero Dolores dio su talla durante la clandestinidad prerrepublicama, en su actuación parlamentaria y pública posterior y durante la guerra lanzando consignas épicas a las que ustedes sólo osaron contestar por intermedio de la vedet Celia Gámez protegida por todas las mutilaciones de Millán Astray. ¿Por qué le irritaba tanto Dolores, hasta el punto de calificarla usted con su propia boca de «bestia inhumana sin sentimientos»?

Yo debía tomar precauciones extras, porque mi actuación al frente del Alto Estado Mayor me situó en los primeros lugares de las listas negras masónicas y comunistas, inmediatamente detrás de Calvo Sotelo y muy por delante de José Antonio, el líder de la Falange que no preocupaba excesivamente a los revolucionarios porque lo consideraban un señorito fabulador. En cambio yo era el militar con más prestigio y Calvo Sotelo el político con capacidad de resucitar una alternativa de derechas. Nosotros éramos los peligrosos. Yo había montado un servicio de información militar anticomunista en particular y de contraespionaje en general y establecí contactos permanentes con la Dirección General de Seguridad para coordinar la información entre el aparato policial y el militar. A través de mis relaciones con la Entente Internationale Anticomunista pude saber que Dimitrov había lanzado la consigna del Frente Único de la izquierda y las fuerzas de progreso contra «la reacción fascista» y que uno de los objetivos de ese «Frente Único», luego bautizado como «Frente Popular», era penetrar en el corazón de los aparatos «represivos» del Estado. La reunión de la Komintern se había celebrado en Moscú en febrero de 1935 y en ella se nombraron a dos comunistas españoles como miembros de la ejecutiva de la III Internacional: José Díaz y Dolores Ibárruri la Pasionaria. *Ocupaban el ejecutivo junto a personalidades de la conjura roja universal como Mao Tse-tung, Gottwald, Chu En-lai, Marty, Thorez... representantes de partidos comunistas muy fuertes. ¿Por qué nombraban a dos representantes españoles de un partido comunista escasamente implantado en la sociedad española? No por su importancia de entonces, sino por el interés estratégico del futuro como así fue, confirmado el pronóstico cuando un año después el Frente Popular ganaba las elecciones en España y nuestra obra de recuperación de la moderación y de la reconquista espiritual del ejército estaba en un peligro aún más grave que en 1931. Gil Robles estaba asustado, a Lerroux no le llegaba la camisa al cuerpo y yo me limité a dar la orden a Galarza, el coordinador de la Unión de Militares Españoles, que permanecieran alerta en conexión con sus efectivos por si los rojos se echaban a la calle y sacaban consecuencias revolucionarias directas de su éxito electoral. Yo había explicado suficientemente mi posición: sólo me sublevaría contra la república en caso de que ésta intentase disolver el ejército o la Guardia Civil. Orgaz me insistía: el triunfo es seguro y será como una perita en dulce que va a comerse otro general. Si bien la república no había disuelto formalmente ni el ejército ni la Guardia Civil ¿acaso no había destruido al uno y a la otra satanizándoles mediante la penetración del comunismo y la masonería? Mi conversación con el máximo responsable de la Guardia Civil, general Pozas, su negativa a apoyar la declaración de estado de guerra ¿no eran síntomas suficientes de esa destrucción encubierta por el respeto a la legitimidad y a la legaliidad?*

¿Hemos de asumir la legitimidad de la legalidad de lo que nos aniquila? El Frente Popular ganó las elecciones de febrero de 1936 y cuando le pregunté a Pozas si estaba enterado de lo que había pasado, me contestó desabridamente: No creo que haya pasado nada. Le dije que las masas estaban en la calle y que se iba a dar un vuelco revolucionario a los resultados electorales. Creo que tus temores son exagerados. A mí nunca nadie me había llamado exagerado, pero de momento lo pasé por alto ante la actitud adulatoria y servil de Pozas para la revolución. Así que abordé directamente al jefe de gobierno, el paisano Portela Valladares, tras haber comprobado que los mandos intermedios también estaban intoxicados y aunque estuvieron a punto de aceptar mi propuesta de declaración de estado de guerra, Alcalá Zamora llegó a tiempo de anularlo y expresar su indignación por lo que consideraba injerencia de los militares. Así que me dirigí directamente a Portela y le pregunté su opinión. No la tenía. Un jefe de gobierno sin opinión, que se ponía, me dijo, a las órdenes del aún presidente de la república Niceto Alcalá Zamora. Pero le vi vacilante. Usted me dijo, es el único que me hace dudar, porque casi me convencen sus razones. Yo soy viejo... soy viejo... ¿Por qué no asumen directamente la salvación de España?

De nuevo la eterna canción. Los políticos desbordados por la conjura volvían a reclamar el protagonismo del ejército. Le contesté que el ejército aún no tenía la unidad moral necesaria para la empresa y es usted quien debe intervenir dando órdenes a las autoridades militares y de orden público. «Lo consultaré con la almohada.» La almohada le dijo que no y se perdió una oportunidad de talar el árbol torcido nada más nacer. El Frente Popular desbancó a Portela y puso a Manuel Azaña como jefe de gobierno. Los acontecimientos se precipitaban y no tardé en sufrir las consecuencias del cambio. Azaña quiso alejarnos a los jefes patriotas y me destinó a la Capitanía General de Canarias, mientras que Goded debía ocupar el mismo cargo en las Baleares. Quise tener una última entrevista aclaratoria con don Niceto y le expresé mis temores sobre la inmediatez de la subversión. «Váyase tranquilo, general. Váyase tranquilo. En España no habrá comunismo.» «De lo que estoy seguro y puedo responderle, es que cualquiera que sean las contingencias que se produzcan aquí, donde yo esté no habrá comunismo.»

Ya me he referido a la clara conciencia que había en la familia militar de la inutilidad del poder civil, independientemente de la valía de sus servidores. Era un sistema en el que

220

estaba en crisis por la especial evolución de nuestra historia y venía demostrándose una y otra vez que el ejército era indispensable para salvaguardar lo que Gabriel Maura o Fernández Almagro han llamado «el delta nacional»: la unidad política, la seguridad interna y el prestigio exterior. Huelga nacional de 1917, ¿quién dio la cara por un poder civil que la tenía perdida? Guerras africanas, ¿fueron los civiles quienes escribieron páginas de gloria y valor que renovaron el prestigio tradicional de nuestras armas? Conspiración marxista y masónica, ¿no fueron las fuerzas armadas el elemento vertebral de la capacidad de reacción de un pueblo? Entre los militares siempre se habían distinguido dos actitudes ante estas evidencias: la de los cobardes aferrados al escalafón, incapaces de responder al acoso de los enemigos del ejército que eran también los enemigos de España y los intervencionistas, dispuestos a jugarse galones y carreras en defensa de los valores tradicionales de la patria. Yo distinguí siempre una tercera clase, muy ligada a la categoría del «valor frío» tan tipificada en los estudios militares y que podríamos llamar la del «honor frío». Cuando se sublevó Sanjurjo contra la república fueron varios los que trataron de halagarme por mi lealtad y muchos también los que me recriminaron no haberme sumado al golpe. Contesté suficientemente: «Cuando me subleve será para ganar.» No escondía esta frase un propósito claro de sublevación sino una crítica contra alocados pronunciamientos que perpetuaban un vicio militarista y no inculcaban ninguna virtud militar en la organización de la convivencia entre los españoles. Volviendo a las citas de autoridades, Gabriel Maura escribió después de nuestra cruzada, unas clarificadoras líneas sobre la relación entre ejército y poder civil ante la crisis de la restauración, crisis que llevaría por caminos más o menos directos a nuestra cruzada de liberación: «... Venía entregándose al ejército español el delta nacional, es decir, los tres brazos por donde desaguaban su unidad política, su seguridad interna y su decoro exterior. Amenazaban la primera los separatistas catalanes y se promulgó la ley de jurisdicciones, comprometieron la segunda los anarquistas o los societarios en huelga general, y también se encargó a los institutos armados que enmendasen el desaguisado, surgió el conflicto de Marruecos en nuestra zona de protectorado y el poder público civil endosó todas sus responsabilidades al mando militar, reservándose tan sólo la crítica y el mangoneo.» Quede a salvo el rey, pero a la vista de cómo fue la historia de España desde el desastre 1898 hasta la cruzada de 1936, los militares teníamos todo el derecho a la intervención desde el papel de salvaguardadores no sólo de la patria en su sentido más abstracto sino también de la razón civil. Y recuerdo el agrado con el que recibimos la Real Orden de 15 de enero de 1914 en la que se autorizaba a los generales y altos oficiales a la comunicación directa con el rey, Real Orden que no sólo ratificaba un deseo, sino una práctica ya habitual por cuanto su majestad Alfonso XIII era sensible a la visión política, social, histórica en suma que le transmitían los generales de su confianza, confianza merecida porque fueron esos generales los que le aconsejaron que no diera él, en persona, el golpe de 1923, sino que delegara ese gesto en Primo de Rivera, en el ejército. No puede contemplarse el acuerdo, ni la intervención primorriverista como un golpe más, un pronunciamiento esta vez afortunado, respaldado por un consenso social evidente, sino como el anticipo de una militarización de la vida política lógica en este siglo, no sólo en España sino en todo el mundo, ante la necesidad de dar una respuesta militar al intento de disgregación de la sociedad cristiana, nacional e internacional, a cargo del marxismo y del cinismo economicista de los grandes centros de decisión masónicos. La ejecutoria del gobierno militarizado de Primo de Rivera, 1923-1929, fue lo suficientemente positiva como para que se demostrase una vez más que era posible prescindir de los andamiajes enmascaradores del democratismo y si la experiencia no fue más larga y terminó en la II República, fue por la falta de visión política de don Miguel, incapaz de fraguar un nuevo estado. Aunque quizá, en su descargo, haya que decir que ese nuevo estado sólo podía edificarse sobre una dura, cruenta, necesaria guerra de depuración de toda la carcoma que España llevaba dentro desde el siglo XIX, viniera de las logias, viniera de las consignas de la II o la III Internacional. Todos deseaban aquel choque purificador, la España de verdad y la anti-España, para sentar de una vez por todas la hegemonía del bien sobre el mal. Hubo criterios contemporizadores que funcionaron a lo largo de la II República y yo mismo, mediante mi leal colaboración con los gobiernos del llamado bienio negro entre 1934 y 1936, demostré que daba tiempo al tiempo y me cargaba de razones antes de recurrir al expediente quirúrgico de la espada. Pero la victoria del Frente Popular en febrero de 1936 fue la señal de que la suerte estaba echada y un bloque social patriótico exigía que un bloque político igualmente patriótico incitara al ejército a intervenir para salvar a toda una comunidad, aún pagando el *precio de mutilarla. Recuerdo un vibrante, hermoso discurso de Calvo Sotelo en las Cortes de la república, apostillado nada menos que por el genio más equilibrado de la generación del 98, don Ramiro de Maeztu: «En fin —Calvo Sotelo replicaba a Lerroux—, el señor Lerroux debiera tener presente que la República Francesa vive, no por la comuna, sino por la represión de la comuna. (Voz de Maeztu: ¡Cuarenta mil fusilados!) Aquellos fusilados aseguraron sesenta años de paz social.» La paz social se alteraba por doquier y el pistolerismo rojo condicionaba la virulencia de la respuesta de los activistas de las juventudes de la Falange, incluso en algún caso de las juventudes monárquicas y este clima de violencia nos envolvía a todos, hasta el punto de que el propio Pacón de vez en cuando se echaba a la calle a repartir prensa falangista o hacer buena la dialéctica de los puños y las pistolas recomendada por José Antonio como respuesta a la violencia histórica bolchevique.*

El huevo y la gallina, general, o no hay mal que por bien no venga o lo del martillo y el yunque, porque el clima de violencia generalizada lo creaban en la calle dos minorías; fueron iniciales las provocaciones falangistas y de ultra derecha, conscientes que sólo de una sensación de desorden derivaría el reclamo generalizado del orden, viniera de donde viniera. Otra vez en la oposición, en junio de 1936, Gil Robles brindó unas breves estadísticas del enfrentamiento después de las elecciones de febrero: 269 muertos y 1 287 heridos, 381 edificios atacados o dañados, 43 locales de periódicos asaltados, 146 atentados con bombas. Pero era la Falange quien normalmente llevaba la iniciativa, aunque a sus antagonistas no les faltara voluntad de respuesta. Coches cargados de señoritos escuadristas se lanzaban a la caza del obrero significado, anarquista o socialista o comunista cuando no del periodista marxista o anarquista o sus cómplices en la judicatura o la policía. Y cuando la escuadrilla purificadora se limitaba a dar una paliza o a obligar a ingerir una botella de aceite de ricino, según la moda italiana, el asaltado podría darse por satisfecho. Las más de las veces era la muerte y al día siguiente la respuesta. Y tras esa vanguardia de choque, el coro tronante de las derechas de toda la vida, de los púlpitos de toda la vida enfrentados ante los excesos reformistas del Frente Popular, unos excesos reformistas que bloqueaban la reforma agraria socialista y la dejaban en un conjunto de medidas redentoras de la mala situación del campesinado, pero lejos, muy lejos de la nacionalización de la tierra y su entrega gratuita a los campesinos. ¿Por qué no repasamos aquel conjunto de propuestas revolucionarias que tanto amedrentó a los señores de latifundio y cacería que se pusieron incondicionalmente al servicio de su cruzada?:

Rebaja de impuestos y tributos;

Represión especial de la usura;

Disminución de rentas abusivas;

Intensificación del crédito agrícola;

Revalorización de los productos de la tierra, especialmente del trigo, y demás cereales, adoptando medidas para la eliminación del intermediario y para evitar la confabulación del harinero;

Estímulo del comercio de exportación de productos agrícolas;

Se organizarán enseñanzas agrícolas y se facilitarán auxilios técnicos por el estado;

Se trazarán planes de sustitución de cultivos e implantación de otros nuevos con la ayuda técnica y económica de la administración pública;

Fomento de los pastos, ganadería y repoblación forestal;

Obras hidráulicas y obras de puesta en riego y transformación de terrenos para regadío.

Caminos y construcciones rurales;

Derogarán inmediatamente la vigente ley de Arrendamientos;

Revisarán los desahucios practicados;

Consolidación en la propiedad, previa liquidación, a los arrendatarios antiguos y pequeños;

Dictarán una nueva ley de arrendamientos que asegure: la estabilidad en la tierra; la modicidad en la renta, susceptible de revisión; la prohibición del subarriendo y sus formas encubiertas; la indemnización de mejoras útiles y necesarias llevadas a cabo por el arrendatario, haciéndose efectiva antes de que el cultivador abandone el predio, y el acceso a la propiedad de la tierra que se viniera cultivando durante cierto tiempo;

Estimularán las formas de cooperación y fomentarán las explotaciones colectivas;

Llevarán a cabo una política de asentamiento de familias campesinas, dotándolas de los auxilios técnicos y financieros precisos;

Dictarán normas para el rescate de bienes comunales;

Derogarán la ley que acordó la devolución y el pago de fincas a la nobleza.

¿O les molestaba a ustedes, acaso, que el retorno del espíritu de la reforma militar de Azaña les colocara otra vez en su lugar de fuerzas armadas subordinadas al poder civil? A ustedes les interesaba agrandar la amenaza revolucionaria para legitimar su respuesta contrarrevolucionaria y hasta se inventaron una noche de cuchillos largos contra los jefes militares en el que al parecer a su primo Pacón le degollarían dos veces, la una por jefe militar y la otra por primo del futuro caudillo. Así se lo creía todavía treinta años después el pobre Pacón, cuando ya hasta los historiadores más franquistas, siempre que fueran historiadores, reconocían que no había existido un plan de exterminio de la oficialidad, ni de revolución bolchevique al que supuestamente se había adelantado el alzamiento, aquel alzamiento que empezó a incubarse al día siguiente del 14 de abril de 1931 y al que usted no se sumó hasta cinco años después porque no se daban las condiciones objetivas ni subjetivas, y perdone general el aporte de vocabulario marxista, pero es que usted por lo que veo o no se aclara o no quiere aclararse. Ni siquiera las huelgas que se produjeron semanas después de la formación del gobierno del Frente Popular obedecían a una consigna bolchevique o anarquista, sino, al contrario, del espontaneísmo de las masas que veían saltar el tapón que ustedes habían colocado durante el bienio negro. Un dirigente del POUM, Andreu Nin, reflejaría el desconcierto de los dirigentes del Frente Popular ante aquella reacción espontánea: «La primera reacción, por parte de los líderes obreros del Frente Popular, ha sido la sorpresa, y, por parte de los líderes republicanos, la indignación. La sorpresa de los primeros ha sido originada por el carácter espontáneo del movimiento, en la mayoría de los casos —en Francia en la totalidad— los obreros se han lanzado a la lucha por encima de sus organizaciones tradicionales. La indignación de los segundos obedece a causas muy distintas. Esos buenos señores acusan a los obreros de ingratitud e impaciencia injustificada. ¡Cómo! —dicen con la mayor seriedad del mundo—. Cuando hay en el país una situación política reaccionaria, no planteáis conflictos. En cambio, cuando al gobierno reaccionario sucede un gobierno popular, animado de las mejores intenciones respecto a la clase trabajadora, promovéis conflicto tras conflicto creando al poder una situación difícil. No os impacientéis, confiad en nosotros y colaborad, desde la calle, a nuestra obra de consolidación del régimen. Lo contrario es una ingratitud manifiesta para aquellos cuyo amor al pueblo es inequívoco. Por otra parte, el planteamiento constante de conflictos, con el estado de inquietud y agitación consiguiente, abona el terreno para el fascismo, contra el cual estamos dispuestos a luchar por todos los medios legales. No os mováis, pues, del terreno de la legalidad republicana, en cuyo marco hallarán satisfacción todas las justas demandas del proletariado.»

Maeztu escribiría en Renovación española *que tal vez sería necesaria la fuerza para dejar pacificado el país para una o dos generaciones. No peco de inmodesto si os digo, jóvenes herederos de mi pacificación, que yo lo dejaré todo atado y bien atado, lo suficientemente para que la sangre vertida permita una pacificación a varias generaciones. Maeztu en 1934, alertado por la señal de los levantamientos revolucionarios y separatistas de Asturias y Barcelona, pidió la formación de un bloque nacional que fuera de Lerroux a Rodezno, jefe de los monárquicos, respaldado por el ejército. A mí me sobraba el señor Lerroux de tamaño bloque y así se lo hice saber a don Ramiro en uno de nuestros raros pero fructíferos encuentros: «No olvide usted, general Franco, que Lerroux al menos ha sido soldado y sabe lo que es la guerra.» Y si la llamada derecha patriótica hacía esta propuesta, un movimiento renovador y revolucionario como la Falange por separado y unificada en la FET y de las JONS, cambiaba de postura entre la* Carta a un militar español *de José Antonio, el malogrado jefe, redactada en noviembre de 1934, en la que pide que los militares respalden «materialmente» la revolución falangista y la proclama* A los militares de España *de mayo de 1936, en la que ya los falangistas no quieren servirse del apoyo material de los militares, sino que les pide que se apoderen del Estado cuanto antes, y me contó Mola que José Antonio le había hecho llegar un mensaje urgentísimo desde la cárcel en junio de 1936, es decir, un mes antes del alzamiento en el que le decía que cada minuto de inacción se traduce en una apreciable ventaja para el gobierno y le reveló una confidencia de su padre: «Retraso una hora el golpe de estado y me lo frustran.» José Antonio hizo llegar a sus adeptos la siguiente instrucción:*

«A) Cada jefe territorial o provincial se entenderá exclusivamente con el jefe superior del movimiento militar en el territorio o provincia, y no con ninguna otra persona.

»B) La Falange conservará sus unidades propias, con sus mandos naturales y sus distintivos.

»C) Si se considera necesario, sólo un tercio —pero no

más— de los militantes falangistas podrá ser puesto a disposición de los jefes militares.

»D) El jefe militar local deberá prometer al de la Falange que no serán entregados a persona alguna los mandos civiles hasta por lo menos tres días después de triunfante el movimiento y que durante este plazo conservarán el poder civil las autoridades militares.

»E) De no ser renovadas por orden expresa, las presentes instrucciones quedarán sin efecto el día 10 del próximo julio, a las doce del día.»

Luego, como Mola se vio obligado a retrasar el alzamiento, José Antonio prolongó esta toma de posición hasta el día 20 de julio, dos días después de nuestra sublime decisión intervencionista. El inimitable Gil Robles, por más que luego haya tratado de distanciarse de la corresponsabilidad del alzamiento desde el puesto gratificante de líder del antifranquismo, si bien es cierto que públicamente declaraba incluso después de la victoria del Frente Popular que su partido «... ni pensaba remotamente en soluciones de fuerza. Sabe ganar y sabe perder» y reprochaba a la clientela social de la derecha capitalista y propietarios agrarios, que su egoísmo le hubieran impedido una política reformista, semanas después ya estaba bisbiseando a propicias orejas que los seguidores de la CEDA no tenían protección, porque no podían esperarla de un gobierno escorado a la izquierda... «... en nuestro partido no os podemos defender». ¿Quién tenía que hacerlo? No muy espléndido, ni en palabras ni en dinero, se mostró el señor Gil Robles hacia nuestra cruzada. Las primeras veladas o por correo secreto o por persona interpuesta y de lo segundo, apenas medio millón de pesetas que hizo llegar al general Mola desde los fondos electorales de la CEDA. Afortunadamente otros hombres que tal vez hubieran podido situarse por encima del bien y el mal, a la espera de una salvación individual desde la cómoda atalaya internacional fueron más generosos que Gil Robles, como el mismo Cambó para no hablar de don Juan March, que tuvo el gesto de ofrecerse para la protección de la familia de Mola y de la mía en el caso de que fracasáramos en nuestra empresa. Y es que, batida políticamente la CEDA, frágiles formaciones de fuerza como falangistas y carlistas, ¿quién o qué, sino el ejército estaba en condiciones de jugar las cartas de España contra la conjura de la anti-España? Calvo Sotelo no tuvo pelos en la lengua y pidió un acto de fuerza porque un acto de fuerza era el que vendría del proletariado para desembocar en una dictadura roja. «Pues bien, para que la sociedad realice una defensa eficaz, necesita apelar también a la fuerza. ¿A cuál? A la orgánica, a la fuerza militar puesta al servico del Estado. Las fuerzas de las armas —ha dicho Ortega y Gasset y nadie recusará este testimonio— no es fuerza bruta, sino fuerza espiritual.» La Falange había intentado la lucha cuerpo a cuerpo a manera de fuerza civil patriótica enfrentada a la violencia del antagonista y hasta los monárquicos, como don Antonio de Goicoechea, habían auspiciado e incluso financiado estas acciones a partir del convenio que habían firmado falangistas y monárquicos en agosto de 1934, por encima de los recelos antimonárquicos, yo diría que injustificadamente antiborbónicos, de José Antonio, herido por las indelicadezas que la monarquía cometió con su padre a partir del momento de su caída política. Pero la dialéctica de los puños y las pistolas de los falangistas no había generado un movimiento de masas como en Italia o Alemania, donde el ejército se limitó a sancionar las conquistas sociales y políticas de los movimientos fascistas, por el bien del equilibio interno de la nación. En España no había sido así y tuvo que ser el ejército quien se echara al camino dispuesto a reencontrar el que llevaba a nuestra unidad de destino en lo universal, por encima de las conjuras de los taimados y las observaciones de los ignorantes.

Han pasado sesenta y ocho años desde mi primer encuentro con la atmósfera militar, en la Academia de Toledo y han sido suficientes para ratificar mi creencia del papel providencial del ejército en la historia de España. Nada más empezar la cruzada ya se vio y ya lo veremos, que las buenas pero equivocadas intenciones de los partidos sumados al alzamiento, nos llevaban a la fragmentación y el desastre. De no haberse impuesto la filosofía de la unidad de mando, la obediencia ciega y la disciplina de combate tan caras a nosotros los militares, la guerra se habría perdido y con ella una vez más la regeneración de España. Falangistas de buena fe, monárquicos cabales, tradicionalistas nobles, no entendieron mi decreto de unificación ni el sentido de mi caudillaje, a pesar de análisis tan lúcidos como el de Julián Pemartín en Qué es lo nuevo, puente entre la necesidad general de militarización profunda de nuestra empresa y el anhelo falangista de hacer de cada español un ser mitad monje mitad soldado. Es decir, afortunadamente, nuestro análisis militar coincidió con la visión de muchos efectivos sociales, falangistas o no, que, salvado un confuso período de tentaciones personalistas, al que no fue ajeno el mal uso de mi confianza que hiciera mi cuñado Ramón Serrano Suñer, terminaron por conformar un nuevo bloque político que coincidía con lo que sociólogos clarividentes han llamado «el franquismo sociológico», esa mayoría social, cada vez más numerosa, que se puso al paso grave de la guerra y luego al paso alegre de la paz, siguiendo los aires de nuestras marchas marciales. Generales tan cultos como Vigón y tan «antifranquistas» como el bueno de Alfredo Kindelán, teorizaron posteriormente que la militarización de la política no podía supeditarse a la visión de Calvo Sotelo de ayudar a que renazca la supremacía del poder civil. En lo formal, es evidente, y yo en cuanto pude llené mis consejos de ministros de civiles, pero tras ellos y entre ellos, allí estaban mis camaradas de armas, los que se habían forjado en mi mismo espíritu sabían ser disciplinados ante mi mando, como Luis Carrero Blanco, por fin el lugarteniente perfecto, el que no merodeaba con razonamientos de civil, aunque sabía largar cuerda para que actuaran los civiles. Vigón, el general «culto» como le llaman los que consideraban que todos los demás éramos analfabetos, llegaría a escribir a fines de los años cincuenta: «Hoy tiene España un capitán cuya inteligente prudencia es garantía de una política con filiación tradicional y amplísimas perspectivas históricas, una política que, en tanto que su inspiración responde al eros militar, encuentra una cálida acogida y un aliento en las filas de la milicia y suscita en ellas, igual que en todas partes, como un eco, una sensación de seguridad sobre la que se afirma su confiada esperanza de porvenir. Y esto por una razón: porque aquí, y fuera de aquí, el militarismo —"este militarismo"— no es un sistema, ni un régimen: es ya un clima.» Y en cuanto a Kindelán, que desde los años cuarenta conspiró para que yo hiciera dejación de mis poderes provisionales en manos de un rey constitucional, ¿no es el mismo que en Ejército y política, publicado en 1947, llega a decir que el ejército no está al servicio del Estado, sino de la nación que es lo permanente e inalterable? En resumidas cuentas y añadiendo la ley de los hechos, como más de una vez contesté a los que me interpelaban sobre la legitimidad de nuestro alzamiento, en todos los países civilizados, cuando un ejército se alza unánimemente contra el gobierno, debe ser éste el que se rinda para evitar los males de una guerra civil.

¿Razones filosóficas para el alzamiento? Todas. Las razones políticas nos las iban dando los excesos frentepopulistas que atentaban contra las leyes naturales y divinas y las únicas razones que se trataba de precisar fríamente, porque eran *las más determinantes, eran las estratégicas. ¿Disponíamos de efectivos para imponer la razón patriótica a la anti-España? De las conversaciones preparatorias que yo había presenciado deducía que había una serie de centros de decisión aún heredados de mi etapa al frente del Estado Mayor, que facilitaban la operación sorpresa y sobre todo, disponíamos de la oficialidad más preparada, la curtida en las campañas de África. Si el alzamiento no triunfaba en pocas horas, nos exponíamos a un conflicto largo alimentado por la entrega de armas a los militantes de los partidos de izquierda y sindicatos, recurso maligno que yo me resistía a presuponer, aunque menos que otros compañeros de discusión. Sobre la jefatura del alzamiento, si bien Mola era su alma y Galarza el gran coordinador, las normas de la jerarquía conducían a Sanjurjo y las del prestigio real de oficiales con probada experiencia de guerra, a Goded o a mí. Quedaba la incógnita de Queipo de Llano que se despejó cuando hizo el memorial de agravios de todo lo que la república no había hecho por él, después de todo lo que él había hecho por la república. Pese a su edad, Queipo estaba moralmente desautorizado para encabezar el golpe y Goded o yo representábamos un dilema difícil de solventar porque Goded no toleraría mi mandato y yo recordé que Goded había conspirado contra Primo de Rivera y había sido uno de los creadores del antimonarquismo dentro del ejército, propiciador consecuentemente del filorrepublicanismo. Por lo tanto no quedaba otra solución que Sanjurjo, a pesar de que ya había sido un perdedor en su insensato intento de 1932. Pero a su sombra había crecido toda la oficialidad africanista y se le respetaba y quería más que se le consideraba como estratega. Por otra parte a mí me constaba que Sanjurjo, de haber encabezado un alzamiento triunfal, pensaba convocar un plebiscito para que el pueblo eligiera «libremente» entre monarquía y república, es decir, nos exponíamos a una acción liberadora, para luego perder en las urnas lo que hubiéramos ganado duramente en la batalla. Sanjurjo falló en su intentona en 1932 porque le faltaron las condiciones ambientales que en cambio provocaron la victoria entre 1936 y 1939, pero de haber conseguido su objetivo en 1932 ¿qué hubiera hecho? ¿Con qué gente contaba? Tal vez por los reparos que a toro pasado hago del personaje, podáis pensar que no le tenía estima y no es cierto. Para demostrarlo trataré de ejemplificar al tiempo que doy una respuesta a la pregunta: ¿cómo era Sanjurjo? Un buen soldado, eso ante todo y a pesar de los años transcurridos desde nuestro cono-*

cimiento y su muerte todavía vaciló a la hora de poner reparos a su conducta militar, porque la conducta humana siempre fue irreprochable. Contaré una anécdota que revelará su
tendencia a la improvisación y a asumir luego como propias
las consecuencias fueran buenas o malas. Estaba yo al frente
de un destacamento en las minas de Uixan cuando llegó el
alto comisario, Berenguer, y me preguntó en un aparte: «Franquito: ¿No hay forma de tomar esas colinas desde las que
nos hostilizan los moros hace diez días?» «Mi general, si V.E.
me autoriza, esta madrugada tomo esas posiciones.» «Quien
tiene que autorizarte es Sanjurjo, el que manda en la zona.»
«Perdone, mi general, Sanjurjo es muy bueno y muy valiente,
pero habla demasiado. Si yo se lo digo, en media hora se en-
teran hasta los moros y yo no quiero exponer a mis hombres.» «Bueno, Franquito, luego ya te apañarás con el general.» Me pegué a un parapeto provisto de unos gemelos de
campaña y me dispuse a observar el ir y venir de las moras
que les llevaban cántaros de agua a los combatientes. De esta
forma tuve una idea bastante aproximada del número de moros
que había en aquellos fuertes, a una media de cuatro o cinco
jícaras de agua al día, calculando generosamente. Así que hice
mis cálculos y cuando ya estaba a punto de dar la orden de
marcha, me presenté en la tienda de campaña de Sanjurjo y
me acogió con sorpresa: «¿Dónde te has metido? No te he
visto en todo el día, Franquito.» Le dije que aquella noche iba
a ocupar las lomas. Sanjurjo me miraba a mí y luego miraba
las lomas, no le salía palabra alguna de la boca: «Y ¿con qué
permiso?» «Con el del alto comisario.» Nos llamó de todo, pero
cuando me dio permiso para retirarme ya se calzaba los prismáticos en los ojos para contemplar la operación. Fue un
éxito. Nuestro éxito. Mío y de Sanjurjo. Y he de decir que no
sólo vigilé la operación desde el cálculo de efectivos humanos
del enemigo, sino que personalmente controlé que mis hombres escogidos, especialistas en trepar montañas, tuvieran bien
sujetos al cuerpo machete y cantimploras, porque si bailaban,
mala ascensión iban a hacer y el ruido les delataría ante el
enemigo. A las tres de la madrugada, monte arriba y el factor sorpresa fue tan importante como el factor cálculo. Volviendo a Sanjurjo, yo le tuve tanto aprecio como juicio crítico
y por eso no me sumé a su intentona, un pronunciamiento
más en la historia de España, contra la república en 1932.
Aquélla era una aventura hecha a la medida de Ansaldo, a la
que Sanjurjo se dejó arrastrar, pero al margen de estas consideraciones, Sanjurjo era un jefe natural y cuando estábamos

estábamos preparando el alzamiento nacional, era evidente que algunos compañeros de mi misma jerarquía, difícilmente aceptarían mi mando y el que más difícilmente lo aceptaría sería Goded, un gran militar, pero imbuido de un complejo de excelencia que ni su propio fin, glorioso pero torpe, pudo justificar. Así que fui yo quien propuso a Sanjurjo y casi hice condición de esta jefatura el aceptar mi participación en el alzamiento nacional. Yo sabía que Sanjurjo le iba a poner mucha valentía a la operación y yo ya le pondría todo lo demás: prismáticos y capacidad de observación y cálculo. Pero él en cambio se sobrestimó siempre y llegó a decir, ante mis argumentos de abogado del diablo: «Con Franquito o sin Franquito tiraremos adelante.» Su propia sobrestimación le perdió.

Lo cierto es que el compromiso previo para el alzamiento, a salvo de decisiones sobre la marcha, se estableció horas antes de que yo emprendiera mi viaje hacia Canarias para asumir el mando que ocultaba un destierro. Nos reunimos en casa del agente de bolsa José Delgado, diputado de CEDA, en la calle general Arrando, 19. Allí estábamos Mola, Orgaz, Fanjul, Kindelán, Ponte, Villegas, Saliquet, Rodríguez de Barrio, García de Herrán, González Carrasco y faltaba Goded, que ya había asumido el mando en las Baleares. Se habló por primera vez, fue Mola, de la posibilidad de sumar a los generales Queipo de Llano y Cabanellas, posibilidad considerada por algunos como quimérica por la conocida militancia republicana de ambos generales. Mola quedó encargado del asunto y se salió con la suya, sobre todo por la irritación de Queipo, consuegro de Alcalá Zamora, cuando el Frente Popular destituyó a su compadre y puso en su lugar nada menos que a Azaña. El coronel Valentín Galarza asistió a la reunión como coordinador de la UME y llegamos a establecer cuatro puntos de compromiso que en buena medida prefijamos Mola y yo:

1. Organización y preparación de un movimiento militar destinado a preservar al país de la ruina y del desmembramiento.

2. Este movimiento no se desencadenará mientras las circunstancias no lo hagan absolutamente necesario.

3. El movimiento se hará en nombre de España, con exclusión de toda otra etiqueta. El problema del régimen, de sus estructuras, de los símbolos nacionales, etc., no será abordado sino después del triunfo del movimiento.

4. Se constituye una junta con los generales residentes en Madrid... El general Sanjurjo es reconocido como jefe del movimiento.

Algunos biógrafos han exagerado mis prevenciones a su-
marme al alzamiento nacional, sin atender la tarea previa que,
con la aquiescencia de Gil Robles, y la ayuda secreta de Mola,
yo había hecho desde la jefatura del Alto Estado Mayor: re-
componer una red de altos jefes militares opuestos a las ten-
dencias autodestructivas y antipatrióticas de la república es-
pañola. Mi nombramiento como capitán general de Canarias
era un destierro encubierto, del mismo modo que la nomina-
ción de Goded para el mismo puesto en las Baleares, pero
tanto Goded como yo aceptamos disciplinadamente el trance,
las Canarias estaban cerca de África, el lugar que se me había
atribuido para el inicio del movimiento y mi destino progra-
mado, porque de haber ocupado Sanjurjo la dirección del al-
zamiento, yo me habría asegurado la plaza de alto comisario
de España en Marruecos. Con respecto a Sanjurjo nos guiaba
la lógica admiración por su brillante trayectoria militar y la
inquietud por su poca escrupulosidad en la planificación de
sus acciones militares. En Las Palmas volví a encontrarme a
un personaje que me ayudaría a tomar la decisión final, el
general Luis Orgaz, allí desterrado convencido de que yo sería
finalmente quien acabaría encabezando el movimiento: «San-
jurjo está bien para empezar, pero después... Si no te decides,
te equivocas. Se trata de una perita en dulce que se va a
comer otro general.» Galarza y Barba proseguían sus trabajos
de correos y a fines de junio yo empecé a sondear a Teódulo
Peral, el coronel jefe de Estado Mayor de la Capitanía, y a
Martínez Fuset, el comandante jurídico, sobre su visión de la
situación y los rumores de golpe. Así como Peral desapareció
pronto de mi entorno, Martínez Fuset fue un excelente colabo-
rador a lo largo en toda la guerra civil y en los primeros años
de la posguerra, aunque para entonces sus funciones eran
menos precisas y buena parte de las asesorías y consejos ya
los recibía de Carrero Blanco, un hallazgo providencial.

En el transcurso de mi viaje hacia Canarias recibí en todas
partes pruebas de solidaridad y complicidad con lo que llevá-
bamos entre manos, pero el clima sería radicalmente diferen-
te cuando llegué a Santa Cruz de Tenerife. Los rojos habían
orquestado una campaña de desprestigio y cuando no eran
los ayuntamientos frentepopulistas los que votaban mocio-
nes pidiendo mi expulsión eran los sindicatos o los escribido-
res anónimos de una consigna que abundaba sobre los muros
de la ciudad: ¡Fuera Franco! Procuré tomarme con serenidad
la situación y sólo una vez perdí ligeramente el control de los
nervios y fue en el transcurso de una recepción cuando un

*oficial, tras una breve alocución, dio un ¡Viva a la república!
En lugar de corearlo le dije: ¡Cállese, imbécil!, con tan mala
fortuna que alguien me oyó y lo divulgó. Por otra parte la
excesiva euforia de nuestros compañeros de causa tampoco
me tranquilizaba, por ejemplo, la oficialidad del acorazado
Jaime I, de visita en la isla, me rodeó de vítores y trató de
llevarme a hombros, lo que no consentí porque hubiera significado una provocación de cara al gobierno de Madrid. Algo
recelaba el señor Azaña y dio orden de que la flota republicana se alejara de las Canarias, mientras establecía un control
constante de mis idas y venidas. Rojos, masones, de muy fuerte implantación en las islas, me recibieron pues de uñas pero
el matrimonio Martínez Fuset nos abrió muchas puertas y nos
secundaban en la operación de fingir una vida normal, incluso abiertamente extrovertida: fiestas, recepciones, club de golf
de Tacoronte, pesca, regatas, bailes de debutantes, concursos
folklóricos, de fumadores de tabaco, de comedores de queso
palmero... no había acto que no requiriera la presencia de un
matrimonio Franco relajado, dialogante dispuesto a integrar-
se en el benévolo clima de las islas Afortunadas, aunque tras
nosotros aparecía siempre Pacón, con un arma en la mano,
desconfiado y receloso desde que se había enterado de que
figuraba en dos listas de oficiales a exterminar: en la una por
sus propios méritos y en la otra por los míos. Carmen y Orgaz
coincidían abiertamente en inculcarme la aspiración de ser el
jefe supremo de lo que se avecinaba y no les satisfacía mi
enigmática respuesta: Hoy se es yunque y mañana martillo.
Orgaz se desconcertaba, Carmen se enfurruñaba.
Orgaz llegó a ponerse pesado en su insistencia para que
me comprometiera: «Piense usted que todo militar que se su-
bleva contra el poder constituido no puede volverse atrás, ni
rendirse. Lo dije bien claro cuando se sublevó Sanjurjo en
1932: Cuando yo me subleve será para ganar.» Martínez Fuset
en cambio no me presionaba, desde un cierto aplatanamiento
curioso, porque no era natural de las islas, sino jienense.
Había estudiado leyes en Granada y allí había conocido a Federico García Lorca, el poeta marxistizante que la propaganda judeomasónica comunista ha convertido en el principal
mártir de nuestra cruzada, y luego consiguió plaza del cuerpo jurídico militar en Santa Cruz de Tenerife, donde contrajo
matrimonio con una Pérez Armas, Ángeles, excelente familia
perteneciente a la alta sociedad canaria. Carmen y Ángeles
intimaron en seguida, en una relación parecida a la que había
establecido en Zaragoza con la señora Campins, Martínez*

Fuset se convirtió en mi brazo derecho, a pesar de que Pacón volvía a estar a mi lado, pero carecía del nivel cultural, social y sobre todo de los conocimientos jurídicos de Lorenzo Martínez Fuset, y Pacón, como me dijo una vez Carmen, me seguía a todas partes porque tenía complejo de huérfano. Sobre el clima político dominante en la isla da idea el que una buena parte de su oligarquía era masónica y en cierta ocasión asistía yo a un banquete como máxima autoridad militar y tuve que oír elogios a la masonería y al divorcio en boca de uno de los oradores, elogios que soporté porque no era el momento ni el sitio de armar un escándalo. La distancia física complicaba mi capacidad de análisis político, aunque constantemente me llegaban emisarios de la península, bien por encargo de Galarza, bien con otros cometidos, algunos de los cuales, especialmente uno, me conviene aclarar. Antonio Goicoechea, jefe del bloque monárquico, ante las elecciones parciales de Cuenca, posteriores al triunfo del Frente Popular, propuso que José Antonio Primo de Rivera y yo encabezásemos la candidatura de derechas, con el fin de que mi nombre respaldara a José Antonio, encarcelado, y pudiera salir de la prisión gracias a la inmunidad parlamentaria. Yo me predispuse, a pesar del mal precedente del fracaso parlamentario de mi hermano Ramón, incitado por los que consideraban que José Antonio era más útil en la calle que en la cárcel. Pero de pronto se presenta en Canarias nada menos que mi cuñado Ramón Serrano Suñer y me trasmite el mensaje de José Antonio: por favor, mi general, no se presente, la unión de nuestros nombres podría interpretarse como una provocación al Frente Popular. Ramón me dijo que yo saldría ganando quedándome al margen, porque la dialéctica del soldado se acomoda mal a las sutilezas y malicias del escarceo parlamentario: «Tendrías que soportar las desconsideraciones habituales en los piques parlamentarios y no te perdonarían el menor fallo. Un fracaso en las Cortes le costó a tu hermano el prestigio de toda una vida de heroicidades, buenas y malas.» Yo me sentía preparado para el evento, pero acepté disciplinadamente la petición de José Antonio, aunque no me convencieran del todo los argumentos de Serrano.

La verdad del cuento era algo más cruda y sólo la diplomacia de su cuñado doró la píldora. José Antonio, en cuanto supo que usted podía ser su compañero de candidatura, empezó a gritar: «¡Generalitos, no!, ¡Generalitos, no!» Luego, algo más sereno, convocó a Serrano Suñer para dictarle la argumentación pragmática que exhibió ante usted, flanqueado por su hermano Fernando, también en la cárcel, que iba lanzando sarcasmos: «Sí, hombre, para asegurar el triunfo de José Antonio no falta más que incluir el nombre de Franco y el del cardenal Segura.» Indalecio Prieto, por su parte, le tenía más miedo a usted que a un pedrisco y en su discurso de Cuenca del 1 de mayo de 1936, situaba su intentona política dentro de un amenazador horizonte de intervencionismo militar: «Entre los elementos militares, en proporción y vastedad considerables, existen fermentos de subversión, deseos de alzarse contra el régimen republicano, no tanto seguramente por lo que el Frente Popular supone en su presente realidad sino por lo que, predominando en la política de la nación, representa como esperanza para un futuro próximo. El general Franco, por su juventud, por sus dotes, por la red de sus amistades en el ejército, es hombre que, en momento dado, puede acaudillar con el máximo de probabilidades —todas las que se erizan de su prestigio personal— un movimiento de este género. No me atrevo a atribuir al general Franco propósitos de tal naturaleza. Acepto íntegra su declaración de apartamiento de la política. ¡Ah! pero lo que yo no puedo negar es que los elementos que, con autorización o sin autorización suya, pretendieron incluirle en la candidatura de Cuenca buscaban su exaltación política con objeto de que, investido de la inmunidad parlamentaria, pudiera, interpretando así los designios de sus patrocinadores, ser el caudillo de una subversión militar.»

Mal le salieron las cosas al jefe de la Falange. No fue elegido diputado y no salió vivo de la cárcel. Quien sabe si con mi concurso hubiera obtenido los votos que le faltaron, la inmunidad parlamentaria, la libertad y la vida. Otras cosas tenía yo en la cabeza. Mola seguía tejiendo la red conspiratoria y mis vacilaciones no eran tales, sino la voluntad estratégica de no empezar una operación de aquel tipo a tontas y a locas. Ante todo necesitábamos un pretexto y éste llegó mediante el asesinato de Calvo Sotelo a manos de un grupo de guardias de asalto comunistas que supuestamente querían vengar el asesinato de uno de sus jefes, también comunista, a manos de los pistoleros de la Falange. Nada más enterarme del alevoso asesinato de Calvo Sotelo, le dije a Martínez Fuset: «Es la señal», y envié un recado urgente a Mola: yo me sumaba al alzamiento según lo previsto.

Tanto el teniente Castillo asesinado por pistoleros como los guardias que le vengaron en la persona de Calvo Sotelo, no eran comunistas, sino socialistas. Además, las fechas no le dan la razón. Calvo Sotelo fue asesinado el 12 de julio, usted dice que sí el 13 y resulta que al día siguiente ya aterriza en Las Palmas el avión fletado en Londres por el trío conspiratorio March-Luca de Tena-Bolín, el famoso *Dragon Rapide* que habría de trasladarle a usted hasta Marruecos. Por si faltaran motivos para la sospecha sobre su sexto sentido como oidor de señales, usted se reunió en Santa Cruz con el diplomático Sangroniz, portador de la oferta de March de respaldo económico en caso de fracaso de la rebelión. Por otra parte, ya era público en el seno del ejército de África que usted iba a ser uno de los cabecillas y el futuro alto comisario de España en Marruecos. Un hijo del general conjurado aunque masón, Cabanellas, Guillermo, posteriormente exiliado y no muy amante de su figura ni de su obra, general, cuenta la prepotencia que se respiraba en el ejército de África ante lo que se avecinaba: «Al Llano Amarillo concurren el alto comisario interino, Álvarez Buylla, el general en jefe del ejército de España en África, Gómez Morato, el general en jefe de la circunscripción del Rif, Romerales, y su Estado Mayor. Cuando las maniobras del Llano Amarillo, el alzamiento se encuentra en el punto culminante de su fase preparatoria. Se celebran dos banquetes al término de esas maniobras. En uno de ellos participan los jefes y oficiales, en el otro suboficiales y sargentos. En el primero, una parte de la oficialidad joven, a la que el aire, el sol y el vino embriagan, grita "¡CAFÉ!", siglas de "¡Camaradas!: ¡Arriba Falange Española!" A este grito, otros respondían: "¡Siempre CAFÉ!, ¡CAFÉ para todos!" En el segundo la efervescencia es grande. Hay un posible enfrentamiento entre oficiales y clases, que se evita, en parte, por la intervención pacífica del general Romerales.

Allí, en Llano Amarillo, bajo los cedros, frente a los montes de Ketama, se celebra esa comida de despedida en la que a su término la oficialidad, puesta en pie, canta —en lugar del de Riego— el himno de la infantería:

> El esplendor y gloria de otros días,
> tu celestial figura ha de envolver,
> pues aún te queda la fiel infantería
> que, por saber morir, sabrá vencer.
> Al volver tus hijos ansiosos al combate,
> tu nombre invocarán.

En Llano Amarillo de Ketama no se fraguó el alzamiento militar; al contrario, pudo haberse frustrado por la impaciencia de algunos o la imprudencia de muchos.» Pero es cierto que usted con su perfeccionismo conspiratorio y su recelo celta, llegó a crispar los nervios de Mola y otros oficiales conspiradores que llegaron a apodarle «Miss Canarias 1936».

Ya he dicho que el asesinato de Calvo Sotelo fue la señal que me decidió a intervenir y si bien todo estaba preparado para trasladarme desde Las Palmas hasta Marruecos en el Dragon Rapide, *yo debía encontrar un pretexto suficiente para viajar desde Santa Cruz de Tenerife, sede de la Capitanía General, hasta Las Palmas. Mis movimientos debían ser más cautos cada día porque el gobierno a pesar de los intensísimos rumores de golpe parecía no darse por enterado y os recuerdo que, por si aún quedaba alguna posibilidad de torcer el sentido maligno del gobierno republicano, pocos días antes del alzamiento le envié un carta a Casares Quiroga, jefe de gobierno, en la que le exponía un memorial de agravios mínimos cuya satisfacción tal vez habría evitado mi contribución al alzamiento. Le decía yo a mi paisano:*

«Es tan grave el estado de inquietud que, en el ánimo de la oficialidad, parecen producir las últimas medidas militares, que contraería una grave responsabilidad y faltaría a la lealtad debida si no le hiciese presente mis impresiones sobre el momento castrense y los peligros que para la disciplina del ejército tiene la falta de interior satisfacción y el estado de inquietud moral y material que se percibe, sin palmaria exteriorización, en los cuerpos de oficiales y suboficiales. Las recientes disposiciones, que reintegran al ejército a los jefes y oficiales sentenciados en Cataluña, y la más moderna de destinos, antes de antigüedad y hoy dejado al arbitrio ministerial, que desde el movimiento militar del 17 no se había alterado, así como los recientes relevos, han despertado la inquietud de la gran mayoría del ejército.

»Las noticias de los incidentes de Alcalá de Henares, con sus antecedentes de provocaciones y agresiones por parte de elementos extremistas, concatenados con el cambio de guarniciones, que produce, sin duda, un sentimiento de disgusto, desgraciada y torpemente exteriorizado en momentos de ofuscación, que interpretado en forma de delito colectivo tuvo gravísimas consecuencias para los jefes y oficiales que en tales hechos participaron, ocasionando dolor y sentimiento a la colectividad militar, todo esto, excelentísimo señor, pone apa-

rentemente de manifiesto la información deficiente que acaso en este aspecto debe llegar a V.E. o el desconocimiento que los elementos colaboradores militares pueden tener de los problemas íntimos y morales de la colectividad militar.

»No desearía que esta carta pudiera menoscabar el buen nombre que poseen quienes en el orden militar le informan o aconsejan, que pueden pecar por ignorancia, pero sí me permito asegurar, con la responsabilidad de mi empleo y la serenidad de mi historia, que las disposiciones publicadas permiten apreciar que los informes que las motivaron se apartan de la realidad y son algunas veces contrarias a los intereses patrios, presentando al ejército bajo vuestra vista con unas características y vicios alejados de la realidad. Han sido recientemente apartados de sus mandos y destinos jefes en su mayoría de historial brillante y de elevado concepto en el ejército, otorgándose sus puestos así como aquellos de más distinción y confianza a quienes, en general, están calificados por el noventa por ciento de sus compañeros como más pobres en virtudes.

»No sienten ni son más leales a las instituciones los que se acercan a adularlas y a cobrar la cuenta de ser viles colaboraciones, pues los mismos se destacaron en los años pasados con dictadura y monarquía. Faltan a la verdad quienes le presentan al ejército como desafecto a la república, le engañan quienes simulan complots a la medida de sus turbias pasiones; prestan un desdichado servicio a la patria quienes disfracen la inquietud, dignidad y patriotismo de la oficialidad, haciéndolas aparecer como símbolos de conspiración y desafecto.

»De la falta de ecuanimidad y justicia de los poderes públicos en la administración del ejército en el año 1917 surgieron las Juntas Militares de Defensa. Hoy pudiera decirse virtualmente, en un plano anímico, que las Juntas Militares están hechas. Los escritos que clandestinamente aparecen con las iniciales UME y UMRA, son síntomas fehacientes de su existencia y heraldo de futuras luchas civiles si no se acude a evitarlo, cosa que considero fácil con medidas de consideración, ecuanimidad y justicia. Aquel movimiento de indisciplina colectiva de 1917, motivado en gran parte por el favoritismo y arbitrariedad en la cuestión de destinos, fue producido en condiciones semejantes, aunque en peor grado, que las que hoy se sienten en los cuerpos de ejército.

»No le oculto a V.E. el peligro que encierra este estado de conciencia colectiva en los momentos presentes en que se unen

239

las inquietudes profesionales con aquellas otras de todo buen español ante los graves problemas de la patria.

»Apartado muchas millas de la península no dejan de llegar hasta aquí noticias, por distintos conductos, que acusan que este estado que aquí se aprecia existe igualmente, tal vez en mayor grado, en las guarniciones peninsulares e incluso entre todas las fuerzas militares de orden público.

»Conocedor de la disciplina, a cuyo estudio me he dedicado muchos años, puedo asegurarle que es tal el espíritu de justicia que impera en los cuadros militares que cualquier medida de violencia no justificada produce efectos contraproducentes en la masa general de las colectividades al sentirse a merced de actuaciones anónimas y de calumniosas delaciones. Considero un deber hacerle llegar a su conocimiento lo que creo una gravedad grande para la disciplina militar que V.E. puede fácilmente comprobar si personalmente se informa de aquellos generales y jefes de cuerpo que, exentos de pasiones políticas, viven en contacto y se preocupan de los problemas íntimos y del sentir de sus subordinados.»

¿Qué pretendía usted exactamente con esta carta, general? ¿Evitar una guerra civil como sostienen casi todos sus idólatras y alguno de sus enemigos o buscarse una coartada en caso de fracasar el golpe, como piensa Payne o Ben Ami, que son historiadores moderados? ¿Cómo es posible que usted escribiera esta carta sin consultarla con sus compañeros de conjura? ¿Por qué de pronto, desde qué huerto de Getsemaní, se decide a sincerarse con el señor ministro y separa su destino del de los demás conjurados? Casares Quiroga no le contestó y hay quien piensa que por prepotencia, otros que porque sobre él pesaba la estrategia azañista de permitir que el golpe estallara, fuera sofocado y así acabar de una vez con toda la hidra conspiratoria de los «africanistas». Azaña pensaba con respecto a la chusma reaccionaria lo mismo que ustedes pensaban con respecto a la chusma roja.

Casares no respondió nunca mi carta y yo me consideré libre de actuar. La Providencia vino en mi ayuda regalándome el pretexto para que yo pudiera viajar de Tenerife a Las Palmas sin infundir sospechas. El general Balmes, comandante militar de Las Palmas y también implicado en el alzamiento, sufrió un fatal desenlace que dio la razón una vez más a mi sospecha de que no hay mal que por bien no venga, si es Dios quien lo envía. El 16 de julio de 1936 en el campo de tiro de la Isleta, lugar al que iba a practicar habitualmente, se le encasquilló el arma y al presionarla sobre el cuerpo para sacar el proyectil se le disparó, con tan mala y certera puntería que acabó con su vida. Como capitán general de Canarias me trasladé a Las Palmas para presidir el entierro y al parecer estaba previsto que a mi paso por la calle Triana al frente de la comitiva oficial, un anarquista especialmente llegado desde la península me descargase una Parabellum. Afortunadamente el servicio de información de los conjurados detectó la presencia del anarquista Amadeo Fernández y fue detenido en la cubierta del correo Viera y Clavijo que cumplía su servicio regular entre Santa Cruz y Las Palmas.

Me hospedé en el hotel Madrid, con mi familia, cerca de la Alameda de Colón, y una confidencia telefónica permitió impedir la voladura del hotel, pero aún no había llegado lo más difícil. Se produjo con el rumor de alzamientos militares en África y muy significativamente en Melilla. El gobernador civil recibió orden de vigilarme, la horda roja se echó a la calle y rodeó el hotel donde residíamos así como la Comandancia Militar. Pacón y yo cargamos las pistolas y salimos del hotel ante la indecisión de los guardias de asalto que vigilaban las puertas. Fue una décima de segundo decisiva. Les miré fijamente y les ordené que se fueran por las calles a controlar a los manifestantes, ¿qué hacían allí descuidando sus deberes fundamentales? Así lo hicieron y pudimos llegar a Comandancia desde donde telefoneé al gobernador y le comuniqué declaraba el estado de guerra y ordenaba a todas las autoridades y jefes que cumplieran las órdenes del gobierno, ésta era nuestra consigna, utilizar la legalidad vigente para imponer nuestra indiscutible legitimidad patriótica.

Sospecho en cambio, general a punto de ser generalísimo, ya da casi lo mismo, que usted siempre conservó un pequeño lugar en su conciencia para la duda sobre esa legitimidad patriótica. Era usted demasiado frío, calculador para dejarse llevar por legitimidades patrióticas que no reportasen éxitos personales y años después, muchos años después, en las confidencias que usted le hace al médico fisioterapeuta doctor Soriano que restauró su mano herida en una cacería le explica por qué la guerra fue duradera, por qué usted siempre pensó que iba a ser duradera, venturosamente duradera para sus planes de exterminar a toda la vanguardia de la anti-España y quedar con el campo libre para imponer un régimen milenario: «... Tenga en cuenta, Soriano, que la república estaba legítimamente constituida, nos gustase o no, y la gente sabe que al sublevarse se juega la carrera y con ello su vida y el bienestar de su familia. Es como si ahora se alzase algún general contra el régimen. Tendría que meditarlo mucho. Yo sabía, contra la opinión de muchos compañeros de armas, que la guerra sería larga, pues la república armaría al pueblo y que la operación no se limitaría a un golpe de cuatro o cinco días. Había leído la historia de las revoluciones del siglo pasado, de la que saqué la consecuencia de que en estos casos no se puede contar con todos los militares. Mire usted, Soriano, si alguna vez se decide a hacer una revolución o a dar un golpe de estado, piense que de cada cien conjurados, sólo diez o doce darán la cara. Si con éstos se considera capaz, adelante, si no, quédese en casa. Y esta proporción fue más o menos la que tuvimos en el alzamiento.»

No todo iba a ser tan fácil. El gobernador civil no obedeció mis órdenes y desde el Gobierno Militar vi cómo las masas rojas se concentraban en torno del Gobierno Civil y empezaban a dar mueras al ejército y a cantar La Internacional. *Otro grupo de rojos tomaba posiciones ante nuestro refugio y por teléfono los responsables de la Guardia Civil y de la de Asalto me confirmaron que seguían fieles a la república. Pacón maniobró en estos momentos con gran habilidad, hay que reconocerlo, y movilizó piezas de artillería que impidieron el encuentro entre los manifestantes espontáneos y el comando de agitadores. Ordené que se liberara a los falangistas presos y formé un equipo de voluntarios para que reforzaran las posiciones de los militares adictos, al tiempo que los oficiales al frente de algunos barcos de guerra en aguas de las Canarias se adelantaban a las consignas asesinas de los marineros comunistas y conservaban el control de escasos barcos, en uno de los cuales estaba prevista la marcha de Carmen y de nuestra hija. Yo quería retrasar la salida hasta dominar al menos la situación en Las Palmas, pero Orgaz y Pacón me hicieron ver cuán urgente era mi presencia al frente del ejército de África, ya que no llegaban noticias claras sobre el éxito del alzamiento en las principales capitales. Me despedí pues de los voluntarios que llenaban el patio del Gobierno Militar y les pedí: «¡Fe, fe, fe y disciplina, disciplina, disciplina!» Debíamos ir hasta el aeropuerto en un pequeño remolcador que tuvo que pasar bajo las ametralladoras vigilantes de la Guardia Civil situadas en las azoteas.*

Sentía la compañía de la pistola cargada en la mano, poca respuesta defensiva era si las ametralladoras entraban en acción, pero Dios les impuso sensatez y silencio. «Pasamos, Paquito, pasamos» me decía Pacón, «Pasamos, excelencia... pasamos» me decía Martínez Fuset..., mientras la escolta de voluntarios que nos acompañaba apuntaba con sus débiles armas hacia las alturas dominadas por las ametralladoras y fue un general suspiro de alivio el que indicó que habíamos quedado lejos de su campo de tiro.

Expedito el camino hacia el aeropuerto, al encuentro del Dragon Rapide, mi cabeza aún se repartía entre todo lo que quedaba atrás y la ingente obra que aparecía por delante. Si mi madre no hubiera muerto tal vez no me habría sumado a aquella aventura patriótica para no causarle ninguna zozobra, y en cuanto a mi mujer y mi hija quedaban más o menos a salvo, preocupada Carmen no sólo por el desenlace de nuestra acción, sino por el papel personal que yo cumpliría. Por primera vez la había visto crítica ante mis decisiones, especialmente ante la de contentarme con el cargo de alto comisario de España en Marruecos, desde la creencia, compartida con Orgaz, de que mi sitio era la jefatura suprema de la cruzada, no por malentendida vanidad, sino porque ése era el criterio subyacente en la mayor parte de la oficialidad. Pero pronto la acción borró las vacilaciones. Pacón estaba en contacto mediante mensajes cifrados con Varela, Yagüe, Galarza y Mola y había recibido una serie de declaraciones mías que iban a dar el primer carácter a nuestra acción de cara a la opinión pública española y universal.

Una de dos. O se muestra usted tópicamente descriptivo de obviedades o minimice detalles tan interesantes como que se afeitó el bigote antes de emprender el viaje y que se vistió de paisano, gris el atuendo, gris el sombrero, ¿llevaba usted chaleco, general? Esos chalecos que siempre le acompañan en sus atuendos civiles y que el psicólogo Enrique Salgado utiliza para elaborar una «teoría del chaleco», signo de vestir mejor, de señorío, de orden y sobre todo, de distancia y autocontención.

Especialmente traumática su decisión de cortarse el bigote, ese casi apéndice charlotaniano que le había ayudado a marcar la diferencia de edad con su hermano Ramón y, a la larga, la diferencia del papel social. Sus compañeros de conjura se quedaron atónitos ante aquella mutilación y Queipo comentaría sarcásticamente: «Lo único que Franco ha sacrificado por el movimiento ha sido su bigote.» Alguna razón tenía el despechado galápago, porque a usted le pusieron el golpe en bandeja y hasta el momento de subir al *Dragon Rapide* poco puso de su parte que no fueran silencios, recelos, precauciones. El *Dragon Rapide* le llevaba a su puesto de conjura, el Alto Comisariado en Marruecos y con él controlar a una parte del ejército que usted sabía determinante a la hora de presentar sus poderes a sus cómplices. Fue ese ejército africano el que luego dio las victorias más contundentes, el que marcó la diferencia por su ciega obediencia y su implacable crueldad mercenaria. El que sembraría un terror paralizante en las primeras semanas de guerra y fijaría una realidad y una leyenda de lo que le esperaba a quien se resistiera. En Tetuán le aguardaba el camino irreversible hacia la jefatura de la guerra por más Sanjurjos y Molas formales que le pusieran en el camino. La perita en dulce que le tendía Orgaz.

A las 14.15 del 18 de julio de 1936 por fin remontó su vuelo el Dragon Rapide. *Era preciso repostar gasolina en Agadir, dentro del protectorado francés y nos vestimos de paisano y tiramos los uniformes al mar. Incluso me afeité el bigote para no ser identificado y bien que hice porque al aterrizar en Agadir nuestro pequeño avión quedó rodeado por varios aviones españoles republicanos que venían de Villa Cisneros para repostar. Todavía tuvimos que superar otro inconveniente. El propietario del surtidor de gasolina era judío y estábamos en sábado, por lo que la ley mosaica no le permitía trabajar. Un puñado de francos marroquíes le hicieron violar el precepto mosaico y así pudimos seguir el vuelo, pero aún teníamos que pasar la prueba de aterrizar y pernoctar en Casablanca donde Luis Bolín nos esperaba y nos hizo pasar por adinerados turistas amantes de emociones africanas. Compartí habitación con Bolín y su excesivo entusiasmo de civil en plena aventura contrastaba con mis cavilaciones. «Será coser y cantar, general.» «No, Bolín, no. Esta guerra será larga. Tenemos doscientos años de enemigo.» Supongo que me entendió, porque luego, a lo largo de una noche de duermevela, le fui explicando mi visión de lo que iba a suceder, que se parecía bastante a lo que luego sucedió. Al día siguiente, después de aquella parodia de descanso, llegamos finalmente a Tetuán, en donde di orden de aterrizar al distinguir perfectamente entre los que nos esperaban la cabeza rubísima del coronel Eduardo Sáenz de Buruaga, de mi promoción toledana: «Podemos aterrizar. Ahí está «el rubito». Nada* más aterrizar y tomar yo pie a tierra, recibí honores militares y el parte del día en la voz del «rubito»: «A tus órdenes, mi general. Sin novedad en la zona del protectorado español de Marruecos.» Cumplidas las formalidades, después de los abrazos, Sáenz de Buruaga me dio la primera amargura de la guerra. Habían conquistado Tetuán después de vencer la resistencia tenaz de los aviadores pertrechados en el aeropuerto y al frente de los aviadores estaba mi primo hermano Ricardo Puente Bahamonde. «Le he juzgado en proceso sumarísimo y está condenado a muerte.» Un mes después me encontraría ante una situación semejante, cuando recibí una carta del coronel Campins, mi antiguo colaborador en Zaragoza, cuya esposa había establecido tanta amistad con Carmen, pidiéndome que intercediera por él, porque Queipo de Llano iba a fusilarle. En vano le pedí a Queipo que lo indultase, consciente del excelente oficial que nos perdíamos, pero Queipo se mostró inflexible e hizo cuestión de soberanía el ajusticiar a Campins. Yo podía interceder por Campins porque sólo era un amigo, un oficial, pero no podía interceder por mi primo, porque hubiera sido considerado un acto de nepotismo inexcusable en aquellos días en que todos se jugaban la vida. Así que mientras se decidía qué hacer con Ricardo, entregué el mando a Orgaz para no asumir el indulto ni firmar la sentencia. Sus compañeros de armas estaban furiosos con él y yo mismo sabía cuán empecinado era mi primo por el mucho roce que habíamos tenido sobre todo durante la infancia y la adolescencia. No es buen político aquel que no asume medidas necesarias pero impopulares y no es un buen jefe aquel que no pospone los sentimientos individuales a la necesidad colectiva. Así que hice de tripas corazón y mi primo hermano fue fusilado.

El episodio del fusilamiento de mi primo hermano Ricardo Puente Bahamonde ha querido ser utilizado, al igual que el de Campins, como una prueba de mi autoritaria crueldad. Ni me tembló el pulso en su momento para asumir estos dos hechos, evidentemente lamentables, ni me tiembla ahora al recordarlo. Lo de Campins ya está suficientemente explicado, lo de Ricardo tiene un fácil resumen. Mi primo hermano, cuyo republicanismo venía de lejos, el 17 de julio de 1939 era jefe de la base aérea de Sania Ramel en Tetuán y se declaró leal al poder rojo cuando fue advertido del alzamiento militar. Sáenz de Buruaga había ordenado que un tabor pasaría de noche a Río Martín y caería por sorpresa sobre aquel aeródromo estratégico. Así se hizo. Las tropas de mi primo fue-

*ron cercadas pero antes de rendirse, Ricardo ordenó que se
quemaran los aviones y se destruyera el material estratégico
para que no cayera en manos de los «rebeldes», es decir, en
nuestras manos. Dos días después yo llegué allí y en efecto,
los oficiales apresados estaban a la espera de que se ejecuta-
ra la sentencia. Si hubo que sacrificar a otros jefes militares
por su insensata fidelidad a la anti-España, no iba a ser yo
quien diera el ejemplo, evidentemente malo, de salvar a un
pariente. Moscardó entregó la vida de su hijo antes que rendir el alcázar de Toledo, como Guzmán el Bueno había hecho
en Tarifa sitiada por los moros en el siglo XIII. ¿Qué pasó
por mi corazón? Eso sólo lo sé yo y afortunadamente toda la
familia Puente, incluida la Puente Bahamonde, jamás me reprochó lo que había sucedido, al contrario, siguieron relacionándose conmigo y en el fondo, imbuidos del tradicional espíritu militar de generaciones comprendieron que yo había
cumplido con mi deber y que Ricardo toda la vida había sido
algo rebelde y excéntrico.*

No resulta tan difícil, general, reconstruir lo que pasó por
su corazón cuando estuvo en condiciones de impedir el fusilamiento de Puente Bahamonde y no lo hizo. Ricardo Puente
Bahamonde había nacido en 1895 e ingresado en la Academia Militar de Ingenieros de Guadalajara en 1911. Fue uno
de los oficiales más incondicionalmente republicanos, hasta
el punto de que cumplió varios arrestos militares durante el
bienio negro (1934-1936) cuando usted era jefe del Estado
Mayor Central del gobierno en el que Gil Robles era el ministro de la Guerra. Usted intervino para que se le destituyera
como comandante jefe de la base de León, temeroso de sus
reacciones con respecto a la represión de la revolución de
Asturias. La animosidad entre usted y su primo también era
antigua y sus discusiones sobre política llegaron a la amenaza
de muerte y el que amenazó fue usted general Franco: «Hay
que advertir que Franco y Ricardo Puente eran antagónicos en
sus respectivas concepciones sobre la forma de Estado y el
carácter del ejército como institución. Habían tenido frecuentes
discusiones, una de las cuales terminó con un ex abrupto de
Franco, quien públicamente dijo a su primo: "Un día te voy a
hacer fusilar." La frase en aquel momento sólo provocó la hila-
ridad del interpelado.» Pilar Jaraiz Franco en *Historia de una
disidencia.* En cuanto al caso Campins, ¿cuánta carne puso
usted en el asador para salvarle? ¿Acaso no le había escrito
usted previamente avisándole de lo que iba a suceder y él le

había contestado que pensaba seguir fiel a la república? Cuando se confirmó la sentencia, la viuda de Campins le envió una carta que usted no leyó, porque Pacón se encargó de interceptarla y contestarla, con el argumento de que no podía preocupar al caudillo, aun comprendiendo los sentimientos de la señora Campins, recuerde, la compañera de juegos de sociedad de su esposa doña Carmen, que precisamente tampoco se distinguiría durante su cruzada por el papel de intercesora por la vida de los vencidos. ¿Qué le decía en su carta la ya viuda Campins, general?:

«Franco, Franco. ¿Qué han hecho con mi marido? ¿Quién me lo ha matado? ¿Qué crimen ha sido el suyo? ¿A quién mató él? ¡Esos que le han matado (quienes sean) no lo conocen, no saben quién es! Usted sí lo conoce. Usted sabe su valer como militar, como cristiano, como caballero. ¡Usted sabe quién es! Usted, que es hoy la primera figura de España, ¿no lo pudo salvar? ¿Qué pasó, Dios mío, qué?

»Perdóneme, pero dígame algo, yo estoy aquí sola, incomunicada y acabaré por perder la razón de tanto pensar cosas que no puedo comprender. Dígame algo, se lo suplico. ¿Qué pudo pasar, qué?

»Matarlo otro hombre, ¡de los suyos!, ¡no puede ser!

»Perdóneme y tenga caridad del mayor de los dolores que puede tener una mujer.

»Suya afma., DOLORES RODA DE CAMPINS.»

En este contexto de violencia irremediable me provocó una sonrisa la noticia de que una patrulla de rojos desalmados había allanado mi domicilio en Madrid el 22 de agosto y encontrado en él banderas monárquicas, libros sobre el fascio, retratos con recientes y expresivas dedicatorias de José Antonio, documentos sobre el movimiento subversivo, un fusil ametrallador, varios fusiles corrientes y pistolas. ¿Qué esperaban encontrar en mi casa? ¿Las obras completas de Carlos Marx? ¿Un retrato dedicado por Dolores Ibárruri? Siempre he tenido armas personales, insuficientes para dar un golpe de estado y todavía hoy conservo a mano un precioso fusil ametrallador belga, juguete e instrumento de mi memoria bélica, a la vez.

En el momento en que usted se sonreía ante la noticia de que habían allanado su piso en Madrid, curado de espantos tras la dura prueba de permitir el fusilamiento de su primo, ante la de su ex colaborador Campins, empezaba el ajuste de cuentas esperado entre lo que Menéndez y Pelayo había llamado «las dos Españas», argumento poetizado por Machado... «...españolito que vienes al mundo guárdete Dios / una de las dos Españas ha de helarte el corazón» y escogido por uno de los cardenales de la cruzada, Pla y Deniel, a la hora de bendecir su matanza. El ojo extranjero de Hemingway recogió este fragmento de violencia anónima, en un punto cualquiera de España, cualquier día.

«... Mi padre era el alcalde del pueblo, un hombre honrado. Mi madre era una mujer honrada y una buena católica, y la mataron con mi padre por las ideas políticas de mi padre, que era republicano. Vi cómo los mataban a los dos. Mi padre dijo: "¡Viva la república!" cuando le fusilaron, de pie, contra las tapias del matadero de nuestro pueblo. Mi madre, que estaba de pie contra la misma tapia, dijo: "¡Viva mi marido, el alcalde de este pueblo!" Yo aguardaba a que me matasen a mí también y pensaba decir: "¡Viva la república! y ¡Vivan mis padres!" Pero no me mataron. En lugar de matarme me hicieron cosas. Oye, voy a contarte una de las cosas que me hicieron, porque nos afecta a los dos. Después del fusilamiento en el matadero, nos reunieron a todos los parientes de los muertos que habíamos presenciado la escena sin ser fusilados y, de vuelta del matadero, nos hicieron subir por la cuesta, hasta la plaza del pueblo. Casi todos lloraban. Pero algunos estaban atontados por lo que habían visto y se les habían secado las lágrimas. Yo misma no podía llorar. No me daba cuenta de lo que pasaba porque solamente tenía ante mis ojos el cuadro de mi padre y de mi madre en el momento de su fusilamiento.»

No quiero regalarle la baza de una total falta de ecuanimidad aunque tampoco tengo por qué regalarle el menor intento de ser imposiblemente objetivo. Conozco la salvaje violencia que en el otro campo siguió al estallido del alzamiento. Las sacas de las cárceles, los paseos, los tiros en las nucas, las checas donde se ejercía el asqueroso terror de subsuelo, la tortura en todas sus manifestaciones, el caso de un sacerdote enculado por una cámara de aire de un garaje e hinchado hasta el estallido de los intestinos. Conozco la fiebre criminal de los provistos de veinte reales, en aquella época, de ideología justificadora y a lo largo de toda mi vida he comprobado cuán miserable es la razón criminal sectaria, la exhiba quien la exhiba. Pero ustedes, dieron el pistoletazo de salida en la carrera de la crueldad y esa carrera no cesaría con su victoria. Todavía treinta años después de su victoria, general, saltaban por las ventanas de las comisarías o de sus casas aquellos a quienes detenía su policía política con los Lisardos Dovales renovados y yo mismo recibí mi parte de una tortura progresivamente aminorada a medida que su dictadura era afectada por el Parkinson.

Recobrado de mis zozobras, sólo cabía pensar en la guerra que se había iniciado. Era evidente que el ejército de África no podía quedarse en África, sino que debido al incierto final de la intentona en buena parte de España y al fracaso grave en Barcelona y Madrid necesitábamos atravesar el estrecho e iniciar la reconquista sistemática desde abajo para conectar con Queipo que había tomado Sevilla en uno de sus golpes de audacia y con Mola que había conseguido adueñarse de Pamplona y establecer un puente con Cabanellas, hábil ganador de la plaza de Zaragoza, en la que se permitió incluso fusilar al general masón Núñez de Prado, enviado por el gobierno para comprobar su fidelidad a la república. Pero ¿cómo atravesar el estrecho desde la penuria instrumental que teníamos e infectado el mar por la escuadra republicana cuya marinería había asesinado y tirado por la borda a los oficiales? Sólo el destructor Churruca *había conseguido pasar a Cádiz un tabor de regulares y una vez desembarcado, la marinería se había apoderado del barco.*

Permítame un fugaz texto de homenaje a Benjamín Balboa López, oficial de tercera clase del Cuerpo Auxiliar de Radiotelegrafistas de la Armada, radiotelegrafista de guardia en el centro de comunicaciones de la Marina de Ciudad Lineal, masón conspicuo y hombre tan leal a la república que se quedó estupefacto cuando usted, usted mismo, general, utilizó el sistema de comunicación oficial para ponerse en contacto con los otros golpistas a partir de las 6.30 de la mañana del 18 de julio: «Gloria al heroico ejército de África. España sobre todo. Recibid el saludo entusiasta de estas guarniciones que se unen a vosotros y demás compañeros de la península en estos momentos históricos. Fe ciega en el triunfo. España con honor. General Franco», y otros mensajes que usted cursaba hacia la península vía Cartagena. Balboa advirtió al radiotelegrafista de Cartagena de que se había convertido en instrumento de la subversión y pasó sus mensajes directamente al jefe del gobierno, Giral, por encima de sus conjurados mandos superiores y encañonando con una pistola incluso al capitán Ibáñez Aldecoa que trataba de amedrentarle. Gracias a

Balboa la flota fue republicana, al menos durante los primeros meses de su alzamiento y la hazaña de este republicano responsable es un peliculón, general, un peliculón de suspense que en cierto sentido acabó bien, porque el radiotelegrafista llegó a subsecretario de la marina republicana y tenazmente consiguió sobrevivir en México hasta ver pasar su cadáver, general Franco, por delante de su casa. Balboa murió en 1976.

Tan grave era la tensión y tan posible el fracaso, que uno de mis oficiales, el coronel de ingenieros Goutier no pudo resistir aquella situación y se suicidó. No era ésa mi intención. Yo me había sublevado para ganar. Mis comunicados no reflejaban mis inquietudes y sí mi voluntad de ganar, porque con ello ganaba España y desde Ceuta contemplaba la anhelada tierra de mi patria mientras enviaba mis contactos a Lisboa, Italia y Alemania en busca de cobertura aérea para poder realizar el paso del estrecho. Contemplaba aquella delgada pero breve franja de agua sintiendo en mi cerebro el grito y reto que nos lanzaría Dolores Ibárruri al frente de la horda roja: «¡No pasarán!» ¡Un puente aéreo! Sin duda el primero de la historia, eso nos permitiría saltar el estrecho a poco que pudiéramos contar con aviones alemanes e italianos que negociaban mis enviados y muy especialmente el financiero don Juan March, que decidió apadrinar nuestra causa. Y en éstas estábamos cuando nos llegó una noticia que nos dejó en el estupor. Sanjurjo no iba a dirigir nuestra victoria. El general residente en Estoril se tomó el inicio del alzamiento con excesiva alegría y tras las primeras noticias del fracaso en las plazas principales, pero de la buena disposición del ejército de África, ya a mi mando, y de la consolidación de las primeras posiciones en algunas provincias, se dispuso a tomar la avioneta Puss-Moth *que pilotada por el no demasiado responsable Juan Antonio Ansaldo debería llevarle hasta Burgos, nuestra plaza fuerte, donde se proclamaría jefe del alzamiento. Había libado y tomado un copioso almuerzo y en su transcurso escuchado emisiones radiofónicas que le envalentonaron: se aclamaba su nombre en las zonas sublevadas como jefe del alzamiento y las palabras aparecían respaldadas por el himno de la monarquía, por la Marcha real, no por el republicano Himno de Riego. Sanjurjo era un emotivo y aclamó: «Sabiendo que mi bandera ondea en España y habiendo oído las notas de este himno, no me importa morir.» E hizo todo lo posible para conseguirlo, porque cargó con exceso de equipaje la avioneta y ésta fue a parar contra la*

cerca de piedra de un campo de labranza. Para Sanjurjo había
terminado el alzamiento.

No resisto recordarle un literariamente excelente fragmento de las memorias del piloto Ansaldo, superviviente de la tragedia, incorporado posteriormente a su causa y finalmente enemigo declarado de su caudillaje. Ansaldo había opuesto reparos al tremendo baúl que Sanjurjo había preparado, pero uno de los ayudantes del general le comunicó: «Son los uniformes del general. No va a llegar a Burgos sin nada que ponerse, en vísperas de su entrada en Madrid.» La avioneta no alzó lo suficiente el vuelo y por unos centímetros, por culpa del exceso de peso, el piloto no pudo salvar una cerca de piedra y se produjo el choque primero contra su borde, luego contra la tierra. Cuando Ansaldo volvió de su aturdimiento... «En un estado semiconsciente, semejante al despertar de un sueño hipnótico y bastante placentero, me encontré sin dolor alguno y anegado de sangre. Volví la cabeza atrás, allí estaba el general, sentado, sonriente, pero con la cara como salpicada de polvo. ¿Cuánto tiempo había transcurrido mientras tanto? Lo mismo podían ser centésimas de segundo que horas interminables. Pero es posible que no llegara su duración ni a un cuarto de minuto. El avión ardía como una antorcha, y el depósito de gasolina suplementario interior adosado a mi izquierda, con sus ochenta litros inflamados, me quemaban sin hacerme sufrir. Comprendí que había que renunciar al morboso placer de dejarse morir. Intenté abrir la portezuela, cerrada con pestillo de seguridad, pero mi muñeca rota no lo lograba. Mi general, mi general —grité—, abra la puerta que nos estamos quemando. Pero mi pasajero no se movía, aunque en su boca entreabierta se dibujaba una extraña sonrisa. Mi mono de vuelo era todo una llama; maquinalmente —no comprendo cómo— conseguí abrir la portezuela desencajada, tirándome de cabeza al suelo. Incorporándome, agarré las manos del general, que quedaba en lo alto, sobre la cerca de piedra en que se incrustaba la avioneta. Tiré de él, pero nada logré. El humo negro me asfixiaba y posiblemente debí perder entonces el poco conocimiento que me quedaba. Después, recuerdo únicamente trozos entrecortados de lo ocurrido, completados más tarde por narraciones de mi hermano Paco y otros testigos. Un pastor valientemente se aventuró entre las llamas y por un pie me arrastró algunos metros de aquel ardiente brasero, pero no logró llegar hasta el general. Los comensales del alegre almuerzo, a campo travesía o en automóviles, acudían ya, angustiados ante el humo que señalaba la catástrofe. Fue imposible dominar el incendio y al extinguirse éste sólo quedaron algunos hierros retorcidos y unos pobres huesos calcinados. Reconocimientos médicos demostraron que el bravo general había muerto en el choque del avión contra la cerca de piedra, puesto que al estar incorporado, su cráneo fue fracturado por la barra superior del fuselaje. Esta seguridad mitigó mi preocupación horrible ante su posible agonía entre las llamas.»

Sanjurjo había recibido el título de marqués del Rif por especial concesión de Alfonso XIII y me contaron que en la emotiva ceremonia de la exhumación de sus restos calcinados, otro noble de España, el marqués de Quintanar puso la mano sobre el ataúd del general y proclamó: «¡El general Sanjurjo ha muerto! ¡Viva el general Franco!» Éste fue el sentir común que palpé en cuanto establecimos un puente suficiente en la península. Un complejo convoy aéreo y naval, en parte alemán, en parte italiano y sin olvidar la flotilla privada del magnate don Juan March, hizo posible el sueño de la travesía del estrecho y del inicio de la reconquista. Sin el valor de los cruzados, ¿hubieran sido posibles las cruzadas, por más ayuda económica que hubieran recibido y apoyo logístico de los reyes cristianos? El 5 de agosto, tras una breve oración ante la Virgen de África, contemplé desde el monte Hacho la sucesiva partida de los aviones que hicieron posible el gran salto, mientras que por la mar, el Wad Ert, el Dato, el Arango, el Benot y las motonaves Ciudad de Algeciras y Ciudad de Ceuta establecían un doble punto de mira y por lo tanto de división para la vigilancia del enemigo. El salto fue irreversible desde el momento en que una fuerza combinada de nuestra débil marina y de los aviones Savoia puso en avería y fuga al principal efectivo naval de la república en aquellas aguas, el Alcalá Galiano con la tripulación descabezada y aterrorizada por el fuego que barría su cubierta. Al día siguiente salté personalmente el estrecho y establecí mi cuartel general en el palacio sevillano de Yanduri, donde dicté las primeras disposiciones peninsulares del ejército de África liberador. Mola había quedado atascado ante los puertos de Guadarrama y Somosierra y Queipo, después de la espectacular toma de Sevilla utilizando sólo un camión con unos cuantos voluntarios, se había adentrado por Andalucía Oriental en una de sus intuitivas expediciones. Desde Sevilla preparé el avance del ejército de África hasta Cáceres y fue allí, en el *renacentista palacio de los Golfines, donde establecí mi primer cuartel general estable. Insisto en que sin valor y astucia, el paso del estrecho hubiera sido imposible, por más ayuda de nuestros aliados y de colaboradores tan evidentemente fundamentales como Juan March, al que me referiré inmediatamente para que ocupe el lugar que le corresponde en aquel evento. Aunque mis enemigos le hagan aparecer como el pirata del Mediterráneo que financió el golpe de estado de los generales facciosos, la verdad es muy otra y quiero precisar algunos de los términos de mis guadianescas relacionadas con don Juan March y Ondinas.*

Mi hermano Nicolás había prestado sus servicios como ingeniero naval en una compañía velenciana propiedad de March y aunque como dato de aproximación poco me aportaría al conocimiento del personaje, menos luz sobre él arrojaba la leyenda ignominiosa que le habían construido sus enemigos. No me consta que March fuera o dejara de ser el traficante sin escrúpulos que había jugado suciamente durante la primera guerra mundial, con muchas vidas perdidas por culpa de sus contrabandos a gran escala y muchas fortunas personales usurpadas por la habilidad tentacular de sus negocios. No ha habido gran financiero mundial que no haya tenido su leyenda negra y March no iba a ser una excepción. Lo cierto es que, para mí, March fue un gran español que enfrentado a la república, la ridiculizó hasta el punto de fugarse de sus prisiones con el director de la cárcel incluido y representar una amenaza material y simbólica contra aquel régimen disolvente. Un ministro catalán, Carner, llegó a decir: O la república acaba con March o March acaba con la república. Estábamos en plenos contactos previos al alzamiento cuando March me hizo llegar un emisario dándome toda clase de seguridades sobre el resultado de la empresa. Él estaba dispuesto a financiarla y si salía mal mi familia y yo teníamos el futuro asegurado en Londres, recurso que, Dios bien lo sabe, no acepté para mi provecho, sino para seguridad de los míos y para poder estar en condiciones de continuar luchando por España. Exactamente el mensaje de March decía: «Seguridad contra cualquier adversidad que el general pueda sufrir como consecuencia de su participación en la acción subversiva en la eventualidad de que ésta fracasara.» Primero discutí al emisario la justeza del adjetivo aplicado a una acción que era eminentemente patriótica, en el caso de que se produjera y añadí que aún no estaba seguro de que los jefes del ejército debieran intervenir «... al menos de que estén con-

vencidos de que su acción es el único camino para salvar al país de su completa ruina». Mi respuesta no desanimó a March aunque sí molestó algo al impaciente Sanjurjo que, ya os lo he dicho, comentó: «Salvaremos a España con Franquito o sin Franquito.» Hay quien ve el diminutivo en lo ajeno para no ver su propia disminución. Luego se produjo lo del asesinato de Calvo Sotelo y acabé de tomar una decisión que en parte ya estaba empeñada.

En cuanto a la ayuda alemana, Mola y March habían establecido lazos más o menos directos con la Alemania nazi, pero yo me permití establecer uno directo en las primeras horas del alzamiento, cuando aún me encontraba en Tetuán. Le envié a Hitler un emisario personal, un hombre de mi confianza, de origen alemán, apellidado Langenhein. El encuentro entre el emisario y Hitler se produjo nada menos que en la Ópera de Munich y allí, entre acto y acto, el jerarca nazi le contestó a Langenhein: «Dígale al general Franco que contará con mi ayuda.» Mi capacidad de iniciativa no pone en discusión el inestimable respaldo que sin duda representó March. Pero todo cuanto se ha dicho de mi «relación con March» puede resumirse en aquel encuentro leal, directo, espontáneo en Salamanca, en los primeros tiempos de la cruzada. El diplomático Sangróniz una vez más fue el intermediario y don Juan, un hombre complejo, de pasado algo turbio, pero en el fondo un gran patriota, me dijo: «Mi general, pongo todo mi dinero bajo su causa, disponga de cuanto quiera y como quiera, pero le aconsejo que en vez de gastarlo rápidamente, haga caso de una experiencia de financiero. Utilice mis créditos en el extranjero. Yo le avalo y traeremos lo que se precise, ya que mi crédito es prácticamente ilimitado.» Así lo hicimos y conseguimos material de Suecia, Inglaterra, es decir, allí donde el apellido March conseguía abrir las cajas y las cuentas más secretas.

Puedo dar fe del altruismo de don Juan March. Yo había pedido doce bombarderos para acabar con las resistencias rojas en sus zonas industriales y enviamos emisarios al Duce para que nos los cediera a crédito. Tal vez el Duce estaba dispuesto pero la industria aeronaval italiana no era tan generosa y nos exigió dinero contante y sonante o avales aseguradores de los 38 millones de pesetas que costaban los aviones. March no prestó ningún aval. Pagó en el acto, con parte de los fondos que tenía en Italia, nada menos que 121 toneladas métricas de oro. Estos aviones nos ayudaron a cruzar el estrecho, aunque luego se revelaron más endebles de lo es-

perado para acciones de más envergadura, y en la operación de travesía de la tropa de África a España también colaboró la flota ligera de March.

La flota que el pirata del Mediterráneo utilizaba para contrabandear.

En dos meses y medio, March consiguió que el Duce nos vendiera 125 Savoia.

Mientras tanto, excelencia, March ofrecía al Duce la promesa del monopolio italiano de recursos naturales españoles: plomo, magnesio, tungsteno y acero, en cuanto cayera Bilbao y deslizó en sus orejas, como quien no quiere la cosa, que el Imperio Romano desde la Tarraconense hasta Persia, estaba al alcance de su mano.

Y no era sólo un hombre de negocios, sino también de acción, porque en plena guerra volaba hasta su Mallorca natal para ver cómo se defendía la isla e hizo buenas migas con el teatral conde Rossi, Arconobaldo Bonarcossi, jefe de las tropas italianas en Mallorca, un hombre bajito y rollizo, moreno, casi negro, que vestía la camisa negra fascista con una gran cruz blanca colgada del cuello, calzaba altas botas hasta la rodilla y recorría la isla a caballo, siempre rodeado de los Dragones de la Muerte, un grupo de jóvenes fascistas que le ayudaban en sus expediciones militares y amorosas, porque era muy sensible al bello sexo.

Y, ¿cómo puede jactarse de las hazañas de aquel asesino patológico que violó, asesinó sin distinción de edad ni sexo y horrorizó la conciencia del testigo Georges Bernanos, escritor católico que descubrió al satán fascista en la isla de Mallorca?

De Roma a Mallorca o a Berlín, March conseguía en todas partes ayudas para nuestra causa y avaló a mi enviado a Berlín para lograr el apoyo inmediato de Hitler, veinte Junkers 52 con tripulación alemana y media docena de cazas Heinkel para protegerlos. Fue March también quien nos ayudó a solucionar el problema del abastecimiento petrolífero ya que la compañía española monopolista Campsa estaba en manos del enemigo. Campsa, monopolio estatal, conseguía petróleo ruso hasta que Lerroux y Gil Robles en 1934 perdieron la depen-

dencia comunista y contrataron petróleo norteamericano, de la Texas Company. Al estallar el alzamiento se producía la contradicción de que la empresa norteamericana, dirigida por Rieber, un feroz anticomunista, tenía que suministrar legalmente petróleo a los rojos. March parece ser que le ofreció una solución «técnica» a Rieber, consistente en que los barcos de la Texas Company rumbo a España se equivocaran de puertos y en vez de llegar a los republicanos llegaran a los nuestros. Años después concedí a Rieber la gran cruz de Isabel la Católica. En cuanto a Juan March mis informadores me advertían que continuaba su clásico juego a tres bandas y que utilizaba nada menos que al almirante Canaris, jefe del espionaje alemán, para sus estrategias bélico-comerciales, pero yo le contestaba: «A caballo regalado, no le mires el dentado.»

Desparramadas nuestras tropas por todos los horizontes de España, bastaba mi presencia para que todo el mundo apuntara hacia Madrid y soñara el momento de entrar y redimir la ciudad secuestrada por la barbarie roja. Nuestro alzamiento había desenmascarado a la república y hombres débiles como Martínez Barrios o el propio Giral, que tomó la decisión de armar a la chusma, fueron sustituidos por los duros de la pelea, los que ya tenían in mente apoderarse del estado pasando sobre el cadáver de España. Había llegado el momento de los Largo Caballero, Negrín, Prieto, la Pasionaria, los anarquistas, los milicianos rojos, la promoción de «jefes naturales» como los que se formaron en torno al V regimiento. Ya estábamos cara a cara sin disimulos y yo esperaba el momento en que entrados en Madrid tendría a mi disposición a don Manuel Azaña para pasarle lista de todo el daño que había hecho a España forzando las circunstancias que hicieron inevitable nuestro alzamiento. A través de nuestros escasos encuentros había captado su odio a todo lo militar y yo le había expresado suficientemente mi desdén ante este tipo de intelectuales soberbios, pagados de sí mismos y reñidos con la tradición más sana de España. Además, como es sabido el físico no le acompañaba e inspiraba un horror, casi repugnancia en buena parte de la sociedad española. Pacón, que leyó las memorias de Miguel Maura, cuenta que el ex ministro de la república y sorprendente hijo del malogrado Antonio Maura, refiere una anécdota ocurrida en París entre don Gregorio Marañón en el exilio y una dama de la buena sociedad madrileña. En el transcurso de la conversación la dama le pregunta a un obispo presente si es cierto *que Azaña se confesó antes de morir. Completamente cierto, le responde el prelado y la dama objetaba: ¡Qué horror! Entonces podemos encontrarnos a este monstruo en el otro mundo.*

General, la anécdota es mucho más compleja y menos favorable a sus deseos de denigrar a Azaña. La voy a reproducir entera, aunque dudo que usted comparta el sarcasmo que exhibe don Gregorio Marañón.

«Ocurrió en una comida de la embajada de Francia, por los años 50. Uno de los comensales, un obispo francés sumamente respetable, tenía a su lado en la mesa a una dama de la aristocracia madrileña, muy conocida, y enfrente a Gregorio Marañón.

»Se hablaba de monseñor Theas, a la sazón obispo de Lourdes, y antes de Montauban, gran prelado que durante la guerra mostró frente a los alemanes un heroísmo ejemplar en defensa de los judíos y de los patriotas perseguidos por la Gestapo. Se elogiaba al prelado y su conducta, cuando, de pronto, la dama en cuestión preguntó al obispo en un francés lamentable:

»—¿Es cierto, monseñor, que monseñor Theas asistió a Azaña en sus últimos momentos?

»—Completamente cierto, señora —respondió el prelado—: se lo oí referir varias veces.

»—¿Y le dio la absolución?

»El prelado miró a su vecina con asombro, vaciló un instante y contestó:

»—Naturalmente, señora.

»—¡Qué horror! Entonces podemos encontrarnos con ese monstruo en el otro lado —exclamó la dama, indignada.

»Volvió a vacilar el prelado un instante, cada vez más asombrado, y con tono casi deletreando las palabras, le dice:

»—No, señora, no. Esté usted tranquila, usted no se encontrará con él en la otra vida. Es imposible.

»Lo curioso —añade Gregorio— es que no sólo no percibió la católica dama la intención de la frase del obispo, sino que dando un profundo suspiro de alivio, clamó:

»—¡Ah! Bueno. ¡Entonces, menos mal!

»No tienen enmienda posible. Esa "gente bien" sigue siendo la de siempre. Para ella, el rey, Primo de Rivera, el general Franco en esta vida y el Padre Eterno en la otra tienen, como primera obligación, velar celosamente por que nadie ni nada, en este mundo ni en el otro, perturbe sus sosegadas digestiones. Por añadidura, su "estrecha conciencia de católicos de verdad" no les estorba, por lo visto, para llevar sus odios y sus rencores más allá de la muerte y hasta el infinito en el tiempo.»

Yo también tengo mi recuerdo a la vez infantil y terminal de don Manuel Azaña. Mi padre había estado fuera de casa tres o cuatro noches, reunido con los del partido, con la radio conectada y la mano sobre la pistola por si se confirmaba la noticia del alzamiento militar. Mi madre procuraba disimular delante mío pero le daba a la máquina de coser como si se tratara de una tozuda enemiga que se negara a dejarse rodar. Entre medias conversaciones con mis tías, más suspiros de lo conveniente y algunas lágrimas sorprendidas, deduje que algo grave estaba pasando y desde los carteles callejeros de los republicanos o las inscripciones murales de la quinta columna, me di cuenta de lo que ocurría u ocurriría y un día vi a un hombre muerto en Duque de Sesto, caído en el suelo con los brazos en cruz de aspa y la sangre saliéndole por debajo del cuerpo, como un caprichoso mal oscuro. Mi padre volvió con barba de días y oliendo a tío como no se cansaba de proclamar mi madre entre risas y lágrimas: ¿En qué pocilga habéis dormido? Mi padre estaba cansado pero satisfecho y luego, de pronto, como si otro recuerdo se me metiera en el anterior una mañana, no sé si antes o después de irse al frente en tranvía, porque el frente estaba un poco más allá de la Moncloa, mi padre me llevó por el paseo del Prado y se detuvo ante una concentración de hombres y mujeres que esperaban algo. Y llegó. Un breve cortejo de tres automóviles y del de en medio, el chófer abre la portezuela para que emerja un hombre con corpachón, traje cruzado a rayas y un sombrero de fieltro sobre una cara demasiado gorda y unos ojos demasiado empequeñecidos por los cristales de sus gafas. Es don Manuel Azaña, me dijo mi padre, y aún no conociendo exactamente qué representaba, sabía que era uno de los nuestros, porque mi padre aunque comunista siempre fue muy unitario en su memoria y en su deseo coleccionaba a todos sus héroes vencidos en la guerra civil. Por mi cuenta vi que aquel hombre tan feo y tan poderoso, tan evidentemente triste atendía los aplausos y los gritos con la melancolía inclinada como su sombrero y así se metió entre los leones dentro del palacio de Congresos. Siempre tuve la impresión de que había traspasado el espejo de la muerte porque no le volví a ver nunca más y la entrada del palacio de las Cortes la recuerdo como una boca que se tragó a aquel hombre demasiado inteligente para ustedes y demasiado soberbio para ser totalmente inteligente.

LA CRUZADA DE LIBERACIÓN

Es CIERTO QUE ENTRE LA DESPEDIDA *de mi familia en Cana-*
rias y nuestro reencuentro en Cáceres mediaron meses de in-
certidumbre, pero yo había hecho toda clase de cálculos para
que mi mujer y mi hija estuvieran a salvo y Martínez Fuset
se encargó de embarcarlas en el Uad Arcilla, *de acuerdo con*
su capitán y protegidas por oficialidad de toda mi confianza.
Había que transbordarlas al barco alemán Wald, *quien las*
llevaría hasta Francia y desde el puerto de arribada irían a
refugiarse en casa de la antigua nurse de Carmen, madame
Claverie, propietaria de una casa en las cercanías de Bayona.
La marinería del Uad Arcilla, *nada más conocerse el alza-*
miento, trató de apoderarse del barco, pero la oficialidad re-
sistió y consiguió imponerse, al revés de lo sucedido en otros
barcos de guerra, donde la marinería redujo a los oficiales,
los asesinó y arrojó al mar. Mis dos Carmen llegaron pues
felizmente a El Havre, donde las esperaba el agregado mili-
tar de la embajada de la república en París, también alinea-
do a nuestro lado, y fue él, el comandante Antonio Barroso,
futuro ministro del Ejército, quien las condujo hasta Bayona.
Tardé en recibir la buena nueva y tuve que desentenderme
de la suerte corrida por otros miembros de mi familia, pues
no era el caso de empezar a dar voces sobre mis intenciones
para que se pusieran a salvo. A veces hay que sacrificar a
los más próximos, para salvar a la inmensa mayoría. Por for-
tuna, el alzamiento pilló a mi hermana Pilar y a mi padre en
Galicia, zona rápidamente ocupada por nuestras fuerzas, Ni-
colás pudo huir astuta y rocambolescamente de Madrid, hasta
ganar Salamanca, ciudad también decantada para nuestra
causa; Ramón seguía en Washington como agregado militar
de la república y no centraba por entonces mis preocupacio-
nes. Lamentablemente algunos hijos de Pilar y la familia po-

lítica de Nicolás permanecieron en la zona roja y pasaron distintas vicisitudes, tal vez las más duras mi sobrina Pilar Jaráiz, aunque de poca experiencia le sirvieron, porque con los años ha tomado posiciones de izquierda según me contó su madre desconsolada y según constaba en los informes del SIM y de la Guardia Civil. Yo no podía preocuparme por mi familia cuando estaba en juego la suerte de España. Me instalé en el palacio de los Golfines de Cáceres el 26 de agosto de 1936. Pacón fue a buscar a Carmen y Nenuca, mi hija, a Valladolid y así reanudé mi vida familiar que equilibraba cotidianamente mi vida militar, rodeado de asesores que completaran mi personal visión militar y patriótica de lo que estaba ocurriendo. Reclamé a Martínez Fuset desde Canarias y a mi hermano Nicolás de Salamanca y contaba con la barroca asesoría de Millán Astray. Nicolás me dijo que la Junta de Defensa instalada en Burgos era más formal y fantasmal que práctica y estableció un conato de equipo de dirección en el que Martínez Fuset me servía de asesor jurídico; Nicolás como secretario general, Sangróniz mantenía las relaciones exteriores, casi reducidas a Portugal, Italia y Alemania; Yagüe y Millán Astray me flanqueaban en las cuestiones estratégicas y Kindelán ponía orden en la relación entre las tropas de tierra y nuestra fuerza aérea. Tanto Queipo de Llano en Sevilla como Mola en Pamplona, trataron de formar equipos de dirección parecidos, pero ni dieron con los hombres adecuados, ni ellos mismos estuvieron por encima de las discordias que los rodeaban.

Se ha hablado y escrito mucho sobre los métodos justicieros expeditivos que puso en marcha Martínez Fuset, con mi respaldo, aunque he de decir que yo recibía los expedientes previamente ordenados y elaborados por mi asesor. No hicimos otra cosa que cumplir las instrucciones de Mola, convencido de que cuanto más contundentes y duros fuéramos al principio, más rápida sería la victoria y más vidas humanas ahorraríamos. Yo no compartía su optimismo y con el tiempo no lo deseé, porque una victoria rápida hubiera impedido aquel trabajo de dura pero necesaria purificación que fue nuestra guerra civil y la aplicación de la justicia sumaria de la posguerra. La duración de la guerra nos permitió liquidar una cizaña crecida durante cien años de formación de la anti-España: demagogos obreros, intelectualoides, todos los responsables directos e indirectos de la situación que nos obligó a intervenir. Mola había diseñado las líneas maestras de la limpieza, dejándose llevar por aquella máxima de Clausewitz que todos habíamos estudiado en la Academia Militar: «En *un asunto tan peligroso como es la guerra, los errores debidos a la bondad del alma son precisamente los peores.» Mola había escrito: «Cuantos se opongan al triunfo del movimiento salvador de España, merecen el anatema de hijos espúreos de España y traidores a su salvación» y había fijado tres artículos derivados de esta afirmación: «Primero: Serán pasados por las armas, en trámite de juicio sumarísimo, como miserables asesinos de nuestra patria sagrada, cuantos se opongan al triunfo del expresado movimiento salvador de España, fueran los que fueran los medios empleados para tan perverso fin. Segundo: Los militares que se opongan al movimiento de salvación serán pasados por las armas por los delitos de lesa patria y alta traición a España. Tercero: Se establece la obligatoriedad de los cargos y quienes nombrados no los acepten caerán en la sanción de artículos anteriores.»*

He de decir que tanto Martínez Fuset como yo nos limitamos a cumplir una filosofía común a la de los demás cuarteles generales del alzamiento y que cuando yo asumí el caudillaje, proclamado jefe del Estado, del Gobierno y de los ejércitos de Tierra, Mar y Aire, nunca me tembló el pulso cuando tuve que firmar una sentencia de muerte justa y cuando se trataba de ajusticiar a algún rojo desalmado con hechos de sangre contra militares o eclesiásticos, yo añadía con toda la firmeza de un pulso que jamás me tembló: Garrote y Prensa. Es decir, nada de fusilamientos honorables, garrote vil y además la noticia en todos los medios de comunicación a nuestro alcance.

Queipo había perfeccionado el mandato de Mola en su virreinato andaluz: «En todo gremio que se produzca una huelga o un abandono de servicio, que por su importancia pueda estimarse como tal, serán pasados por las armas inmediatamente todas las personas que componían la directiva del gremio o, además, un número igual de individuos de éste, discrecionalmente escogidos.» Al propio tiempo anunciaba que, si se comprobaba que en algún pueblo se habían realizado «actos de crueldad contra las personas» —se sobreentiende que de derechas, las únicas «personas» que reconocía como tales—, se actuaría inmediatamente del siguiente modo: «Serán pasados por las armas, sin formación de causa, las directivas y las organizaciones marxistas o comunistas que en el pueblo existan y caso no darse con tales directivos, serán ejecutados un número igual de afiliados, arbitrariamente elegidos. Eso, entiéndase bien, sin perjuicio de castigar, además, a los culpables efectivos de tales "actos de crueldad".»

Sobre la conducta de la extraña pareja de sobremesa fúnebre que formaban usted y Martínez Fuset, le aporto el testimonio de Sáinz Rodríguez, ministro de Educación del primer gobierno bajo su caudillaje: «Un día llegué al Estado Mayor de Salamanca. El caudillo estaba desayunándose, tomando chocolate con picatostes. Tenía un montón de expedientes encima de la mesa y dos sillas al lado: una a la derecha y otra a la izquierda. Examinaba aquellos expedientes, colocaba unos en una de las sillas, otros en la otra y seguía mojando en su chocolate. Me tuvo esperando un buen rato, porque quería despachar aquello. Cuando acabó mi visita, a la salida, me acerqué a uno de los secretarios.

»—Oiga usted —le dije—, ¿qué demonios eran esos expedientes que estaba despachando el general?

»—Pues verá usted: son penas de muerte.

»Es decir, que los que ponía en la silla de la derecha eran que sí, que se cumpliera la pena de muerte, y los de la izquierda, para estudiarlos más adelante.»

Cada vez aparecen más anécdotas sobre la frialdad con que usted enviaba a la muerte a los que se habían declarado sus enemigos aunque usted según parece nunca los tuvo como tales. ¿Recuerda general aquella tarde en que unos compañeros de armas le instaron a que indultara a un militar condenado a muerte y usted preguntó a qué hora le ejecutan, no para indultarle, sino para adelantar la ejecución? ¿Y aquella audiencia a la esposa de otro militar condenado a muerte, ya ejecutado sin que ella lo supiera, que le rogó, le suplicó, incluso consiguió que usted llorara, general, y le hiciera toda clase de promesas? Nada más salir de la habitación la mujer, usted se secó las lágrimas y comentó: Pobre, no sabe que ya es viuda.

Una cosa era mi actividad en la retaguardia, ayudado por Nicolás y Martínez Fuset, más tarde por Ramón Serrano Suñer, y otra mis acciones guerreras. Era en el campo de batalla donde me encontraba más a gusto, sobre todo cuando comprobaba cómo mis vaticinios se cumplían y no siempre iban a la par con la Junta Técnica de Generales, constituida en Burgos, presidida por Cabanellas, como el militar más antiguo.

La estrategia bélica inicial se basó en un movimiento envolvente que nos permitiera una rápida conquista de Madrid y el descabezamiento por lo tanto del aparato administrativo y militar del enemigo. Se me argumentaba que Bismarck había ganado la guerra francoprusiana mediante una relampaguean-

te conquista de París y en cambio Napoleón fracasó en Rusia al no apoderarse de Moscú y los prusianos tampoco habían conseguido apoderarse de París durante la guerra del 14 al 18. Yo no compartía las prisas de mis compañeros de armas por entrar en Madrid, prefería desgastar al enemigo, aniquilar sin prisas pero sin pausas aquella vanguardia antiespañola y una guerra es un instrumento natural de selección de lo bueno y lo malo, lo fuerte y lo débil. ¿Con qué efectivos contábamos para el asalto de Madrid? Mola carecía de gente suficiente para mantener los territorios que había ocupado, presionar hacia el País Vasco y garantizar el asalto a Madrid. Desde mi ubicación en Cáceres, yo dirigía a distancia la limpieza de Galicia de efectivos republicanos y el movimiento envolvente de las tropas rojas que cercaban a Aranda en Oviedo. Mola me consultaba cuanto hacía y sólo el ejército de África podía presentarse como una estructura sólida. Si Mola tenía su vía hacia Madrid, también Queipo la había imaginado y pasaba por la toma sucesiva de Córdoba, la Mancha, Aranjuez y Madrid. Una vez conquistada Mérida, teníamos a nuestro alcance Badajoz o Madrid y ante la sorpresa de muchos colaboradores ordené a Yagüe que fuera a por Badajoz. ¿Por qué? Me interesaba enlazar el ejército del Sur con el del Norte y al mismo tiempo quedar con las espaldas adosadas a la frontera portuguesa, las fronteras de un país aliado desde el que Salazar me enviaba más consejos que ayuda efectiva, pero sobre todo me garantizaba el no tener que mirar detrás mío. Pero tampoco quería desanimar a los esperanzados en una próxima caída de Madrid, aunque en mi fuero interno imaginaba el embarazo político que heredábamos de una inmediata caída de Madrid y de la república. ¿Qué íbamos a hacer con aquel formidable conjunto de fuerzas políticas, sociales y militares, vencidas sí, pero todavía casi intocadas? ¿Qué efectos depuradores habría cumplido así nuestro movimiento? Escribí a Mola una carta contemporizadora, pero suficientemente clara sobre mis objetivos reales: «Recibida tu carta cuando ya tenía escrita la mía y preparada para cifrar estas notas:*

»1.º Siempre consideré, como tú, que problema capital y de primerísimo orden es ocupación de Madrid y a ello deben encaminarse todos los esfuerzos.

»2.º Al compás de esta acción deben reducirse focos y dominar interior zonas ocupadas, en especial en Andalucía, con muy peligrosos focos.

»3.º Ocupación Madrid, acción sobre Levante desde Ma-

*drid, Aragón y Andalucía y de las fuerzas del Norte a reducir
zonas rebeldes norteñas.*

»4.º Acción en masa sobre Cataluña.

*»Nota: Acción sobre Madrid estimo debe consistir en apre-
tarle cerco y privarle de agua y aeródromos, cortándole comunicaciones, evitando ataques casco población, que caso contrario defensa destrozaría tropas.»*

*Cayó Badajoz en manos de Yagüe y cuando el mismo ge-
neral me ofrecía avanzar implacable sobre Madrid, le planteé
la necesidad de acudir a liberar el alcázar de Toledo. Yagüe
tuvo algo parecido a un ataque de indignación que convertimos en enfermedad y el resto de generales se quedó desconcertado ante mi decisión. ¿Qué urgencia logística tenía acudir
a rescatar al coronel Moscardó y a los cadetes que resistían
desde el interior de mi antigua Academia Militar? Cadetes de
la Academia, tropas regulares y algunos guardias civiles, al
mando de Moscardó, un hombre heroico que prefirió, como
Guzmán el Bueno, sacrificar la vida de su hijo prisionero de
los rojos, antes que aceptar su chantaje y rendir el alcázar.
No quiero cansaros, muchachos, con el relato de tanta hazaña de los defensores, de tanta maldad entre los sitiadores,
pero lo cierto es que cuando yo ordené al general Varela liberar el alcázar, nuestra causa se convirtió en noticia en todos
los medios de comunicación del mundo y la gesta de la resistencia de sus defensores figurará para siempre en la historia
universal y en las mejores páginas de la literatura, en la línea
de aquellos versos del gran poeta Gerardo Diego, miembro
insigne de la tan jaleada generación del 27, que no ha gozado
de tanta nombradía universal por su decidida posición a favor
de nuestro movimiento.*

> *Oh ruina del alcázar*
> *Yo mirarte no puedo*
> *convulsa flor de otoño sin asombro.*
> *Vivero de esforzados capitanes*
> *nido de gavilanes*
> *huevo de águila: Franco es el que nombro.*

*Conquistado Toledo, aquella victoria moral y psicológica
engañó a muchos de mis colaboradores, empeñados una vez
más en la conquista de Madrid. He de confesaros que me interesaba más acabar con la resistencia de Asturias, restando
a los rojos el respaldo material y psicológico de los mineros,
apoderarme de Santander y Bilbao lo que significaba copar*

inmensas bolsas de material y combatientes republicanos, hacernos a que el enemigo se autodescompusiera y se rindiera sin condiciones.

Maquiavelo. Maquiavelo.

Usted dio pruebas de que deseaba entrar en Madrid como el primero, aunque quizá también fue el primero en darse cuenta de lo difícil que iba a ser conquistar Madrid ante la fenomenal resistencia popular reforzada por las Brigadas Internacionales, un respaldo tan psicológico como material. Consta su carta, completa, dirigida a Mola el 11 de agosto de 1936 en la que estaba clara su querencia madrileña, no la carta reducida y tergiversadora que acaba de ofrecernos. Permítame que la repita completa:

«Recibida tu carta cuando ya tenía escrita la mía y preparada para cifrar estas notas:

»1.º Siempre consideré como tú que problema capital de primerísimo orden es ocupación de Madrid, y a ello deben encaminarse todos los esfuerzos.

»2.º Al compás de esta acción reducirse focos y dominar interior zonas ocupadas, en especial en Andalucía, con muy peligrosos focos.

»3.º Ocupado Madrid, acción sobre Levante desde Madrid, Aragón y Andalucía, y de las fuerzas del Norte a reducir zonas rebeldes norteñas.

»4.º Acción en masa contra Cataluña.

»Nota: Acción sobre Madrid estimo debe constituir en apre-tarle cerco y privarle agua y aeródromos, cortándole comunicaciones, evitando ataque casco población, que caso contrario defensa desplazaría tropa.

»Ignoraba siguiese defendiéndose Toledo; avance nuestras tropas, que coincide en dirección general con la que me dices descongestionará y aliviará Toledo sin distraer fuerzas pueden necesitarse. Dificultades enormes gasolina depende transporte aéreo tropas me obligarán a enviarte la unidad ofrecida vía terrestre ocupado Mérida, que espero sea mañana.»

Ya ocupado Toledo, sus tropas llegan a penetrar en Madrid hasta la Casa de Campo, el parque de los Rosales, la Moncloa... Pero no esperaban la resistencia calle por calle, casa por casa, como no esperaron la formación de las Brigadas Internacionales o de las Brigadas Mixtas o la derrota de Guadalajara que descompuso el cerco de Madrid. ¿A por Madrid? Usted convierte a Mola en una perdiz mareada y le va alejando cada vez más de su propósito de entrar en Madrid.

Usted aún no era el jefe supremo y una pronta entrada en Madrid implicaba el reparto del botín del Estado.

Si bien Kindelán, siempre tan alto, opuso algún reparo preguntándome si era consciente de que Toledo podía costarme Madrid, en cambio Mola cada vez estaba más entregado a mi concepción estratégica y eran continuas sus consultas personales y epistolares desde el mes de agosto de 1936. Semanas después del alzamiento, yo percibí, sin falsas modestias, que desaparecido Sanjurjo yo era el jefe natural de la cruzada. Nuestros aprovisionamientos empezaron a ser cubiertos por los aliados alemanes e italianos, no tanto porque nos consideraran un calco de sus presupuestos políticos, como la alternativa más interesante y positiva a una república que iba a convertirse en el bastión del comunismo en el sur de Europa. Si el salto del estrecho pudimos hacerlo gracias a un puente aéreo y marítimo, en el que colaboraron alemanes e italianos, aunque lo iniciamos, en muy precarias condiciones, los españoles, nuestra aviación se incrementaría en los meses sucesivos gracias a la confianza que Hitler y Mussolini habían depositado en nuestra causa y en mí como su principal valedor. También March, avalador de créditos indispensables para las compras, me señalaba como el heredero natural de Sanjurjo y Oliveira Salazar escribía frecuentemente sobre el sentido de nuestra cruzada, brindándome sugerencias sobre aquel más allá de la estricta victoria militar que cotidianamente me recalcaba Nicolás. Hay suficientes historias de la guerra (os remito a las de Arrarás, Aznar, los generales Salas Larrazábal o a los libros sobre mi vida y obra de Ricardo de la Cierva) para que sea prolijo sobre secuencias y batallas. Me vi obligado a asumir el mando factual, y bien sabéis que me resistí hasta el último momento, que escribí a Casares Quiroga en demanda de sensatez y que sólo salté a la palestra, nunca mejor dicho, tras el asesinato de Calvo Sotelo, el protomártir.

Y dale con la señal de la muerte de Calvo Sotelo. Ya que usted no lo cuenta, tendré que ser yo quien refiera cuando de lejos venía la conspiración previa al golpe de julio y el papel de levantador del ejército de África que usted tenía con o sin Calvo Sotelo de cuerpo presente. Diez días antes del asesinato del líder de la derecha más ultramontana, el ingeniero don Juan de la Cierva llamó a las oficinas de la Olley Air Service en Croydon, Inglaterra, con el propósito de alquilar un avión capaz de volar a ser posible sin escalas, entre Canarias y Marruecos. Contrató el *Dragon Rapide*, el avión con el que usted saltaría de Canarias a Marruecos para hacerse cargo del ejército de África, se fletó antes del asesinato de Calvo Sotelo y costó 1 010 libras esterlinas y 4 chelines por tres semanas de alquiler, cantidad irrisoria para el bolsillo de don Juan March. En la contratación jugó un papel importante Bolín y Luis Calvo, un periodista de *ABC* corresponsal en Londres, implicada la familia Luca de Tena en los preparativos del golpe en representación del sector monárquico que veían en Sanjurjo su jefe natural y en Mola y usted sus jefes más necesarios. Luca de Tena, propietario de *ABC*, reposaba en Biarritz su cansancio republicano y allí recibió la visita de don Juan March, quien le rogaba que fuera a París o a Londres para comprar o fletar el avión para usted: «Me dio un cheque en blanco y con el preciado papelito en la cartera emprendí el viaje a la capital de Francia, donde me convencí de que en París no había nada que hacer. Entonces se me ocurrió llamar por teléfono a Londres a Juanito de la Cierva, tan relacionado allí con los medios aeronáuticos... Éste lo organizó todo, complicó en la aventura al corresponsal de *ABC* Luis Antonio Bolín, un coronel retirado, amigo de ambos, su hija y otra señorita para camuflar bien el equipaje.» Los investigadores no consiguen ponerse de acuerdo, pero calculan que March dio un millón de garantía a cada uno de los doce principales militares complicados en el golpe y una cantidad global situada entre los 600 millones de pesetas (Félix Maíz, *dixit*) o 1 000 millones (Guillermo Cabanellas, *dixit*) al servicio de la cruzada.

Si bien el enemigo al principio contaba con las grandes capitales, donde fracasó el alzamiento, las llamadas milicias antifascistas subdivididas en distintas militancias, buena parte de la Guardia Civil, una oficialidad bastante mediocre y poco curtida en la que había sido muestra escuela africana, las zonas industriales capaces de respaldar una industria de guerra, nosotros, salvado el escollo del estrecho y pegados al terreno de importantes extensiones del país, disponíamos de mejor oficialidad, de la razón moral y psicológica de nuestra causa, de la capacidad de encuadramiento de masas de falangistas y requetés y de la lucidez de la plana mayor de la jerarquía eclesiástica que movilizó a muchos católicos hacia nuestras filas de la misma manera que, hay que reconocerlo, las declaraciones del rey Alfonso XIII en el exilio a distintos

medios de comunicación, respaldaban nuestra causa e insta-
ban a los monárquicos a sumarse a ella. Es más, Alfonso XIII
fue políticamente tan hábil fiador nuestro ante Mussolini para
que nos abasteciera de pertrechos de guerra, como Juan
March lo sería económicamente, pero creo que sin el concur-
so de la oficialidad africanista más dura y enérgica, verdade-
ra reencarnación de los capitanes de los gloriosos tercios de
Flandes, nuestra victoria hubiera sido imposible, del mismo
modo que mi contribución daba seguridad a nuestros milita-
res y sin ella muchos habrían tirado la toalla a la vista del
fracaso del alzamiento en Madrid y Barcelona, por más que
Sanjurjo hubiera dicho: «Con Franquito o sin Franquito ade-
lante.»

Ansaldo, el mal piloto, según usted, que había sobrevolado
Madrid lanzando proclamas de mal nacido contra el republicano hermano Ramón y que no había sabido convencer a Sanjurjo para que no cargara tanto el avión de medallas, opinó
siempre que sin la ayuda de Italia y Alemania usted no habría
pasado del mes de diciembre de 1936. Comprendo que usted
no sea de la misma opinión y el propio Ansaldo oyó cómo
usted se comparaba con Napoleón en un discurso de sobremesa ante representantes de la Legión Cóndor. No sólo se comparaba igualitariamente, sino que aseguró ganar en astucia
al aventurero corso.

La rapidez de avance de la ofensiva sobre Madrid creó
una falsa euforia, hasta el punto de que forzaron el ritmo y
llegaron a Carabanchel, Casa de Campo, etc., etc. Todos mis
colaboradores estaban exultantes, Varela a la cabeza, menos
yo. No se daban cuenta que Madrid iba a ser defendido casa
por casa en aquellos primeros meses de euforia revoluciona-
ria demagógica y que de momento la operación ya nos costa-
ba dos mil bajas diarias. Madrid estaba defendido por la gente
de bronce y era una trampa, lo hubiera sido de no haber obli-
gado yo a un cierto retroceso y a fijar posiciones. Años des-
pués, estudiando yo las causas de la derrota alemana en la
segunda guerra mundial, las descubrí en la euforia causada
por las fulminantes ocupaciones de los primeros años de ex-
pansión hitleriana. Como Hitler había conseguido estas victo-
rias por encima de la opinión prudente de los militares, se
creyó que todo el monte era orégano, se embarcó en la aven-
tura rusa y en Stalingrado tuvo su San Martín. Hay que saber
retroceder a tiempo para luego poder avanzar incontenible-

mente y aunque yo juzgo la derrota nazi a toro pasado, algu-
na razón tenía Vicentón Gil cuando me decía: «De haber con-
tado Hitler con un consejero militar como su excelencia, de
otra manera hubieran ido las cosas.» De haberme hecho caso,
probablemente, pero ¿a quién hacía caso Hitler?

Los estudios de Ángel Viñas, así como las diversas aproximaciones al papel de los contactos internacionales de March,
demuestran los antiguos preparativos intervencionistas alemanes en la suerte de España, en competitividad al principio,
más que en colaboración con Mussolini. Von Faupel, el omnipotente embajador de Hitler, comentaría a lo largo de la
guerra las torpezas estratégicas que usted cometía, sin entender quizá el objetivo político liquidacionista con el que usted
orientó la guerra. De los informes de Faupel y de los oficiales de la Legión Cóndor, Hitler sacó la conclusión de que usted
no habría llegado a sargento en el ejército prusiano, pero ya
se sabe que los alemanes son muy suyos y lo que usted ganó
para siempre en pequeña escala, Hitler lo perdió para siempre en una escala gigantesca. En cualquier caso, el mariscal
Göring consideró la guerra de España un excelente campo de
entrenamiento para la acción de la Luftwaffe en la segunda
guerra mundial, ejercicios tácticos dentro de los que cabe ins-
cribir el bombardeo de Guernica. Si bien inicialmente usted
era la niña de los ojos del Führer, a medida que avanzaba la
guerra, Mola pasó a ser su preferido, tal vez porque sus enviados entendían mejor el idioma madrileño de Mola que el
gallego que usted empleaba. A regañadientes o no, Hitler siguió incondicionalmente a su lado y se mereció el Gran Collar de la Orden Imperial del Yugo y las Flechas y el título
de caballero que usted le concedió desde la generosidad de
caudillo neonato y victorioso. El balance material de la ayuda
fue importante, como lo fue la italiana, y no insisto para no
tener que pesar la evidente contrapartida de la ayuda soviética. Pero tal vez el principal auxilio que le prestó Hitler
fue disuadir a los gobiernos democráticos de Europa que no
intervinieran en España si no querían topar con él, advertencia respetada por una Europa amedrentada que dejaría a
Hitler tragarse España como le dejó engullir Checoslovaquia
y Austria. En cuanto a Italia, Mussolini hizo de todo: cedió
aviones, barcos, submarinos, material de guerra, 70 000 voluntarios, oficiales, entrenó en Italia voluntarios carlistas y
monárquicos, convirtió Mallorca en una base aérea prácticamente italiana desde la que castigaba el levante español

mediante los bombardeos de Barcelona y Valencia y el hostigamiento de la flota abastecedora de la retaguardia republicana.

Además la capital se defendía no sólo por la contribución de los fascinerosos de todo el mundo convocados por las Brigadas Internacionales, sino también por un grave error de Mola quien había anunciado que Madrid sería ganada no por las cuatro columnas que la cercaban sino por la «quinta columna» que ya tenía dentro, es decir, nuestra gente adicta. Aquel desliz desencadenó el odio de la chusma y se acentuaron los asesinatos de gentes de derechas, de clérigos y los paseos a prisioneros políticos, entre los que estaba mi cuñado Ramón Serrano y algunos sobrinos. Ramón estuvo a punto de morir en una de aquellas «sacas» y no tenía muy buena opinión de los excesos verbales de Mola. Otro personaje que tenía muchas ganas de que entráramos en Madrid para agradecernos los servicios prestados y hacerse con el poder era Gil Robles. Don José María, que ahora va por ahí presumiendo de demócrata de toda la vida y no es tarea de un jefe de Estado dejar en entredicho a cada ciudadano aunque tenga la pesada talla de don José María, ha olvidado que a raíz de la invitación que le cursó Hitler para visitar Berlín, volvió de Alemania algo nazificado y en una concentración de derechas en El Escorial se dejó aclamar como «jefe», casi un caudillo. Se pasó de listo y cuando estalló el movimiento nacional, se puso a salvo, nos hacía gestos de buena amistad desde lejos, pero entre sus colaboradores más próximos preconizó la táctica de dejar que la república y los militares «la liaran» y cuando estuvieran desgastados y cansados, entonces habría llegado su hora y la de la CEDA como fuerza política reparadora. Una lástima que luego se fuera distanciando, impaciente, sin darse cuenta que su hora política sólo podría sonar otra vez después de nuestra victoria, en nuestro bando, depurado de sus responsabilidades republicanas y partidarias. De haber sido lo suficientemente inteligente para convencerlo, yo le hubiera podido dar un puesto importante en nuestra política exterior. Más de una vez pensé: ¡Qué buen delegado en la ONU hubiera sido don José María!

Prieto, el político republicano que más temía mi decisión de intervenir, todavía se jactaba a las pocas semanas de la guerra de que todas las bazas estaban del lado de «los leales» al gobierno constitucional: «Si la guerra, como dijo Napoleón —argumentó el ministro de Defensa republicano— se

gana a base de dinero, dinero, dinero, la superioridad finan-
ciera del Estado, del gobierno, de la república, es evidente...»
Prieto fue posteriormente destituido por Juan Negrín porque
lo consideraba un derrotista, pues ya vemos lo que pensaba
aquel derrotista durante las primeras semanas de la guerra.
Tenía razón, pero no contaba con el valor de una buena di-
rección estratégica y de fuerzas de élite que aunque tuvieran
enfrente resistencias fanáticas, iban conformando un ejército
de campaña frente al taifismo de milicianos y tropas regula-
res republicanas vigiladas por los comisarios políticos de los
partidos. Primero desde Cáceres, luego desde Salamanca, fi-
nalmente desde Burgos o desde el cuartel general móvil «Tér-
minus» yo iba dando unidad operativa de acción a las tropas
en campaña, unidad operativa acentuada cuando conseguí la
jefatura suprema y cuando dicté el Decreto de Unificación de
las distintas fuerzas políticas que daban base a nuestro mo-
vimiento. Queipo, una vez conquistada Andalucía, se dedicó
más a sus alocuciones radiofónicas que a la guerra y Mola
murió prematuramente. No. No hay mal que por bien no
venga: unidad de acción militar y política frente a la anar-
quía, oficiales como Saliquet, Mola, Varela, Muñoz Grandes,
García Valiño, Yagüe, García Morato, Hayas, Agustín More-
no... probados en la guerra de África, eran implacables y en-
tusiastas, disciplina férrea como si se tratara de una legión
indómita obligada a meterse en cintura, así pudimos llegar al
final de la cruzada con una formidable fuerza humana de un
millón de hombres y material considerable, para aquellos tiem-
pos, frente a la que poco podía oponer el voluntarismo deses-
perado de los rojos más fanáticos, esclavizadores de unas
masas sometidas a toda clase de privaciones y deseosas de
que cuanto antes llegara nuestro ejército liberador. También
fue factor muy positivo el que nuestros oficiales y soldados
hicieran una guerra de caballeros, apenas mancillada por al-
gunas acciones de incontrolados y todo supervisado por el ojo
implacable de Martínez Fuset, sobre todo después de las pri-
meras semanas de descontrol, en las que frente a la barbarie
anticlerical y antimilitarista del otro bando, algunos de nues-
tros hombres respondieron según la ley del talión.

Ya ha hablado usted demasiado general, ya se ha jactado
lo suficiente de las buenas maneras de sus oficiales, soldados,
moros, legionarios, falangistas, requetés, voluntarios extranjeros y quisiera oponerle argumentos contrarios que en este
caso no vienen del enemigo, sino de un ex combatiente de su

cruzada, el que sería editor catalán Francisco Mateu, autor del vehemente testimonio antifranquista *Franco ese...*, subtitulado *Mirando hacia atrás con ira*. Primero opone una consideración general al mito de la desigualdad de las represiones en una y otra retaguardia.

«Ha existido siempre un sofisma que se ha propagado con toda la mala intención. Se juzga a la república no por lo que hizo cuando fue tal, sino por lo que sucedió después del levantamiento militar que produjo la subversión de todos los extremistas como sucede en todas las ausencias de poder. Pero el desorden y el crimen y el pillaje no fue privativo de la república, también la España nacional sufrió las mismas plagas, con un agravante creo yo, por parte de la España de Franco. Hubo asesinatos de toda índole y venganzas en el territorio más o menos dominado por la república, pero igualmente las hubo en la zona de Franco, aunque de signo contrario. Los ácratas y los descamisados aprovecharon la confusión para matar a curas y propietarios; pero los nacionales y sus caciques exterminaron a los obreros por el simple hecho de ser socialistas, como explica con su sentido notarial Ruiz Vilaplana en su libro *Doy fe*. A los nacionalistas vascos a pesar de ser católicos, barrieron de la faz de la tierra a todos los que estorbaban hasta llegar a extremos inverosímiles como el fusilamiento de las muchachas pertenecientes a un Batzoki en el cementerio de Hernani y a los obreros de las papeleras en el cementerio de Tolosa, después de un irrisorio proceso presidido por Sanz Orrio y Apesteguia. La circunstancia para mí agravante de estos desmanes, que téngase bien en cuenta tuvieron todos su origen con el levantamiento militar, es que en la zona llamada roja cesaron cuando el mando de la república volvió a dominar la situación y en cambio en la zona franquista perduraron amparados por leyes incalificables que alentaban el asesinato y las torturas, de tal manera que terminada la guerra y con procesos sumarísimos, fueron ejecutados en España 197 000 presos políticos.

»Los nacionales siempre ocultaron sus crímenes y dirigieron información basándose en los intereses de las clases conservadoras y la Iglesia, en cambio los "rojos" han declarado su impotencia para dominar las bandas incontroladas entre otras cosas porque estaban sin policía a la que tuvieron que enviar a los frentes para oponerse a los militares sublevados.»

Luego desciende el análisis concreto de la situación concreta que vivió como miembro de un pelotón de ejecución que aquella noche ni siquiera llegó a ejercer.

«Ángel García, el preso, hasta aquel momento había aún esperado que todo sería como un sueño.

»—¿Por qué me matan?

»Dejamos de lado las grandes entradas que conducen a los fastuosos panteones de las poderosas familias y enfilamos a pie la vereda que a mano derecha bordea la tapia de piedras oscuras y conduce hacia una puerta diminuta que se abre a un recinto en el que no hay mármoles ni cruces. Los falangistas se habían ido quedando rezagados esperando lo que tenía que suceder.

»El sargento de la Benemérita que comandaba el grupo con cara de padre de familia numerosa había desenfundado con disimulo su nueve largo, y de pronto descerrajó un tiro en la nuca de Ángel García, mientras fingía darle ánimos.

»—¡Hala, muchachos, al foso!

»Los falangistas que otras veces habían presenciado la escena, se apresuraron a cargar el cadáver, pero yo que por primera vez había sido reclutado para aquel quehacer me quedé de piedra.

»—¡Qué bestia! —murmuré—. ¿Has visto lo que ha hecho el sargento?

»—Lo de cada noche —respondió tranquilo Rómulo Piñol—. Dice que así ahorra un mal rato a todos: al preso y a nosotros. ¿Qué cara hubieses puesto si te hubieran ordenado disparar sobre él?»

Y finalmente refiere incluso el trato salvaje dado a unos clérigos que no estaban tan convencidos como sus jerarquías del carácter de cruzada de su golpe de estado.

«También viví el caso de unos estudiantes para franciscanos, procedentes del colegio de Lacaroz, que eran clérigos pero aún no habían cantado misa, que en el cuartel de América de Pamplona fueron condenados a muerte por un tribunal militar por haberse declarado nacionalistas católicos y protestado porque se les llamara rojos y comunistas. Por miedo de que el obispo de Pamplona interviniera en su favor y los amparara con el fuero eclesiástico como había sucedido en otras ocasiones, los jóvenes franciscanos fueron sacados de noche del cuartel montados en un camión cerrado y conducidos a Salamanca donde pasaron a la jurisdicción del cardenal Pla y Deniel, que los entregó, como la Inquisición de otros tiempos, al brazo secular...»

«Usted, excelencia —me han dicho muchas veces muy distintos colaboradores— fue quien marcó la diferencia.» Ayu-

das las tuvieron ambos bandos, la no intervención nos afectó a todos, los combatientes eran todos valientes porque eran españoles al fin y al cabo. ¿Marqué yo la diferencia? Una y otra vez vuelvo a la escena de Sanjurjo, los prismáticos, la guerra de África... Yo llevaba la guerra y su proceso en la cabeza, frente por frente, oficial por oficial y ante mí veía cómo se constituían tropas novatas, no todas con la consistencia fanática del V regimiento, ni con mandos tan sorprendentemente empecinados como los comunistas Tagüeña, Lister, Modesto o Cipriano Mera entre los anarquistas aunque progresivamente, a través de la ayuda soviética y de la acción de los comisarios políticos y la dejación de Negrín, el jefe de gobierno que sucedió a Largo Caballero, el ejército enemigo se convirtió en un pelele en manos del Partido comunista, hasta el punto de que tenían como jefe de aviación al señorito riojano Ignacio Hidalgo de Cisneros, cuyo estómago era demasiado delicado por culpa del whisky y no había podido resistir determinadas escenas durante nuestra guerra en África.

Si alguna vez se quiere recuperar seriamente la memoria de los vencidos, los escritos de Tagüeña, Zugazagoitia e Hidalgo de Cisneros conforman una extraordinaria trilogía honesta sobre la conciencia de la resistencia republicana. De los tres, Hidalgo de Cisneros fue el caso más sorprendente de compromiso histórico. Aviador y juerguista riojano hijo de una familia noble, Hidalgo de Cisneros igual pedía lanzarse sin saber a torear a un ruedo para cumplir un compromiso que quedar citado con Ramón Franco y Queipo de Llano para derribar la república en el intento de Cuatro Vientos. Personaje desclasado que fue descubriendo la moral de la historia a medida que la iba haciendo y que en la guerra de África completó el horror que le inspiraba un militarismo encerrado en sí mismo. Parecía ser el espectador de su propio compromiso, no por eso menos radical y compuso con la divorciada Constancia de la Mora una gran pareja referente para la conciencia de la burguesía ilustrada de la república, junto a la que formaban Rafael Alberti y María Teresa León. Usted jamás hubiera podido entenderse con un hombre que tras exiliarse a México, vivió sus últimos años en Bucarest, sin otra exigencia que whisky escocés y que le respetaran una elegancia innata en la que no quedaba excluido el *foulard*. Sus compañeros de partido y exilio llegaron a considerarle una rara avis, un eslabón perdido entre dos épocas, sin entender la novedad de una mirada y el valor de un personaje nacido para ser un vencedor y que escogió la suerte de los perdedores. Las observaciones de Hidalgo sobre usted, sobre su hermano, sobre el militarismo, sobre la clase social a la que él mismo pertenecía, sobre Queipo o sobre Indalecio Prieto, carecen del rigor lingüístico de un científico social, pero son retratos admirables de una retina privilegiada e inocente.

La guerra despertó una gran curiosidad internacional, considerada premonitoriamente, como ensayo general de futuras luchas de más envergadura y por los más lúcidos como el primer combate abierto de un país para impedir la dominación comunista. Esa curiosidad se concretó en la presencia, en las capitales de las dos Españas, de periodistas, políticos e intelectuales ávidos de presenciar el sacrificio español desde la primera fila y de construir el retrato, bien o mal intencionado de los principales propagandistas. No era nuevo para mí contestar a las preguntas de los periodistas, pero sí desde la altura representativa que asumía y tuve que acostumbrarme a medir las palabras, especialmente porque la prensa en manos del comunismo, la masonería y las agencias judías favorecía el retrato fascista de nuestra causa y me describía como un militar ignorante, bárbaro y sin escrúpulos. Con el tiempo di la vuelta a esta imagen, pero recuerdo con especial indignación las veces que tuve que salir al paso de la desinformación que acompañaba a nuestros supuestos actos bárbaros, especialmente de los tres más aireados por la propaganda antiespañola internacional: la matanza de la plaza de toros de Badajoz, el bombardeo de Guernica y el ajusticiamiento del poeta granadino filomarxista Federico García Lorca. Los hechos fueron así y en ninguno de los tres tuve intervención directa. Yagüe efectuó una espectacular conquista de Badajoz, pero la escasez de efectivos le obligó a una acción represiva espectacular que fue uno de los pesos de desprestigio que tuvimos que llevar durante toda la guerra. Temeroso de que por disponer de escasos centinelas, los más de dos mil prisioneros rojos se convirtieran en un peligro futuro, Yagüe los concentró en la plaza de toros de Badajoz y ordenó ametrallarlos. Sin duda se merecían el fusilamiento, porque todos ellos eran rojos probados, pero el procedimiento de exterminio fue demasiado tajante y el propio Yagüe reconoció a un corresponsal extranjero, que fue una orden dictada desde su propia debilidad operativa, explicación técnica que cualquier militar comprendería. Fue en cambio un infundio la noticia circulante de que algunos prisioneros habían sido «toreados» y «banderilleados» y puede testimoniar sobre este extremo el público que asistió a la ejecución, compuesto mayoritariamente por los badajocenses recién liberados por nuestras tropas y que en justa correspondencia al miedo que habían pasado, presenciaban el ajusticiamiento de sus verdugos. La cantidad de rojos apresados y la simultaneidad del ajusticiamiento hizo que de la plaza de toros cerrada salieran regueros de sangre inmediatamente utilizados por la propaganda enemiga para ensangrentarnos. Como nos ensangrentaron a causa del fusilamiento de García Lorca ordenado por Queipo de Llano mediante la fórmula telefónica que empleaba: «Que le den café.» García Lorca había sido detenido por su conducta política y personal de conocimiento general pero también azuzado por malquerencias tan abundantes en el mundo narcisista de los intelectuales. Yo de Queipo no hubiera creado un mártir tan utilizable, pero cuando Queipo se liaba la manta a la cabeza no había quien se la quitara y pagamos un cierto precio por aquel ajusticiamiento. Mucho canto y mucho poema dedicado a García Lorca, pero ¿quién tuvo en cuenta que a mí me habían fusilado a intelectuales tan principales como Ramiro de Maeztu o don Pedro Muñoz Seca, el gran comediógrafo que también era un gran patriota? Y en el caso de Guernica unos ciertos desajustes entre el mando de la aviación alemana de la Legión Cóndor y nuestro cuartel central, provocaron la destrucción de la llamada «capital espiritual» de los vascos, desde una propaganda beata, porque la capital espiritual de todos los cristianos, vascos incluidos, es Roma. Aceptados finalmente posibles excesos de la aviación alemana, que yo desconocía, no es menos cierto que buena parte de la destrucción se debió al estallido de polvorines y almacenamientos militares de los propios rojos. La propaganda marxista ha conseguido homologar el caso Guernica con la destrucción sistemática de Dresde o el lanzamiento de la bomba atómica sobre Hiroshima y Nagasaki. Repugnante superchería a la que hice frente ante muchos corresponsales.

En efecto, ofreció usted abundantes perlas de desfachatez negando lo evidente:

«Los rojos destruyeron Guernica premeditadamente y con fines de propaganda. Un ejército como el nuestro que conquista ciudades como Bilbao sin disparar sobre ellas un solo cañonazo, es lo bastante para poner coto a la difamación.» Declaraciones a la United Press, julio de 1937.

«Los rojos la incendiaron como a Oviedo en 1934 y 1936

y lo mismo que a Irún, Durango, Amorebieta, Munguía, y muchas ciudades durante la campaña.» Declaraciones al *Liverpool Daily Post*, julio de 1937.

«—Le voy a enseñar a usted unas fotografías de Guernica —dice sonriendo. Y me muestra unas pruebas magníficas, positivadas en papel satinado, que reproducen las ruinas de una ciudad totalmente destruida por la metralla y la dinamita, casas hundidas, avenidas enteras destrozadas, montones informes de hierros, piedras y maderas.

»—¡Es horrible, mi general!

»—Horrible, sí. A veces las necesidades de una guerra o de una represión pueden conducir a tales horrores. Esta consideración es una de las razones que me han movido a no utilizar estas fotos que me enviaron hace unos días. Porque fíjese usted: no son de Guernica...

»Y me muestra los epígrafes. En efecto: las fotografías que el general Franco tiene en la mano no son precisamente de Guernica... Son de otra ciudad muy distante, situada a miles y miles de kilómetros de España. El generalísimo no pronuncia el menor comentario. Y yo pienso qué bien harían esas maravillosas fotografías, por ejemplo, en la primera plana del *Daily Express*.» Entrevista concedida al marqués de Luca de Tena. *ABC*, 18 de julio de 1937.

Aunque, reconozcamos, que usted nunca alcanzó el «trémolo» lírico de los poetas de la victoria, como José M.ª Pemán, capaz de escribir sobre «la magnífica contienda que desangra España», que «los incendios de Irún, de Guernica, de Lequeitio, de Málaga o de Baena, son como quema de rastrojos para abonar la tierra de la cosecha nueva. Vamos a tener, españoles, tierra lisa y llana para llenarla alegremente de piedras imperiales».

Pienso a menudo en lo poco que han cambiado mis posiciones de partida y ahí está aquel primer libro extranjero dedicado a nuestra cruzada, publicado en Portugal de la mano del gran amigo de España, Armando Boaventura, Madrid-Moscovo, año 1937. Allí está todo lo que éramos y cuanto hemos conseguido en función de lo que éramos. El autor, un monárquico portugués, tal vez algo escorado hacia un reinstauracionismo a la vieja escuela, realiza un concienzudo resumen de lo que ha sido la historia de España desde la crisis de la guerra de África, la dictadura de Primo de Rivera, el triunfo momentáneo de la anti-España y nuestra cruzada. En el libro se incluye la primera entrevista que me hicieron des-

pués de asumir la jefatura del Estado y de los ejércitos y me sorprendo a mí mismo por las constantes de mi pensamiento de hace casi cuarenta años. Hicimos repaso de historia de España, que él conocía acaso tan bien como yo y, cuando me preguntó por qué el ejército no había reaccionado antes frente al contubernio rojo-masónico-separatista, le contesté: precisamente por ese contubernio, porque una parte de la oficialidad estaba bajo control masónico y dispuso del control del ejército hasta que yo me hice cargo del Estado Mayor en el ministerio de Gil Robles. Aproveché aquella oportunidad para situar en puestos claves a los militares que han hecho posible la cruzada y para pregonar al mundo entero que la URSS era quien había alimentado y fomentado la guerra y ahora estaba abasteciendo de material, técnicos y efectivos humanos al bando antiespañol. Veo con asombro que Boaventura me atribuye la afirmación de que la mayor parte de los cien mil revolucionarios que defendían Madrid eran extranjeros. Evidentemente yo no pude decir esta exageración, tan obviamente portuguesa, por otra parte, pero vislumbro en mi intención el logro futuro de convencer a las democracias occidentales que no estábamos luchando por un pasado conservador, tradicionalista, sino por el futuro de la libertad de Europa amenazado por la barbarie roja. Las Brigadas Internacionales prestaron un flaco servicio al bando rojo, porque se convirtieron en la prueba de que la nuestra era una cruzada contra el comunismo internacionalista y muchas conciencias del mundo entero se pusieron a nuestro lado debido a esta circunstancia. ¿No habían declarado las potencias internacionales la política de no intervención? De todos modos, a pesar del contingente marxista extranjero, de los asesores soviéticos y de la ayuda que a nosotros nos prestaron los voluntarios italianos y oficiales alemanes, fue la nuestra una guerra entre españoles en la que se dirimía a la vez la hegemonía del bien en España y en el mundo entero. Los asesores extranjeros de la república, predominantemente los soviéticos, ayudaron a componer las Brigadas Mixtas, a manera de divisiones menores, dotadas de una gran ligereza y muy adecuadas para dar disciplina a los milicianos militarizados, muchas veces mandados también por jefes de nueva planta casi siempre vinculados al Partido comunista. Con todo, la diferencia cualitativa marcada por nuestro ejército de África y por una oficialidad curtida realmente en la batalla, pesó decisivamente sobre la suerte de la guerra.

¿Qué oficialidad de prestigio teníamos ante nosotros? De

prestigio y capaz, porque a veces no es lo mismo. Vicente Rojo se reveló como el estratega enemigo más considerable, aunque Miaja pasara por ser el jefe militar natural de la república. El general Miaja era algo más antiguo que yo en el ejército pero no se confiaba demasiado en sus virtudes de mando, por lo que durante mi segunda intervención en la guerra de África, el alto comisario quiso darme a mí el mando de unas operaciones que en realidad correspondía a Miaja. Le hice observar lo importante de la decisión, y el alto comisario se avino, con la condición de que Miaja dirigiera el conjunto de la operación y yo las tropas de vanguardia. Ni que decir tiene que nunca nos tuvimos demasiada simpatía y que la carrera de Miaja se hizo sobre todo en los despachos. Era un hombre hábil y algo de hereditario había en esa habilidad porque su hijo, oficial republicano, fue capturado por nuestras tropas en el frente de Talavera cuando estaba al mando de una compañía de guardias de asalto. Fingió que se pasaba al bando nacional y yo no me tragué esa bola, así que lo mandé a la jurisdicción Sur donde esperaba que Queipo de Llano le aplicara la justicia correspondiente. Para sorpresa mía, meses después creí ver a Miaja hijo por las calles de Valladolid cuando yo pasaba en coche, incluso me saludó militarmente. Era él y Queipo de Llano no sólo no le había aplicado ninguna condena, sino que le había rehabilitado. No me pareció justo, así que ordené que le trasladasen a Burgos y le aplicasen un consejo de guerra del que salió con una sentencia tan suave que me quejé al general Dávila y así forcé que se le volviera a juzgar en Valladolid. ¿Pues no le concedieron otra vez la libertad? Me pareció una injusticia y le hice trasladar al campo de concentración de Miranda de Ebro donde estuvo hasta que me ofrecieron canjearlo por Miguel Primo de Rivera, el hermano de José Antonio. Era un canje beneficioso para nuestra causa y me avine a él, aunque siempre lamenté que el hijo de Pepe Miaja saliera tan bien librado.

Según el consejo de guerra de Burgos contra el hijo del general Miaja, hubo pruebas abrumadoras de que se había pasado a su bando, general Franco. Tan abrumadoras, que Miaja hijo no levantó cabeza cuando volvió a la España republicana, se exilió a México y allí murió sin haber vuelto nunca más a su patria. La persecución de que usted hacía objeto al padre utilizando al hijo como chivo expiatorio, aporta datos suficientes sobre su saña. Nada es de extrañar si se tiene en cuenta los procedimientos expeditivos que usted y sus cruzados utilizaron para descabezar el bando republicano de los oficiales leales: el viejo general Batet fusilado en Burgos, Campins en Sevilla, Núñez de Prado en Zaragoza después de un infame secuestro previo engaño del masón Cabanellas, Enrique Salcedo Molinuevo corrió la misma suerte y después de la guerra pasaron ansiosamente el cedazo para cazar a aquellos oficiales que se negaron al exilio porque consideraron que ustedes respetarían su derecho al honor de haber sido fieles a la constitución republicana. Generales como Escobar o Aranguren pagaron con la muerte su candidez. De todas las macabras ejecuciones de sus compañeros de oficio, tal vez ninguna supere la de Núñez de Prado, a quien usted no podía acusar de no haberse distinguido en la guerra de África. Incluso en el grotesco libro *Centinela de Occidente*, redactado por su periodista de cámara, Luis de Galinsoga, aparecen usted y Núñez de Prado juntos, en Dar Drius, en el momento en que al entonces teniente coronel Núñez de Prado le imponen la misma medalla del mérito militar que a usted, entonces comandante. Al producirse el levantamiento, Núñez de Prado contribuyó a alinear a buena parte de la aviación dentro del bando republicano y al conocer las vacilaciones de Cabanellas se trasladó a Zaragoza para detenerle y sustituirle. Jugueteó con su caballerosidad el general Cabanellas, quien finalmente le apresó y lo entregó a Mola el exterminador para que lo fusilara. ¿Y Batet? Engañado por Mola, quien le aseguró su lealtad a la república, fue dos veces condenado a muerte por el propio Mola y fusilado a sus sesenta y cinco años, con un comportamiento militar coherente con la lógica de los militares: fidelidad constante al orden establecido, se llamara monarquía o república. Ustedes fusilaron al general menos conspirador de la historia de España.

Calidad de la tropa, de la oficialidad, del mando único, mis conocimientos adquiridos mediante tantas luchas, el dedo de Dios sin duda protegiéndome, pero faltaba un espaldarazo moral que diera a nuestra causa su verdadero sentido. Y ese espaldarazo nos llegó desde la jerarquía eclesiástica española, primero mediante la prematura declaración de dos obispos vascos, Olaechea y Mújica, justificantes de nuestro movimiento por el mucho mal que la república había infringido a la Iglesia. La declaración de los dos obispos era un globo sonda propiciado por el cardenal Gomá, primado de España, quien al igual que monseñor Pla y Deniel no tardarían en encabezar el alineamiento de casi la totalidad de la Iglesia es-

pañola en nuestra cruzada. Es más, así como Mújica, meses después se revolvería contra nosotros y Mola se vería obligado a expatriarle, el resto de las altas jerarquías, con la excepción del supuestamente pacifista cardenal catalanista Vidal y Barraquer, puso la cruzada bajo palio, desobedeciendo incluso la prudente distancia inicial que quería conservar el Vaticano. El escrito de Mújica y Marcelino Olaechea data del 6 de agosto de 1936, exactamente dos semanas después del alzamiento, es el punto de origen de la calificación de cruzada para nuestra causa y muy pocos meses después el mismo Olaechea la llama «guerra santa», ya completamente decidido Isidoro Gomá, primado de España, y Pla y Deniel, obispo de Salamanca, a tomar partido, dijera lo que dijera el papa Pío XI. Pla y Deniel el 30 de septiembre de 1936 escribió una pastoral, Las dos ciudades, *inspirada en la idea de las dos Españas de Menéndez y Pelayo, en la que frente a la ciudad atea y desalmada se alzaba con vívida luz la ciudad de Cristo y la esperanza: nuestra causa. Y decía expresamente que la contienda «... aunque reviste forma externa de guerra civil, es en realidad una cruzada por la religión, por la patria y por la civilización». Pla y Deniel era tan pequeño de estatura que cariñosamente se le llamaba «Su Menudencia», pero todo lo que tenía de pequeño lo tenía de lucidez y bondad, también de iracundia cuando se sentía vejado por el protocolo después de haber sucedido a Gomá como cardenal primado. Él siempre fue un aliado incondicional y aunque no tuvimos queja de Gomá, santo varón decisivo en nuestra cruzada, el hecho de ser primado le obligó más de una vez a adoptar actitudes de reserva que no se correspondían con su fuero interno. Si Pla llegaba a ofrecerme su palacio obispal de Salamanca como sede personal y de gobierno, Gomá fue el inspirador de la* Carta pastoral de los obispos españoles *de 1 de julio de 1937, consultada al Papa, rechazada expresamente por el cardenal catalán Vidal y Barraquer y finalmente dejada por el Vaticano «... a criterio del cardenal primado». La pastoral era el más claro, decidido respaldo de la Iglesia a nuestra causa y decantó hacia ella muchas voluntades de los católicos de todo el mundo que por fin entendían el carácter justo de nuestra razón.*

Otros católicos en cambio, como Bernanos (testigo directo de la salvaje represión que ustedes desarrollaron en Mallorca), Maritain, Mounier, Mauriac, Duhamel... expresaron su horror ante la cruzada y sus avaladores, y Mauriac llegó a escribir «... para millones de españoles cristianismo y fascismo se confunden» y añadía: «No se puede identificar la causa de Dios con la del general Franco», y Mounier publicaría en *Esprit* las razones por la que un católico debía militar al lado de la república española, pero usted tenía a su servicio otra Iglesia, la que representaban Gomá, Pla y Deniel, o aquel enfervorizado apologeta de su caudillaje falangista que fue Fermín de Yzurdiaga o Gabriel Arias Salgado, el ex seminarista que se convirtió en el capador intelectual del país desde 1939 a 1962, mereciendo el apodo de *Arcángel San Gabriel* por los muchos españoles que su censura había salvado de ir al infierno.

A pesar de la dura reacción de los católicos marxistizados, ya los había entonces en el mundo entero, encabezados por el supuesto filósofo Maritain, la evidencia de mi política paracatólica, mucho más generosa que la mussoliniana y en nada pagana como la cultura nazi, acabó por ganar la batalla.

No meta la pata. Lo suyo evidentemente no es la filosofía. Maritain no era un marxistizado. Era un neotomista y aun así estuvo mal visto en la universidad oficial española hasta final de los años cincuenta.

Pero durante toda la guerra aquellos malos católicos encabezados por Maritain siguieron denigrando nuestra cruzada y mi cuñado Serrano Suñer, en 1938 tuvo que salir al paso de tan fenomenal tergiversador, acusándole de falsear las matanzas cometidas en zona nacional y de legitimar, en cambio, el régimen republicano establecido entonces en Barcelona. No podía quejarse la Iglesia del mundo entero, porque mientras en la zona roja estaban perseguidos los religiosos y prohibidas las misas, durante toda la cruzada no dejé de emitir disposiciones que devolvían a la Iglesia el papel de guía espiritual del pueblo español, como había ocurrido en los tiempos más gloriosos de nuestro imperio: los tiempos de la contrarreforma dirigida por Felipe II. Con ayuda de mis asesores, deshice en la zona nacional toda la obra laicista de la república y así restablecí la separación de sexos en la enseñanza en septiembre de 1936, obligué a que en todas las escuelas figurase una imagen de la Santísima Virgen, preferentemente la Inmaculada Concepción, y a que se celebrara el mes de María durante el mes de mayo. A la entrada y salida de las

clases los niños debían decir, Ave María Purísima y los maes-
tros contestar, Sin pecado concebida..., *establecí el capellán*
castrense con carácter obligatorio y consagré España al após-
tol Santiago, ofrenda que por primera vez hizo mi cuñado Se-
rrano Suñer el 25 de julio de 1938. Un poeta como Pemán
glosó aquel empeño recristianizador y en el poema «De la bes-
tia y el ángel» (1938) escribió: «... el humo del incienso y el
humo de cañón que sube hasta las plantas de Dios, son una
misma voluntad vertical de afirmar la fe y sobre ella salvar
un mundo y restaurar una civilización».

En el Catecismo patriótico español *publicado en Salaman-*
ca en 1939, se decía: «El caudillo es como la encarnación de
la patria y tiene el poder recibido por Dios para gobernar-
nos...» Todo estaba claro y nadie consiguió enturbiarlo hasta
muchos años después, a pesar de que parte del clero vasco y
catalán hostigó nuestra causa desde un separatismo disfraza-
do de «pacifismo». Naturalmente restauré la Compañía de
Jesús y acogí con los brazos abiertos el retorno del cardenal
Segura, el símbolo de la persecución religiosa republicana.
Poco podía prever que la enajenación mental del ilustre pre-
lado le acabaría convirtiendo en uno de mis más conspicuos
e irritantes enemigos, pero soporté sus ataques y vejámenes
como una prueba que Dios me enviaba, mínimo costo de las
muchas satisfacciones que recibía de una Iglesia española co-
herentemente responsable de nuestra cruzada.

Años después, excelencia, con motivo de un trabajo editorial que tuve que realizar sobre la enseñanza en España, encargo pagado por una importante entidad bancaria y editado
por Amescua, S. A., tuve que repasar sus leyes educativas y
asistí estupefacto a lo que ustedes inculcaban en zona nacional
mientras yo era un niño en la zona republicana. Uno de los
teóricos de su reforma educativa, don Pedro Sáinz Rodríguez,
futuro disidente, elaboró una reforma del bachillerato español en 1938, en cuyo preámbulo se decía: «Formadas las jóvenes inteligencias con arreglo a estas normas, se habrá conseguido desterrar de nuestros medios intelectuales síntomas
patentes de decadencia: la falta de instrucción fundamental y
de formación doctrinal y moral y de mimetismo extranjeri-
zante, la rusofilia y el afeminamiento, la deshumanización de
la literatura y el arte, el fetichismo de la metáfora y el verbalismo sin contenido, todo ello en contradicción dolorosa con
el viril heroísmo de la juventud en acción, que tan generosa
sangre derrama en el frente por el rescate definitivo de la au-

téntica cultura española.» Nunca, nunca pude preguntarle a don Pedro Sáinz qué había querido decir con lo de «fetichismo de la metáfora» a pesar de que una vez coincidí con él, en el transcurso de un homenaje que le rindió nuestra editorial por su contribución «a la reconstrucción de la razón democrática española, desde su exilio en Estoril».

Algunos de mis biógrafos, Luis de Galinsoga el más insistente, han creído ver el dedo de Dios marcando y protegiendo la trayectoria de mi vida. Ya he hablado de los accidentes automovilísticos de los que salí ileso, de la bala mortal que no lo fue, de los intentos de atentado que no se consumaron y durante la guerra civil viví alguna experiencia que daba crédito a esa protección de la providencia. Yo era el centinela que nunca duerme... el que recibía los telegramas ingratos y dictaba las soluciones, pero también la Providencia me había dotado de un sentido de la observación fuera de lo común. A fines de 1936 tenía que trasladarme urgentemente a Escalona, en la provincia de Toledo, para conferenciar con el general Varela. No disponía del avión normalmente tripulado por el expertísimo capitán Haya, ocupado en ayudar a los sitiados en el santuario de Santa María de la Cabeza y tuve que utilizar un aparato que descansaba en Salamanca, pilotado por un oficial que me confesó lo poco acostumbrado que estaba a vuelos de noche y por un suboficial muy nervioso e inseguro. Me acompañaban Pacón y mi jefe de Estado Mayor, Martín Moreno, y asumí la responsabilidad del viaje. Todo fue bien hasta Escalona, donde celebré el valiosísimo encuentro con Varela, pero de vuelta, debido a la longitud de la charla, ya había oscurecido y a poco de volar vi que el piloto estaba desconcertado, quedaba la niebla muy pegada a la sierra de la que se adivinaban confusamente sus contornos. Noté que el piloto y el copiloto iban completamente perdidos y que daban vueltas continuadas sobre el mismo sitio de la sierra, pero de pronto, a través de las nubes vi el débil resplandor de lo que quedaba del sol poniente, deduje que por allí estaba el oeste y por lo tanto Salamanca. Le ordené ir en aquella dirección y me sobrepuse a la inquietud del piloto y al nerviosismo del segundo piloto. Estaba en lo cierto. El avión aterrizó felizmente en el aeropuerto de San Fernando de Salamanca y ya me daba yo por satisfecho de nuestra suerte cuando al día siguiente supe que había tenido suerte por partida doble. Aquel segundo piloto al que yo veía en los límites de su control, se subió al mismo aparato pretextando probarlo y se pasó al enemigo. Si aquella noche el piloto hubiera hecho caso de sus indicaciones, nos habrían llevado a territorio rojo, pues sin duda ésa era la misión que sus jefes le habían atribuido y la suerte de la guerra hubiera cambiado radicalmente. ¿El dedo de Dios, como opinaba Galisonga? No lo sé, porque los designios de Dios son insondables y tal vez a su lado la presencia protectora de mi madre seguía siendo mi valedora, pero tantos y tantos casos de misteriosa supervivencia acendraron mi sentir religioso y estaba constantemente atento a las señales que la Providencia me enviaba como prueba palpable de por qué bando había apostado en aquella cruzada. ¿Acaso no podía interpretarse como delegado de Dios aquel brazo incorrupto de santa Teresa que llegó a mis manos a comienzos del segundo año de la guerra?

Estando yo en Sevilla en febrero de 1937, el coronel Borbón me trajo aquella reliquia que había de influir poderosamente en mi vida. Tras la conquista de Málaga, donde por cierto mi jefe de prensa, el intrépido Bolín, había capturado pistola en mano a un peligroso intelectual comunista, Arthur Koestler, aunque consiguió salir del trance porque desconocíamos cabalmente su importancia, Borbón me traía nada menos que la reliquia del brazo de santa Teresa que habían conseguido guardar las hermanas de un convento de carmelitas y me la ofrecían para que me protegiera durante la cruzada. El brazo momificado, que algunos han llamado «el brazo incorrupto de santa Teresa» me acompañó toda la guerra y le atribuyo un halo protector que me lo ha hecho insustituible. A pesar de su aspecto momificado, con los años se me ha hecho indispensable su presencia, tenerlo a la vista, y Carmen, comprendiendo mis sentimientos, consintió que se instalara en nuestro dormitorio. Puede decirse que la mano me dio una inspiración providencial para el futuro de España. A pesar de la toma de Málaga, febrero de 1937 fue un mes deprimente porque decidimos renunciar a la liberación de Madrid, a la vista de la resistencia roja, pero no hay mal que por bien no venga y esa imposibilidad reforzaba la necesidad de que la guerra fuera larga, larga para debilitar al enemigo en el presente y aniquilarlo con respecto al futuro. ¿Qué ganaba España con una victoria fulgurante que hubiera forzado a una rendición de la cizaña y a la obligación de conservarla entre el trigo? Gracias a su larga duración cayeron en los frentes los más fanáticos y decididos enemigos de España y se vieron forzados al exilio los que sobrevivieron. No se trataba sólo de ganar una guerra, sino también de purificar un país de más de cien años de acción corruptora de la masonería y el comunismo, marxista o anarquista. Sin duda fue la serenidad magnética que salía de la mano incorrupta de Teresa de Ávila la que me inspiró una decisión a la larga tan acertada, a pesar de la incomprensión que encontró en algunos miembros de mi propio Estado Mayor. ¿Quiere esto decir que soy supersticioso, como insinúa algún biógrafo? Un hombre religioso no suele ser supersticioso y yo no lo soy, pero admito la existencia de los «gafes», personas que, sin proponérselo, atraen desgracias sobre sí mismos y sobre los que los rodean. Ya en mis tiempos de África había descubierto «gafes» a los que había que evitar para no jugarse la vida y como prueba aporto la de un caso concreto que viví. Un capitán con fama de gafe padecía un aislamiento casi total y un compañero de armas, compadecido, quiso demostrarnos que sólo se trataba de coincidencias y empezó a salir con el oficial gafado. Pues bien, a los pocos días le empezaron a salir unos incomodísimos golondrinos en las axilas. Un exceso de gafe fue el caso de un periodista de la Hoja del lunes de Madrid que quiso pasar una jornada en al Azor para luego contar a sus lectores cómo era un día en la vida del generalísimo Franco. Subió a bordo, nos adentramos en el mar y nada más hacerlo se armó tal temporal que no pescamos ni una sardina. Aún no habíamos relacionado su presencia con el temporal y la desdichada pesca, pero luego supimos que una vez desembarcado, mientras esperaba el coche de la Comandancia de Marina que le llevaría a Madrid, causó un incendio en un bar con una colilla que descuidó apagar. No acabó ahí la cosa. Estaba el incendio sofocado cuando llegó la mala nueva de que el coche que acudía en su busca se había salido de la carretera y chocado contra un árbol. Por fin consiguió regresar a Madrid, escribió el reportaje y como algunos conceptos y opiniones rozaban la legislación vigente, la Auditoría militar de la I Región Militar le abrió un expediente por supuestas injurias al jefe del Estado. Intervine para que no prosperara el encausamiento fruto de un exceso de celo, pero di orden estricta de que aquel buen hombre, no dudo que lo era, no volviera a acercársenos y si alguna vez sonaba su nombre, yo tocaba madera. No siempre el gafe lo parece. En ocasiones el gafe semeja lo contrario de lo que en realidad es. Iba yo embarcado en el Azor, con invitados tan queridos como el almirante Nieto Antúnez, «Pedrolo», y el general marroquí Mizzian y se levantó un temporal tan formidable que fondeamos y nos dispusimos a superar lo mejor posible el aburrimiento. Pedrolo conocía a un viejo oficial de marina, propietario de un lanchón apto para sacarnos del atolladero y nos embarcamos, con tan mala suerte que el lanchón embarrancó y salimos del paso dificultosamente. Pedrolo era un entusiasta de nuestro nuevo amigo, pero a medida que iba cantando sus excelencias yo iba comprendiendo que no era oro todo lo que relucía. Según el relato del almirante Nieto Antúnez, aquel hombre era un héroe porque había salvado a no sé cuánta gente, como si un imán le atrajera hacia lugares de tragedia a donde llegaba siempre a punto de rescatar a alguien. Tenía tres medallas de salvamentos, tres. Demasiados salvamentos, demasiadas medallas. Aquel buen hombre era un gafe. Y no hay que confundir al gafe con el malaje, voz caló que yo interpreto como equivalente de malasombra. Un malaje, por ejemplo, fue aquel oficial que en el transcurso de una comida de recepción a quien era el nuevo jefe de la Legión, muerto el coronel Valenzuela, creyendo rendirme los máximos honores exclamó en el momento del brindis: «Como gallego que soy pido al gobierno que si Franco encuentra en África una muerte gloriosa, su cadáver sea enterrado al lado del sepulcro del apóstol Santiago, en Compostela, lo mismo que Valenzuela lo ha sido en Zaragoza al lado de la Virgen del Pilar.» Yo me callé pero los demás asistentes al acto le abuchearon como se merecía.

Un ejército ejemplar, la protección espiritual de la Iglesia, el dedo de Dios y algún papel debo atribuir a mis pobres cualidades personales y militares. Las segundas las había adquirido durante años de lucha y estaban íntimamente trabadas con mis dotes de observación y de razonar en las situaciones límite, ver, oír y actuar. De las clases recibidas en la Academia de Infantería, especialmente en las impartidas por el coronel Villalba, había retenido el concepto de «valor frío» como el más importante para la conducta militar. De mi propia experiencia como oficial en campaña había deducido que el jefe nunca ha de delegar en los demás la confianza que él no pueda inspirar por sí mismo. No hay que confiar en la lealtad de los otros sino en la confianza que los otros tienen en el jefe. Mis subalternos me seguían en las cargas contra los moros porque sabían que gracias a eso salvaban sus vidas y sus carreras y luego, cuando la providencia me obligó a conducir políticamente a la nación, acabé dando atributos a quienes eran más conscientes de que o se salvaban conmigo y con España o se hundían. Siempre he desconfiado de quien hablara demasiado e hiciera poco y es misión del jefe poner siempre a prueba a subalternos, no para sembrar inseguri-

dad, sino para reforzar su seguridad. ¿Por qué mis compañe-
ros de armas vieron en mí a un jefe, incluso cuando por mi
graduación no lo era?, porque yo tenía en mi cabeza todas
las posibilidades de acción y todas las posibles reacciones de
mis subalternos y detrás del lenguaje a veces brusco y con-
minador que debe adoptar un jefe, la mente debe permanecer
fría en el origen y el destino de las palabras. He visto milita-
res como Millán de un valor caliente que podía llevar a su
propia autodestrucción y de los que le rodeaban y cuando Mi-
llán se quedaba estupefacto ante mi frialdad y la suponía in-
humana, yo le decía que nos complementábamos: «Tú pones
la fiebre y yo pongo el hielo, tú vas de prisa y yo voy sin pri-
sas pero sin pausas.» La ventaja de haber captado el alma
de una institución como el ejército que está al servicio del
alma nacional por encima de las ideas y las personas, es que
sirves a un señor que no puede morir ni claudicar. Estado
de ánimo sereno, experiencia de mando y capacidad de ob-
servación, no podía negar mis propias cualidades, quien
mucho habla poco mira. El silencio agudiza la mirada y des-
de niño sé que las personas poco habladoras son las más
observadoras, por eso en tiempos de la guerra de África exigía
que se me dejara interrogar personalmente a los prisioneros
moros que fueron pastores. El pastor es un hombre de vista
larga y paciente, acostumbrado a los grandes horizontes, sen-
tado en una colina mientras vigila el ganado reconoce si el
caminante que marcha por una vereda lejana es forastero o
pertenece a su pueblo. De estos prisioneros pastores siempre
obtenía datos que a otros se les escapaban, y es que a veces
los grandes éxitos, los decisivos, se obtienen por cosas in-
significantes y sin importancia aparente. Por ejemplo, duran-
te la cruzada ordené que todos los prisioneros informasen
sobre las fuerzas del enemigo y que se recogieran los perió-
dicos que se editaban en la zona republicana, pues aunque
había censura roja siempre la prensa, por activa o por pa-
siva, aunque los políticos no le dejen, tiende a dar testi-
monio de lo que pasa. Así un día vi en La Vanguardia *de*
Barcelona, expropiada por los comunistas, las flotas de tan-
ques rusos, en Rusia, y me dije: si los enseñan es porque
pronto estarán en España. Pensado y decidido: hice destruir
todos los puentes y colocar contratanques en los lugares de
posible infiltración, replegando las tropas a los márgenes
del Tajo. En efecto, a los pocos días entraban en acción las
Brigadas Internacionales con su acompañamiento de tanques
rusos.

En un tiroteo con los emboscados de la quinta columna, un balazo destrozó media mano de mi padre que desde entonces hizo la guerra unas veces de vigilante nocturno, desde la precaria defensa civil que podía oponerse a los bombardeos o a los sabotajes y otras colaborando con el Socorro Rojo. Cuando más angustioso parecía el cerco de Madrid e inminente la entrada de sus tropas, a los madrileños nos llegaban noticias de que usted había declarado que prefería destruir Madrid antes que dejarlo en manos de los marxistas. Muchos años después, su valido el almirante Carrero Blanco, llegaría a declarar que prefería un mundo destruido por una guerra nuclear a un mundo dominado por el marxismo. Sus intenciones, general, estaban explícitas en las octavillas que sus aviones lanzaban sobre nuestras cabezas infantiles:

«El croquis adjunto, que demuestra cómo las tres cuartas partes del territorio nacional están en nuestras manos, debe abriros los ojos mejor que cualquier largo discurso.

»¡Madrileños! El día de vuestra libertad está muy próximo. Si queréis salvar la vida y evitaros perjuicios irreparables, entregaros sin condiciones a nuestra generosidad.

»Sabed, madrileños, que cuanto mayor sea el obstáculo, más duro será por nuestra parte el castigo.»

Indiferentes a tanta amenaza, libres entre los escombros y las calles desoladas, demasiado disminuida la estatura de nuestros padres por las privaciones, la rabia y la premonición de fracaso que mi padre llevaba dentro como su misma condición de gallego vencido, los niños de la guerra crecimos libres bajo las bombas y a mis seis o siete años seguía a los primos en las escaladas de los derrumbamientos y conmemorábamos la muerte de Mola cantando:

> El hijo de la gran Mula
> por Mola vino a las malas.
> Como no tuvo soldados
> los hizo con las sotanas.

La guerra de los mayores sólo se convertía en la guerra de los niños cuando entre los escombros de los bombardeos aéreos y sobre todo de los obuses casi cotidianos entre 1936 y el final de 1937, aparecían las destrozadas menudencias de los niños rotos, exageradamente pequeños para tanta muerte. Entonces yo sentía una solidaridad corporativa, biológica que nunca he intelectualizado, como sin duda he intelectualizado mis recuerdos necesariamente heredados, borrosos, fragmentados de la guerra. Aquellos cuerpos de los niños muertos, sobre todo si estaban al lado de los cuerpos también sin vida de madres con los muslos ensangrentados y polvorientos o si los paseaban sus padres entre los brazos, como una ofrenda apenas lloriqueante a los dioses del absurdo... me ponían un nudo en la garganta y le hubiera pegado un tiro allí mismo a usted, general, malsueño constante sobre Madrid, decorado de su propia epopeya.

Ejército, Iglesia... Dejo de lado mi humilde contribución y paso a comentar lo importante que fue también encontrar a los hombres adecuados para cada momento y mantener entre ellos tensiones soportables pero necesarias para cotejarles continuamente y al mismo tiempo exigirles fidelidad a lo que representaba mi mando único. Confiar no quiere decir delegar, ni delegar confiar, debería existir un tercer verbo para explicar cómo conseguir utilizar hombres capaces para el bien de España, confiando en ellos y a la vez poniéndoles siempre a prueba. Poco se ha hablado de cómo recuperé a militares que con pasado masón o republicano se me ofrecieron en 1936. Un caso especial fue el del general Ungría, al que encargué el SIM (Servicio de Información Militar), con tanto acierto que hasta hoy el SIM y el servicio de Información de la Guardia Civil han sido mis ojos y mis oídos en todos los rincones del país. Ya he hablado de Martínez Fuset, volveré a hacerlo, colaborador eficaz en Canarias, Cáceres, Salamanca, Burgos aunque luego trató de sobrevivir a su propia función sin conseguirlo. He de hablar a continuación de Nicolás, mi hermano, como luego lo haré de mi cuñado Serrano Suñer, porque los dos, cada cual según su estatura política y jurídica, contribuyeron a darme el tercer puntal de la arquitectura de mi victoria: el sentido político, la organización del poder y un proyecto de futuro del que había carecido Primo de Rivera.

Nicolás, a juicio de Pilar el hermano más inteligente, era a la vez divertido, buen vividor y poco problemático. Dedicado a los negocios y casado con Isabel Pascual de Pobill y Rebelo, demostraba buen sentido, a diferencia de Ramón, siempre mal casado, porque emparentaba con una familia respetable e hidalga. Contemplaba orgulloso los éxitos militares y aventureros de Ramón y míos y solía decir: «En una familia, con dos héroes basta.» Durante la república se mezcló algo en política, bajo la protección de Lerroux, personaje nefasto en sus orígenes de agitador populista, cuando como «emperador del Paralelo» había proclamado la necesidad de conver-

tir a las monjas en madres. Tener buenas relaciones con March y con Lerroux demostraban el saber manera *de Nicolás, un hombre incapaz de un mal gesto y poco deseoso de crearse enemigos. Cuando Lerroux y Gil Robles asumieron el gobierno del llamado «bienio negro», aunque más justo sería llamarlo bienio de la reacción moderada, Nicolás aceptó el puesto de director general de la Marina Mercante, cargo que le venía a la media, pero que desempeñó bajo todas las suspicacias suscitadas por los negocios oscuros del señor Lerroux y sus parientes. Aunque mi hermano no se vio salpicado por el* estraperlo, *no faltaron insidias más dirigidas al conjunto de los Franco que a él como personaje concreto. De su «saber manera» fue una prueba la intuición que le llevó a huir del Madrid donde había fracasado nuestro alzamiento. Algo de brujo tenía Nicolás, porque luego me explicó que a la vista de ciertos movimientos de tropas por Madrid, adivinó lo que iba a suceder y se planteó: «¿Qué sucedería si Paco se une a los sublevados y yo continúo sin moverme de Madrid?» Era fácil de imaginar. Por si le faltara algo, en la mañana del 18 de julio cuando acudió a sus clases en la Escuela de Ingenieros Navales de Madrid, como si no pasara nada, un amigo le enseñó una lista de las personas que iban a ser detenidas inmediatamente. Él estaba entre ellas y ni corto ni perezoso se fue a casa, recogió a su mujer y en autobús se trasladaron a un pueblo de Segovia donde contaba con un amigo. Luego, provisto de un pasaporte falsificado que le había prestado su amigo, consiguió llegar a Ávila, capital ganada para nuestra causa. Se puso allí a las órdenes de la oficialidad patriótica y tuvo noticia de la expectativa de mi pronta travesía del estrecho. Una vez consumada, le hice llegar la consigna de que se fuera a Portugal para formar un comité de ayuda a nuestra causa, donde contó con la colaboración de Gil Robles, el demócrata antifranquista de hoy en día. No era fácil su misión, porque la embajada republicana en Lisboa la desempeñaba nada menos que Claudio Sánchez Albornoz, que aunque no sabía que con los años sería presidente de la república en el exilio, ya era entonces tan elogiado profesor como contumaz republicano. Nuestro encuentro se produciría en agosto de 1936 en Cáceres y al darnos un abrazo y yo evocar su nombre ¡Nicolás! me apartó sonriente y me dijo: No, usted se equivoca, ahora me llamo Aurelio Fernández Águila y me enseñó el pasaporte falso del que aún disponía. Eran las bromas típicas de Nicolás, como era típico en él unas facultades de adivinación que en seguida me fueron muy útiles. De nuestras*

largas conversaciones en la majestad del palacio de los Golfi-
nes, en el barrio plateresco de Cáceres, construido gracias al
dinero repatriado por nuestros conquistadores de América, Ni-
colás me encareció que, muerto Sanjurjo, ni Mola ni yo cayé-
ramos en el error de Primo de Rivera: «Debéis convertir un
pronunciamiento en un régimen, en un sistema de gobierno,
con o sin rey y mejor sin rey, como han hecho en Portugal
los salazaristas.» Ya hablaremos cuando lleguemos a Madrid,
pero mientras tanto, Nicolás me sirvió de secretario político,
a su manera, genial pero desordenadamente, hasta el punto
de que despachábamos o recibíamos audiencias a la una de
la madrugada: «La hora en la que se empieza a vivir», repe-
tía una y otra vez aquella fuerza de la naturaleza, tan sagaz
que me alertaba de los riesgos del retorno de José Antonio,
fácilmente utilizable como líder populista de los sectores más
radicales de la Falange que empezaba a llenarse de rojos em-
boscados. Una vez me hizo abrir una ventana para escuchar
la copla que cantaban unos falangistas borrachos:

> *Despierta ya burgués y comunista,*
> *Falange trae la revolución,*
> *la muerte del cacique y del bolchevista,*
> *del holgazán y de la reacción.*

«Sólo hay algo más peligroso que un revolucionario, Paco»,
me dijo Nicolás, «un demagogo. Guárdate de los demagogos,
Paco».

Hasta la llegada de Serrano Suñer, poco tiempo dediqué
a las tareas políticas, absorbido como estaba por las milita-
res. Era Nicolás quien tomaba decisiones, que luego siempre
me consultaba, y Sangróniz quien mantenía los contactos ex-
ternos. Yo conocía el lenguaje de los militares y Nicolás el de
los civiles y en aquella Salamanca llena de adictos pero tam-
bién de emboscados y aventureros, Nicolás desde su cómoda
residencia en el Gran Hotel, en compañía de su esposa, vela-
ba también por la suerte de su familia política, hasta catorce
personas instaladas en un lujoso piso de la ciudad. Luego Ni-
colás se establecería en una casita de las afueras y allí nace-
ría su hijo único, Nicolás Franco Pascual de Pobill, el único
descendiente directo del apellido pues mi hermano Ramón no
dejó hijo varón, yo tampoco porque aunque mi nieto adopta-
ra el apellido materno Franco por delante del paterno Martí-
nez Bordiú, perpetúa moralmente la estirpe, pero no sanguí-
neamente. Yo me pasaba la vida entre el cuartel general y

los frentes y Nicolás hacía todo lo demás, rodeado con el mismo entusiasmo por los camareros, los correveidiles y los traficantes de armas y de influencias. A la una de la madrugada terminaba de ejercer su cometido y entonces se personaba en mi cuartel general y despachaba conmigo, con la misma gravedad y eficacia con la que siempre había trabajado, poco pero brillantemente. Seguía fiel a su teoría del relojero. La misma conducta exhibía su esposa, mujer brillante y llamativa que llegó a ser considerada la primera figura femenina de Salamanca, por parte de quienes querían así mortificar a Carmen, de la misma manera que la enorme influencia de mi hermano se calificó de nicolasindicalismo, para mortificarme a mí. Sangróniz nunca tuvo muy claro que yo sería el jefe absoluto una vez conquistada Madrid y utilizaba profusamente la avioneta para viajar a Salamanca o a Sevilla, porque March le había dicho que quizá Queipo, con más antigüedad que yo, un día u otro iba a reclamar el mando único. Yo necesitaba alguien en quien confiar que sin anular las virtudes de Nicolás complementara sus limitaciones y dejar a Martínez Fuset en su real cometido de depurar de elementos antipatrióticos. Más tarde la providencia me atendió y llegó a Salamanca mi cuñado Serrano Suñer, fugitivo de la zona roja. Cuando llegó Serrano yo era ya el generalísimo de los ejércitos y nuestras posiciones estaban consolidadas, aunque no se había consumado la caída del Madrid cercado, gracias a la conjura internacional que llenó la ciudad de fanáticos y aventureros de las Brigadas Internacionales. La guerra iba para largo, yo lo sabía. Nuestras posiciones estaban consolidadas en Andalucía, Galicia, Asturias, Castilla y León, avanzábamos hacia el País Vasco desde irreversibles puntos de partida en Navarra y Aragón, pero cada general era un músico que tocaba por su cuenta y la situación podía derivar hacia una guerra de partidas, sin vertebración política y sin otra finalidad que derrocar un régimen, el republicano, sin ideas claras para su sustitución, porque los falangistas se inclinaban por la proclamación de otra república, esta vez presidencialista, los requetés querían la instauración de la rama dinástica carlista, los monárquicos el retorno de Alfonso XIII. Esta división se plasmaba también en el estamento militar, aunque mayoritariamente había una gran decantación hacia la solución monárquica representada por el retorno de Alfonso XIII o la proclamación de su legítimo heredero don Juan de Borbón. Para presionar en este sentido, el general Vigón acompañó al príncipe hasta Somosierra para que se sumara a nuestro bando y yo tuve que cortar el intento de raíz aunque con buenos modos. Algún día volverá para reinar sobre todos los españoles y el heredero del trono mal lo tendría si apareciera identificado con uno de los dos bandos. Tenía que ganar tiempo, como me aconsejaba Nicolás, para no sólo ganar la guerra, sino también ganar la paz. Cada general consideraba su zona un virreinato y muy especialmente Queipo, que para lavar su pasado republicano se mostraba el más eficaz cazador de republicanos, desde la creencia de que el mejor rojo era el rojo muerto. Mola exigió una reunión entre los oficiales de más alta graduación para decidir un mando único.

En el laberinto español, Brenan aporta razones de horror y náusea inspiradas por el ex republicano general Queipo de Llano, para inclinarse sentimentalmente del lado republicano: «Hasta entonces yo no había sentido necesidad de tomar partido en la guerra. Por una parte no me gustaban las revoluciones y no tenía fe en la practicabilidad del comunismo libertario y por otra parte sentía una fuerte antipatía por los generales sublevados. Ellos habían empezado esta guerra fratricida, completamente sin necesidad, según me parecía entender. Sin embargo, ¿debería tomar posiciones, por esta simple razón, en los asuntos internos de un país extranjero? Las emisiones sevillanas me hicieron cambiar de idea, inclinándome considerablemente a la izquierda. Los republicanos no tenían ningún Queipo de Llano. Era evidente que las ejecuciones masivas en Sevilla superaban en mucho a todo lo que pasaba en Málaga y habían comenzado desde el primer día.

Mientras Sevilla, Córdoba y Granada estaban bañadas en sangre, en Málaga se trataba sólo de salpicaduras. Decidí inclinarme por el lado que mataba menos. El grado de ferocidad estaba en relación inversa con el nivel de honradez y de civilización. Además, aunque de momento no le di demasiada importancia, la propaganda de los rebeldes se mostraba decididamente hostil con los países democráticos. El liberalismo, proclamaban, constituía un primer paso hacia el comunismo: Roosevelt e incluso Chamberlain eran rojos o estaban a un paso de serlo. Los rebeldes habían empezado a fusilar a todas las personas de ideología liberal. Se proclamaba a Hitler y a Mussolini dirigentes de la nueva Europa. Parecía claro que la España nacionalista se pondría del lado de Alemania e Italia en la guerra que se avecinaba y estaría en condiciones de cerrar el Mediterráneo a nuestra flota.

Sin embargo, no fueron éstas las consideraciones que me

decidieron. Mis simpatías naturales van siempre hacia el más débil, no con los opresores. Mis sentimientos, aunque no siempre mi razón, se inclinan sin duda hacia la izquierda. Esto significa que yo debía tomar partido por la clase obrera, tan cruelmente pisoteada, aunque me faltara fe en sus planes futuros...

El general Queipo de Llano era una estrella de la radio. Toda su personalidad, cruel, bufonesca y satírica, pero maravillosamente viva y auténtica, llegaba a través del micrófono. Y esto sucedía porque no trataba de conseguir ningún tipo de efecto retórico, sino que decía simplemente lo que le pasaba por la cabeza. Su voz aguardentosa (sólo más adelante me dijeron que no bebía) también colaboraba. Se sentaba allí con su uniforme de gala y el pecho cubierto de medallas y con su estado mayor, vestidos de la misma manera, en posición de firmes, detrás de él. Queipo se mostraba siempre natural y tranquilo. A veces, por ejemplo, no entendía sus anotaciones, entonces se volvía a sus acompañantes y decía: «No veo lo que dice aquí. ¿Hemos matado quinientos o cinco mil rojos?»

«Quinientos, mi general.»

«Bueno, no importa, da lo mismo si esta vez sólo han sido quinientos, porque vamos a matar no cinco mil, sino quinientos mil. Quinientos mil nada más para empezar, y después ya veremos. Escuche usted esto, señor Prieto. Me parece que oigo cómo el señor Prieto escucha a pesar de, ¿cómo lo diría?, de su... diámetro, debido a los millones del gobierno que se comió el otro día y... a pesar del espantoso miedo que tiene a que lo cojamos. Sí, señor Prieto, escuche usted bien, quinientos mil para empezar y cuando lo cojamos, antes de terminar con usted, vamos a pelarlo como una patata.»

No teníamos radio en casa, aunque alguna vez un hermano de mi madre, un tío soltero por excelencia capaz de ser blando y propicio con los sobrinos, traía su radio de galena, prodigio de manitas y misterio. Mi padre despreciaba a los que escuchaban la radio del enemigo por el simple morbo de oír la voz de quienes nos machacaban. Pero en los comentarios espontáneos abundaban las referencias a lo que habían dicho por Radio Nacional, la emisora fascista montada con material alemán, y el sarcástico, a veces truculento, uso que desde ella se hacía del «miliciano Remigio que para la guerra es un prodigio». A las nueve en punto, Radio Nacional conectaba con Radio Sevilla y allí estaba la voz insultante, agresiva, fusiladora de Queipo de Llano... «una columna del Tercio ha impuesto ya, por tales excesos, castigos tan duros a la población de Carmona, que según la aviación, una parte de la población huye aterrada hacia Fuentes de Andalucía...». No, Queipo no ocultaba el terror, sino que lo exhibía como un arma desesperante o paralizadora. «Nuestros valientes legionarios y regulares han enseñado a los rojos lo que es ser hombre y de paso también a las mujeres de los rojos, que ahora, por fin, han conocido a hombres de verdad. Dar patadas y berrear no las salvará...» Una sucia lengua para una sucia cabeza: «... el señor Companys merece ser degollado como un cerdo...». «Si se repite el bombardeo de La Línea daré orden de fusilar a tres parientes de cada uno de los marineros del guardacostas que lo realiza.» Él sólo era una caballería completa de jinetes del apocalipsis, arrasándolo todo a sangre y sexo, especialmente en el verano de 1936 en el que no hubo bastantes noches en Andalucía para tanto fusilamiento, ni bastantes descampados para tantas violaciones. Suya fue la decisión de asesinar a García Lorca. «Que le den café.» «Que le den mucho café.» El insulto contra el adversario significaba una primera condena a muerte de su dignidad y por lo tanto en la coartada de una condena a muerte real o imaginaria. Se inauguraba así una cultura de humillación del enemigo que empezaba por el adjetivo y terminaba en la purificación de la muerte.

Un paciente historiador, Carlos Fernández, que se ha tomado la molestia de recoger el glosario de afirmaciones franquistas durante cuarenta años, fueran de usted o de sus apologetas, ha reunido el florilegio de insultos que dedicaron a medio género humano: de Aguirre, presidente del gobierno vasco en el exilio, que era un criminal, un delincuente común, cobarde y traidor; doña Manolita era, según ustedes, Manuel Azaña, cuando no un sapo venenoso, o el sapo que quiso ser rey, precisa metáfora de César González Ruano; Juan Aparicio, uno de sus teóricos, general, años después opina que Fernando Arrabal merecía ser castrado; de Winston Churchill, su fiel embajador Manuel Aznar dijo que era «... un rojo en la máxima extensión de la palabra», ¿cómo se extiende la palabra rojo?... Nikita Kruschev era un hijo de escarabajo apestoso, según la agencia Zardoya; Jacques Maritain, un judío converso; Roosevelt, un masón convicto; Bertrandt Russell, un pacifista notorio y apóstol de la demagogia; Harry Truman, un farolero del póker, y ya no le busco carnes propicias para el ácido nítrico como comunistas, judíos y demás ralea, pero no olvide usted, general, que la Pasionaria fue tratada de musa tenebrosa, ramera, poseída por el furor uterino, caníbal que mató a un sacerdote a mordiscos (según Radio Nacional) y según usted, usted en persona, general, Dolores Ibárruri *la Pasionaria* era «... una bestia inhumana sin sentimientos». En cambio a usted le veían todas las gracias. Se le comparaba con Napoleón, Fernando el Católico, el Gran Capitán, Fernando III el Santo, el cardenal Cisneros, y *La estafeta literaria,* conductora del gusto literario oficial, le comparó con Miguel de Cervantes. El diario *Ya* le fue llamando a usted sucesivamente Agamenón, César, Almanzor, Federico II de Prusia, Napoleón y Recaredo, extraña mescolanza que traduce el cambio de los tiempos, pero quizá la más sublime sea la comparación con san José que estableciera Pla y Deniel en 1950, con motivo de la plática tras la boda de Carmencita. Y en el complejo terreno sintáctico de la frase de elogio, general, usted ha sido desde «padre adoptivo de la provincia» hasta «la figura más importante del siglo XX», pasando por «espiga de la paz», «vencedor del dragón de siete colas», «el cirujano necesario», «el gran arquitecto», «el redentor de los presos», «guerrero elegido por la gracia de Dios», «vencedor de la muerte», «... el que sube las cuestas que es un contento», «clínicamente: genial», «enviado de Dios», «padre que ama y vigila», «voz de hierro», «centinela de Occidente», cientos, miles de imágenes de esplendor y gloria, pero yo me quedo general, con lo que de usted opinaba Joaquín Arrarás: «Timonel de la dulce sonrisa».

Estaba a punto de caer la perita en dulce *de la que me había hablado Orgaz en Canarias, perita amarga, diría yo, porque tamaño compromiso histórico era asumir la jefatura de la cruzada cuando aún estaba incierta la suerte del alzamiento. Nuestros aliados portugueses, italianos y alemanes presionaban para el mando único y yo salía en todas las quinielas, pero era consciente del derecho de antigüedad de Cabanellas o Queipo y de la superior autoría moral de Mola como urdidor del alzamiento. Kindelán tomó una decisión sorprendente, propuso el encuentro de oficiales y aclaró que yo era su candidato, candidato a la jefatura sin más, aunque luego él escribiera que sólo pensaba en el mando militar y no en el político. ¿Cómo pueden separarse el uno del otro en plena guerra? Con demasiada malicia, Kindelán en sus memorias atribuye a mi hermano Nicolás el papel de Luciano Bonaparte, urdidor del ascenso de su hermano Napoleón al Directorio y luego al trono imperial. Nicolás se limitó a darme consejos políticos y a favorecer la voluntad de Kindelán y del propio*

Mola de que fuera investido jefe por la Junta de Defensa. El 21 de septiembre, fecha histórica insuficientemente recordada, nos reunimos en el aeródromo de San Fernando cerca de Salamanca doce jefes, citados por orden de antigüedad: generales de división, Cabanellas, Gil Yuste y yo mismo; generales de brigada, Mola, Dávila, Kindelán, Orgaz y Ponte; coroneles, Montaner y Moreno Calderón; no pudo asistir el capitán de navío Moreno, a la sazón embarcado en el Canarias. *De los servicios de seguridad se encargó el teniente coronel y piloto José Rodríguez y Díaz de Lecea, al frente de un destacamento de soldados del aire. Mola situó la cuestión en un punto límite: o se nombra jefe único o yo me retiro dentro de ocho días. Cabanellas era el más opuesto, quién sabe si, por su condición de reconocido masón, obedecía órdenes secretas: «Hay dos maneras de dirigir la guerra, o por un generalísimo o por un directorio o junta.» Kindelán estuvo aquella vez rápido y me sonreí recordando lo que Ramón, mi hermano, opinaba de él: «En efecto, hay dos maneras de dirigir las guerras: con el primero se ganan, con el segundo se pierden.» Todos, menos Cabanellas, votamos a favor de su tesis y luego se pasó a decidir quién iba a ser el jefe supremo: gané yo con la única carencia del voto de Cabanellas. Nos autoconcedimos ocho días para madurar, reglamentar y publicar la decisión y durante esos ocho días, Cabanellas hizo lo imposible para dar un vuelco, pero Kindelán y mi hermano Nicolás se movieron en la dirección contraria, respaldados por Mola, que se creía el más inteligente y tenía la secreta ambición de convertirse en jefe del gobierno, mientras yo asumía la jefatura militar y del Estado. Cabanellas insistía en que esperáramos hasta la conquista de Madrid que ellos veían inminente, pero también los alemanes presionaban y radio macuto hacía circular que Queipo de Llano había recibido esta tajante toma de posición del Reich: «Franco ist unser Mann» (Franco es nuestro hombre). Canaris, en perpetuo contacto con Juan March, informó, como jefe de los servicios de información alemanes, que la ayuda alemana necesitaba un garante, un jefe supremo que ofreciera seguridades y este argumento lo utilizó Nicolás durante la siguiente reunión de la junta de jefes el 28 de septiembre en Salamanca. Así, tras varios chalaneos, se llegó a la conclusión de nombrarme jefe del gobierno del Estado español, decisión que tomó forma de decreto firmado por Cabanellas, como presidente de la Junta de Defensa, en el penúltimo* Boletín Oficial de la Junta de Defensa Nacional, *el número 32, publicado en Burgos el 30 de septiembre de 1936. Mucho se ha especulado sobre la literalidad del mandato y el propio Kindelán acusó a mi hermano de hacer juegos verbales para descomponer jefatura del gobierno y del Estado y así asegurarme lo uno y lo otro, pero, sutilezas semánticas aparte, impropias de una ética militar, ¿qué quiere decir jefe del gobierno del Estado sino lo que ha querido decir desde octubre de 1936 hasta el momento en que redacto esta precaria autobiografía? Exactamente lo que he hecho: gobernar el Estado español e impedir cualquier intento de desgobierno. Así rezaba el decreto, frente a la desesperada fórmula reductora de Cabanellas de que sólo estuviera en vigor mientras durara la guerra. Yo no he aceptado nunca plazos. Yo he avanzado siempre sin prisas pero sin pausas.*

«Artículo primero. En cumplimiento del acuerdo adoptado por la Junta de Defensa Nacional, se nombra Jefe del Gobierno del Estado español al Excmo. Sr. General de División D. Francisco Franco Bahamonde, quien asumirá todos los poderes del nuevo Estado.

»Artículo segundo. Se le nombra asimismo Generalísimo de las fuerzas nacionales de Tierra, Mar y Aire, y se le confiere el cargo de General jefe de los Ejércitos de operaciones.

»... Dado en Burgos, a veintinueve de septiembre de mil novecientos treinta y seis. — MIGUEL CABANELLAS.»

A sus espaldas, Cabanellas alertaba a sus compañeros de Junta: «Ustedes no saben lo que han hecho, porque no le conocen como yo que le tuve a mis órdenes en el ejército de África, como jefe de una de las unidades de una columna bajo mi mando; y si como quieren, va a dársele en estos momentos España, va a creerse que es suya y no va a dejar que nadie le sustituya, ni en la guerra, ni después de ella, hasta su muerte, sin que nada tenga que decir de sus prendas militares, morales o de otro tipo, que soy el primero en reconocer.» Esta profecía del viejo masón usted la hizo buena y en sus momentos más lúcidos usted aseguraba que nunca haría el triste papel de comparsa que por entonces cumplía el rey Víctor Manuel en Italia en relación con Mussolini o el mariscal Carmona en Portugal en relación con Oliveira Salazar. Luego encontró una expresión algo cínica más que lúdica, reconózcalo general, cuando afirmó que nadie le haría hacer de «reina madre». A veces tenía usted salidas gloriosas. Sobre los cuatro generales que se habían alzado, según la paráfrasis de la copla de Lorca de *Los cuatro muleros,* cuando fue evidente que la canción mentía y que para la Nochebuena

de 1936 ni usted ni Sanjurjo, ni Mola, ni Queipo de Llano
fueron ahorcados, a medida que la guerra se instalaba en
nuestras vidas, se fue convirtiendo en una coplilla infantil algo
truculenta:

> Los cuatro generales
> que se han alzado
> para la Nochebuena
> serán ahorcados.
> ¡Ay que me he equivocao!
> ¡Ay que me he equivocao!
> Mamita mía
> que uno ha quedao.

*País cainista el nuestro en el que ha habido terribles fron-
das por simples cuestiones nominales, desde el momento en
que apareció el decreto de la junta firmado por Cabanellas,
el propio Cabanellas empezó a hacer lecturas sesgadas de su
significado. Que si yo sólo era jefe del gobierno. Que si había
un vacío institucional. Cabanellas había hecho buenas campañas en Marruecos, pero enfrentado a Primo de Rivera fue
pasado a la reserva, de la que volvió rescatado por la república que le consideró un militar adepto y lo fue a carta cabal,
incluso se afilió al partido radical de Lerroux y me sorprendió verle aparecer del brazo de Queipo de Llano para sumarse a los trabajos preparativos del 18 de julio. ¿Qué motivos
tenían masones como Queipo, Aranda o Cabanellas para luchar contra la república? Fundamentalmente agravios personales y en buena medida causados por cuenta y riesgo de
Azaña, pero en el fondo Cabanellas siguió siendo un masonazo y discutió mi jefatura hasta que se murió de disgusto supongo, porque era la suya la eterna queja, la más fundamen-
tada, el poco caso que yo le hacía, hasta el punto de no recibirle en las audiencias. En previsión pues de que Cabanellas
y otros conspiraran para dar la vuelta a la fórmula, Nicolás
me aconsejó que inmediatamente reglamentara mis potesta-
des haciéndolas irreversibles. Dictaminé que era yo, el jefe
del Estado, quien tenía que recibir y en consecuencia apro-
barlo todo, incluso los dictámenes de la Junta Técnica del Estado, que de facto pasaba a ser un gobierno supuesto.
A finales de octubre, cuando estaba en jaque el nombramiento como jefe supremo, Nicolás se presenta en mi despacho a una hora temprana, inusitada para sus hábitos, y me
dice: Ramón está a punto de llegar. De todos los Ramones*

posibles, el único en el que no pensé era en mi propio her-
mano, al que yo suponía en Washington, aunque sabía que
había perdido la confianza del régimen republicano y le ha-
bían sustituido como agregado militar en la embajada. Sin
encomendarse a Dios ni al diablo, porque yo hice jurar a Ni-
colás que no lo había tramado a mis espaldas, había desem-
barcado en Lisboa, atravesado la frontera portuguesa por
Fuente de Oñoro en compañía de su esposa e hija y estaba a
punto de llegar a Salamanca. Se pasaba a nuestro bando. No
era el primer militar de alta graduación que aún habiéndose
pasado a nuestro bando, no había podido superar el proceso
de depuración y había acabado ante el pelotón de fusilamien-
to a causa de pasadas actuaciones antiespañolas y Ramón
tenía una colección completa de actuaciones antiespañolas.
Pero es nuestro hermano, Paco, me instó Nicolás, y piensa en
lo que hubiera sentido nuestra madre si no le echamos una
mano. Ante todo había que protegerle del odio que le tenían
todos los oficiales de aviación leales, encabezados por Kinde-
lán y tampoco se quedaba corto Mola, que recordaría sin duda
las tropelías de mi hermano cuando Emilio era director ge-
neral de Seguridad del gobierno Berenguer. Queipo había fu-
silado en Sevilla a Blas Infante, un andalucista estrafalario
partidario de la independencia de al-Andalus, con el que mi
hermano Ramón en el pasado había hecho causa común, y
Mola se había mostrado implacable con otros jefes republica-
nos que habían caído en sus manos. ¿Acaso Cabanellas no
había fusilado a Núñez de Prado sin importarle pasadas afi-
nidades masónicas? En la guerra hay que sacrificar el cora-
zón había escrito yo en Diario de un bandera *y había aplica-*
do este principio en el caso de mi primo Lapuente Bahamon-
de, pero Nicolás me ofreció un argumento que yo podía utilizar
para cerrar muchas bocas: que Ramón Franco se pasase a la
España nacional era un duro golpe propagandístico contra
los que aún veían en él un mito republicano y un héroe de la
nación. Kindelán me pidió su cabeza y yo no tuve otra sali-
da que no contestar una dura carta suya, cuando nombré a
Ramón jefe de la aviación nacional de Mallorca. No sólo lo
trasladé allí para ponerle a salvo de cualquier venganza de
los acólitos de Kindelán, sino también porque confiaba en sus
buenas dotes de aviador y guerrero para cubrir brillantemen-
te aquel flanco que castigaba el transporte republicano en el
Mediterráneo y plazas tan decisivas como Barcelona y Valen-
cia. Allí cumplió como un buen soldado, no creó problemas
y encontró dos años después una muerte gloriosa sirviendo

a la misma bandera que había jurado en el patio del alcázar de Toledo.

Nicolás le engañó, general. Había salido al encuentro de Ramón en Fuentes de Oñoro y utilizó el argumento de que la logia a la que pertenecía Ramón era francesa y ningún documento español podía demostrar que su hermano pertenecía o había pertenecido a la masonería. En cuanto a la carta de Kindelán, en efecto, hay que reconocer que salvo el propio Ramón Franco, nadie le había escrito a usted una carta tan dura jamás.

«Mi respetado General:

»Hondamente preocupado y disgustado me marché anoche a casa, y como creo que el asunto que motivaba mi preocupación tiene importancia, quiero concretar mis ideas por escrito, para que usted pueda meditar sobre el tema con pleno conocimiento de causa.

»Se trata de que en el *Boletín Oficial* se ha publicado un decreto nombrando al comandante don Ramón Franco, su hermano, jefe de la Base Naval de Palma de Mallorca y ascendiéndole o habilitándole para el empleo superior inmediato, sin que dicha disposición se haya tramitado o conocido su publicación por esta Jefatura del Aire y sin esperar el resultado de la información que, según lo dispuesto por V.E. para los jefes y oficiales que se incorporan, se estaba efectuando.

»No es discutible en buenos principios militares, que V.E. tiene perfecto derecho a hacer lo que ha hecho y que a los inferiores sólo nos toca acatar lo dispuesto y suponer que el mando ha tenido razones para ordenar lo más acertado al servicio nacional.

»Tampoco tiene importancia la mortificación personal que supone el prescindir de los órganos y conductos habituales, y ni una ni otra cosa motivan mis renglones, sino una obligación de lealtad al jefe que me ha demostrado siempre afecto y consideración que sé agradecer y un deber hacia mis subordinados de encauzar y ser único portavoz de sus agravios y sus aspiraciones.

»La medida, mi general, ha caído muy mal entre los aviadores, quienes muestran unánime deseo de que su hermano no sirva en aviación, a lo menos en puestos de mando activos. Los matices son varios: desde los que se conforman con que trabaje en asuntos aéreos fuera de España, hasta los que solicitan sea fusilado; pero unos y otros tienen el denominador común de rechazar, por ahora, la convivencia alegando que es masón, que ha sido comunista, que preparó hace pocos años una matanza durante la noche de todos los jefes y oficiales de la base de Sevilla, y sobre todo que por su semilla, por sus predicaciones de indisciplina, han tenido que ser fusilados, jefes, oficiales y clases de aviación.

»Yo me encargo de que la medida no se discuta en aviación, aunque ello se achaque a debilidad o adulación por mi parte. No es mi prestigio lo que importa, mi general, sino el del jefe del Estado, pues no podré impedir que en la conciencia colectiva de los aviadores germine la idea de que nada ha cambiado.

»Perdone, mi general, que crea obligación mía el expresarme con esta sinceridad y cuente con la adhesión respetuosa de

ALFREDO KINDELÁN

»Salamanca, 26 noviembre 1936.»

Sobre la muerte de Ramón Franco en circunstancias todavía hoy confusas, usted hizo una utilización un tanto carroñera del acontecimiento cuando en *Raza*, el hermano rojo y por lo tanto malvado se arrepiente de sus pecados patrióticos, sale de su ofuscación y halla la muerte a manos de sus perversos correligionarios. Fue usted implacable en las transferencias de sus hermanos. A Nicolás le hizo fraile y fraile asesinado por los rojos en Calafell, y en cuanto a Ramón, Pedro en la novela, murió de esta cruenta pero ejemplar manera:

«Conducido por una pareja de agentes, seguido por un grupo de milicianos en otro coche, llega a la cárcel de Montjuich. Lo meten en un sótano donde hay muchos presos de filiación nacional.

»*Un preso.* ¡Si es Churruca, el comisario de Información!
»*Otro preso.* ¿El poderoso?...
»*Otro preso.* Sí, el dueño de salvoconductos y pasaportes.
»*El primer preso.* Será un espía.
Pedro. No me temáis. (Los presos le vuelven la espalda.) Tenéis razón, así soy de despreciable. No creo que os moleste mucho. (Algunos se van volviendo hacia él.) He sido un hombre equivocado, pero he encontrado mi camino, he buscado mi castigo. Mientras no lo cumpla, justo es vuestro enojo... Mas, al extinguirse mi vida, que va a ser en breve, ¿me haréis la merced de vuestra caridad?

303

»Un anciano se abre camino entre los presos y le dice:

»*Un preso.* La caridad de Dios es inagotable. Soy sacerdote. ¿Qué quieres?

»*Pedro.* ¿Gracias, Dios mío! (Cae de rodillas y le besa la mano.)

»*El preso* (Lo levanta). ¿Puedo ayudaros?

»*Pedro* (Sereno ya). Sí, os lo agradezco. Un encargo quiero para los que me sobrevivan: que busquen a los míos, si alguno queda, y les digan que yo mismo me he acusado, que muero contento cara al deber. Ahora, auxílieme, padre. (Y se va con él hacia un rincón.)

»No pasa mucho tiempo sin que la defección de Pedro tenga sus consecuencias; a él ya se le tarda el pago de su deuda.

»*Un carcelero* (Abre la reja y grita). ¿Pedro Churruca!

»*Pedro.* Yo soy. (Levantándose.)

»*El carcelero.* Listo

»Pedro se dirige al padre y se arrodilla ante él. El preso sacerdote lo bendice y absuelve. Pedro le besa la mano y se levanta contento.

»*Pedro.* Ha llegado mi hora.... ¡Arriba España!

»*Los presos.* ¡Arriba!

»Pedro sale contento hacia el sol que ilumina el foso. Los presos se arrodillan y se oye el murmullo de una plegaria.... Una descarga suena fuera; un tiro aislado.»

Lo que ustedes los Franco no sabían es que antes de regresar al seno de los buenos y de la familia, Ramón se ofreció al bando republicano, utilizando a un intermediario para saber qué papel le atribuiría Azaña en el ejército leal. El intermediario pilló al inteligentísimo Azaña en uno de sus momentos más tontos: «Que no venga, que lo pasaría muy mal.» Luego Ramón se enteró de que las turbas habían asaltado la cárcel de Madrid y asesinado a su amigo del alma Ruiz de Alda, el coexpedicionario del *Plus Ultra* al que amenazó con cortarle la pierna en rodajas porque se comía las galletas cuando naufragaron en el fallido intento de dar la vuelta al mundo. Fue su señal. El pretexto emocional para frustrar una venta de aviones de combate americanos con destino a la república y merecer una suspensión de cargo que limpiaba definitivamente su hoja de servicios republicanos.

A fines de marzo de 1937 tomé yo entre manos la revisión de todas las sentencias de muerte propuestas por los diferentes tribunales militares, lo que costó chocar con Queipo de Llano, decidido a mantener atributos de virrey en Anda-

lucía. *Las conclusiones de los tribunales se me resumían en una hoja por cada expediente y Martínez Fuset me traía las carpetas llenas de estos resúmenes, aprovechando los contados momentos de descanso en la guerra, generalmente después del almuerzo o durante los viajes por carretera, en el asiento trasero del coche. Yo utilizaba dos lápices de colores, mejor dicho uno de aquellos lápices de la marca Faber tan difíciles de encontrar en plena guerra, que tiznaban rojo por un lado y azul por el otro. Si estaba de acuerdo con el veredicto, ponía una E (de enterado) en color rojo. Si las órdenes obedecían a actos criminales como asesinatos de clérigos o violaciones, añadía* Garrote y Prensa. *Si quería que se conmutase la pena por una inmediatamente inferior, me limitaba a escribir una C en azul. Tenía muy en cuenta la ideología del condenado: si era marxista o masón formaba parte de la vanguardia de los enemigos de España; en cambio, sentía cierta debilidad por los anarquistas, porque en la Legión yo había contado con algunos anarquistas, de un coraje y un desprecio de vida admirables, buenos españoles, aunque engañados por la ideología, buenos españoles, repito, porque los anarquistas no dependían de consignas llegadas del extranjero ni creían en los politicastros. He de decir que yo siempre ratifiqué las sentencias de muerte sin odio hacia quienes las sufrían, es más, consciente de que les libraba del peso de su propia maldad y al tiempo que se purificaba España se abría ante él la puerta de la purificación total. Por eso me molestaban a veces comentarios banales o supuestamente graciosos sobre las sentencias y aunque jamás quise reconvenirle, me molestaba que el padre Bulart, mi confesor espiritual, cuando veía las E de enterado sobre los expedientes, comentara jocosamente: ¿Enterado o enterrado? Martínez Fuset permanecía silencioso a mi lado mientras yo tomaba mis decisiones y sólo abría la boca, si me veía vacilante, para darme argumentos jurídicos en pro y en contra, jamás morales o sentimentales, porque era mía la potestad de tenerlos o no tenerlos en cuenta.*

En 1961, de viaje yo a Santa Cruz de Tenerife, quise rendir un homenaje al ya fallecido Martínez Fuset desde el balcón de Capitanía General de Santa Cruz de Tenerife: «De aquí partieron otros muchos hombres del alma canaria, como el coronel Fuset, que en nuestro peregrinar por las carreteras españolas se quedaba ronco en la lectura de consultas y procesos para que dentro de una generosa caridad, la justicia reinase poderosa en todas partes.» Si Nicolás me había servi-

do en los primeros meses con su inteligencia y su lealtad bo-nachona y familiar, Martínez Fuset era un hombre como hecho a la medida para aquella tarea urgente e ingrata de ángel justiciero en los años más duros de la cruzada. Pero ni la Justicia con mayúsculas, ni la Gobernación como conjunto de normas de gobierno que implican la organización de la se-guridad interior de un Estado, podían ser encargadas a un hombre demasiado marcado por aquel patriótico pero ingrato trabajo inicial. Serrano Suñer cubriría más brillantemente el trabajo asesor de Nicolás y el de organizador de la goberna-ción, mientras Martínez Fuset seguía aplicado a lo más es-trictamente depurativo. Por ejemplo, durante las escaramu-zas causadas por el Decreto de Unificación de 19 de abril de 1937, redactado en una noche por Serrano, fue Martínez Fuset quien guió la estrategia represiva contra los falangis-tas levantiscos y al final del ejercicio de firmeza y perdón, tuve que reconocer que Lorenzo me había prestado un favor práctico a la altura del servicio teórico de Ramón. No es que Lorenzo no estuviera dotado para los planteamientos teóri-cos, porque suya fue la estructura fundamental de la Ley de Responsabilidades Políticas que promulgué el 9 de febrero de 1939, a punto de ultimar la cruzada, para hacer retroac-tiva la depuración contra delitos antipatrióticos cometidos durante el período republicano anterior al alzamiento. No había que dejar escapar a los sembradores de las causas de la guerra y Martínez Fuset supo poner por escrito lo que le pedí: «... serán castigados con la inhabilitación para el ejer-cicio de determinados cargos y en el alejamiento de los lu-gares en que residen anteriormente, llegándose en ciertos casos de gravedad a los que no merezcan el honor de ser españoles».

A posteriori, pasado el toro de la guerra, a su cuñado Se-rrano Suñer le afloró el pudor de buen jurista al admitir que la justicia represiva del alzamiento se basó en la monstruosi-dad de suponer *rebeldes* a los que permanecieron leales a la república. Por si esta monstruosidad jurídica no bastara y para llevar la represión más allá del marco mismo de la gue-rra y su brutal lógica cerrada, se promulgó en febrero de 1939, desde Burgos, a punto de terminar la guerra, la *Ley de Res-ponsabilidades Políticas*, que alcanzaba a todas aquellas per-sonas jurídicas o físicas que desde octubre de 1934 a julio de 1936: «Contribuyeron a crear o agravar la subversión de todo orden de que se hizo víctima España y de todas aquellas que a partir de la segunda fecha se hubiesen opuesto o se opusieran al movimiento nacional con actos concretos o con pasividad grave.» Con esta ley en la mano usted podía acabar de arrasar todo lo que quedara de conciencia crítica y democrática en España y hasta militar legalmente en un partido político entre 1934 y 1936 se convertía en motivo de consejo de guerra, cárcel, muerte o depuración. Esta ley causó un buen montón de exilios de última hora y de hombres ocultos que vivieron escondidos en España como topos incluso hasta después de su muerte en 1975. Aunque en la ley picotearon distintos juristas a su servicio, Martínez Fuset, como factótum, y usted, el definitivo responsable de aquella fechoría, fueron sus padres.

Salamanca se movía en torno a dos puntos centrales neurálgicos: el palacio episcopal, cedido gentilmente por Pla y Deniel para mi residencia y mi gobierno, y el hotel, requisado por el nuevo Estado para albergar las delegaciones de Alemania e Italia, aliados indispensables. Eran más abundantes los alemanes que los italianos y más rotundas sus maneras de hacerse presentes, en especial las del encargado de negocios el metementodo Von Faupel, o la del responsable de la aviación militar, Sander, un hombre clave, por la mucha necesidad que teníamos de material de guerra aéreo alemán. Me entendía mejor con el representante de Mussolini, Cantaluppo, diplomático hábil y cordial como don Benito. La calle estaba llena de la alegre muchachada de los falangistas, los requetés, los soldados regulares, los regulares con sus chilabas multicolores, los legionarios envueltos en sus capotes mantas y muchas chicas, muchas, movilizadas por la Falange femenina para lo que luego sería el Auxilio Social. En cuanto a nuestra residencia y centro político de la España nacional, impresionaba por la majestad de aquel edificio neoclásico, situado frente a la catedral, con la puerta principal protegida por una guardia de falangistas, requetés y miembros de las juventudes de Acción Popular, el partido de Gil Robles. En el interior vigilaba la Guardia Civil, entre consignas de prudencia: ¡Silencio! ¡El enemigo os escucha!, porque era importante que del palacio no saliera ni una información que pudiera ser útil a los rojos. Retengo de Salamanca las manifestaciones populares ante el cuartel general cada vez que se producía un hecho glorioso de nuestras armas, ultimadas inevitablemente con los cantos del Cara al sol, *el himno falangista, y el* Oriamendi, *canto tradicional de los carlistas. Mi jornada de tra-*

bajo restó inalterable durante toda la guerra, la estableciera en el cuartel general, primero en Salamanca, luego en Burgos, en el chalet de la Isla gentilmente cedido por la señora viuda de Muguiro. Me levantaba a las ocho de la mañana, escuchaba la santa misa y a las nueve y media ya estaba en mi despacho recibiendo la información de salida de las diferentes unidades en todos los frentes. Luego despachaba sucesivamente con mi secretario, con el jefe de Estado Mayor y de las secciones de operaciones y entonces sobre mapas, planos y murales iba prefigurando las próximas batallas y asumiendo los resultados de las anteriores. Almorzaba normalmente en familia en torno a las tres y luego repasaba con Martínez Fuset las sentencias contra los rebeldes, para pasear después relajadamente por el jardín y otra vez el despacho, otra vez la cena y de nuevo la vigilancia sobre el curso de la guerra hasta altas horas de la madrugada. Cuando era necesario recorrer los frentes se organizaba un cuartel general —a veces cuartel general móvil— próximo a la primera línea de fuego que llamábamos Terminus, compuesto de una serie de vehículos blindados, los suficientes para trasladar a los mandos operativos hasta el escenario mismo de la batalla. Humanamente, mi cuartel general se componía de oficiales despiertos y bien probados como Francisco Martín Moreno, Luis Gonzalo, Antonio Barroso, núcleo elaborador de las acciones que luego acometían los jefes de los distintos frentes: Luis Orgaz, Saliquet y Queipo de Llano, como los tres jefes de más alta graduación una vez desaparecido el malogrado Mola, secundados por jefes más jóvenes pero de una justa nombradía como Fabián Dávila, Muñoz Grandes, Varela, Moscardó, Espinosa de los Monteros, García Valiño, Solchaga, Yagüe o Antonio Aranda. El ejército del Aire lo comandaba Kindelán, la Marina el almirante Juan Cervera Valderrama y el contraalmirante Salvador Moreno Fernández. Todos me habían dado prueba de su temple durante las campañas africanas y algunos me servían tanto en la guerra como en la paz desempeñando incluso cargos ministeriales.

Pacón actuaba a nuestro lado como un supremo controlador de cuanto afectaba a mi relación entre vida personal y militar, como primo carnal que era y a la vez militar de carrera. Él me pidió más de una vez luchar en primera línea para tener ascensos y casi estuve a punto de concedérselo, pero Carmen se entristeció mucho por esa petición que ella juzgaba egoísta y Pacón asumió disciplinadamente seguir a mi lado. Yo le repasaba con frecuencia las cuentas que Pacón llevaba al día bajo mi dirección, en recuerdo de aquellos tiempos de África. Puedo aportar una liquidación de agosto de 1937:

Generalísimo y Sra. (120 comidas)	*506,40 ptas.*
Serrano Suñer y Sra. (63 íd.)	*205,86*
Roberto Guezala y Sra. (39 íd.)	*164,58*
Felipe Polo (44 íd.)	*185,68*
Teniente coronel Franco (40 íd.)	*168,70*
Gastos extraordinarios	*480,00*
Suma	*1 711,22 ptas.*

Cada comida nos costaba en torno a las cuatro pesetas y eso que siempre teníamos algún invitado, que si Queipo, que si Mola, que si Kindelán, que si Vigón o visitantes más esporádicos como Suanzes, mi amigo de infancia y futuro ministro de Industria. Yo solía aprovechar los ratos libres para pasear por el jardín, fuera en Salamanca, fuera en Burgos, en compañía primero de Nicolás, luego de Serrano Suñer y en cierta ocasión cacé al vuelo una conversación emocionada que sostenían Suanzes y Pacón: «Fíjate, Pacón, la cantidad de coscorrones que le daban a Paquito cuando era niño, por su fragilidad, lo abusones que son los niños, y ahora el respeto que despierta, que yo ni me atrevo a llamarle de tú.» Era como si hablaran de otra persona que no era yo, pero me agradaba que tuvieran en cuenta una significación especial que al fin y al cabo no respondía a mi estatura sino a la del Estado, a la de España. Mi vida privada, si es que puede hablarse de vida privada, era ya un ensayo general del futuro. Se limitaba a las horas de los almuerzos o de las cenas y zarandeado por el cambio de frentes pasé en ocasiones semanas sin ver a Carmen y a Nenuca, desatendiendo las querencias de la una y la otra y en ocasiones haciendo kilómetros de coche o de avión para darles un abrazo casi al pie de coche y volver a partir reclamado por las urgencias de la guerra.

¡Los hijos! ¡Ah, los hijos! ¡Qué gran capítulo de nuestra vida! La cinematografía nos permite gozar hoy de ese instante prodigioso en el que Carmencita en primer plano pronuncia una declaración de solidaridad con los demás niños españoles, vivos y muertos supongo, y usted, tras ella con esa mano, a la que finalmente le temblaría el pulso, sobre su hombro, va musitando lo que la hija dice, porque usted se lo había dictado y usted se lo sabía de memoria. Un padre por sus hijos incluso está dispuesto a hacer el ridículo y casi siempre lo hace, sin ser consciente de ello. Yo veía a mi padre casi tan poco como Nenuca, perdón, la marquesa de Villaverde a usted. Finalmente don Isidoro Azevedo, jefe del Socorro Rojo, le propuso a mi padre que se metiera en este servicio, que era lo más humanitario y se necesitaba gente con cabeza, no cabestros, porque entre los socorristas había muchos extranjeros que debían llevarse una buena impresión de nuestra gente. Si cuando participaba en la vigilancia nocturna, mi padre era visible durante el día, a partir de este momento casi desapareció de mi vida y a lo sumo era una voz lejana y cansada que llegaba a mis sueños de noche y una cara mal afeitada que me daba un beso sin querer despertarme. Yo vivía intensamente con mi madre, siempre al pie de la máquina para coser arreglos de guerra o encargos sorprendentes para bodas insospechadas, cuando no ropa de confección, trabajo voluntario para la tropa. Recuerdo nuestras correrías auscultando la buena salud de las despensas de parientes mejor situados, de la que siempre salía un pedazo de bacalao con el que mi madre hacía maravillas: un arroz con las espinas, buñuelos con las briznas y un extraño picadillo sediento con lo que quedaba. Mi padre traía de vez en cuando alguna conserva rusa del Socorro Rojo, aunque no le gustaba abusar, «¡porque se ve cada cuadro!». Mi padre hablaba con entusiasmo de las mujeres que trabajaban en el Socorro y muy especialmente, o luego yo he fomentado falsificando mi memoria esa insistencia, de Matilde Landa, la militante comunista que fue torturada y se suicidó una vez acabada la guerra. «Parece una monja con faldas.» «Cuidado con las faldas» le cortaba mi madre, que no veía con buenos ojos aquel trabajo de gallo en corral de muchas gallinas. Otra mujer que él recordaba era una tal María, que otras veces se llamaba Carmen Ruiz, una bella sudamericana le parecía a mi padre, aunque años después llegué a deducir que se trataba de Tina Modotti, la internacionalista italiana, ex actriz del cine mudo en Hollywood, luego compañera de grandes fotógrafos y de aquel joven revolucionario cubano que mi padre había admirado y conocido en La Habana, Mella. ¡No puede ser! Me repetía él. ¡El mundo es un pañuelo! y se desesperaba por no haber hablado con Tina o María o Carmen Ruiz o como se llamara, de Mella y de La Habana, aquella capital de la que nunca debió marcharse, con lo bien que le sentaba el trópico. Entre las historias del Socorro Rojo que él me contara antes de enmudecer políticamente o que alguien me contó y se la atribuyo a él, recuerdo la de aquella caravana de heridos que llama a la puerta de un antiguo convento de monjas. Un miliciano, ¿por qué no mi padre?, hace saltar la primera cerradura de un pistoletazo y así sucesivamente hasta cruzar patios y salones. En el último esperaba el martirio una comunidad de monjas emboscadas. Tina Modotti y Matilde Landa se acercaron a ellas y les preguntaron que cuántas estaban en condiciones de prestar un servicio como enfermeras y desde el más profundo pánico, la vieja madre superiora les contestó en latín.

El aspecto militar de la cruzada estaba controlado. Otra cosa era el aspecto político. Si alguien acogió con ilusión y generosidad a Ramón Serrano Suñer en zona nacional, ese fui yo. Mi cuñado llevaba en la cara el sufrimiento de los meses de cautiverio, la amargura por el asesinato en una checa de sus hermanos Fernando y José, asesinato del que se sentía indirectamente responsable porque los rojos se habían cobrado en ellos la vida que a él no le habían podido quitar. No era el Ramón Serrano brillante, impecable en su vestir, ingenioso, sabio, sino un hombre encerrado en sí mismo, que no se cambió durante meses el mismo traje que había llevado en la cárcel de Madrid y durante toda su rocambolesca escapatoria. Si yo no le había canjeado era por no dar al enemigo baza de una debilidad dictada por los sentimientos, del mismo modo que no liberé a mis sobrinos, los hijos de Pilar, hasta ya muy avanzada la guerra. En cambio Nicolás se las ingenió para sacar de las cárceles rojas a toda su familia política, pero él podía permitirse estas debilidades porque al fin y al cabo tenía la ética de un civil. Todo lo que no podía haber hecho por Serrano durante su cautiverio, lo hice desde el momento de su llegada a Salamanca. Para empezar, él, mi cuñada Zita y sus hijos se hospedaron en nuestra misma casa, la residencia que nos había cedido Pla y Deniel. Vivían en una modesta buhardilla, pero no había otra solución; Ramón tenía por entonces la economía muy deteriorada y no quería recurrir a los muchos o pocos bienes de la familia de su esposa. Hubo división de opiniones en el cuartel general. Desde chanzas porque se había escapado de una clínica disfrazado de mujer y con la ayuda de Gregorio Marañón, hasta calumniosas campañas sobre su pertenencia a la masonería, pasando por el regocijo del cardenal Gomá, amigo de la familia Serrano y convencido del gran talento de uno de los universitarios más brillantes de la década de los años veinte. Gomá me había incitado a utilizar la formación política de Serrano para armar un poco nuestro alzamiento, pero ante mis proposiciones, Serrano respondió desde la desgana, la depresión, una falta de impulso vital que yo supuse pasajero y que amargaba un poco la vida a quienes le rodeaban. Desde el primer momento traté de estimularle para que utilizando su pasada amistad con José Antonio, tratara de poner orden en las distintas facciones de la Falange. Por una parte estaban los falangistas más radicales, como Agustín Aznar o el propio Hedilla, inspirados en una aplicación mecánica del nacionalsocialismo hitleriano; por otra los intelectuales capitaneados por Dionisio Ridruejo, personaje muy dotado, pero también provisto de esa soberbia intelectualoide que a mí a veces me sacaba de quicio. Pilar Primo de Rivera, sacerdotisa guardiana de la memoria de su padre y de su hermano que, sin darse cuenta, se convertía en el punto de convergencia de ciertas deslealtades falangistas hacia mi persona. Poco a poco Serrano fue entrando en razón, empezó a frecuentar a las diferentes familias falangistas pero también a chocar con los militares, por lo que le advertí que bueno era que me controlara a los joseantonianos pero que no se metiera en asuntos relacionados con los militares, para empezar, con todo lo referente a la política depurativa que culminaba en Martínez Fuset y mi visto bueno. A pesar de su inicial desgana, las intervenciones de Serrano restaron protagonismo a mi hermano Nicolás y eso me costó alguna preocupación pero, con su buen natural, Nicolás me ayudó a que el problema no se agrandase. Tampoco fueron nunca bien las relaciones entre Millán Astray y Serrano, porque éste se permitió algún comentario sarcástico sobre la polémica entre Unamuno y Millán Astray, comentario que reducía la capacidad de Millán para rebatir a Unamuno y que llegaba a decir que a pesar de sus mutilaciones, Millán no era el militar más mutilado de Europa. Después de un viaje a Italia, Serrano me contó muy festivamente el chasco que Millán se había llevado al encontrar a un legionario italiano, veterano de Abisinia, más mutilado que él: ciego y manco de los dos brazos. Pero pese a las chanzas de Serrano, en aquella ocasión Millán Astray tuvo la reacción de un caballero legionario. Abrazó a su camarada italiano y exclamó: «Hermano, te tengo envidia.»

Voy a relatar lo que pasó en la Universidad de Salamanca, en el transcurso de un acto académico, el 12 de octubre de 1936, presidido por el rector Unamuno, socialista utópico en su juventud, confuso demócrata orgánico frente a la república y atribulado anciano e intelectual ante la barbarie de la guerra. Presidía Unamuno, también, doña Carmen y «Su Menudencia» Pla y Deniel, que acabó achicándose aún más ante lo que sucedió. Un orador empezó a denigrar a los enemigos y estableció una categoría especial de enemigos que eran los vascos y catalanes en su conjunto; como Unamuno le rebatiera, Millán Astray intervino desde el público con uno de sus clásicos alegatos a favor de la violencia viril y de la muerte. El propio Serrano Suñer, en sus *Memorias,* recompone el discurso que a continuación hizo Unamuno y la situación de linchamiento del viejo profesor que se creó:

«Estáis esperando mis palabras. Me conocéis bien, y sabéis que soy incapaz de permanecer en silencio. A veces, quedarse callado equivale a mentir. Porque el silencio puede ser interpretado como aquiescencia. Quiero hacer algunos comentarios al discurso, por llamarle de algún modo, del general Millán Astray que se encuentra entre nosotros. Dejaré de lado la ofensa personal que supone su repentina explosión contra vascos y catalanes. Yo mismo, como sabéis, nací en Bilbao. El obispo (dijo señalando al tembloroso prelado que se encontraba a su lado), lo quiera o no quiera, es catalán, nacido en Barcelona. (Y dicho esto se detuvo un momento, cuando ya en la sala se había extendido un temeroso silencio.) Pero ahora —continuó Unamuno— acabo de oír el necrófilo e insensato grito ¡Viva la muerte! Y yo que he pasado mi vida componiendo paradojas que excitaban la ira de algunos que no las comprendían, he de deciros, como experto en la materia, que esta ridícula paradoja me parece repelente. El general Millán Astray es un inválido. No es preciso que digamos esto en un tono más bajo. Es un inválido de guerra. También lo fue Cervantes. Pero desgraciadamente en España hay actualmente demasiados mutilados. Y, si Dios no nos ayuda, pronto habrá muchísimos más. Me atormenta el pensar que el general Millán Astray pudiera dictar las normas de la psicología de la masa. Un mutilado que carezca de la grandeza espiritual de Cervantes, es de esperar que encuentre un terrible alivio viendo cómo se multiplican los mutilados a su alrededor.» Entonces en ese momento, Millán Astray vio su ocasión y avanzando (algunos fantasean y dicen que hasta esgrimiendo la pistola) proclamó según una versión que allí estaba otra vez la serpiente de la inteligencia que había que matar. Y según otra versión se limitó a gritar: «¡Muera, abajo la inteligencia! ¡Viva la muerte!» Como sea, ante el clamor del público, Unamuno continuó: «Éste es el templo de la inteligencia. Y yo soy su sumo sacerdote. Estáis profanando su sagrado recinto. Venceréis porque tenéis sobrada fuerza bruta. Pero no convenceréis. Para convencer hay que persuadir. Y para persuadir necesitaríais algo que os falta: razón y derecho en la lucha. Me parece inútil el pediros que penséis en España. He dicho.»

Repito que éste es un texto recompuesto aunque con elementos ciertos del discurso que Unamuno improvisó en aquellas circunstancias; el suyo tuvo que ser más entrecortado y digresivo, aunque es seguro que con su estilo mordiente, aproximado a éste.

Los republicanos nunca le perdonaron del todo a Unamuno sus irresponsables flirteos con el fascismo y aunque en la España republicana se conoció la testimonial disidencia final de don Miguel, recuerdo que la prensa de Madrid bajo las bombas resaltaba más la presencia en las filas republicanas de dos hijos del escritor, José Unamuno, catedrático de matemáticas, teniente de artillería en el frente de Madrid, o su hermano Ramón, herido gravemente en la cara en el frente de Arganda. Profesor el uno, odontólogo el otro. Mi padre guardaba los recortes de *Estampa* y glosaba cómo aquella gente de cultura daba la verdadera imagen de la causa republicana. La cultura era para aquel hijo de cantero y ama de cría un cielo deslumbrante del que caían miles de hojas de libros que leía de noche a la luz del carburo, cuando no tenía guardia, o se los llevaba bajo la cazadora de cuero para matar las horas de vigilancia de tanta muerte. Tanto vigilaba a los demás que no podía vigilarme a mí a pesar de los reclamos de mi madre y eran totalmente mías las excursiones hasta Príncipe Pío para asomarnos al frente o los depósitos de chatarra y de obuses que los niños íbamos amontonando en nuestros rincones secretos. Y cuando mi madre fundía su mano con la mía para arrastrarme a los refugios, mientras oía el ruido de las explosiones yo pensaba en las excursiones de mañana en busca de tan excitantes restos.

No se aprende el oficio de gobernar de la noche a la mañana, por más que los jefes militares hayamos aprendido a mandar según una lógica preestablecida tan buena como cualquier otra y menos expuesta a la versatilidad de las conductas poco disciplinadas. Yo había adquirido conocimientos de economía y leyes que asombraron, justo es decirlo, a expertos en estas materias, pero gobernar exige ser experto en el arte de las alianzas, el ajuste de las leyes cuando es inútil su respeto y la firmeza en la decisión cuando se tiene claro el objetivo del bien común. La cultura de la sinceridad y la acción directa que preside las conductas militares puede tropezar contra las sofisticadas construcciones de la política y por eso desde mi nombramiento como máximo responsable de la cruzada, me preocupé de tener a mi alrededor gentes con alguna experiencia en la cosa política. Nicolás, mi hermano, siempre ha sabido unir su fidelidad a la sangre con su habilidad en las relaciones con los otros y por eso le había designado secretario general del Estado. El diplomático Sangróniz, encargado de las pocas relaciones exteriores que teníamos, era tan fiel a Queipo como a mí, y más a March que a nosotros dos juntos. Cierto es que Mola aconsejaba una y otra vez dar una mayor complejidad a los aparatos del Estado, pero la guerra en sus primeros tiempos concedía mucho poder ejecutivo a los altos jefes militares y el propio Mola o Queipo tenían atribuciones ejecutivas importantes. Así estaban las cosas cuando la resurrección de Serrano Suñer me pareció providencial. Podía esperar de él la fidelidad de un familiar y conocía su cultura, su inteligencia, su buen nivel de hombre de leyes que había demostrado como joven diputado de la CEDA. A las pocas horas de llegar a Salamanca, Ramón ya se había hecho una composición de lugar y me la formuló con tanta claridad como suficiencia, característica esta que no había perdido a pesar del cautiverio y las vicisitudes pasadas. Me reprochó la desorganización jurídica y técnica que envolvía el nuevo poder y el espontaneísmo que se respiraba entre los grupos y personas que formaban el ambiente de la primera capital estable de la cruzada. «Necesitas fijar los cimientos de un nuevo Estado o resignarte a dirigir un Estado de guerra destinado a autoliquidarse una vez terminadas las hostilidades.» El hecho de que Serrano Suñer hubiera sido diputado de la CEDA y al mismo tiempo abogado y buen amigo de José Antonio le hacía una pieza indispensable en el intento de sumar distintas fuerzas a la causa común, por más que Ramón nunca haya dado la impresión de ser militante de lo que en teoría era militante. Muchas veces en mi cabeza he opuesto el tipo de mi médico, Vicente Gil, noble bruto que siempre va al choque, con el de mi cuñado Ramón, maquiavélico e irónico, tan fino que a veces tiene la materialidad transparente. Pero sin duda, desde que superó su abatimiento, en los años que me-

dian entre 1937 y 1942 fue una pieza importante en la urdim-
bre del régimen, puente suficiente con una Falange desorien-
tada por la pérdida de fundador y estratega de estado capaz
de aconsejarme oportunamente a la hora de formar gobier-
nos y promulgar leyes que iban dando aspecto de política de
Estado a lo que sin su concurso hubiera sido simple polí-
tica de guerra. Lástima que Ramón participe en algunos
momentos de esa soberbia mortificante de los intelectuales,
capaz de relativizar insensatamente el poder de los hechos
con el poder de las ideas brillantes y a veces poco sopesadas.
Serrano estuvo de acuerdo conmigo en el balance de nuestros
efectivos políticos y sociales: falangistas, carlistas monárqui-
cos, alfonsinos, las derechas católicas de la CEDA y buena
parte de la mejor oficialidad del ejército. Contábamos con la
base potencial de los católicos guiados por la jerarquía ecle-
siástica y la evidencia de que estaba en juego la supervivien-
cia del estado católico y amplios sectores de la clase media
y del campesinado, descontentos del gran capitalismo o de
la hegemonía del proletariado industrial como amenaza a sus
intereses materiales. Todos esos efectivos debían converger
en un movimiento unitario que no sólo debería ganar la gue-
rra, sino ser la base de masas de un nuevo orden político
articulado. Opinaba lo mismo que Nicolás: «No debes caer
en el error de Primo de Rivera. Esto no es un pronunciamien-
to. Es un borrón y cuenta nueva con el democratismo libe-
ral.» Mientras Serrano rumiaba el Decreto de Unificación,
evacué consultas con Mola, quien seguía erre que erre con
la idea de ganar la guerra y luego «España dirá». Pues como
España después de tantos sacrificios dijera lo mismo que el
14 de abril de 1934, estábamos frescos. Ya Mola había tra-
tado de imponer desde los primeros contactos para el alza-
miento, su tesis de que nos alzábamos para defender la repú-
blica de su propia capacidad de autodestrucción y hasta pro-
puso conservar la bandera tricolor. «Yo no quiero salvar algo
incapaz de salvarse por sí mismo y la bandera verdadera
es la otra. No podemos empezar confundiendo a la gente.»
Ya se vio cómo llegamos al compromiso de no mostrar nues-
tras correctas intenciones hasta el triunfo del alzamiento,
pero las circunstancias cambiaron pronto y habían cambia-
do mucho más a comienzos de 1937. La muerte de Mola en
octubre de 1937, cuando pretendía ser proclamado jefe del
gobierno, dejando en mis manos sólo la jefatura del Estado,
fue una pérdida militar, pero ayudó a nuestra clarificación
política. A lo largo de mi vida he podido darme cuenta de

cuánta verdad esconde el refrán: No hay mal que por bien no venga.

Sea sincero, ya nadie se la va a tener en cuenta. ¿Qué opinión real tenía usted de Mola? A sus íntimos les confesaba que Mola era un excelente director general de Seguridad pero un mediocre militar.

Muchos eran los síntomas de que los falangistas no acababan de conectar con el espíritu de disciplina y unidad de mando que exige una guerra. Frecuentemente había llamado la atención a sus jefes naturales y no siempre mis observaciones eran acogidas con el debido respeto, por lo que a aquellas alturas de la cruzada me creí en la obligación de expresar en público una cierta reserva crítica matizada, para no regalar al enemigo la impresión de división y discordia. Aprovechando un viaje a Sevilla pedí a los falangistas disciplina, autoridad, austeridad y que renunciaran a particularismos bastardos. Aproveché el viaje para informar a Queipo de mi proyecto de unificar todas las fuerzas políticas en una sola, con el fin de evitar las banderas carlistas, falangistas y monárquicas y él me dio su más entusiasta visto bueno e incluso se prestó a dar café a más de uno si era necesario. Dar café en el vocabulario de Queipo quería decir ajusticiarlos y le expresé mi creencia de que bastaría la unidad militar y el decreto de unificación para que aquellos chicos entraran en razón. «Si hay que darles café se les da y en paz», concluyó Queipo. De todos los grupos, carlistas y monárquicos buscaban sobre todo la restauración de sus respectivos reyes y Falange aparecía como un grupo republicano totalitario. Al parecer no había quedado claro el carácter de mi jefatura, ni el sentido trascendente de nuestra cruzada que no podía caer en el error de restaurar una monarquía a la vieja usanza o de volver a las andadas republicanas. De hecho la Falange contaba aún con el mito y la nostalgia de José Antonio y con la jefatura provisional de Manuel Hedilla, demasiado pagado de sí mismo e imbuido de que era el heredero espiritual de José Antonio. Llamé a mi lado al comandante Lisardo Doval, que había demostrado su entereza de ánimo en la represión de los rojos en Asturias en 1934, y Martínez Fuset y yo le prevenimos de que tal vez iba a presentarse la ocasión de mantener a raya a nuestros partidarios, sobre todo a los falangistas que daban demasiadas muestras de particularismo excéntrico. La filtración de la noticia de que yo preparaba un

Decreto de Unificación, puso en movimiento a Hedilla que trata de adelantárseme uniendo a los sectores menos franquistas de la Falange, del ejército, incluso carlistas y de monárquicos. Retuve ya entonces el nombre de algunos sorprendentes conspiradores contra mi persona, en el comienzo del aprendizaje de que a veces has de guardarte lo que sabes de los demás para cuando llega la ocasión de demostrarles que lo sabes. Yagüe, Sáinz Rodríguez, estaban a la sombra de Hedilla y si luego les hice ministros fue para demostrarles lo poco que me había temblado el pulso cuando les supe conspiradores. Conminé a Serrano para que acelerara el Decreto de Unificación y me iban llegando adhesiones. La primera la de Yagüe, buen militar pero demasiado veleta. Esperábamos que Hedilla y los suyos perdieran los nervios y así sucedió, llegando a un enfrentamiento a tiros y bombas entre los hedillistas y el grupo que comandaba Sancho Dávila, primo de José Antonio y hombre afín a mi propuesta de unificación. El comandante Doval esperaba su oportunidad, detuvo a los alborotadores con el triste balance de un muerto, Alonso Goya, mano derecha de Hedilla. Estos hechos se producían en la noche del 16 de abril de 1937 en Salamanca y Serrano Suñer me entregaba el redactado del Decreto de Unificación el día 19 de abril:

«Artículo 1.º Falange Española y Requetés, con sus actuales servicios y elementos, se integran, bajo mi Jefatura, en una sola entidad política de carácter nacional, que, de momento, se denominará «Falange Española Tradicionalista y de las JONS». Esta organización, intermedia entre la Sociedad y el Estado, tiene la misión principal de comunicar al Estado el aliento del pueblo y llevar a éste el pensamiento de aquél a través de las virtudes político-morales, de servicio jerárquico y hermandad. Son originariamente y por propio derecho afiliados de la mueva organización todos los que en el día de la publicación de este Decreto ponían el carnet de Falange Española o de la Comunión Tradicionalista, y podrán serlo, previa admisión, los españoles que lo soliciten. Quedan disueltas las demás organizaciones y partidos políticos.

»Artículo 2.º Serán órganos rectores de la nueva entidad política nacional el Jefe del Estado, un Secretario o Junta Política y el Consejo Nacional. Corresponde al Secretario o Junta Política establecer la constitución interna de la entidad para el logro de su finalidad principal, auxiliar a su Jefe en la preparación de la estructura orgánica y funcional del Estado y colaborar, en todo caso, a la acción de gobierno. La mitad de

sus miembros, con los que iniciará sus tareas, serán designados por el Jefe del Estado, y la otra mitad, elegidos por el Consejo Nacional. El Consejo Nacional conocerá de los grandes problemas nacionales que el Jefe del Estado le someta, en los términos que se establecerán en las disposiciones complementarias. Mientras se realicen los trabajos encaminados a la organización definitiva del Nuevo Estado totalitario, se irá dando realidad a los anhelos nacionales de que participen en los organismos y servicios del Estado los componentes de Falange Española Tradicionalista y de las JONS, para que les impriman ritmo nuevo.»

Semanas después el decreto se complementaría con un reglamento redactado por varios juristas, intelectuales y profesionales del grupo de Serrano y mi jefatura quedaba definitivamente atada y bien atada:

«El Jefe Nacional de la Falange Española Tradicionalista y de las JONS, supremo Caudillo del Movimiento, personifica todos los valores, todos los honores del mismo. Como autor de la Era histórica donde España adquiere las posibilidades de realizar su destino y con él los anhelos del Movimiento, EL JEFE ASUME EN SU ENTERA PLENITUD LA MAS ABSOLUTA AUTORIDAD.

EL JEFE RESPONDE ANTE DIOS Y ANTE LA HISTORIA.»

Hedilla y los suyos ya estaban presos, juzgados, condenados y por mi benevolencia conmutada la pena de muerte del cabecilla. Había recibido la adhesión inquebrantable de falangistas, carlistas, alfonsinos y hasta el señor Gil Robles me envió una carta poniendo en mis manos toda su organización, tanto el partido como las milicias «... para que tome las medidas que estime necesarias, en orden a la deseada unificación». Los historiadores han insistido sobre manera en el papel que jugó este afortunado decreto de unificación para dar cohesión a nuestras filas, mientras el enemigo se dividía en luchas fratricidas, como las que estallaron pocas semanas después en mayo en Barcelona, por una parte anarquistas y seguidores del POUM y por otra los comunistas, los socialistas y las fuerzas políticas que podía representar Azaña, aunque podía representar bien poco aquel secuestrado del comunismo internacional. El decreto de unificación tranquilizó mi retaguardia y actuó como un aviso frente a mucho rojo que se había infiltrado en la Falange para salvar la cabeza, pero sin abdicar del proyecto de utilizar la demagogia falangista para volver a las andadas revolucionarias, como volvie-

ron a intentarlo en los años sesenta los sindicalistas comunistas de Comisiones Obreras infiltrados en mis sindicatos verticales.

Tan buen recuerdo tengo de las mesnadas de jóvenes falangistas que dieron su sangre por Dios y por España, como malo de aquellas camarillas de Salamanca y Burgos que estuvieron a punto de causar grave quebranto sembrando la cizaña de la división en nuestra retaguardia. Algunos de aquellos jefes achulados me creaban problemas con los militares, desde el supuesto de que los militares nos limitábamos a hacer una guerra restitutiva de las prebendas de la oligarquía y ellos querían una revolución nacionalista. Frente a mi caudillaje levantaban la memoria de el Ausente y estaba en su fuero interno que de volver José Antonio, él sería el llamado a dirigir políticamente nuestro movimiento.

No mienta, general. A partir de 1942, cuando los últimos falangistas «auténticos» se fueron al cansancio o a la División Azul a cazar rusos, usted pudo proclamar impunemente el gran afecto que había tenido a José Antonio y al acabar la guerra civil había respaldado la macabra ceremonia de trasladar sus restos desde Alicante a El Escorial, sobre los hombros de sus camaradas. Pero el propio Serrano Suñer dio testimonio de los celos que usted sentía por *el Ausente* o tal vez del simple rencor por lo bien que José Antonio se había entendido con Mola y en cambio el rechazo que hizo de su compañía para la candidatura al parlamento por Cuenca. «Respecto al mismo José Antonio no será gran sorpresa, para los bien informados, decir que Franco no le tenía simpatía. Había en ello reciprocidad, pues tampoco José Antonio sentía estimación por Franco y más de una vez me había yo —como amigo de ambos— sentido mortificado por la crudeza de sus críticas. Allí en Salamanca me correspondía sufrir la contrapartida. A Franco el culto a José Antonio, la aureola de su inteligencia y de su valor, le mortificaban. Recuerdo que un día, en la mesa, a la hora del almuerzo me dijo muy nervioso: «Lo ves, siempre a vueltas con la figura de "ese muchacho" (se refería a José Antonio) como cosa extraordinaria, y Fuset acaba de suministrarme una información del secretario del juez o magistrado que le instruyó el proceso en Alicante, que dice que para llevarle al lugar de la ejecución hubo que ponerle una inyección porque no podía ir por su pie.» Y lo decía con aire de desquite bien visible. Yo con amargura —pues me dolía profundamente que persona a la que estaba sirviendo con afecto y lealtad pudiera recoger aquella despreciable referencia— y con energía negué que aquello pudiera ser verdad: «Es mentira inventada por algún miserable, eso es imposible.» Otra persona que estaba en la mesa, por entonces especialmente afectuosa conmigo y agradecida a mi entrega incondicional, destempladamente, me dijo: «¿Y tú qué sabes, si no estabas allí?» «Pues porque lo conozco bien y tengo certeza moral, porque eso es un infundio canallesco», contesté.

La persona afectuosa y por entonces afectiva con Serrano, era su cuñada doña Carmen Polo de Franco. Tal vez aquel día empezó el divorcio entre la señora y el «cuñadísimo».

Imbuidos por un respeto mítico hacia el fundador muchos de los falangistas que circulaban por Salamanca y Burgos no habían entendido el cambio que introducía la guerra y la formación de una nueva masa social que, aún estando integrada también por falangistas, era ante todo partidaria del ejército y de mi persona. Tuve que enfrentarme algunas veces ante incomprensiones rayanas en el desacato que tuvieron siempre, o casi siempre, a Dionisio Ridruejo como personaje hostigante. Con motivo de una de las reuniones de la Junta Política, que como el Consejo Nacional del Movimiento también ha sido una idea de Serrano y de sus «intelectuales» asesores, el citado Ridruejo se había comprometido a presentar una ponencia para reformar el partido. Yo no veía la necesidad de aquella reforma, con los estatutos tan recientes y en la misma posición estaban otros componentes de la Junta Política como el tradicionalista Esteban Bilbao o Fernández Cuesta, Areilza, Sáinz Rodríguez, Serrano... Según la propuesta de Ridruejo, el gobierno y yo como jefe del gobierno del Estado, por mandato de la Junta de Generales, quedaba casi atado de pies y manos frente a las milicias de partido, los sindicatos, el Consejo Nacional, es decir, se resucitaba un parlamentarismo a expensas del movimiento y se cuestionaba el caudillaje. En un momento determinado de la exposición, a Sáinz Rodríguez se le escapó insinuar que al proyecto se le notaba una cierta desconfianza con respecto al gobierno: «Querrá usted decir a mi persona» estallé. Todo fueron pruebas de lealtad y se zanjó el incidente, pero posteriormente advertí a Serrano que por el bien de la propia Falange, ya integrada en el partido único, y de España, no diera tanta beligerancia a aquellos intelectuales convertidos en aventureros puesto que jugaban con palabras tan serias como la victoria o la derrota de nuestra causa.

No fue exactamente así. O al menos no lo vivió así el propio Serrano Suñer y la hija de Ridruejo, Gloria Ridruejo de Ros, en *Las contramemorias de Franco* suscribe casi al cien por cien este relato de Serrano: «Sáinz Rodríguez, en su discurso, aventuró un argumento que había de resultar entonces en extremo peligroso: todo el proyecto, dijo, revela una cosa: desconfianza en el Gobierno. Entonces Franco, que había asistido a la discusión con tranquilidad, saltó descompuesto: "¡Eso es, desconfianza en el Gobierno; eso es!, ¡desconfianza en el caudillo!, deslealtad con él", y se refirió a Hedilla "al que debí fusilar", "sí, sí, fusilar y también a Aznar y a González Vélez". "Y ¿quiénes son los Ridruejos, los Aznares y los González Vélez para definir el partido?" Entonces Ridruejo, levantándose, pero con sosiego, hizo observar que él para tener derecho a opinar era, por lo pronto, el ponente comisionado de la propia Junta Política; y luego hizo notar a Franco que si allí se pedía poder para el partido (era un partido jerárquico de mando único), no entendía cómo Franco, jefe de ese partido —si se sentía de verdad tal—, podría atribuir desconfianza a quienes pedían poder para él, un poder que era el suyo, salvo que el concepto de caudillo no se pudiese homologar al concepto de jefe del Estado. Si las cosas no se entendían así, Dionisio dijo que él sobraba en la Junta Política y dirigiéndose a mí, en ademán de marcharse, añadió: "Me voy." Franco se hizo cargo del efecto que esa ruptura podía alcanzar y pronunció unas palabras conciliadoras, alegando en disculpa de su vehemencia la reacción natural a lo que había interpretado como desconfianza en él. La borrasca pasó, no sin algunas consecuencias, que más bien resultaron serlo por los verdaderos antecedentes del estallido.» Pero lo cierto es que usted y ustedes los Franco-Polo, estaban nerviosos, lo estuvieron hasta el final de la década de los cuarenta haciendo balance de quién estaba con ustedes y quién contra ustedes, quiénes les respaldaban en el poder y quiénes no. Sólo esta paranoia explica la escena surrealista que vivió su sobrina Pilar en Burgos, recién liberada de las cárceles republicanas: «El caso es que yo me dirigí a Burgos y llegué un mediodía al cuartel general, residencia de mis tíos Carmen y Paco. Me recibió Serrano Suñer, que estaba allí también viviendo con Zita y sus hijos y en un puesto de gran responsabilidad. Estuvo muy amable conmigo y me hizo pasar en seguida a ver a tío Paco en su nuevo estado. Cuando lo vi, me quedé de una pieza. Aquél ya no era mi tío Paco. Era una persona lejana y fría. Muy distante. Me sentí ante él como un escarabajo y casi no me atrevía a hablar. Pero sí le rogué que trajese a mi marido, cuya situación le expliqué, para librarlo de los peligros que le acechaban y para que se reuniese conmigo y con su hijo. Me contestó que efectivamente así lo haría y me hizo escribir una nota de mi puño y letra. Luego, de momento no supe nada más. Se retiró y ordenó que me llevasen a ver a mi tía Carmen. Me llevaron con ella y después de saludarme con bastante despego, cosa que yo no acababa de comprender, se quedó mirándome y me preguntó: "¿Y tú con quién estás?"

»Yo no entendía nada. Acababa de pasar más de dos años en prisión por ser de la familia Franco, de padecer toda clase de fatigas y peligros, de vivir apartada de mi familia, sin saber de ellos y ahora mi tía me preguntaba con quién estaba. ¿A qué podía referirse? ¿Creería que estaba con el bando republicano? ¿A qué iba yo entonces a verles?

»Mucho más tarde comprendí. Yo venía de otro mundo y no sabía de intrigas y luchas por el poder, pero esa sola pregunta expresaba más que un discurso de varias horas. Fue el primer impacto de desilusión y de pena que experimenté al llegar a una España que yo creía mejor.»

He de decir que primero sin título alguno y luego como ministro del Interior, Serrano supo limar las asperezas con los supervivientes de la criba del hedillismo y que metió en cintura a los intelectuales: Ridruejo, Tovar, Laín Entralgo, los hermanos Giménez Arnau, dejándoles campo libre para sus elucubraciones y hablando de tú a tú de sus Hegels, sus Kants, sus Ortegas y sus Unamunos, intelectuales de cuya valía no dudo, pero cuyas obras son de un hermetismo rebuscado, y aunque Serrano me hizo un programa de lecturas y me prestó libros personalmente, yo no podía pasar de la página cincuenta y me vencía el cansancio acumulado en el frente, mientras ellos hablaban de sus cosas y no pegaban ni un tiro... Serrano protegía a los falangistas antifranquistas pero relativizaba los efectos de su acción. A veces me molestaba el tono paternalista con el que me aconsejaba y me hablaba y frente a la molestia que esta actitud despertaba entre mis allegados y colaboradores personales, yo transigía con indulgencia porque sus servicios eran útiles a España. Redactor material del Decreto de Unificación y urdidor de los Estatutos del partido único, también puso en marcha la Ley de Administración Central del Estado de 30 de enero de 1938, ley base para nuestro Nuevo Estado de Derecho que puso muy nerviosos a los que veían todavía en el alzamiento un trámite que devolvería el poder a los políticos de la derecha de siempre. Tarde se habían dado cuenta aquellos jugadores en la ruleta rusa de la democracia liberal de que incluso se habían jugado la vida. Me contaron que Cambó, el prohombre nacionalista de la Lliga catalana, exiliado en Roma, había pedido a unos leales partidarios de nuestra causa: ¡Cuidad a Franco! ¡Nos puede ser muy necesario! Cambó nos ayudó económicamente y se comprometió abiertamente con la cruzada mediante cartas como ésta: «Abazzia, 25 de septiembre de 1936. Querido amigo: Supongo deben informarle de la terrible tragedia de Cataluña. En Barcelona puede decirse (sin que sea del todo cierto) que los asesinatos y los incendios y los pillajes son obra de los no catalanes. En los pueblos, por desgracia, son catalanes los que incendian y asesinan. Y al lado de estos ejemplos de cobardía como el de Millet haciendo cantar al Orfeó, y dirigiéndolos, el himno anarquista y el himno de la FAI en castellano. Y Pablo Casals saludando, en el concierto del Liceo, con el puño cerrado en alto al público que le aplaudía. El ejemplo que dan la mayor parte de nuestros intelectuales, que tendrían la obligación de ser más fuertes que el ambiente, es deplorable. Nuestros amigos políticos son exterminados por doquier con señalada predilección. Excepto los pocos que habrán podido emigrar, de los otros pocos encontraremos con vida al volver a Cataluña. Ventosa y yo y otros compañeros más, trabajamos desde el primer momento para ayudar al triunfo del ejército, única manera de conseguir que, al llegar la victoria, podamos atenuar el castigo que inexorablemente caerá sobre Cataluña. En estos momentos creo que todos hemos de trabajar. Hoy por hoy, usted tal vez podría encontrar algunas suscripciones en moneda extranjera, de catalanes que tienen divisas. Si es así, sepa que se han de enviar en la forma siguiente: si son francos franceses, al señor Quiñones de León, que reside en el hotel Meurice de París. Si son libras han de entregarse a A. O. Tinckler, Westminster Bank Stal-Lombard Street, London. Le ruego que si obtiene algún donativo me lo transmita para que yo lo pueda comunicar al gobierno de Burgos. Yo sé que los hermanos Larrañaga están en Montecarlo, tienen una inmensa fortuna, casi todo en el extranjero. ¿Les conoce usted? ¿Habría manera de hacer una gestión cerca de ellos para que hicieran un donativo en relación con su fortuna? Le saluda afectuosamente. F. CAMBÓ. Puede escribirme a nombre de madame Bonnemaison, hotel Eden, Abazzia.»

¿Atenuar el castigo que caería sobre Cataluña? *Cuando se produjo nuestra victoria, sobre Cataluña cayó la bendición de Dios y la posibilidad de liberarse del yugo rojo. Cambó no volvió de su exilio porque en los primeros años de la victoria hubiera sido un personaje incómodo y cuando tal vez había condiciones para su vuelta, murió prematuramente. En su haber, su voluntad de estadista español a pesar de su regionalismo y en su debe, el haberse dado cuenta demasiado tarde de que el liberalismo democrático lleva en su seno el huevo de la serpiente marxista.*

Si Serrano Suñer había cumplido mi deseo de unificación y dar urdimbre al nuevo estado, también fue él quien creó la estructura política del movimiento, tanto la Junta Política como el Consejo Nacional, centros de dirección que tanto durante la guerra como durante todo mi futuro caudillaje cumplieron más un papel asesor y refrendador que elaborador de la política real de todos los días. Alguien puede creer que estas batallas, necesarias, políticas de retaguardia, me distraían del curso de la guerra, dejada en manos de subalternos. Nada más lejos de la realidad. Mis objetivos principales eran llegar cuanto antes a Santander y entrar en Bilbao y Oviedo, apoderándome así de una inmensa bolsa de combatientes republicanos replegados desde Galicia y Asturias y todo el material que llevaban. En cuanto a Bilbao el objetivo era obvio. Capital de la industria pesada de España, su caída cambiaba cualitativamente el sesgo de la guerra. No fue fácil tampoco poner en su sitio a los voluntarios italianos enviados en gran número por Mussolini con la doble intención de ayudarnos y de convertirse en coprotagonistas de nuestra victoria. Los voluntarios italianos y los alemanes eran a la vez valiosos y engorrosos, sobre todo cuando trataban de actuar como colectivos autónomos desgajados de la unidad estratégica que yo marcaba. La aplastante derrota de los italianos en Guadalajara que tanto conmovió al Duce, yo la consideré otra prueba de que no hay mal que por bien no venga, porque me permitió demostrar la inutilidad de las acciones en torno a Madrid y lanzarme decididamente a la conquista final del Norte. Recuerdo que tras la derrota de Guadalajara le comenté a Cantaluppo, el embajador de Mussolini: «La táctica para la guerra española está en función de la política que acabo de exponer. Necesito etapas graduales y proporcionadas a los medios de que dispongo... Ocuparé ciudad por ciudad, pueblo tras pueblo, línea de ferrocarril tras línea de ferrocarril. Las ofensivas detenidas ante Madrid me han enseñado que debo abandonar los programas de liberación total, grandiosa e inmediata. Región tras región, éxito tras éxito: las poblaciones del otro lado lo comprenderán y sabrán esperar. No habrá razonamiento alguno que me aparte de este programa gradual; puede ser que alcance menos gloria, pero tendré paz interior. Después de cada uno de mis éxitos disminuirá el número de rojos que tengo ante mí y también detrás de mí. Así planteadas las cosas, esta guerra civil podrá durar todavía un año, dos o quizá tres...», y luego añadí: «Podría ser muy peligroso que yo llegase demasiado pronto a Madrid en una ofensiva de gran estilo. Llegaré a la capital ni una hora antes de lo necesario. Primero debo tener la certidumbre de poder fundar allí un régimen y de asentar definitivamente la capital de la nueva España. Esto no parece quizá demasiado claro por lo que se refiere tan sólo al aspecto táctico de nuestra guerra, pero si llegásemos a Madrid sin tener la absoluta seguridad de podernos quedar allí como clase política, empujaríamos al país hacia la ruina.»

Desde hace algunos años y ante el desconcierto o sensación de derrota histórica de la izquierda, observo que va ganando adeptos el historicismo objetivo capaz de sostener que la guerra era inevitable, incluso si ustedes los militares no la hubieran declarado. Y puestos a revisar, se revisa la mitología de la izquierda, sin distinguir lo que fue realidad o mito, lo que fue propaganda o heroísmo humanista cierto. Y entre todas las nuevas interpretaciones destaca la de la inutilidad de la resistencia roja y lo positivo que hubiera sido una inmediata rendición ante los alzados, cuando la crítica o la autocrítica llega a sostener que ni siquiera existió la defensa de Madrid, que Madrid no cayó porque usted no quiso. Y es bastante evidente que usted no puso demasiado empeño en el asalto Madrid, pero no lo es menos que de sus vacilaciones se aprovecharon los desunidos defensores para superar la anarquía de las primeras semanas y organizar un nuevo ejército popular con mandos militares de origen o con nuevos jefes que salieron del pueblo como el joven físico Tagüeña o Lister, Modesto, *el Campesino*, Vega, Mera... en fin. Y el que usted nos diga ahora que la paliza que los republicanos les dieron a los italianos fascistas en Guadalajara fue un mal que por bien vino, no resta la grandeza militar de aquel hecho, si es que nos situamos en la convención de admitir que hay hechos militares grandes. 50 000 voluntarios italianos fueron puestos en desbandada por el IV ejército, al mando de Enrique Jurado Barrio, compuesto por las divisiones de Líster, Mera Lacalle y otras unidades. En Madrid se acogió aquella victoria como un triunfo excesivo y hoy deberíamos juzgarlo como corto, porque no aprovechamos el efecto psicológico y nos bastó la sensación de alivio que experimentó el cerco de Madrid prácticamente hasta el final de la guerra, hasta el punto de que algunos historiadores sostienen que propiamente el asedio activo de Madrid terminó con la batalla de Guadalajara. Entre nosotros quedó la conciencia de que los italianos eran unos soldados muy flojos, no tanto como la de que los nuestros eran muy fuertes y recitábamos en el colegio aleluyas como ésta:

En Roma nació el fascismo
y al mundo quisiera hundir
con su tenebroso abismo.
En España ha de morir
como espectro del pasado
a manos del porvenir.
Otro farsante en Berlín
manda sus gentes a España
como si fuese un festín.
No sabe aquel gran histérico
la fuerza sin fin que guarda
en su pecho el pueblo ibérico.

A veces me descubro a mí mismo recitando fragmentos de poemas patrióticos memorizados en aquellos primeros años escolares o cantando viejas canciones desde la sospecha de que ya sólo yo las conozco, aunque no fueran propiamente mías y pertenecieran a mis mayores, que las cantaban con un decreciente entusiasmo, minados por las escaseces y la premonición de derrota. Y la he vivido, o la he fabulado, una discusión de mis padres, cuando él le propuso a mi madre que se refugiara conmigo en Cataluña, la que iba a ser reserva definitiva de la reconquista republicana. Mi madre le objetó todo lo objetable y finalmente se salió con la suya cuando le dijo que en Cataluña sólo hablaban catalán. A mi padre le dio risa y apagaron la luz y la conversación.

Así hablaba yo en 1937, seguro ya en el mando militar y político. Nadie pues pudo llamarse a engaño y los hechos me dieron la razón. Entre abril y mayo de 1937 lancé la ofensiva de Vizcaya, con apoyos de la aviación de la Legión Cóndor y

*producéndose la destrucción de Guernica a la que luego me
referiré y finalmente la conquista de Bilbao y la huida del
gobierno separatista presidido por Aguirre, un ex futbolista
que se había metido a político. Una vez más avancé sin prisas pero sin pausas, eso sí forzando el ritmo tardón que Mola
había dado a la maniobra, dirigiendo la operación personalmente desde Vitoria.*

*Pisar el escenario mismo de la guerra me excitaba, nada
más oí el silbido de los proyectiles que pasaban por encima
de nuestras cabezas en busca del enemigo hasta que se convertían en ensordecedor estruendo al alcanzar su objetivo:
«¡Toma pan y moja que es caldo de liebre!» les gritaba yo,
en recuerdo del grito que solía lanzar en África y vete a saber
el origen remoto de aquella frase que respondía sin duda al
prestigio que algún día habría tenido el caldo de liebre. Un
día me acompañó mi cuñado Ramón en primera línea y Pacón
y yo nos cruzábamos miradas divertidas porque aunque Ramón
disimulaba y hacía bueno el dicho de que «el valor es el disimulo del miedo», no las tenía todas consigo, estaba más blanco que habitualmente y sólo se sosegó y recuperó el tono justo
de voz cuando regresados a Salamanca, me confesó que la
guerra le parecía un hecho brutal y que nunca se la hubiera
podido imaginar tan dura. Lo suyo era realizar la arquitectura política de nuestro movimiento y no exponerse a un bom-
bazo o a la metralla perdida y por eso siempre le exigí que
aplicara su lógica a los aspectos políticos y civiles de la guerra y nos dejara a los militares dentro de los territorios que
nos eran específicos.*

Por aquellas fechas estaba usted picado con Serrano. En
presencia del cardenal Gomá había señalado la presencia de
una mancha sobre el mantel en el transcurso de un almuerzo. Doña Carmen se ruborizó y se justificó: *No estoy en mi
casa,* y usted tuvo que montar una casa civil que le vigilara
los manteles.

*Caído Bilbao, teníamos a tiro Santander, conquista decisi-
va para ocupar definitivamente todo el Norte y presa codiciada
por la cantidad de soldados que la defendían y el mucho material que almacenaban. Santander cayó en trece días tras un
fuerte castigo de nuestra artillería y la rendición de los gudaris vascos allí concentrados. Los italianos habían pactado
esta rendición con la promesa de dejarles huir por mar, pero
era un pacto aberrante y ordené al general Dávila que lo des-*

hiciera. *Cuando los soldados vascos ya estaban casi embarcados en dos buques británicos fueron capturados por nuestras tropas. No siempre es cierto el dicho: A enemigo que huye, puente de plata. A veces el enemigo que hoy huye puede vencerte mañana. Los soldados vascos no cayeron solos y Santander nos ofreció un espléndido botín de guerra: 90 batallones (unos ochenta mil prisioneros) y su armamento, 160 cañones, 42 tanques, 300 motores de aviación, 64 aviones... y un resto de soldados en desbandada buscando refugio en las montañas de Asturias o tratando de llegar por mar a Francia en unas condiciones condenadas al fracaso o a la muerte. Desde Santander pudimos ultimar la ocupación de Asturias, la liberación de Oviedo y volver toda la formidable maquinaria militar así adquirida hacia un frente decisivo, el de Aragón, es decir, el de Cataluña, por más que algunos generales volvieran a insinuarme que era el momento de Madrid. No. Aún no había llegado el momento de Madrid.*

Cuando me sentí lo suficientemente armado de instrumentos militares y políticos acaricié la idea de formar un consejo de ministros irreprochable, para que afrontaran ya lo que sería el día siguiente de la victoria. 1938 iba a ser el año decisivo, tras la caída del Norte, campaña que dirigí personalmente, la batalla de Aragón doblegaría a Cataluña a través de un duro combate en el que los republicanos sabían se jugaban las últimas cartas y por eso lanzaron al mundo la propuesta de la firma de un acuerdo «sin vencedores ni vencidos», que garantizara la soberanía de España, como si la garantía de la soberanía de España no fuéramos nosotros. Hubo unanimidad en nuestro bando en rechazar aquella argucia, a pesar de que algunos altos jefes habían dado muestras de cansancio psicológico, como el propio Yagüe, el líder militar de la Falange, que nos dejó helados al pronunciar un discurso en el que se inclinaba por el perdón y el respeto a la heroicidad del enemigo. Él, a quien la propaganda internacional hacía responsable de la sangrienta represión de rojos en la plaza de toros de Badajoz, era el menos indicado para el cansancio psicológico y se le apartó poniéndolo en vía muerta y una vez acabada la guerra le nombré ministro del Aire para que airease un poco sus ideas y dejase en paz a los ejércitos de tierra. Yo declaré a la agencia francesa Havas: «Cuantos deseen la mediación, consciente o inconscientemente, sirven a los rojos y a los enemigos encubiertos de España. La guerra de España no es una cosa artificial; es la coronación de un proceso histórico, es la lucha de la patria con la antipa-

tria, de la unidad con la secesión, de la moral con el crimen, del espíritu contra el materialismo, y no tiene otra solución que el triunfo de los principios puros y eternos sobre los bastardos y antiespañoles. El que piensa en mediación propugna por una España rota, materialista, dividida, sojuzgada y pobre en que se realice la quimera de que vivan juntos los criminales y sus víctimas; una paz para hoy y otra guerra para mañana. La sangre de nuestros gloriosos muertos y la fecunda de tanto mártir, caería sobre el que escuchase tan insidiosas maniobras. La España nacional ha vencido y no dejará arrebatarse ni desvirtuarse su victoria, por nadie y por nada.»

La victoria del Norte terminó la época de sequía diplomática y por nuestra capital que no se movían en exclusiva los embajadores de Alemania, Von Faupel, o de Italia, Cantaluppo. Portugal, El Salvador, Guatemala, Hungría, Albania, Turquía, Grecia, Japón, la Santa Sede, Yugoslavia, Nicaragua iban reconociendo a la junta técnica de Burgos y mi jefatura, también nos llegaban créditos directos e indirectos desde Estados Unidos y Gran Bretaña, abría consulados en todo el territorio que controlábamos, sin duda para así hacer más fácil el trabajo de los muchos agentes del Intelligence Service que había destinados a España. El enemigo había tratado de incordiar lanzando una ofensiva sobre Huesca y Teruel para impedir la definitiva ocupación de Asturias, pero tras una fugaz toma de Teruel a cargo de las tropas dirigidas por Rojo, la capital turolense volvió a nuestras manos y el ejército republicano se replegaba hacia la frontera natural del Ebro y la atravesaba, poniendo tan gigantesco foso entre nuestras fuerzas y Cataluña. Era el momento adecuado para institucionalizar definitivamente nuestro movimiento y alejar los fantasmas de provisionalidad que alimentaban suicidas esperanzas regeneracionistas. Lo consulté con Serrano y estuvo de acuerdo en la oportunidad de formar un primer gobierno en regla, instrumento a la vez efectivo y psicológico, porque transmitiría a los rojos y a los antagonistas de nuestro mismo bando una imagen de seguridad y perdurabilidad que no esperaban.

Serrano era indispensable al frente de Gobernación para hacer posible el equilibrio entre las distintas facciones y porque tenía la idea del nuevo Estado en la cabeza y dirigía también los trabajos de reconstrucción. Martínez Fuset no necesitaba un ministerio para seguir cumpliendo su cometido y quedaba el problema de dos colaboradores de primera hora, Nicolás y Sangróniz. Le propuse a Serrano nombrar a Nicolás ministro de Industria y Comercio, puesto para el que le creía habilitado y que de hecho había ejercido a su manera, a su desordenada manera, pero Serrano opuso reparos de peso: un hermano y un cuñado en el mismo gobierno, ¿qué van a pensar nuestros leales y cómo van a utilizar esta prueba de nepotismo nuestros enemigos? Se ofreció a ser él el sacrificado, sabiendo que era imposible y no tuve más remedio que prescindir de Nicolás, al que nombré embajador en Lisboa. Como siempre, Nicolás nos dio toda clase de facilidades y se fue a Lisboa donde no dejó de vivir bien y de servir a nuestra causa, muy especialmente en los tiempos posteriores a la guerra en que al establecerse en Estoril el pretendiente monárquico, don Juan de Borbón, entonces Nicolás necesitó de todo su don de gentes para actuar como puente entre el desorientado y mal aconsejado conde de Barcelona y nuestro movimiento nacional. En cuanto a Sangróniz le envié de embajador a Venezuela, reconocimiento insuficiente, es cierto, para sus méritos pero otras recompensas debió recibir de su patrón más constante, don Juan March. Sobre aquel primer gobierno de enero de 1938 mucho se ha especulado y yo no quiero dar explicación cabal del porqué de los 16 gobiernos que designé desde mis atribuciones como jefe del Estado, ni de los tres que he autorizado bajo la presidencia de gobierno de Carrero Blanco y de Carlos Arias Navarro. Pero aquel primer gobierno estaba compuesto por personajes eficaces, equilibrados y representativos de las distintas familias del movimiento: Serrano la falange más intelectual, la herencia de José Antonio y su pasada vinculación a la CEDA de Gil Robles; en Asuntos Exteriores, el general Jordana era un buen negociador y un hombre no enfrentado al Eje ni temido por los gobiernos democráticos; los generales Dávila y Martínez Anido eran oficiales respetados y el segundo de un pasado firme en la defensa del orden público; Pedro Sáinz Rodríguez tenía prestigio intelectual, era muy culto y fue el inspirador de toda la filosofía regeneradora de nuestra educación sana y cristiana hasta que equivocó el camino y se marchó a Portugal a conspirar contra nuestro movimiento; Alfonso Peña Boeuf era un técnico, ingeniero, franquista a carta cabal y fue capital en los primeros trabajos de la reconstrucción de España; Juan Antonio Suanzes, mi entrañable compañero de infancia era marino e ingeniero y tenía en la cabeza las líneas maestras de una reindustrialización nacional autosuficiente, base de la futura grandeza de España, que se materializó en el INI; Raimundo Fernández Cuesta representaba a distintas familias falangistas y era sobre todo lo que un tanto irónicamente se llamaba «el francofalangismo»; Alfonso Amado, al frente de Hacienda, era un hombre en el pasado vinculado al protomártir Calvo Sotelo y de moderada vinculación monárquica; el conde de Rodezno era el jefe político del carlismo e inauguró la eficaz medida de que casi siempre ocupara la cartera de Justicia un representante del tradicionalismo fiel a nuestros ideales unitarios, frente a un maximalista como Fal Conde, que prefirió el exilio y la apostasía; Pedro González Bueno fue el encargado de organizar los nuevos sindicatos, al margen de la demagogia seudorrevolucionaria de los nacionalsindicalistas que hacían una interpretación muy revolucionaria del ideario de Ramiro Ledesma Ramos, Onésimo Redondo o José Antonio Primo de Rivera. Era un gobierno breve pero capaz y, sobre todo, hecho a la medida de la férrea disciplina que exigían tiempos de guerra. Y aun así, no todos supieron estar a la altura de lo esperado, es decir, de lo necesario; por ejemplo, Fernández Cuesta era demasiado débil e ineficaz para meter en cintura a las distintas camadas falangistas, por lo que seguía dependiendo de Serrano para este problema, y Sáinz Rodríguez nos salió primero demasiado inquisidor, tanto, que ahora, releyendo sus primeras disposiciones sobre la reforma educativa creo percibir un cierto sarcasmo, no sé contra quién dirigido y luego, una vez cumplida su etapa de inquisidor, nos salió rana, tuvo un ataque de manía persecutoria y se refugió en Portugal.

La formación de gobierno causó un gran efecto psicológico en Burgos y las habituales manifestaciones de adhesión inquebrantable se convirtieron aquel día en una celebración anticipada de la victoria. Yo me sentía seguro por encima de mi natural recelo y ya empezaba a actuar, a pensar, a planear como si estuviéramos a punto de alcanzar la victoria final. En este estado me llegó un ofrecimiento emocionante de mis paisanos: una residencia de verano en mi tierra, promovida por mi amigo y paisano Barrié de la Maza, presidente de Fuerzas Eléctricas del Noreste, S. A. (FENOSA), al que con los años le di el título nobiliario de marqués de Fenosa. Se trataba de la finca de la condesa de Pardo Bazán, heredada finalmente por su hija Blanca, casada con el general Cavalcanti y sin descendencia. Se llamaba El Pazo de Meirás, estaba cerca de La Coruña, fue comprada por cuestación popular por un valor de 400.000 ptas. de las de 1938 y me fue regalado en compañía de un pergamino que decía:

«El 28 de marzo de nuestro Segundo Año Triunfal, Año del Señor de mil novecientos treinta y ocho, la ciudad y provincia de La Coruña hicieron la ofrenda-donación de las Torres de Meirás al fundador del Nuevo Imperio, Jefe del Estado, Generalísimo de los Ejércitos y Caudillo de España, Francisco Franco Bahamonde. Galicia, que le vio nacer, que oyó su voz el dieciocho de julio, que le ofreció la sangre de sus hijos y el tesoro de sus entrañas, que le siguió por el camino del triunfo de la Unidad, Grandeza y Libertad de la Patria, asocia en esta fecha, para siempre, el nombre de Franco a su solar, en tierras del Señor San Yago, como una gloria más que añadir a su historia.»

En diciembre de 1938, con motivo de mi viaje a Santiago para el jubileo del apóstol, recibí formalmente las llaves del pazo y recorrí su frondoso parque, su salvaje bosque con la emoción secreta de por fin poder ofrecer a los míos algo de valor equivalente a la finca de «La Piniella». Distinguí entre los árboles una acacia negra de hoja perenne, símbolo de la masonería, pero no la hice talar, los vegetales son inocentes. Pocos testimonios de gratitud me han conmovido tanto, aunque quizá ni siquiera el Pazo con toda su extensión y riqueza pudo o supo emocionarme tanto como aquella copla anónima que me cantaban los vencedores en la batalla del Ebro, mientras desfilaban:

Tres cruces llevo en mi pecho
tres balas llevo en mi carne
y en el corazón tres nombres:
España, Franco y mi madre.

En cuanto pude hice que mis hermanos Pilar y Nicolás visitaran aquella maravilla, emocionados todos porque imaginamos cuál hubiera sido el gozo de nuestra madre paseando como reina y señora por una propiedad tan principal y tan cercana a nuestros paisajes natales. En los meses que antecedieron a la entrega, tuve ocasión de comentarlo con mis tres hermanos, Pilar, Nicolás y Ramón, en la última visita que éste me haría desde Mallorca. Recuerdo que Ramón estaba muy nervioso y muy crítico con Pilar, que no paraba de hablar por los codos:

—¡Calla c... que hablas más que la Pasionaria!

A Pilar le molestó que Ramón la comparara con la Pasionaria, Nicolás se reía por los bajines, aunque me miraba de reojo estudiando mi reacción. Como siempre, Ramón se desentendió de la conversación sobre el Pazo y se pasó la noche cantando las excelencias de su segunda mujer, Engracia, y de

*su supuesta hija, Ángeles, pianista precoz, paternidad que
nuestra hermana Pilar siempre se negó a reconocer. Era un
momento de plenitud familiar y me quedé callado, imitando
a mi madre, en aquellas secuencias del salón de nuestra casa
de El Ferrol en las que ella se quedaba muda como intentan-
do oír el paso de un ángel. Plenitud, confianza, seguridad en
mí mismo. ¡Qué fácilmente se pueden deshacer las construcciones del hombre y bien cierto es que el hombre propone y
Dios dispone! A pesar de las dificultades políticas y del futuro canto del cisne de Rojo frente a Yagüe en la batalla del
Ebro, el final de la guerra estaba cantado. Yo reprimía cualquier exceso de confianza pero una catástrofe vino a nublar
de melancolía el limpio cielo de la esperanza. El 28 de octubre de 1938 mi hermano Ramón se mataba al naufragar su
avión en aguas del Mediterráneo. La noticia me llegó cuando
yo estaba despachando con el gran escritor Ernesto Giménez
Caballero y le pedí un aparte para experimentar a solas mi
dolor y mi emoción. Todos los recuerdos comunes desfilaron
en un instante por mi cabeza tan llena de lágrimas como mis
ojos y sobre todo aquellos ojos verdes, maliciosos, provocati-
vos, pero en el fondo inocentes de quien había sido el Franco
descarriado. Aquel mismo día envié un telegrama a la aviación, glosa de la muerte expiatoria de mi hermano: «No es
nada la vida que se da por la patria y siento el orgullo de
que la sangre de mi hermano, el aviador Franco, se una a la
de tantos aviadores caídos.» Todo lo malo que había hecho
estaba purificado por la muerte, ese gran borrador de lo peor
de la memoria, y hasta Kindelán tuvo que tragarse su inquina al redactar un respetuoso pésame, pero la reacción que
más me emocionó fue la del papa Pío XII, a la que le contesté: «Como católico siento el orgullo de que mi hermano Ramón
haya caído por la fe de Cristo.» Envié a Nicolás a presidir el
entierro y ordené una investigación por si hubiera alguna circunstancia sospechosa en el accidente. No eran tiempos para
investigar a fondo, pero los datos fueron suficientemente elo-
cuentes: el azar había jugado una mala pasada a uno de sus
más fascinados servidores.*

Permítame que, a manera de despedida compartida con
usted, porque ninguna referencia a su hermano, al menos pública, usted permitió a lo largo de treinta y siete años de supervivencia y de poder absoluto, si no tenemos en cuenta el
uso expiatorio y moralizante que de él hace en *Raza*, termine
el esbozo de esa gran novela por hacer que fue la vida del

condottiero Ramón Franco. Cuando se mató, el *ABC* republicano ajustó despiadadamente las cuentas al aviador aventurero: «Con Ramón Franco son ya tres los traidores que mueren en accidentes de aviación. Confiemos en que la Providencia nos seguirá favoreciendo, aunque para alguno de los que han vendido tan vilmente a su patria deseamos una muerte más al ras de tierra. Ramón Franco es aquel que, tras su famoso viaje a Buenos Aires, se pronunció como furibundo revolucionario, rebelándose primero contra Primo de Rivera y siendo después el más exaltado republicano. ¿Era ya traidor entonces al fingir extremismos o lo fue después al lanzarse su hermano a la rebelión? Tal vez lo haya sido ambas veces pues los Franco Bahamonde llevan la traición en la sangre. Ramón Franco, el sublevado en Cuatro Vientos, voló sobre Madrid y no se atrevió a dejar caer unas bombas en el Palacio real por temor a herir a algún niño de los que jugaban en la plaza de Oriente y de la Armería. Pero años después, en octubre de 1936, descargó su mortífera carga sobre los ciudadanos indefensos. A él se atribuyen los más crueles bombardeos sobre la capital de la república. Él tiene a su cargo, como director o ejecutor, los raids más sangrientos sobre Barcelona y Valencia.»

Ramón Franco no encontró un clima humano propicio a su llegada a Palma de Mallorca, vestido de paisano, en compañía de su mujer Engracia y de su hija Ángeles. Se hospedó en el Gran Hotel, la residencia de los pilotos italianos, y pronto tuvo choques con el jefe de la aviación italiana en la isla, el teniente coronel Leone Gallo, competidor suyo en travesías trasatlánticas. No se cayeron bien, tampoco le apreciaban los oficiales españoles veteranos, pero sí los jóvenes, que sólo conocían de oídas sus aventuras izquierdistas y en cambio seguían mitificando al héroe del *Plus Ultra*. Más impresionados se quedaron cuando le vieron pilotar por primera vez nuevos hidroaviones que desconocía. Sin duda, era un gran piloto y se había vuelto un oficial escupuloso en el vestuario y el arreglo personal, casi un maniático, él que había lucido los aspectos más facinerosos de la oficialidad española de toda la historia hasta llegar al nudismo naturista. Ni una copa de más. De las operaciones de vuelo a su casa, de su casa a las operaciones de vuelo y a veces relatos de sus hazañas de los años veinte ante los oficiales jóvenes, siempre entre la melancolía y lo prolijo. No está probado que bombardeara Barcelona, ni mucho menos en los bombardeos de marzo que tan cruelmente castigaron a la población civil, pero está comprobado que viajó a Italia a recoger nuevos aviones y se negó a visitar a Alfonso XIII, aunque permitió que lo hicieran sus subalternos. Seguía siendo republicano o, mejor dicho, antiborbónico y también está comprobado que se negó a entregar a un masón, Rosacruz, a un pelotón de incontrolados, incluso lo ocultó personalmente y le ayudó a abandonar la isla en una embarcación aborigen, el *llaud*, de apariencia frágil, pero lo suficientemente marinera como para salir al encuentro de buques que llevaban hacia la Europa democrática. Seguía enviando dinero a su primera esposa, cada vez menos cartas, cada vez más impersonales y era cariñoso con los soldados. Le llamaban «nuestro padrino». Sobre todo hizo vuelos de reconocimiento y a veces llegaba hasta Burgos para verle a usted, platicar con Pilar, con Nicolás, si estaba, y traerse unos puros con la vitola «Generalísimo Franco» que repartía entre todos. Su hermano no fumaba. Su hermano el generalísimo. Se cuenta que en cierta ocasión oía un discurso radiofónico en compañía de otros oficiales y opinó que Francisco hablaba cada vez peor: «Debería ponerse garbanzos en la boca. Ese discurso se lo ha escrito algún cura, estoy seguro.» Soportó una visita de Kindelán que le mereció elogios, porque llevaba muy bien la base, aunque recordaría aquella vez que le había comentado a su primera mujer: «¿Has visto alguna vez a un tipo más feo y más tonto que Kindelán?», y soportó con paciencia la pregunta de un oficial provocador: «Oiga, ¿usted ha sido alguna vez comunista?» Le contestó que él estaría al lado de quien mejor sirviera a España y que de momento había que ganar la guerra, y en un vuelo más, a poca distancia ya del final de la guerra y del enigma de cuál hubiera sido su reacción ante la entronización bajo palio de usted, se mató, sin que quede constancia de documentos fundamentales para esclarecer las causas del estallido del hidro Cant Z 506 que le produjo la muerte y mutilaciones en sus piernas, aunque el reloj de muñeca conservó la memoria del último minuto de su vida: seis quince minutos. Se dijo que fue asesinado cuando intentaba escapar hacia zona republicana, pero los expertos aún hoy se inclinan por la tesis de un error de cálculo en el peso del avión, de un error de fortuna, porque Ramón Franco convirtió siempre sus errores de cálculo en éxitos de la suerte. Tras su muerte, el silencio y una cierta persecución oficial contra su ambigua memoria. Primero los Franco reinantes ofrecieron a la viuda que la hija de Ramón se fuera a vivir a El Pardo, pero la madre temió que la convirtieran en una damita de cámara de Carmencita y rehusó la oferta. Aquella niña resultó con el tiempo una excelente concertista de piano, pero los gobernadores civiles mandados por usted le prohibieron que utilizara el apellido Franco en los carteles. La muchacha abandonó la carrera aburrida y volvió a Palma, con su madre, donde montó una *boutique* de *souvenirs* coincidiendo con el boom del turismo. ¡Una *boutique* de *souvenirs* la hija de Ramón Franco en el último escenario de su aventura! En abril de 1966 murió Ángeles Franco de cáncer, en Barcelona, a los treinta y seis años. Dejaba una hija adoptiva al cuidado de su madre, casi ciega, y aplastada por recuerdos que no podían venderse en tiendas de *souvenirs*. La abuela entregó la niña a un matrimonio acomodado y siguió interesándose por ella hasta que un día dejaron de recibir noticias suyas. En 1981, José Antonio Silva, relator de *Mi vida con Ramón Franco*, dictada por la primera mujer, Carmen Díaz, testimoniaba que desde hacía un año nada se sabía de la segunda, de la que restaban por cobrar tres años de pensión acumulada y que había advertido: «Un día desapareceré y nunca más oiréis de mí.» En cuanto a Carmen Díaz, aquella cabaretera de casino según ustedes que se había casado con Ramón a los diecinueve años por un inexplicable amor hacia aquel señor de más de treinta con algo de tripa, algo calvo, pero dotado de una subyugadora mirada verde, aún conservó emocionadas palabras en 1981 para despedirlo de su memoria:

«Pero todo eso es ya historia. Aquí está escrita la historia de mi vida, al menos de su primera mitad. La historia del destino que me unió a un hombre inolvidable. Un hombre que su corto paso por la vida despertó los más encendidos elogios y los odios más profundos. Su vida fue un torbellino, pues como tantos de nosotros, como un español más, su peor enemigo lo llevaba dentro, era él mismo. Vanidoso, valiente, generoso; buscándole siempre la cara a la muerte, no tuvo paz ni en el instante postrero. Unos siguen venerando su memoria, su foto autografiada conservada entre los recuerdos más queridos. Otros, los que un día le adularon y después le temieron y combatieron, los que quisieron destruirle, hicieron soplar sobre su nombre el polvo, ávidos de borrar hasta la ausencia... Yo jamás podré olvidarle.»

Expresadas las líneas maestras de mi concepción estratégica de la guerra, tan íntimamente ligada a una concepción política en el mejor sentido de la palabra, os he ahorrado descripciones de las batallas tan importantes como Talavera, Bru-

nete, Belchite, que hoy se estudian en nuestras academias militares y que asombraron a los generales más prestigiosos del momento. Si la victoria de Talavera fue decisiva para precipitar la ocupación de Extremadura, liberar el alcázar de Toledo y juntar en definitiva los ejércitos del Sur y del Norte, la de Brunete se dio en el ecuador de nuestra guerra y permitió asestar en julio de 1937 un decisivo golpe material y moral al enemigo. La violenta ofensiva desencadenada por los rojos bajo el mando de Vicente Rojo, flanqueado por el soviético Malinovski y por la plana mayor de los nuevos oficiales comunistas (Modesto, Francisco Galán, Líster, Valentín González el Campesino) *pareció decantar inicialmente la victoria del lado republicano, pero era obvio que estaban poniendo su mejor carne en el asador y que había que contenerles, mantener la acción de respuesta más allá de lo esperado y lanzar una contraofensiva en el momento oportuno. La contribución de la Legión Cóndor fue decisiva por la capacidad de castigo del ejército rojo que dejó sobre el campo de batalla más de 25 000 muertos, frente a las 13 000 bajas de nuestros efectivos. Curiosamente, los rojos consideraron esta derrota como una victoria, porque debilitaron nuestra capacidad de acción hacia el Norte. Que me den a mí una docena de «derrotas» como la de Brunete y ganaré cualquier guerra. En cuanto a Belchite, planteada un mes después en Aragón, también por los republicanos y con el mismo fin de distraer nuestra campaña del Norte, sólo he de decir, que el ejército enemigo lo mandaba Pozas, aquel insensato que se había negado a declarar el estado de guerra cuando se lo pedí yo precautoriamente tras la victoria del Frente Popular. Primero los rojos tuvieron éxitos fulgurantes, operaciones audaces casi siempre encabezadas por las brigadas mixtas, especialmente la que mandaba el sanguinario Líster, pero a la larga, la fortaleza de nuestro pulso fue decisiva.*

General, ¿qué católico escribió sobre los muros de Belchite: Cada rojo que matéis, un año menos de purgatorio?

Belchite fue finalmente una victoria objetiva de nuestro bando porque fracasó la intentona de ruptura republicana y las fuerzas carlistas y falangistas que defendían aquella zona se bastaron para detener tanta bravata. Belchite, defendida por nuestras fuerzas, fue temporalmente ocupada por los rojos, pero tras reconquistarla quedó en pura ruina. Años después ordené que se construyera un nuevo Belchite y que se conservaran las ruinas del antiguo, monumento total al espíritu de tanta resistencia. Brunete y Belchite habían sido intentos bien pensados pero mal realizados, de impedir nuestra ocupación del Norte. Una vez factualizada, todas nuestras fuerzas se concentraron en el frente de Aragón, aunque más propio sería llamarlo frente del Ebro catalán, porque el objetivo era dar el golpe de gracia a la resistencia republicana con la ocupación de Cataluña y la conquista de Barcelona, capital por entonces del gobierno de la república y del ya títere gobierno separatista encabezado por el nefasto Companys. La batalla del Ebro quise que fuera mi batalla y si bien todas lo fueron, la del Ebro me la tomé con una especial dedicación. Vicente Rojo era un militar consciente de que se acercaba la hora de la verdad, por eso el 25 de julio de 1938 inició una ofensiva por sorpresa, organizando una hábil operación de travesía nocturna del Ebro tomando posiciones en la orilla dominada por nuestro ejército. El momento había llegado, sobre todo porque aparte de Rojo como estratega general, hombre que confesaba ser católico, casi la totalidad de los mandos que dirigía eran comunistas: Líster, Modesto. Tagüeña (un joven físico de veinticinco años que acabaría muy mal con el Partido comunista y moriría prematuramente en el exilio) y Etelvino Vega, que pasaba por ser el experto comunista en cuestiones militares. Cien mil rojos químicamente puros. Ahí tenía una oportunidad inestimable de descabezar la hidra, de destruir la vanguardia del mal y abrir espacios al bien para la España futura. Algunos de mis generales se amedrentaron y a la vista del resultado que habían obtenido los enemigos en el inicio de su ofensiva, me aconsejaron que consolidara posiciones y que fuera desgastándolos y desmoralizándoles, o bien que los dejara de lado y avanzara sobre Barcelona. «Es el canto del cisne», me decían, pero yo sabía quién era «el enemigo», la quinta esencia de lo antiespañol, de la penetración de las ideas disolventes en el alma española, ¿iba a perder ocasión semejante? Decidí situarme casi en primera línea y ordené a Yagüe y García Valiño, que al mando respectivamente del ejército marroquí y del Maestrazgo, se lanzaran sobre el enemigo previa durísima operación de desgaste artillero, mientras todos nuestros efectivos aéreos les machacaban día y noche. Ciento catorce días de lucha. Con eso todo está dicho. Líster dio la orden de pegar un tiro a todo combatiente rojo que nos diera la espalda y mis oficiales tenían órdenes semejantes. La batalla por la sierra de Caballs fue decisiva y yo veía cómo la resistencia del enemigo se vol-

vía tozudez, empecinamiento y desesperación. Nuestra avia-ción, más contundente, dejó para el arrastre la resistencia de una tropa obligada a esconderse en las orillas del río, casi sin árboles, perdida la batalla en las alturas y como fichas de dominó se fueron desmoronando las resistencias y ocupa-das por nuestras fuerzas las principales poblaciones a uno y otro lado del río. Me limité a comentar: Las fuerzas mejor organizadas del enemigo han sido destruidas. Era evidente, lo era para todo el mundo, incluso para las cancillerías euro-peas que empezaron a sondearme sobre la posibilidad de un plan de paz, un plan de paz ahora, precisamente ahora en que se ultimaba la operación de desgaste y aniquilamiento del enemigo. Hasta los dirigentes rojos más conspicuos, los comunistas incluidos, jugaron a colarnos aquel plan de paz imposible. Al contrario. La quinta columna nos tenía infor-mados del derrotismo que se había apoderado de la pobla-ción, castigada por los bombardeos y la escasez, hasta el punto de desear nuestra llegada cuanto antes porque signifi-caba el final de la guerra. Sólo el fanatismo comunista verte-brado mediante sus comisarios políticos y la soberbia del jefe del gobierno Juan Negrín, que había hecho de la guerra una cuestión personal, permitieron que se alargara aquel sacrifi-cio. No fue posible la paz porque no había otra salida que la rendición incondicional.

La entrada de sus moros en Cataluña y de sus señoritos catalanes franquistas, vestidos de requetés, falangistas o re-gulares fue acogida, imposible una vez más el término medio, con pánico que se convertía en pasión de huida, con entu-siasmo porque implicaba el final de la guerra y con el silen-cio expectante de los corderos. Desde Madrid parecía increí-ble que Cataluña se rindiera y hubo quien teorizó que era ló-gico el abandonismo de la burguesía catalana frente a la reacción oligárquica. El tiempo propició la información y años después copié a máquina el fragmento del prólogo del histo-riador Josep Fontana a un estudio colectivo sobre el fran-quismo.

«Mi primera experiencia del régimen franquista la tuve una mañana de enero de 1939, cuando, en la casa de las afueras de Barcelona en que vivía con mis padres, entró un soldado marroquí y nos obligó, fusil en mano, a abrir armarios y ca-jones para llevarse de ellos todo lo que le apetecía. No era un abuso aislado, sino el resultado de una rapiña consentida y organizada desde arriba, que se acabó pocos kilómetros más adelante, cuando se obligó a estos hombres a tirar todo lo que no pudiesen guardar dentro del macuto, para que al entrar en Barcelona, a la vista de los corresponsales de la prensa extranjera y del cuerpo diplomático, no resultasen demasiado patentes los signos del saqueo. Así me enteré de que acababa de ser "liberado" y comencé a aprender, siendo todavía un niño, algunas de las reglas del juego de un sistema en el que había de vivir durante más de treinta y seis años.»

La victoria en la batalla del Ebro dejaba Cataluña abierta a nuestros ejércitos, como diría Serrano Suñer: «Barcelona está al alcance de nuestras bayonetas.» Era un golpe de muerte para el bando rojo, pero Madrid aún resistía y quedaba por ganar una parte estratégica tan fundamental como casi todo Levante. Yo le había dicho a mis generales: «Si tomamos la sierra de Caballs, la batalla del Ebro está ganada y la guerra también.» Establecí un nuevo Terminus, en Tamarite de Litera y luego ya en tierras de Lérida, en el castillo de Raymat. El rosario de caídas fue impresionante: Mollerusa, Valls, Tarragona... Barcelona, liberada el 26 de enero de 1939. Todos esperaban que yo me presentara en Barcelona en el primer momento, a la vista de una población que me aclamaba, muerta de hambre y de terror, rojo el hambre y rojo el terror, pero mi concepción estratégica global de la guerra me hizo detener el paso, dejar que Yagüe y Saliquet se aposentaran en la Ciudad Condal mientras las ratas dirigentes huían por la frontera de Francia en busca de un exilio dorado y miles de criminales o engañados emprendían una dramática marcha hacia el exilio purificador. Ordené que las tropas continuaran hostigando las columnas de fugitivos, así como la aviación, porque no podíamos permitirnos el lujo de consentirles una retirada ordenada, ni que llegaran tantos efectivos enemigos enteros al sur de Francia como para favorecer una intentona posterior de desquite. Ordené también que sobre los que huían se arrojasen profusamente unas octavillas cuyo texto yo mismo había redactado: «Cuando teníais en la mano toda clase de elementos de guerra, perdisteis cuantas batallas se libraron. Juzgad la situación ahora que habéis perdido todo eso y con lo que hemos ganado nosotros... No tenéis la menor esperanza. Estáis perdidos.» No entré en Barcelona hasta el 21 de febrero, un mes después de su liberación, para presidir un triunfal desfile de la victoria, rodeado del fervor del pueblo catalán. Era como el ensayo general del definitivo desfile de la victoria en Madrid, pocos meses después. Pero la guerra aún no había terminado, aunque el gobierno y el presidente de la república, Azaña, pusieran pies en polvorosa hacia Francia, de donde volvió el soberbio Negrín a encabezar una resistencia suicida en la que ya sólo colaboraban plenamente los comunistas, imbuidos por Moscú de que resistieran porque era inminente el estallido de la segunda guerra mundial y la suerte de nuestra guerra dependería entonces de un marco más general. Sin prisas pero sin pausas, ocupada Cataluña, conquistado Vinaroz, las dos bolsas costeras de Alicante y Cartagena, repletas hasta el estallido de restos de todas las batallas perdidas por los rojos, eran los objetivos inmediatos para impedir la evacuación por mar de aquellos elementos tan específicamente implicados en las causas de la guerra. Los dirigentes pudieron escapar de aquella trampa, bien en barco, bien en aeroplano, como la mismísima Pasionaria, pero allí quedaron varados unos 30 000 rojos, entre las dos ciudades, y yo apliqué sobre ellos generosidad, pero también justicia.

Muchos de los apresados en las trampas de Alicante o Cartagena no lo esperaban y prefirieron suicidarse cuando ya era imposible la huida. Los que sobrevivieron pasaron por la muerte, la represión, la depuración y quizá una experiencia aún peor que las englobadas: los discursos reeducativos de Ernesto Giménez Caballero, buitre lírico y surrealista sobre los campos de concentración, para él llenos de carroña vencida. Los que se suicidaron se libraron de aquel miserable ejercicio de crueldad intelectual.

Ahora sí. Ahora le tocaba la hora a Madrid. Breva madura a punto de caer. Y del Madrid sitiado empezaron a salir avisos de que una parte de la oficialidad, al mando del coronel Segismundo Casado, hombre de confianza del Intelligence Service en España, estaba dispuesto a negociar una rendición honrosa. La iniciativa implicaba a buena parte de los efectivos socialistas y anarquistas y sólo dejaba de lado a los comunistas. Miaja estaba dispuesto a sumarse a la rendición para evitar más derramamiento de sangre y Cipriano Mera, jefe natural de las milicias anarquistas, empezó a tomar posiciones junto a Casado frente a las requisitorias resistencialistas de Negrín. Dejé tiempo al tiempo, para que la situación se pudriera, y casadistas y comunistas se enzarzaran en una batalla de desgaste final que sólo podía reportarnos beneficios y no atendí ninguna llamada de Casado que no implicara rendición incondicional. La primera misiva que me envió no dejaba lugar a dudas, ya desde el tratamiento inicial que me daba: «Generalísimo. 25 de marzo se 1939.» Y la despedida también fue elocuente: «Respetuosamente saluda a Su Excelencia su att. ss. SEGISMUNDO CASADO.»

No hice nada para impedir que Casado marchara al exilio y con la cabeza civil de la rendición, el socialista Julián Besteiro, me limité a aplicarle nuestras leyes. Los enviados de Casado negociaron con mis delegados en el aeropuerto burgalés de El Gamonal y su oferta más considerable era salvar lo poco que le quedaba a la aviación roja en el frente de Madrid. La batalla entre casadistas y comunistas acaba por derrumbar el frente de Madrid y nuestras tropas avanzan colándose por todas las brechas del frente abierto, inexistente el frente mismo, salvo algunos tiroteos de resistencia testimonial de francotiradores aislados. Casado entrega a mis oficiales los plenos poderes y marcha a Valencia donde ayudará a mis tropas a organizar la ciudad. Luego viaja hasta Gandía y de allí al exilio. Esta vez sí valía la pena poner puente de plata a enemigo que huye y no me importó que otro de los que se fueran volando para no volver fuera Miaja. El 28 de marzo las tropas nacionales encabezadas por el general Espinosa de los Monteros entran formalmente en Madrid. Serrano Súñer pronuncia un discurso sancionador de la situación: «El problema español ha sido resuelto por el caudillo victorioso sólo y nada más que por las virtudes de la fuerza y el valor en los campos de batalla.» Yo, por mi parte, desde Burgos, redacto el último parte de guerra, tras recibir noticias fidedignas de que ha cesado toda resistencia en Alicante, último foco de los rojos desesperados. Puedo escribir finalmente: «En el día de hoy, cautivo y desarmado el ejército rojo, han alcanzado las tropas nacionales sus últimos objetivos militares. La guerra ha terminado.» La euforia reinaba en mi cuartel general y tuve que suspender los preparativos para que yo me trasladara inmediatamente a recoger los laureles del triunfo. Tiempo al tiempo. Sin prisas pero sin pausas, y hasta el 19 de mayo no me avine a presidir el desfile de la victoria por la Castellana entre un fervor popular indescriptible. A pesar de la lluvia. Aquella misma noche presidí una sesión de gala en el teatro de la Zarzuela, acompañado por Carmen y Pacón. La zarzuela escogida era Doña Francisquita, alegre y juvenil, aunque no privada de sentido filosófico. Cuando el tenor cantaba aquel fragmento:

Hubo un tonto en el lugar
que se creyó golondrina,
y un día se echó a volar
desde lo alto de una encina.
Ya se puede suponer
cómo acabó la proeza,
derechito fue a caer
y se rompió la cabeza.

No sé por qué, pero mientras escuchaba deleitadamente
este brillante pasaje, no se me iba de la cabeza el rostro
miope, algodonoso, gris de Manuel Azaña.

Alguien le había dicho a mi madre que mi padre, liquidado o repartido lo que quedaba en los locales del Socorro Rojo, se había visto liado en la ensalada de tiros entre los casadistas y la última resistencia comunista. Mi madre me llevó a casa de su hermana, casada con un miembro de Acción Católica emboscado durante toda la guerra, y se echó a la calle por si encontraba a mi padre en algún resto desorientado de milicianos que vagaban entre las destrucciones sin acertar a dónde dirigirse. Por las calles quedaban tanques y coches militares varados y las avanzadillas de las tropas invasoras se colaban por todos los puentes, todas las brechas, general, cantando y obligando a los transeúntes a saludar brazo en alto y a dar vivas y arribas España y a usted. El cañoneo enemigo había precedido a aquel paseo militar casi sin resistencia y empezó a ser habitual el desfile de los vencidos, en formación y atuendo militar o no, tensos, marcados de cerca por las culatas y las fustas achuladas de los vencedores, obligados así a desfilar brazo en alto, cantando y glosando todo lo que habían combatido durante tres años. Mi madre no encontró a mi padre hasta un mes después. Estaba detenido en una cárcel convento, mientras se instruía su sumario, y mi tío el de Acción Católica empezó a ser un elemento indispensable para nosotros. Si a usted le entronizaron bajo palio, general, la primera salida de casa de mis tíos que hice fue en marzo de 1939 con mi madre para ir a ver a un cura algo murciano en condiciones de hacer un aval de buena conducta que tal vez salvaría a mi padre de la pena de muerte. Así entró en mi vida el padre Higueras.

LO QUE PIENSA EL CAUDILLO,
FRANCO NO LO SABE

*¿QUÉ SIENTES EN UN DÍA COMO HOY? Me hizo esta pre-
gunta mi mujer el día en que el pueblo de Madrid me había
aclamado como su salvador y tomaba bajo mi cargo la reconstrucción de España y la recuperación de su sentido histórico. ¿Qué sentía yo? Valor. Un inmenso valor frío y la sensación de que en mí ya habitarían para siempre dos personas: Franco y el caudillo, el hombre y el jefe del Estado y,
desde luego, uno se impondría sobre el otro porque el bien
común de todos los españoles debía estar por encima de mi
bien particular. Millán Astray supo expresarlo cabalmente: «Lo
que piensa el caudillo, Franco no lo sabe.» A partir de la Victoria todo cuanto hiciera adquiriría un valor simbólico. No
caeré en la trampa de decir como el Rey Sol: El Estado soy
yo, pero evidentemente donde yo estuviera estaría el Estado.
Una prueba fundamental de esta nueva disposición se produjo cuando tuve que elegir residencia. Todo conducía a la conclusión de que mi sitio era el palacio de Oriente, morada de
los jefes de Estado anteriores, Alfonso XIII y Azaña. La idea
entusiasmó a Carmen, tan experta en decoración y tan buena
acondicionadora de los más variados hogares que habíamos
tenido desde nuestro matrimonio. Pero Serrano Suñer criticó
la decisión: Mala señal sería que un orden nuevo, un régimen con pretensión de ser superador tanto de los errores de
la monarquía, como de la nefasta república, se instalara en
el palacio que representa a los antiguos regímenes. Igual pensaba Pacón.*

Desdichado Pacón. No bien normalizada su vida familiar,
recién paridora su joven mujer de veintisiete años, seguía empeñado en acompañarle a usted a todas partes, en velar por

su seguridad, siempre con la mano próxima a la pistola ante tanto desbordamiento de entusiasmo. Y fue precisamente en El Ferrol donde le llegó la noticia de que su mujer había contraído el tifus, deliraba y ya no saldría de aquel delirio hasta la muerte. El tifus, el piojo verde, la tuberculosis... empezaba la cabalgata de las enfermedades de posguerra. Nada más enterrar a su mujer, Pacón partió hacia Burgos, dispuesto a ayudarles en la tarea de elegir una residencia adecuada para su rango.

Tras abandonar Burgos definitivamente en octubre de 1939, nos instalamos provisionalmente en el castillo de Viñuelas, de los duques del Infantado, a dieciocho kilómetros de la capital. Experto en intendencia, no quise delegar en otros, ni siquiera en Carmen, el cálculo de los estipendios que necesitaría recibir para estar a la altura de mi cargo y tras estudiar los sueldos de Alfonso XIII y de los diferentes presidentes de la república, decidí que de momento debería percibir anualmente en torno a setecientas mil pesetas, cálculo en el que me ayudó Pacón y el secretario de mi casa civil, Muñoz Aguilar. Descartado el palacio de Oriente, no sólo por las objeciones de Serrano, sino también por la evidencia de que los monárquicos podían sentirse heridos ante aquella «ocupación» del palacio real, se debatieron otras sedes, desde la propuesta de Serrano de hacer un edificio nuevo que reflejara la estética de la nueva situación, a la de otros consejeros que escogían el palacio de Alcalá de Henares, pasando por la consideración del palacio de El Pardo. El de Alcalá era señorial y de honda historia, nada menos que vinculada a las figuras de Cisneros y los Reyes Católicos. «Excelencia —opinaba Arrese, ya me referiré a este personaje, que era arquitecto—, el palacio está en el origen del viejo imperio y ahora estaría en el origen del nuevo imperio.» La idea era hermosa y así como a mí me producía un cierto embarazo dormir en la habitación de sus majestades o la de Azaña en el palacio de Oriente, en Alcalá me hubiera sentido más a mi aire. Carmen, en cambio, le encontraba toda clase de defectos y el principal que estaba muy lejos de Madrid. Pero mal acabó la historia, porque utilizado el parque del palacio de Alcalá como asentadero de talleres para la reparación de tanques, un día se produjo un incendio y ardió aquella joya arquitectónica. Por cierto, el alcalde de Alcalá me envió un telegrama cuyo texto estaba impregnado de tufillo gafe: «Dios haga que esta desgracia nacional no sea augurio y anticipo de otra más terri-

ble en que arda y se consuma la patria.» No me di por enterado de tan nefando presagio y con el tiempo hice reconstruir el palacio.

Sólo El Pardo cumplía los requisitos necesarios y he de confesar después de más de treinta años de ocuparlo que fue un acierto su elección por eliminación, evidencia una vez más de que no hay mal que por bien no venga. El palacio estaba situado a la distancia justa de Madrid, dentro del Real Sitio del Pardo, abarcando un generoso espacio de quince mil hectáreas y un perímetro de ochenta kilómetros. Regado en el pasado por un Manzanares más caudaloso y, en sus arroyuelos, abundaban los bosques de encinares y la caza, solaz de los monarcas españoles en aquellos lugares desde los tiempos de los Trastámara. Luego, tanto los Austria como los Borbones se sintieron atraídos por aquel regalo de la naturaleza situado en las afueras de Madrid y Carlos I ordenó construir el pabellón de Caza, embrión originario del futuro palacio al que contribuyeron muy especialmente Carlos III y Carlos IV. El Pardo reunía una excelente colección de la mejor pintura y escultura del pasado, Berruguete, Ticiano, Goya, Bayeu, y trabajos de artes aplicadas de gran altura, pero desarrollar la vida cotidiana entre aquella decoración tampoco llegaba a ser apabullante. Nos limitamos a disponer un ambiente privado en la planta baja, junto al patio de armas, más adecuado a nuestra vida familiar íntima y utilizábamos las dependencias del palacio para el protocolo político, las comidas del mediodía y el rezo del rosario en una capilla allí habilitada. Yo gozaba sobremanera de los exteriores, tanto de los paseos por los jardines de corte versallesco, como cuando me echaba al monte con la escopeta a lo que saliera, ricas en caza aquellas suaves lomas que componen un mismo paisaje goyesco con Puerta de Hierro, Viveros, Fuente de la Reina, no lejos del palacio de la Zarzuela, donde mora el príncipe Juan Carlos, como un horizonte rampante monticulado que se va acercando a la sierra de Guadarrama. ¡Cuántas veces he pensado que la tremenda serenidad de El Pardo no ha sido ajena a la serenidad de mi espíritu en las horas, días, meses, años difíciles que me esperaban! Carmen adecuó el mobiliario al uso cotidiano y exigió que volviera a palacio el patrimonio artístico repartido Dios sabe por qué desvanes y sótanos y mediante qué expolios legitimados por los tiempos vividos, y ella se convirtió en la organizadora de nuestro armonioso vivir, como una señora, y fue la Señora el título que yo ordené respetaran la servidumbre y los miembros de mis casas civil y militar.

Carmen se aplicó a crear filtros imprescindibles para selec-
cionar quién tenía acceso a mi persona por la vía de la amis-
tad, porque sucede que no siempre los demás están dispues-
tos a aceptar que tú has cambiado y que al cambiar tú tam-
bién lo ha hecho tu circunstancia. Ni yo ni mi familia íbamos
a jugar al escondite con el espacio y el tiempo y El Pardo era
suficiente marco para que los inteligentes se dieran cuenta
de cuál era su sitio y cuál el nuestro y los tontos, allá ellos.
Jamás he tolerado familiaridades arbitrarias, y desde que re-
presento el Estado he exigido que en mí se respete al Estado.
Hay quien confunde la afabilidad con la mala educación y re-
cuerdo que un embajador se creyó tan distinguido por mi trato
acogedor que en cierta ocasión me tomó por el brazo para
detener mi avance y proseguir su animada conversación. Le
miré la mano que contenía mi brazo y luego clavé mis ojos
en los suyos hasta hacerle parpadear y balbucear disculpas.
Eso no quiere decir que nosotros adquiriéramos delirios de
grandeza, porque son docenas y docenas los testigos que pue-
den dar fe de la enorme naturalidad de nuestro trato con el
servicio, a pesar de la enjundia del marco en que se produ-
cía. Por ejemplo, una de las dependencias de El Pardo que
más me gustaba era el teatrillo neoclásico en que se formali-
zó la costumbre de proyectar una película cada semana, a
veces películas que Arias Salgado consideraba no serían rec-
tamente asimiladas por el pueblo, aunque respetamos los cor-
tes demandados por la Iglesia por la diversidad del público
que nos reuníamos en la sala. De siempre he sido un gran
aficionado al cine y había filmado antes, durante y después
de la guerra, aunque mis filmaciones anteriores fueron roba-
das por los allanadores de mi piso de Madrid en las prime-
ras horas del alzamiento. Incluso salí en un breve papel de
la película de Gómez Hidalgo, La mal casada; *rodada una se-*
cuencia en el comedor salón de don Natalio Rivas, yo desem-
peñaba mi propio papel: un destacado militar que vuelve de
la guerra de Marruecos. Pues bien, aquel teatrillo neoclásico
de El Pardo era como un cine familiar y allí juntos, amigos,
parientes, veíamos las películas dichosas, fascinados por los
héroes del celuloide y muy especialmente en aquellos años por
la gran Juanita Reina, en la que siempre he creído ver la en-
carnación de la mujer española morena, sufridora y fiel. En
los años de prueba que vivíamos era elemento fundamental
de selección saber si los que me rodeaban eran incondiciona-
les o no lo eran, si venían a amargarme la vida con el su-
puesto buen fin de informarme de lo «que se pensaban en la

calle» o si venían a fortalecer mi ánimo. Carmen tenía una pregunta muy directa que a veces hacía a las personas en su propia cara o a veces convertía en un repaso privado de determinada conducta: ¿Con quién estás? ¿Con quién está? No eran tiempos de sutilezas como bien pronto se verá.

Responsable supremo de los aspectos militares de la guerra tuve que asumir también la dirección política, porque como dijo el clásico, la guerra es una continuación de la política. Lo que no sabía tuve que aprenderlo, sobre todo en el capítulo de las experiencias políticas, y se ratificó mi sospecha de que es una práctica aleatoria, versátil y mínimamente necesaria. Lo importante es programar según el bien común y hacer cumplir programas por hombres expertos, conocedores de la materia. Pero un cierto juego político es inevitable y entre septiembre de 1936 y aquel venturoso abril de 1939 algo había aprendido. Lo que no sepas busca quien te lo enseñe, pero que te lo enseñe para enriquecerte y para enriquecer su misión, no para que se te imponga como un fiscalizador de tu conducta. Nicolás, Martínez Fuset, Blas Pérez pertenecían a la categoría de hombres con voluntad de servir y no de servirse; en cambio, Ramón Serrano Suñer, que sin duda me había prestado servicios inmensos, los utilizaba para creerse y hacerse indispensable. En buena parte los años difíciles que median entre 1939 y 1950, un decenio de zozobras materiales y políticas, iban a significar un radical cambio entre mis asesores, con la intervención de la Providencia que puso en mi camino hombres como Arrese, Arias Salgado, Blas Pérez y sobre todos ellos Luis Carrero Blanco, que me ayudaron a superar problemas que Serrano Suñer se limitaba a controlar. Pero antes de abordar los temas fundamentales de la década: el forcejeo con el Eje para entrar o no entrar en la guerra mundial, la recomposición política de 1945, la superación del aislamiento internacional entre 1946 y 1950, he de explicaros qué sentía Franco ante la evidencia de que era caudillo necesario e indiscutible de la España vencedora de la anti-España. Franco sentía responsabilidad y respeto ante la tarea ingente de reconstruir España y salvarla de las acechanzas interiores y exteriores. ¿Miedo? No. ¿Valor temerario? Tampoco. Valor frío, como el que se apoderaba de mí aquellos primeros días de bombardeos en Salamanca frente a la bravuconería de otros jefes. Ordené que uno de aquellos jefes se encargara de la seguridad de mi mujer y mi hija y el general se me ofreció mediante teatral y tajante taconazo. Luego supe por Carmen que no era el celo lo que le había llevado a aceptar el encar-

go, sino la posibilidad de cobijarse él también en los refugios o bajo las escaleras. Tu general es un miedica, me informó Carmen, y yo no podía entender cómo un general puede esconderse debajo de una escalera. Valor frío pues el que sentía desde lo alto del gigantesco púlpito que se construyó en la Castellana para contemplar el primer desfile de la victoria entre aclamaciones de vencedores y vencidos, liberada toda España del yugo rojo.

No le extrañe, caudillo, que le dedicaran tantos epítetos gloriosos porque usted mismo los impulsaba y en *Raza*, su obra literaria maestra, consigue desdoblarse en José, el héroe de la novela y la película y en el caudillo, el héroe del desfile de la victoria en el Madrid liberado:

«Los batallones españoles desfilan curtidos por el aire y el sol de cien batallas, como nadie, valientes, más que todos sufridos. Procesión de banderas victoriosas, desgarradas por el viento y la metralla, sus viejos tafetanes hechos jirones, entre las filas de nuestros legionarios, las boinas rojas de nuestros requetés y las camisas azules de nuestras falanges. La reciedumbre de nuestra juventud que pasa. La aparición de José entre sus filas renueva el entusiasmo. Su nombre corre de boca en boca en medio del aplauso. José sonríe hacia los suyos, sus ojos buscan los de Marisol, que, feliz, intenta ocultar su emoción.

»*Isabel.* Vuestra alegría, Marisol, alivia mis penas.

»*Marisol.* (Apretándose contra ella en tono quedo.)

»¡Mi querida Isabel!

»Desfile brillante de la caballería, de las masas de piezas artilleras, mientras en los aires el trepidar de los potentes motores llevan hacia lo alto todas las miradas. Los pájaros de acero dibujan el el cielo el nombre del caudillo de España. Y palmotea el niño, entusiasmado ante tanta grandeza, y pregunta a su madre, alborozado:

»*El niño.* ¿Cómo se llama esto?

»Duda ella, antes de responderle, y el almirante acude solícito en su ayuda.

»*El almirante.* Tu abuelo lo llamó los almogávares.

»*El niño.* ¿Cómo?

»*El almirante.* Sí, los almogávares, que en nuestra historia fueron la expresión más alta del valor de la raza: la flor de los pueblos del Norte, lo más heroico de la legión romana, lo más noble y guerrero de las estirpes árabes, fundidos en el manantial inagotable de nuestra raza ibera. No olvides que cuando en España surge un voluntario para el sacrificio, un héroe para la batalla o un visionario para la aventura, hay siempre en él un almogávar.»

Ni mi madre ni yo estábamos entre la multitud que le aclamaba. Mi madre pasó días de angustia hasta que localizó a mi padre en el campo del Rayo Vallecano, entre miles y miles de prisioneros hacinados. Luego lo trasladaron a la cárcel de Comendadoras, un antiguo convento repleto hasta el estallido de republicanos a la espera del juicio y del traslado a Porlier de los que peor expediente tenían. Aconsejaron a mi madre que se casara por la iglesia en la cárcel, desagravante frente a la lista de factores agravantes del expediente de mi padre, calificado como dirigente del Socorro Rojo y figurante en las patrullas de antifascistas responsabilizadas de la caza de la quinta columna en los primeros meses de la guerra. El hecho de que mi padre hubiera cumplido misiones del Socorro Rojo en distintos puntos de España multiplicaba el orquestado coro de denuncias y de juicios pendientes pero la petición de pena de muerte se cernía sobre su cabeza, era la espada triunfadora, de acero toledano, no la de Damocles, general, sino la de usted. ¿Cuántos españoles faltaban en aquella triunfal manifestación de inquebrantable adhesión de la Castellana en la que ya se fijó el grito Franco, Franco, Franco, tres veces, como Sanctus, Sanctus, Sanctus, en el orgasmo de la consagración eucarística?

Un millón de españoles habían muerto o estaban camino de diferentes exilios. En las cárceles se hacinaban miles y miles de torturados, futuros fusilados o condenados a penas fabuladas y no me arriesgo en las cifras, ni para la generosidad, ni para la usura, en esa disputa científica que los historiadores han emprendido para decidir si usted entre 1939 y 1943 permitió el fusilamiento o el garrote vil de 200 000 vencidos o de más de 200 000 vencidos, de 200 000 no se lo rebajo, general, porque es una cifra casi consensuada. Y le rebajo, han pasado tantos años, los paseos a cargo de las cuadrillas falangistas, en la España agraria, las fosas comunes llenas de desaparecidos, venganzas zoológicas aplazadas, vejaciones sexuales con las mujeres de los vencidos, cabezas rapadas de mujeres republicanas, aceite de ricino, palizas, usted, usted, usted, repetido como un rostro esquemático parasicológicamente surgido en las fachadas de ciudades y pueblos, muros aún erosionados por la metralla. Acabado el odio encendido de la guerra, usted aplicó el odio del exterminio, el sadismo de quitarle al enemigo cualquier vertebración de su dignidad y así tuvieron que fusilar sentados a torturados que no podían tenerse en pie o hacer saltar por las ventanas de sus checas azules a los que habían cometido la tontería biológica de no resistir los golpes. Y aunque las cantidades se adelgazarían a partir de 1943, ¿conviene recordarle, general, que usted no aplicó el Habeas Corpus hasta 1959 y que aun entonces se reservó el privilegio de devolver al detenido a diligencias policiales, es decir, a la checa, aunque ya estuviera a disposición judicial? ¿Cuántos miles de cristianos le ayudaron en aquella carnicería? ¿De qué gusanos provenía la seda de los palios bajo los que se puso tanta tortura? No voy a contar otras historias que las que viví, excelencia, como hijo de condenado a muerte que volví a ver a mi padre en el transcurso del juicio militar al que me llevaron por si mis diez años podían conmover a aquellos dioses menores militares vestidos de caqui, caqui, caqui, caqui, todo era caqui hasta el olor en aquella sala, cuando no a mierda de recién nacido, porque en abierta competencia emocional, otras familias habían movilizado a otros hijos de encausados, casi todos menores que yo y me sentía ridículo, como el grandullón de una acción pedigüeña. Por otra parte, ¿aquel hombre era mi padre? ¿En qué se parecía aquel ser demacrado, encogido, al que sólo le quedaba fuerte la voz aunque lacerantemente respetuosa, casi servil ante las preguntas de aquel horroroso fiscal, con el circunflejo del bigote fascista, omnipresente como un dato de pesadilla durante tantos años de mi vida? Y aunque lloraba, porque lloraba mi madre, porque luego lloraban en la calle los hermanos de mi madre, se incubó aquel día en mí un sentimiento mezcla de compasión y homicidio simbólico. La suerte de mi padre nos instalaba en la derrota, nos instalaría en la derrota durante toda nuestra vida, durante toda mi vida, y a veces pensé, aunque con los años le indulté cuando empecé a indultarme a mí mismo, que mejor hubiera muerto en el tiroteo con los casadistas o se hubiera ido al exilio para reclamarnos desde donde fuera como un príncipe de la historia y no como aquel hombre ni joven, ni padre, ni nada, sólo una carga emocional que mi madre llevaría con una fuerza incomprensible en aquel cuerpecillo encorvado como el de un ciclista sobre la máquina de coser Singer, día y noche, haciendo paquetes de miserias comestibles para él y para mi tío soltero, obligado a repetir el servicio militar porque primero lo había hecho con la República. Otro dato de sumo interés ético y económico general. Usted creó batallones de trabajadores de soldados republicanos que le hicieron trabajo esclavo de reconstrucción y les obligó a hacer la mili otra vez, robando siete años de la vida de muchachos que tenían dieciocho años cuando empezó la guerra y casi treinta cuando salieron de su ejército, purificados por el trabajo, el látigo, los duros castigos y las marchas cantando canciones de sus vencedores. Pero si sólo quiero hablarle de muertos físicos o morales que me pertenecen, no puedo evitar recordarle un nombre que probablemente a usted no le dice nada. Una de las dirigentes del Socorro Rojo, Matilde Landa, Matilde, de la que tanto hablaba mi padre durante sus años en el Socorro Rojo, decidió quedarse en Madrid para reorganizar el Partido comunista, habida cuenta de que su trabajo durante la guerra había sido meramente asistencial. Tras ser detenida, brutalmente maltratada en la Dirección General de Seguridad y condenada a muerte en diciembre de 1939, la intervención del filósofo y cura García Morente, discípulo de Ortega, le conmuta la pena por la perpetua. Trasladada a un penal de Mallorca no se dio cuenta de que entraba en el territorio del obispo Miralles Sbert, satánico clérigo que ya había conseguido horrorizar a Bernanos y ayudado a inspirarle *Los cementerios bajo la luna*. El fervor de Miralles Sbert, unido a los excesos sexosangrientos del conde Rossi, hicieron de Mallorca el referente obligado de la comprobación del humanismo de su cruzada y cuando el miserable obispo tuvo noticia de que llegaba a la isla tan destacada prisionera, la sometió a un chantaje moral, hay que reconocerlo sofisticado: Si se convertía al catolicismo aumentaría la cantidad de alimentos que recibían los niños de las madres presas. Matilde Landa se tiró por una ventana el 26 de septiembre de 1942 y en su celda encontraron los únicos libros que le habían autorizado: *Las moradas* de santa Teresa, los poemas de Bécquer prologados por los hermanos Quintero y las obras completas de Quevedo, que le habían regalado sus compañeras de la cárcel de Ventas. No quiero aburrirle, general, con el inventario de su propia barbarie. Le diré que nos daba miedo salir a la calle por donde desfilaban los retoños de la Falange con sus camisas azules, sus pantalones cortos, su boina en la cabeza o al hombro, cantando cosas épicas que me estremecían y me desidentificaban, como si me deshabitaran. Tuve suficiente edad y suficiente vivencia como para sentirme ya un topo entonces, un exiliado interior y comprender que en el censo de sus exterminios había que incorporar el de los desidentificados, los miles y miles de españoles obligados a perder la identidad, obligados incluso a perder la memoria y sin otro derecho que restañar las heridas de los mutilados físicos o del espíritu que esperaban su perdón, general, y es lo que hacíamos en las contadas visitas a mi padre en un locutorio en el que nos separaban dos rejas y en medio un pasillo por el que circulaba un funcionario casi desfilando. Todo lo que llevaba uniforme había ganado la guerra. Incluso los taxistas y porteros. Mi padre seguía sin parecerse a sí mismo, en su traje de borra marrón, con la cabeza gacha para que no le viéramos los ojos llorosos.

Luego se lo llevaron a cumplir condena a Burgos, a donde hicimos tres o cuatro viajes dantescos, en autobuses de desguace que una vez nos hicieron llegar tarde para desesperación de mi madre que se echó a llorar al pie del mástil donde se crecía la bandera rojigualda. ¿Qué llevarle? Ropa limpia, jabón, higos secos, calabaza confitada, algunos chorizos que de vez en cuando llegaban de casa de mi abuelo pasando los filtros de Abastos que en las estaciones registraban todos los equipajes para que la comida no circulara por caminos libres. O quesos gallegos que yo miraba partir al encuentro de mi padre con la boca llena de agua y los ojos lamiendo la textura amarilla encerada de la teta. Un día llegó un jamón de Galicia, un jamón gallego humilde y muy graso que nos pareció la novena maravilla del mundo. Mi madre y yo lo estuvimos contemplando con los ojos petrificados y luego nos lanzamos sobre él con sendos cuchillos, descortezándolo cada cual por su lado hasta encontrar el alma escondida y olorosa de la bestia. Ya saciados, mi madre fue racionalizando lo que quedaba y separó un grueso pedazo tierno para mi padre. Costase lo que costase llegaría a Burgos. Una guerra perdida precisa al menos la compensación de un buen pedazo de jamón.

Pero no podía entretenerme en las mieles del triunfo, porque se me echaban encima todos los problemas larvados durante la guerra y los problemas materiales consecuencia de sus desastres. Todos los que me habían ayudado querían cobrar. Querían cobrar los falangistas acercando el carácter del régimen a sus presupuestos revolucionarios. Querían cobrar los monárquicos, planteándome una y otra vez la necesidad de una restauración, fuera del signo legitimista, fuera carlista. También los altos jefes militares se creían en posesión de unos derechos de guerra y lealtad que les llevaban a autoatribuirse funciones de «senadores» opinantes sobre lo que hacía o dejaba de hacer. Alemania e Italia querían cobrar no sólo la deuda material contraída por su ayuda, sino también en influencia política, empeñado Hitler en que secundáramos el expansionismo alemán, e interesado Mussolini en convertirse en cabeza de un imperio mediterráneo en el que ya me había atribuido el papel de césar menor de la Tarraconense. El poder de la banca, de los propietarios de la tierra y las industrias, la Iglesia que había puesto nuestra cruzada bajo palio, todos, todos estaban a las puertas del nuevo régimen esperando su compensación, como la esperaban los jefes políticos realzados por la contienda y todo el voluntariado de oficiales y suboficiales que tan destacado papel jugaron en la guerra como jugarían en la paz como guardia de corps franquista. Por mi experiencia en la milicia sabía que la mejor solución es la que tarda en llegar, porque lo aparentemente urgentísimo, al cabo de unos días siempre se descubre que no lo era tanto. Así que me dispuse a atender a la cola de acreedores sin prisas pero sin pausas, se tratara de personas como Serrano Suñer o Juan March, se tratara de estados como Alemania e Italia o de instituciones como la Banca, el Ejército o la Iglesia. ¿Por qué no empezar por Juan March? ¿Quién con mayor factura al cobro que el llamado «financiero de la cruzada»?

Yo le estuve siempre muy agradecido a Juan March, pero los ricos si además son judíos, no se casan con nadie y para evitarle la tentación de sacar partido excesivo de los evidentes servicios prestados a nuestra causa, coloqué entre él y mi persona el ministro de Industria Demetrio Carceller, falangista correoso que aun admirando la portentosa inteligencia de March estaba en condiciones de decirle no cuantas veces fuera necesario. Por otra parte no me gustaron algunos flirteos de March con la oposición cuando terminó la segunda guerra mundial y el mundo entero estaba empeñado en democratizarnos y desde una residencia base, fijada en Estoril, viajó demasiado tratando de aunar criterios para encontrar una salida a la situación española, como si no fuera suficiente salida nuestra victoria en la cruzada.

Le prestamos toda la ayuda que pudimos en el asunto de la Barcelona Traction, una empresa extranjera de la que March se había apoderado y sus antiguos propietarios convirtieron el pleito en un escándalo internacional que en parte nos dañaba, porque se presentaba a March como un paniaguado del régimen. Sentí su victoria en el pleito como si fuera mía a pesar de que su abogado era nada menos que Gil Robles, por entonces ya convertido en el «adalid» del retorno de la democracia a España. Antes de su óbito en 1962, March constituyó una fundación benéfica para el desarrollo de la cul-

tura española y cuando se rompió el fémur y era evidente que estaba a punto de morir quise hacer algo más que un mensaje de interés y aliento y algo menos que comprometerme personalmente y con ello la honestidad misma de nuestra causa. Envié a mi yerno, y aunque volvió con una impresión optimista, don Juan moriría días después. Yo telefoneé personalmente a la familia y puedo decir que se me quebró la voz cuando les di el pésame.

Desde los primeros años cuarenta, el pirata del Mediterráneo opinó frecuentemente sobre su excelencia y no para bien. Llegó a decir: «En el país no hay unidad real, la guerra civil aún sigue. Aquellos que lucharon por el bando equivocado, aún están en la cárcel. Lo que España necesita es la restauración de la monarquía con el apoyo de los partidos de izquierda.» Desde Portugal alimentó las esperanzas políticas de Lerroux, su hombre de paja de toda la vida, y de Gil Robles y contribuyó financieramente a la operación de acercar a don Juan de Borbón a España en 1943, de Lausana a Estoril desde donde podría nublar con su sombra la tozudez de poder del usurpador. Era el sino de la vida de March, pagar aviones que querían cambiar la historia de España. Costeó los gastos del viaje de don Juan y su séquito a Estoril, en coche, en avión, con un seguro de vida de 100 000 francos. El viaje no llegó a ultimarse porque el fascismo se tambaleaba en Italia y salido en coche desde Lausana, don Juan no pudo pasar la frontera italiana y volvió a su residencia; tres años después ·se instalaría en Estoril. Mientras tanto, usted había hecho llegar un mensaje a March: Deje de meterse en política. March se reunía con los precoces y heroicos conspiradores de la resistencia antifranquista en Madrid, en casa de una de sus numerosas amantes, y fue en aquella ocasión cuando opinó: «Es mejor gastar el dinero en mujeres que en curas, como hace mi mujer.» Luego añadiría que estaba dispuesto a gastar la mitad de su fortuna en hundir el franquismo y tendió un cheque en blanco que Régulo Martínez, presidente de la Alianza Nacional de Fuerzas Democráticas, no se atrevió o no quiso rellenar.

Durante la cruzada yo había advertido que no tenía nada ni contra ricos ni contra pobres, siempre y cuando fueran españoles, buenos españoles. La identidad nacional está por encima de las cuentas corrientes o los niveles de vida y por lo tanto, lejos de la demagogia: por eso el nuevo régimen devol-

vió a los empresarios y propietarios expoliados por los rojos todo cuanto les pertenecía. Pero yo era consciente de que un nuevo régimen, nuevo de planta como el nuestro, presentado como un régimen milenario por mis propagandistas, necesita un sector del capital nuevo e incondicional, precisamente ligado el que sea nuevo con que sea incondicional. Por una parte así se premia a colaboradores y por otra se les liga a la suerte de la nueva situación política actuando como grupo de presión dentro de las clases adineradas. Y así han concertado a las mil maravillas los ricos laboriosos y útiles de toda la vida como los Ybarra, los Aledo, Garnica, Felgueroso, March, Ampuero, Churruca, Villalonga con los que consiguieron serlo desde su condición de cruzados y hábiles hacedores de riqueza en una España en la que con tesón e imaginación era fácil y alegre hacerse rico. Ahí están las fortunas de los Coca, los Arburúa, los Banús, Fierro, Blasco, Argillo (mi consuegro), Bordegaray, tantos más que marcan con su nueva riqueza la nueva riqueza de España fruto de la audacia de jóvenes empresarios. No es que no me fiara de los grandes propietarios, pero muchos de ellos eran latifundistas monárquicos que me habían necesitado para recuperar las tierras pero luego a rey muerto rey puesto. Tampoco tenía nada que oponer al poder financiero y de hecho los grandes capitanes de la banca, tan longevos como yo, me han acompañado a lo largo de estos casi cuarenta años de mando, adaptándose perfectamente a las fluctaciones racionales de nuestra política económica. Pero mis criterios sobre el nacionalismo económico necesitaban ejecutores, intermediarios, beneficiarios que compusieran una malla en torno a la estrategia económica del régimen y así fue, gracias al trabajo de Suanzes, creador del Instituto Nacional de Industria, instrumento de un capitalismo de estado que estuvo en condiciones de paliar las deficiencias o las irracionalidades de la iniciativa privada. Para poner en marcha un sistema económico nuevo a tenor con el espíritu social de la Falange, pero moderadas sus ínfulas pseudorrevolucionarias, necesité un conocimiento exacto de quienes lo servían y una cierta condescendencia hacia quienes se servían de él, porque las lealtades no siempre nacen por generación espontánea. Yo partía de la tesis de que España es un país privilegiado que podía bastarse a sí mismo, que tenía todo cuanto le hacía falta para sobrevivir si trabajaba con fe, y con una capacidad de producir para garantizar su propio desarrollo. No necesitábamos importar casi nada. Para empezar había que asegurar la energía necesaria para la reconstrucción y el desarrollo, frente a la amenaza de la paralización de nuestra industria y la sed de nuestros campos. Nos entregamos a un plan exhaustivo de creación de pantanos que a la vez que producían electricidad, racionalizaban los regadíos en una lucha constante contra la pertinaz sequía. Desde los tiempos de Primo de Rivera apenas si se había hecho nada en ese apartado tan fundamental para nuestra economía.

Falso, evidentemente falso. La república hizo cuanto pudo y Prieto fue un excelente ministro de Obras Públicas, impulsor de la planificación de presas hidráulicas y de trasvases, incluido el del Tajo-Segura. Prieto había planeado financiar estas obras a través de las Cajas, mediante el ahorro popular y ustedes no hicieron otra cosa que ultimar o llevar adelante la programación republicana, pero con tal alarde publicitario que el No-Do (Noticiario Documental Español) ofrecía una estampa algo grotesca de su excelencia, saltando de pantano en pantano hasta merecer el apodo público de Paco Rana, secundado por una música poético-imperial que hacía de cada inauguración una representación wagneriana venida a menos. Su afirmación de que España puede ser autosuficiente, exhibida durante toda la guerra, la desdice constantemente cuando ya es jefe del Estado y casi se autocalifica de pueril cuando manifiesta ante el II Congreso Nacional de Trabajadores en 1951: «En este empeño necesitamos borrar de la conciencia de los españoles aquel perfil equívoco de que España es una nación rica en productos naturales.» ¿Qué lío químico mineralógico se hizo usted en el discurso de fin de año de 1939?: «En este orden tengo la sastisfacción de anunciaros que España posee en sus yacimientos oro en cantidades enormes, muy superiores a aquella de que los rojos, en combinación con el extranjero, nos despojaron, lo que nos presenta un porvenir lleno de agradables presagios. Nuestro suelo ofrece pizarras bituminosas y lignitos en cantidad fabulosa, aptos para la destilación, que puede asegurar nuestro consumo.»

¿Cuántas veces encontró usted petróleo en Burgos, Jaén, Gerona? A pesar de que usted prefería, según la tesis económica tantas veces esgrimida, tener materias primas y utillaje, que oro y consideraba a España dotada de toda clase de virtudes en cuanto a materias primas, pronto empezó a darse cuenta de que necesitaba oro y gasolina para poner en marcha aquel país convertido todo él en una pura zona devastada, descerebrado de buena parte de sus profesionales más preparados y herida su población productiva por la guerra y sus consecuencias, la represión incluida. ¿De dónde iba a sacar oro para comprar lo que necesitaba? Su hermano Nicolás, hombre y crédulo, había secundado ya desde los tiempos de Salamanca los esfuerzos del hindú Sarvapoldi Hammaralt para conseguir oro artificial; usted puso a su disposición los laboratorios de la Universidad de Salamanca y les entretuvo el alquimista algún tiempo, haciendo el indio ustedes, no él, porque resultó ser finalmente un agente del Intelligence Service. Nicolás proseguía su búsqueda del oro artificial, también investigado por los científicos nazis, así como el rayo de la muerte, arma definitiva telecontrolada y sin límites que acabó, junto al oro artificial, siendo materia prima para las fantasías de los cómics de Roberto Alcázar y Pedrín. Y al tiempo que cual nigromante buscaba el oro, asumía la propuesta de un supuesto ingeniero centroeuropeo capaz de convertir en gasolina las hierbas bordes que crecen junto a los ribazos de los ríos. En 1940 usted confesaba a Lequerica: «Lequerica, estamos teniendo mucha suerte con todas estas cosas que nos ocurren, pero nada es comparable con lo que yo he logrado. Ante ello palidecen los problemas internacionales. Figúrese que tengo en la mano un invento genial para fabricar gasolina, empleando únicamente flores y matas mezcladas con agua de río, un secreto que me ha proporcionado su productor por simpatía a nuestra causa.» Y al parecer algún brebaje salió de aquella destilación, porque usted mismo, sí, usted, prepotente militar, economista, científico, literato, artista plástico... comentaría ese mismo año a su hermano alquimista Nicolás, que la gasolina obtenida la había utilizado personalmente: «Todos mis informantes técnicos están en contra del proyecto, pero yo me fío más de mi chófer y me ha dicho que en el último viaje hemos conseguido una velocidad media de noventa kilómetros por hora.» Con el tiempo se fue haciendo más prudente en sus declaraciones científicas e incluso estratégicas. A veces creo que usted tuvo tendencia a hablar poco desde un subconsciente temor a decir tonterías, como en aquel septiembre de 1949 cuando trasmitió al Owen Brewster su certeza de que un pueblo tan zafio y atrasado vomo la URSS no podía disponer de la bomba atómica y que sus expertos le habían convencido de que con tres mil toneladas de dinamita se podía conseguir una onda explosiva engañosa. Tan convencido estaba usted que la noticia la publicó Efe y sin duda dejó perplejos a todos los implicados en la guerra fría. ¿Tanto lío por tres toneladas de dinamita?

Capital y trabajo, sí. Capital contra trabajo y viceversa, no. La lucha de clases debía ser abolida, pero no por el procedimiento de dejar al trabajador desprotegido frente al capital, sino de ordenar un sistema de producción verticalista en el que capital y trabajo se sintieran integrados dentro de un mismo esfuerzo productivo bajo el arbitraje del Estado. Desde la primera hora me apliqué a institucionalizar el movimiento nacional y muy preferentemente esa relación entre capital y trabajo. Permitidme que os haga una sumaria referencia a las leyes dictadas desde la cruzada hasta la Ley Orgánica de 1966, para que veáis el sentido profundo de mi continuismo constitucional al servicio de nuestro sistema original que se llamó Democracia Orgánica. Yo tenía potestad de dictar normas jurídicas de carácter general y una de mis primeras obsesiones fue promulgar una ley laboral, como así hice en marzo de 1939 dictando el Fuero del Trabajo, fuero resucitando la denominación de las leyes tradicionales y trabajo por cuanto fijaba los derechos y las leyes de los trabajadores demostrándoles que nuestro movimiento tenía una clara finalidad social y democrática.

Era un engendro lógico que con los años perdió del primer redactado expresiones como «... instrumento totalitario al servicio de la integridad patria y sindicalista en cuanto representa una reacción contra el capitalismo liberal y el materialismo marxista, emprende la tarea de realizar —con el aire militar-constructivo y gravemente religioso— la revolución que España tiene pendiente».

Se mantenía la propiedad privada, pero el Estado era quien fijaba las normas de trabajo y remuneración. El Estado intervenía cuando no podía llegar la iniciativa privada y se concebía la empresa como unidad jerárquica bajo la jefatura del patrono que era más que propietario, aun siéndolo, jefe de empresa. Quedaban prohibidos los sindicatos de clase, también prohibidas las huelgas y cualquier acción de resistencia a considerar como sabotaje y «delito contra la patria». Posteriormente completé estas leyes con la ley sindical de 1940, en la que se diseñaban unas centrales nacionales sindicalistas consideradas como hermandades cristianas de diversas categorías sociales de trabajo reunidas por comunes intereses económicos.

En la práctica dejaban a la clase trabajadora sin instrumentos y a la patronal mínimamente obligada y siempre la fuerza pública a su disposición para poner orden cuando se alterara la normalidad laboral. Pero no tuvieron apenas problemas hasta años después, cuando el pueblo fue superando el espeso terror de los primeros veinte años de dictadura, terror programado, como una contraenergía paralizante, usted desde la cima del Estado perseguía por igual al alto jefe republicano que se le pusiera a tiro, como al más pequeño cuadro del movimiento obrero. Ejemplar el primer castigo para que se abandonara toda esperanza de reconocimiento de las dignidades de los jefes políticos vencidos y el segundo no menos ejemplar porque convertía en amenazados liliputienses todo lo que quedaba de la vanguardia revolucionaria superviviente. Magistral su golpe, general, de hacer repatriar por los alemanes a gentes como Julián Zugazagoitia, el presidente Companys, Rivas Cheriff y Juan Peiró, entre otros, especificando en cada caso un tratamiento didáctico diferenciado. A Zugazagoitia lo fusilaron por haber sido ministro de la Gobernación en el primer gabinete de Negrín, y su espíritu clarividente y equilibrado tuvo tiempo durante un año de exilio de redactar una de las mejores memorias sobre la guerra. A Companys sus policías lo trataron como a carne de martirio y lo fusilaron junto al castillo de Montjuic, en Barcelona, para que los catalanes escarmentaran de sus sueños nacionalistas. Lo de Rivas Cheriff fue bastante sucio, general. El cuñado de Azaña y destacado hombre de teatro, también detenido y entregado a su custodia por los alemanes, pagó lo que no pudo pagar su odiado Azaña, muerto en el hotel Du Midi de Montauban el 3 de noviembre de 1940. Ni siquiera el féretro de don Manuel fue envuelto en la bandera republicana, prohibida en Francia, y tuvo que ser la bandera de México la que prestara calor simbólico a su odiado Azaña. Pero usted tenía a su disposición a su cuñado y lo condenó a muerte, por el simple hecho de ser un artista republicano y hermano de la esposa del ex presidente. Le conmutó una pena escandalosamente desmedida, tamerlaniana y le condenó a treinta años de cárcel. En cuanto a Peiró, el líder sindical centrista también entregado por la Gestapo, vivió como un rehén, condenado a muerte pero con la promesa del indulto si «se pasaba» y colaboraba con usted en la formación de sus sindicatos verticales, superchería representativa de los trabajadores. Peiró se negó y fue fusilado.

Los enemigos de España han urdido la patraña de que no hemos construido un estado de derecho, que no tenemos nor-

mas constitucionales, cuando desde los comienzos de nuestro movimiento salvador no tuve otro norte que dotarme de una juridicidad que nos diera voluntad y perspectiva de futuro. Construimos una democracia orgánica, sin prisas pero sin pausas, desde el inicio casi de la cruzada, democracia porque implicaba la participación del pueblo, orgánica porque esa participación no se ejercía mediante la supuesta soberanía delegada del sufragio universal que prima igual a tontos y a listos, sino desde los órganos naturales de representatividad, expresión de los valores del hombre: familia, trabajo, comunidad y por eso nuestra representatividad se construyó sobre la familia, el sindicato y el municipio. Vientos disolventes liberales sacuden estos últimos meses de mi reinado sin corona, pero espero que el edificio construido sea fuerte y todo cuanto dejé atado quede atado y bien atado. Mis primeras medidas constitucionales se centran en la relación capital trabajo y luego legislé para hacer frente al sombrío panorama económico de la reconstrucción, complicada por las pertinaces sequías y el bloqueo económico internacional: Servicio Nacional de Reforma Económico-Social de la Tierra...

Se dedicó preferentemente a devolver a sus dueños las fincas ocupadas por los trabajadores y a disolver el escaso trabajo distributivo que había iniciado la república.

..., Instituto Nacional de Colonización, Servicio Nacional del Trigo, Protección y Fomento de la Nueva Industria Nacional y otras medidas que culminaron con la formación del Instituto Nacional de Industria (INI) dirigido por Suanzes. Y en lo más estrictamente político solidifiqué lo conseguido en la victoria con la Ley de Responsabilidades Políticas, la Ley de Prensa la dicté desde mi experiencia de cómo la escritura de plumíferos sin escrúpulos había introducido ideas perniciosas entre los intelectualmente débiles, casi siempre coincidentes con los económicamente débiles a los que la propaganda marxista llamaba «proletariado». Ni siquiera el viejo lenguaje era válido. En España ya no había «proletariados», habría «productores», es decir, gentes que producían y allí no cabrían los zánganos. Igualmente prohibí nombres no españoles en la toponimia, la onomástica y los rótulos de los establecimientos. España volvía a ser España con todas sus consecuencias. Quiero llamar vuestra atención sobre el proceso de institucionalización del régimen, que tanto desesperó a cuantos confiaban en nuestra provisionalidad. El 17 de julio de 1942 creé

las cortes españolas, el Parlamento del nuevo régimen, compuesto por procuradores natos según el cargo que ocuparan y por procuradores elegidos a partir de los órganos naturales (familia, sindicato y municipio) y además yo me reservaba la postestad de designar entonces hasta cincuenta procuradores que con el tiempo se convirtiera en cuarenta procuradores vitalicios, más conocidos por «los cuarenta de Ayete» porque dispuse esta decisión desde mi residencia veraniega del palacio de Ayete, en San Sebastián. En julio de 1945 promulgué el Fuero de los españoles, nuestra peculiar versión de los derechos y deberes del ciudadano, de cara a dar una lección de democratismo profundo a las naciones democráticas liberales vencedoras en la guerra mundial. En este mismo año se emitió la Ley del Referéndum por la que se aceptaba y reglamentaba la posibilidad de que la nación en pleno se pronunciase por voto singular y directo sobre cuestiones fundamentales que pudieran afectar a la unidad de su destino en lo universal, referéndum del que habría uso dos años después para que el pueblo español aprobara clamorosamente la Ley de la Sucesión del Estado, norma previsora del futuro que dejaba la evolución política del nuevo Estado condicionada por el espíritu del movimiento nacional. Ya volveré sobre este trascendental referéndum y que conste que la tarea legisladora se complementó con la Ley de Principios Fundamentales del Movimiento de 17 de mayo de 1958 y con la culminación de nuestro cuerpo jurídico político: La Ley Orgánica del Estado aprobada mediante referéndum el 10 de enero de 1967. Sin prisas pero sin pausas, a lo largo de treinta años de experiencia extraía las conclusiones legislativas pertinentes.

También la Iglesia a las puertas del poder esperando la compensación a su apoyo, aunque ya había recibido toda clase de concesiones para recuperar la hegemonía espiritual de España. A pesar del fundamental aval para nuestra cruzada que representó la declaración de los obispos españoles y de los buenos contactos que mantuvimos con el Vaticano durante la guerra, la política del papa Pío XI no fue todo lo profranquista que la ocasión precisaba, tal vez influido el Papa o parte de la curia por la propaganda de sacerdotes vascos y catalanes separatistas. A poco de ser nombrado jefe de Estado, designé como embajador en el Vaticano al almirante Magaz, personaje de catolicismo tan probado como su lealtad hacia nuestra causa. Pidió audiencia y como se demorase la concesión, Magaz, que quizá no era tan diplomático como la ocasión requería, envió una nota al pontífice quejándose del mal trato recibido por el representante de una nación católica y defensora de la Iglesia. Pacelli, entonces mano derecha del Papa y su futuro sucesor, le prometió una audiencia y cuando le fue concedida, Magaz recibió una reprimenda de Pío XI, quien blandiendo la carta ante sus narices le gritaba: «¿Qué significa esto? A mí se me trata con más respeto.» Magaz perdió los estribos y empezó a gritar que España se desangraba, que estaban matando a los curas en la España roja y que en cambio en la nuestra colocábamos nuestra causa bajo la protección de Cristo Rey y de Santiago Apóstol.

El Papa estuvo más pendiente de las formas de Magaz que del sentido de nuestra lucha y no tuve más remedio que sustituir al embajador por Yanguas Messía, catedrático de derecho, monárquico moderado e intelectual honesto al que yo había escuchado en algunas conferencias como la pronunciada en un ciclo organizado en el alcázar de Toledo en 1929. Hablaron allí las cabezas más preclaras del momento y entre ellas, la del general Villalba, mi providencial profesor y compañero de armas, o José Calvo Sotelo, Eduardo Aunós, José María Pemán, José Pemartín... en fin, intelectuales que no han gozado de plataformas publicitarias internacionales porque no han hecho de la masonería su trastienda ni del antiespañolismo su divisa. Yanguas habló allí de «Nuestra política exterior» y dijo cosas tan sensatas como que la nobleza de la filosofía del pacifismo universal y del arbitraje de la Sociedad de Naciones para hacerlo posible, no podía ocultar la supervivencia de conflictos por la hegemonía que manifestaban la voluntad de ser de los nacionalismos más fuertes. Ya en 1929, Yanguas precisó exactamente los focos de conflicto futuros y llegó a profetizar el enfrentamiento entre Japón y los Estados Unidos y la importancia que tendrían los trusts internacionales dueños del petróleo para decidir cualquier batalla futura por la hegemonía. «O conseguimos petróleo o no somos nadie» había opuesto Yanguas en cierta ocasión a una intervención que tuve en la tertulia de don Natalio Rivas, sobre la acumulación de oro de divisas como nefasta piedra filosofal para la regeneración de España. «Fíjese en los alemanes, mi general, se están recuperando de la derrota de la gran guerra y ya proyectan un ferrocarril Hamburgo-Bagdad que les acerque a la reserva petrolífera más importante del futuro.» Yangüas también tenía las ideas muy claras con respecto a la penetración norteamericana en Hispanoamérica tratando de anglosajonizar nuestra herencia espiritual. «Hay que mantener la civilización española en el mundo, mi general.» De momento *me interesaba que decantara definitiva y explícitamente al Vaticano hacia nuestra casa y consiguió suavizar las relaciones al más alto nivel, aunque siguieron manteniendo ciertas distancias hasta que se produjo nuestra definitiva victoria en 1939. Hasta tal punto llegó ese distanciamiento, del que no sólo fue culpable Pío XI, sino también su todopoderoso secretario de Estado y sucesor Pacelli, futuro Pío XII, que cuando Yanguas tuvo un hijo en Roma, se violó la costumbre de que la ceremonia del bautizo fuera oficiada por el cardenal secretario de Estado y tuvo que ser el párroco de la iglesia de Montserrat quien hiciera cristiano al hijo del cristianísimo Yanguas. No era un vejamen a mi embajador, sino a España, es decir, a mí. Y esa malquerencia llegó al extremo de que el nuevo Papa se negaba a dar su bendición a los ex combatientes italianos, cuando volvieron a Italia después de haber colaborado en nuestra cruzada. Era a fines de mayo de 1939 y tres mil ex combatientes italianos, varios generales y Serrano Suñer como mi representante, llegaron a Nápoles en un barco fletado en Cádiz, lleno de nostalgia, orgullo de victoria y coñac jerezano. Fue a recibirle a Nápoles el mismísimo rey Víctor Manuel, quien también presidió un brillante desfile en Roma, ocasión que aprovechó Serrano para pedir que Pío XII les recibiera. No quería. Hasta que Serrano le puso ante la opción, o les reciben o no respondo de lo que harán tres mil ex combatientes curtidos en cien batallas. Al día siguiente el Papa les daba su bendición y la propaganda masónica y comunista internacional empezaba a construir el mito del filofascismo del Vaticano. Nada más terminar la guerra, el primado Gomá torció el gesto porque le censuramos la reproducción civil de una homilía, aunque no impedimos su publicación entera por los circuitos eclesiásticos y tras su vuelta del exilio, el cardenal Segura empezó una campaña de hostilidad contra mi liderazgo y contra mi esposa, que no cejaría hasta su muerte en 1957. «No tope con la Iglesia nunca», me avisó Mussolini, pero yo había leído El Quijote y no quería topar ni siquiera con el cardenal Segura.*

Han tenido que pasar más de cincuenta años de aquellos hechos para que se supiera que hasta el cardenal Gomá, el responsable eclesiástico de aquella carnicería bajo palio, manifestara en sus últimos años un cierto arrepentimiento ante la bestia de crueldad y represión que había soltado. Tal vez cayera del caballo como san Pablo cuando vio cómo le censuraban una pastoral en septiembre de 1939, cuarto año triunfal según la peculiar efemérides del régimen milenario que usted acababa de fundar, la pastoral titulada *Lecciones de la guerra y deberes de la paz* no pudo aparecer en la revista *Signo*, órgano de la juventud de Acción Católica, porque aunque desde un franquismo incondicional expresaba excesivamente las quiebras espirituales, materiales y morales creadas por la guerra civil. En sus últimos meses Gomá desvela su desencanto ante los efectos de su pastoral colectiva del 36, justificada a su parecer «por el clima ardiente en el que se produjo» y a confidentes seguros les reveló que de poder volver a hacer las cosas las haría de muy otro modo, para culminar su vía crucis de expiación interior confesando en tierras de Tarragona que el único cardenal que había tenido una visión certera de la situación había sido el pacifista Vidal y Barraquer, obligado al exilio precisamente por su pacifismo. Mientras tanto sus teóricos se convertían en teólogos del caudillaje y de la confesionalidad del Estado y el palio que temblaba en las manos de Gomá pasó a las manos firmes y franquistas de obispos como Pla y Deniel, Eijo Garay, Pino, Arribas Castro, Quiroga Palacios, que se lo ofrecieron a usted sin concesiones, sin querer ver la feroz represión de la posguerra. Enfebrecidos por la catolicidad metafísica del nuevo estado también ellos fusilaron y torturaron de pensamiento, palabra y omisión. Jamás de obra. Eso es cierto. En cuanto al cardenal Segura se negó a recibirle bajo palio y a que la Señora ocupara un lugar superior al suyo en las disposiciones de protocolo. Más que por odio a usted esta medida procedía sin duda del radical odio a la mujer que experimentó durante toda su vida el casto cardenal.

Así como los regímenes dominantes en la Europa de entonces, el alemán y el italiano, reivindicaban un pasado cultural pagano ario o romano, nuestro régimen nació bajo una clara advocación católica en la que comulgaban casi todas las fuerzas del movimiento nacional, con la excepción de algunos sectores radicales de la Falange. Pero fue un teórico de tendencia falangista, José Pemartín, quien sentó la identidad indestructible entre España y catolicidad, el carácter político y nacional de nuestro catolicismo y como consecuencia era imprescindible la confesionalidad del Estado, que los privilegios que la Iglesia recibía como consecuencia, tuvieran la contrapartida de la potestad del jefe del Estado para dar el visto bueno a los nombramientos de la jerarquía. ¿Qué ventajas recibía la Iglesia a cambio de esta conscesión?: el monopolio de la enseñanza y el culto religioso, el previo control de las publicaciones y todo tipo de mensajes, la devolución del patrimonio hurtado por los liberales del siglo XIX o la compensación económica consecuente, la financiación económica. Este convenio suscrito en 1941 sería la base del Concordato de 1953 y para entonces la Iglesia ya se había implicado totalmente en la apoyatura política de nuestro régimen aceptando algunos obispos puestos de procuradores en las Cortes, de miembros del Consejo del Reino o de Regencia. Monseñor Cantero Cuadrado, arzobispo de Zaragoza, sintetizó estas espléndidas relaciones en su obra La hora católica de España *de 1942: «Aparte de haberse anulado todas las disposiciones sectarias en orden a la familia y al matrimonio, a las congregaciones religiosas, a los cementerios, a todo cuanto hería la conciencia católica del país, basta indicar la legislación cristiana y cristianizadora en materia de enseñanza y educación. Se ha suprimido la coeducación en los institutos de segunda enseñanza y escuelas normales, se ha ordenado la reaparición del crucifijo, la depuración de las bibliotecas públicas, la ayuda a las universidades eclesiásticas y la erección de oratorios en nuestros centros de enseñanza media y universidad (...). Estas y otras disposiciones demuestran que el Ministerio más defendido y mimado por la Institución Libre de Enseñanza ha dejado de ser reducto del laicismo para servir a la España católica.» Por si faltara algo, a partir de 1945 siempre figuraron en mis gobiernos buenos franquistas procedentes de la Acción Católica de la ACNP (Asociación Católica Nacional de Propagandistas) como Martín Artajo, ministro de Asuntos Exteriores, o Joaquín Ruiz-Giménez, ministro de Educación.*

Ignoraba la Iglesia el precio que pagaría por esta dependencia y de momento le obsequiaba a usted huracanes de botafumeiros, mientras vomitaban sobre el pueblo toda clase de oscurantismos principalmente dedicados contra las mujeres, ranuras abiertas al pecado de la concupiscencia. El cardenal Gomá había dicho en 1939, general, que en toda la historia de la indumentaria no se había vivido una época tan licenciosa como la actual, y otro que tal, el obispo Olaechea decía que los cines eran los destructores de la virilidad moral de los pueblos... «No dudamos que sería un gran bien para la humanidad el que se incendiaran todos los de la tierra cada dos semanas... ¡Feliz el pueblo a cuya entrada figure de verdad este cartel: ¡Aquí no hay cine!» Aquellos hábitos mentales generaron costumbres vigentes hasta nuestros días, cuando en muchos pueblos sólo sobreviven cines parroquiales y la tijera del señor cura sigue mutilando besos y escotes, muslos y otras casquerías finas eróticas. Mas era imposible seguir al pie de la letra aquel consignismo de la oscuridad. En los catecismos obligados en las escuelas se inventariaron los errores condenados por la Iglesia, entre los que figuraban todo lo supuestamente inculcado durante la etapa republicana: materialismo, marxismo, ateísmo, libertad de asociación, racionalismo y se ampliaba la represión al protestantismo, el liberalismo, la masonería, la «nefasta» libertad de prensa, el panteísmo y este inventario del padre Ripalda lo completaba el padre Astete: «... el infierno es el conjunto de todos los males sin mezcla de bien alguno». La religiosidad era obligatoria. No tenías ningún derecho si no estabas bautizado, casado por la Iglesia e incluso confirmado. Un canónigo asturiano juzgaba sarcásticamente el fenómeno de las iglesias llenas. «Antes no venía nadie. Ahora nos los traen formados.» Si he de ofrecerle una sustancia representativa de aquellos años no hay otra como la oscuridad, incluso me parece como si entonces atardeciera antes y sólo en el cine la luminosidad del tecnicolor nos balsamizara las pupilas castigadas por tanto tenebrismo. Era imposible sobrevivir sin un mínimo pacto con la nueva situación, sin aliados, y mi madre los buscó en la iglesia, en la parroquia más próxima donde el rector, murciano de origen, tenía fama de hacer favores a los vencidos a cambio de que fueran a la Salve los sábados a las ocho de la tarde o enviaran a sus hijos a la catequesis los domingos a las cuatro de la tarde. O se escogía este aliado con faldas negras o se tenía que llamar a la puerta de la Falange, el fascismo viril auténtico, violento, castigador mediante sus razias de puñetazos, aceite de ricino y obligatorios saludos entre los peatones y sus paseos nocturnos a los prisioneros políticos, que no eran considerados como tales sino como delincuentes comunes. En la parroquia, junto a la bondad pactista del padre Higueras, aparecía la bravuconería montaraz del vicario Gonzalo, armador de escuadras de jóvenes aguerridos que iban por las calles del barrio precedidos del campanillero que jalonaba la consigna: «¿Qué haremos con los protestantes? Los tiraremos al mar.» ¿A qué mar? ¿Al Manzanares? se preguntaba mi madre en una voz tan queda que ni ella se oía. Nuestra casa quedaba vacía horas y horas mientras ella trabajaba en la confección de unos calzoncillos de posguerra para cuerpos irrepetibles y luego, a partir de las ocho, cosía en casa arreglos para clientes de posguerra, también irrepetibles y con las que casi siempre se establecía la complicidad del vencido. Tras el milagro de los panes y las latas de carne de las primeras semanas, el hambre nos había vuelto a demostrar nuestra real situación y desde mi habitación escuchaba las conversaciones sobre comidas del pasado o imaginarias que respaldaban las operaciones de corte o de prueba, entorpecidos los labios de mi madre llenos de alfileres y sus ojos pendientes de la caída de la tela o la precisión del corte. Sin luz eléctrica, a la luz del carburo, ella cosía y yo leía o hacía los deberes encargados en un colegio gratuito de las hermanas paulinas en el que me había conseguido una plaza el padre Higueras.

Tranquilizado el poder económico de cuanto temía, incluido el revolucionarismo demagógico del sindicalismo falangista, no tenía otra opción que aceptar un orden que lo garantizaba. Lo de la Iglesia era una adhesión interesada por ambas partes, nacional, imperial, inquebrantable y aún quedaba por pagar aquellas colaboraciones personales que ahora se creían en situación de pasar factura. Difícil fue sustraerme, por ejemplo, a la asfixiante prepotencia de Serrano. Que yo no tuviera experiencia de gobierno no quiere decir que fuera lerdo y percibía claramente cómo Ramón había asumido maneras de personaje central, hasta el punto de que se le llamara «cuñadísimo» por ser quien era en relación conmigo, el generalísimo. Se daba ínfulas de «cofundador» del régimen hasta el punto de que circulaban chistes sobre mi subalternidad y mi hija Carmencita, desde su inocencia, un día le preguntó a mi esposa en mi presencia: «Mamá ¿quién manda en España, papá o tío Ramón?» Carmen salió como pudo de tan embarazosa pregunta, pero me dirigió una mirada suficiente, que yo supe interpretar aunque aplacé mi decisión hasta que llegara una causa lo suficientemente importante como para justificar el apartamiento de Serrano. He de decir que es totalmente falso el rumor que circuló por Madrid a raíz de su cese, de que yo me había enfadado porque ridiculizaba el vestuario que yo lucía en el cuadro de Zuloaga que me reproduce de pie, botas de montar, pantalón de uniforme militar de caballería, fajín de general, camisa azul falangista con yugo y flechas, boina roja y el brazo firme sosteniendo la bandera rojigualda que descansa en parte sobre mi hombro derecho. A Carmen el cuadro la emocionó y a mí, por qué negarlo, también. En cambio Ramón dijo que era un mal sueño y quemó con una frase cruel y, tal vez brillante, la emoción

*espontánea y sincera que todos habíamos sentido. Yo estaba
por encima de maledicencias como la que sostenía que el globo
terráqueo y yo nos parecíamos en que estábamos achatados
«... por un Polo», referencia a que Serrano era un Polo por
su matrimonio con Zita. No, no fueron éstos los motivos de
su cese, sino una larga ejecutoria que le condujo a él a la
presunción y a mí a la seguridad suficiente como para saber
discernir qué colaboradores necesitaba, insisto, colaboradores,
porque con un caudillo ya había bastante. En 1940 yo ya tenía
la suficiente experiencia de gobierno como para darme cuenta del juego de Serrano. Ya he contado cómo nada más llegar
a zona nacional, Serrano redactó mi Decreto de Unificación
que eliminaba las tensiones partidistas entre falangistas, carlistas y monárquicos, pero jugó el papel de valedor falangista
ante la política necesaria de castigos que yo apliqué contra
los hedillistas por negarse a aceptar el decreto. Quería así
aparecer como el ángel bueno de la Falange frente a las minorías del carlismo y los monárquicos alfonsinos sin tener en
cuenta que buena parte de las masas que secundaba la Cruzada conectaba con causas que eran las mías, por encima del
partidismo, bien intencionado, de las distintas fracciones del
movimiento nacional. Serrano instrumentalizó a los «intelectuales» de la Falange a través de una política de propaganda
que evidentemente estaba al servicio de nuestra causa y de
mi jefatura, pero que le convertía a él en árbitro indispensable por la conservación del legado social de José Antonio.
Buen partido sacó de aquella supuesta amistad, cuya real intensidad era indemostrable y que buena parte de los joseantonianos rechazaron desde el primer momento.*

A Serrano le sacaban, aún le sacan, de quicio las dudas
sobre la intensidad de su amistad con José Antonio: «... Nuestra intimidad fue grande desde los primeros pasos en la universidad: estudiábamos juntos casi todas las tardes en la biblioteca del Ateneo de Madrid, juntos estuvimos en la constitución de la primera Asociación Oficial de Estudiantes de
Derecho que se creó al amparo del Decreto-Ley de Autonomía
Universitaria siendo Silió ministro de Instrucción Pública; terminadas las clases nos ocupábamos todos los días de los
asuntos de la Asociación y muy pasadas las dos de la tarde
"tomábamos el caballo", como él decía, y galopando la cuesta de San Bernardo llegábamos a la glorieta donde cogíamos
el tranvía; él fue testigo de mi boda desplazándose desde Madrid a Oviedo donde aquélla tuvo lugar, a pesar de que eran

días de mucha tensión para él; en las Cortes voté contra el suplicatorio que se pidió para procesarle por tenencia de armas, faltando a la disciplina de la minoría que votó por su concesión (todo esto puede verse en el Diario de sesiones del Congreso de diputados); defendí con ardor, en el ambiente de odio que contra nosotros había en las Cortes del Frente Popular, la procedencia y legitimidad de su proclamación como candidato por Cuenca en las elecciones parciales que allí se celebraron, y el trabajo que a estos efectos realicé fue minucioso y exhaustivo ("paciente trabajo de benedictino" escribió José Antonio desde la cárcel en el periódico clandestino *No importa* que publicaba la Falange, dándome con el mayor cariño las gracias); cuando con motivo de la formación de candidaturas para estas elecciones parciales por Cuenca consideró inoportuna la presencia de Franco en ellas me llamó a la cárcel rogándome que viajara a Canarias (donde éste era comandante general del archipiélago) para disuadirle, haciéndole ver que si ya su nombre —el de José Antonio— haría que el Gobierno se emplease a fondo para evitar su triunfo, éste sería totalmente imposible si además se añadía el lastre de una figura militar de su significación (su hermano Fernando, con malísimo humor y amarga ironía, añadió en la conversación que los tres celebrábamos en la cárcel: "Sí, para que la cosa salga bien no falta más que incluir como tercer candidato al cardenal Segura"). Yo me apresuré a dar satisfacción a sus deseos trasladándome en uno de aquellos poco tranquilizadores avioncitos de la LAPE (coincidí en el viaje con Negrín, que iba a Las Palmas a visitar a su padre, y me ofreció para leer durante el viaje, entre los libros que llevaba en un maletín, *El príncipe*, de Maquiavelo, escogido por él) a Canarias, donde realicé con éxito la gestión; durante sus viajes a Zaragoza, por motivos políticos unos y sentimentales otros, se hospedaba en mi casa; trabajamos juntos en algunos asuntos profesionales, entre los que recuerdo un dictamen que emitimos juntos él y yo con el más preclaro de los abogados de entonces, don Francisco Bergamín; en horas muy cargadas de ansiedad le visité en la cárcel de Alicante, y en las últimas de su vida, al redactar su testamento, me eligió a mí entre todos sus amigos para nombrarme albacea en unión de Fernández Cuesta, que ya era secretario suyo. Ante estas circunstancias, que son prueba apabullante de aquella amistad, del gran cariño y de la mucha estimación recíproca que nos profesábamos, nada valen «rebajas» que pueda pretender introducir el malabarismo intencionado de algún memorialista desafecto a la verdad.»

La segunda muestra de su ambigua lealtad se apreciaba en su juego durante las negociaciones con los alemanes y los italianos para nuestra entrada en la guerra. Consecuentemente con sus ideas, Serrano era germanófilo, pero hizo lo imposible para que el compromiso de la definitiva alineación con Alemania lo estableciera yo. La imagen secreta que llevaba en mi cerebro de una España destruida por la guerra provocada por sus enemigos seculares me llevó siempre a considerar la imposibilidad de entrar en guerra con el Eje, causa de mayores males que los que ya soportaba mi pueblo. Para empezar, en la remodelación ministerial de 1940 le aparté de la cartera y le propuse pasar a Asuntos Exteriores. No era un cambio contra sus prerrogativas, sino a favor de España, porque desde Gobernación controlaba la coherencia política, propagandística y al mismo tiempo todo el esfuerzo de reconstrucción y aprovisionamiento. Sustituía en el cargo al general Beigbeder, efímero ministro de Exteriores, de agosto de 1939 a octubre de 1940, cargo para el que había sido promocionado por el propio Serrano, en un alarde de perspicacia política que estuvo a punto de costarnos muy caro.

Beigbeder había sido un buen militar y un patriota sincero, pero tenía una debilidad que al parecer no respeta el estado civil ni el militar: le gustaban excesivamente las mujeres, y si eran poco virtuosas, mejor; se contaba que cuando estudiaba para cadete se había albergado frecuentemente en casas de meretrices. Este defecto que arrastraba desde la pubertad no le impedía ser buen militar y buen negociante, por lo que bajo consejo de Serrano le utilicé como ministro de Asuntos Exteriores, a pesar del poco agrado con que, para mi sorpresa, acogieron el nombramiento los alemanes y en especial el embajador Von Storer. Lo tenían fichado como filosionista (¿qué hermosa judía se habría cruzado en su camino?) y derrochador, extremo este peligroso porque la necesidad de dinero podía impulsarle a vender secretos de estado. Fue otro de los buenos consejos que me dio Ramón Serrano Súñer, siempre con sus extraños equilibrios y desde la prepotencia de quien consideraba que todos los demás, incluido yo, no le merecíamos. Volviendo a Beigbeder, curiosamente a pesar de su incontinencia sexual, según los informes de que siempre dispuse, jamás contrajo la sífilis, aunque su descarada aliadofilia le descalificaba como ministro en aquellos tiempos y le sustituí por Serrano.

No estaría yo tan seguro, general, en lo de la sífilis, y usted tampoco, porque le consta que transportada por una hermosísima espía del Intelligence Service, la sífilis llegó casi a los más altos niveles del Estado y usted, un buen oidor siempre de los excesos sexuales, convertidos en debilidades, de sus colaboradores, seguro que tuvo conocimiento de tanto pecado de bragueta como le rodeó en aquella España católica en la que estaba prohibido incluso el baile del agarrado si era demasiado agarrado. ¿No le consta que la disputa por una bella polaca fugitiva de la Europa en guerra entre uno de sus más longevos colaboradores y un adonis del movimiento acabó por la persecución político sexual de la muchacha y con sus carnes en un prostíbulo de Tánger?[1]

Sacando a Serrano de Gobernación descabezaba a los propagandistas falangistas, sus falangistas «auténticos», que habían lanzado el lema: «El uniforme de la Falange no es un disfraz, es un hábito», indirecta lanzada contra todos los que consideraba no auténticos, entre los que sin duda me contaban. Alejar a los Ridruejo y compañía ya era buen logro y entregar difinitivamente los trabajos de propaganda a Arias Salgado, como subsecretario, significaba dar mayor coherencia a nuestro trabajo político. Tampoco necesitaba ya a Serrano como pararrayos de la Falange porque había hecho un descubrimiento político valiosísimo, José Luis Arrese Magra, un falangista de la primera hora arquitecto y poeta, que había tenido veleidades hedillistas, pero al que supe ganar para nuestra causa, lo que provocó la irritación de Serrano, que no toleraba que alguien le disputara el papel de valedor de la Falange. Cuando le dije que iba a nombrar secretario general del movimiento a Arrese Magra, se echó a reír y me dijo: «Pero ¿no le ibas a fusilar?» No sé de dónde había sacado este infundio.

De creer a su cuñadísimo, la historia de su enamoramiento por Arrese Magra fue bastante diferente, historia que Serrano narra con la misma mala intención crítica tanto en sus memorias como en la entrevista que sostuvo con Heleno Saña que comprende el libro *El franquismo sin mitos*. Cuenta Serrano que Arrese era considerado un personaje menor del fa-

1. El autor se ha negado a concretar los nombres de los responsables para no merecer querella judicial de sus descendientes. *(N. del e.)*

langismo hedillista y que en pleno ajuste de cuentas del Decreto de Unificación emprendió un viaje de propaganda «auténtica» hacia el Sur, hacia el virreinato de Queipo de Llano. Usted telefoneó a Queipo: «Ahí en ese tren va un piernas que se llama —rebuscó, consultó entre sus papeles que en proverbial desorden tenía sobre la mesa y al fin dijo— José Luis Arreses (desde ese momento y ya siempre puso en plural ese apellido) y lleva instrucciones para revolver a los falangistas. Detenlo y si se resiste...» Se libró Arrese de lo peor gracias a sus compañeros falangistas de Andalucía y fue trasladado a Salamanca donde compareció ante el mismo consejo de guerra de Hedilla. Reclama Serrano haber intercedido para que la condena fuera menor, presionado por la esposa del detenido, quien cuando entró en prisión iba sollozando mientras sus camaradas entonaban el *Cara al sol*. Amnistiado, salió de la cárcel y fue a agradecer a Serrano su gestión benéfica y le pidió un puesto para servir lealmente la causa. Consiguió el cargo de gobernador civil de Málaga y al pasar por Sevilla y visitar al virrey Queipo, le traspasó los saludos del caudillo y el virrey fue sincero con él: «Pues mire, que si llego a hacer lo que él quería que hiciera cuando le detuvimos, hoy no estaría usted aquí.» De nuevo se metió en líos Arrese o Arreses, como usted prefiera, general, durante su etapa como gobernador de Málaga, hasta el punto de que llegaron a sus oídos rumores de que conspiraba con Yagüe contra usted. Otra vez Serrano salió fiador del falangista arquitecto y poeta, irrelevante como falangista, como arquitecto y como poeta, y le forzó a una entrevista clarificadora. ¿Qué ocurrió durante esa entrevista? Sólo lo saben usted y Arrese, pero transcribo los resultados de un encuentro tal como los memoriza Serrano Suñer: «No era yo entonces ministro de la Gobernación sino de Asuntos Exteriores y en realidad sólo de éstos me ocupaba, desentendido, y asqueado, de los interiores. Pero por las consideraciones que acabo de hacer, me consideré obligado a intentar evitar que se cometiera aquella ligereza con el consiguiente desprestigio. Preocupado por ello, volví a El Pardo a los dos o tres días para saber lo que hubiera resultado de la entrevista con el "gobernador Arrese", a quien se había citado allí, y me quedé sorprendido, asombrado: Franco había cambiado totalmente, su indignación había desaparecido, le quitó toda importancia a la historieta de la conspiración y en cambio se mostró encantado por el personaje, quien explotando la afición de Franco por la anécdota —a la que fue siempre más aficionado que a la categoría— le habló un buen rato de unas casas baratas y de no sé qué extraño invento alimenticio (o alimentario) al que creo haberme referido en otro lugar. Y por si todo ello fuera poco me dijo —con estupefacción lo oí— que como la Secretaría General de la Falange llevaba ya demasiado tiempo vacante, pensaba nombrar ministro a Arrese Magra para ocupar esa cartera, como así se hizo poco después, al abrirse la crisis política de la que a continuación me ocuparé.»

Sin duda era el jefe de Falange desarticulador y fiel que usted necesitaba, aunque a sus espaldas se muestra algo grosero cuando comenta a Serrano Súñer que usted sentía hacia su cuñado celos de novia vieja. Los servicios de Prensa y Propaganda pasaron a la secretaría de Arrese, en manos del germanófilo e integrista Arias Salgado; usted ya no necesitaba un domesticador de falangistas tan sofisticado como Serrano. Arrese ofrecía todo el continente falangista relleno de contenido exclusivamente franquista, algo parecido al gigantesco Girón revolucionario de gesto y dócil franquista de contenido, futuro ministro de Trabajo.

Si nombré a Serrano ministro de Asuntos Exteriores, pasando Gobernación a Galarza, con el natural disgusto de los intelectuales que medraban a la sombra de Serrano, no fue para inutilizarle sino, al contrario, para sacar provecho de sus indudables cualidades y de una visión de nuestras relaciones que se parecía entonces mucho a la mía. Alemania ganaba la guerra, Italia iba a remolque de la iniciativa alemana, media Europa estaba ocupada, los ingleses quedaban a la espectativa de una invasión alemana. Mientras lidiábamos con los embajadores de Inglaterra, Hoare, y de Estados Unidos, Hayes, para que no nos consideraran estado beligerante, había que negociar con Alemania para que respetase nuestra fragilidad, derivada de los desastres de la guerra, para ser aliados efectivos en los campos de batalla. Si querían nuestra participación directa, exigíamos la contrapartida de Gibraltar, Marruecos, Orán, es decir, territorios de histórica vinculación española, y una política de presencia mediterránea en colaboración con Italia. Además necesitábamos alimentos, armas, pertrechos industriales para reconstruir mínimamente el país antes de intervenir. Poníamos el listón bien alto para que fuera difícil el salto y esa fue la política desarrollada por Serrano en sus contactos previos con los alemanes, fuera Hitler o Von Ribbentrop o por mí, en mis continuados forcejeos con el embajador alemán Sthorer. Con esa filosofía partimos Serrano y yo al encuentro con Hitler en Hendaya, encuentro dramático, del que salí vencedor y algo incomprendido por todos los germanófilos fanáticos que me rodeaban, entre los que se encontraban los falangistas «auténticos» y una buena parte del generalato, especialmente Yagüe y Muñoz Grandes.

Hitler no me produjo buena impresión. Al revisar las tropas que le rendían honores parecía un gallo, levantaba la cabeza, adoptaba un ademán hosco y casi provocador. Luego, en cambio, en privado, en el transcurso de las negociaciones era una persona plácida, tranquila, sonriente, es decir, era un comediante. Defendí la tesis de que España no estaba preparada para entrar en guerra sin correr graves riesgos su propia estabilidad política y sin experimentar graves sufrimientos una población que acababa de salir de una dura lucha contra la barbarie comunista y le advertí que la guerra mundial iba a ser larga. ¿En qué se basa, generalísimo? Me preguntó muy preocupado. Pues en que Inglaterra resiste y si Inglaterra resiste eso quiere decir que espera la entrada en guerra de Estados Unidos, a corto o medio plazo. Me escuchaba con progresiva molestia y cuando intervino fue para remachar que la guerra estaba ganada, confianza ciega que no compartía su Estado Mayor y que con el tiempo abrió un abismo entre el partido nazi y los militares, ejemplificada en el complot del mariscal Rommel y su suicidio. Mal asunto cuando un civil como Hitler, por mucho instinto militar que tenga, quiere convertirse en estratega. ¿Qué hubiera sucedido durante la cruzada si José Antonio Primo de Rivera, por ejemplo, se hubiera salvado y una vez dentro de nuestras líneas se hubiera empeñado en conducir la guerra militarmente? Pues eso es lo que hizo Hitler en la segunda guerra mundial y el complot de algunos generales se alió con una conjura masónica movida desde Londres, pero utilizando sicarios alemanes, para terminar con el Führer. Todo lo antinatural que me pareció Hitler se convirtió en lo contrario las dos veces que traté a Mussolini, hombre de personalidad arrolladora, muy latino y con el que, como se verá, me resultó muy fácil entenderme. No tanto con su yerno, el aparentemente todopoderoso conde Ciano, personaje dotado para la doblez y la teatralidad que inspiró una gran confianza a Serrano, sentimiento que jamás compartimos ni Ciano ni yo, porque el conde le ponía una cara a Serrano delante y otra a sus espaldas. Volviendo a Hitler, nada se suscribió en Hendaya que comprometiera nuestra intervención militar y con el paso de los meses, Hitler estaba lo suficientemente absorbido por la campaña de Rusia para que perdiera

progresivamente su interés por implicar a España. Para enton-
ces nuestras preocupaciones iban ya en otra dirección, por-
que nos temíamos un desembarco aliado en las Canarias y
en el norte de África que hubiera significado una agresión
directa a nuestro territorio nacional o a nuestro protectorado
marroquí. Afortunadamente los aliados tuvieron una perspec-
tiva de la situación bastante parecida a la mía: mucho mejor
no implicar a España y mantenerla en una neutralidad corre-
gida por la teoría de las dos guerras. Nada teníamos contra
los aliados, pero sí contra el comunismo y por eso secundé la
propuesta de Ridruejo y Serrano de enviar voluntarios falan-
gistas a luchar en el frente del Este. «Rusia es culpable» había
declarado el propio Serrano cuando la URSS fue invadida por
Alemania y 18 000 voluntarios españoles, al mando del ger-
manófilo decidido Muñoz Grandes, partieron hacia frentes de
Rusia donde escribieron páginas de gloria y donde Muñoz
Grandes llegó a recibir la gran cruz de hierro.

Lo más triste de aquella desalmada expedición urdida por
Dionisio Ridruejo, entre otros, que quería practicar así una
huida hacia adelante, y su cuñado Serrano, que se sacaba de
encima un puñado de falangistas demasiado auténticos, y por
usted mismo que conseguía enviar a Ridruejo de la poesía a la
trinchera de estepa, fue que murieran tantos divisionarios y
que consiguieran matar estúpidamente a ciudadanos soviéticos comunistas o no que defendían su tierra y su memoria.
Ustedes nos sirvieron una epopeya de héroes azules cantando
el *Cara al sol* sobre la nevada estepa, con el general Muñoz
Grandes al frente, la cruz de hierro hitleriana colgada del cuello. Años después, un general español le contaba a su primo,
a Pacón, general, que de aquella misa, la mitad: «Hoy me
visitó el general Díaz de Villegas, recientemente ascendido a
este empleo. Hablamos de muchas cosas y muy especialmente de Rusia y la División Azul. Él no cogió la época de mando
de Muñoz Grandes, pero dice que los comentarios que oyó
no podían ser más desfavorables para él. Dice que no tenía
ninguna organización, dándose el caso de que no sabía con
exactitud el número de los desaparecidos y desertores, que a
los desertores que desde Rusia hablaban haciendo propaganda comunista se les reclamaba los haberes por la División.
El haber ascendido a Muñoz Grandes fue otro error, pues no
hizo nada para hacerle esa distinción y no se tuvo en cuenta
que se le ponía a la cabeza del ejército, lo que era un inconveniente y un peligro dada su enorme ambición. La División,

independentemente del heroísmo con que combatió, fue un ejemplo de desorganización. Sus soldados aparecieron por Suecia, Dinamarca, Suiza, etc., etc., dedicados algunos a la venta de baratijas. Hubo alguno que puso en Suecia un puesto de frutas. Es verdad que ellos y sus jefes se batieron como valientes, pero nada más y su sacrificio fue completamente estéril. Sólo ayudaron a Alemania simbólicamente. Molestaron a los aliados y por último el pueblo alemán los silbó y apedreó cuando vio que se volvían a España en el momento en que más falta les hacía nuestra simbólica ayuda.»

Perdone que prolongue mi diserción con respecto a la historia oficial más pedestre de las relaciones entre usted y la Alemania nazi. Lo siento, general, pero la versión que aporta su cuñado me parece más veraz, además desde la sincera confesión de germanofilia que asume, hace extensiva a usted y a la plana mayor militar y política del Movimiento. ¿Acaso, general, no son de usted afirmaciones como las siguientes?:

«¡Soy feliz de verle, Führer!» (Hendaya, 23 de octubre de 1940.)

«1. España se compromete a entrar en la guerra al lado de las potencias del Eje. Oportunamente se fijarán todos los detalles.

»2. Alemania, por su parte, se compromete solamente a compensar en África el esfuerzo de guerra español, siempre y cuando Francia reciba en colonias inglesas lo que pueda perder al final de la guerra.

»Cuando los pueblos se equivocan es noble y honrado el rectificar. Inglaterra y Francia juzgaron la política de España por sus apariencias y partieron de una tesis completamente falsa: el que España había quedado comprometida y aliada con el Eje por motivo de nuestra cruzada. Una de las mayores sorpresas aliadas ha sido el encontrar en ese expurgo de papeles y documentos que se llevó a cabo en las cancillerías del Eje, la forma independiente, serena y firme con que España ha mantenido durante toda su cruzada su soberanía, sin ninguna clase de compromiso, así como la conducta entera, caballerosa y firme con que sorteó y defendió su apartamiento de la guerra en todos los momentos de la gran contienda universal.» (Discurso con motivo de la inauguración de la segunda legislatura de las Cortes españolas, citado por Luis de Galinsoga en *Centinela de Occidente*.)

«En estos momentos en que las armas alemanas dirigen la batalla que Europa y el cristianismo desde hace tantos años anhelaban, y que la sangre de nuestra juventud va a unirse a la de nuestros camaradas del Eje, como expresión viva de solidaridad, renovemos nuestra fe en los destinos de nuestra patria, que han de velar estrechamente unidos nuestros ejércitos y la Falange.» (Discurso del 17 de julio de 1941.)

«(...) la sangre de nuestra juventud va a unirse a la de nuestros camaradas del Eje (...).» (Discurso en la conmemoración del quinto aniversario del alzamiento nacional, 1941.)

«Amistad sellada con tales lazos encierra una fortaleza indestructible, que alienta y multiplica la afinidad de nuestros credos y el ansia que tan acertadamente evocábais de un mañana mejor.» (Discurso ante el mariscal De Bono, con motivo de recibir el collar de la Orden della Annunziata, octubre de 1941.)

«Estoy por completo a su lado, a su entera disposición y unido en un común destino histórico, cuya deserción significaría mi suicidio y el de la causa que he representado y conducido en España. No necesito reiterarle mi fe en el triunfo de su causa, repitiendo que seré siempre un leal seguidor de la misma.» (Correspondencia entre Franco y Hitler, publicada por el Departamento de Estado de Estados Unidos, 1946.)

«—¿No ha pensado usted en ningún momento de la guerra en poner a su país al lado del Eje?

»—Nunca.» (De la entrevista concedida a *Le Figaro*, de París, 12 de junio de 1958.)

Perdone que le haya jugado la mala pasada del pie quebrado de sus declaraciones a *Le Figaro* en 1958, en el que se desdice, porque según sus propias palabras reproducidas y según lo que cuenta Serrano del encuentro de Hendaya, tanto usted como su cuñado suscribieron un protocolo de compromiso a entrar en guerra, lo que no suscribieron fue la fecha concreta, y ese protocolo de Hendaya ha desaparecido de los archivos históricos españoles, sólo se conserva en la memoria de Serrano Suñer, que es necesario transcribir. Usted iba a Hendaya con el libro *Reivindicaciones de España*, de los entonces jóvenes falangistas Castiella y Areilza, en la cabeza, puso como condición para entrar en guerra un tiempo para recuperarse y que esas reivindicaciones se atendieran, especialmente que todo Marruecos pasara a depender de España y, naturalmente, Gibraltar. Molesto y fatigado Hitler por sus discursos sobre la masonería, la decadencia de España, en fin, general, ya nos conocemos lo suficiente, llegó el momento en que se les entregó el protocolo en cuestión, cenaron y ustedes se fueron a preparar algunas enmiendas y a reposar, y luego ocurrió lo que ocurrió, según cuenta Serrano Suñer: «Apenas clareaba el día cuando unos nudillos golpearon insistentemente en la puerta de mi dormitorio, era el comandante Peral, ayudante de Franco, quien venía a anunciarme que el embajador Espinosa de los Monteros (que se había quedado en Hendaya con los alemanes) tenía urgentísima necesidad de hablar conmigo. Refunfuñé como hacía al caso, pero ante la insistencia de aquél salí de la habitación para verle. El embajador venía muy nervioso, apremiando con la urgente necesidad para la firma sin dilaciones del protocolo preparado por Hitler y Ribbentrop que nos habían entregado en Hendaya y que nosotros habíamos rechazado. "Tiene que aceptarse", decía el embajador, porque los alemanes, después de haber abandonado nosotros —Franco y yo— la estación de Hendaya le habían mostrado a él —quien había permanecido con ellos allí— gran irritación por lo ocurrido. Traté de aplazar la conversación, pero él insistió tenazmente y, cuadrándose militarmente —como general y como embajador—, me habló así: "Usted no puede enajenar a nuestro generalísimo la gloria de la amistad con Hitler y con el pueblo alemán. Por todo ello, por nuestro generalísimo y por España, vengo a pedir y a recoger una conformidad. De otra manera puede ocurrir cualquier cosa." Pese a lo temprano de la hora tuve que despertar a Franco entrando en la habitación donde dormía. Mi indignación era muy grande en aquel momento y le dije a Franco todo lo que yo pensaba sobre aquella escena, a mi juicio inadmisible y peligrosa, cualesquiera que fueran los móviles que la determinasen. "Es absurdo —añadí— que lo que tú te has negado a aceptar en presencia de Hitler y Ribbentrop lo hagamos ahora, aquí, para que cualquiera se apunte un tanto con ellos. Esperemos siquiera a que llegue el día y, si no tenemos más remedio, seremos nosotros quienes entreguemos personalmente a los alemanes —embajador o ministro— el proyecto, o contraproyecto, que de madrugada redactamos." Franco coincidía con mi malhumor por lo que estaba ocurriendo, ésta es la verdad, pero, después de un cuarto de hora de protestas, me dijo: "Mira, en estas circunstancias, no es prudente hacer esperar más a los alemanes y lo mejor será entregar el proyecto que hicimos anoche, dándoles, sólo en base de éste, nuestra conformidad." Y, con enfado y disgusto por el método seguido, añadió textualmente: "Hay que tener paciencia: hoy somos yunque, mañana seremos martillo."» (Debía de ser ésta una expresión de uso familiar corriente, pues Ramón Franco, al evadirse de prisiones militares el

26 de noviembre de 1930, la emplea en una carta dirigida al general Berenguer, jefe entonces del Gobierno, diciéndole: «Hoy soy yunque y usted martillo; día vendrá en que usted sea yunque y yo martillo pilón.» (Puede leerse en su libro *Madrid bajo las bombas.*)

Nuestras enmiendas desvirtuaban el grave texto propuesto por los alemanes en Hendaya, y en nuestro texto quedó establecido: 1.º La adhesión de España al «Pacto Tripartito», pacto de alianza militar, pero manteniendo secreta esta adhesión hasta que se considerase oportuno hacerla pública. 2.º El compromiso que España contraía de entrar en la guerra junto a las potencias del Eje se llevaría a efecto sólo cuando la situación general lo exigiese, la de España lo permitiera y se diera cumplimiento a las exigencias puestas por nosotros para dar aquel paso.

En una palabra, como se verá, nada positivo, ya que el cumplimiento del compromiso quedaba al arbitrio de una de las partes. No fue poco salir así del paso en una situación tan difícil, tan peligrosa, tan grave como aquélla que fue el punto de mayor compromiso y de mayor proximidad de España al temido momento.

¿Supo alguna vez que Hitler no se llevó demasiada buena impresión de usted? No sólo por lo de Hendaya, sino por las críticas que sus oficiales de la Legión Cóndor hicieron de la manera como usted condujo la guerra: «Franco, en el ejército prusiano, no hubiera pasado de sargento.» ¿Supo usted que cuando prometió un millón de pechos españoles para defender Berlín, la propaganda de Goebbels prohibió la circulación de esta oferta en Alemania, porque presuponía que Berlín podía necesitar ser defendido? ¿Supo, según Serrano, que Hitler solía decir que usted era un sinvergüenza y su cuñado un agente de los jesuitas? Lo cierto es que usted quedó para la historia como el hombre que chuleó a Hitler y dejó que la nueva corte de aduladores de la que ya empezaba a rodearse, reservara a Serrano Suñer el papel de germanófilo intervencionista contenido por su gallega sagacidad. Algo de respeto a su pasado pronazi siempre conservó Serrano, que ya con un cierto cartel de demócrata de oposición auxilió a la inserción clandestina en España de nazis como Léon Degrelle o de golpistas neocolonialistas como el general Salán.

Impresión muy diferente me produjo Mussolini, por quien compartía una seria admiración con Serrano Suñer, sin llegar a suscribir las afirmaciones que Ramón hiciera en junio de

1939 antes de partir hacia Roma: «*Si otra vez como en julio de 1936 los osos del Kremlin o cualquier otra especie de los bárbaros del siglo quisieran hollar de nuevo esta u otra ribera del Mediterráneo y los hampones del mundo otra vez les hicieran coro gritando ¡Moscú! vosotros y nosotros gritaríamos a una ¡Roma! y un bosque de bayonetas erizaría nuestras costas para defender y salvar de nuevo los valores eternos de nuestra civilización.*» *Luego Serrano partió al frente de las legiones italianas que habían colaborado con nosotros, desembarcaron en Italia, tuvieron un recibimiento triunfal y así culminaba un período de aproximación entre nuestra España y la Italia de Mussolini. Mussolini estaba dispuesto a dejarnos Marruecos a cambio de que permitiéramos a sus tropas el acceso hacia el Atlántico si les convenía y se autoconcedía Túnez y Argelia una vez desmembrado el imperio francés. No me parecía un reparto demasiado generoso habida cuenta de nuestros derechos históricos sobre todo el norte de África, pero muy especialmente sobre el oranesado, reivindicaciones que empezaban a conformar jóvenes teóricos de la nueva situación con Areilza o José María Castiella. Más urgente que los repartos territoriales era que los italianos nos concedieran aplazamientos para pagar la deuda de guerra, cuantiosa, como la que también habíamos contraído con Alemania. Pasadas las primeras semanas de la victoria, el hambre se cebaba en nuestro pueblo y he de reconocer que nos dieron facilidades y que sólo fruncieron el ceño a medida que fuimos dando largas a un compromiso directo con la guerra, una vez estallada. Aún entonces, Mussolini entendía más fácilmente nuestra argumentación de que era peligroso sumar a la contienda la fragilidad de nuestra situación social, alimentaria, incluso política, y fue Mussolini quien en un repentino cambio de su táctica pensó que era mucho mejor que quedáramos apartados de la contienda, porque así obtendría Italia mejor botín del reparto de las posesiones francesas en el norte de África. Este elemento calculador no decreció mis simpatías por el personaje, acrecentadas tras nuestro encuentro en Bordiguera a comienzos de 1941, por la humanidad que aquel hombre exhibió ante los problemas españoles. Nos constaba a Serrano y a mí que Hitler quería desencadenar de un momento a otro una acción que involucrara a España en la guerra y que la toma de Gibraltar formaba parte de esa estrategia. La situación alimenticia de España era terrible. Prácticamente el pueblo comía cada día el pan que se podía hacer con la harina que podíamos comprar a crédito día a*

*día, porque nuestras cosechas no habían estado a la altura
de lo esperado. Mussolini me dijo que nuestra entrada o no
en la guerra sólo la podíamos decidir nosotros, pero que
lo que estaba en juego era el destino del mundo y España
«...ni puede ni debe permanecer ausente». Le clavé mis ojos
incisivos en los suyos y era tal la determinación que expresaba aquel poderoso rostro, con la mandíbula convertida en un
mascarón por los mares de la historia, que se me nublaron
los ojos y experimenté una emoción solidaria. Aquel hombre
entendía nuestros problemas y salí del encuentro con la impresión de que verdaderamente teníamos un amigo y valedor.*

Curioso pulso el de sus cuatro ojos, general, dos de usted y
dos de Mussolini, ambos con pretensión de mirada penetran-
te y usted no la baja, la nubla. Pero Mussolini le está pidiendo
que haga una declaración explícita de solidaridad con el Eje,
que esperarán su entrada en la guerra a que solucione el problema del trigo, el problema de mi hambre, general, de mi
hambre de niño de once años, y finalmente que será usted
quien tome la iniciativa en cualquier contribución a la causa
del Eje. ¿Por qué esta tercera precisión? Porque en el transcurso del encuentro, cuando Mussolini le ha dicho que los alemanes están dispuestos a tomar Gibraltar sin implicar a España, usted ha saltado y se ha jactado de que podía tomar
Gibraltar por sus propios medios y le explica incluso un
complejo plan de asedio y asalto ante el que el Duce ni pes-
tañea. Tanto Hitler como Mussolini le estuvieron esperando
algunos meses y Madrid se convertía en la capital de una comedia de enredo diplomática. Mientras Serrano Suñer escondía en el armario a los embajadores de Alemania e Italia, entraba en su despacho sir Samuel Hoare, el británico y viceversa. Cuando usted y su cuñado intuían que un ministro, un
editorialista, un jerarca cualquiera no merecía la confianza de
los fascistas o merecía demasiada desconfianza de Churchill
cambian de personal y así lo hicieron hasta que decantada la
guerra del lado aliado, usted fue usando camisas azules para
efectos interiores y camisas blancas para dar un nuevo color
a la política exterior. Hitler murió pensando que usted había
sido un sinvergüenza instrumentalizado por Serrano Suñer, a
su vez instrumentalizado por los jesuitas, y Mussolini acabó
aconsejando a Hitler que se centrara en la campaña de la
URSS y en cubrir la precaria situación de las tropas italianas
en toda Europa y le dejara a usted en aquella esquina famélica
del mundo, con sus presos y sus hambrientos, negociando in-

fidelidades a cambio de trigo y de tiempo, tiempo, tiempo... Nicolás, su hermano, le había inculcado el sentido de la lógica de la permanencia y de vez en cuando viajaba desde Lisboa para volver a dar cuerda al reloj. Desde su observatorio de Portugal, tan cercano al de Londres, percibió el cambio de rumbo de la guerra y adoptó una cierta distancia irónica con sus compromisos y con una lealtad que a veces parecía lúdica le aconsejó que se fuera despegando poco a poco de aliados que iban a perder. En 1943 le dijo: «Paco, no pueden ganar la guerra y has de tomar posiciones para después de la guerra. Por ejemplo, abre las fronteras para los judíos que huyen de Francia o de Italia porque en el futuro necesitarás el grupo de presión judío universal. Mañana seguirán controlando el dinero del mundo y la opinión pública norteamericana, Paco, hazme caso.» Y usted le hizo caso, incluso con el tiempo ha pasado a la historia como un generoso valedor de la salvación de los judíos, pero ¿qué pensaba usted realmente de los judíos? Lo mismo que de los españoles. Carne de purificación: ¿Recuerda este fragmento de *Raza*, general?

«*Isabel.* ¿Qué puede evocar una iglesia de judíos?

»*José.* ¿De judíos?.. ¡quién sabe! Sinagogas, mezquitas e iglesias pasaron de unas a otras manos. Judíos, moros y cristianos aquí estuvieron y al contacto con España se purificaron.

»*La madre.* ¿Los moros y judíos?, ¡hijo!

»*José.* Así es. Hace un momento os recordaba el gesto caballeroso de los moros ante doña Berenguela. En el solar de alguno de estos templos se alzó antes la sinagoga que acogió a Santiago. Registra la historia de la Iglesia que cuando los fariseos decidieron la muerte de Jesús escribieron a las sinagogas más importantes pidiendo su asentimiento, los judíos españoles no sólo lo negaron, sino que protestaron y muerto Jesús, enviaron, los de Toledo, embajadores para que viniese Santiago a predicar el Evangelio.

»*La madre.* ¿Quién ha forjado tan bonita historia?

»*José.* Libros de sapientísimos varones la recogen de la historia de Destro, dicen que en Toledo se guardaban los viejos documentos que así lo acreditaban, perdidos luego en los tiempos turbulentos de nuestra historia.

»*La madre.* No sé si será así, pero es muy bella.

»*Jaime.* ¡Qué hermoso es ser español! Por eso nos dice el padre Esteban que España es la nación más amada de Dios.

»*La madre.* Así es, en los días difíciles, nunca le falta la ayuda divina.

»*José*. Y la de su indiscutible Patrón. Podrá el extranjero difamarnos, pero no puede robarnos esta gloria.»

Luego, Serrano ha presumido ante medio mundo de haber sido el conseguidor de aquella operación de ganar tiempo para evitar sumarnos a la guerra, pero fueron mis dos encuentros decisivos con Hitler en Hendaya y con Mussolini en Bordiguera, los que me dieron una vivencia directa de con quién estábamos jugando nuestro empobrecido patrimonio. Hitler era una mala compañía y Mussolini no hubiera acabado tan mal sin su influencia. ¿Pensaba Serrano lo mismo? Sin duda Serrano era una persona bien dotada, aunque lastrado por su insolencia, su soberbia intelectual y un cierto menosprecio de la capacidad política de los militares heredada de José Antonio. Pero la historia de sus errores es casi tan larga como la de sus aciertos y ya he contado que fue él quien me había propuesto al general Beigbeder, alto comisario en Marruecos, para ministro de Asuntos Exteriores del primer gobierno. Yo le había advertido que sin duda Beigbeder era un buen militar, un hombre culto que incluso hablaba el árabe pero también un loco que se pasaba media vida en los lupanares y la otra media confesándose de sus pecados en conventos de franciscanos. Serrano me aseguró que Beigbeder sería bien visto por los alemanes, era un germanófilo notorio, y acepté su propuesta. Ya se vio cómo acabó, pero Serrano no podía equivocarse, era demasiado solvente y perfecto, difícilmente tratable, casi un provocador.

La campaña contra Serrano arreciaba desde las filas monárquicas porque él presumía de falangista republicano y no daba cuartel a los grandes de España, por más uniforme de falangista que luciera en ocasiones. Ciano, el yerno del Duce, que tan buenas migas había hecho con Ramón, le hizo llegar el consejo de que yo no reinstaurase la monarquía, porque un rey no se casa con nadie y cuando vienen mal dadas, deja que todo caiga alrededor, con tal de salvar la dinastía. Nunca recelé de Alfonso XIII, pero no era el caso restaurarle al día siguiente de nuestra cruzada dándole un carácter de mero movimiento pendular para que España volviera al 12 de abril de 1931. Tantas veces como los Borbones quisieron protagonismo durante la guerra y luego durante la gloriosa reconstrucción, yo les contesté: Ustedes a lo suyo y yo a lo mío. ¿No me agradece hoy día el «pretendiente» don Juan de Borbón que no le dejara vestirse de falangista y venir a luchar a nuestro lado durante la cruzada? Falangistas y combatientes me sobraban. Un heredero relegitimador de la monarquía no podía corresponsabilizarse con aquella operación de limpieza y, además, conociéndoles como les conozco, me hubieran pasado factura y derechos dinásticos al día siguiente del 1 de abril de 1939.

La prematura muerte de don Alfonso XIII en Roma el 28 de febrero de 1941, lejos de ser el inicio del alivio de la presión monárquica fue el comienzo de toda clase de intrigas y malquerencias. El rey no había tenido suerte con sus hijos, enfermo y poco responsable el primogénito Alfonso hasta matarse en un accidente de automovilismo, nacido con serias carencias físicas Don Jaime y por lo tanto forzado a la renuncia de sus derechos dinásticos, sólo quedaba don Juan, designado heredero por su padre el 15 de enero de 1941. El rey tuvo un comentario clarividente para la ocasión: «Como puedes comprender —le comentó a su hijo después de haber abdicado—, sólo me queda morirme.» Cumplió su palabra y se murió mes y medio después, a pocas semanas de distancia de mi encuentro con Mussolini en Bordiguera.

A la hora de hacer un balance de su persona que en el caso de un rey es inseparable de su obra, he de confesar que siempre creí que hubiera sido un buen rey, tal vez uno de nuestros grandes reyes si hubiera estado mejor acompañado. Fue lo suficientemente clarividente en los años de su destierro como para disciplinar a sus seguidores y ponerlos a mis órdenes durante la guerra, y una vez acabada, aconsejarme mediante intermediarios, uno de ellos mi cuñado Serrano Suñer, que no confiara ciegamente en la victoria del Eje, ni en la lucidez de Mussolini al ponerse a la estela de Hitler. Aunque los germanófilos de la ocasión creyeran que el rey opinaba así por sus vínculos con la Corona británica a través de su esposa, era público y notorio el fracaso de aquel matrimonio, distanciado físicamente hasta el punto de que el rey y la reina no convivieron bajo el mismo techo durante el exilio, salvo en alguna ocasión extraordinaria. Yo acogí la designación de don Juan como heredero con respeto y con simpatía, aunque el caudillo tomó distancias de razón de estado que el general Franco, fiel y agradecido militar al servicio de su majestad, no quería permitirme. Don Juan, el heredero iba para oficial de marina cuando las cesiones de sus hermanos le colocaron ante la máxima responsabilidad dinástica. Ya he contado cómo quiso sumarse a nuestra cruzada y en 1941 era para mí un punto de referencia obligado y leal. No sabía yo entonces que durante más de treinta años habría de sostener

un continuado juego de tira y afloja, condicionado por las ve-
leidades de Don Juan, que pasaba de franquista a antifran-
quista según la última audiencia que concedía, primero en
Lausana y luego en Estoril. Virtud importante del pretendien-
te era que ya tenía heredero, un niño de tres años que con el
tiempo habría de ser llamado a salvar la tradición monárqui-
ca sin perder la legitimación del movimiento nacional. El 12
de mayo de 1942 envié al pretendiente mi primera carta en la
que le exponía mi visión de la monarquía española, cimenta-
da en lo mejor de su trayectoria desde los tiempos de los
Reyes Católicos y en la corrección de sus desviaciones. Creí
oportuno aportarle mi visión de la historia porque mis infor-
madores me habían dicho que don Juan seguía cursos de his-
toria universal en la universidad francesa y corría el riesgo
de recibir una versión deformada de la unidad de destino his-
tórico de España. Aunque me consta una inicial fascinación
por Hitler del veleidoso pretendiente, lo cierto es que con sus
declaraciones de fines de 1942 tomando abiertamente partido
por las potencias democráticas, trataba de forzar mi propia
estrategia y no estaba en condiciones de hacerlo. Como ad-
vertencia le desarticulé cenáculos monárquicos del interior, no
con la contundencia que empleaba contra los enemigos esen-
ciales de España, pero sí con la suficiente severidad como
para que nadie pudiera creer que se podía jugar sin la espa-
da de Francisco Franco. Dos conspiradores monárquicos como
Vegas Latapie o mi ex ministro Sáinz Rodríguez eligieron el
exilio y a Kindelán tuve que apartarle de la capitanía general
de Cataluña después de una audiencia que describiré en su
momento. Que desarticulara las precipitadas conspiraciones
monárquicas, no quiere decir que no tuviera en cuenta a los
sectores monárquicos, determinantes en el equilibrio de fuer-
zas interno del movimiento, aunque los falangistas fueran los
más visibles y ruidosos había que escuchar a los monárqui-
cos pero no dejarse intimidar por sus voces agoreras.

Pues bien, los monárquicos me pedían la cabeza de Se-
rrano, los falangistas bajo la definitiva disciplina de Arrese,
también, sus valedores intelectuales estaban diseminados, tam-
poco era santo de la devoción de ninguna cancillería extran-
jera, ni siquiera de la italiana, aunque él creyera que Ciano
era su íntimo amigo. ¿Quién estaba en 1942 al lado de Serra-
no? Y él proseguía censurándome en público, para escándalo
de mis colaboradores fieles, desde una prepotencia que tam-
bién irritaba a los míos y empezaba a colmarse mi paciencia.
Constantemente me decía que yo me dejaba halagar los oídos

y que ésa era mala condición para un estadista, como si yo sólo midiera a mis colaboradores por los halagos y no también por su eficacia y por la lealtad espontánea y obligada que me dispensaban. En estas se produjo el asunto de Begoña, sobradamente conocido pero que resumiré brevemente para comprender que fue el punto original de mi definitiva toma de posición en mi papel de árbitro de la difícil componenda política de nuestro movimiento. El 15 de agosto de 1942 los requetés de Vizcaya asistían a una misa en la basílica de Begoña de Bilbao, uno de los santuarios del carlismo, y era su huésped de honor el ministro del Ejército, el doblemente laureado general Varela. A la salida del templo, se enfrentaron como era demasiado frecuente falangistas y requetés, pero de pronto una bomba estalló cerca del general y causó setenta y un heridos. Por suerte, una mano anónima golpeó la del terrorista, un camisa vieja llamado Domínguez, y la bomba de mano no fue a parar al núcleo de las autoridades que rodeaban a Varela. El laureado me pidió la cabeza del alucinado falangista y yo se la di, no porque me la pidiera, sino porque ya estaba harto de tanto chulo de algarada. Serrano en cambio me pidió gracia, alegando que los falangistas, Domínguez entre ellos, habían reaccionado excesivamente, pero en mi defensa, porque los requetés enarbolaban pancartas en las que se decía: «¡Muera Franco!» Era cierto, pero el escarmiento debía darse y todos los oficiales de más alta graduación se tomaron el atentado de Begoña como un enfrentamiento entre el Ejército y la Falange. Destituí a Varela como ministro del Ejército y a Galarza como ministro de la Gobernación y para sustituirle designé a Blas Pérez González, un ilustre jurista que había de ser un espléndido colaborador durante más de quince años. Pero tanto Luis Carrero como Arrese me hicieron ver que castigado el ejército y ajusticiado Domínguez, seguía en pie el peligro de la prepotencia falangista respaldada por mi cuñado, alentador de la bravuconería de los «auténticos», auténticos sí, pero auténticos antifranquistas que empezaron a minar el prestigio del jefe de la cruzada y por lo tanto de la cruzada misma. Serrano quedaba siempre como árbitro de la relación entre los falangistas y yo, hasta que conseguí valerme de joseantonianos leales, como José Luis Arrese, o José Antonio Girón, capaces de darse cuenta, una vez acabada la guerra, de que yo era la única posibilidad de síntesis, de punto de referencia de una mayoría social llamada franquista que el éxito de nuestra gestión haría aumentar hasta constituir la aplastante mayoría que refrendó todas las consultas electorales efectuadas para la cimentación del nuevo orden, fuera la Ley de Referéndum de 1947, fuera la Ley Orgánica del Estado de 1967. La antipatía de Serrano por Arrese se explica teniendo en cuenta que Arrese fue el afortunado expositor de un cambio de sentido en nuestra historia. «En la historia de nuestro movimiento —escribiría Arrese en La revolución social del nacional sindicalismo— *hay dos edades completamente definidas, pero que son episodios de una misma marcha ascensional: la era evangélica y la era triunfal... La primera se debe a la clarividencia de un hombre excepcional, de un coloso taumaturgo que supo ver el alma española como en pecho de cristal y tuvo fe cuando ya nadie creía, y vigor cuando ya todos flaqueaban, y voluntad de volver esa fe y ese vigor a la desfallecida España cuando todos pensaban en la eutanasia. Ese coloso fue José Antonio Primo de Rivera. La segunda se debe a otro hombre excepcional que Dios ha puesto en España para que España se salvara cuando todo parecía perdido, otro hombre que al conjuro de una patria que no quiere morir recoge sus últimos latidos, los fortalece y de una España que era, hace una España que todo lo promete: el generalísimo Franco. Pero tengamos en cuenta que estos dos hombres no son dos genios esporádicos. Estos dos hombres son la continuidad histórica de un mismo movimiento, éste es el movimiento de la razón. Si José Antonio al caer en Alicante no hubiera encontrado en pos de sí una reencarnación de su espíritu revolucionario capaz de convertir el programa en realidad, todo su anhelo de revolucionario se habría perdido para siempre.» Tantas veces como releo este fragmento me sorprende que esté por encima de la estatura política e intelectual de su autor, como si la Providencia le hubiera iluminado en el momento de elaborar diagnóstico tan certero del sentido del traspaso del testigo de José Antonio a mis manos. No en pos de mi propia satisfacción, sino de dar paso a lo histórico, aproveché el enfrentamiento entre falangistas y carlistas en la puerta de la iglesia de Begoña para eliminar por una parte la presencia engorrosa de un militar extraordinario pero inoportunamente monárquico como Varela, y por otra del ya impopular* cuñadísimo *que iba en coplas y no. precisamente propicias:*

> *Tres cosas hay en España*
> *que acaban con mi paciencia:*
> *el subsidio, la Falange*
> *y el cuñado de su excelencia.*

Razones emotivas obvias me hicieron retrasar el cese de Ramón, pero muy certeramente, mi asesor Luis Carrero Blanco me hizo ver que cortar la cabeza de Varela significaba potenciar la de una falange auténtica antifranquista que tenía en Serrano Suñer su valedor. Así que le llamé a palacio, le di el cese y no me tembló el pulso, como no le tembló la voz a Carmen cuando me dijo: Bien hecho.

De nuevo hay que dejarle la palabra a Serrano para que dé su propia opinión sobre el cese. «Fui llamado a El Pardo, como tantas otras veces, sin haberme advertido previamente de qué se trataba. Franco, nervioso, con mucho movimiento lateral de ojos y muchos rodeos, me dijo: "Te voy a hablar de un asunto grave, de una decisión importante que he tomado." Yo, al escucharle, pensaba lo peor: ¿qué habría ocurrido en relación con la guerra mundial? Al fin concretó: "Con todo esto que ha ocurrido te voy a sustituir." ¡Acabáramos!, le dije: me estabas asustando, ¿eso es todo? "Bien sabes que en varias ocasiones te he expuesto mi deseo de abandonar el Gobierno, unas veces por razones de tipo familiar para ocuparme de mis hijos y trabajar por su porvenir, otras, menos cordialmemte, al perder mi fe en la tarea, viendo que nos alejábamos del proyecto inicial de constituir un régimen político jurídico con previsiones de futuro, y nunca accediste a ello, haciendo apelación a mi patriotismo. Así pues —le dije—, esto de ahora carece, como puedes comprender, de toda importancia para mí y lo único que me duele es que no hayamos hablado de todo en términos claros y normales." Por un momento pensé que, tal vez, podíamos hacerlo todavía entonces, y con más libertad e independencia que nunca por mi parte, pero no fue posible porque, cambiando la conversación, me dijo: "Ya tengo aquí citada gente y no puedo hacer esperar más." En tal situación y ya de pie, para marcharme, sólo pude decirle estas palabras: "Desearía, para tu propio bien y el del país, que instalaras firmemente en tu cabeza la idea de que la lealtad específica de un consejero, de un ministro, no es la incondicionalidad sino la lealtad crítica."»

Años después de aquella escena; y ¡qué nervioso estaba usted, caudillo! y algo después de un definitivo redactado de estas memorias, en la entrevista que su cuñado sostuvo con Heleno Saña, completó el ritual del encuentro y las palabras, pero sobre todo precisó el momento mismo de la despedida: «Nervioso, impaciente, me contestó: "Mira, no, es que tengo ya al general Jordana ahí citado, esperándome, que es quien te va a sustituir." Le dije: "Adiós, entonces." Y salí del despacho.»

Ponía así fin a una colaboración que había nacido años atrás en Zaragoza y aunque la relación familiar impuso reencuentros de bautizo o entierro, no volvimos Serrano y yo a tener relación política estable, aunque conocí sus aproximaciones a don Juan por una parte y a su Dionisio Ridruejo, por otra. Después de la segunda guerra mundial, el 3 de septiembre de 1945, cuando ya se vio que a pesar de la condena de nuestro régimen en Potsdam, no iba a producirse la tan temida agresión directa de los aliados para restablecer «la democracia» en España, Ramón Serrano Suñer me envió una carta didáctica, una verdadera lección de política internacional por correspondencia, en la que hacía historia de las causas de la justicia de nuestra cruzada, una larguísima historia y todo para decirme que debía licenciar la Falange, que había sido un instrumento necesario, pero que estaba contraindicada para la nueva situación creada, para el nuevo orden mundial. No necesitaba aquel consejo. Afortunadamente la Falange ya estaba en su sitio dentro del movimiento, y mis nuevos colaboradores, basándose en nuestro orden constitucional, abierto, en pleno desarrollo orgánico, podían ofrecer al mundo el ejemplo de una nueva manera de entender el estado de derecho sin necesidad de recurrir a una medida tan desestabilizadora como hubiera sido licenciarla formalmente. Pero es que después de proponerme que disolviera la Falange, me pedía que, sin destruir la legitimidad del estado moderno que él mismo había ayudado a crear, lo dejara en otras manos, ¿qué manos?: Ortega y Gasset, Marañón, Cambó, otros hombres ilustres «resonantes en el mundo». Serrano seguía sin entender que nuestra fortaleza nos la daba precisamente lo que él quería licenciar: el ejército, los cuadros del movimiento nacional y yo. No obstante le mandé llamar, charlamos distendidamente y él se quedó con su verdad y España con la suya. ¡Me imagino la reacción que habría provocado en el ejército y entre los cuadros del movimiento mi dimisión y el nombramiento de Marañón, por ejemplo, como jefe de Gobierno! Los intelectuales suelen vivir lejos de la realidad y el propio Serrano había olvidado que cuando él mismo hizo la propuesta, durante la cruzada, de que hiciéramos gestiones para que Marañón entrara en zona nacional, el general Vigón, uno de los más «ilustrados» de nuestro generalato les espetó: «Si entra y no le pega un tiro cualquiera, se lo tendría que pegar yo.»

Por fortuna, ya no necesitaba a Serrano, yo contaba con el apoyo inmediato de colaboradores como Luis Carrero Blanco o Blas Pérez González, que respaldaban mi acción de gobierno y velaban por el entramado de la seguridad del sistema y de un orden público sacudido por las expectativas creadas por el signo del final de la guerra.

Conocí a Luis Carrero Blanco personalmente después de la cruzada, cuando ya tenía bien ganada fama como oficial de la marina milagrosamente a salvo tras el exterminio de oficiales al que se entregó la marinería roja (un 40 % de oficiales del cuerpo general de la Armada murieron a manos de sus marineros) y también como estudioso y organizador. Me llamó la atención como escritor crítico y divulgador de planes de expansión naval y aunque algunos le han acusado de llegar a almirante sin moverse de un despacho, desde los informes sobre rearme naval que me hizo llegar a comienzos de los años cuarenta hasta su reciente desaparación, Carrero demostró ser un gran conocedor de la guerra en el mar. Su proyecto de recrear una poderosa flota española, con la ayuda de Alemania e Italia, se frustró por el desenlace de la segunda guerra mundial, ya que su excesiva confianza en la victoria del Eje le había llevado a formular algunas previsiones desafortunadas y su obra España y el mar ya fue corregida en la edición de 1942 porque empezaba a torcerse la marcha de las potencias fascistas y no era cuestión de quemar el prestigio de un político tan prometedor. Ideológicamente ante todo Carrero era una católico y por eso mismo un franquista. Había escrito: «Para nosotros, católicos, no existe la menor duda sobre dónde encontrar esta absoluta verdad. Si Dios habló, y nosotros así lo creemos firmemente, es indudable que dijo la verdad, la única verdad y que, por ende, el mundo debe regirse por los principios en que se fundamenta la civilización cristiana. He aquí un objetivo bien firme para constituir con él la meta general de una política: defender primero, e imponer al mundo después, la civilización que se basa en la doctrina de Cristo.» «Es un integrista», le calificaba Serrano, y sin duda lo era, pero su apuesta por la relación entre España y el altar, ¿no era la base de nuestra grandeza pasada? También tenía muy claro que los enemigos de España eran los masones, el sionismo y el marxismo y llegó a decir que nuestra victoria en la guerra era la del cristianismo contra el judaísmo. Normalmente Carrero escribió, bajo el seudónimo Juan de la Cosa, sobre temas navales, históricos y sobre la masonería, materia de la que fue un experto no tan fundamentado *como Jokin Boor, pero casi. Tenía pues condiciones para ser un buen colaborador y un colaborador obediente, por lo que le designé subsecretario de la Presidencia el 7 de mayo de 1941, en una política de renovación de colaboradores y consejeros en la que entrarían también Arrese o Blas Pérez González, en sustitución de colaboradores demasiado quemados por las responsabilidades de la cruzada. Jamás tuvo para mí una vacilación, una duda, una opción hasta que le nombré jefe del gobierno treinta años después, en 1973. Durante treinta años de sus labios sólo salió: «Lo que mande V.E.» y la primera prueba de lealtad me la ofreció a los pocos días de su primer nombramiento. Agradecido a Serrano Suñer porque fue el primero en promocionarlo, mi cuñado le dijo que me sirviera con fidelidad, pero sin adulaciones, porque la única cruzada que seguía en pie en España era la cruzada de la adulación hacia mi persona. Carrero me dio cuenta cumplida de aquella conversación, que completaba el retrato de ambición y frustración de un hombre, casi un hermano, en el que tanto había confiado. Prueba de su desazón fue que cuanto más mostraba yo confiar en gente entusiasta y fiel como Arrese, Carrero o Blas Pérez, más taciturno y crítico hacia ellos se había mostrado el llamado* cuñadísimo. *Carrero tenía una especial sensibilidad para detectar el tiempo que debían durar los aplazamientos y fue él quien me aconsejó manejar sin prisas pero sin pausas la cuestión de las pretensiones monárquicas de don Juan: «Es evidente que usted, excelencia, se hubiera podido proclamar rey y desde mi punto de vista hubiera sancionado así un designio providencial, pero ya que usted no lo ha querido, un día u otro ha de venir la monarquía y lo más lógico es que sea la heredera de don Alfonso XIII, siempre y cuando conecte con el marco legítimo del Glorioso Movimiento Nacional.» A veces Carrero tenía el don de decir lo que el caudillo pensaba y a medida que se impacientaba el pretendiente, coincidiendo con la progresiva derrota nazi, Carrero me sugirió que le recordara cuán poco debía nuestro movimiento a los monárquicos y cuanto en cambio debería la monarquía futura al movimiento nacional. Cada vez que endurecí mi postura, don Juan rebajó sus presupuestos.*

En aquellos momentos de acoso internacional e interior, me sirvieron de gran ayuda los consejos de Carrero y su escritura, tantas veces consultada, en la que expresaba iluminadamente su pensamiento que era el mío. Escribió con seudónimo para hacer frente a los argumentos de la conjura contra mi liderazgo: «Pero ¿qué podía hacerse sin quebranto de la dignidad y sin riesgo de la seguridad nacional? La firmeza, la energía y el patriotismo del hombre que nos condujo a la victoria en 1939 nos salvó también —menos espectacularmente, pero con tan positiva eficacia— de la grave crisis de aquel entonces. "Orden, unidad y aguantar" fue la consigna del momento y España, ante aquella inaudita conminación del mundo, reaccionó con un elegante encogimiento de hombros y siguió adelante su camino con orgullo y sin jactancia.» Esto escribió años después Carrero para explicar nuestro estado de ánimo entre 1945 y 1947, más claras las cosas a partir de 1948 y 1949 cuando se comprobó que el verdadero enemigo de la civilización democrática no era la España de Franco, sino el comunismo soviético expansionista. Buen viaje les deseó Juan de la Cosa, es decir, Carrero, a los embajadores cuando se retiraron y fue él quien me avisó del doble juego de Estados Unidos que mientras afrontaban una campaña de desnazificación en toda Europa, asumían científicos hitlerianos y expertos en espionaje nazi, como Werner Von Braun, creador de la V2, o el general Ghelen, de las SS, uno de los organizadores de la CIA. «Orden, unidad y aguantar.» Así lo entendían Carrero o Blas Pérez, ni falangistas, ni monárquicos, ni republicanos, simplemente franquistas y partidarios de la identidad España = Franco. Cuando en 1947 se aprobó la Ley de Sucesión, Carrero, Juan de la Cosa, puso por escrito un mensaje directo al pretendiente, don Juan, instándole a que se considerara perpetuador del monarquismo del movimiento, desde el orden, la unidad y la paciencia, las tres normas de mi fiel colaborador al que le disculpé pequeñas debilidades, como sus aficiones a algunas juergas nocturnas que se corría en Barcelona, en unión de señoritos catalanes falangistas como Samaranch, o de un hombre tan simpático como versátil, Mariano Calviño, tan sabio de las interioridades eróticas de la política como yo mismo, no porque me haya esforzado en saberlas, sino porque me he resignado a escucharlas.

Contrasta al puritanismo oficializado con el pendoneo de la nueva clase dirigente, anexionistas de todo lo vacío y abandonado, enriquecida por toda clase de estraperlos y ciega, muda, sorda, cómplice ante la crueldad cotidiana. Tanto fue el temor que paralizó la venganza. ¿Por qué no le mataron sus víctimas, general? ¿Por qué le protegía la guardia mora? ¿La policía política de Blas Pérez? ¿O por qué matarle se había convertido en algo inverosímil? Los intentos de matarle a usted parecen protegidos por el halo de lo tragicómico, como si la Providencia a la que usted recurre como suprema explicación fuera en sí misma tragicómica. Ya no tengo en cuenta sus accidentes de coche o esa escena gloriosa en la que usted encuentra el rumbo correcto para el avión entre las nubes, evitando la conjura del subalterno que quería entregarlo a los rojos. Es que los intentos de atentados anarquistas que Eliseo Bayo recoge en un libro serían cómicos, como guiones para Berlanga, de no haber muerto trágicamente algunos de sus protagonistas. Unas veces se dejaban los fusiles. Otras las balas. En algunas ocasiones usted no pasó por allí o ellos no llegaron a tiempo. Sólo faltaba que finalmente hasta los nacionalistas gallegos comunicaran cinco años después de su muerte, en *A Nosa Terra*, que también la guerrilla gallega quiso asesinarle, general, y es que nadie es profeta en su tierra o no hay mal que por bien no venga o lo que hoy es yunque mañana será martillo. Fue en el transcurso de las fiestas de María Pita, la heroína coruñesa que defendió la ciudad contra las tropas invasoras, usted estaba en el balcón contemplando los fuegos de artificio y un cañón en manos de guerrilleros gallegos le apuntaba, general. Y ¡pum!, disparó el cañón, pero ¡oh relación tiempo y espacio! La bala fue a caer en la ría do Burgo.

Más de una vez comenté con Blas Pérez González la curiosa circunstancia de que un ilustre profesor y jurista, el republicano Sánchez Román, hubiera protegido a discípulos tan políticamente opuestos por el vértice como al propio Blas Pérez. Sánchez Román formó con Ortega y Gasset, Gregorio Marañón y Pérez de Ayala la plana mayor de aquella funesta agrupación de intelectuales al Servicio de la República: «¿Cómo es posible, Blas, que usted no se dejara seducir por la fuerza de un profesor al que sin duda admiraba?» «Le admiraba y le admiro, excelencia, a pesar de que permanezca en el exilio, pero como jurista, no como político.» Mi encuentro con Blas Pérez se produjo en el momento más adecuado para él, para mí y para España. Yo había seguido sus actuaciones como auditor de guerra en los juicios de Barcelona contra los políticos responsables del golpe sedicioso de octubre de 1934, Companys y Azaña entre ellos, y si bien su actuación me pareció correcta, yo la hubiera tenido más contundente frente a los crímenes contra la patria allí juzgados. Si yo tenía esta impresión de demasiada objetividad leguleya, otros en cambio consideraron que un discípulo de Sánchez Román estaba obligado a ser más condescendiente con aquellos «republicanos». Lo cierto es que aquella actuación le costaría a Blas Pérez, catedrático de la Universidad de Barcelona, ser detenido tras el fracaso del alzamiento en aquella ciudad y pasar por las checas rojas de donde salió milagrosamente, nada menos que de la famosa checa de la calle de San Elías. De allí le sacó un discípulo, le ayudó a salir de la zona roja para salvarle la vida, haciéndole prometer que no se pasaría a la zona nacional. Pero una vez en Francia, Blas Pérez tuvo información veraz de la barbarie roja y se presentó en Salamanca, donde pasó rápidamente el expediente depurativo de rigor por sus vinculaciones con Sánchez Román y supuestamente con la masonería. Ángel tutelar de Blas Pérez, canario, fue su casi compatriota Martínez Fuset, quien le incorporó a la Asesoría de Guerra del Cuartel General del generalísimo. Bien, me dije, vamos a probar la entereza de este hombre y pedí a Lorenzo Martínez Fuset que me lo presentara, con el fin de encargarle un dictamen a partir de un voluminoso informe que languidecía sobre mi mesa de trabajo. Días después me llegó el dictamen, convoqué a Blas Pérez y fríamente le dije que estaba hecho demasiado aprisa y que lo mejorara. Me contestó: «Perdone usted si no he logrado complacerle, pero no me lo devuelva porque no puedo mejorarlo. Confíelo a otro jurídico más experimentado que yo.» Sonreí complacido y le tendí mi mano: «Así me gusta. He querido probarle. Su trabajo es excelente y usted es un hombre de criterio. Yo estoy demasiado rodeado de petulantes y aduladores.» Con Blas Pérez a mi lado podía poner en cuestión la excesiva seguridad de Martínez Fuset o de mi cuñado, porque si bien el primero era un buen técnico en depuración y el segundo un político, Blas Pérez era un gran jurista. Le conté que precisamente su maestro, el funesto Sánchez Román, había tratado de conectar conmigo en los primeros días de la cruzada para llegar a un acuerdo: «Se despertaba tarde de su sueño antipatriótico.» Blas Pérez nunca abrió los labios para secundar un juicio negativo de su maestro pero fue un colaborador inestimable que me ayudó a crear todo el aparato de seguridad del Estado y una escuela de colaboradores de la que saldrían hombres tan firmes y eficaces como el mismísimo Carlos Arias Navarro. Aunque le sabía escasamente inclinado hacia la Falange y más bien hombre conservador y de orden, precisamente por eso le introduje en el aparato directivo de la Falange Española Tradicionalista y de las JONS y no desentonó, una vez terminada la guerra, en los actos de *homenaje a José Antonio, incluso llevó sobre sus hombros en un relevo el ataúd que portaba los restos del fundador desde Alicante, a través de toda España, hasta su sepultura en el Escorial. Una de cal y otra de arena, a juzgar por Martínez Fuset, indignado porque Blas Pérez se negó a suscribir la ley con carácter retroactivo que permitía fusilar a los masones. Con el tiempo me di cuenta de que la ley hubiera sido excesiva y la que aprobamos fue suficiente como para erradicar definitivamente la masonería durante un largo período, aunque a estas alturas de la década de los setenta, hay síntomas evidentes de que la masonería ha vuelto a rehacerse entre nosotros. Pues bien, éste era el hombre al que yo le ofrecí la cartera de Gobernación en septiembre de 1942, tras la crisis de Begoña, sustituyendo nada menos que a Galarza, uno de los principales urdidores del alzamiento. Fue una decisión excelente, Blas Pérez no sólo montó una eficaz policía política, inspirada en el modelo alemán, sino que la utilizó fundamentalmente para reprimir selectivamente los intentos de reagrupamiento de las izquierdas clandestinas y las conspiraciones de los autollamados «falangistas auténticos» o aquellos «militares monárquicos», que con Kindelán, Aranda y Varela a la cabeza trataron de descabezar el movimiento nacional cuestionando mi jefatura del Estado. Entre 1942 y 1957, Blas Pérez fue un auténtico bastión al frente de la seguridad del Estado y de la organización del aparato gubernativo. Se las tuvo que ver contra el maquis, contra el renacimiento comunista y anarquista, contra la oposición «demócrata» cobijada bajo los faldones de ex combatientes como Ridruejo o Satrústegui y salió airoso de su empeño, respondiendo a cada antagonista según la medida de su agresión, desde la evidencia, tantas veces por él glosada en nuestros despachos de que, como había escrito un político alemán muy importante: «El Estado es el que tiene el monopolio de la violencia.» «La palabra violencia no me gusta» le objetaba yo y Blas Pérez sonreía condescendiente: «Puedo sustituirlo por autoridad.» «Eso está mucho mejor. La clave es encontrar la síntesis entre libertad y autoridad.» «Qué gran axioma político acaba de formular usted, mi general.» Aquel axioma ya era fruto de la experiencia y no me hacían falta filósofos de la política, ni intelectuales para llegar a conclusiones clarificadoras como no me hacían falta para entender el sentido a la vez providencial y necesario de mi caudillaje entendido como servicio, porque nunca me movió la ambición de mando.*

Los pueblos débiles necesitan caudillos fuertes y tuve que sobreponerme a mi natural retraído y poco amante de los elogios para asumirlos como elementos que ayudarían a levantar la moral alicaída del pueblo español. Y al hacer un repaso de cuantos epítetos y elogios recibí en aquellos años, no puedo evitar una sonrisa cuando descubro qué buen concepto tenían de mi persona los que luego han presumido de estar en la oposición democrática contra mi dictadura. Yo no obligué a Emilio Carrere, un escritor bohemio, a llamarme «Capitán del milagro», «Príncipe del Portento, con rosas en la espada» ni a Álvaro Cunqueiro a sostener que yo soy el sol y añade: «La mirada del Señor le escogió entre los soldados. De ella está ungido. El Señor bruñó su espada y el Santo Uriel Arcángel le enseñó a pasearse sobre las llamas. Es el caudillo, el siervo de Dios ¡Él lo guarde!» Comprendo que la Estafeta Literaria exagerara al compararme con Miguel de Cervantes tras haber escrito Diario de una bandera y Raza, pero aquella prueba de cariño estaba realmente dirigida al pueblo que necesitaba creer en mí. Manuel Aznar dijo que yo era un arquitecto de capitanes de la historia y añadía que mi espada había ido mucho más allá que aquella espada histórica que venciera a los sarracenos en la batalla de las Navas de Tolosa. Y Ridruejo, sí, Ridruejo, el «perseguido» por el régimen, me había dedicado vibrantes versos:

> Padre de paz en armas, tu bravura
> ya en Occidente extrema la sorpresa,
> en Levante dilata la hermosura.

y Manuel Machado, el hermano del desgraciado don Antonio, seducido por la propaganda roja, escribió sobre mí:

> Sabe vencer y sonreír. Su ingenio
> militar campa en la guerrera gloria
> seguro y firme. Y para hacer historia
> Dios quiso darle mucho más: el genio.

Tampoco obligué a Pemán a que escribiera en la revista Ejército de febrero de 1940 este encendido y excesivo elogio a mi persona. «Sabe marchar bajo palio con ese paso natural y exacto que parece que va sometiéndose por España y disculpándose por él. Se le transparenta en el gesto paternal la clara conciencia de lo que tiene de ancha totalidad nacional la obra que él resume y preside. Parece que lleva consigo a todas las ceremonias y liturgias protocolarias el honor de los caídos.

Parece que lleva, sobre su pecho, la laureada como ofreciéndosela un poco a todos. ... Éste era el Caudillo que necesitaba esta hora de España, difícil, delicada y de frágil tratamiento, como toda contienda civil. Todo, la guerra o la integración, el avance cotidiano o el cotidiano gobierno, había que manipularlo con mano firme y suave. Se necesitaba un hombre cuya imparcialidad fuera absoluta, cuya energía fuese serena, cuya paciencia fuese total. Había que tener un pulso exacto para combatir sin odio y atraer sin remordimiento. Había que escuchar a todos y no transigir con nadie. Había que llevar hacia allí, en dosis exactas, el perdón, el castigo y la catequesis; como hacia aquí, en exactas paridades, la camisa azul, la boina roja y la estrella de capitán general. ... Conquistó la zona roja como si la acariciara: ahorrando vidas, limitando bombardeos. No se dejó arrebatar nunca porque estaba seguro de España y de sí mismo. ... Éste es Francisco Franco, caudillo de España. Concedámosle, españoles, el ancho y silencioso crédito que se tiene ganado. En Viñuelas hay un hombre que sabe dónde va. Que lo supo siempre. Y que, gracias a su paso inalterable sobre toda impaciencia, nos devolvió a España a su tiempo y nos rescató intactas muchas cosas que estuvieron en gran peligro. Lo que hizo en la guerra, lo hará en la paz.» Pemán, nada menos que Pemán, el número uno de nuestros escritores católicos al que, a pesar de sus veleidades «juanistas» respaldamos como candidato al Nobel de literatura, como el más fiel representante de la auténtica literatura española.

Dios guiaba mi pulso firme porque quería guiar a España después de siglos de mala gestión de los hombres. ¿Podía yo ponerme de espaldas a la llamada de la Providencia? Arriba, el diario de la Falange, sostiene en un editorial de diciembre de 1936, es decir, pocos meses después de estallar la guerra, que yo represento la vuelta del caudillo-sacerdote, del jefe taumaturgo, del césar que es a la vez pontífice... es decir, que yo represento el origen religioso del mando. Laín Entralgo escribía en 1937: «Al burgués y al empresario oponemos el jefe, más acorde con nuestro concepto militar de la vida.» Y me puso la carne de gallina la cantidad de verdad que había en aquel escrito estremecedor de Ernesto Giménez Caballero: «Nosotros hemos visto caer lágrimas de Franco sobre el cuerpo de esta madre, de esta mujer, de esta hija suya que es España, mientras en las manos le corría la sangre y el dolor del sacro cuerpo en estertores. ¿Quién se ha metido en las entrañas de España como Franco, hasta el punto de no saber *ya si Franco es España o España es Franco? ¡Oh, Franco, caudillo nuestro, padre de España! ¡Adelante! ¡Atrás, canallas y sabandijas del mundo!» Yo había conocido a Giménez Caballero en Marruecos, en 1921, en el campamento de Uad Lau y me pareció un intelectual apasionado que en aquellos momentos defendía la verdad de España por Europa. Luego ratifiqué mi primera impresión: Giménez Caballero tenía la mejor pluma de España y un gran corazón aunque a veces me hiciera propuestas algo excéntricas, como aquel proyecto de casar a Hitler con la hermana de José Antonio, Pilar Primo de Rivera, excéntrico porque Pilar jamás hubiera aceptado el compromiso, novia vitalicia de la memoria de su padre y de su hermano y, además, a mí me constaba que a Hitler le faltaba un testículo y de nada hubiera servido el enlace de cara al futuro. Giménez Caballero se avenía a razones pero me dijo: «¡Qué lastima! ¡Qué maravillosa síntesis! ¡Un austriaco catolizado por una goda española!» Ernesto estaba en mi despacho de Burgos precisamente en el momento en el que me comunicaron la noticia de la muerte de mi hermano Ramón y mientras yo contenía mi lógica emoción, Giménez Caballero me confortó, pero le pedí excusas para retirarme al antedespacho. Mientras yo salía, ya con las lágrimas en los ojos, Giménez Caballero se puso firmes y me gritó por encima del ruido del taconazo: «¡El alma o genio de los héroes vive como una mariposa en lo hondo de la tierra!» Luego pensé la frase tan hermética y de ella se desprendía consuelo. No obstante, sus excentricidades me pusieron en más de un compromiso y con el tiempo le nombré embajador en Paraguay y casi se desvinculó de la vida intelectual española. A veces me visitaba para traerme recados de Stroessner y en una de aquellas visitas me dijo que el drama de la Falange había sido perder la virilidad tras la guerra civil. «Estaba predestinada porque es una palabra femenina, excelencia. Debiéramos haberla llamado falanjo.» Es curioso que una persona capaz de advertirme en plena guerra civil de que más peligrosos que los obreros eran los masones, llegara a formular extravagancias como la que he referido. No, no me faltaron intelectuales que supieron explicar lo que el pueblo sentía ante el caudillo victorioso, aunque tal vez fuera Laín Entralgo el más fino definidor de aquella circunstancia o Javier Conde, que llegó a decir que la legitimidad de un caudillo se basa en su tarea de adivinador, revelador, profeta.*

Su propio primo, a pesar de su complejo de huérfano, supo ver el montaje que había detrás de la construcción del mito del césar visionario, tal como le ha calificado recientemente el ilustre escritor en una novela que ha merecido el premio de la crítica, Francisco Umbral. Nada más empezar el libro Mis conversaciones con Franco, Pacón, ya advierte detrás de las entusiastas manifestaciones falangistas llenas de «inquebrantables adhesiones», la mano de Arrese o la de Fernández Cuesta. «Logroño recibió al Caudillo con todo entusiasmo, que puede decirse apoteósico, como si fuera recién terminada la guerra», y ya estábamos en octubre de 1954, general.

Cuando vuelvo la vista atrás, hacia aquellos dramáticos años cuarenta me sorprendo ante la fortaleza que me otorgó la divina Providencia, capaz no sólo de iluminar una obra de gobierno, sino también de dotarme de capacidades creadoras que sin duda debo a tan altos designios. Porque fue precisamente en los años más difíciles cuando concebí los proyectos intelectuales más ambiciosos, una libre dedicación de mi imaginación a la exaltación de los valores simbólicos de la nueva situación. En todos los comunicados oficiales se hablaba del primer año triunfal o segundo año triunfal o tercero... porque queríamos dejar bien claro que considerábamos la evidencia del nacimiento de una nueva era. Los apologetas hablaban de nuestro régimen como «régimen milenario», porque era a la vez posibilidad y voluntad que lo que tantos sacrificios había costado, se perpetuara el tiempo suficiente como para contribuir a un nuevo milenio de grandeza de España. Mas ¿cómo explicar qué nos había conducido a aquel momento glorioso? No bastaba la acción de nuestros intelectuales, escritores y artistas, muchos de ellos con el tiempo desafectos, en cuanto penetró en ellos el espíritu de la vana palabrería liberal, muy especialmente a partir de la década de los cincuenta. ¿No estaba yo dotado para una creatividad didáctica, tan elogiada por mis oficiales tanto en campaña como en la Academia de Zaragoza? ¿No había intervenido yo en la simbología del nuevo orden, porque los símbolos emblemáticos son el resultado del conocimiento de la historia, son señales de la historia? Sorprendente, sí, pero ciertamente lógico que en aquel primer lustro de los dramáticos cuarenta, acechado por toda clase de conspiraciones interiores y exteriores, concibiera yo el proyecto del Valle de los Caídos y escribiera el relato Raza, *guionizado y base de la ejemplar película de Sáenz de Heredia. Empezaré por glosar la significación mayestática del tem-*

plo del Valle de los Caídos, nuestro Valle de los Reyes, en el que cada caído por Dios y por España iba a recibir precisamente la dignidad postrimera de un rey enviado por el río de la muerte al encuentro de la luz absoluta de la eternidad. Los grandes pueblos crean los músculos de sus grandes hombres y precisan dejar en las piedras la memoria de su grandeza. Ése fue el impulso que me llevó a realizar el monumento del Valle de los Caídos, no mi exaltación personal. ¿Puede la Providencia recurrir a dos conductos diferentes para llegar al mismo resultado? La Providencia lo puede todo y mientras tres grandes españoles, refugiados en una embajada extranjera en el Madrid rojo sintieron la necesidad de combatir de un modo espiritual por un orden nuevo y de imaginar un monumento que algún día conmemorase la victoria de la luz contra la tiniebla, yo concebía un proyecto similar, en una asociación de ideas con la que sin duda había tenido el gran Felipe II al convertir una victoria militar y espiritual en un monumento: El Escorial. Aquellos tres grandes españoles náufragos en el mar rojo, para utilizar la afortunada metáfora de don Wenceslao Fernández Flórez, imaginaron un arco de triunfo y una gran pirámide situados sobre un cerro de Madrid, cerca del antiguo hospital Clínico. Manuel Laviada, escultor, Luis Moya, arquitecto y el vizconde de Uzqueta, militar, fueron aquellos tres soñadores coincidentes con mi sueño y su proyecto fue publicado en el número 36 de la revista Vértice *en septiembre de 1940. Pues bien, unos meses antes yo había hecho incluir en el* Boletín Oficial del Estado *el decreto que disponía la elevación del monumento a los Caídos en Cuelgamuros, un monumento que uno de los periodistas e intelectuales más sanos de España, don Tomás Borrás, calificó de novena maravilla del mundo cuando lo vio concluido en 1957. Una gigantesca cruz protege con su áurea protectora una gran basílica y un mausoleo subterráneo, remembranza del espíritu del retorno a la paz de la tierra que tenían los hipogeos egipcios. ¿Por qué Cuelgamuros?*

Casi podría hablar de una revelación. Yo tenía en mi cabeza la estructura de lo que quería y una ubicación ideal en un punto central, irradiador hacia toda España. Yo había dado muchas vueltas en torno del Guadarrama, pues quería que, sin hacerle sombra, el monumento del nuevo régimen milenario no estuviera lejos del glorioso Escorial, símbolo vivo de la grandeza de la victoria de San Quintín, pero nada de lo visto me había satisfecho lo suficiente y una tarde, después de comer, le dije a Moscardó: «¿Quieres que vayamos al Valle de los Caídos?» «¿Dónde está eso?» «Es el nombre que tendrá el monumento que pienso construir en homenaje a los muertos de la cruzada.» «¿Y ya sabes dónde está?» «No.» Pero Moscardó tenía una fe ciega, a veces socarrona, pero ciega en quien le había liberado el alcázar de Toledo, y se vino conmigo. Fuimos en coche hasta llegar a una hondonada que se abría en dirección a la sierra y continuamos a pie por caminos de cabra, hasta llegar a un cerro prodigioso al que alguien del lugar puso nombre: es el Altar Mayor. Era una señal. Trepé solo hasta el Altar Mayor y desde allí vi próxima una cima más alta, a manera de haz de riscos que enmarcaban un agreste pero espléndido espacio natural abierto. Sube, ordené a Moscardó, y lo hizo resoplando. También a él le gustó lo que veíamos, aunque le asustaba que yo pretendiera llegar hasta allá a pie: «No. Por hoy ya basta, pero te aseguro que pronto llegarán a ese lugar miles de españoles.» Había encontrado el sitio. Allí, en el pinar de Cuelgamuros, propiedad de la familia de los Villapadierna, expropiado mediante el justiprecio de 653 483,76 pesetas de las de 1940, se levantó el Valle de los Caídos, nuevo faro y atalaya de las Españas. Pronto llevé en pleno a los miembros del Gobierno, a las jerarquías del partido y a los embajadores amigos, más algunos generales interesados (Varela, Saliquet, Moscardó, Millán Astray, Sáenz de Buruaga, Cano Ortega, recuerdo entre otros) al lugar elegido y el subsecretario de la jefatura del Estado, coronel Galarza leyó el decreto de fundación. Yo grité ¡España! y todos me secundaron con los gritos de ¡Una! ¡Grande! ¡Libre! para entonar todos emocionados el himno de la Falange con el brazo en alto. Ha sido uno de los momentos más emotivos de mi vida y el fresco airecillo serrano de aquel día de abril de 1940 secó las lágrimas que me caían por las mejillas.

Así empezó aquel prodigio de arquitectura imperial y poética que se demoró por las inmensas dificultades económicas por las que pasaba España y por las dificultades que escondía la propia naturaleza modificada. No quiero ponerme medallas que no me pertenecen. Ya tengo las suficientes gracias a la divina misericordia, pero los dones naturales que yo siempre he tenido para la plástica y muy especialmente para el dibujo, me sirvieron para entender y muchas veces corregir la propuesta de arquitectos y escultores. Yo, en el pasado, había resuelto incluso problemas de ingeniería, como traídas de aguas a campamentos o construcciones de puentes necesarios para la acción de las tropas y Millán Astray siempre *me decía que yo había equivocado la vocación. Ayudé pues a don Pedro Muguruza, director general de arquitectura, en la correcta orientación del proyecto y fue mía la idea de que el monumento fuera construido por prisioneros de guerra, con la ventaja de trabajar al aire libre, ver de vez en cuando a sus familias cuerpo a cuerpo y ganar algún dinero, que buena falta les haría. Uno de los que me ayudaron no sólo a construir el monumento, sino incluso a reclutar trabajadores penados fue don Juan Banús, el hoy conocidísimo constructor catalán de Puerto Banús.*

Un día me contó cómo seleccionaba presos y aunque su procedimiento me pareció un tanto primitivo, no pude menos que reírme a gusto: «Yo, excelencia, les miro la boca porque una dentadura sana refleja un cuerpo sano. Luego les tiento los músculos y si todo está en orden, les ofrezco el trabajo.» Muchos se ofrecieron voluntarios y me consta que entre los penados que allí trabajaron había algún militar republicano y muy especialmente el ex coronel Sáez de Aranaz, de mi misma promoción, y el ex teniente coronel Sánchez Cabezudo, de la promoción de Varela. Jamás les dirigí el saludo y no por rencor, sino por lógica histórica. Habían elegido bando, como yo, y habían perdido. En cambio Millán Astray iba por allí de vez en cuando y les dejaba algún que otro paquete de tabaco e incluso pegaba la hebra con ellos. Me preguntaba si me molestaba y yo le contestaba: «¿Y a ti?»

En 1944 mi padre pidió plaza de trabajador penado voluntario en las obras del Valle de los Caídos. A los pocos días de llegar al pie de la obra cayó enfermo por comer demasiado: dos tazones de rancho en vez del único tazón carcelario y además dos tazones en los que junto a judías y gorgojos podía encontrarse restos de carnes de bestias vertebradas. Pensaba en la posibilidad de recuperar el aire libre aunque fuera vigilado y el cuerpo a cuerpo si mi madre y yo nos acercábamos a las obras. Fue en octubre de 1944 cuando recibí su primer abrazo desde nuestro encuentro el día del juicio militar en octubre de 1939. Todo mi cuerpo se rebelaba contra aquel abrazo, aunque sentía una profunda compasión por aquel semidesconocido que se había encogido, saludaba servilmente a sus guardianes y tardaría años en recuperar el valor para contarme cortos relatos sobre noches en vela en celdas hacinadas, a la espera del capricho liquidador de cualquier partida de falangistas borrachos o de la sorpresa mañanera de descubrir que habías duermevelado toda la noche, boca a boca, con un cadáver. Nunca me habló de los golpes que había necesitado recibir para inclinarse como un japonés ante mandos y capataces que salpicaban la inmensa cantera de Cuelgamuros con el látigo en los ojos y en las palabras incontestables. A veces se producía la excepción amable del funcionario que se interesaba por mis estudios y dejaba que los tres nos fuéramos por una veredilla arriba en busca de una conversación íntima que nunca encontramos. Mi padre me sacaba monosílabos con preguntas por su parte inacabadas y con mi madre trataba de recuperar una memoria insuficiente de los tiempos normales. En Madrid sólo le esperábamos nosotros dos, repartida su familia entre la casa de la aldea lucense y los pisos del ensanche barcelonés donde servían sus hermanas dispuestas a reunir los últimos ajuares para bodas con novios de antes de la guerra. Con la familia de mi madre nunca se había entendido, demasiado sureña, demasiado anarquista y a mí me contemplaba como una obligación que no podía cumplir por riesgo de que se reprodujera su fracaso. «No te metas en nada» me dijo al despedirnos las tres veces que nos vimos en lo que luego sería conocido como el Valle de los Caídos y a mí me parecía una excursión insufrible hacia la normalidad del futuro. «¿En qué va a meterse?» razonaba mi madre y le inventariaba el mucho provecho que sacaba a las clases, a punto de terminar los cinco grados de enseñanza básica y ante el consejo del padre Higueras de que estudiara «... porque para cosas manuales este chico no sirve». Incluso a mis catorce años tenía la posibilidad de pagarme clases de bachillerato nocturno acelerado a cambio de enseñar a los retrasados, históricos o biológicos. «Estudia y métete en un banco o en una caja de ahorros» me recomendaba mi padre cuando salía la perspectiva de la retención escolar. «Fíjate en mí, empecé de mozo, pude ser impresor y maestro y cuando salga de aquí sólo seré un burro de carga.» Evidentemente había empequeñecido, pero estaba moreno, casi fuerte y era un trabajador cumplidor, como un buen gallego, incluso a veces llegué a imaginar que pudo ser un trabajador penado... «muy apreciado por sus jefes». Pero no. No le habían lavado el cerebro para siempre. Él mismo lo había escondido en algún lugar de sí mismo, con tanto celo que tardó casi diez años en recobrarlo. Cuando me detuvieron por primera vez en 1956, mi padre era el que estaba al otro lado del locutorio de Carabanchel, lloraba sin contención y cuando salí meses después hizo dos cosas: me pegó un sermón casi calcado a la despedida que mi abuelo le había aplicado en 1920 en La Coruña y después de repetirme por enésima vez que no me metiera en nada, me dijo: «Cuando estaba cayendo Madrid, me llegó un recado de don Isidoro Azevedo. Si yo quería tenía camino libre hacia el exilio y luego ya mandaría a por vosotros o volvería con los republicanos cuando venciéramos definitivamente a Franco. Creo que me equivoqué al volver de Cuba y me equivoqué al no seguir a don Isidoro a Moscú. Pero tuve miedo de no regresar y dejaros a vuestra suerte y jamás pensé que el vencedor fuera tan implacable. Además tenía el ejemplo de compañeros como Matilde, Peñascal, Cirueña... que seguían resistiendo a tiros a los casadistas.» «¿Te cogieron con ellos?» Tuvo miedo de su propia épica y cortó la conversación: «Hazme caso. No te metas en nada y nunca te comas lo que no puedas pagarte.» Creo que no me hablaba sólo de comida, sino desde la sospecha de no haber merecido tiempos tan excesivos.

Se ha exagerado mucho, no podía ser de otra manera, sobre las condiciones de trabajo allí imperantes y he de decir en honor de la verdad, que trabajaron mucho mejor los penados políticos que los comunes, cuando ante la escasez de los primeros nos vimos obligados a utilizar nueva mano de obra. Nuevos rebeldes, hijos ya de la subversión de la posguerra, también tuvieron allí posibilidad de redimirse, como Nicolás Sánchez Albornoz, hijo del funesto político, aunque preclaro intelectual, don Claudio Sánchez Albornoz, nada menos que «presidente de la República en el exilio». De tal palo tal astilla y el joven Sánchez Albornoz de orientaciones marxistas, trató de reorganizar la funesta FUE en el Madrid liberado. Cuando purgaba sus penas en el Valle de los Caídos escapó con la ayuda de un grupo de extranjeros judeomasónicos, pero aquel grano no hizo granero y la inmensa mayoría de los penados hizo honor a su contrato, algunos incluso después de cumplir ya las penas que habían merecido, prefirieron trabajar allí y no exponerse a no encontrar trabajo fuera de aquel valle de paz.

Cierto, muy cierto y disculpe una interrupción, otra vez, personal. Pero de pronto he recordado que un día llegó a casa una carta desde Cuelgamuros, era de mi padre y le contaba a mi madre que había recibido la propuesta de quedarse allí como trabajador libre, con seguro de enfermedad, derechos sindicales, etc. Yo tenía dieciséis años, escasa rebeldía política, pero sentí todo el asco posible ante la simple idea de irnos a vivir cerca de aquella obra y contemplar cada atardecer el regreso de un capataz de presidiarios. Mi opinión fue demasiado dura y mi madre me pegó una bofetada. «Tu padre tiene miedo. Miedo de volver a esta casa, a Madrid, casi no es de esta casa ni de Madrid, ni de su pueblo, ni de Cuba, ¿no lo entiendes?» Pero le escribió una carta manifestándole que no estaba de acuerdo con aquella propuesta. Que yo podría estudiar de noche, en Madrid, pero ¿qué iba a hacer en Cuelgamuros? Que debían pensar en mí, que el padre Higueras me había buscado repetidores para que les diera clase y una academia en la que podría hacer el bachillerato nocturno en tres años y que también le había encontrado trabajo a él, un poco duro, pero todo era empezar. Repartidor de publicaciones del Obispado en triciclo, en triciclo de pedales y podía hacer horas extraordinarias como empaquetador en la imprenta que hacía las cartillas de racionamiento. Trabajo no te faltará. Y un día la silueta de mi padre se recortó en el oscuro portal de la calle Lombía, los rayos de sol estaban especialmente cargados de polvo, yo volvía de cinco horas de trabajo sobre las pequeñitas cabezas maltratadas de cincuenta párvulos aterrorizados ante mi prepotente dureza. Me limité a cogerle la maleta de madera, a desencontrarle el beso, a decirle hola y a abrirle marcha, escalera arriba.

Muguruza se me murió mientras se prolongaban exasperantemente las obras, ya que jamás pude imaginar que lo iniciado en 1940 no iba a acabar hasta casi veinte años después. Es cierto que sobre la marcha se corrigió el proyecto inicial y se le dio más enjundia, pero también a veces he pensado que los años debilitan las llamaradas de la fe y que el entusiasmo con el que todos empezamos a materializar aquel sueño no podía conservarse intacto tres lustros más tarde. Conté con la ayuda, como en todo, de Carrero, quizá entre mis colaboradores, el que mejor entendía el sentido de mi empeño y acabó siendo el coordinador de arquitectos, artistas y técnicos movilizados por las obras. Lo demás es historia de España y de la arquitectura y de la escultura, gracias a las prodigiosas, dignas de Miguel Ángel, esculturas de Juan de Ávalos. Por fin, el 1 de abril de 1959, veinte aniversario de la victoria, entré bajo palio, en compañía de Carmen en la basílica del Valle de los Caídos y ese mismo día un grupo de españoles le pedían al Papa que me concediera el capelo cardenalicio por estar «... directamente señalado por el dedo de Dios para regir el más católico, el más fiel de los pueblos». Una vez más, el Vaticano pagó con usura tanta generosidad colectiva y se limitó a considerarla basílica menor, aquel prodigio, pero yo pude decir en el discurso que pronuncié desde un pódium, a una multitud que se apiñaba en la gran explanada, que aquella obra representaba la victoria del bien, una victoria del bien para todos, aunque «... sería pueril creer que el diablo se someta. Inventará nuevas tretas y disfraces, ya que su espíritu seguirá maquinando y tomará nuevas formas, nuevas de acuerdo con los tiempos». Mis órdenes de que se consiguieran restos humanos de uno y otro bando para dar un sentido simbólico de encuentro entre hermanos separados fueron obedecidas, aunque tropezamos con reticencias y no todas esperables.

La pluralidad de conocimientos que transmite primero la enseñanza y después la práctica militar, conocimientos que yo nunca había desdeñado a pesar de su aparente subalternidad (he de recordaros la etapa en que fui cajero de mi propia compañía, lo que me dotó de excelentes conocimientos contables) me había permitido inspirar una buena parte de la técnica y la estética del Valle de los Caídos. La pintura, consecuencia de mis conocimientos sobre dibujo, nunca se me ha dado mal y también la pluma me ha convocado, tal respetando aquella tradición de la alianza entre la pluma y la espada que tuvo en nuestro Garcilaso de la Vega su más alto equilibiro y en Cervantes su más fértil expresión. Durante mis guerras de África tuve que sustituir a veces la espada por la pluma para defender una posición patriótica frente a argumentos abandonistas que habían afectado hasta al general Primo de Rivera, que en 1914 sostenía que nada se nos había perdido en Marruecos y fuimos los jóvenes oficiales quienes le disuadimos de sus propósitos liquidacionistas. Mis pinitos como articulista en revistas militares habían sido un entrenamiento que me sirvió luego para redactar Diario de una bandera, *libro elogiado por su buen estilo.*

Lo siento, pero su prosa, por lo leído hasta aquí, me parece redaccional, retórica y bachilleril y su *Diario de una bandera* un melodrama épico sin la menor hechura épica. Su taquígrafo y jefe de prensa durante tantos años, Manuel Lozano Sevilla, opinaba que usted poseía instinto de escritor realista que no abusa del adjetivo, de estilo no depurado, pero capaz de corregir con tino si dispone de tiempo. ¡Usted ha dispuesto de tanto tiempo! ¿No ha dicho su propio yerno que usted no usa reloj sin calendario? Corregir con tino. Cuando se corrige ha de hacerse sin tino, enmendando la tendencia al confort. Usted siempre ha sido un cronista confortable de los horrores que ha causado. Un mediocre cronista inconsciente de sus propios horrores.

Pero tal vez el empeño más audaz fuera la escritura de Raza, guión de cine novelado, en el que quería expresar la tensión entre España y la anti-España a través de una familia en la que se introduce el demonio de la descomposición ideológica. Publiqué la novela firmada con el seudónimo Jaime de Andrade (uno de los apellidos de la genealogía de mi madre) y, misterios de la literatura, el libro llegó a manos del director cinematográfico José Luis Sáenz de Heredia, primo del mártir José Antonio Primo de Rivera. Empezó a indagar sobre la personalidad del novelista y cuando se enteró que era nada menos que el generalísimo, me confesó que le sobrevino «un miedo impresionante» porque ya se había hecho la ilusión de llevar Raza al cine. No puse obstáculos, porque me constaba la calidad y la lealtad del joven director y sólo tuvimos algunas discrepancias a propósito de párrafos que él juzgaba demasiado literarios. «El cine es imagen.» Zapatero a tus zapatos me dije y dejé hacer hasta que llegó el día en que ya montada la película se dio el primer pase en el teatrillo del palacio de El Pardo. Recuerdo que en el día de los Reyes Magos y en los lugares de honor estábamos Carmen, Carmencita, yo, nuestro capellán, algunos allegados y gentes de palacio que se sumaron con más curiosidad que protocolo. La película me pareció muy digna y estreché la mano del tembloroso director: «Muy bien, usted ha cumplido.» Tuvo tanto éxito que el mismo director me pidió una segunda parte inspirada en la época de la participación española en la guerra contra el comunismo en la URSS, la gloriosa hazaña de la División Azul. Empezamos a trabajar, Sáenz de Heredia se las ingenió para ir a la URSS para localizar escenarios reales y luego se fue diluyendo mi entusiasmo a pesar del éxito de público asombroso conseguido por aquella producción realizada con los precarios medios de nuestra posguerra. Me inscribí en la Sociedad de Autores como Jaime de Andrade y todos los beneficios producidos por la novela y la película los destiné al Colegio de Huérfanos Militares.
Muchas veces personas de mi entorno, como Carrero o Vicente Gil, el hasta hace pocas semanas mi médico particular, se han lamentado del poco eco que se ha dado en España a mi producción pictórica y literaria y Vicente estaba empeña-

do en demostrarme que todo era fruto de la conjura del mundo intelectual y artístico, no lo suficientemente depurado gracias a nuestra cruzada. En efecto, allí donde más rápidamente se recompone la hidra subversiva es en los tejidos culturales, bajo la excusa de estar ejerciendo la libertad de expresión y de crítica sin propósitos políticos, simplemente por motivaciones culturales. Nadie respeta tanto la cultura como yo que viajé a todas partes con maletas llenas de libros, he leído a todos los clásicos que se merecen y he sabido discernir lo que eran lecturas buenas o malas según se correspondieran con el sentido de nuestra historia o su contrario. Precisamente por eso, tal vez tenga razón Vicente, o la tenía el pobre Luis Carrero, cuando veían gato encerrado en el excesivo olvido de mis trabajos por parte de una sociedad cultural que en los primeros años de la posguerra tan valorativa era de mis modestas cualidades. Y es que en los tejidos sociales de la cultura penetra fácilmente la masonería y en las estructuras de poder que divulgan la cultura y alzan y derriban estatuas, judíos y comunistas lo tienen todo controlado. Mi lucha abierta contra masones y comunistas sin duda me ha costado no sólo un hostigamiento político universal, junto a solidaridades admirables que tampoco me faltan y la ocultación de mis contribuciones a esa misma sociedad cultural. Los caminos que utiliza la masonería para destruir países, personas o prestigios son polimórficos y se vale de sorprendentes personajes interpuestos. Un ejemplo. Cuando Alfonso XIII retiró su confianza a Antonio Maura, el mejor político civil español de este siglo, lo hizo por consejo de su pariente lejano, el rey Eduardo VII de Inglaterra, masón, no de una manera directa, pero sí anunciándole que iba a recibir muchas presiones internacionales en esa dirección, como el rey reconoció a Lequerica en unas conversaciones sostenidas en Roma durante nuestra cruzada. «Maura no» era una consigna de las logias internacionales y ya os he contado cómo a veces la explicación última de lo que ocurría entre nuestros políticos y nuestros militares, se encontraba en su pertenencia a sectas masónicas rivales. Uno de los expertos internacionales en masonería, quizá de los más reputados, es Jokin Boor, danés según creo, habitual colaborador en nuestra prensa nacional desde el final de la cruzada y al que quise conocer personalmente por lo que le concedí una audiencia en El Pardo. Tal vez no me dijo nada que yo no supiera ya, pero ratificó varios puntos que han sido caballos de batalla de mi teoría política. La masonería es un instrumento del capitalismo que utiliza en nuestro tiempo el comunismo para debilitar la resistencia de las naciones, del conjunto del espíritu nacional, para luego poder medrar sobre tierra calcinada. La masonería tiene como enemigos fundamentales a la Iglesia Católica y las fronteras nacionales, de ahí que sus objetivos convengan al gran capital internacional que se la tiene jurada a nuestro régimen desde que nació y que en el futuro, jóvenes, puede volver a utilizar el ariete del comunismo para luego subyugar nuestra economía, nuestra política, nuestra sociedad y ponerlas al servicio de las grandes potencias capitalistas y masónicas. Porque, ¿dónde ha sido útil la masonería? En Inglaterra, Francia, Estados Unidos, es decir, en potencias imperialistas que hoy se disputan con la Unión Soviética el dominio del mundo y tratan de sucursalizarnos. Tanto en Portugal como en España, desarticular la masonería ha sido condición previa para el despegue nacional, habida cuenta de su infinita capacidad de penetración. «Ilustres» masones han sido desde Aranda en tiempos de Carlos III a Salvador de Madariaga, Bevin o Blum, nuestros enemigos más contumaces. Boor me puso varios ejemplos históricos que demuestran el desigual trato que reciben los políticos masones y los políticos antimasones. «Excelencia, usted siempre será un objetivo del odio masón y en cambio fíjese usted cómo la masonería internacional ha olvidado que el rey de mi país, Dinamarca, dejó que los nazis ocuparan su país o que el de Suecia permitiera el paso y el avituallamiento de tropas alemanas. ¿Por qué? Pues porque el uno y el otro eran masones.» Hablamos también muy extensamente de la pintoresca viuda de Roosevelt, Eleanor, furibunda anticatólica y antifranquista que tanto daño trató de hacernos en los años cuarenta y cincuenta, hasta que la administración Eisenhower se inclinó definitivamente por la alianza con la España legítima, nacionalista, católica, anticomunista. Roosevelt era masón, Truman también, el sionismo internacional es uno de los bastiones masónicos más activos y aún nos tiene más en cuenta la expulsión de los judíos en 1492 que la ayuda generosa que yo les di cuando huían de la persecución nazi. «Excelencia —me dijo Boor en un momento determinado de nuestra fecunda entrevista—, en sus discursos espléndidos hay una frase que deberíamos grabar en las paredes de los edificios y en los libros de historia.» Sonreí ante el halago y la animé a seguir: «Vamos, Boor, dígamela, que yo no la recuerdo.» Boor cerró los ojos y recitó de memoria: «Desde el extranjero se nos animó a luchar españoles contra españoles, porque esa división propiciaba sus *propósitos de hegemonía a costa de la decadencia de España.»* ¡Qué lucidez la de este extranjero que ha sabido entender nuestra historia mejor que muchos españoles!

Me produce vergüenza ajena que usted siga cantando las excelencias de Jokin Boor, porque Jokin Boor y usted eran la misma persona. Usted urdió la comedia de la autoaudiencia, pero sus íntimos sabían que adquiría la personalidad de Boor cuando le daba la pájara antimasónica y que le asesoraban y depuraban los escritos nada menos que Ernesto Giménez Caballero y Carrero Blanco.

La capacidad de ocultación de los masones es tanta que podrá parecernos que hablo por hablar o de fantasmas de «mi tiempo». Muchachos, cometeríais un grave error. He dedicado buena parte de mi vida a estudiar las sectas masónicas, porque a la vista de cómo condicionaban la destrucción, desde fuera, y la autodestrucción de España, es deber de todo militar patriota detectar quién es el principal enemigo de su patria. La primera logia española la montó, cómo no, un inglés, Felipe Wharton, primer y último duque de Wharton, un aventurero y un pillo que en España contrajo segundas nupcias con Teresa O'Byrne, hija de un coronel irlandés al servicio de la corona de España. El hecho de que su esposa fuera primera dama de la reina, abrió muchas puertas al conspicuo masón. Es cierto que luchó al lado de los españoles y contra su propia patria, en defensa de Gibraltar, hasta el punto de ser nombrado coronel honorario de nuestro ejército y considerado un traidor por los ingleses que lo calificaban de ambicioso, mentiroso, pillo, ladrón y borracho aunque reconocían que era bello, generoso, elocuente, erudito e inteligente. ¿Cuántas veces la fuerza del diablo depende de su fingida belleza? Al parecer, el masón Wharton murió dentro de la fe católica y circunstancias hicieron que recibiera tierra sagrada en el monasterio de Poblet y allí permaneció hasta que doscientos años después estuve en condiciones de ordenar que sacaran sus restos del sagrado recinto.

Preocupante. ¿Su manía antimasónica le llevó a ejercer de desenterrador de masones? Y a todo esto sin enterarse que los tenía al lado, a Salvador Merino, joven delegado de sindicatos en 1941 descrito por Serrano Súñer como falangista irreductible y finalmente descubierto como masón y ex militante socialista, obligado a dimitir y a salvar el pellejo por el procedimiento de dedicarse a la vida privada, casarse con una mujer acaudalada, figurar en varios consejos de administración y morir rico, ex franquista y ex masón.

El satanismo masónico llegó a conseguir infiltrar a sus efectivos dentro de la Iglesia Católica española y en su centro mismo de resistencia espiritual: la Inquisición. Tras conseguir el destierro de los jesuitas, la masonería llega a controlar al presidente del Tribunal del Santo Oficio, Arce, y a su secretario general, el canónigo Llorente. Si esto era posible en el siglo XVIII, ¿cuántos de estos curitas desagradecidos que con la excusa de ponernos al día tras el Concilio Vaticano II luchan contra el régimen, estarán bajo la disciplina masónica y cuántos bajo la comunista? Incluso la Compañía de Jesús, hoy dirigida por el vasco Arrupe y peligrosamente escorada hacia posiciones «progresistas», ¿habrá conseguido librarse de ambas penetraciones? ¿Y el ejército? Soy consciente de la depuración masónica que significó el alineamiento durante la guerra civil, nuestra justa represión posterior y la limpieza que implicó el exilio de militares masones, pero ¿después? Jokin Boor me lo anunció como amenaza para el futuro en el transcurso de nuestra interesante entrevista: «Excelencia, usted es el principal bastión antimasónico, pero su sistema se basa en tres pilares políticos y sociales: el ejército, el movimiento nacional y los sindicatos. Pues bien, extreme su celo, excelencia, porque fracasada la lucha cuerpo a cuerpo, ahora tratarán de infiltrarse dentro del nuevo Estado.» No necesitaba tamaña revelación porque mi propia experiencia de mando a lo largo de los años cuarenta y los informes continuados de los Servicios de Información del ejército (SIM) y de la Guardia Civil, me enfrentaron a síntomas de que la masonería se recomponía y desarticulada en su trama civil, volvía a conquistar posiciones en el interior del ejército, a pesar de que Cabanellas hubiera muerto durante la guerra y que Aranda y Queipo de Llano hubieran abjurado repetidas veces de sus pasadas veleidades masónicas. El propio Aranda, hombre de una astucia temible, acabó siendo el peligro número uno dentro del generalato que con la excusa de la previsible derrota del Eje empezó a cuestionar mi caudillaje y a pedirme que dejara el estado recién nacido en manos de la monarquía, de aquella monarquía tan débil y tan influible que se plasmaba en don Juan de Borbón. Capítulo importante a liquidar tras la cruzada era el ejército y sobre todo los supervivientes de la más alta oficialidad que me había otorgado y respetado la Jefatura Suprema entre 1936 y 1939.

Kindelán vino a verme desde Cataluña donde a la sazón ejercía de capitán general, portador según él de la inquietud de muchos militares leales a España y a su futuro preocupados por el sesgo de la segunda guerra mundial y la presumible revancha de los aliados. Desquite, Kindelán, le objeté, revancha es un galicismo. Le dije a Kindelán que no se preocupara y le enseñé una cajita de madera de la que yo solo tenía la llave. En caso de que me sucediera algo, dentro de aquella cajita estaba el nombre de mi sucesor, nombre que sin duda alguna merecía su aprobación y la de sus compañeros de preocupación. Kindelán era fácil de contentar. Seguía siendo tan alto y tan transparente como siempre y aunque no me pedía el nombre del designado, quise que se marchara tranquilo y se lo susurré al oído: don Juan de Borbón. Puso cara de contento y ni siquiera me pidió que le abriera la cajita. No todos eran como Kindelán y un grupo de oficiales de tanto nombre y solvencia como Dávila, Solchaga, el barrigón de Saliquet, Aranda, Orgaz, tenientes generales todos ellos eligieron a Varela, dos veces laureado de San Fernando, para que me entregara una carta en la que solicitaban la cesión de mis poderes y la restauración monárquica. Varela merecía todo mi respeto y era un hombre valiente, poco predispuesto a apocarse, pero también era un militar, un buen militar y se presentó en mi despacho con botas altas y una varita de mando. Cuando iba a abrir la boca, muy marcial y muy seguro de sí mismo, en lugar de tutearle como otras veces, le miré con fijeza y le espeté: «¿Se le han olvidado las ordenanzas, general?» Quedó desconcertado y traté de sacarle de su desconcierto: «¿Desde cuándo se pueden llevar varas de mando en presencia de un superior? Salga usted y vuelva a entrar según el protocolo.» Se cuadró, me saludó, salió, dejó la vara de mando y cuando volvió a entrar su tono de voz había cambiado y su arrogancia era la de un subalterno arrogante, no la de un teniente general portavoz de un ultimátum. Le dije que mi deseo era no seguir en el cargo ni un minuto más del tiempo estrictamente necesario, pero que ese momento lo determinarían las circunstancias, porque abandonar entonces significaría abrir las puertas a la lucha entre los diferentes sectores del movimiento y de nuestra división se aprovecharían las fuerzas vencidas en la guerra civil, el comunismo y la masonería nacional e internacional. Bien cierto es. El hombre es el único animal que torpemente tropieza dos veces en la misma piedra. Y tres.

Aquellos militares «monárquicos», que conspiraban tan infantilmente, debían saber que Indalecio Prieto había declarado en el exilio que el error de la república consistió en no haber cambiado en 1931 «... a toda la oficialidad de nuestro ejército y a la mayoría de funcionarios del régimen». Que tuvieran en cuenta el comentario porque si un día volvía don Inda por estos pagos, todos esos militares conspiradores iban a quedar estrellados y bien estrellados. Kindelán, Varela, Monasterio y los demás eran unos inocentes y Queipo un hombre en el límite de sus estribos, resentido porque se retrasaba la concesión de la laureada de San Fernando por sus méritos de guerra, que eran sobre todo radiofónicos; el caso del general Aranda era otra cosa. A ése había que darle rancho aparte. A pesar de su pertenencia a la masonería tenía un buen expediente africano y sobre todo se ganó todas las loas por su inteligente defensa de Oviedo durante la guerra civil, un Oviedo cercado por los mineros, cuya pérdida hubiera significado más que una derrota irreparable, un refuerzo moral del enemigo. Que los mineros perdieran el cerco de Oviedo significó deshacer el mito de la incontestable combatividad de los «topos» asturianos. Luego Aranda hizo una buena campaña de Aragón y mereció la laureada por su defensa de Oviedo, pero ya a partir de 1941 empezó a conspirar contra mi persona y desde una prepotencia rayana en el desacato. Unos jóvenes falangistas, conocedores de su actividad conspiratoria, le afearon en público su conducta, le llamaron masón y él tuvo la desfachatez de contestarles: «Decidle a vuestro amo que también era masón cuando estaba defendiendo Oviedo.» Aranda era el más peligroso de aquellos aprendices de conspiración militar y por eso me vi obligado a promulgar una ley especial que le remitía a la reserva y le cerraba el paso para acceder a destinos superiores. Así se acabó su capacidad de incordio. ¿Los demás? Unos inocentones.

Estos juicios contrastan con su declaración al doctor Soriano (la mano izquierda de Franco) cuando presume de *haber metido en cintura* a los militares después de su cruzada, porque cada uno actuaba en su territorio como si fueran virreyes. «El que más me costó dominar fue Queipo.» Queipo, en efecto, general, era tan difícil de contentar como fácil de reducir. La opinión que él tenía de usted tampoco era propicia: «... hemos elegido un jefe que es egoísta y mezquino». Queipo tenía una rabieta secreta, no haber recibido la laureada de San Fernando y circulaban rumores unos días de que se sublevaría en Barcelona (por si acaso usted envió allí a Varela), otros en Andalucía (por si acaso envió usted a Saliquet), pero finalmente le concedieron la laureada, estaba viejo, se había comprado un cortijo y allí se retiró con su familia a recordar sus conspiraciones, sus feroces programas radiofónicos y sus no menos feroces sentencias telefónicas: «Que le den café.» En cuanto Aranda, es otra historia, Serrano dice de él: «... de no haber sido militar hubiera podido parecer intelectual o eclesiástico»; y añade que era la cabeza mejor organizada del ejército, aunque tal vez sobrado de ambición, en cualquier caso una ambición que chocaba con la suya, caudillo. Serrano informa que cuando se comprobó que estaba conspirando contra usted en relación con monárquicos y ex cenetistas «... Franco pudo emplear contra él una severidad sin truculencia, que es lo que mientras mantiene su frialdad prefiere, esto es, cuando no le ciega el odio o cuando las circunstancias hacen peligrosa otra conducta. Lo mandó a la reserva y al confinamiento mientras metía en la cárcel a sus cómplices mas vulnerables». Aranda le sobrevivió, general. En 1976 recibió el título de capitán general de manos del ya rey Juan Carlos y se murió en 1979 supongo que con el gozo africano de haber visto pasar el cadáver de su enemigo por delante de su jaima.

Si me fue fácil hacer frente a los dislates de los militares monárquicos, tan autocontrolados como vigilados de cerca por Blas Pérez González, también fueron los propios aparatos del Ministerio de Gobernación los que deshicieron la trama civil monárquica, pararon los pies a la duquesa de Valencia y confinaron en distintos puntos de España a personajes de la talla intelectual de Jesús Pabón, el científico Julio Palacios, el jurista Alfonso García Valdecasas o el psiquiatra López Ibor. La duquesa de Valencia, descendiente del general Narváez, fue detenida repetidas veces por su «donjuanismo» estrafalario. No había conspiración monárquica en la que no se metiera. Pabón siempre me había parecido un pedante desde que durante un viaje por Aragón, cuando yo estaba al frente de la Academia de Zaragoza, trató de demostrarme que conocía mejor que yo las batallas napoleónicas. La definitiva derrota hitleriana, consumada con la caída de Berlín en manos de las tropas soviéticas mandadas por Zukov, envalentonó a rojos y monárquicos que trataron de utilizar al pretediente don Juan de Borbón ya como definitiva alternativa enfrentada a los derechos que me había otorgado la victoria. Extraña coinciden-

*cia la ya referida carta de mi cuñado instándome a desmon-
tar el movimiento y el llamado manifiesto de Lausana, obra
de don Juan de Borbón y sus inspiradores políticos, redactado, en marzo de 1945, pocas semanas después de que los comunistas trataran de llenar el norte de España de bandidaje
marxista. El manifiesto de Lausana significa el punto más
alto de la osadía del pretendiente hasta el punto de recriminarme la inspiración totalitaria de mi régimen, el haber comprometido nuestra política exterior con las de potencias fascistas y pedirme en consecuencia que abandone el poder, ofre-
ciendo la alternativa de una monarquía justiciera, tolerante,
reconciliadora, restauradora de los derechos humanos, una
constitución política, una asamblea... es decir, el retorno a
la vana palabrería liberal que había traído la república y la
caída de la monarquía de su padre. Si como primera reacción espontánea escribí, je, je, je, en un margen en blanco de
la carta de mi cuñado, un respeto a lo que representaba don
Juan me impidió hacer lo mismo. El instinto dinástico le trai-
cionaba y le llevaba en dirección opuesta a la correcta. «No
levanto bandera de rebeldía ni incito a nadie a la sedición,
pero quiero recordar a quienes apoyan el actual régimen la
inmensa responsabilidad en la que incurren contribuyendo a
prolongar una situación que está en trance de llevar al país
a una irreparable catástrofe.» ¿Así te pagan lo que has hecho
por ellos? Me decían los más íntimos. «¿Quieren tratarte como
a una doméstica que una vez hecha la limpieza, hala, a la
calle?» Cada vez que ha estallado una tormenta semejante
he notado las desapariciones por las corrientes de aire que
dejaban las huidas y las ausencias y a mi natural silencioso
le deben algunos haber podido volver luego con la cola entre
las piernas. Pero entre mis colaboradores o mi esposa o mi
hermana Pilar, cabía más la indignación que el desánimo:
«¿Con quién estás?», preguntaban a unos y a otros si los veían
vacilantes.
Urgía hacer cambios ministeriales que acentuaran la decantación del movimiento hacia fuerzas políticas homologa-
das con las fuerzas del orden democrático triunfante en el
mundo, pero sin dejar de lado la sensibilidad falangista,
especialmente de aquellos dirigentes más sensatos que nunca habían respondido a los cantos de sirena totalitarios del
III Reich. El cese de Arrese y el nombramiento del democrata-
cristiano (de la Asociación Católica Nacional de Propagandistas) Alberto Martín Artajo al frente de la política exterior, respondía a la necesidad de un nuevo equilibrio político, y no a*

una claudicación ante los vencedores de la guerra mundial. Gentes próximas me aconsejaron que me retirara y no ligara la suerte del país a las represalias de los vencedores contra mi régimen. ¿Contra mi régimen? ¿Acaso en el pasado la España masónica y liberal había recibido un trato versallesco y de favor por parte de las grandes potencias? Prescindir de mí significaba dar la vuelta al resultado de la guerra y desarmar a España de su condición de bastión de Occidente contra la penetración del comunismo. Blas Pérez volvía a ser muy útil a nuestro empeño de permanencia por su pasado no vinculable a la Falange y en cambio un falangista de primera hora, Girón, al frente del ministerio de Trabajo pondría en marcha todo un plan de acción social obrerista (pensiones, seguro obligatorio de enfermedad [SOE], vacaciones pagadas) para quitar argumentos a los que criticaban el conservadurismo de nuestro régimen, sin tener en cuenta el carácter social avanzado del Fuero de los Españoles. Blas Pérez reprimió con firmeza las infiltraciones maquis y Yagüe y García Valiño comandaron las tropas que salieron al paso de las penetraciones guerrilleras en bloque, destacando en el combate contra aquellos facinerosos algunos gobernadores civiles, como Carlos Arias Navarro, el eficaz fiscal de Málaga, que al frente del gobierno civil de León plantó cara a una poderosa partida guerrillera dirigida por un supuesto héroe de la Resistencia francesa, el combatiente rojo Manuel Ramos Rueda el Pelotas. Blas Pérez tuvo que solucionar el espinoso asunto de la demanda de auxilio que recibíamos de fugitivos de la derrota nazi o fascista y fue norma general cobijar a la mayoría no significada, pero no admitir a aquellos políticos reclamados por los vencedores. No convenía dar más motivos de animadversión contra nuestro régimen y Blas Pérez me aconsejó devolver a Laval, jefe del gobierno francés, colaboracionista con los nazis. Aunque Laval había sido un buen simpatizante de nuestra causa, eran muchos más los contras que los pros. Otra historia fuera si el demandante de asilo hubiera sido Pétain, pero el glorioso mariscal y buen amigo no estaba dotado para la huida. Entre Blas Pérez y el ministro de Exteriores obligaron a Laval a volver por donde había venido y solventamos tan espinoso asunto. Laval fue ejecutado.

Insisto en que junto a la lealtad y al buen conocimiento de sus virtudes y defectos, lo que más apreciaba de mis colaboradores en aquellos días de prueba de resistencia era que tuvieran la cabeza fría en las situaciones calientes, cualidad, creía yo, característica en los militares, pero incluso en ese estamento, cuando se pasa al territorio de lo político hay casos de pérdida de la sangre fría que puede llevar a situaciones tan indeseadas como incontrolables. Voy a referirme a un hecho que ocurrió siendo ministro de Exteriores el sucesor de Serrano, general Jordana, hombre de probado valor militar. Estábamos en San Sebastián en pleno acto oficial, cuando se me acercó Jordana. Bisbiseó trémulamente junto a mi oído que debía transmitirme una noticia grave. Y me la transmitió. Acababan de destituir a Mussolini. «Tal vez, excelencia, sea preciso un consejo de ministros o un consejillo de urgencia.» Me desentendí del atribulado ministro, hice los parabienes necesarios a alcaldes y ediles y subí con Carmen al coche que debía llevarnos al palacio de Ayete, nuestra residencia en la capital guipuzcoana. Jordana nos seguía en otro coche y se precipitó nada más llegar a las puertas de palacio para que yo le dijera algo al respecto. ¿Qué iba a decirle? La destitución de Mussolini era consecuencia del curso fatal de la guerra para las potencias totalitarias del Eje. La noticia era que la guerra se estaba perdiendo, no que hubieran destituido a Mussolini, así que le dije: «Mañana hablaremos de este asunto», y sin duda le dejé estupefacto, cualidad que nunca debe mostrar un buen ministro de Asuntos Exteriores. Algo parecido ocurrió cuando, después de su liberación por un fabuloso comando alemán dirigido por Otto Skozernik, Mussolini fue finalmente detenido por los maquis comunistas, salvajemente ejecutado y colgado por los pies junto a su amante Claretta Petacci, por las mismas turbas que años atrás le habían aclamado... También me viene el responsable de Exteriores, Lequerica, con un nudo en la garganta y me lo dice, provocando en mí una lógica reacción emotiva porque, independientemente de sus ideas, yo humanamente me entendía muy bien con Mussolini, un latino al fin y al cabo. Y como viera el señor ministro que mis ojos estaban anegados de lágrimas, también a él le vino la congoja y me propuso con la voz trémula: «¡Excelencia! ¡Hagamos una declaración de enérgica protesta por esta salvajada!» Retiré la mano con la que me cubría los ojos y le dirigí una de aquellas miradas que le gustaban a mi madre: «No diga sandeces, hombre. ¿Quiere usted que se nos echen encima los aliados más de lo que están?» Evidentemente Lequerica, como ministro, tenía los días contados. Era demasiado impresionable, o fingía serlo. Yo había comprobado que no haberme precipitado en la decisión de ponernos incondicionalmente al lado de las potencias del Eje dio sus frutos cuando los hechos confirmaron la mala es-

trella de las tropas alemanas. Por una parte el error de Hitler de atacar a la URSS sin haber tenido en cuenta la experiencia del desastre napoleónico y por otra la entrada de los norteamericanos en la guerra, decidió la suerte de la contienda y abría ante nosotros un futuro incierto. Los agoreros presagiaban el final de nuestro régimen pero me constaba que sobre todo los ingleses dirigidos por Churchill no iban a precipitarse involucrando a España en el castigo que iba a caer sobre los vencidos. Las precipitadas ínfulas expansionistas de Castiella y Areilza, y tantos otros que cayeron en la trampa de un expansionismo imperial deseado pero imposible, fueron sustituidas por una teoría que no sé quién formuló en sus justos términos por primera vez, pero que yo recuerdo haber encargado a Lequerica que la utilizara como la verdadera posición de nuestro régimen desde la victoria: la teoría de las dos guerras. Nosotros no habíamos intervenido contra los aliados y si habíamos enviado 18 000, voluntarios al mando de Muñoz Grandes a luchar al lado de las tropas alemanas, nuestra División Azul, había sido una prueba de que combatíamos el comunismo en los frentes de Rusia, no a las democracias occidentales cuyos presupuestos filosóficos no compartíamos, hijos del nefasto Rousseau, pero que nos parecían más tolerables que los del mucho más nefasto Lenin. Mis entrevistas con Hitler en Hendaya, con Mussolini en Bordiguera y con Pétain en Montpellier formaban ya parte del pasado. En 1943 la derrota de las potencias del Eje estaba cantada y aunque no revelaba públicamente mis presunciones para no desarmar el buen ánimo de muchos de mis colaboradores, sabía que nos quedaban bazas por utilizar una vez acabada la contienda. Roosevelt me había escrito una carta muy amable en septiembre de 1942 en la que me daba sus razones para la invasión del norte de África y toda clase de seguridades sobre las buenas intenciones hacia nosotros. «Quedo, mi querido general, de usted, buen amigo.» Así terminaba la carta de Roosevelt y si bien los embajadores inglés y norteamericano, Hoare y Hayes, siguieron dándome una de cal y otra de arena, los intereses de los aliados empezaban a coincidir plenamente con los de nuestra neutralidad. Una prueba de ello fue el termómetro del wolframio, una materia prima indispensable para todos los enfrentados en la guerra y que en los primeros años vendimos preferentemente a Alemania, para poco a poco inclinar la balanza de nuestras ventas hacia Estados Unidos e Inglaterra. En 1944 prácticamente ya no vendíamos wolframio a los alemanes y al mismo tiempo au-

mentaba la importación de películas norteamericanas que yo veía con gran solaz y serenidad en el teatrillo de El Pardo. Muchos no entendieron que tras la muerte de Jordana, yo designara a José Félix de Lequerica ministro de Asuntos Exteriores, un político sobre todo partidario de sí mismo, pero también de los alemanes y que precisamente por eso era el más adecuado para no infundir sospechas a los nazis y en cambio iniciar un viraje de nuestra política hacia los aliados. Mientras tanto don Juan volvía a cambiar de tono y mostraba impacientes deseos de que cayera madura la breva, es decir, nosotros, y los exiliados republicamos conspiraban en Washington y Londres para que los ejércitos alidados aprovecharan la ocasión para barrer nuestro movimiento. No nos había faltado petróleo norteamericano a cambio de neutralidad y a comienzos de 1945 autoricé a que tomaran tierra en España los aviones norteamericanos de la Air Transport Command y luego amplié el permiso a la Air Force. No era un signo de hostilidad declarada a Italia y Alemania, prácticamente vencidas, sino de realismo político y al fin y al cabo Italia ya era otra cosa, Mussolini estaba perdido, pronto moriría, y España no debía hundirse en los remolinos del naufragio. Don Juan de Borbón en 1945 me pidió que me marchara; los republicanos en el exilio me montaron una fantasmal Alianza Nacional de las Fuerzas Democráticas; los monárquicos volvían a las andadas con los generales de siempre y la duquesa de Valencia; en la conferencia de Potsdam se hizo una declaración explícita de que nuestro Régimen no tendrá sitio en una próxima asamblea de Naciones Unidas y democráticas, democráticas entre comillas porque sí tendrá sitio en ella la Unión Soviética.

Momentos difíciles. La prensa internacional orquestaba una campaña equiparándome con los criminales de guerra que luego serían juzgados en Nuremberg, pero yo no estaba dispuesto a rendirme. Nicolás suele recordarme una de sus semanales visitas desde Lisboa, cuando al entrar en mi despacho vio sobre mi mesa de trabajo dos fotografías, en la una Mussolini colgaba muerto junto al cadáver de su amiga Clara Petacci, en la otra Alfonso XIII, exiliado, desembarcaba en Marsella por la escalerilla del crucero Príncipe Alfonso. Nicolás me tendió las fotografías como preguntándome qué hacían sobre mi mesa. «Nicolás, si todo termina mal, yo no acabaré como Alfonso XIII. Prefiero terminar como Mussolini.» Nicolás se echó a reír y me opuso: «Pero en qué quedamos, ¿tú no te sublevaste para ganar? Gana tiempo,

Paco. El tiempo todo lo soluciona.» No hacía falta que me lo aconsejara, tanto él como yo recordábamos la consigna de nuestra madre: Hoy puedes ser yunque, mañana serás martillo. Pero entre 1945 y 1946 pasamos semanas preocupantes, yo y los que incondicionalmente estaban conmigo. ¿Tú con quién estás?, solía preguntar Carmen a los que veía vacilantes, como si tuviera capacidad de leer en su interior. Colaboradores muy próximos no estuvieron a la altura de la situación y empezaron a situar sus capitales, sus bienes, sus familias en otros países por si se producía una invasión de España a cargo de las potencias democráticas, seguida de un levantamiento de los republicanos vencidos, en un país bajo el peso del hambre y toda clase de privaciones motivadas por una guerra que los rojos nos habían obligado a declarar. Pero confiaba yo, ¿no hemos dado suficientes muestras a Occidente de que nuestra cruzada fue anticomunista, no antidemocrática? A pesar de todas estas pruebas de nuestra buena intención, de nuestro sano espíritu de colaboración con las potencias democráticas, el acoso antiespañol no se hizo esperar. Francia cerró fronteras con España, pretextando que habíamos fusilado a un maquis que ellos consideraban un héroe de la Resistencia y nos condenaron por igual rojos como el radical Auriol o el comunista Thorez, y blancos como De Gaulle o Georges Bidault, curiosos jueces que con los años darían la razón a España y a mi obra, De Gaulle en persona y Bidault tomando partido por los patriotas franceses que se negaron a entregar Argelia al fanático nacionalismo paramarxista del FLN. Pero si el acoso de Francia era tan previsible como dañoso, la condena de la ONU arrancada por las manipulaciones de los republicanos en el exilio y por la beligerancia del primer secretario general, el masón noruego Tegierve Lie, significaba el inicio de un bloqueo internacional, la retirada de embajadores de Madrid y la ausencia de ayudas para la recuperación; el Plan Marshall, que toda Europa recibió y nosotros no, a no ser que yo renunciara a mi puesto y dejara desmoronar toda la arquitectura de nuestro régimen.

Areilza, algo tardíamente, es cierto, ya muerto usted, con motivo de la presentación de un libro de Gil Robles, le acusaba, general, de haber sido un gran egoísta. Prefirió permanecer en el poder antes que abrir las puertas a una normalización democrática capitalista que sólo pudo iniciarse a partir de la gran bancarrota de 1957: «El egoísmo de Franco —dijo Areilza— retrasó en diez o veinte años la normalización económi-

422

ca del país y obligó a pasar al pueblo español un largo período de carencias y de atrasos que repercutió en todos los órdenes de la vida española, en la falta de progreso cultural y técnico y por supuesto en la evolución política y social de la nación entera.» En cuanto a la acción de los exiliados republicanos fue maniatada por las grandes potencias o reconducida al salón de espera de la historia. Patéticas las reuniones que describe Jaume Miravitlles, ex jefe de Propaganda del gobierno de la Generalitat catalana durante la guerra, miembro de una delegación ante el Departamento de Estado en la que figuraban Irala y Jesús Galíndez como representantes del PNV y el propio José Giral, jefe del gobierno republicano en el exilio. Para condenarle a usted internacionalmente, Giral argumenta que las defensas construidas por el ejército franquista en las fronteras pirenaicas estaban preparadas para atacar a las fuerzas aliadas. Los funcionarios del Departamento de Estado lo niegan: eran instalaciones defensivas. En 1947 un emisario del Departamento, Bonsal, se entrevista en España con la cabeza militar de una intentona de derrocamiento del régimen franquista. ¿Sabe usted quién era? El «libertino» Beigbeder. Los americanos marean una y otra vez la perdiz del golpe antifranquista y engañan a los nacionalistas vascos como si fueran nacionalistas chinos, beneficiándose de sus servicios de información y sin cumplir su promesa de armar un ejército de gudaris para liberar Euzkadi. Los ingleses tratan de unir a monárquicos y republicanos bajo don Juan de Borbón, pero don Juan borbonea a todo el mundo, incluso a sí mismo. Todavía un grupo de republicanos conspiraría desde los pasillos de la ONU para que su régimen no fuera reconocido, pero en 1954 lo era y uno de aquellos republicanos empecinados, el peneuvista Jesús Galíndez, expresaría en una reflexión patética toda la decepción histórica que llevaba encima. Meses después sería secuestrado, para desaparecer, en la Quinta Avenida de Nueva York, y su diplomacia, general, no sólo no movió ni un dedo para ayudarle, sino que se dedicó mayoritariamente a cubrir de confusión y cieno tanto los hechos como la historia del nacionalista vasco que moriría a manos de Trujillo en los sótanos del poder, en los sótanos de todos los poderes de este mundo. Las grandes potencias le tenían a usted y a todo un pueblo como rehenes y las fuerzas políticas exiliadas como interlocutores cada vez más conscientes de su aislamiento, soledad, fracaso histórico. Pero no tenían por qué esperar a 1954 para llegar a esta conclusión. En un informe secreto, a manera de conclusión, que uno de los agentes del

423

Departamento de Estado envía a sus superiores a comienzos de 1948, queda claro que la mala suerte de la España democrática ya está echada, su buena suerte, general, renovada. El texto del agente Culbertson es taxativo e ilumina la relación franquismo-USA durante veinticinco años. «Primero asegura que las esperanzas puestas por la oposición en el papel "derrocador" de Estados Unidos siempre han sido infundadas. A continuación introduce una argumentación que va a dar mucho juego en los años futuros: la oposición exterior al régimen español le refuerza en el interior e impide la natural liberalización del régimen. El informante recurre incluso a la suposición de que la Iglesia Católica se mostraría reacia a un intento de sustitución del franquismo y termina su informe pidiendo "asistencia oficial directa" para el gobierno de Madrid.»

Aprendí a distinguir entre mis colaboradores a los que se ponían nerviosos y a los que asumían el temporal con la cara al viento y el ánimo dispuesto. ¿Los embajadores se iban? Ya volverían. Churchill me había dejado entrever que yo permanecía tranquilo y Roosevelt, más que Truman, había mantenido una correcta disposición hacia lo que representábamos como fortaleza de Occidente en el sur de Europa. Otra cosa eran las campañas desencadenadas por su viuda Eleanora Roosevelt, que dedicó los ocios de su viudez rica e histérica a denigrar a España, pero «Ya volverán» dije y los años me dieron la razón. Por otra parte, bastó que el pueblo español viera aquel acoso desmedido para que se echara a la calle y mediante una multitudinaria manifestación en la plaza de Oriente, rechazara la condena de la ONU y respaldara mi voluntad de no rendirme. En diciembre de 1946, millares de españoles, un millón, me aclamaron a viva voz y su mensaje estaba claro: Franco, no te rindas.

Otra ocasión en la que puse a prueba a todos mis colaboradores fue cuando se produjo la agresión del maquis. Al comunicarme que empezaban a entrar en España los maquis comunistas y anarquistas, pregunté: ¿Y qué hace la Guardia Civil? Se quedaron todos estupefactos, pero para mí el problema de aquellas pandillas de bandoleros sólo tenía que resolverlo la Guardia Civil, como una simple operación de policía. No obstante, la cantidad y la tenacidad del movimiento llamado «guerrillero», y que yo resolví promulgando una ley sobre terrorismo y bandidaje, llegó a ser preocupante por la difícil orografía y la dificultad de una acción rápida de repre-

salia, así como por el derrotismo que había penetrado hasta altas capas del nuevo Estado, impresionados por la tormenta internacional que se cernía sobre España. La acción de los bandidos rojos se extendía desde el Valle de Arán, en el Pirineo catalán, hasta Sierra Nevada y Sierra Morena pasando por las escarpadas montañas de Asturias y León. Junto a los daños materiales causados por los sabotajes, culpables doblemente en el marco de una España que se recuperaba de las destrucciones de la guerra civil, hay que sumar el balance final de víctimas entre la Guardia Civil y el ejército: 256 guardias civiles muertos, de ellos dos comandantes, y diez oficiales y 254 militares pertenecientes al ejército de tierra. La osadía de aquellas acciones trataba de convertirse en plataforma de propaganda internacional y desmoralización entre nuestros efectivos. Di órdenes tajantes de que no se informara de los actos de bandidaje y sólo de las capturas, juicios y ajusticiamientos. Hubo momentos en que ni siquiera la carretera de Madrid a El Escorial era segura, circunstancia que sólo conocíamos Carrero, yo, Blas Pérez González como responsable de gobernación y las más altas cúpulas de las Fuerzas Armadas y de la Guardia Civil. Años después un ministro de la gobernación, creo que Camilo, al recordar la historia de nuestras dificultades, mencionó los datos reales de los momentos más dramáticos de la lucha contra el maquis y muchos ministros de los primeros años o altas jerarquías del movimiento se quedaron estupefactos. Los desconocían totalmente.

El miedo a las acciones guerrilleras cambió de sentido cuando desaparecieron las partidas de maquis comunistas y la lucha armada quedó en manos de grupos anarquistas trashumantes que daban un golpe y luego volvían a sus bases en el sur de Francia. Su hermano Nicolás estuvo a punto de matar de un ataque cardíaco al gobernador de Barcelona, Baeza Alegría, cuando una mañana las camareras del hotel Ritz descubrieron que la cama destinada al excelentísimo señor embajador en Lisboa estaba vacía. Nadie la había usado. Nicolás visitaba frecuentemente Barcelona como ciudad de juergas y congresos, ayudado por celestinas de lo uno y lo otro que figuraban en la plana mayor del falangismo de altura catalán. Era un hombre singular que llegaba tarde a reuniones de negocios o que aparecía obesa y completamente desnudo ante los que le visitaban en su habitación, mientras, se vestía, se afeitaba o tomaba parsimoniosamente el desayuno. La intensa búsqueda policial del hermanísimo condujo finalmente a un meublé de lujo, donde dormía tras una noche de placeres ilimitados. Las historias de maquis las traía a casa mi tío Ginés, el hermano soltero de mi madre, que había vuelto muy rebelde y desquiciado de siete años de mili y uno en un batallón de castigo. A través de sus entusiasmos y depresiones íbamos experimentando el termómetro de la acción guerrillera hasta la retirada comunista del Valle de Arán, según consigna dada en persona por Carrillo que obedecía órdenes de *la Pasionaria* y sugerencias de Stalin. Mi padre al comienzo no quería ni oír hablar, luego escuchaba, pero bostezaba a continuación pretextando la necesidad de irse a la cama ante la jornada de trabajo que le aguardaba. Se iba a la cama a las diez de la noche. Cogía el triciclo a las seis de la mañana, luego hacía horas extras en la imprenta y de noche repartía sombreros a domicilio, porque entonces se volvía a llevar mucho el sombrero, obedientes a la indirecta publicitaria: «Los rojos no llevaban sombrero.» Los sábados por la tarde, cuando se implantó la semana inglesa, los dedicaba a cobrar recibos del seguro de entierro, actividad que continuaba el domingo por la mañana. Con los años cambió el triciclo por la responsabilidad del control del almacén de publicaciones diocesanas y desde ese cargo se jubiló oficialmente en 1970, en la práctica en 1974. Con los años entró en la conversación sobre la guerrilla, sobre política, tras el inevitable introito de la inutilidad de la política y el no menos inevitable epílogo de señalarme con el dedo y advertirme: No te metas en política, que aún me repite cuando le visito en la residencia. Igual consejo me daba el padre Higueras que buscaba a veces conversar conmigo, algo satisfecho porque yo era su criatura cultural y él podía sentirse el Pigmalión de aquel hijo de rojo. Ésta era mi predisposición hacia él durante una adoslescencia ferozmente ensimismada, casi autista, aunque tenía suficientemente desarrollado el sentido del superviviente como para no despreciar sus ayudas. Fueron él y mi madre quienes me ayudaron a ganarme la vida y los estudios antes de que mi padre pudiera vaciarse en el mismo empeño y también Higueras me buscó profesores particulares baratos que forzaran mis conocimientos de griego, latín y matemáticas de cara a aprobar el bachillerato y el examen de Estado por lo libre. Penetrar en los domicilios de mis profesores de lenguas muertas y de matemáticas y física era mi primera experiencia de viaje a otros mundos particulares, más allá de la calle Lombía, aquella zona de sombra del barrio de Salamanca, y que no tuvieran nada que ver con mi familia. El profe-

sor de lenguas muertas era un viejo oloroso en su propio
sudor, recluido día y noche en un inmenso pero desorganizado piso de la Red de San Luis, en el que mal convivía con su
vieja mujer suiza y loca, el matrimonio de su hijo más suizo
que manchego y una alemana que siempre me abría la puerta con la cara embadurnada de maquillaje y el pelo insuficientemente limpio o suficientemente sucio, recogido con un
pañuelo de topos. A mi profesor de lenguas muertas no le
gustaban las lenguas muertas. Se consideraba un discípulo
frustrado de Ortega, aunque a él siempre le había ido más Zubiri, «más trascendente», pero no podía ejercer por la famosa
Ley de Responsabilidades Políticas. Había tenido veleidades
católico-marxistas a través de *Cruz y Raya,* aunque hablaba
pestes de Bergamín y de los rojos y agradecía lo mucho que
había hecho el franquismo por su tuberculosis, mediante la
campaña «Pro cama del tuberculoso pobre». En cuanto al de
matemáticas me costó dos años llegar a saber que había sido
azañista y creía que las leyes físicas acabarían por destruir
el franquismo. ¿Cómo es posible, razonaba, que en plena ratificación de las tesis de Einstein pueda prosperar una filosofía política basada en la parálisis histórica? Así como el de
lenguas muertas era un viejo algodonoso y obeso a costa de
alimentos deleznables, obesidad grisácea, algo purulenta la
suya y siempre sudada, el de matemáticas, Galileo Cedrún,
era asténico y hablaba un castellano a lo *Azorín,* de asma y
frase corta. Del cajón de su viejo buró sacaba naranjitas san-
guinas muy pequeñitas, las mordía y las iba succionando dejando casi intocada la esfera de la corteza, como una pelotita
deshinchada. Todo olía a naranja en aquel saloncito sobre la
calle Vallehermoso, los libros, las manos de don Galileo, yo,
Eddington, Niels Bohr, Einstein... Cuando llegamos al álge-
bra de altura, a don Galileo se le cruzaban los cables y recitaba aquellos textos de matemáticas como si fueran poemas,
eran esencialmente polisémicos, general, yo ya me entiendo.
Así como el de lenguas muertas se había reconciliado con
sus represores, a don Galileo se le nublaban los ojos cada
vez que recordaba lo que le había dicho Azaña la última vez
que le saludó: «Galileo, Galileo, ¿y si la Tierra no se moviera?» A mi padre no le importaba mi mutismo sobre mi vida
extrafamiliar, pero al padre Higueras le gustaba tirarme de
la lengua y hasta quiso conocer a mi padre para comprender
mejor las razones de mi bloqueo psicológico. Mi padre no
sabía cómo agradecerle... en fin. Le dijo que había leído *El
criterio* del padre Balmes y el padre Higueras se quedó per-

plejo. «Pues yo no he podido pasar de la página treinta y seis.»

Pasaban tantas cosas al día en aquellos años difíciles, rodeados por la amenaza y la incomprensión internacional, que apenas si tuve tiempo para pensar la propuesta de dimisión que me pasó Lorenzo Martínez Fuset, deseoso, al igual que su esposa, Ángeles, de volver a sus Islas Afortunadas y alejarse de aquellos nueve años de intenso e ingrato servicio. Alguien me insinuó maliciosamente que Lorenzo abandonaba un barco que hacía aguas, alarmado además por el asesinato de uno de sus colaboradores, el jurídico militar Rodrigo Molina, al parecer víctima de un crimen pasional, pero ascendido al rango de asesinato político en aquel Madrid lleno de rumores de fines de 1945. Le concedí una audiencia y bromeé con él: «Prefiere tomar el sol en Canarias que pasearse como un notario con paraguas por Madrid.» Se echó a reír. Fue un hombre leal que en privado me llamaba humorísticamente «amo» y le perdí la pista casi totalmente, aunque creo recordar que luego le fueron muy bien las cosas económicamente, como notario y como intermediario de negocios, no se me escapa que respaldado por el prestigio que le daba haber sido uno de mis más directos colaboradores en los años difíciles. Según constaba en la nota de información confidencial que se me pasó a su muerte en abril de 1961, era presidente de la Junta del Puerto de Santa Cruz, ex decano del Colegio de Notarios, consejero de seis de las más importantes compañías canarias y de varios bancos y cajas de ahorro. Es decir, no había perdido el tiempo a su vuelta a Canarias, como no lo perdió a mi lado. He de decir que alguna vez le recordé con nostalgia y que a raíz de una crisis personal de Carrero a comienzos de los años cincuenta barajé con Carmen la posibilidad de llamar a Martínez Fuset y ofrecerle el cargo de secretario de la Presidencia. Fue Carmen quien hizo el tanteo, pero fue también una mujer, Ángeles Pérez Armas la que dijo que no, que su vida ya estaba encauzada en Canarias y poco podía aportar ya su marido a esta empresa. Martínez Fuset murió en Madrid a donde había acudido para una consulta médica a la desesperada y yo no pude acudir a su velatorio en Barajas, previo al embarque del cadáver de retorno a sus islas, porque estaba en Almería en un viaje de exaltación patriótica. El ministro del Aire me representó y mi hermana Pilar también estuvo presente en el acto.

Su propia hermana se sorprende de la frialdad con que usted y la Señora acogen la muerte de Martínez Fuset. No la relaciona con otros casos de desaparición de personajes de quita y pon, que una vez cumplidos sus servicios pasaban a su museo afectivo de la nada y del nadie: «A Martínez Fuset le conocí y traté mucho hasta su muerte. Y que conste que no exagero lo más mínimo por lo que luego contaré. Martínez Fuset era un gran jurista. Notario. Eso lo sabe todo el mundo. Durante la guerra siempre fue con el caudillo como comandante jurídico, porque él era el jefe de la Auditoría o algo así. Una gran persona. Cumplía con su obligación, que por la naturaleza del cargo no era a veces demasiado grata, naturalmente... Pues si era el máximo responsable, supongo que le llevaría al caudillo las sentencias de penas capitales. Adoraba a mi hermano, aunque últimamente se enfriaron las relaciones. Algo debió de pasar, porque se casó la hija de Fuset y la hija del caudillo no fue a la boda, con lo amigas que habían sido de niñas. Fuset quería aclarar las cosas con mi hermano. Pero por desgracia no lo consiguió. Voy a contar algo que sabe muy poca gente, sólo los íntimos. Martínez Fuset estaba enfermo del corazón. La última vez que vino desde Tenerife, donde residía, fue mi hijo Francisco a buscarlo al aeropuerto. La cuestión es que se puso mal en el avión y mi hijo, íntimo suyo, lo llevó al hotel Palace, donde ellos paraban siempre. Su mujer me pidió que fuera a verles al hotel. Yo al principio me negué, no por nada, sino por si le molestábamos, enfermo como estaba. Total, que fuimos al Palace, y allí me dijo que estaban distanciados el generalísimo y él y que había venido a aclarar una situación molesta que él no deseaba. Nos despedimos. Llegamos a casa. Nos sentamos a la mesa, que ya eran las diez de la noche. En el mismo momento llaman del Palace y nos informan que acababa de morir Martínez Fuset. Tenía hora pedida para el día siguiente con Jiménez Díaz. Se le hizo la capilla ardiente en el aeropuerto, lo velamos mi hijo Francisco y yo, de noche, y al día siguiente fuimos a despedirle al aeropuerto, antes de que se lo llevaran para Tenerife.»

Incapaces los republicanos y los comunistas de invertir la situación política en España, cada vez eran más abundantes las presiones ejercidas sobre don Juan para que encabezara un movimiento en mi contra. Traté de que consejeros como Vegas Latapie o Mateu Pla le llevaran al buen camino de un pacto conmigo e incluso le hice ofertas de que se instalara en

España, porque el ojo del patrón engorda al caballo ¿y no era su voluntad reinar algún día sobre los españoles? En aquel momento sólo recibí desaires: «Soy el rey y sólo regresaré a mi país por la puerta grande.» Le envié incluso a Luca de Tena, monárquico de toda la vida, para que no pusiera en duda mis correctas intenciones. Entonces ya se había rendido Japón y los ojos del mundo entero se volvían airados hacia los supuestos aliados de las potencias del Eje y a tono con la nueva situación de inseguridad que rodeaba mi obra política, mi todavía joven obra política, don Juan no tuvo piedad: «Que Franco salga primero y yo entraré después.» Había que ganar tiempo y Carrero tuvo las ideas imprescindibles para la circunstancia: preparar una declaración que reconociera la naturaleza monárquica del régimen español, pero sin concretarla y empezar a trabajar la posibilidad de saltar por encima de don Juan y establecer un nexo directo entre don Alfonso XIII y su nieto, el hijo primogénito de don Juan, por el procedimiento de convencer al pretendiente de que nos dejara educarlo para que algún día fuera el rey natural de una monarquía que así reuniría las dos legitimidades: la dinástica y la de la victoria en la guerra civil. Aún no estaba madura la situación para este planteamiento y el cada vez peor aconsejado don Juan no sólo se trasladó a vivir a Estoril donde cayó bajo la perniciosa y vengativa influencia de Sáinz Rodríguez y Gil Robles, sino que se dejó seducir por pactos espúreos con los republicanos en el exilio que querían utilizarle como caballo de Troya dentro de las fuerzas naturales vencedoras de la guerra civil. Así surgió el pacto de San Juan de Luz entre socialistas y monárquicos, a la sombra de don Juan y el Foreign Office controlado por los socialistas ingleses masones de Atlee. Los republicanos en el exilio cometieron toda clase de ruindades, desde conspirar antiespañolmente en los pasillos de la ONU, hasta aliarse con los servicios de información norteamericanos (FBI, OSS, CIA) para conseguir armas, soporte informativo y logístico de cara a una invasión de España a través del País Vasco. Ni que decir tiene que todo esto lo movía sobre todo el PNV (Partido nacionalista vasco), dirigido por el futbolista Aguirre, también masones de la catadura de Álvarez del Vayo, con un pie en los servicios de información yanquis y otro en la internacional roja. Por una parte la insidia y la agresión y por otra la malicia de indisponer a don Juan de Borbón contra nuestro régimen, atrayéndole a una alianza espúrea con sus enemigos históricos, los republicanos, socialistas incluidos, para derrocar el *régimen. Así nacería la fantochada del pacto de San Juan de Luz de agosto de 1947, supuesta respuesta al referéndum que yo había convocado un mes antes para que el pueblo español aprobase o rechazase una Ley de Sucesión del Estado que yo consideré una respuesta equilibrada a las pretensiones monárquicas, porque por una parte me ratificaba como ganador de la guerra y garante de los principios del movimiento nacional y por otra establecía que mi sucesor sería un español de sangre real, mayor de treinta años y católico, cuatro condiciones que se cumplían en la persona de don Juan de Borbón. La victoria del referéndum fue total: de más de diecisiete millones de electores más de catorce millones votaron a favor, sólo unos 700 000 en contra y unos 300 000 fueron anulados.*

Si se tenía miedo a hablar de política, incluso a recuperar la memoria vencida, en 1947 se tuvo miedo a decirle a usted que no. Hubo quien interpretó el referéndum como el primer paso para un retorno de la monarquía, preferible a su dictadura y por lo tanto el comienzo de su alejamiento. Pero la mayoría votó sí porque en la cabeza no les cabía el no y entre los más políticamente débiles se inculcaron toda clase de terrores: o el sí o el caos, o el sí u otra guerra civil, o el sí o te vas a quedar sin seguro de enfermedad o sin jubilación. Era tal la sensación de omnipotencia, omnisciencia, del poder que contaba entre sus atributos descubrir lo que decía la papeleta sin necesidad de sacarla del sobre. Una de las amenazas más metafísicas era la que advertía: Si no votas te van a quitar los puntos... los puntos... pluses que engordaban sueldos miserables, el plus de vida cara, el plus por cada hijo... pluses y horas extraordinarias, catorce horas de trabajo tras un siglo de luchas del movimiento obrero para conseguir la jornada laboral de ocho horas. Un corresponsal extranjero la preguntó a usted ya vencedor del referéndum del 47: ¿Es muy difícil gobernar a los españoles? Usted sonrió benévolamente, puso su mano sobre nuestras cabezas rapadas por dentro o por fuera o por dentro y por fuera y dijo: «No, ¡qué va! Para mí ha resultado muy fácil.»

¿Qué más quería don Juan de Borbón? ¿Qué yo me retirase a vigilarle el trono mientras él reinaba sobre un país empobrecido, asaltado por la pertinaz sequía, con cosechas irregulares y niveles de destrucción pavorosos que aún arrastrábamos desde la guerra? Mientras pudiera, jamás, jamás me

convertiría en una reina madre, función a la que querían relegarme los monárquicos. Si ellos se juntaban bajo los faldones de la masonería de la pérfida Albión para firmar un pacto entre Gil Robles y Prieto respaldado por el pretendiente, allá ellos. Todo lo referente a la Ley de Sucesión había vuelto a poner a prueba a mis colaboradores y yo me sentía cada vez más seguro de la fidelidad de Carrero como asesor directo y de Blas Pérez como gran talento jurídico y hombre de orden denigrado por la propaganda masónica y marxista como el Himmler español. Yo se lo recordaba a él de vez en cuando: «Después de Martínez Anido ahora le comparan con Himmler. Va a pasar usted a la historia como un criminal de guerra.» Blas me contestaba: «Excelencia, si paso a la historia en un pequeño lugar, a su lado, ya es suficiente favor para mí.» Mis propios informadores me aseguraban que Blas Pérez era antimonárquico, antifalangista y que por lo tanto estaba hecho a la medida del presidencialismo hasta cierto punto coronado que introducía la Ley de Sucesión. Rey sin corona, me llamaban y recordé aquellos tiempos de Salamanca y Burgos en los que Nicolás me propuso iniciar una nueva dinastía, creo que en broma, luego Carrero me lo plantearía con mayor frialdad, a la manera bonapartiana. Nicolás siempre tan megalómano. La sagacidad de Blas Pérez y la fidelidad de Carrero entraban frecuentemente en litigio y yo siempre he sido partidario de que las relaciones entre mis asesores sean enriquecedoras pero algo tensas, porque así puedo elegir entre dos verdades, dos posiciones. Varias veces Carrero intentó desplazar a Blas Pérez de la cartera de Gobernación, pero el gran jurista me fue indispensable durante muchos años y cuando tuve que sustituirle en 1957 no respeté las apetencias de Carrero, sino que puse al frente del ministerio a Camilo, pero por debajo de él a hombres en buena parte formados por Blas Pérez, como Carlos Arias Navarro, que fue mejor director general de Seguridad que luego ministro de Gobernación.

¡Ah, el pretendiente! Mientras socialistas y monárquicos, con sus dos pesos fuertes, Prieto y Gil Robles, ultimaban en la más profunda trastienda el pacto de San Juan de Luz por el que asumían la monarquía de don Juan como instrumento de retorno de la democracia a España, usted convocaba al pretendiente a una cita naval en San Sebastián, a bordo del *Azor*, atraído don Juan por las promesas de sentar de una vez las bases del retorno monárquico. Monárquicos y republicanos quedaban con el culo al aire y Prieto exclamaría amargamente: «Tengo unos cuernos que no puedo salir por esa puerta.» ¿De qué hablaron en el *Azor* y, sobre todo, de qué no hablaron? Usted ocultó el pavor que le producía la simple idea de un retorno de los republicanos a una España en la que estaban presentes todas las huellas de la represalia. Don Juan calló el miedo que sentía por todos los republicanismos, fuera el de «los rojos» fuera el de los falangistas. Usted supo utilizar ese miedo. Los falangistas no le admitirán y los republicanos le utilizarán para traer más tarde o más temprano la III República. En cambio, alteza, si usted no se muestra hostigante, la Ley de Sucesión le prefigura como heredero obvio y sería muy interesante que nos cediera a su hijo primogénito para que le educáramos, para que inspirara confianza en las filas del movimiento. Este simple gesto sería interpretado como un compromiso dinástico... Sáinz Rodríguez diría haberse dado cuenta entonces de que Franco permanecería en el poder hasta su muerte y su propio primo, Pacón, caudillo, comentaría que usted negocia con unos y con otros, da esperanzas a estos y a aquellos, pero sólo saldría del poder una vez muerto. Al bajar del *Azor* en aquel agosto de 1947 usted tenía para siempre al pretendiente en el bolsillo y pronto dispondría del precioso rehén de su hijo, el hoy rey Juan Carlos I.

¿Estuvo España sola ante el mundo en aquellos años de incomprensión? Casi. Portugal y más concretamente el régimen de Oliveira Salazar nos ayudaba todo lo posible y sobre todo nos molestaba lo menos posible a pesar de su tradicional fidelidad a la estrategia internacional británica. Mi única salida al extranjero la hice precisamente a Portugal, donde Oliveira y el presidente de la república, mariscal Carmona, me testimoniaron su afecto. También algunas repúblicas americanas compensaron el abierto hostigamiento con el que nos trató México, principal refugio de rojos exiliados. De cara al pueblo español fue Argentina la nación amiga preponderante, porque nos «ayudó» vendiéndonos trigo y carne congelada, cuando tanto escaseaba lo uno y lo otro. El mito de la «ayuda argentina a España» habrá que colocarlo algún día en sus justos términos, porque si bien es cierto que dentro del bloqueo internacional, la llegada del trigo y de la carne congelada argentina representó un alivio para el hambre y las ganas de comer que había en España, no es menos cierto que no fue un regalo, sino una manera de sacarse de encima excedentes agrarios y ganaderos en los mejores años económicos y polí-

ticos del peronismo. La famosa Evita me puso nervioso du-
rante su visita a España, hasta el punto de que ante la po-
sibilidad de que lanzara un discurso populista en Barcelona
y me soliviantara a las masas, ordené al gobernador civil que
no la dejara hablar: ¡Evita que hable!, hice que constara por
escrito y si me lo hubieran reprochado me bastaba pretextar
la pérdida de una coma: Evita, que hable. Sólo me faltaba
que posteriormente el gobierno argentino me exigiera que re-
conociéramos la deuda en dólares. ¿De dónde sacábamos no-
sotros los dólares? Además nos cobraban el trigo cinco veces
por encima de su valor de origen, aun sabiendo que estába-
mos con las divisas agotadas. Si no había dólares no había
trigo y en cierta ocasión se produjo un lamentable incidente
que no quise fuera de conocimiento público para evitar des-
moralizar al pueblo español. Veinte barcos españoles que ha-
bían llegado a Buenos Aires para cargar el precioso grano tu-
vieron que volver de vacío porque el gobierno de Perón y su
mujer querían los dólares. Y eso después de la cantidad de
miles de pesetas que gastamos agasajando a doña Eva Duar-
te de Perón, «Evita» no paró de denigrarnos, hasta el punto
de que nuestro embajador, que estaba haciendo antesala en
la Casa Rosada de Buenos Aires, oyó cómo tan ordinaria
dama daba paso a la audiencia con un vocabulario de esta
guisa: «A ver, que pase el gallego j... ése», la prensa argenti-
na, «libre» como recalcó el embajador cuando nos quejamos,
atribuyó a mi yerno un papel proceloso en los permisos de
importación de la motocicleta Vespa, asunto que gestionó el
jefe de mi casa civil, Huetor de Santillana y en el que quizá
mi yerno algo tuviera que ver, aunque no veo qué hay de malo
en tratar de sumar algunas pesetas más a las que gana tra-
bajando en muchos hospitales como cirujano cardíaco, uno
de los mejores de Europa, según le consta a mi mujer Car-
men. Poco después de las calumnias contra mi yerno, el ge-
neral Perón en persona me envió una carta en la que me daba
explicaciones, suficientes, y nuestro embajador en Buenos
Aires, Manuel Aznar, en un informe confidencial explicaba que
la campaña contra el régimen español y contra el marqués
de Villaverde había sido urdida por la masonería de Buenos
Aires y por sectores del partido peronista molestos porque el
teniente general Duque de la Torre, a su paso por la capital
argentina, declaró a una revista o lo escribió, en fin, que Eva
Duarte de Perón tenía mucha personalidad, cierto, pero tam-
bién mucha demagogia. Cerca del poder peronista se movía
Jiménez Asúa, profesor y político republicano socialista exila-

do, con tanto prestigio como jurista como reconocida fama de alto cargo de la masonería internacional. Fruto de la influencia de las sectas masónicas, Perón cometió un error fatal. Yo siempre recordé una frase graciosísima del Duce: «Generalísimo, hay dos cosas con las que un gobernante nunca debe meterse: con la Iglesia y con la moda de las mujeres.» No hacía falta que me lo recordara el Duce. Muchachos, en nuestra gran literatura clásica, es el mismísimo don Quijote el que lleno de desaliento advierte a Sancho: «Con la Iglesia hemos topado.» Y más de una vez le había hecho yo la broma al cardenal Quiroga Palacios: «El día en que ustedes quieran me voy.» Pues bien, por una parte Perón se indispuso con la Iglesia y por otra convirtió a su mujer en un modelo de mujer política que ofendía a las mujeres argentinas más cualificadas, porque conocían los orígenes de Evita y no eran lo suficientemente morales como para ser modélicos. Además, Perón y la plana mayor dirigente, Evita al frente, empezaron a arramblar con todo lo que podían y todo el mundo sabía que regalarles algo equivalía a conseguir algo. No supieron mantener distancias entre los obsequios lógicos que debe recibir un jefe como homenaje desinteresado de su pueblo y los obsequios interesados. Tanto Carmen, como yo, como todos los miembros de mi familia siempre fuimos muy cuidadosos con los regalos recibidos. Hay quien te da un cenicero y a cambio espera sacarte un latifundio.

En el piso de Hermanos Bécquer al que fue a parar su viuda una vez desalojado El Pardo, en una habitación estaban parte de los tesoros recibidos por las buenas o por las regulares a lo largo de sus expediciones por España o de cuarenta años de audiencias con regalo incluido: «Antes de que apareciera la Señora, alguien (por motivos obvios no voy a revelar su nombre, aunque quiero aclarar que no fue Merry), me introdujo en un cuarto de unos 40 metros cuadrados, un enorme cuarto de armarios estrechos que alcanzaban el techo. El indiscreto introductor me abrió los ojos al abrir, al azar, uno de aquellos recipientes entelados en tonos azules claros. En su interior apareció una superposición de cajones. «Mira» dijo tirando de un cajón y presentándome la isla del tesoro. En aquel cajón, insisto que abierto al azar, había una mezcla desordenada de joyas: collares, diademas, pendientes, guirnaldas, broches, camafeos y todo con lo que sueña un buscador de fortuna. De seguido, tras cerrar este cajón, se abrió otro en el otro lado de la habitación y volvieron los

435

destellos de perlas, aguamarinas, brillantes, diamantes, oros y platas. Los rubíes también dieron su luz, y las esmeraldas y los topacios. Con el mismo colosal desorden que en el cajón anterior, allí reposaba parte de la colección privada de la Señora que, de seguro, habría enloquecido al joyero más equilibrado.

—Las cosas de gran valor no están aquí. Ésas están en el banco. Aquí sólo está lo que ella considera de menos importancia —dijo la máscara.

Aquel cuarto contaba con más de 20 cajones por sección y allí había de 40 a 50 secciones, a ojo de buen cubero y calculando con humildad. También recuerdo que aquella grandeza contrastaba con las goteras que había en el techo de la misma habitación. La decadencia no se frenaba, seguía filtrándose a través de este detalle. Jamás había visto yo, ni siquiera en las películas de corsarios, un tesoro de tal magnitud. Eran los regalos de cuarenta años, los halagos en forma de brillo que la oligarquía española y los agradecimientos extranjeros, conocedores del amor que la Señora tiene hacia las piedras y metales preciosos, le habían hecho llegar para obtener su gracia y, consecuentemente, el salvoconducto para consumar asuntos varios. Tener a la Señora contenta cuentan que era una buena inversión. No extraña, los millonarios son capaces de cualquier maniobra con tal de que engorde su hacienda. Más que adorar al santo por la peana, lo habían revestido de doraduras de la cabeza a los pies. Según se me informó, nada de lo allí contenido había sido adquirido por la coleccionista. Eran regalos, símbolos paganos para adornar la hecatombe.»

Su fugaz nieto político Jimmy Giménez Arnau, así lo vio.

Pero detrás de tanta teatralidad antiespañola, percibíamos la expresa intención de los poderes mundiales de no intervenir en España, temerosos de que la intervención creara un nuevo foco de desestabilidad europea del que se aprovecharía el comunismo, como ya se estaba aprovechando en Europa central y Grecia, tratando de abrirse camino hacia el Mediterráneo, el viejo sueño geopolítico de los zares. Entre la exclusión del Plan Marshall que nos condenaba al hambre, según mis enemigos, por culpa de mi obstinación en permanecer al frente del poder y los créditos de ayuda a España que votó el Congreso norteamericano en 1950, mediaron sólo dos años y la visita a España en ese año del almirante Sherman significó el primer espaldarazo importante de los Esta-

dos Unidos. Contábamos con el mejor de los aliados, el más determinante y aunque los gobiernos democráticos retiraron los embajadores (nunca cerraron las embajadas) y mantuvieron la comedia de la cuarentena de España, cobardes ante la acción propagandística de las izquierdas y la opinión maleada de sus masas electorales, era cuestión de dar tiempo al tiempo. A medida que Europa se reconstruía y se concretaba la guerra fría entre el capitalismo y el comunismo, la posición política de socialistas y comunistas en el mundo occidental se debilitaba, ¿quién habría de decir que los «heroicos» comunistas españoles que habían formado parte de la Resistencia francesa iban a ser declarados ilegales en Francia en 1950 y desterrados lo más lejos posible de España para que no siguieran hostigándonos tras el fracaso de sus guerrillas? Hay que saber esperar y actuar cuando llega el momento, por ejemplo, cuando al acabar la guerra mundial integré en mi gobierno a gentes vinculadas al Vaticano como Martín Artajo o Ruiz-Giménez, implicaba en nuestra defensa a la Iglesia española, que si bien había perdido el estricto ánimo de cruzada de los años anteriores, salía como fiadora de nuestro régimen. El mismo Ángel Herrera, cerebro gris del propagandismo católico anterior a la guerra civil y ahora obispo, había aplacado los impulsos de sus jóvenes seguidores demócrata-cristianos cuando en marzo de 1946, meses antes del Congreso de Pax Romana, les había dicho en una reunión privada que sentía... «... la injusticia extranjera contra el espíritu que animó la cruzada comenzada el 18 de julio de 1936».

Bajo control tenía el peligro que representaba el versátil don Juan de Borbón, decidido a combatir a nuestro lado en 1936, impaciente conspirador con Kindelán, Varela y compañía en los primeros años cuarenta, instigador del pacto de San Juan de Luz entre republicanos y monárquicos en 1947, pero pocos días después dispuesto a reunirse conmigo en aguas del Cantábrico para decidir el futuro de España y de su hijo y en 1955 declarando en ABC que asumía la legitimidad del movimiento y la Falange. Yo que había sido su yunque en 1942, en 1946 y en 1947, cuando tan desairadamente me exigía que le cediera su sitio, cuando yo sólo ocupaba el que me había dado la legitimidad de la cruzada, no quise ser esta vez definitivo martillo y si bien estaba escrito y pensando que mientras yo viviera jamás don Juan sería rey de España, tiré adelante el plan Carrero de ofrecerle tutelar la educación de su hijo y heredero para adecuarlo a la funcionalidad de nuestro movimiento. En un año las cosas habían cambiado mucho y don Juan comentaba entre sus íntimos que jamás las potencias democráticas derrocarían a Franco y que no había otra salida que entenderse con él. Nicolás me comunicó estas evidencias desde Lisboa y entre él, Carrero y yo urdimos un plan de acercamientos a don Juan para hacerle la oferta. No tenía otra salida. Cuando mis intermediarios me comunicaron que don Juan daba el visto bueno me quité un peso histórico de encima, ya podían llover chuzos que ni uno iba a darme y me sabía definitivamente a salvo en un juego político totalmente controlado, sabedor yo por fin de que la mejor fuente de lealtad es estar en posesión de las debilidades del que pueda serte desleal. En mi largo pulso con don Juan aprendí que hasta la arrogancia de un príncipe tiene su talón de Aquiles y está dispuesta a disminuirse, a hacer entrega de su propio hijo con tal de salvar la dinastía. ¿Para qué sirve un príncipe si no para salvar la dinastía? ¿Acaso los mortales normales no tenemos hijos para salvar la especie?

Yo tenía dieciocho años cuando en noviembre de 1948 usted recibió su rehén, un niño secuestrado durante veintisiete años para poder ser el rey del movimiento, un cargo imposible de detentar formalmente, del que tuvo que empezar a deshacerse en 1975 en tres años. Veintisiete años de secuestro para sostener tres años de posfranquismo oficial. Cuentan que aquel niño de diez años de edad, entregado al apetito de eternidad de su excelencia y sus parientes allegados, pasó días, días de melancolía anteriores al viaje que le separaba de su mundo infantil y familiar de Estoril y le llevaba a una jaula teórica de falsificación histórica servida por militares adictos a usted y a la monarquía y por catedráticos casi todos escasos de pensamiento y obra. Hasta mi madre tuvo una mirada de piedad sobre aquel niño casi transparente y flamígero de tan rubio, con sonrisa de pedir disculpas que enseñaba una portada de *ABC*, improvisada papelina para media docena de huevos comprobados, uno a uno, por la vendedora a la luz de una bombilla. «Pobre chico, tan cerca de Franco y tan lejos de su madre», dijo la mía y a pesar de su republicanismo mientras vivió siempre conservó un rincón de ternura en su memoria para aquella primera imagen de su rehén condenado a sobrevivir entre los que habían sido nuestros verdugos. Yo era algo más duro pero a veces pensé que si algún día se producía una revolución y derribaba el franquismo, habría que hacer alguna cosa para salvar a aquel chico. En cierto sentido mi madre me trasmitió parte de su compasión, que era hija del miedo que sentía por usted dispuesto a separar al príncipe de las contaminaciones liberales de la corte de Estoril, incluso de sus preceptores habituales, como Vegas Latapie, que se despidió del inmediato rehén como en los mejores melodramas monárquicos:

«Mi queridísimo señor:

»Perdón por no haberle dicho que me iba. El beso que anoche le di al marcharme era de despedida. Muchas veces le he repetido que los hombres no lloran, y para que no me viera llorar he decidido regresar a Suiza la víspera de su posible marcha a España.

»Si alguien se atreviera a decir a V.A. que le he abandonado, sepa que no es verdad. No han querido que yo siguiera a su lado y me tengo que resignar. Cuando vuelva yo a España para quedarme allí para siempre iré a visitar a V.A.

»Que es muy bueno, que Dios le bendiga y que alguna vez rece por mí, desea y le pide su fiel servidor que le quiere con toda el alma,

EUGENIO VEGAS LATAPIE.»

Todos nos conocíamos demasiado y sólo nuestras debilidades políticas, económicas y sociales podían vencernos, ya ningún peligro podía llegar desde fuera, como no fuera el consignismo fanático del comunismo, porque los socialistas no estaban preparados para una acción clandestina antiespañola y tenían más miedo a los comunistas como compañeros de viaje que a nosotros como «usurpadores» de la legitimidad democrática de la II República. Pero a pesar de que las cosas lentamente volvieron a su sitio, nunca me descuidé porque sabía que los apoyos recibidos no nos llegaban exentos de vigilancia y doble juego. Mientras los norteamericanos me ofrecían seguridades, apoyos, créditos con una mano, con la otra mantenían movimientos conspiratorios tanto dentro como fuera de España, utilizando al pobre Beigbeder o a Indalecio Prieto o los vascos del PNV. Las grandes potencias nunca juegan a una sola carta e igual puede decirse del Vaticano, pero los años demostraron que nuestra carta era la más segura, la única posible. También acertamos al lanzar la carta en los tapetes decisivos y más proclives. Eran dos: USA y el Vaticano y hacia allí se dirigió una jugada que yo llevé muy personalmente, decididamente flanqueado por Carrero en lo privado y por Martín Artajo, ministro de Asuntos Exteriores, en lo público.

Un síntoma claro de que la predisposición pública de los Estados Unidos hacia nuestro régimen había cambiado, lo tuvimos cuando en ocasión de un viaje del ministro del Aire, González Gallarza a Manila, para celebrar el veinticinco aniversario de su heroico raid aéreo Madrid-Manila, hizo escala en Washington y cuál fue su sorpresa cuando el agregado aéreo en nuestra embajada le comunicó que el gobierno norteamericano le consideraba huésped de honor y huésped oficial de la Fuerza Aérea. Le enseñaron los grandes avances técnicos, las fábricas más importantes donde se construían los grandes bombarderos y finalmente le recibió el general Vandenberg, jefe de Estado Mayor, quien le aseguró: «A nosotros nos interesa contar con la amistad de España y Turquía.» España como puerta cerrada al comunismo en el sur de Europa y Turquía como portaaviones armado hasta los dientes frente a la amenaza soviética y el convulso Oriente Medio. Gallarza me informó y anunció nuevos contactos. Aquél fue un gran día. El respaldo de Estados Unidos, todavía gobernados por el masón Truman, nos haría invulnerables combinado con el aval de la Iglesia, si conseguíamos firmar el Concordato con la Santa Sede. Arias Salgado se las vio y se las deseó para que las habituales críticas contra Estados Unidos desaparecieran paulatinamente de nuestros medios de comunicación. El No-Do, el noticiario que veían todos los españoles por el simple hecho de entrar en una sala de cine, aumentó la información sobre los USA con benevolencia y yo aparecí haciendo todos los gestos necesarios para trasmitir confianza en nuestros futuros, presuntos aliados. He de hacer un elogio del No-Do, pieza maestra de la formación de una nueva conciencia nacional en tiempos en que aún estaba lejos la televisión y eran el cine y la radio los principales alimentos culturales e informativos de las masas. De siempre había sido yo un buen aficionado al séptimo arte e incluso hacía mis pinitos con mis cámaras de superocho. No sólo favorecí un cine de exaltación patriótica de cara a reivindicar nuestro pasado imperial y la finalidad de nuestro régimen, sino que a través del No-Do fuimos marcando el tránsito de nuestra política y el sentido de mi acción personal. No desconozco que mis enemigos se burlaban de la frecuencia de mis apariciones en el No-Do y del mismo modo que me llamaban Paco Rana por los muchos pantanos que inauguraba, también se referían descaradamente a mí como «el galán del No-Do» por la frecuencia de mis apariciones. No podía quejarme yo en aquellos años del trato que me daban los medios de comuni-

cación, aunque subyacían en muchos mensajes los diversos planteamientos falangistas y monárquicos o vaticanistas que marcaban las líneas fundamentales de mis seguidores críticos hasta la década de los sesenta, pero era el No-Do mi instrumento principal como había sido la radio el instrumento de Hitler y Churchill. No es que me gustara en demasía posar ante las cámaras pero lo hacía como un acto de servicio más, para que los españoles se sintieran protegidos y acompañados por mi persona, transmitiéndoles no sólo esa dosis de corresponsabilidad en el arduo trabajo de reconstrucción en el que estaban empeñados, sino también un principio optimista sobre su papel en el mundo: El mundo entero al alcance de los españoles *rezaba el lema final del noticiario y aunque se prestaba a sarcasmo (incluso mis hermanos me hicieron alguna chanza sobre lo difícil que era viajar a los españoles sin dinero y con pocos pasaportes autorizados) educaba cotidianamente a las nuevas generaciones en la justeza de nuestra dirección histórica.*

Tuve ocasión de repasar algunos No-Do, general, y tiene razón el psiquiatra Carlos Castilla del Pino cuando le descubre la timidez con que se enfrenta a los grandes personajes. Ese no saber estar ante Eva Duarte de Perón, inseguro, sin sitio para las manos, como esa zozobra que describen quienes le comunicaron que estaba a punto de llegar la reina madre Victoria para el bautizo de su nieto, el príncipe Felipe y usted no sabía qué hacer, cómo presentarse ante la que había sido su reina, la esposa de Alfonso XIII, que como todos los Borbones tenía la mala educación de tutear a todo el mundo, incluso a usted ¿Temía acaso que la reina Victoria le tuteara? En cambio usted se sentía feliz pescando y cazando, porque tenía el éxito asegurado ante la pieza, más tarde o más temprano usted cobraría la pieza. El mismo Castilla del Pino ha explicado mejor de lo que yo pueda hacerlo qué sentía usted cuando fusilaba ciervos: «Ahora bien, un dictador puede ir sin riesgo a la caza o a la pesca, porque habrá de ser siempre el mejor, nadie se atreverá a superarle. Y, por otra parte, el dictador no parece cuestionar la posibilidad de que su éxito se deba a la cómplice colaboración de sus servidores: unos, para dejarse ganar, otros, a sueldo mínimo, para facilitarle el logro de la pieza. Yo estoy seguro de que Franco no debió imaginar nunca que el ciervo que "fusiló" en Cazorla, el de más poderosa cuerna, era un ciervo cebado, que acudía siempre al sitio en donde venía encontrando su alimento desde semanas. Esto me lo han dicho a mí en Cazorla gente que colaboró directamente en esta maniobra... Bueno, la caza es un forma de afirmación de la personalidad, de ahí la competitividad existente en ella y la tendencia a la fantasía —¡no a la mentira!— de los cazadores. Es decir, que no es preciso imaginar demasiado para pensar que Franco encontró en la caza la forma de magnificación ante los demás, algo así como la formulación de "vean ustedes lo magnífico que soy por mí mismo, y no por mi función social". En segundo lugar, hay una descarga de instancias destructivas, que para los que no somos cazadores resalta en primer plano hasta el punto de rechazarla como tarea. Cuando el primo nos cuenta que su médico teme por Franco, porque un día llegó a disparar más de cinco mil escopetazos, me da escalofrío, pero se me hace comprensible que, pese a su limitado intelecto, haya estado cuarenta años en absoluto mando personal.»

Ya os he dicho que Blas Pérez creó una escuela espléndida de políticos expertos en seguridad del Estado, con decir que discípulos suyos fueron desde Carlos Arias Navarro, García Hernández hasta Antonio Carro y que Camilo durante su largo mandato como ministro de Gobernación se benefició del personal educado en las buenas pero contundentes maneras de aquel gran jurista. Si era difícil meter en cintura a una población civil hija del clima de desgarramiento moral y social de la república y de la guerra sometida ahora a toda clase de privaciones ¡cómo no iba a serlo acabar de extirpar la cizaña roja que una y otra vez trataba de brotar entre las espigas de trigo de la nueva España! Hasta final de los años cuarenta fuimos liquidando focos de resistencia sistemática de socialistas, anarquistas y comunistas y a partir de los cincuenta, mientras los socialistas del exterior buscaban fórmulas mágicas para el cambio político y los anarquistas diezmados recurrían al terrorismo individualista más expeditivo, nos quedamos frente a frente con los comunistas que sustituirían melifluamente la táctica de la acción directa por la de la penetración en la sociedad e incluso en los aparatos del régimen, principalmente los sindicatos y a la par, las universidades. Fue entonces cuando se puso en evidencia la perfección de nuestra Policía Política Social que supo trabajar con serenidad a pesar del cerco de incomprensión internacional que siguió rodeando su gestión. Tras hábiles interrogatorios, tan frecuentemente glosados por la prensa, no había intentona organizativa comunista que se les resistiera y los demás conspiradores, la verdad, no me quitaban el sueño.

Tan «hábiles interrogatorios» conseguían demasiadas veces que los interrogados decidieran morirse en las dependencias de la Brigada Político Social o en los cuartelillos de la Guardia Civil si los hábiles interrogatorios eran de ruralías. No sólo se le morían a usted en las checas azules los interrogados comunistas, anarquistas, socialistas o separatistas, sino que también se le moriría un monárquico, Carlos Méndez, un joven seguidor de la conspiradora duquesa de Valencia, demasiado débil para la tortura en aquellos años del racionamiento, 1948, nueve años después de acabada la guerra civil, mientras usted negociaba con el pretendiente monárquico la franquistización de la monarquía, sus policías se tomaban la historia por su mano. Otra especialidad derivada de los hábiles interrogatorios fue la enajenación transitoria de los detenidos, convencidos de que podían escaparse volando a través de las ventanas y, naturalmente precipitados sobre el asfalto, muertos de la misma perversa utopía que les había hecho disidentes. La costumbre de saltar al vacío fue muy frecuente en los primeros años de la posguerra, pero incluso muchos años después se les quedó en un hábil interrogatorio el dirigente socialista Tomás Centeno y todavía en 1962 «saltó al vacío» Julián Grimau en pleno «hábil interrogatorio» en la Dirección General de Seguridad y como varios testigos vieran la caída del empecinado comunista, no hubo más remedio que recogerle, recomponerlo y presentarlo ante el tribunal con las huellas del impacto en el rostro desfigurado. Tras el fusilamiento de Julián Grimau en Semana Santa de 1963, por supuestos delitos cometidos durante la guerra civil, todavía un caso de detenido volador sorprendió a las gentes del país. El estudiante Ruano, vinculado al FLP, saltarín de vacíos a comienzo de la década de los setenta cuando estaba en plena fascinante experiencia de vivir un «hábil interrogatorio». ¿Qué opinaron sus ministros cristianos, excelencia, de tales voladuras? ¿Qué receta ética se autodecretaban los demócratas cristianos o los del Opus Dei para seguir colaborando con un régimen que concebía al hombre como un ser «portador de valores eternos» incluidos los torturados? ¿Y la Iglesia, excelencia? Si usted no tiene datos yo puedo contarle una experiencia personal. Tras la caída de 1960 llegaban a la calle estremecedores datos sobre las torturas que padecían los comunistas detenidos, Sánchez Montero y Julio Lobato entre otros. Un dirigen-

443

te de la HOAC, buen conocedor de los matices de la jerarquía católica, nos propuso acudir al obispado de Madrid, no con el ánimo de hablar con el señor arzobispo, uña y carne del régimen, sino con un auxiliar, de reconocida liberalidad porque de vez en cuando decía coño, con perdón, en el ardor de la polémica pastoral. Por la puerta trasera del obispado llegamos a la antecámara del cura en cuestión, rodeados de miradas curiosas cuando no alarmadas y ya en presencia del oráculo relatamos cuanto estaba sucediendo en la Dirección General de Seguridad y al tiempo iba creciendo una sonrisa dubitativa en el rostro del reverendo. Tan escéptica era su expresión que el de la HOAC reclamó mi presencia en primera línea del círculo y me presentó como una víctima directa de malos tratos en la Dirección General de Seguridad. Previne al cura de que mis malos tratos al lado de los que habían recibido otros camaradas podían considerarse caricias y le expuse las «caricias» con que me habían obsequiado los hábiles interrogadores. Yo adivinaba la formación de una tormenta anímica en el fondo del sensible espíritu del clérigo a juzgar por la santa indignación que iba acumulándose en su ceño, en sus ojos, en su boca de *gourmet* de consagraciones, pero cuando esperaba una explosión de santa ira contra tanta barbarie impune, se limitó a preguntarme coléricamente: «Y eso, usted, ¿cuándo lo ha soñado?»

Pacificado el país y segura la continuidad del movimiento con un Carrero Blanco respaldando mi acción de gobierno y progresivamente sana nuestra economía, pude dedicarme con mayor frecuencia a la caza y la pesca y al cultivo de amistades hechas a la medida de este deporte. Una de las personas más encantadoras que he conocido fue el doctor Iveas Serna, mi dentista y experto pescador de río que desde 1944 me enseñó las artes de la pesca con cucharilla, luego con cebo vivo: lombriz o saltamontes, y me permití el invento de lo que Pepe Iveas llamaba la «lombriz motorizada», que consiste en pescar truchas con cucharilla y lombriz a la vez, distanciando en el sedal los dos reclamos en una distancia aproximada de un metro. Especialmente afortunadas las expediciones de pesca a la presa de Peralejos de la Trucha, cerca del nacimiento del Tajo. Pepe Iveas siempre llevaba en la guantera de su coche mi historial clínico dental, por lo que pudiera pasar y en cierta ocasión, como resultado de una operación de pesca en el Azor, tuve que reclamar sus servicios porque me di un golpe en la boca contra la baranda del yate en un día de mar gruesa y se me partió un diente. Pero sin duda el más grande pescador que he conocido ha sido Max Borrell, impresionante conocedor de las artes de caza y pesca y como consecuencia, de cazadores y pescadores. Desde este conocimiento, Max estaba convencido de que a mí me gustaba más pescar que cazar. «A usted, excelencia, le gusta la caza porque está disparando constantemente y se cobran muchas piezas, pero lo suyo, realmente lo suyo es la pesca.» Max sostiene que basta verme perseguir un cachalote para comprender mis éxitos militares y políticos: «Cuando usted agarra un cachalote, cuando lo arponea, por muchas toneladas que tenga el animal, es admirable la constancia, la perseverancia con que lo sigue. Estoy seguro de que si ese cachalote le llevara a usted a Rusia hasta allí lo perseguiría para rematarlo.» Si éstas son las emociones de la pesca de altura que yo podía cumplir en el Azor, flanqueado por Pedrolo Nieto Antúnez, el almirante y otros amigos, las emociones de la pesca de río no son menos estimulantes. Con Borrell he llegado a pescar yo 118 salmones en una jornada y en Pontedeume 186 reos, pez de difícil pesca, porque salta sobre las aguas hasta el punto de estar más tiempo fuera que dentro. De estas primeras dedicaciones de los años cuarenta, se derivaron éxitos posteriores, como la hazaña de cazar un cachalote o un atún de 375 kilos, sin otras ayudas que cebar bien la zona con peces vivos y muertos, durante quince días, hasta conseguir atraer hacia allí peces de gran tamaño. Vicente Gil, Vicentón, mi médico, y su hermano Federico, han sido frecuentes testigos de mis lances de pesca y caza y a Vicente le debo una anécdota que prueba su lealtad tanto como su tozudería. Fue a comienzos de los cincuenta, el Azor navegaba en torno de las islas Cíes con mar gruesa, cuando vi que un ave acuática iniciaba el vuelo. Me predispuse a abatirla pero comprendí que caería al agua y no estaba el mar fácil para hacernos con la presa y así lo comenté. Vicentón se puso casi firmes y me dijo que si yo conseguía abatirla, él me cobraba la pieza. Dicho y hecho. Disparé contra el ave, un mazarito, y Vicentón se echó al mar, siguió el arrastre de la pieza por el oleaje hasta la playa, se hizo allí con la presa y regresó al Azor con ella mediante arriesgadas y meritorias brazadas, meritorias porque Vicentón tenía un brazo deformado por una herida de guerra.

Estimulante su hazaña y la de su lebrel, general, pero a propósito de pescas y cacerías, no se corresponde el ritual del que usted habla de intensas jornadas de trabajo con ministros y otros jerarcas, con las normas de vida que usted va adquiriendo sobre todo a partir de los años cincuenta. «Hoy el caudillo —escribe su primo— ha ido de cacería y así lo hará mientras dure la temporada todos los sábados, domingos y lunes. Con S.E. van a las cacerías varios ministros y subsecretarios.» El secretario perpetuo, el huérfano Pacón, no está de acuerdo con la frecuencia, con el costo del esparcimiento ni con las compañías, porque junto a ministros y subsecretarios se pegaban los zánganos que pedían favores y traficaban con influencias, «... exensiones de tributos, permisos de importación. A ellas acuden todos aquellos funcionarios de la fronda de la administración que convienen a los terratenientes dueños de los cotos de caza, con los cuales les conviene estar bien y demostrar su influencia en las alturas». Vicentón, su médico se explaya con Pacón, su primo y le dice que a usted le explotan en las cacerías y que es una barbaridad que un hombre de su edad dispare seis mil cartuchos en un día. ¡Seis mil cartuchos! ¿Tanta necesidad de matar tenía usted, general, en tiempos de paz? Su implacable primo le va contando los días que progresivamente dedica a la caza y llega a una conclusión que no concuerda con su fama de hombre trabajador. Doce días laborables cada mes dedicados a la caza, me parece un récord más homologable por la guía Guinnes que el atún que al parecer usted pescó, 325 kilos en canal. Hasta los muchachos del Frente de Juventudes se burlaban de sus aficiones y cantaban:

> Con los nietos de la mano
> inaugura los pantanos,
> en la pesca del salmón
> es un gran campeón.
> ¡Paco, Paco, Paco!

La década de los cuarenta que con tan funestos presagios había comenzado, terminaba abierta a generosas expectativas. Cierto es que las condiciones generales de vida de los españoles seguían siendo duras y los aparatos del Estado debían aplicarse en continuada vigilancia interior, pero los peligros externos se habían conjurado y sólo el respaldo de la Unión Soviética a desesperadas intentonas comunistas en el interior y el de la masonería internacional a conspiradores democratistas, merecían preocupación, pero controlada. El caudillo se sentía seguro de su caudillaje y Franco podía empezar a vivir

más relajado, más entregado a frugales placeres que le ofre-
cía El Pardo, su bello entorno, el palacio de Meirás en vera-
no, junto a la obligada residencia en el palacio de Ayete de
San Sebastián, presencia necesaria como gesto dirigido a los
vascos. Y a la vida de Franco llegó la evidencia, inquietante
siempre, pero necesaria, de que Nenuca, mi hija Carmen, se
había hecho una mujer, entera, firme, educada por su madre
para hacer frente a las responsabilidades de una ama de casa
e imbuida del compromiso representativo de ser la hija de
quien era. De la entereza de Nenuca da idea el dislate que
dijera sobre ella Millán Astray: «Esa chica es tan entera como
su padre, pero en más hombre.» Nenuca se había hecho mayor
y quería casarse. ¿Con quién? Como suele suceder, una madre
tiene más mecanismos sentimentales para captar quién es el
preferido de su hija y yo en cambio siempre había creído que
el llamado a ser padre de mis nietos era un hijo del ministro
Suanzes, mi amigo y paisano, un joven oficial de la Marina.
Pero el elegido era un ya prestigioso aunque joven cirujano
cardiovascular de veintiséis años, don Cristóbal Martínez Bor-
diu, hijo de los condes de Argillo y él mismo marqués de Vi-
llaverde desde 1943. Los Argillo provenían de una muy noble
familia aragonesa, Martínez de Luna, a la que perteneció el
mismísimo papa Luna, el empecinado de Peñíscola. Todos los
hermanos de mi futuro yerno también tenían título nobiliario
y yo mismo hice que le nombraran Caballero del Sacro Se-
pulcro, con cuyo vistoso uniforme se casó, secundado por la
joven belleza morena de mi hija. Aquel 10 de abril de 1950,
El Pardo dejaba de ser un escenario fundamentalmente políti-
co, protocolario o privado para convertirse en el origen de mi
propia descendencia. Quise que el pueblo español participara
de mi alegría y ordené que se repartieran mantas, calzado,
vestuario entre los más necesitados. La boda sirvió para de-
mostrar que el aislamiento de nuestro régimen se resquebra-
jaba y fueron muchos los regalos que nos llegaron y entre
ellos unas bandejas de oro macizo de un jeque árabe cuyo
nombre no viene a cuento. Pero el principal regalo me lo haría
el cardenal Pla y Deniel, quien ante ochocientos invitados y
las cámaras del No-Do, pronunció una emocionante plática
en la que recomendaba a Nenuca y a Cristóbal que siguieran
el ejemplo de dos parejas históricas excepcionales: san José y
la Virgen María y Francisco Franco y Carmen Polo de Franco.

Yo no sé cómo me lo habría tomado, general, sinceramente, la comparación con san José, pero a usted, ya le iba defini-

tivamente el bombo y usted mismo lo fomentaba y provocaba. «Yo soy el centinela que nunca se releva, el que recibe los telegramas ingratos y dicta las soluciones, el que vigila mientras los otros duermen.» Que nadie se extrañe pues si la provincia de Álava, queriendo ir más allá de todos los municipios, provincias y pedanías que le habían nombrado «hijo adoptivo», se excediera al nombrarle *padre de la provincia* y que los supervivientes de las riadas abundantes en España tal vez como contraste de la pertinaz sequía, llegaran a exclamar ante su visita reparadora: «Bendita sea la riada que nos trajo a Franco», o que se acuñaran expresiones que hacían de usted un aguador todopoderoso: «Toledo tendrá agua gracias a Franco», o que incluso, el exceso ditirámbico se mordiera su propia cola y Ernesto Giménez Caballero, al llamarle «Hombre de paso lento y firme, de entrañas implacables y de rostro impasible» no le dejara muy bien parado queriendo tan bien pararle, remitiendo incluso a un refrán gallego que exalta al hombre que tenga pelo de lobo, paso de buey y sepa hacerse el bobo. ¿Era un buen retrato interior y exterior de sus cualidades? No nos alejemos demasiado de aquella boda que tanta importancia tendría en su vida familiar y en la historia del franquismo, que es la de España, en sus años terminales. No faltaron chascarrillos públicos que clarificaban un tanto las razones de la sustitución del oficial Suanzes por el cirujano Martínez Bordiu:

> La niña quería un marido,
> La mamá quería un marqués,
> El marqués quería dinero,
> Ya están contentos los tres.

¿Y usted? La familia Martínez Bordiu era tan ilustre como esquilmada y se supo años después lo angustiado que estaba su futuro yerno semanas antes del enlace por no poder estar a la altura económica del desafío. Venturosamente, coincidió en un vuelo Madrid-Barcelona con un curioso financiero creado por la nueva situación, aunque hubiera hecho la guerra con los republicanos, Jaume Castells, futuro protector económico del marqués y excelente utilizador de aquella mina de tráfico de influencias, con socios efectivos tan bien situados como Juan Antonio Samaranch, el señorito falangista hoy presidente del COI (Comité Olímpico Internacional). Con la llegada de los Martínez Bordiu a El Pardo empezó la retirada de los Franco Bahamonde, demasiado provincianos para el gusto de doña Carmen y excesivamente lenguaraz doña Pilar, así como embutidora de demasiado lacón con grelos en sus vidas. En cambio, los Martínez Bordiu eran esbeltos y bronceados, mundanos y aportaban en el lote a un tío de la familia, Jose María Sanchís Sancho, tío Pepe, hombre de negocios que se lo metió a usted en el bolsillo, general, cuando le propició la compra a precio reventado de la finca rústica de Valdefuentes en el kilómetro 21 de la carretera de Extremadura, en la que usted pudo ejercer de arquitecto, ingeniero agrónomo, intendente mercantil y veterinario. Aunque el tío Pepe comprendió que era mejor dedicar su sagacidad comercial a meter a doña Carmen en negocios que en nada afectaran la necesaria tranquilidad y neutralidad de su marido, el jefe del Estado. La finca de Valdefuentes, por ejemplo, le costó a usted cuatro millones años cincuenta y a su muerte estaba valorada en dos mil millones de pesetas, no sólo por las mejoras introducidas, sino por la recalificación como zona edificable. Estas nuevas amistades abrieron en la Señora un apetito posesivo ejercido durante todo su señorío hacia casas de antigüedades, joyerías y galerías de arte seguro, sin que en ocasiones pudiera saberse dónde empezaban y terminaban los negocios estrictos de los Villaverde. La Señora había contado con la asesoría de los sucesivos jefes de la casa civil, Julio Muñoz Aguilar, el marqués Huetor de Santillán y su determinante esposa y Fernando Fuertes de Villavicencio, también jefes del patrimonio nacional. Pero detengámonos en el señor Sanchís, tío Pepe: «No tenía cargo oficial —relataría años después Pilar Franco con despecho—. Era un adulador, uno de los personajes odiado por todo el mundo, tenía una mala fama terrible. El Sanchís ese, de mala fama, siempre al lado del caudillo, aconsejándole. Y mi cuñada, con el Sanchís. Adoraban al Sanchís porque les resolvía todas las papeletas. La voz popular y seguramente la historia señalan a este hombre como el mago de las finanzas de la familia Franco. Naturalmente nunca fue personaje de mi agrado. A mí me gusta la gente transparente.» ¿De qué finanzas? ¿Estuvo usted enterado de las simplificaciones en negocios inmobiliarios, de grandes almacenes, de explotaciones agrícolas? Tal vez no. Tal vez eran simples minucias de lo cotidiano y no le importó nunca que las gentes se enriquecieran a su alrededor porque la riqueza pacifica los espíritus, engrosa los *dossiers* y crea dependencias irreversibles. Por eso dejó hacer, dejó pasar a un ministro tan tolerante como Arburúa. ¿Qué papel jugó su nueva y extraña familia en los polos de desarrollo de los años sesenta? Usted estaba entretenido con su finca de Valdefuentes, convertida por tío Pepe en una sociedad anónima con un crecimiento económico imparable, geométrico, del que usted llevaba las cuentas, vaca a vaca, saco de pienso a saco de pienso. Comprendo que sus hermanos pasaran a segundo término, tan ferrolanos, tan gordos, con tanto acento gallego, tan precapitalísticamente enriquecidos. En cambio los Sanchís, los Martínez Bordiu les situaban a ustedes en la modernidad de la especulación, sin que usted tuviera que mancharse las manos ni los ojos, sólo alguna vez los oídos. «Sanchís es un canalla, excelencia» le repetía una y otra vez Vicentón Gil: «Cuidado que eres bruto, Vicente», y su hermana se quejaba amargamente por el relegamiento de los Franco Bahamonde. «Y qué podíamos hacer para evitarlo —comentaría años después su propio yerno, el marqués de Villaverde— si la familia Martínez era más numerosa que la de los Franco y la de los Polo? Eso ocurre en todas las familias, a la hora de las celebraciones los miembros de todas las armas y nadie se dispone a distribuirlos en cupos. Nosotros somos varios hermanos, todos padres de familia numerosa, se olvida que Pilar Franco tenía más hijos y nietos que todos los hermanos Martínez juntos y no encuentro causa que justificase excluirlos en celebraciones familiares.»

Habíamos llegado a un punto maduro en las buenas relaciones de la Iglesia y del Estado, y la visita de Carmen a Roma fue una prueba que la gente la vitoreaba a su paso por las calles y fue muy elogiada nuestra generosidad representada por la entrega de dos mil pares de zapatos españoles para los pobres italianos necesitados, aunque nuestros enemigos de siempre nos acusaran de calzar a italianos sin tener en cuenta a los descalzos españoles. ¡Duro con ellos! Me gritó una voz surgida espontáneamente del público bilbaíno que me escuchó acusar a la incomprensión extranjera frente al milagro de nuestra recuperación ¡Duro con ellos! gritaban los que me rodeaban en aquel glorioso día de julio de 1950 en el que nuestra selección de fútbol vencía a la de Inglaterra en los campeonatos del mundo de Río. Y cuando llegó el gol, tan políticamente transmitido por ese gran locutor que es Matías Prats, el gol de Zarra, de Telmo Zarraonaindía, todos cuantos seguíamos la retransmisión radiofónica desde nuestro saloncito privado de El Pardo no pudimos evitar corearlo ¡Goooooool! porque en aquel momento la victoria deportiva se convertía en una victoria política simbólica, ganada por nues-

tros bravos mozos, catalanes, gallegos, vascos, andaluces, expresión misma de la unidad de España. *Como muy certeramente comentó Fernando Ors en* El Alcázar: «*España, contra todo pronóstico, ha vencido limpia, gallarda, deportiva y genialmente al más temible de sus adversarios para poder calificarse en la final del campeonato del mundo de fútbol. Inglaterra, científicamente noqueada por los españoles, queda definitivamente fuera de combate.*» *El fútbol del que siempre había sido aficionado pero distante, empezó a interesarme como fenómeno patriótico precisamente a partir de aquella victoria de España sobre Inglaterra en 1950.*

Los buenos resultados de la selección española de fútbol eran buenos resultados de España como entidad nacional y por lo tanto de su régimen. La raza se expresaba a través de los ejércitos y en su ausencia, a través de los deportistas. Por eso aprecié tanto en el futuro los éxitos europeos del Real Madrid, equipo que se convirtió en la reencarnación de los tercios de Flandes llegando a cumplir la misión histórica de conquistar varias copas de Europa y ser el mejor embajador de los éxitos de nuestro régimen. Recuerdo aquel gran Real Madrid de los años cincuenta, aquella delantera de seda de los Kopa, Di Stéfano, Rial, Puskas, Gento, delantera emblemática porque reunía jugadores de raza hispana como Di Stéfano y Rial, con un representante de la Europa que nos negaba, Kopa, y un fugitivo del terror rojo, Puskas. ¡Qué elocuente delantera! ¡Cuántas cosas se decían cuando se recitaba aquella alineación gloriosa del Real Madrid! ¡Era mucho más elocuente que un discurso! Todo cuanto se hiciera para que el Real Madrid estuviera a la altura de su destino representativo era poco y así lo entendieron diferentes presidentes de la Real Federación Española de Fútbol, desde Sancho Dávila, primo de José Antonio e incondicional falangista franquista, hasta Benito Picó, por no hablar de aquel presidente providencial que tuvo el Real Madrid, don Santiago Bernabeu, voluntario de nuestra cruzada que siempre conservó el ánimo y el estilo de un cabo peleón y tozudo.

Yo también soy madridista, general, una vez superada cierta repugnancia ideológica juvenil sobre el papel alineante del fútbol, pero al margen de la politización del club que tan bien supieron urdir personajes como Bernabeu, ¿qué pensaba usted cuando Bernabeu repetía una y otra vez que su padre le había aconsejado que no se fiara de los bajitos?: «No te fíes de esos que levantan polvo del suelo cuando se pegan pedos.»

En llegado a este punto de armonía vital, me gustaba mirar a mi alrededor y hacer un balance de mi vida personal y familiar. Dios me había colmado de satisfacciones y obligaciones, entregándome los destinos de España. Mi hija estaba casada y pronto recibiría la bendición de un heredero. Mi familia consanguínea se había reducido, por la muerte de mis padres y Ramón, a Pilar y a Nicolás, y en cuanto a la primera, a pesar de su viudez, había sabido tirar adelante a la familia; venía por El Pardo o por el pazo de vez en cuando y seguía siendo aquella niña metementodo y excesiva. Nicolás estaba muy bien situado como embajador en Lisboa y como hombre de negocios y si bien nunca consiguió lo que buscaba, un alquimista que le diera la fórmula del oro, con el apoyo que le prestaba su apellido y el ojo avizor que siempre le había caracterizado, hizo pingües negocios. «¿No te importa, verdad, Paco? Ya que por tu culpa el apellido nos pesa tanto, de alguna ventaja habría de servirnos.» No no me importaba y si algo me molestaba era su conducta excesivamente inmoderada, de la que me llegaban puntuales informes, a veces con el afán innegable de mortificarme. Muy inclinado al bello sexo, no contento con contraer nuevas nupcias con la hermana de su esposa difunta, se le conocía por sus galanterías por los salones y las playas de Portugal, tolerables en los salones, arriesgadas en las playas porque había que hacerlas en traje de baño. La prensa extranjera buscaba todo cuanto pudiera zaherirme y no me extrañaba pues que utilizaran los deslices de mi hermano para conseguirlo, como cuando publicaron su fotografía de cincuentón entrado en carnes al lado de una joven en traje de baño de dos piezas en Estoril. Cuando me enseñaron la fotografía me limité a comentar: «He de decirle a Nicolás que está engordando demasiado», y así se lo dije cuando vino a Madrid a despachar consultas. «Estás engordando demasiado, Nicolás.» «Pues yo me encuentro mejor que nunca. A ti sí te veo un poco agobiado.» «No te preocupes, que en nuestra familia solemos morirnos por riguroso orden de antigüedad y a ti te toca antes que a mí.» Nicolás era un excelente valedor de mis intereses ante Oliveira Salazar y ante don Juan, frente a los conspiradores antifranquistas que trataban de llevar al pretendiente inútilmente hacia posiciones contrarias en nuestro movimiento nacional.

En efecto, hubo una crueldad morbosa, internacional en aquella noticia gráfica publicada por el *Sunday Pictures* el 27 de agosto de 1950. El pie de la foto decía: «El don Juan número 1 de la Costa Azul no es este año el príncipe Ruspoli, ni Errol Flynn. Es Nicolás Franco, el propio hermano del caudillo. En pocas horas ha hecho la conquista de una encantadora *pin up*, Nina Dyer, de veinte años, llegada a Cannes hace un mes, con un hechizo indiscutible y siete bikinis. Nicolás la encontró en el Clarlton y le propuso conducirla en yate al Eden Roc. Ella prefirió ir en coche. "Yo no le temo al mar —dijo— pero desconfío de los *yacht men.*" Almorzaron con Elsa Maxweel. Nina estaba un poco distante. "Quiero hacer de usted —le lanzó Franco— la primera vedet de España." Ella desarrugó su frente y sonrió. Nina asegura ser hija de un riquísimo plantador de té, ha hecho un poco de teatro en Londres, ha tenido tres novios y empieza a encontrar en Nicolás Franco muchos atractivos y gracias. Fath y Schiapparelli le han propuesto trabajar con ellos en París. Ella prefiere España, aunque hubiera de renunciar a los bikinis, pues en la España de su hermano Francisco, ninguna mujer puede bañarse con tan mínima indumentaria.» Ya ve usted, general. Tanta cruzada para acabar hermano de un *yacht men* sesentón que liga con veinteañeras, los michelines desbordando la pudibundez de un traje de baño preconciliar, casi unos calzoncillos de clausura. Usted pidió benévolas explicaciones a su hermano mayor. «Es un montaje fotográfico, Paco. Una conspiración de la prensa judeo-masónica.» «Bueno, bueno, es posible ¿pero tú estabas allí, no es verdad Nicolás?». Entre los negocios que propició su señor hermano, para compensar el excesivo peso del apellido Franco, destaca Manufacturas Metálicas Madrileñas, empresa para la que consiguió el control de los permisos de importación de aluminio y de la que era miembro del consejo de administración primero y luego vicepresidente. Con el tiempo se convirtió en un puro negocio especulativo, pendiente de las subvenciones que usted les concedía para evitar un escándalo familiar, porque Nicolás había ascendido, por méritos propios, a presidente. El 11 de septiembre de 1969, Manufacturas Metálicas Madrileñas fue finalmente puesta en venta, después de chupar mucho dinero del presupuesto general del Estado y dejando al descubierto una trama de poder en la que figuraban buena parte de sus familiares, carnales o políticos. A usted no le gustaba castigar delitos económicos. A usted sólo le interesaban los delitos políticos. En cuanto a su contumaz hermana, a través de ella se conseguían permisos de importación de vagones de carga para la minería y tanto en el libro de Ramón Garriga

Nicolás Franco, el hermano brujo, como en el de Jaime Sánchez Blanco *La importancia de llamarse Franco. El negocio inmobiliario de doña Pilar,* se da información suficiente sobre cómo usted no quería enterarse de las amabilidades que sus ministros demostraban hacia su familia, se llamara Franco o se llamara Martínez Bordiu, a la hora de favorecer opereaciones de lucro. Las funciones de su hermano Nicolás como *recomendador desde Lisboa* llegaron a ser tan excesivas que se devaluaron. Tánger y Lisboa, como bases operacionales de contrabandos, permitían pingües beneficios a quienes dominaban sus redes cobijadas en una política proteccionista que impedía la importación de todo lo superfluo. Uno de sus ministros, el falangista, Carceller, quiso levantar aranceles y acabar con el contrabando, pero renunció explicando años después: «No deseaba el papel de víctima en un episodio de los muchos que han protagonizado los mafiosos en Sicilia o Estados Unidos.» Tánger, Lisboa, España. Don Nicolás hacía, pero sobre todo dejaba hacer. Luego vino Manuel Arburúa, el ángel de los permisos de importación bajo propina. «¡Gracias, Manolo!» en España quería decir: «Gracias, señor Arburúa, generoso, abastecedor de mercancías prohibitivas por los aranceles.»

Su hermano se convirtió en viajero habitual por alcaldías, diputaciones provinciales, en demanda de favores para terceros, buena gente, que recurría a él desde la preocupación por el escaso caso que se habían hecho a sus demandas o propuestas. Insaciable en las juergas, capaz de preguntar a las seis de las madrugada: ¿Y ahora a dónde vamos? Como si temiera volver a casa para que su padre le castigara metiéndole debajo del sofá, dispuesto a casarse, viudo, con una prima de su mujer que se le parecía mucho, pero a enamorarse hasta la locura de una muchacha de veintiséis años, Cecilia Albéniz, enamorarse hasta la pérdida del sentido del ridículo, hasta la asfixia de los celos y del cerebro finalmente cuando Cecilia murió en un accidente de automóvil en San Sebastián de los Reyes, camino de París, donde vivía una hermana. La sobrina socialista, general, les había visto «mil veces juntos» y la describe a ella como una mujer dulce, bella, serena, sorprendentemente nada ambiciosa y poco interesada, aunque recibe del más viejo, y ya bastante viejo, de los Franco un descapotable y un empleo en Manufacturas Metálicas Madrileñas, aquel pozo sin fondo de don Nicolás. «Pero ella conservaba íntegra su libertad y como una muchacha joven y soltera de veinticinco años de edad, tenía sus amigos y salía de noche acompañada de alguno de ellos a los restaurantes de Madrid y a las salas de fiesta. Yo he visto los celos del hombre maduro, incontenibles, y a veces le he acompañado en la búsqueda de la muchacha de sus preferencias, no para reclamar su compañía, sino solamente para saber dónde y con quién estaba. Si esa cuestión alguien afirma que no afectaba a El Pardo no estaré de acuerdo, conociendo el pensamiento del generalísimo y su esposa sobre cuestiones familiares y de moral. Les importaba mucho la actitud de Nicolás, aunque bien es verdad que nunca oí en El Pardo nombrar a Cecilia ni comentar nada a propósito de un asunto que era público y notorio en toda España. Pero eso sucedía siempre así, los comentarios de don Francisco y su esposa en cuestiones como la que examinamos brillaban por su ausencia. Las cosas desagradables o peligrosas se soslayaban y se hacía de manera que era como si no existiesen. Pero de eso a la indiferencia va un abismo y así Cecilia Albéniz, con su juventud y belleza, fue también una víctima del maleficio que parecía perseguir a los que podían empañar con su sombra el tranquilo disfrute del poder omnímodo de tantas veces citado Francisco Franco.»

Nicolás necesitaba dinero, mucho dinero para pagar sus cenas, sus juegos, sus amores, sus caballos y su yate, aunque bonachón y tolerante, permitía que sus «secretarios» desviasen buena parte de la recaudación de fondos y terminó sus días no excesivamente rico y aun envuelto por el escándalo de la desaparación de toneladas de aceite de Redondela y tres misteriosas muertes reclamadas con la desaparición. Eran también sus últimos años, general, y consideró que airear aquel escándalo de Nicolás formaba parte de la conspiración masónico-comunista contra usted mismo. Sobre la corrupción generalizada de su corte, empezó a haber datos a partir del momento en que su primo Pacón testimonia los manejos de cortesanos como Huetor de Santillán, jefe de su casa civil, o su esposa, habitual compañera de doña Carmen en expediciones de reconocimiento de joyerías, anticuarios y cualquier clase de monería de valor que atrajese a las ilustres damas. Martínez Fuset, el gran depurador, en uno de sus viajes a la corte desde su riquísimo retiro en las Canarias, se mostró escandalizado ante su primo por la cantidad de corrupción reinante que llegaba a la práctica sistemática del contrabando por parte de cargos oficiales y que se lo había contado a usted, a su caudillo, al centinela que nunca duerme y recibe los malos telegramas y que usted ni le había hecho caso, incluso cambió secamente de conversación. ¿Qué es más cierto? ¿Lo que piensa el caudillo, Franco no lo sabe, o el caudillo no quiere enterarse de lo que Franco sabe?

Tampoco le gustaba que le hablaran de los negocios de la familia política de Nicolás, negocios respaldados por sus todopoderosos apellidos. Y era corrupción los fastos que se montaban con motivo de cada uno de sus innumerables viajes triunfales, un despilfarro de movilizaciones de fuerzas de protección y de claque, de banquetes y regalos que se inscribían en el capítulo silenciado del despilfarro nacional. «El país se quedaría atónito», comenta su primo, «si conociera lo que se gasta inútilmente para la simple glorificación de su caudillo». A su primo le hace gracia que usted soliera comentar: «Se es más feliz siendo austero.» ¿A dónde se iba el dinero de la corrupción? A Suiza a partir de la consolidación del neocapitalismo europeo y la tranquilidad que aportaba como dique ante los avances del comunismo. Pero en los años cuarenta y cincuenta, cuando Europa parecía un frágil territorio devastado frente al bolchevismo, el dinero español se iba a Cuba, bajo la protección de Batista y la mafia norteamericana o a Santo Domingo, donde el benefactor Trujillo parecía disponer de un crédito político sin límites a cargo de los americanos. En las empresas del INI, dirigido por su compañero de infancia y padre de la economía autárquica, Juan Antonio Suanzes, los consejos de administración llenaban de sobresueldos los bolsillos más leales del movimiento y la especulación del suelo mediante recalificaciones de terrenos condicionadas por el turismo, pobló de millonarios ex falangistas ex auténticos, nostálgicos de la «revolución pendiente» nacional sindicalista, todas las costas del litoral español, donde las urbanizaciones alzaron tapias irreversibles entre el mar y la tierra, en uno de los esfuerzos más miserables y mezquinos de destrucción de un paisaje.

Cristóbal y Nenuca se instalaron fuera de El Pardo, aunque eran muy frecuentes sus visitas, sobre todo de ella. Carmen me incitaba a imitar el buen vestir de Cristóbal y a pesar de mis bromas sobre la diferencia de percha, ella insistía en que el buen gusto es innato, educado e independiente de la percha de las personas, por lo que decidí ser algo más cuidadoso con mi atuendo civil. Serrano Suñer y Felipe Polo han sido los mayores dandies que he conocido. A Serrano le preocupaba mucho ir bien vestido y fue él quien bajo la república me recomendó al mejor sastre que nunca he tenido, Emilio Núñez, un gallego de Lugo que me hizo como primer encargo el traje de luto tras la muerte de mi madre. Luego me hizo el frac con el que fui en representación del gobierno español al sepelio de Jorge V, frac que con el tiempo me hice reajustar a los cambios de mi anatomía, porque siempre me ha molestado tirar la ropa bien conservada que aún se puede usar. Lo que son las cosas, era tan agudo Núñez que semanas antes del alzamiento, me estaba haciendo una prueba y me dijo con malicia: «Algo hay que hacer, mi general, para salvar a España.» Yo le contesté que siempre estábamos esperando un mesías y no añadí nada más. Luego mi sastre consiguió pasarse al bando nacional, llegó a Salamanca y recuperé sus buenos oficios, así como luego en Madrid. Con el tiempo decreció mi manía por el buen vestir y dejé hacer al criterio de Carmen, que tiene muy buen gusto y me consigue unas cosas estupendas hasta en las rebajas de Galerías Preciados.

Lo fuerte de Felipe eran los zapatos. Siempre llevaba unos zapatos tan bonitos que no podía quitarles la vista de encima, comparándolos con los que yo llevaba, de la casa Segarra de Vall d'Uxó, que los fabricantes me regalaban a docenas de pares en agradecimiento por haber liberado a España del yugo rojo y a ellos de la quiebra. Eran zapatos un poco rígidos, que me martirizaban los pies los primeros días, pero muy resistentes. Una vez en los años cuarenta paseábamos por los jardines de El Pardo y le piropeé el calzado: «Felipe, oye, esos zapatos que llevas son espléndidos.» «Me los hace a la medida un zapatero de Londres.» Le pregunté el precio y quedé atónito. «Pues yo no podría comprármelos.» Ni me los hubiera comprado de haber podido, porque bueno es el aparentar, pero malo el exhibicionismo y además yo siempre he combinado el vestuario civil con el militar y con los uniformes del movimiento, por lo que la ropa y el calzado me duran muchísimo. El tiempo nos ha puesto en nuestro sitio. Lejos de los salones suntuosos del palacio del Pardo, en nuestro estricto reducto familiar, hemos tratado de reproducir las vivencias de una familia media española, con su espacio privado delimitado, necesario, al que sólo pueden acceder los parientes más próximos, a los amigos que nos han ayudado a ser como somos. En ese ámbito privado está mi verdadero refugio, un pequeño escenario en el que no debo representar otro papel que el de patriarca distante, porque no me gusta intervenir en el gobierno de lo privado, quizá como compensación a lo mucho que debo intervenir en la vida pública. Me serena que las ventanas de mi dormitorio den al patio cerra-

do donde cada mañana el cornetín me despierta junto a la tropa, más feliz que si mis ventanas dieran a los jardines versallescos. Soy dichoso realizando pequeñas chapuzas que a Carmen le ponen nerviosa, por ejemplo, retiré la tulipa que cubría la bombilla situada sobre el espejo del cuarto de baño porque tamizaba demasiado la luz y no podía recortarme el bigote con precisión. Y así quedó la bombilla, desnuda, pero útil. Años y años.

Qué mediocre sordidez pequeñísimo burguesa y algo de cuartel respiran sus aposentos privados de El Pardo, como si las paredes se hubieran contagiado del espíritu de ustedes, sus moradores. Su primo escribe: «Hoy he almorzado en El Pardo con el caudillo y con su familia. Estas comidas en general son aburridísimas, pues ellos no se molestan en sacar ningún tema de conversación. Si él está procupado, no habla apenas, se dedica a mordisquear palillos que va dejando encima de la mesa partidos. Tiene mirada triste sin dirigirla a ningún sitio. Pasa un ángel y toda la corte celestial. El silencio es absoluto y acaba uno estando incómodo y sin atreverse a romperlo.»

En cuanto a lo del frac hecho a la medida en 1935, su primo sostiene que los alquilaron en Londres.

El nacimiento de mi primer nieto Francisco fue una gran alegría personal que se hizo doble cuando Carmen propuso que le inscribieran con mi apellido como el primero de los suyos, a fin de que mi linaje se perpetuara. Tuve primero un poderoso pensamiento de rechazo, pero Carmen lo atajó sin darme tiempo a formularlo cuando me recordó que la casa de Veragua ha hecho lo mismo y que sin ese recurso hoy no habría linaje directo con el gran Cristóbal Colón. Francisco Franco Martínez Bordiu, corrijo una y otra vez a los que a mi alrededor se limitan a llamarle Francisco Franco Martínez, como el bruto del Vicente Gil y el reservón «Pacón» que me vino con no se qué aprehensiones sobre el futuro. Mira que sobre tu nieto le ponéis la pesada carga de su glorioso apellido y el día de mañana puede ser una losa para el chico. Los hay que ven la losa en la casa ajena y no ven el tejado con goteras en la propia.

Cada nieto fue una alegría, Carmencita, Mariola, Merry, Francisco, Arancha, Jaime... Con los más pequeños he tenido poco trato y con las chicas también, pero con Francisco hemos convivido en cacerías y he seguido con mucho interés sus es-

*tudios, desde esa capacidad de condescendencia que debemos
tener los abuelos y que no deben tener los padres. Pero ¿qué
valor tiene la opinión de un abuelo? En cierta ocasión al final
de una agradabilísima entrevista, un periodista norteamericano me preguntó por mis seis nietos. «Yo sólo tengo tres» me
dijo y yo le contesté: «Todos los nietos son iguales y todos
los abuelos también.»*

Depende, la tecnología del abuelísimo no todas las familias pueden desarrollarla de la misma manera. Mis abuelos
paternos, por ejemplo, fueron durante toda mi vida dos lejanos referentes, escasamente vivificados por mi madre que casi
los desconocía y por mi padre que se quedó mudo hasta muchos años después de salir de la cárcel y rememoró a sus padres ya muertos, cada vez más, a medida que él se acercaba
a su propia muerte. Los abuelos maternos se murieron sure-
ñamente, de una hemiplejía ella porque abusaba, se dijo, del
bacalao y no había plato único de posguerra en el que no
fuera migando un bacalao salado eterno que colgaba sobre
los azulejos de la cocina, al lado de una monda de naranja
seca que luego quemaba en el hornillo de bolas de carbón,
lejos de nosotros la electricidad, el gas, el petróleo y demás
modernidades energéticas hasta que volvió mi padre y con
su pluriempleo revitalizó todas las infraestructuras de este
piso de la calle Lombía. Mi abuela materna era una especta-
dora silenciada y cariñosa de veinte años incomprensibles, incluida la fuga de su marido, guardia de la porra jubilado por
la ley Azaña que se volvió solo a su pueblo a vivir de la
pensión y de la pesca con caña en el muelle del Hornillo de
Águilas, hasta que un día se dejó caer al agua o se cayó, extremos por aclarar porque era comentario habitual en sus labios que desde la caída de Primo de Rivera el mundo estaba
absolutamente loco. En 1948, algo repuesto de sus escaseces,
mi padre nos obligó a viajar hasta su aldea para que conociéramos a su familia y encontré a una pareja de ancianos
desdentados, el tenaz cantero y la formidable amamantadora
de niños propios, ajenos y cantos rodados. También a un tío
que había hecho la guerra con usted y tenía la espalda llena
de metralla y a un par de tías entre casa de servir y casa de
servir, a la espera de casarse con novios que les duraban dos
décadas. Mi abuelo paterno expresaba su ternura a su manera, mediante envíos intermitentes de paletillas de jamón gallego todavía engordado con castañas y bellotas, quesos man-
tecosos maravillosos que parecían obra de alfarero y unos cho-

ricillos oscuros sequísimos, pensados para la olla, pero no les dábamos tiempo para la transustanciación y nos los comíamos a diente batiente, nunca mejor dicho, ilusionados por la sinceridad del producto frente a aquellos chorizos de los cuarenta, elaborados con carnes al parecer innombrables, aunque la más reputada y normal era la de burro. Tengo un recuerdo casi exclusivamente gastronómico de mis abuelos gallegos. Una cazuela mágica llena de escabeches irrepetibles, caldos gallegos que nos alimentaban desde que amanecíamos hasta que nos acostábamos, rotundos panes de centeno que sabían a gloria comparados con el *pan negro* de racionamiento e incluso un pan de trigo, uno solo, que nos trajo un pariente acomodado de Palas de Rey. Aquel era el pan esencial, la idea platónica del pan largamente devaluada materialmente a lo largo de siglos y siglos de decadencia. Y también recuerdo alguna conversación sentenciosa sobre lo que se debía y no se debía hacer que llevaba a la conclusión de que lo único que jamás estaría prohibido era trabajar, ¡ingenua gente! Mi padre y mi abuelo coincidían en que la política era mala para el cuerpo y el alma, pero los domingos permanecieron en sus puestos sin ir a misa, aunque mi abuelo me acercó a la iglesia un día porque estaba adosada al camposanto y allí disponíamos de un panteón encalado de blanco y azul que él mismo había construido y era el más bonito del cementerio, con excepción hecha del de los caciques más importantes del entorno, familia de militares desde los tiempos de la guerra de Cuba, de jueces de paz, de párrocos, como el que estaba en ejercicio, párroco castrense que había perdido parte de una pierna en los frentes de Asturias. Casi ni noté la muerte de mis abuelos longevos y abastecedores de chorizos, paletillas y quesos cuando ya era fácil encontrarlos en las tiendas de Madrid. Sus nietos, excelencia, han hablado alguna vez de usted y tienen un buen recuerdo de su persona, no tanto del ambiente algo axfisiante de El Pardo, compensado por la maravilla de haber crecido en la naturaleza libre. Pero su nieto Cristóbal, el que iba para militar y luego lo dejó cuando se dio cuenta de que ya bastaba con un general en la familia, recuerda cómo el summum del privilegio la cabalgata particular de Reyes Magos que cada año les montaban a los nietos del caudillo y dos clases de regalos, los que les hacían ustedes los abuelos y los padres y toneladas de regalos que llegaban de la España agradecida por su ingente obra de gobierno, excelencia, regalos que se iban almacenando sin usarlos, nadie, ni sus nietos ni otros niños que sin duda los hubieran deseado, en un afán de acumulación de ratificaciones absolutamente ensimismado: «Al morir mi abuelo y trasladarse mi abuela, a Hermanos Bécquer, descubrí en una habitación de El Pardo que hacía de almacén, regalos que nos habían enviado y que jamás recibíamos.» Sus nietos tenían rigurosamente prohibido crearle problemas, general. «La regla de oro de El Pardo era sencillamente que a mi abuelo no se le podían dar disgustos. Esto lo asumía yo como mis hermanos, al nacer. No era ni siquiera necesario decirlo, lo podía perfectamente intuir un niño. Él no tenía que imponer respeto porque le rodeaba una aureola de respeto» ratifica Cristóbal. También sus nietos coinciden en considerar a Beryl Hibbs, Nani, como su abuela, su madre, su allegado afectivo real, la institutriz inglesa que trató de explicarles qué difícil era ser nieto de usted y que aún sería más difícil serlo el día en que usted desapareciera. En cuanto a mis abuelos, sólo una última referencia: las felicitaciones que me enviaron cuando mi padre les comunicó en una carta de parsimoniosa buena letra e iniciada con toda clase de merodeos, que yo había aprobado el examen de estado y era posible que llegara algún día a la universidad. Era el primer universitario de una dinastía de criados, campesinos y canteros descendientes, como usted, de Adán y Eva. Aún tuve que esperar un año, para que aumentaran los ahorros familiares y entre otros equipamientos pudiera hacerme con un conjunto de invierno y otro de entretiempo, para no hacer el ridículo en una universidad ocupada por los económicos fuertes, como usted hubiera dicho. En realidad mi madre se hizo con dos conjuntos de las rebajas del almacén de los Saturninos, de la calle Goya, y con la Singer me dejó la cosa a punto de estreno en la Facultad de Filosofía y Letras. Con los ahorros familiares y los míos propios, tenía una reserva para tres cursos y bastaba que siguiera dando clases y ayudando a mi padre en el cobro de recibos para que algún día fuera un licenciado. La primera clase a la que asistí era de griego, primero de comunes. El profesor, sin que viniera a cuento, dijo que Unamuno había sido un mal profesor de griego. Mi compañero de banco hizo un mohín de fastidio y lanzó un silbido. El silencio posterior me pareció que gravitaba todo sobre mí. Seguro que el profesor me señalaría a mí, que me expulsarían, que volvería a casa con mis galas nuevas inutilizadas para siempre, quién sabe si me meterían... Se levantó mi compañero de mesa ante la airada inquisición del cátedro y se disculpó: «Perdone, señor profesor, se me ha escapado un silbido porque tengo la respiración cargada.» «¿Cómo se llama usted?» No. El tono de su voz no era prometedor, pero el muchacho que permanecía en pie a mi lado parecía estar más tranquilo que el propio cátedro: «Julio Amescua Álvarez de Santillana.» Algo se estaba moviendo en el archivo mental del catedrático y con el tono de voz normalizado preguntó a su vez: «¿De Ediciones Amescua?» «Así es, señor catedrático.» Cabeceó bonachonamente el profesor y apuntó con un dedo hacia nuestro pupitre. ¿Iba a por mí, ahora? «Ojo con esa respiración, señor Amescua.» Eso fue todo. Julio me miró. Leyó en mis ojos una admiración sin límites y me tendió la mano: «Unamuno era un imbécil, pero no puedo soportar que alguien más imbécil que él mencione su nombre en vano.»

REY SIN CORONA

En 1951 ascendí a Carrero Blanco y a Arias Salgado a ministros, el primero dentro de sus mismas funciones y el segundo elevado a la categoría de ministro con cartera, exactamente de Información y Turismo. El nombramiento de Carrero tuvo un alumbramiento difícil, pero el futuro me dio la razón, frente a las prevenciones de Carmen y otros allegados, sabedores de que Luis Carrero estaba pasando por una crisis matrimonial que podía conducir a la ruptura. El único punto flaco del almirante, aquel talón de Aquiles de sus relaciones con dudosas compañías, había sido herido gravemente y menos mal que hombre en el fondo recto y católico cabal, recurrió a consultores sanos, como un abogado del Opus Dei, Amadeo de Fuenmayor, quien supo resituar el matrimonio de Luis Carrero con doña Carmen Pichot, por si los hijos que habían tenido fueran insuficiente argamasa. No hay mal que por bien no venga y gracias a aquella crisis, Carrero conectó con Fuenmayor y con sus amigos, entre los que estaba Laureano López Rodó, también numerario del Opus Dei y catedrático en Santiago de Compostela. Si Carrero siguió siendo a partir de 1951 mi brazo derecho, López Rodó se convirtió en el suyo y por ese lado llegaría aquella providencial renovación de fuerzas defensivas del Régimen que se hizo dramáticamente precisa a fines de la década de los cincuenta: la incorporación del Opus Dei a través de algunos de sus técnicos más destacados. Que Carrero fuera ministro aliviaba una parte de mis trabajos y así se lo dije: «Si asiste usted a los consejos así no tengo luego que contárselos.» El gabinete de 1951 resultaba las fuerzas políticas colaboradas desde siempre: dos democristianos vaticanistas como Ruiz-Giménez y Martín Artajo se hacían cargo de Educación y continuaba en Asuntos Exteriores; Girón seguía como ministro de Traba-

463

jo y era lo que los irónicos de turno llamaban un «franco-falangista»; Fernández Cuesta volvía a la Secretaría General del Movimiento; Arias Salgado controlaba la salud espiritual de la conciencia nacional y estaba en curso la operación de normalizar nuestras relaciones con Estados Unidos y reforzar las que teníamos con el Vaticano. Frente a esta línea positiva que habría de culminar en el acuerdo hispano-norteamericano, la admisión de la ONU, el Congreso Eucarístico de Barcelona de 1952 y la firma del Concordato con la Santa Sede, se tramó la zozobra criminal causada por los acontecimientos subversivos de Barcelona de 1951, primer aviso de que las fuerzas antiespañolas se reorganizaban y estaban en condiciones de causarnos quebrantos si bajábamos la guardia. El origen del conflicto fue tan mínimo que se redujo a un pequeño aumento de las tarifas de los tranvías, así en Madrid como en Barcelona, aumento juzgado alto por la prensa madrileña y la barcelonesa y que en primera instancia se resolvió mediante la aplicación de la subida en Barcelona, relativizada en Madrid, creando un pueril agravio comparativo aprovechado por las fuerzas subversivas enviadas desde Moscú para reorganizar el comunismo español. La violencia ejercida en Barcelona por los piquetes contra los usuarios de los tranvías consiguió crear la sensación pública de que toda Barcelona estaba paralizada y las fuerzas del orden tuvieron que emplearse seriamente para devolver la necesaria apariencia de normalidad, al tiempo que se atemperaba la subida del precio del billete. Como resultado de las investigaciones policíacas más tarde se llegó a la madre del cordero, el agente subversivo llamado Gregorio López Raimundo, dirigente del PSUC, los comunistas catalanes, que infiltrados desde el exterior y bien equipados de propaganda y medios por sus amos moscovitas, había azuzado el fuego del malhumor popular. El éxito policial, la comprobación de la catadura del individuo, no fueron óbice para que de nuevo estallara la campaña antiespañola en el mundo, acusando a nuestros funcionarios de haber maltratado al sicario de Moscú y a nuestro régimen de necesitar periódicamente desencadenar persecuciones políticas. Metimos al señor López Raimundo en un avión rumbo a México y con los años volvería clandestinamente a sembrar vientos en la apacible calma de la nueva España. El eco de la huelga de tranvías de Barcelona en el mundo entero demostraba cuán lejos estábamos de alcanzar el derecho a una mirada objetiva sobre nuestra realidad. No pude más que suscribir lo que escribiera el director de La

Vanguardia de Barcelona, don Luis de Galisonga, a propósito de lo ocurrido en la Ciudad Condal: «Pero, ¿es que pueden creer los agitadores profesionales, delincuentes comunes la mayor parte de ellos, filtrados en España al amparo de una política harto generosa del régimen, que iban a poder tener sojuzgada a una ciudad entera, que por haber sufrido tanto tiene tanta experiencia de estos desmanes y disturbios, y con las cicatrices a veces indelebles que dejan está muy sobre aviso de cuando se opera sobre ella de buena fe y de cuando, en cambio, se la toma como trampolín para revoluciones anarquistas? Tenemos la satisfacción y el orgullo de consignar que Barcelona, transcurridos los primeros momentos de estupor, cuyo origen estuvo en la infame suplantación de los nombres de los sindicatos para forzar una huelga, reaccionó con serenidad contra la inicua maquinación. Barcelona, como todas las ciudades de España, y como todas las ciudades del mundo, porque no hay quien se escape hoy de las dificultades de la vida, que son universales, con la carestía, cuyo coeficiente en nuestra patria es mucho más bajo que en las demás naciones de Europa y de América, Barcelona —repetimos— supo descubrir bien pronto la canallesca y subversiva maniobra. Porque nuestra ciudad tiene problemas, tiene dificultades, tiene adversidades emanadas de muchas causas, pero, ¿a quién que no sea un insensato o un traidor a la patria y a la propia capital catalana, se le ocurre confiar sus reivindicaciones a un movimiento sedicioso? ¿Pues qué? Después de treinta y tres meses de revolución comunista en Barcelona, desde julio de 1936 a enero de 1939, ¿qué pingües ganancias ni qué granjerías lograron el proletariado y el obrero catalán? Porque éstas no son retóricas de artículo de fondo. Esto es una historia viva y reciente, que los obreros de Cataluña, como los de toda España, tienen todavía sangrante en su economía y casi en su piel. ¿Es que la revolución roja resolvió algún problema económico para el obrero catalán? Que el propio obrero lo diga, aunque sea rojo y piense como piense. No; no. La cosa estuvo ayer bien clara. Aquí, de lo que se trataba es de repetir las siniestras jornadas históricas, a las que hubo de poner remedio el alzamiento del 18 de julio. Aquí, de lo que se trataba era de una canallesca intentona sediciosa contra lo cual Barcelona ha reaccionado y estamos seguros que reaccionará hoy de una manera viril y definitiva.»

Lo que más me dolió de cuanto ocurriera en Barcelona fue la demostrada complicidad de algunos sectores falangis-

tas, otra vez los «falangistas auténticos», con el movimiento subversivo, demostración palpable de que una parte de la falange seguía siendo hervidero de demagogos, cuando no de rojos infiltrados según la nueva estrategia diseñada por el comité central del Partido comunista de España y el presunto heredero de la nefasta Dolores Ibárruri, Santiago Carrillo.

Desde Madrid apenas si se vivió lo que ocurría en Barcelona, reducido a informaciones falsificadoras que lo convirtieron en algaradas desconectadas de una voluntad de impugnar al régimen. La noticia del aumento del precio de los tranvías de Barcelona quedó al principio trabada por el debate sobre la subida de los tranvías madrileños, propuesta por el alcalde Santa Marta de Babio y rechazada por parte del consistorio con el argumento de que la capacidad adquisitiva de los madrileños era inferior a las de los catalanes. Era un sarcasmo incluso la locución «capacidad adquisitiva» en un momento en que seguía la escasez de todo y sueldos semanales de ciento cincuenta pesetas tenían que hacer frente a precios como el del litro de aceite a diecisiete pesetas, a casi doce el kilo de arroz y prohibitiva la carne, el pescado, prohibitivo todo, incluso la luz eléctrica sometida a toda clase de restricciones en aquella España cansada de quince años de tiempos excepcionales, tres de guerra y el resto de miseria, excelencia. Si a nosotros nos cabreaban veinte céntimos de aumento, a los catalanes les sulfuraron los cuarenta céntimos y tuvo que ser radio macuto o las emisiones recibidas clandestinamente desde Radio España Independiente, que todos suponíamos en Toulouse y estaba en Bucarest, o los programas en español de la BBC, Radio París o Radio Moscú los que nos dieron el cuadro más aproximado de aquellas semanas de incertidumbre en las que hubo enfrentamientos desiguales entre el pueblo barcelonés y las fuerzas represivas. Recuerdo que Julio Amescua, compañero de primer curso y futuro editor, era el mejor informado de cuanto sucedía en Barcelona y puso acento de gravedad a las primeras frivolizaciones que hacíamos sobre lo agarrados que eran los catalanes; ¡total por una subida del precio del tranvía! «Es el proletariado el que más sufre esta subida —dijo Amescua— y no tenemos derecho a frivolizar.» Una noche me propuso ir a Barcelona a ver *in situ* qué estaba ocurriendo. No comprendía que yo estaba atado de pies y manos por el poco dinero de que disponía para mis gastos y la esclavitud del horario de las clases con las que me ganaba algunas pesetas. Tampoco era posible dentro de mi convención cultural que yo me presentara ante mis padres y les dijera: «Me voy a Barcelona a ver una huelga de cerca.» Me limité a contestarle que no podía y él se encogió de hombros: «Tú te lo pierdes. Se trata del primer jaque en serio al franquismo, en pleno retorno de embajadores.» Julio partió para Barcelona mientras las gacetillas de prensa y los editoriales de *Arriba* y *ABC* se iban agriando con lo que recibíamos el mensaje indirecto de que la huelga barcelonesa era importante y sobre todo al día siguiente del 12 de marzo, día en el que, luego lo supimos, Barcelona vivió una huelga general. «El comunismo asoma la oreja», parecía el común denominador de tanta desgarradura patriótica y hubo ofrecimientos de echarse al monte, mosquetón en ristre, para volver a liberar Cataluña del comunismo y el separatismo. Julio volvió mediado marzo y de él emanaba la luz de la fiebre, de la fiebre del entusiasmo. Había visto masas, ¿entendéis?, masas corriendo delante y detrás de los «grises» y a obreros y estudiantes parando tranvías, incendiándolos, saliendo al paso de la carga de la policía armada a caballo y gritos de protesta en la calle, que sin duda habían resucitado del cementerio de la rabia y de la idea, sí, donde habían permanecido ocultos desde 1939. «He visto el 1905 de la caída del franquismo.» Le comenté, ingenuamente, que si las equivalencias temporales se respetaban, en la URSS entre la revolución de 1905, sofocada y la de 1917, triunfante, habían pasado doce años. Es decir, tenemos franquismo hasta 1963. Todos se rieron. ¿Cómo va a durar esta mierda hasta 1963? Julio no fue tan expeditivo y me lo razonó: «Los ritmos históricos se aceleran en proporción directa a la concienciación de las masas. ¿Puedes comparar el grado de conciencia de las masas bajo el zarismo en 1905 a las masas españolas en 1951, con toda la carga de conciencia y voluntad de desquite histórico que acumulan?» No. No podía compararlo. Ni se me ocurría compararlo, además Julio traía maravillas catárticas, octavillas que había recogido por las calles de Barcelona como estas equivalencias sarcásticas entre títulos de películas y los acontecimientos:

EL GOBERNADOR	*El pirata soy yo*
LOS QUE VIAJAN	
EN TRANVÍA	*También somos seres*
	humanos
AUMENTO DE TARIFAS	*La sentencia*
BARCELONA	*Pánico en las calles*

EL GOBERNADOR	*A volar joven*
EL ALCALDE	*El gran pecador*
EL AYUNTAMIENTO	*Mercado de ladrones*
LA CÍA. DE TRANVÍAS	*Que el cielo la juzgue*
LOS TRANVÍAS	*Sitiados*
LA PRENSA	*Pacto de silencio*
LA POLICÍA	*Los desesperados*
LOS ESTUDIANTES	*Ese impulso maravilloso*
LOS BARCELONESES	*Todos a una*
LA RADIO	*Belinda*
1.º DE MARZO	*Al rojo vivo*
LA UNIVERSIDAD	*Puente de mando*
ESCOLTA DE TRANVÍAS	*La extraña pasajera 2*
CONDUCTOR Y COBRADOR	*La otra sombra*
ROTURA DE CRISTALES	*La sinfonía del amor*
CAMBIO DE GOBERNADOR	*Retorno al abismo*
LA COMISARÍA	*Nido de víboras*
LA CAMIONETA	*Principio o fin*
JEFATURA DE POLICÍA	*Crímenes del museo*
ATAQUES DE LOS GUARDIAS	*Murieron con las botas puestas*
COCHERA DE TRANVÍAS	*El último refugio*

pero quizá lo más celebrado fue el texto de una octavilla humorística, difícil de atribuir, o bien a los anarquistas o bien a un sector de la Falange distanciado tanto de los huelguistas como de sus represores:

«BARCELONESES

»¿No os habéis dado cuenta de que no todo se reduce a los tranvías, periódicos y abastecimientos? Acordaos de los precios escandalosos del Servicio de Prostitución.

»Las casas públicas han aumentado las tarifas a precios exorbitantes: Casa Madame Petit, el 300 %; La Flecha, el 250 %; El Jardín, La Concha, el Recreo, La Gaucha, etc., etc., el 100 %, y las del Sindicato Callejero, llegan incluso a un 800 %.

»¿Se puede tolerar que un polvo nos haga polvo la cartera?

»Añadir a esto, los precios abusivos de meublés, gomas y desinfectantes y os daréis cuenta de que hay que empezar la lucha hasta que todo se adapte a precios modestos y razonables.

»¡Barceloneses! Jóvenes y viejos verdes: desde el día 20 no utilicéis el Servicio de Prostitución. El que no pueda contenerse, que se la menee.

»La victoria será nuestra si persistimos en esta actitud.
»¡VIVA EL CIPOTE!
»¡ABAJO LAS ALMEJAS!»

«En cualquier caso —dijo Julio— ya nos gustaría tener en Madrid el grado de capacidad de combate que tiene el pueblo de Barcelona.» Qué gran razón tiene Dámaso Alonso cuando dice: «Madrid es una ciudad de un millón de cadáveres.» Aunque el pequeño grupo que se arremolinaba en torno de Julio aún no era explícitamente marxista, sí había mucha voluntad de análisis sociológico, porque la sociología empezaba a estar de moda, como ciencia intrínsecamente subversiva que podía destronar el ideologismo de la política tal como nos la trasmitía el régimen. Por eso, a partir de un análisis sociológico del «tejido social» de Barcelona y de Madrid, llegamos a la conclusión de que Madrid estaba muy afectada por la presencia de un funcionariado de nueva planta, creado por el régimen y por la voluntad del franquismo de convertirla en ciudad símbolo de su victoria. «En Barcelona se ahorran la fantochada de ver a Franco en su coche rodeado por la guardia mora.» No faltaba quien opinaba ya entonces que Cataluña era Europa y que eso siempre se había notado y siempre se notaría y este tipo de argumentación me indignaba porque por la Facultad circulaban algunos estudiantes catalanes, futuros opositores en Madrid y me parecían demasiado prepotentes, como si no nos tomaran en serio a los madrileños a los que nos consideraban gandules, versátiles y viviendo gracias a los chorros del oro del franquismo. Además no me gustaba el acento de los catalanes, ya es curioso, por qué no me molestaba el ruido del acento gallego o del andaluz cerrado y en cambio no podía soportar el catalán o el castizo madrileño. Julio me comentó alguna vez que yo había alcanzado un gran equilibrio prosódico y fonético. «Hablas un castellano sin acento, ni siquiera acento castellano.»

Lo de Barcelona fueron salvas de pólvora, pero de pólvora al fin y al cabo. Una vez más, comprobé que cualquier acontecimiento inquietante, por leve que fuera, causaba un gran nerviosismo a mi alrededor y fugas de capitales al extranjero. «Los ricos se llevan el dinero a donde pueden y los pobres acumulan alimentos si pueden.» «No se preocupe, excelencia, es la psicosis de la guerra.» Me tranquilizaba Carrero, pero este juego se repetiría ante cualquier crisis y a veces he tenido la sensación de estar rodeado de gentes sin fe. La insensata conspiración comunista de 1951 no impidió, al con-

trario, ayudó a que las líneas maestras de nuestra reafirmación (Vaticano, Estados Unidos, institucionalización) se rebustecieran. En mayo-junio de 1952 se desarrolló en Barcelona el Congreso Eucarístico Internacional, verdaderos juegos olímpicos de la espiritualidad católica, cuya simple concesión ya indicaba que teníamos a nuestro favor el dedo del Vaticano. El Concordato lo habíamos empezado a negociar en 1950 cuando Ruiz-Giménez era embajador en Roma y al entregarle el texto base, le encarecí: «Dígale al Santo Padre que cinco cristianos nos hemos sentado en torno a esta mesa para redactarlo.» Empezábamos a recoger la siembra de nuestro universalismo católico. Doce cardenales, trescientos obispos de setenta y siete países, quince mil sacerdotes y seminaristas constituyeron una espléndida manifestación de apoyo a la significación de nuestro régimen. Toda Barcelona participó en aquel acto de expiación por lo que pudiera quedar de su pasado antiespañol, la ponzoña sembrada durante el año anterior y el Papa envió como delegado al cardenal Tedeschini, un viejo conocedor de España, nuncio durante algunos años, que empezó nuestra guerra civil tentado por la neutralidad, pero la acabó decidido partidario de nuestra causa. Pocos espectáculos de masas he contemplado yo tan emotivos, especialmente ese momento en que sobre una impresionante tribuna altar instalada en la plaza de Pío XII en la avenida de la Victoria, junto al enviado papal, presencié y secundé el canto del himno eucarístico de José M.ª Pemán de millares y millares de barceloneses:

> *Tiradas a tus plantas las armas de la guerra*
> *rojas flores tronchadas por un ansia de amar*
> *hagamos de los mares y la tierra*
> *como un inmenso altar.*
> *Como ciervos sedientos que van hacia la fuente*
> *vamos hacia tu encuentro sabiendo que vendrás:*
> *que el que la busca es porque ya en la frente*
> *lleva un beso de paz.*
> *Que las llamas gemelas de las almas amigas*
> *se muevan todas juntas en único afán,*
> *como el aire ha movido las espigas*
> *que hicieron este pan.*
> *De rodillas Señor ante el Sagrario*
> *que guarda cuanto queda de amor y de unidad*
> *venimos con las flores de un deseo*
> *para que nos las cambies en frutos de verdad.*

Cristo en todas las almas y en el mundo la paz
Cristo en todas las almas y en el mundo la paz.

La altura representativa que alcanzó el Congreso la marcó
la presencia del cardenal Spellman, norteamericano, ratifica-
dora de los vientos favorables que llegaban de Washington y
una amplia constelación de la intelectualidad católica del
mundo entero presidida por el gran poeta y dramaturgo
Claudel.

En aquella época de Paul Claudel se le llamaba Pablo
Claudel en la prensa, porque persistía la prohibición de utilizar nombres extranjeros.

Se hizo un magnífico certamen de poesía que ganaron en
lengua castellana don Guillermo Díaz Plaja y en catalán un
poeta de pasado algo nacionalista pero regenerado al parecer
a los pies del Cristo de nuestra victoria (1). Se representaron
magníficas piezas religiosas y teatrales, como el auto sacra-
mental de Calderón El pleito matrimonial del alma y el cuerpo, *y se pronunciaron vibrantes arengas, algunas servidas por*
la prodigiosa facilidad de palabra de hombres como García
Sanchís, el ilustre académico y orador. Finalmente también
yo tuve que dirigirme a las masas, desde aquella plataforma
que por primera vez servía de lanzamiento de mi voz al
mundo entero y dirigiéndome a Dios, mi Señor, quise dejar
bien clara la espiritualidad de mi vida y mi obra de estado,
en el momento de consagrar España a «la Sagrada Euca-
ristía»:

«Señor y Dios mío:

»Con la humildad que corresponde a todo buen cristiano,
me acerco a las gradas de la Sagrada Eucaristía a proclamar
la fe católica, apostólica, romana de la nación española, su
amor a Jesús Sacramentado y al insigne Pastor, Su Santidad
Pío XII, cuya vida prolongue Dios para bien de su Santa
Iglesia.

»La historia de nuestra nación está inseparablemente unida
a la historia de la Iglesia Católica. Sus glorias son nuestras
glorias, y sus enemigos, nuestros enemigos. Antes de que en
Trento, con la unidad moral del género humano, se procla-
mase a la cristiandad el decreto definitorio sobre la transus-
tanciación eucarística, su misterio vivía en el corazón de los

1. Josep M.ª López Picó. *(N. del e.)*

españoles, y hechos portentosos, fruto de la predilección divina, estimulaban la devoción al Divino Misterio, al Sacramento del Amor. Que ha sido así, lo acusa esa maravillosa Exposición de Arte Eucarístico que España ofrece a la contemplación del mundo en este Congreso, y en la que no se sabe qué admirar más, si la riqueza y el arte desplegados para el servicio y la honra de Dios, o la devoción de un pueblo que hizo posible tanto prodigio.

»El espíritu de servicio a la causa de la fe católica que venimos a proclamar, no es un mero enunciado: le precede una legión innumerable de mártires y de soldados caídos por esa fe en la reciente cruzada.

»No somos belicosos, Señor; por amaros, los españoles aman la paz y unen sus preces a las de nuestro Santo Pontífice y de toda la catolicidad en esta hora. Mas si llegase el día de la prueba, España, sin ninguna duda, volvería a estar en la vanguardia de Vuestro Servicio.

»Recibid, Señor, esta humilde reiteración de fe y gratitud que, desde lo más profundo de sus corazones, conmigo, los españoles os ofrecen, y derramad sobre los pueblos que sufren tribulación la protección y bienes que, en hora similar, derramásteis sobre nuestra Patria. Y para nos, Señor, iluminad nuestra inteligencia para mejor servicios.

»Decid, Eminentísimo Señor, a nuestro Santo Padre cuál es el fervor de estos hijos de la Iglesia y su voluntad de servicio y sacrificio bajo la égida de la nueva España».

Sólo satisfacciones recibiríamos durante varios años de esta comunión profunda establecida entre el Vaticano y la España Nueva en el Congreso Eucarístico de Barcelona. El año terminaría con una jubilosa noticia: España era aceptada como miembro de la UNESCO, la plataforma cultural internacional de Naciones Unidas y ya estaba dado pues un paso importantísimo para la entrada en la ONU por la puerta grande. De nuevo los corifeos del pasado gesticularon, gritaron convocaron a sus cómplices, pero España era admitida en la UNESCO como miembro de todo derecho. Por fin llegamos a 1953, el año de la firma del Concordato con la Santa Sede, el 27 de agosto. El Concordato sellaba la mutua implicación de Iglesia y Estado, mediante las atribuciones del Estado para seleccionar las jerarquías de la Iglesia, la corresponsabilidad de la Iglesia en cargos de representación política (Consejo del Reino, del Estado, Cortes Españolas) y a cambio la entrega prácticamente sin límites del control de la espiritualidad de toda la nación. No sólo de espiritualidad viven los hombres y las instituciones y así gracias al Concordato, la Iglesia confirmó las siguientes ventajas fundamentales: apoyo económico, que prácticamente la subvencionaba, la exclusiva del proselitismo religioso ya que no se reconocían a las restantes confesiones, exención del servicio militar para los clérigos, libertad para crear centros de enseñanza y se le entregaba el control de la moral y las buenas costumbres. Yo razonaba este afortunado pacto, juzgado internacionalmente como el definitivo espaldarazo a mi régimen, en mi discurso ante las Cortes el 26 de octubre de 1953: «Nuestra fe católica ha venido siendo a través de los siglos la piedra básica de nuestra nacionalidad. Para las naciones católicas las cuestiones de la fe pasan al primer plano de las obligaciones del Estado. La salvación o perdición de las almas, el renacimiento o la decadencia de la fe, la expansión o reducción de la fe verdadera son problemas capitales, ante los que no se puede ser indiferente. No cabe, pues, en buena lógica, en una nación eminentemente católica como la nuestra, un régimen de separación entre la Iglesia y el Estado, como propugnan los sistemas liberales. En la historia de España es imposible dividir a los dos poderes: eclesiástico y civil, porque ambos concurren siempre a cumplir el destino asignado por la providencia a nuestro pueblo. En la histórica etapa que hoy se inicia con la solemne ratificación de este convenio, la Iglesia va a disfrutar en España no sólo de la libertad que necesita para sus sagrados fines, sino también de la ayuda necesaria para su pleno desarrollo.»

Azaña, su odiado Azaña, aportó este diagnóstico sobre el franquismo futuro, incluido en sus *Memorias* de octubre de 1937: «... Si triunfara un movimiento de fuerza contra la república, recaeríamos en una dictadura militar y eclesiástica de tipo español tradicional. Por muchas consignas que traduzcan y muchos motes que se pongan. Sables, casullas, desfiles militares y homenajes a la Virgen del Pilar. Por ese lado, el país no da para otra cosa.» Pero usted añadió al reaccionarismo tradicional la liturgia posfascista cuando le convenía, una burocracia fascista cuya suerte estaba ligada a la del régimen y, el interés del capitalismo internacional enzarzado en la guerra fría y la complicidad de las viejas y nuevas derechas y de masas traumatizadas por la experiencia de la guerra.

Su Santidad Pío XII me concedió la más alta distinción del Vaticano, la Orden Suprema de Cristo, y por primera

473

vez fueron muchas las peticiones espontáneas y populares para que se me designara cardenal, renovando aquella tradición antiquísima de que también los seglares pudieran recibir el capelo cardenalicio. El obispo de Lérida, monseñor Del Pino, confesor de mi mujer, pidió que yo fuera propuesto al mundo como modelo de gobernante católico y en términos parecidos se expresó la totalidad del episcopado con dos excepciones que no se escaparon a mi observación, la de monseñor Pildain, obispo de Canarias, que, como Segura, se había negado a recibirme bajo palio, y un joven obispo, en la sede de Solsona, Vicente Tarancón, que ya en 1950 había denunciado la injusticia social y la miseria según él existentes en España en una pastoral, El pan nuestro de cada día, que provocó honda indignación en nuestras filas. En Solsona se quedaría dieciocho años como obispo, sobre una feligresía de unos escasos ciento cincuenta mil fieles, pero aún así, trató de hostigarnos desde tan periférica sede, protegiendo muestras de desafección contra el régimen que vinieron del mundo católico a partir de la muerte de Pío XII.

Mas no era cuestión de dejarse entristecer por aquellas muestras de incomprensión y, bajo palio, Carmen y yo fuimos sellando el compromiso entre la Iglesia y el Estado, soldadura ratificadora del sentido de nuestra cruzada y que ponía definitivamente de rodillas ante ella a toda la catolicidad del mundo. Tampoco fue de mi agrado la polémica sobre la censura que se planteó en 1954 entre la revista oficial de la Iglesia, Ecclesia, y el ministro de Información y Turismo, Arias Salgado. Era un ministro notable por su celo y espíritu de servicio, pero le gustaba demasiado teorizar y crear doctrina de la información. Iribarren, el director de Ecclesia, resucitaba argumentos liberales para defender la libertad de información, acusando a nuestros medios informativos de falsificar la realidad y por lo tanto de falsificar la posibilidad de hacer la historia. Yo hubiera dejado las cosas así y pedido drásticas medidas a la jerarquía eclesiástica, que sin duda habrían sido aplicadas, pero Arias Salgado se lió la manta a la cabeza y replicó duramente que el pueblo español ya estaba informado de todo lo bueno, lo útil y lo verdadero, y lo demás ¿para qué saberlo? Arias había querido ser jesuita, estaba un poco frustrado por no haberlo sido y tengo muy visto que no hay sacerdote más dogmático que aquel que no ha conseguido serlo o militar más autoritario que aquel que tampoco logró ser militar. Pero en plena relación apoteósica con el Vaticano, ¿qué significaban aquellas pequeñas tormentas? Y por si algo* *faltara, el Vaticano me hizo un regalo que agradecí desde el fondo de mi corazón, aunque no pude manifestar públicamente ese agradecimiento. El 4 de noviembre de 1954 me confirmaba el avance informativo del nuncio Antoniutti: el doctor don José M.ª Bueno Monreal, obispo de Vitoria, ha sido nombrado arzobispo titular de Antioquía de Pisidia y coadjutor con derecho a sucesión, del eminentísimo señor cardenal arzobispo de Sevilla, es decir, del cardenal Segura. Contra las suspicacias he de decir que yo jamás pedí el relevo de Segura, a pesar de las vejaciones, humillaciones de que me había hecho objeto, negándose a recibirme bajo palio y con públicos desdenes hacia mi persona. Estas actitudes formaban parte de un cuadro general de perturbación mental, de posiciones tan maximalistas que eran desquiciadas sobre la moral y las reglas de conducta del clero y los políticos. El cardenal tuvo la desfachatez de decir en público, en mi presencia, que todo lo bueno que tiene España, esta paz de que disfruta, se la debe a su majestad Alfonso XIII y prohibió a un sacerdote de su diócesis que dijera misa para mí durante una de mis estancias en los Alcáceres y estaba tan loco que encargó obras eclesiásticas por valor de dieciséis millones de pesetas y cuando la empresa Agromán quiso cobrarlas, le salió con que él sólo disponía de trescientas mil pesetas para obras de este tipo. No ha habido colaborador leal mío que no me haya propuesto expulsarle y yo siempre he dicho: «Ya le expulsaron los rojos. Menudo goce le daría que ahora le expulsáramos los nacionales.» Tras el nombramiento de Bueno Monreal, me contaron que el cardenal Segura volvió muy postrado a Sevilla y tuvieron que auxiliarle tres sacerdotes, pues casi no podía moverse. Moriría poco después y no le guardo ningún rencor. Me lo tomé como una cruz que Dios me había enviado para probarme o como la prueba de que a veces la maldad es simple perturbación mental. Millán Astray, que tantas veces me había propuesto meter en un avión al cardenal Segura «... y que hagan lo que quieran con él en el Vaticano», no vivió para ver el final del funesto príncipe de la Iglesia, a quien Dios haya perdonado, que yo le perdoné de todo corazón. Millán moriría en 1954, vencido al fin su poderoso y mutilado cuerpo «... recompuesto con maderas, garfios, cuerdas y vidrios» como malévolamente le había descrito uno de nuestros enemigos políticos. Todavía me había servido en la posguerra como director general de Mutilados y a veces aún nos reímos Carmen y yo cuando recordamos lo que contestó Millán al conde Ciano, que le estaba haciendo un elogio excesivo del Duce... «pues il nuestro Caudillo se pasa cuatorce horas in la mesa de trabaglio e non se levanta ni para meare».*

Julio Amescua, heredero de Ediciones Amescua, S. A., empresa modelo, dirigida por su padre, colaborador editorial de los intelectuales franquistas de Burgos, frecuentemente recibido por usted en las audiencias a los editores españoles, nos pidió que no cundiera el pánico. Cierto que el Vaticano y los Estados Unidos legitimaban al régimen, pero Ridruejo, tío del novio de una prima de su hermana, le había dicho en un bautizo que a cambio el régimen tendría que abrirse. «De hecho es como si las contradicciones internas se agudizaran. Es como un caballo de Troya.»

Que los acuerdos con Estados Unidos se firmaran un mes después del Concordato con la Santa Sede pudo parecer una milagrosa coincidencia, pero a los acuerdos llegábamos tras dos años de negociaciones iniciadas a partir de las buenas señales a las que ya me he referido: el viaje de González Gallarza a los Estados Unidos y del almirante Sherman a España, así como los informes positivos a nuestro régimen que iban sepultando a los negativos en poder del Departamento de Estado. Sherman no había llegado solo a España. Con él venía un jefe de misión comercial, otro de misión militar y un crédito del National City Bank de Nueva York de 25 millones de dólares para comprar productos alimenticios. Nuestras relaciones diplomáticas se fortalecían con el nombramiento de Areilza como embajador en Washington y de Stanton Griffith como embajador en Madrid. Dos años estuvimos discutiendo los términos del acuerdo y ganando adeptos dentro de la administración norteamericana, fuertemente controlada todavía por elementos masónicos y filocomunistas como demostraría precisamente por aquellos años el senador Josep McCarthy, decidido a limpiar de rojos todos los aparatos de poder cultural y político de los Estados Unidos. Si había que vencer resistencias allí, no menos resistencias se suscitaban aquí donde los nostálgicos del nazismo o los partidarios del europeísmo antiyanqui también de raíz fascista seguían considerando a los Estados Unidos como nuestros enemigos naturales. Preferentemente los más opuestos eran los que se autoproclamaban falangistas auténticos, que ya no eran los que lo habían sido durante la guerra civil o la inmediata posguerra. Los Ridruejo, Tovar, Aranguren ya habían enseñado el plumero liberal liquidacionista y otros intelectuales aún apa-

rentemente fieles como Laín Entralgo, pronto enseñarían también su propio plumero, no en balde Laín era hermano de un destacado dirigente comunista en el exilio. La alianza con los Estados Unidos sería puerilmente interpretada por los partidarios de una «apertura» de nuestro régimen como un instrumento de presión para esa liberalización y por las otros como un peligro precisamente a causa de esa liberalización. La verdad es que los americanos no nos pidieron nada a cambio. Sólo les interesaba nuestra lealtad para formar una reserva defensiva a cualquier tentación expansiva de los comunistas, dentro de la línea Ratford, cadena de bases militares que formaban un cerco completo y compacto en torno de la URSS, a partir de Marruecos, España, Italia, Grecia, Libia, Turquía, Irak, Paquistán, Thailandia, Filipinas y Japón. Desde la derrota de Alemania e Italia no contábamos con otro aliado que Portugal, con quien nos unía el pacto Ibérico, pero poco de fiar era aquella alianza con un país con tantos problemas económicos y pronto desangrado aún más por el estallido de las guerras coloniales en sus posesiones africanas. El pacto con los Estados Unidos nos situaba dentro de la alianza anticomunista occidental, sin necesidad de entrar en la OTAN y nos ponía en camino de renovar nuestra envejecida maquinaria de guerra mediante créditos militares. Pero con todo el valor que tenía la ayuda militar o los créditos para el desarrollo material, nada podía compararse al aval moral que representaba para nuestra cruzada. Si el Concordato con la Santa Sede sacramentalizaba el carácter católico y universalista del movimiento, el acuerdo con los Estados Unidos nos ponía a salvo bajo el paraguas protector del padrino de Occidente. La Iglesia ponía el palio y los Estados Unidos el paraguas. Por fin estábamos a cubierto.

Barata fue pues la inversión que hicimos de 1 000 millones de pesetas para ubicar las bases de utilización conjunta hispano-norteamericana situadas en Torrejón de Ardoz (Madrid), Zaragoza, Rota, Morón de la Frontera y complementos auxiliares en muy diversos puntos que no voy a enumerar totalmente: Cartagena, Torre la Higuera, Pals... no siempre se trataba de instalaciones militares sino que en algunos casos eran plataformas de propaganda radiofónica hacia los países comunistas, como la emisora de Pals (Gerona) Radio Liberty, conectada con el sistema de propaganda anticomunista universal de la Voz de América. Además, los norteamericanos nos facilitaron material moderno para producir interferencias contra las emisiones antiespañolas que llegaban del exterior,

477

no sólo de países comunistas, sino también de países que te-
nían en Madrid embajadores, como Francia o Inglaterra.

La normalización de las relaciones con los Estados Uni-
dos tuvo su ganga en la presencia de varias docenas de fun-
cionarios de la CIA en la embajada de Madrid. Blas Pérez
los tenía controlados y comentaba con sorna que había más
agentes de la CIA en España que agentes judeo-masónicos y
estuve de acuerdo en la instalación en la Costa Brava catala-
na de una emisora de la Voz de América dirigida hacia los
países comunistas porque: «Mejor que hagan propaganda de-
mocrática a los rusos que a los españoles», opiné al dar mi
visto bueno. Pero pronto me di cuenta de que los americanos
tenían más palabras que hechos, porque los famosos coman-
dos que adiestraban en distintos lugares de Europa para in-
tervenir al otro lado del telón de acero en caso de levanta-
mientos populares, permanecieron inactivos tanto durante las
revueltas polacas y húngaras de 1956 contra las fuerzas so-
viéticas de ocupación, como años después cuando los soviéti-
cos invadieron Checoslovaquia después de la tragicomedia de
«la primavera de Praga», un intento contra natura de crear
un socialismo «con rostro humano».

Volviendo a la tremenda significación de la suma de los
acuerdos con el Vaticano y los Estados Unidos, en aquel año
dulce de 1953, dará la medida del impacto conseguido la co-
municación que el cardenal primado Pla y Deniel envió a
todos los sacerdotes y fieles: «Mandamos a todos los sacer-
dotes que desde el día de la ratificación del Concordato, en el
curso de la santa misa, rezada o cantada, exceptuando las
misas de difuntos, en las primeras oraciones, en las secretas
y en las poscomuniones, añadan a la oración Et Formulas,
las palabras Ducem Nostrum Franciscum.»

Toda una vida, general, como en los boleros, llorando por la
ocupación británica de Gibraltar, como si de ella dependiera
la dignidad de cada súbdito de España y de pronto usted, ustedes para ser más exactos, cedieron a los norteamericanos una
ristra entera de Gibraltares interiores en los que sus militares
sólo eran convidados de piedra. En 1970 se hizo el siguiente balance de las posesiones yanquis en España exentas de impuestos:

Rota (Cádiz): Ocupa 2 400 hectáreas de superficie. Emplea 2 700 hombres. Está considerada como la segunda fortaleza aeronaval norteamericana. Le pertenecen 11 submarinos
«Polaris» frente a los 14 adscritos a Holy Loch, en Escocia.
Su montaje supone 5 530 millones de pesetas.

Torrejón de Ardoz (Madrid): Mil trescientas veinte hectáreas. Tres mil seiscientos hombres. Cuartel de la XVI Fuerza Aérea de los Estados Unidos. Su pista de despegue es la más larga de Europa. Coste: 4 340 millones de pesetas.

Morón de la Frontera (Sevilla): Unas 1 000 hectáreas. Seiscientos hombres. Punto de partida de los aviones-cisterna que abastecen a los aparatos USAF con acción en el Mediterráneo. Coste: 2 380 millones de pesetas.

Zaragoza: En la actual situación de reserva. Mil ochocientas hectáreas. Capacidad para 900 hombres. Coste: 2 500 millones de pesetas.

Otras instalaciones en las que operan los Estados Unidos en España son:

En El Ferrol y Cartagena mantienen instalaciones fijas de servicio para la marina, almacenamiento de combustibles y muelles propios; en Barcelona y Cádiz también tienen muelles exclusivos y una red de enclaves de apoyo, control y alerta en dieciséis puntos de España, entre bases, estaciones de seguimiento espacial y otros puntos de observación, manejados por un contingente de técnicos y militares que oscilan entre los 7 000 y los 8 000 hombres.

Los tanques de almacenamiento del oleoducto Rota-Zaragoza están en Rota. El Arahal (al noroeste de Morón), Écija, Ciudad Real, Alcalá de Henares y Zaragoza. Las estaciones de bombeo están en Rota. El Arahal, Adamuz (al norte de Córdoba), Ciudad Real y Alcalá de Henares.

Además deben contabilizarse otros dieciséis puntos de instrumentalización estratégica: bases, estaciones de seguimiento espacial, distintos puntos de observación, una red de servicios de alerta, comunicación y enlace «manejados por un contingente de unos siete u ocho mil hombres, entre técnicos y militares, de los que dependen, entre los sectores nordeuropeos y sudoeste: Mediterráneo de la OTAN».

Todas las bases, según su gravedad estratégica, son islas auténticas autoabastecidas. Los alimentos y otros productos de consumo para los soldados americanos destacados en las grandes bases (Torrejón, por ejemplo) vienen directamente de Estados Unidos, diariamente desde Nueva York. Una emisora especial autoabastece de sentimentalidad: canciones y noticias en lengua inglesa, dosificadas en atención de la tropa. Y por más declaraciones que se hicieron atribuyendo un carácter desnuclearizado a todas estas instalaciones, la caída de una bomba atómica en Palomares (Murcia) en 1965 dejaba al descubierto que nuestros aliados estaban autorizados a instalar en España armamento nuclear, o que sus aviones lo transportasen cuando nos sobrevolaban.

Institucionalizar el régimen me pedían los unos y abrir las puertas a una clara solución monárquica sucesoria, me pedían otros. Las leyes estaban escritas y en mi opinión todo estaba claro, pero por si alguna duda quedara, acordé un encuentro con don Juan de Borbón el 29 de diciembre de 1954 en el palacio de las Cabezas, en el término municipal de Casatejada, provincia de Cáceres. Hacía seis años que había conversado con don Juan en el Azor, en aguas del Cantábrico, deshaciendo la conspiración monárquico-socialista del pacto de San Juan de Luz y era hora de plantear las cosas claras al «pretendiente» sobre la única salida dinástica que le quedaba: proseguir la educación de su hijo primogénito, don Juan Carlos, según los principios de nuestro movimiento ya que daba por supuesta su legitimidad dinástica. Por consejo de Carrero, organicé el encuentro utilizando a Nicolás en Lisboa y a su vez don Juan me envió a su emisario, el conde de los Andes, tan destacado antifranquista como gourmet. Al conde en cuestión le advertí seriamente que los monárquicos no siguieran jugando a debilitar el régimen, porque me constaba que la candidatura presentada al Ayuntamiento de Madrid, para el cargo de concejales, integrada por Juan Manuel Fanjul (hijo del general asesinado por los rojos en 1936), Joaquín Satrústegui, Joaquín Calvo Sotelo y Torcuato Luca de Tena, tenía un carácter claramente «juanista». El conde de los Andes insinuó que el fracaso de la candidatura era consecuencia de un pucherazo y no tuve en cuenta su osadía. El objetivo del encuentro con don Juan era un fin patriótico superior.

Llegó primero don Juan al lugar y nada más verme, nos fundimos en un estrecho abrazo presenciado con satisfacción por los principales testigos del encuentro: el conde de los Andes, el de Ruiseñada, el almirante Pedro Nieto Antúnez, el conde de Fontanar, y otros testigos subalternos, que no vienen a cuento. Ya en el aperitivo di la lección de tomar sólo una limonada, primero porque soy casi abstemio y luego para contrastar con el consumo de alcoholes y espíritus de que hicieron gala don Juan y sus hombres de confianza, no así los míos. Hablamos de la caza, de la guerra de África, de la peripecia aérea que ya os he referido, que pudo costarme la vida durante la guerra civil. Finalmente, por la tarde, ante la chimenea donde crepitaban los leños encendidos, en-

tramos en materia y horas después, antes de despedirnos, acordamos la nota conjunta que se divulgó a través de los medios de comunicación, abriendo, quizá, excesivas expectativas:

«En Extremadura han celebrado una entrevista el jefe del Estado y el conde de Barcelona. Las facilidades dadas por S.E. en el transcurso de la misma, le han permitido realizar el deseo de que su hijo primogénito —terminado ya el bachillerato— continúe sus estudios y complete su formación en España para el mejor servicio de la patria por el lugar que ocupa en la dinastía.

»El plan de estudios ha quedado acordado entre S.E. el jefe del Estado y S.A.R. el conde de Barcelona. Don Juan Carlos estará rodeado de las atenciones especiales propias se su rango, habiendo sido designada la persona que representará a su augusto padre en el cuidado de la educación de sus hijos.

»S.A.R. el infante don Alfonso también continuará en España sus estudios de bachillerato.»

Pero, os preguntaréis, ¿qué había habido detrás de este escueto comentario? Una clarificadora conversación en la que yo dije de una vez por todas, que no había otra legitimidad que nuestro movimiento y que cualquier solución monárquica pasaba por él y por mi papel como conductor de ese movimiento y pacificador de sus tensiones internas. Empezamos hablando de las respectivas familias, luego don Juan me quiso dar la satisfacción de decirme que empezaba a vivirse mucho mejor en España que en Portugal y yo le informé que había aconsejado a Salazar que se preocupara de elevar el nivel de vida de los portugueses, por muy austeros y sufridos que fueran de su propio natural. Salazar me contestaba que el excesivo bienestar material disocia a los pueblos y hace incordiantes a las gentes, menos disciplinadas y sumisas. Cada maestrillo tiene su librillo, alteza, le dije a don Juan, y se rió muchísimo. A continuación exhibí ante don Juan mis poderes políticos: el acuerdo con los norteamericanos, el Concordato con la Santa Sede, y un tanto inadecuadamente, don Juan se hizo eco de estos éxitos, que eran los de España, pero atribuyéndoselos casi en exclusiva a la acción de mi ministro de Exteriores, don Alberto Martín Artajo. ¿Por qué me elogiaba don Juan precisamente a Martín Artajo? Llevé por fin la conversación a la razón de nuestro encuentro, la educación del príncipe don Juan Carlos y de su hermano, don Alfonso, trágicamente muerto tiempo después por un disparo que se le escapó a su hermano. Quise ser claro y demostré dominar el tema. El príncipe tiene que estudiar matemáticas elementales en un colegio preparatorio para las academias militares, que podía ser el de Huérfanos de la Armada, donde reina un espíritu patriótico muy intenso. Después deberá pasar un año en la Academia General Militar, seis meses en la Escuela Naval y otros seis en la Academia del Aire, para vivir rodeado de los futuros oficiales de nuestro ejército, conocer el armamento y material, su manejo y compenetrarse con el espíritu que en dichos centros trasmiten a los que el día de mañana van a tener el mando en nuestras unidades armadas. Después de este aprendizaje militar, el príncipe pasaría por la Universidad Central, la de Letras y la de Ciencias, para compenetrarse y comprender los problemas que preocupan a los hombres civiles en los diferentes ramos del saber y de la investigación. Debe el príncipe estudiar la misión y labor que realizan nuestros sindicatos, para conocer sus problemas y actividades. Debe estar unido y compenetrado con la Falange, conocer su credo, sus fundamentos, su historia, etc., etc. El príncipe debe tener una formación religiosa muy arraigada para que pueda ser bien visto por las altas dignidades de la Iglesia en nuestra patria. El príncipe debe tener trato con los verdaderos aristócratas, que ya no son los de la sangre, como antiguamente, sino los del saber, la industria, las armas, las artes, en los que el rey tendrá que apoyarse y no en los títulos aristocráticos que ya no tienen por qué contar. Si don Juan no hubiera estado de acuerdo con este plan, hubiera tenido que renunciar al trono y yo me hubiera considerado desligado de toda relación con él, de todo compromiso y no me hubieran faltado apoyos para la ruptura, al contrario porque en el ánimo de buena parte de las bases políticas y sociales del movimiento, la monarquía no era un desiderátum y cuantas veces los monárquicos se envalentonaban en sus reivindicaciones, los falangistas les daban la réplica, como ocurriera ya bien entrada la década de los cincuenta en una conferencia pronunciada en Madrid por el ex embajador italiano señor. Cantaluppo. En el momento en que hizo una apología de la monarquía para la Europa del futuro la claca monárquica presente en la sala empezó a dar vivas al rey, los falangistas igualmente presentes, dirigidos por el escritor Rafael Sánchez Mazas, respondieron con vivas a la Falange y la sala se llenó de octavillas antimonárquicas. No se me oculta que de las filas falangistas salieron campañas de descrédito del príncipe, incluso chistes de dudoso buen gusto que me contaban mis allegados, especialmente mi yerno Cristóbal, que presume de conocer más y mejor los chistes antifranquistas y antimonárquicos.

En términos casi calcados me expresé ante don Juan, insistiendo en que había consultado el plan de estudios con personajes de confianza mutua, como don Natalio Rivas, ex ministro de Instrucción Pública en tiempo de su padre, largo y querido amigo mío y sin embargo firmante de la carta de adhesión juanista que en los años cuarenta había respaldado a los militares llamados monárquicos. «Alteza —le dije—, encomiéndenos la formación de sus hijos, le prometo que haremos de ellos unos hombres excepcionalmente bien preparados y unos excelentes patriotas.» Don Juan me espetó, con buenos o contenidos modales, que a ser patriotas ya les había enseñado él y poco trabajo nos darían a este respecto. No parecía haber pues problemas sobre la educación de los príncipes, pero don Juan tenía ganas de hablar de lo otro, es decir, de él mismo, de su papel, del mío en el proceso de la llamada constitucionalización del régimen. No quise que se llamara a engaño y le hable con una claridad meridiana:

«Institucionalizar el régimen no es empeño difícil con el "Fuero de los españoles" y las leyes que ya se han promulgado debiera de haber suficiente. Yo no necesito ninguna constitución para gobernar, porque me sobran y me valen todas. Por ejemplo: Yo me atrevería a gobernar con la Constitución de 1876. Con autoridad y orden, todas las constituciones pueden ser buenas. Ahora bien, si la opinión pública —o los que sobre ella influyen— se empeñan en que hemos de tener otra nueva Constitución, tendrá que haberla: pero yo no dejaré de pensar con escepticismo en el futuro de la nueva Constitución que podrá tener el mismo destino que han conocido todas las constituciones que estrenó España, que no fueron pocas, porque todas nacen con gran solemnidad y todas contienen un artículo que dice cómo habrá que proceder para cambiar legalmente su contenido. Desde 1812 hasta nuestros días todas las constituciones fueron anuladas por nuevas constituciones sustentando lo contrario que decía la anterior.

»En cuanto a la mayor autenticidad representativa de las Cortes, de las Diputaciones y de los Ayuntamientos, entiendo que existe en grado mucho mayor del que a V.A. le cuentan. Lo que ocurre es que existen gentes, con apetencias políticas, que no quieren entrar en nuestro juego, donde tendrían su lugar. No quieren pasar por el fielato de los sindicatos legales, ni de las asociaciones del movimiento, fielatos de los que

*no cabe prescindir para evitar las intromisiones de los ene-
migos del Estado dentro de los engranajes del sistema. Sería
bobo abrir puertas y ventanas a los que se proponen volar el
edificio que tanto ha costado levantar.*

*»Lo de separar las funciones del jefe del Estado de las del
jefe del Gobierno, día llegará en que eso vendrá dado por
limitaciones mías de salud, o por mi desaparición o porque
el régimen, con la evolución del tiempo, así lo aconseje; pero,
mientras yo tenga buena salud, no veo las ventajas de un cambio. En confianza, diré a V.A. que más bien veo inconvenien-
tes; porque, con un jefe del Gobierno, mientras yo sea jefe
del Estado, ante la opinión de España, seré siempre responsable de todo lo malo que suceda. En cambio, lo bueno, habrá
tendencia a atribuírselo al jefe del Gobierno y a su equipo,
dado que así puede ser o que se empeñen en que así parezca
para desmerecimiento de mi autoridad moral y material. Mientras sea jefe del Estado y jefe del Gobierno, mía será la responsabilidad plena de todo: de lo bueno y de lo malo, que de
todo ha habido y continuará habiendo. Aún así, vea V.A. un
caso de aplicación práctica, a propósito de lo que estoy comentando. V.A., al referirse a los recientes acuerdos con los
Estados Unidos y al Concordato con el Vaticano, me ha hecho
un elogio merecido de mi ministro de Asuntos Exteriores Alberto Martín Artajo. Y yo digo a V.A.: "Sí, Martín Artajo es
un buen ejecutor, cuando se deja dirigir." ¿Quiere esto decir
que regateo méritos a ese excelente colaborador? No, pero con
la salvedad que acabo de hacer a V.A., por haber sido yo a
la vez jefe del Estado y jefe del Gobierno. Soy sincero y justo
al creer que, gracias a mi continuidad en ambas funciones,
con el favor de Dios, entre el tiempo y yo se han impedido
aceleraciones e ingenuidades que habrían malogrado el éxito
que a la postre hemos conseguido. ¿Se imagina V.A. que yo
podría puntualizar la salvedad hecha si existiese, además, un
jefe del Gobierno? No. El éxito se lo repartirían entre el jefe
del Gobierno y el ministro. En el mejor de los casos, me in-
cluirían también a mí; seríamos tres.»*

*»En todo momento tuve la sensación de que la batalla del
control de la educación del príncipe, de su alejamiento de las
influencias perniciosas de Estoril se había ganado y por eso
transigí en la publicación de una nota conjunta, aun a sabiendas que disgustaría a los sectores del movimiento antimonárquicos y que no tranquilizaría del todo a los monárquicos. Para evitarme regateos sobre el redactado con Arias
Salgado, una vez de regreso a El Pardo, la pasé directamente*

a la prensa por el teletipo y di orden que no me molestase
nadie, ni siquiera el ministro Arias Salgado, mientras yo des-
cansaba.

Entre los subalternos que usted constata, estaba don José
María Ramón de Sampedro, colaborador de un colaborador de
don Juan, que filtró a Sáinz Rodríguez las transcripciones exactas de lo que allí se habló, sobre todo de lo que usted habló,
general, porque le dio aquel día por la logomaquia y sembró
en la cabeza del pretendiente y sus acompañantes dolores irre-
cuperables. Caza, pesca, historia de España, historia del ejército y el porqué de su misión, refritos de la ideología con las
que ya nos ha obsequiado y otra vez sus teorías económicas
sobre la peseta, las divisas, Calvo Sotelo, Primo de Rivera. No,
no alteza, su padre de usted no cayó arrastrado por la caída
de Primo de Rivera, sino por la caída de la peseta. En la responsabilidad del exceso de gasto público metió usted a Calvo
Sotelo, aunque era el protomártir y luego se despachó a gusto
con otros monárquicos ilustres: «Sanjurjo era más un buena-
zo que bueno.» Por Sanjurjo hubiera podido continuar una
república moderada, porque la gente era básicamente republicana «... por eso todavía en julio de 1936 tuvimos que hacer
el paseíllo con la bandera del himno de Riego, menos en Pamplona». El paseíllo de qué corrida, general? ¿De qué corrida
estaba usted hablando? ¿En qué quedamos? ¿Fue una corrida
o fue una cruzada? Pero todavía sus martirizados oyentes,
cuando ya le creían a punto de marcha, de vuelta a su trono
de rey sin corona, de nuevo despobladas de realeza las sienes de don Juan, usted, se plantó y les largó una parida económica de mucho cuidado sobre las excelentes perspectivas de
España, en 1954, a dos o tres años de la situación de quiebra de 1956 y 1957, gracias al descubrimiento de unos fabu-
losos yacimientos de fosfatos en el Sahara español: «Cuando
la explotación haya alcanzado el máximo normal previsible
la balanza comercial española conocerá superávits consolida-
dos ya para siempre...»» Parecía usted el redactor del No-Do
cuando añadió: «Los Estados Unidos tendrán que entenderse
directamente con España si quieren mantener su *cartel* internacional en los fosfatos.» Y dejó estupefactos y agridulces a
sus contertulios, especialmente a don Juan, que se quedó ru-
miando los cuatro puntos que había preparado, discutido con
sus colaboradores «para que Franco no tuviera más remedio
que concretar»:

a) Posible desgaste para el futuro de las fuerzas armadas que aparecen como apoyo y sostén de un sistema político-co basado en FET y de las JONS. Ante una desaparición futura de este organismo, ¿no resultaría perjudicado el ejército, excesivamente identificado con la política?

b) Siendo España un Reino desde la Ley de Sucesión, ¿es prudente consentir las actitudes antimonárquicas, especialmente las del Frente de Juventudes?

c) Necesaria autorización de la exposición doctrinal de la monarquía, silenciando la propaganda más o menos solapada que procura su descrédito.

d) Puntualizar explícitamente que la educación del príncipe de España no supone dejación por parte de don Juan de la patria potestad ni modificación de derechos que prejuzguen el orden sucesorio.

Usted contestó, ¿qué desgaste ni qué niño muerto? Las actitudes antimonárquicas o monárquicas eran de la exclusiva competencia del jefe del Estado. No, la patria potestad no la perdería, porque usted tenía un respeto sagrado a la patria potestad que ni siquiera su señor padre había perdido cuando abandonó el hogar. Recuerdo que incluso en el bando de los vencidos, de los rojos de toda la vida, la estampa de aquel príncipe espigado y rubio, puesto en sus manos desde que era casi un niño, inspiró una apolitizada compasión.

He de reconocer que don Juan había cedido su bien más preciado, más allá de las lógicas leyes del afecto, por cuanto su hijo era el depositario de su concepto de la legitimidad monárquica. Aquel gesto merecía mi corresponsabilidad, no por los dudosos méritos contraídos por el versátil pretendiente, pero sí por los honores que en el pasado me había concedido su padre el rey Alfonso XIII y su madre, su majestad la reina Victoria, majestad de título y de gesto que permanecieron vivas en mi memoria. No era empeño baladí.

Por eso estudié y cuidé la educación del príncipe como si hubiera sido la de un príncipe heredero de la dinastía borbónica y de la cruzada de liberación. Había que rescatar aquel alma ya adolescente de las intrigas de Estoril y hacerla crecer en contacto con la España real hija del 18 de julio. El cuidado que puse en la selección de sus monitores y compañeros de clases y juegos sólo tuvo cálculo parejo en las materias que debería estudiar, ya que una formación castrense era indispensable para que algún día fuera aceptado como cabeza indiscutible de nuestros ejércitos. Matemáticas, muchas matemáticas, porque la moderna ciencia militar así lo exige y ejercicio físico e historia de España para que aprenda a amar-la y servirla. Carrero Blanco era el más pesimista a comien-zos de la educación del príncipe, por cuanto consideraba que la monarquía española en el exilio, la que encarnaba el in-fante Juan, estaba demasiado rodeada de masonazos. Y al co-mentar yo este extremo en plena reunión familiar, se me vol-vió como un bumerang mi observación, porque Carmen, mi hija, me reprochó que conservara al fotógrafo Campúa como el exclusivo de El Pardo. «Ese masoncito ha estado en Esto-ril, en primera fila, aplaudiendo a don Juan como nunca te ha aplaudido a ti. Yo no sé cómo le conservas. ¿Con quién está?» Es cierto que Campúa tiene ficha de masón, que está condenado incluso por el tribunal contra la masonería, pero qué quieres que diga, sus fotos me gustan y cuando me veo reproducido por alguien que no es Campúa me parece estar contemplando a alguien que no soy yo. Además, Campúa me ha asegurado más de diez y más de cien veces, que no tiene nada que ver orgánicamente con la masonería. «Excelencia, fue un pecado altruista de juventud.» Si no se cometieran pe-cados en la juventud ¿cuándo se cometerían? Me he enterado que Campúa fue convenientemente perseguido y por lo tanto ya está purificado. Notaba que a mi alrededor había crecido una psicosis anti-Campúa y hasta sus movimentos más norma-les se me señalaban como sospechosos. ¿Qué ha ido a hacer a Cuba en representación de Artes Gráficas? No creo que fuera por recomendación masónica y además, los masones más pe-ligrosos son los que lo son sin que nadie lo sepa. Me ha cons-tado que fueron masones el duque de Alba, el general Aran-da, el infante don Alfonso de Orleans, Queipo de Llano, mi alocado hermano Ramón... pero fueron masones como otros llevan tatuajes, por un afán de curiosidad y esnobismo mal-sano, normalmente compañero de épocas de decadencia. Mi combate sin concesiones contra la masonería, que ya comencé durante mi etapa de jefe de Estado Mayor consiguiendo que fuera incompatible la afiliación a la masonería y la pertenen-cia al ejército, la proseguí implacablemente durante y después de la guerra hasta que los tribunales destinados a la repre-sión de la masonería se quedaron prácticamente sin causas. Ello no quiere decir que la masonería no trate de rebrotar y muy especialmente en la universidad. Al surgir el movimien-to nacional salió a la luz toda la basura de las logias y se descubre cómo en la universidad existían dos organizaciones, designadas en el argot masónico con los nombres de FUE ex-terna y FUE interna. La primera comprendía la Federación

Universitaria de Estudiantes, la pública, a la que la mayoría de los estudiantes pertenecía, y la otra, la secreta, la masónica, constituida por sus principales directivos y afiliados a la masonería, que recibían las consignas del gran Oriente español y que engañaban y traicionaban a sus compañeros. Organización esta que no fue sólo española, pues se trasplantó, y hoy vive en muchos países americanos, donde unas organizaciones de este mismo carácter y disciplina secreta masónica están establecidas.

Consignas conspiratorias de las logias cayeron sobre la universidad con el ánimo de perturbarla, conformación de nuestras observaciones sobre la periodicidad de estos intentos, que hoy se desea repetir sin pensar que existen grandes y no pequeñas diferencias con los años treinta: que entonces no había tenido lugar una guerra de liberación y un tributo de sangre como el de nuestra juventud, que otorga una fuerza moral indestructible a los poderes públicos para extirpar con el mayor rigor todo germen de resurgimiento de la traición; que en parangón con el régimen decadente entonces existente, tenemos hoy un poder público fuerte y alertado, que sabe lo que es la masonería y cómo trabaja, y no parece dispuesto a darle plaza ni lugar. Y, si fuera esto poco, que contamos con una juventud ejemplar, que podrá ser sorprendida en su vehemencia y engañada en sus nobles afanes, pero que bastaría una sola palabra para que se desencadenasen sus nobles, generosas y temibles reacciones. Existen demasiados antecedentes sobre los contaminados de la peste para que no fuese fácil realizar una enérgica y segunda vuelta. Por eso hay que velar porque no se infiltre un profesorado que retome el discurso de la masonería. Se ha exagerado mucho sobre la cuarentena que nuestro régimen puso a aquellos intelectuales, sin duda bien dotados, que masones o no, habiendo hecho causa común con la república hicieron el juego a la masonería, sobrevivieron al dramático enfrentamiento de la guerra y luego fueron volviendo a la patria en tiempos de bajío de las pasiones. Los más notables como Azorín, Baroja, Pérez de Ayala, Marañón, Ortega y Gasset no sólo no fueron sometidos a juicio por sus pasadas responsabilidades políticas, sino que continuaron ejerciendo su trabajo, aunque en algunos casos hubo que establecer algunas restricciones, caso de Ortega y Gasset, porque no hubiera sido oportuno que a su vuelta a España en 1945 recuperara su cátedra en Madrid. Él mismo lo demostró cuando a su vuelta, a pesar de ser elogiado por nuestra prensa, dio una conferencia en 1946 en la que dijo no saber distinguir entre la buena y la mala política. Se le replicó que aprender a distinguir la buena de la mala nos había costado un millón de muertos. Ortega había sido el padre espiritual de demasiadas cosas y era un emblema arrojadizo, tanto por falangistas como por liberales, dada la ambigüedad, por otros reconocida como riqueza, de su pensamiento. Nadie le prohibió que viajara por América y Europa dando conferencias o que organizara un Instituto de Humanidades donde iba a escucharle quien quería y si se le impidió la reedición de Revista de Occidente se debió a que la revista se había convertido en el pasado en el órgano de expresión intelectual de los herederos del espíritu de la institución libre de la enseñanza y en los años cuarenta o cincuenta hubiera sido refugio de los más radicales epígonos del orteguismo. Sentí su muerte en 1955 como todo jefe de Estado debe sentir la desaparición de uno de los hijos más ilustres de la patria, pero me desagradó sumamente que el entierro de Ortega se convirtiera en una manifestación antifranquista en sordina, con un levantisco estudiantado de Madrid a la cabeza, precedente de lo que luego ocurriría en 1956. A Ortega le había pasado lo que a muchos intelectuales que juguetean con el ateísmo y el republicanismo porque ellos se consideran dioses y conciben la esperanza de ser algún día presidentes de la república, ya que por linaje no pueden ser reyes. La prepotencia intelectual de Ortega podía llegar a ser hiriente y actuaba como si fuera un caudillo intelectual. Talante diferente tenía don Miguel de Unamuno, excéntrico y provocador, con el que tuve alguna relación al comienzo de la guerra, antes de su incidente con Millán Astray y su muerte. Me vino a ver para pedirme que no bombardeara Bilbao, porque tenía allí dos casas y no quería perderlas. Le dije que haría cuanto pudiera y ni siquiera le comenté que yo conocía la militancia de dos hijos suyos en el bando republicano, concretamente implicados en la defensa de Madrid. Al fin y al cabo, Ortega y Unamuno eran, como casi toda la generación del 98, fruto de un afán regeneracionista de España descarrilados porque habían alejado ese propósito del signo católico de la esencia de España. Periódicamente se alzaban voces integristas por las prerrogativas del Concordato, fueron muchas las autoridades eclesiásticas que trataron de conseguir condenas explícitas, políticas y religiosas contra la lectura de algunas obras precisamente de Ortega, Unamuno y Baroja y hasta un padre dominico, el padre Ramírez, salmantino, pidió explícitamente la excomunión de Ortega y Unamu-

no. Con someterles a un cierto control, vivos o muertos, bastaba.

Yo no pude participar en las relativas algaradas organizadas en torno a los funerales de Ortega. Se había puesto enfermo el director de la academia donde daba clases de historia, latín, ciencias cosmológicas y geografía humana de quinto y sexto dc bachillerato y se incrementaron mis horas de trabajo. Pero sí asistí a las reuniones posteriores, contactos con la oposición universitaria, donde se analizaban con entusiasmo la complicidad interclasista democrática que se había manifestado en torno al entierro y a las glosas fúnebres del filósofo. Fue en una de estas reuniones donde conocí a Múgica Herzog, al parecer superior de Amescua, porque cuando hablaba, por cierto sin pronunciar la erre, Amescua guardaba un respetuoso silencio. También asistía un joven estudiante que se llamaba Sánchez Dragó y otros que con el tiempo se me identificarían, como López Pacheco, por ejemplo. Si bien casi todos los allí reunidos eran antiorteguianos y Múgica leyó con indignación su prólogo a ingleses y franceses al frente de una edición inglesa de *La rebelión de las masas* durante la guerra civil, Amescua y Javier Pradera se inclinaban por una instrumentalización del desconcierto que causaba entre los liberales y los monárquicos la incapacidad del franquismo para integrar el orteguismo. Pradera se refería frecuentemente a artículos aparecidos en la revista *Índice,* en los que, entrelíneas, se apreciaba una propuesta de reivindicación de una lectura liberal de Ortega, frente la lectura organicista y autoritaria que había hecho el falangismo. Aunque Múgica parecía mandar, Pradera se notaba que había leído más y mejor, además era yerno o iba a serlo de Sánchez Mazas, era muy alto, tenía un poderoso cabezón y una impenetrabilidad facial que traducía el escaso espacio que le quedaba en su poderoso intelecto para cuanto pudieran decir los demás. Sánchez Dragó usaba otro lenguaje. Era más metafórico, más poético, es decir, crispaba un poco a Amescua y a Pradera y en cambio divertía a Múgica, que tenía un algo de mocetón judío del Norte corajudo y echado palante, por más que no tuviera un físico tan imponente como el de Pradera. Amescua daba pie para que yo interviniera, pero por más que convocaba lenguaje abstracto para dar la réplica a Pradera, sólo me salían observaciones basadas en datos. Por ejemplo, si él decía: Hay síntomas evidentes de una objetivación de la crisis del unitarismo franquista y sólo resta oponerle un unitarismo democrático sin fisuras, como última propuesta a la burguesía para una salida democrática a la situación, a mí sólo se me ocurrían ejemplos concretos o a lo sumo citas del Juan de Mairena de Machado que por el ceño de Julio deduje no eran oportunas. En cualquier caso, de aquellas y otras reuniones similares salí entusiasmado, entusiasmado por la extensión imparable de la comunión de los santos o de los santos en comunión.

Quiere Dios que no podamos dormirnos en los laureles y en la combinación satisfacción insatisfacción, tranquilidad zozobra se basa el término medio de la armonía del espíritu que no accedería a ella sin haber pasado por la prueba de los contrastes. Si en 1953 todo había salido bien, igual era la tónica de 1954, domesticadas mis lanzas y vencidas las enemigas. El malestar que hubieran podido causar en 1955 «los ruidos» liberales suscitados por la muerte de Ortega fueron ampliamente compensados por la admisión de nuestro régimen en las Naciones Unidas. El contubernio masónico comunista urdido por Giral y Lie en 1946, instrumentos de la cobardía de Occidente y del cinismo soviético para negarnos la condición de nación defensora de la libertad, se venía abajo y la diplomacia norteamericana conseguía vencer toda clase de resistencias y pactar con la URSS que no ejerciera el derecho a veto a cambio de la admisión de Mongolia, estado títere del comunismo soviético. Pues bien, en el mismo día en que España era admitida en la ONU, el 15 de diciembre de 1955, el príncipe Juan Carlos juraba bandera en el patio de la Academia General de Zaragoza que yo había reabierto. En un mismo día se caían definitivamente las murallas internacionales y el presunto heredero de la Corona se sometía a la lógica del ejército vencedor en la cruzada, sutil circunstancia que al parecer no pudo o no quiso o no supo entender el ministro del Ejército, el teniente general Muñoz Grandes que asistió a la jura de bandera y ni siquiera mencionó en su arenga la presencia del príncipe. ¡Qué razón tiene aquel que dijo: Dios me guarde de mis amigos que yo ya me cuido de mis enemigos!

La circunstacia era de lo más propicio y pensé que podía relajarme, después de tantas tensiones, gozar del trato de los escasos amigos que conservaba desde la infancia, el almirante «Pedrolo» Nieto Antúnez, Camilo Alonso Vega, Suanzes, mis amigos pescadores, Iveas y Max Borrell... Cuidar de mis propiedades, muy especialmente la que había adquirido por los buenos oficios de Pepe Sanchís, un verdadero paraíso. La finca estaba situada en el kilómetro 21 de la carretera de Extremadura y la adquirí gracias a los milagros económicos de Sanchís, pese a mi resistencia e impulsado por los consejos de Carmen: «Hazme caso y deja hacer a Sanchís. Este hombre convierte en oro cuanto toca.» Quién iba a decir que esta finca se apoderaría de mí como una pasión madura, que pasaría en ella muchas tardes y recuperaría maneras y gustos de contador de los tiempos de la guerra de África y llevaría yo personalmente las cuentas del primer saco de pienso y del último litro de leche que saliera de la ubre de cualquier vaca, y es que siempre me ha gustado responsabilizarme de la tierra que pisaba y mucho más si la recibía como herencia y se incorporaba a mi patrimonio. A la muerte de mi suegro, Carmen heredó «La Piniella», finca hermosa, llena de frutales, especialmente manzanos, pero tan mal atendida que los árboles aparecían raquíticos y los frutos inspiraban compasión más que apetito. Convoqué a un ingeniero en jefe del Servicio Agronómico de Oviedo para que examinara los arbolitos y emitió su veredicto: «Esto es debido al hongo» y me extendió... vamos a llamarla una receta, un producto fabricado por un laboratorio de Barcelona que acabaría con la plaga. No acabó y un año después, preocupado por la suerte final de los manzanos, seguí indagando y un vecino de finca colindante me dijo que en Infiesto había un agricultor experto en manzanos. Un domingo fui en su busca, le traje a mi finca, le enseñé los manzanos y le comuniqué el veredicto del ingeniero: «Siempre salen con lo del hongo. Saben mucho de hongos, pero muy poco de manzanos. Lo que le pasa a usted es que los tiene plantados demasiado juntos.» Y sin pedirme demasiados permisos, cogió un hacha y fue talando los manzanos intermedios. Un año después yo disponía de un manzanal que daba gloria verlo y acudían vecinos de otras fincas a hacerse cruces ante el milagro. Moraleja: a veces es más sabio el que está en contacto con la vida y con la historia, que el que la aprende la una y la otra en los libros. Igualmente me gustaba supervisar las construcciones implicadas en mis propiedades, costumbre de supervisión que no nació durante la lenta elaboración del proyecto del Valle de los Caídos. Tenía yo un cierto don natural para las proporciones y las funciones de los edificios, adquirido durante la práctica de la obligada construcción de urgencia de las campañas militares y ese don natural lo apliqué en la supervisión de las obras del Valle de los Caídos y en la remodelación del Pazo de Meirás, que mejoré notablemente incorporándole materiales de desguace de un noble palacio casi derruido, el del Pazo del Dodro. Quisiera referiros una pequeña, o en cierto sentido gran anécdota, en referencia a mi amor a la vida, tantas veces puesto en cuestión y en calumnia por mis enemigos, la acacia de hoja perenne es el símbolo de la masonería, porque tiene una madera que no se corrompe y en el Pazo hallé una hermosísima acacia de esta clase ante la que me detengo siempre que voy, porque le respeté la vida y no la talé, pese a su odiosa simbología. Arrese, arquitecto, se maravillaba de mi saber de arquitectura. Lo difícil, mi general, no es hacer casas nuevas, sino lo que usted ha hecho en el Pazo, «rehacer lo ya hecho». Años después me enteré por la prensa que un arquitecto español, Rafael Leoz, había inventado un módulo arquitectónico que permitía racionalizar las construcciones. A ver qué es eso, me dije, y le pedí a Arrese que me trajera a El Pardo a Rafael Leoz para que nos lo explicara. Llegó don Rafael con retraso y fue tan abstracto y técnico en sus explicaciones que sólo yo conseguí entender casi todo lo que dijo. Camilo no hacía más que repetir: «A mí ahí dentro no me mete.»

Con santa paciencia entendía el ruido de la envidia, que con la excusa de ser confidencia amiga sobre «la realidad» trataba de crearme confusión y malestar anímico. Cuando no era una conspiración era la mala predisposición del pueblo o la corrupción de quienes me rodeaban, calumnias sobre todo dirigidas a mi familia política de la rama de mi yerno, juego vicioso en el que a veces caían hasta mis propios hermanos o gentes adeptas como Pacón, Girón, Vicentón, Arrese o el mismísimo Martínez Fuset, quien, a pesar de su confortable retiro en las Canarias, se creía en la obligación de venir a verme de vez en cuando para darme el parte de que a mi alrededor medraban aprovechados que instrumentalizaban su relación conmigo, incluso fueran lazos familiares políticos, para hacer muy buenos negocios. Yo le contesté ¿y qué tal le van sus negocios, Fuset? Yo no tengo, excelencia. Pues mal hecho, porque de ser cierto nadie se va a creer que sea verdad. ¿Cómo no iba a tener negocios un notario tan bien emparentado con el poder, al que dejé hacer, dejé pasar, desde mi criterio de que algunas ventajas materiales debían recibir los que se habían sacrificado por la cruzada? Lo que no reclamaba para mí sabía que debía tolerarlo a los demás. Sus debilidades eran mi fuerza.

Su propio primo y secretario de Franco, Franco Salgado Araujo, recoge esta confidencia de muy distinta manera: «Hoy

—23 de noviembre de 1954— almorcé con Martínez Fuset. Es de lo más leal al caudillo, hombre íntegro y enérgico, con cualidades extraordinarias para haber ocupado un alto cargo que no quiso aceptar. Me estuvo contando muchas cosas; algunas ya las había oído, pero al contármelas él, persona seria y de conciencia, no me cabe ninguna duda de su veracidad. Todo de personas que explotan sus cargos, dedicándolos a negocios, algunos hasta contrabando, valiéndose de la influencia oficial para que no les pase nada cuando se descubra algo. Fuset dice que ha informado de algo al caudillo, pero que éste demostró no tener el menor interés en escuchar y cambió de conversación. Franco cree firmemente que son chismes y habladurías que creemos porque somos infelices. O bien no quiere saber nada por estar de sobras enterado o por exceso de buena fe o por ser más cómodo hacer oídos sordos. De todas formas, si es por esto último, la ceguera en él es grande y peligrosa.» Años después, uno de los ministros apartados del meollo del poder, coincidiendo con su decadencia, general y con el secuestro factual al que fue sometido por «el clan del Pardo», confesaría: «Sin embargo, lo cierto es que Franco no sólo no se rodeó de ascetas, monjes con voto de pobreza y personas con desinterés parejo al suyo, sino que utilizó a toda clase de hombres, los que el país producía, sin dejarse llevar de puritanismos y con infinita condescendencia para cuanto a sus ojos eran pecados incomprensibles pero nefandos. La imagen de este hombre incorruptible y aun despreciativo para las ajenas apetencias, cercado y, a veces, obligado a tratar con personajes que sólo pensaban en su propio provecho, fue un espectáculo fascinante.»

Si en mis primeros años de gobernante había necesitado el consejo de hombres como Serrano Suñer para componer los consejos de ministros, desde el final de la cruzada hasta que hice dejación de la jefatura del Gobierno en manos de Carrero Blanco en 1973, es decir, durante treinta y cuatro años, mi opinión, consultada con Carrero, fue la que decidió la composición de cada consejo y mis hábitos los que decidieron la mecánica de su comportamiento, y mal asunto si prescindes a tontas y a locas de los inferiores en los que ya has inculcado tus propios criterios y hábitos. Como yo era supremo hacedor de mis gobiernos, las especulaciones que siempre acompañaron los cambios, derivadas por una extendida impresión de provisionalidad de nuestro régimen que nunca desapareció de entre los civiles, incluso los más próxi-

mos, y si entre los militares una vez puestos a buen recaudo los «militares monárquicos», se plasmaba en diversas formas de tratar de tirarme de la lengua. Incluso mi propia hermana Pilar, a la que por cierto cada vez veo menos, venía y me decía: «Oye, en los mentideros se rumorea que va a haber cambios de gobierno.» «¿Ah, sí? Pues yo no he oído nada.» También se exageró mucho sobre mis ceses de ministros, transmitidos por un motorista que se convirtió en algo parecido al ángel exterminador. Ésa fue la norma habitual: un telegrama de cese que a veces sorprendió al cesado, pero que casi siempre ratificaba una impresión ya creada y rumores ya establecidos ¡Bueno es este país, inventor de radio macuto, para conservar secretos! Esta total autonomía de decisión, la respeté disciplinadamente cuando Carrero se hizo cargo del gobierno en 1973 y sólo le orienté hacia el nombramiento de Arias Navarro como ministro de Gobernación por lo muy bien que les caía a Carmen y a mi hija. El tiempo y la experiencia fue decantando el ritual de los consejos de ministros que llegaron a ser tan previsibles como la liturgia de la santa misa. Durante los primeros veinte años podían durar un día entero y terminar de madrugada. Luego los trasladé a la mañana y se fueron abreviando, no sé si porque los ministros más jóvenes tenían una oratoria más sobria y eficaz o porque mi propia experiencia y memoria suplía deberes y memorizaciones. Siempre me había gustado la concisión y para mí era un tormento, por ejemplo, escuchar las exposiciones de Camilo, porque se perdía cuatro horas en el trayecto entre Pinto y Valdemoro y había que devolverle de vez en cuando al año, mes y día en curso. Una vez no pude más y le dije: «Para medir tus intervenciones, Camilo, vamos a traerte un reloj de arena.» No cogió la indirecta. Yo recibía a los ministros de pie, en traje civil y les daba la mano de uno en uno. Luego se sentaban en torno de la mesa del comedor de gala del palacio. A mi derecha situaba al ministro ponente si había algún tema monográfico y siempre empezaba la reunión con una exposición mía sobre los asuntos más sobresalientes que deberíamos tratar. Luego empezaba el turno de intervenciones, que interrumpíamos a las dos y cuarto, momento en que yo almorzaba en familia y los ministros quedaban libres hasta las cinco. Por la noche volvía yo a cenar en familia, mientras mis colaboradores lo hacían de pie en una cena fría y sobria, para tener la cabeza clara de cara a las horas terminales. Durante los consejos de ministros yo no me levanté ni una vez, repito, ni una sola vez, ni siquiera para realizar determinadas fun-

ciones fisiológicas. A veces los ministros se ausentaban por esta causa o para fumar un cigarrillo, porque yo no permitía fumar en mi presencia, con sólo dos excepciones: don Natalio Rivas y el príncipe de España, al uno, que fumaba unas pestilentes targarinas, porque ya me había acostumbrado a verle fumar desde los años veinte, y al otro porque no iba yo a corregir un vicio al nieto de don Alfonso XIII. El que más sufría por la prohibición de fumar era Agustín Muñoz Grandes, que se pasaba largos ratos en la antesala fumando y parando la oreja para no perderse lo que se hablaba dentro del salón. Los otros sufrían pero no se atrevían a salir. Para que no se pusieran nerviosos, mandé retirar los ceniceros. En mi presencia no ha fumado nadie, salvo los ya comentados, y aunque no fumar a veces les hacía irritables entre sí, no me importaba si litigaban, al contrario, lo prefería porque de la competencia nacía la luz y así yo podría arbitrar las discrepancias. Es bueno que los colaboradores del que tiene el mando sientan celos los unos de los otros porque así se esmeran en el servicio.

Las malas afinidades entre sus colaboradores llegaron a veces al extremo de un correveidile continuo y burlesco que le acompañó hasta las puertas de la muerte, general, aquel día en que fueron a denunciarle que Arias Navarro era un traidor. La palabra traidor se la lanzaban sus colaboradores los unos a los otros desde el comienzo mismo de la cruzada. Pero la mayor alarma la recibió usted cuando Girón le hizo llegar, vía Pacón, la tajante afirmación de que Muñoz Grandes era un traidor que quería sustituirle. Años después de la unificación, muy pocos se habían unificado realmente y se conservaban territorios zoológicos marcados, hasta el punto de que la aparición de nuevas especies fuera contemplada con recelo por los propietarios del territorio. Así cuando usted recurrió a democristianos como Artajo y Ruiz-Giménez, no tardaron en rodearles las chanzas de los del movimiento y se contaba que Ruiz Jiménez, también conocido por «Sor Intrépida», tras un largo viaje por América Latina, «dos meses viajando por cuenta del Estado» contabiliza Franco Salgado Araujo, transmitiera un parte de viaje igual, igualito al de Moscardó cuando liberaron el alcázar de Toledo: «Sin novedad en el alcázar de América.» Y cuando Carrero y su cardenal Richelieu, Laureano López Rodó, le empezaron a sitiar de Opus Dei, fueron los falangistas y los demócratas cristianos quienes pasaron del agravio a la maledicencia.

Mis hábitos como jefe del Estado y del Gobierno llegaron a ser tan rituales que se integraban en la mecánica de mi vida y la del país, consciente de que yo estaba allí, en El Pardo, recibiendo audiencias civiles y militares que me comunicaban con todo lo que ocurría, con todo lo que se necesitaba y que además sometía a un trabajo tenaz a mi equipo de colaboradores. Por las tardes, cinco días a la semana, departía con los ministros y el jueves por la mañana con Carrero. Con él llegué a establecer un grado de identificación tan grande que a veces con una mirada mía y un movimiento de cejas suyo todo quedaba claro. Los ministros entraban en mi despacho a través de la puerta de ayudantes, una puerta blindada que sólo podía abrirse desde fuera con la ayuda de una llave que tenía el ayudante de servicio. El mismo ayudante anunciaba el nombre del ministro desde la puerta y acto seguido lo introducía ante mi presencia, más o menos se cuadraban o hacían el amago, inclinaban la cabeza y yo les tendía mi mano para que la estrecharan según los gustos. Como venían cargados de documentos e introducciones, yo daba una cierta parsimonia a mis movimientos, para que fueran ganando confianza antes de lanzarse a la exposición de sus cuitas. Porque siempre me venían con cuitas, salvo los más dotados de carácter, que me traían también las cuitas, pero ya resueltas. A veces me gustaba sorprenderles con mis salidas, por ejemplo, les llevaba la contraria a lo que me habían dicho y si se amilanaban es que no estaban seguros de sus posiciones, en cambio otras veces se mantenían en sus trece y entonces les felicitaba efusivamente. Me gustaba poner en apuros a los que yo suponía más seguros de sí mismos, por ejemplo a López Rodó, a quien un día le pregunté: «Oiga, López Rodó, ¿usted sabe qué es eso del sindicato vertical? Yo nunca he llegado a saberlo, como no sea que unos están arriba y otros abajo.» Y él venga reírse, pero luego me dio una explicación correcta sobre la naturaleza de nuestro sindicalismo piramidal, jerárquico, integrador de capital y trabajo.

Para hablar de tú a tú con los ministros prefería una mesita de unos sesenta centímetros de ancho, perpendicular a la de mi despacho, lo que facilitaba la proximidad física y la lectura a través de su mirada de alguna segunda intención, del mismo modo que él podía percibir más claramente la gravedad y el respeto que yo concedía a todas las materias, incluso a las aparentemente más intrascendentes. Como estos palacios borbónicos son poco luminosos, normalmente había que encender la lámpara de flexo de la mesita y más de un ministro, a la vista de la agudeza de mi interrogatorio y para relajar su propia tensión, que no la mía, comentaba: ¡Excelencia, me está sometiendo usted al tercer grado! Fórmula coloquial, sin duda aprendida en el cine de guardias y ladrones, aplicada a los interrogatorios policiales más severos. Yo contestaba invariablemente, con la sonrisa en los labios: ¡Pero si aún no hemos pasado del primer grado! Les hacía mucha gracia. La función hace el órgano y hace a la persona. Todos los ministros de un ramo se parecen. No ha habido ministro entre cuyas competencias figurara la de Transportes que no me haya propuesto dedicación prioritaria a mejorar cualitativamente los servicios de RENFE y a todos les he tenido que gastar la misma broma: Ya me conformo con que no empeore. En los primeros tiempos esta respuesta se la tomaban por la tremenda, pero últimamente se ríen mucho. Mi experiencia de mando sobre los soldados no ha sido del todo extrapolable a los civiles. A los soldados hay que darles seguridad y pedirles obediencia ciega. A los ministros hay que mantenerlos algo inseguros y nunca darles demasiadas confianzas. Yo casi nunca he cesado a mis ministros, les he relevado. Cuando he cesado lo he hecho fulminantemente, sin ambigüedades y sólo he obrado así con Ruiz-Giménez y Fernández Cuesta, con motivo de la crisis violenta de la Universidad de Madrid de 1956, de la que voy a hablaros, y del desmadre de la información de 1974 que le costó el puesto a Pío Cabanillas, a la sazón ministro de Información y Turismo.

Si habíamos superado la conjura comunista en Barcelona en 1951 una nueva y dura prueba nos aguardaba en 1956, esta vez suscitada en el mundo estudiantil, precisamente el más mimado por nuestro régimen y compuesto, en su mayoría, por hijos de clases acomodadas. Al ir a colocar unos falangistas del Sindicato Español Universitario una lápida en la tumba de Matías Montero, el protomártir del falangismo universitario, hubo una algarada con estudiantes de signo contrario, sonó un disparo y cayó gravemente herido el estudiante falangista Miguel Álvarez. Los falangistas se pusieron en pie de guerra y el capitán general de Madrid advirtió que si los falangistas se echaban a la calle el ejército debería restaurar el orden. De nuevo empezaba a ponerse nervioso todo el mundo, como si no confiaran en la estabilidad de nuestro sistema. Le dije a Pacón que se fuera a ver al herido y ordené la destitución de Fernández Cuesta como ministro secretario general del Movimiento y de Ruiz-Giménez como ministro de Educación, al primero por no saber poner orden en la Falange y al segundo por haber dado demasiadas ínfulas a seudodirigentes estudiantiles liberales que fueron los que luego dirigieron los graves sucesos de Madrid y Barcelona, respaldados por mal llamados artistas e intelectuales. Como ministro del Movimiento volví a recurrir a Arrese, un político que, como los buenos árbitros de fútbol, no se nota que está en el campo, y en Educación a un hombre con menos imaginación que Ruiz-Giménez, pero también con menos veleidades, Jesús Rubio y García Mina. Tal vez no hubiera tenido tanta significación lo ocurrido en Madrid en 1956 si no hubiera sido por los nombres y apellidos de algunos de sus protagonistas: Miguel Sánchez Mazas, hijo de uno de los intelectuales de la cruzada y de pronto figurante entre los que querían reorganizar el PSOE en el interior, Javier Pradera quien, como su apellido indica, formaba parte de una de las más recalcitrantes dinastías tradicionalistas, José M.ª Ruiz Gallardón, nada menos que hijo de Tebib Arrumi, cronista de la guerra de África y mi amigo personal durante tantos años. Otros figurantes como el inevitable Ridruejo, celestina de aquellos jóvenes, o Múgica Herzog, comunista, judío y vasco, Ramón Tamames, hijo de un profesional republicano represaliado, o Bardem, un director de cine probadamente comunista e hijo de cómicos, me sorprendían menos, pero el tiempo me enseñaría a no sorprenderme cuando fueron apareciendo, ya en los años sesenta, ilustres apellidos de la cruzada vinculados a grupos de izquierda, incluso al Partido comunista, y así el hijo de Elola Olaso, falangista de primera hora responsable de Deportes, se había metido en una rara secta católico-marxista y el hijo de nuestro ministro del Aire, Daniel Lacalle, tenía un cargo de responsabilidad en el Partido comunista y hoy sería interminable la lista de hijos ¡e hijas! de altos cargos y altos mandos del régimen que militan en las filas del comunismo o de sus compañeros de viaje. Pero en 1956 aún estaban muy tiernas las evidencias de la guerra para que aquel síntoma de abandonismo no fuera especialmente hiriente y con respecto a los hechos de Barcelona, sí preocupante fue el grado de participación estudiantil en la protesta y la complicidad incluso de cargos del SEU con las minorías izquierdistas y separatistas que la tramaron, más aún que uno de los que prestaban oído a aquellos levantiscos estudiantes era nada menos que el capitán general de Cataluña, Juan Bautista Sánchez González, sospechoso de haber militado en la masonería, repescado por la generosidad de Mola para implicarse en

la cruzada, a la que había servido con valor y eficacia, perso-
naje más valeroso que listo que tal vez concibió el sueño,
como García Valiño, de que una restauración monárquica me
quitaría protagonismo para dárselo a ellos. La Providencia,
una vez más, estuvo dispuesta a solucionarme problemas mi-
litares y Juan Bautista Sánchez González murió repentinamen-
te a comienzos de 1957, cuando ya maduraba en mi cabeza
la fórmula de su cese y el nombramiento de un nuevo capi-
tán general de la IV Región Militar.

En 1956 yo tenía veintisiete años y desde hacía un año militaba en el Partido comunista de España, en la sección de Universidad, aunque todos éramos conscientes de que el Partido sólo consideraba como sujeto histórico de cambio a la clase obrera y nosotros, o nos desclasábamos y pasábamos a integrarnos en el trabajo político o nunca podríamos aspirar a ser otra cosa que compañeros de viaje. Comprendo que para usted sería farragoso que le explicara el largo y merodeante viaje intelectual que nos llevó a la lucidez marxista, sobre todo teniendo en cuenta la basura que usted nos permitía leer y las prohibiciones que pesaban sobre el patrimonio cultural de la humanidad errada que no había sabido apreciar que usted se había adelantado a la historia no sé cuantos siglos. En 1956 yo era un embrión de lo que he sido durante treinta y seis años. Comunista a la sombra de Amescua, Pradera, Sánchez Dragó, enamorado de una estudiante de filología semítica que era hija de un alférez provisional desengañado y ella misma cada vez más próxima a mis posiciones hasta acabar por rebasarlas, como suele suceder cuando las mujeres se emancipan. Estudiaba último curso, me angustiaba acabar la carrera y empezar la hora de la verdad de la lucha por la vida, lejos de la quincallería de las clases para repetidores y el cobro de recibos del seguro de entierro. Temía casarme, no casarme, ser libre, no serlo, ser comunista, no serlo y le dije que sí a Amescua cuando me pidió el ingreso en el PCE porque evoqué lo mejor de la memoria de mi padre y me acordé sobre todo, no sé por qué, de Matilde Landa, asomada a una ventana, con un libro de santa Teresa en las manos, a un obispo franquista cerniéndose sobre sus espaldas y luego... el salto. También me imponía la autoridad moral, intelectual, social, por qué no, de Amescua y el mismo sentido del ridículo que me llevaba a pagar las consumiciones de mis compañeros para que no pudieran pensar que me refugiaba en mi origen proletario, me llevó a decirle que sí a Julio. Si él, un miembro de la juventud dorada burguesa, más que burguesa, incluso, había superado la alienación de clases y se había hecho comunista, ¿cómo podía negarme yo que pertenecía a la clase sujeto histórico de cambio? Tenía más o menos resuelto este pulso cuando ustedes me detuvieron como consecuencia del dominó de caídas de los sucesos estudiantiles de 1956. Alguna vez había corrido ante la porra de los grises pero la estancia en la Dirección General de Seguridad significó mi bautismo de fuego en la relación con los funcionarios que tan sabiamente habían formado Himmler y Blas Pérez González en afortunada colaboración. No quiero presumir de las palizas idiotas que me pegaron, por el simple placer de demostrar que me las podían pegar, armados además con el expediente en el que constaban los antecedentes de mi padre o las horas de insomnio a que me obligaron, molestias de barato sadismo. Las recuerdo como si les estuviera viendo, chulescos, sanguíneos, presumiendo de que serían útiles a cualquier régimen, con toda la razón y llamándome rojo de alpargata. Nos hemos vuelto a encontrar en alguna ocasión. La peor en 1962, con motivo de los movimientos de solidaridad con la huelga de Asturias y en 1977, unas horas, tras un rifi rafe en pro de la legalización del PCE. Nada. La última vez nada. Mucha ironía, un poco de aliento en la cara, ya volveremos a vernos. En efecto. Entre los policías que luego protegieron a destacados hombres de la nueva democracia, reconocí a través de la tele a viejos, tenaces, expertos torturadores, del montón, sin que llegaran a los niveles exquisitos de los Conesa o los Ballesteros, que incluso luego aparecieron como adalides de las instituciones democráticas. De la caída de 1956 conservo mi bautismo de impotencia personal, no heredada. Y el ejemplo de la entereza de Julio, extrañamente sobrepuesto a lo que le ocurría, ligeramente maltratado, más por su familia que por la policía y que cada vez que pasaba ante mi calabozo y me veía en la más absoluta postración, mascullaba entre dientes: «A ver cómo salen de este lío.» Ustedes estaban en el lío. No nosotros. En cuanto a Lucy, delegada del SEU y ya casi militante del PCE, me mandó unas latas de ensaladilla rusa a Carabanchel, nada más salir yo del período de incomunicación.

De todos los sindicatos que se formaron, el más peculiar fue el SEU (Sindicato Español Universitario), fundado por los falangistas antes de la guerra para dar la réplica a la FUE republicana llena de rojos y masones. Pero fue después de la cruzada cuando se hizo indispensable vertebrar aquella asociación que iba a englobar obligatoriamente a todos los implicados en la universidad y por lo tanto se convertía en instrumento de educación en la lealtad a los futuros dirigentes de España. Lastimosamente, el SEU con el tiempo se convirtió en un instrumento de la Falange en exclusiva, muchas veces por encima de los intereses globales del movimiento, y aparecieron las primeras segregaciones asociativas no legales que agrupaban a estudiantes monárquicos, bien fueran de la rama alfonsina bien de la rama carlista. De estos tres focos surgieron las primeras algaradas y choques, aprovechados por las células comunistas formadas en la universidad especialmente en los años cincuenta. La infiltración de comunistas en el SEU sería el paso previo que hizo posible el estallido universitario de 1956 y el progresivo deterioro de este sindicato, instrumentalizado ligeramente por los secretarios generales del movimiento para demostrar demagógicamente la presencia combativa de la Falange contra el estado capitalista y convirtiendo este discurso en un caballo de Troya lleno de comunistas. Los sucesos de 1956 fueron graves porque evidenciaron la inseguridad no sólo de las entidades del movimiento y aun del ejército, sino también de una sociedad establecida que se echaba a temblar cada vez que pasaba algo. ¿Qué ocurriría el día que yo faltara? Girón, todavía ministro de Trabajo, me escribió una carta en la que expresaba precisamente su sorpresa por esa «histerización» de la vida política española y me instaba a que desde mi autoridad lo dejara todo atado y bien atado y así supieran a qué atenerse los enemigos y los amigos insuficientes «... de modo que la frase: Al movimiento le sucede el movimiento, tenga sentido». Yo procuré insistir siempre que pude que el movimiento se sucediera a sí mismo y el filósofo falangista Fueyo me dijo en cierta ocasión que yo había corregido y aumentado a Hegel, un pensador alemán que según mis datos fue un filósofo idealista en abierto choque con el pensamiento cristiano, un metafísico enmarañado, como le llamó nuestro gran talento, Menéndez y Pelayo. Si los sucesos de 1951 habían sido una advertencia sobre los nuevos procedimientos de subversión de los comunistas inventándose o fomentando las reivindicaciones de las masas, los de 1956 aportaron el signo especialmente alarmante de la deserción de una nueva generación hija del movimiento que al parecer no había sido atraída por nuestro proyecto político. Designé para Educación a Jesús Rubio, profesor y ex com-

batiente leal, que se valió como lugarteniente de Torcuato Fernández-Miranda, un muy reputado profesor falangista, aunque calificado de excesivamente personalista e imprevisible, calificación que corroboraría él mismo con su conducta en los veinte años de convivencia política. Para el movimiento recurrí otra vez a Arrese, consciente de que era un leal servidor y aunque aceptó, me rogó que trabajáramos por construir un marco político que desarrollara constitucionalmente el régimen y lo hiciera atractivo para los jóvenes. Le encargué que redactara un proyecto de ley de fijación de los principios fundamentales, tarea a la que se aplicó con ahínco, pero con una cierta esterilidad porque ya veremos que el proyecto que trajo no fue del gusto de nadie. Luego le nombré ministro de la Vivienda y nos vino con un proyecto faraónico que no podía ser digerido por las finanzas del Estado, muy en la línea de la subida de salarios de Girón que escandalizó a los más sensatos economistas. Tuve que cesarle siguiendo los consejos de mi hermano Nicolás: un demagogo es peor que un revolucionario y así se terminó la carrera política de Arrese poco después.

En contraste con las zozobras interiores daba gusto contemplar la política internacional desde la perspectiva de un Estado homologado, aceptado por todos, miembro de la ONU, con las relaciones diplomáticas estables con todo el mundo, salvo con los países comunistas y México, que seguía hostigándonos por el influjo del grupo de presión de los republicanos exiliados allí acogidos. En varias ocasiones departí con jóvenes diplomáticos recién salidos de la escuela y les advertí sobre los riesgos del oficio. Mucho cuidado con las damas y ojo con los papeles que tiran a la papelera, porque me constaba que en Londres el Servicio de Información británico compraba el contenido de las papeleras de nuestra embajada a las encargadas de la limpieza. Por mi gusto, miles de voluntarios españoles habrían ido a luchar junto a las fuerzas democráticas en la guerra de Corea, respuesta a una agresión imperialista del comunismo, pero aun agradeciéndome la oferta, los Estados Unidos no se atrevieron a aceptarla porque nuestro régimen aún estaba en cuarentena. Años después, alrededor de 1965, Lyndon B. Johnson quiso que voluntarios españoles, principalmente médicos y veterinarios, participasen en la guerra de Indochina, pero yo me negué y le razoné mi negativa en una carta personal: Ho Chi Minh no era sólo un comunista, como sí lo era el dictador coreano Kim Il Sung. Ho Chi Minh era sobre todo un nacionalista que había defendido su nación contra japoneses, franceses y ahora norteamericanos. Le advertí a Johnson que la guerra de Vietnam se perdería a no ser que los Estados Unidos pusieran toda la carne en el asador, porque un ejército de la envergadura del norteamericano no puede hacer frente a una guerra de guerrillas con un desgaste político tan impresionante y con la retaguardia insolidaria, para empezar, la propia opinión pública norteamericana. Pero en 1956 estuvimos incluso en condiciones de hacer oír nuestra voz en los foros internacionales a raíz del nuevo desenmascaramiento del comunismo soviético que aplastó sucesivamente las revueltas de Berlín, Poznan (Polonia) y Budapest y cuando se produjo la guerra entre Egipto e Israel, con la consecuencia terrible de la inutilización del canal de Suez, España tuvo personalidad propia presentando un plan de paz que se conoció como Plan Artajo. Por primera vez una gran ofensiva de paz internacional llevaba apellido español. No hicieron mucho caso en la ONU a un plan equilibradísimo y asistimos a una tragicomedia que implicó al estado de Israel, Egipto y lo que quedaba del imperialismo francés e inglés. Aliados con los israelíes, franceses e ingleses se aprestaban a dar un golpe de muerte a Nasser, el presidente de Egipto y su panarabismo, peligrosa ideología que perseguía la formación de una gran nación árabe, desde Siria hasta Marruecos, capaz de sacarse de encima la tutela de Occidente. Franceses e ingleses esperaron inútilmente que los norteamericanos les hicieran el juego, pero Washington, consciente de que la baladronada de Inglaterra y Francia era el canto del cisne, les dejó solos en la estacada y heredó junto a la URSS una zona de influencia, en detrimento de los derechos históricos de las dos antiguas potencias hegemónicas en la zona desde la primera guerra mundial. A partir del fracaso anglo-francés, servido por fuerzas tan opuestas como los conservadores de Anthony Eden que gobernaban Inglaterra y los socialistas de Guy Mollet y Pineau que lo hacían en Francia, se inició el vuelco de la policía exterior norteamericana protegiendo Israel, Líbano, Arabia, los emiratos árabes, Irán, mientras la URSS hacía lo propio con Egipto, Siria, Irak. Desde sus garitas telecontroladas, USA y URSS se hacían con el petróleo de la zona.

Si bien no me dolió la caída de ingleses y franceses, tampoco era bueno que la URSS y USA ultimaran su reparto del mundo. La debilidad inglesa tal vez beneficiara nuestra reivindicación de Gibraltar, pero la francesa, agudizada por políticos masones abandonistas, afectaba a zonas de influencia *que compartíamos, por ejemplo el norte de África, y nada bueno para nosotros podía derivar. ¿Qué se puede decir de la política internacional de una gran potencia, cuando la dirigen políticos como Mendes-France, que era un masonazo y por lo tanto estaba dominado por todas las logias de Francia? Nosotros íbamos a recibir parte de las consecuencias. No todo podía salir bien y demasiado bien nos habían salido las cosas opinaba «Pedrolo» Nieto Antúnez cuando en coincidencia con los sucesos estudiantiles de 1956 se recrudecía la crisis de Marruecos y don Manuel Aznar me advertía: «La masonería, excelencia, la masonería.» Desdichadamente nuestra política en Marruecos no dependía sólo de nosotros sino también de Francia, y nuestro vecino, desarticulado por la descomposición de la IV República, se hallaba en un período de abandonismo colonial que ya se había consumado en Indochina y ahora afectaba al Magreb: eran evidentes los síntomas de levantamiento antimetropolitano en Argel y en Marruecos la nefasta política de exiliar al sultán Mohamed lo había convertido en un mito popular, frente a Ben Arafat, el sultán impuesto por Francia. La cuestión es que Mohamed V tuvo que ser instaurado como rey, aglutinador por primera vez de un sentimiento nacionalista y de desquite que durante todo el siglo habían frustrado las guerras de castigo de Francia y España, que tantas vidas y esfuerzos nos habían costado. Pero ¿qué hacer frente a la tendencia universalista de descolonización auspiciada por la ONU y movida por los agentes de Moscú? ¿Recién ingresados en la ONU íbamos a ir contra corriente? Por si acaso, escribí personalmente al presidente de los Estados Unidos, Eisenhower, recordándole lo importante que era la neutralización de Marruecos si queríamos impedir la subversión en el norte de África, a pocas millas costeras de España e Italia. La respuesta de Eisenhower confirma su decantación por la independencia de Marruecos, desde la seguridad de que Estados Unidos y su VI Flota situada en el Mediterráneo respaldan el compromiso de paz del nuevo soberano Mohamed V. Esta decisión se oponía al sentido de nuestra política, nuestra historia y si me apuran mucho, de mi propia vida. Pero una cosa era la memoria de Franco y otra las obligaciones de un estadista. Tampoco nos ayudó demasiado la política de nuestro alto comisario en Marruecos, demasiado inclinado a favorecer a los nacionalistas marroquíes contra los franceses, sin darse cuenta de que los fortalecía contra nosotros. García Valiño estaba demasiado pendiente de la galería nacional e internacional que lo señalaba como potencial antagonista de mi caudillaje.*

Inmerso en sus obligaciones de estadista ni se apercibió del mal año que fue 1956 para su primo Pacón, por la edad pasado a la reserva y por lo tanto obligado a cesar como jefe de la casa militar. Le duele a Pacón, ser sustituido por Barroso, de quien sospecha que haya podido ser masón y chismorrea con Muñoz Grandes y el propio Barroso sobre la insensatez de su excelencia por no haber dado paso ya a la monarquía. Muñoz Grandes está que trina contra la corrupción, contra las alhajas de doña Carmen, contra las cacerías, contra el despilfarro del régimen para glorificarle a usted. Si tiene El Pardo al lado que está lleno de caza, ¿por qué ha de ir con la escopeta por ahí gastando dinero del Estado? La lengua de Muñoz Grandes repasa a gusto a los Franco, a los Martínez Bordiu, a los nuevos parientes, pero sobre todo lo que le duele a Pacón es su frialdad, excelencia, esa frialdad que tantas veces también ha encogido los corazones más calientes de sus mejores partidarios. «Nunca me hice ilusiones de que jamás el caudillo me agradeciese los servicios que le he prestado con absoluta lealtad y entrega; es demasiado frío para ello, y yo ya le conozco bien hace tantos años. El caudillo trata mejor a aquellos con los que no tiene demasiada confianza que a sus amigos de toda la vida. Yo no le adulé jamás; quizá estribe ahí la explicación de su conducta. Hoy, que me he marchado del servicio militar activo, acuden a mi recuerdo aquellos tiempos en que era tan perseguido por la república y apenas tenía amistades. Yo no le abandoné nunca; ni siquiera al tener que hacer el viaje en el avión inglés, sin tener pasaporte como él lo tenía, con nombre supuesto, y saber que me jugaba la vida por ello, pues lo natural era que las autoridades francesas me detuvieran en Agadir o Casablanca por viajar sin documentación. Después, durante la guerra, me volví a sacrificar al pedirme él que no me fuese a mandar una unidad, como reiteradamente le pedí; porque ello me ilusionaba y también por mi carrera, ya que quedándome a su lado la sacrificaba por completo. En fin, mi vida militar está llena de actos de abnegación por el caudillo que jamás han sido correspondidos.» Sin abandonar una devota adoración de fondo por su persona, desde su complejo de huérfano, la amargura de Pacón le irá haciendo cada vez más susceptible, más crítico, incluso sarcástico ante sus gracias, general. «El generalísimo tiene la costumbre, cuando llega a su residencia del Pardo después de un viaje corto o largo, de quedarse una hora charlando con los ministros que acuden a saludarle.

Y estar una hora de pie, sin importarle nada haber estado de viaje todo el día. Carmen igual, de pie charlando con unos y otros sin demostrar la menor fatiga ni ganas de retirarse y descansar de tan largo viaje. Los que como yo superamos los sesenta y ocho años, pensamos que esta hora de conversación sobre pesca sería más cómodo tenerla sentados. Estos gustos son absurdos. Lo célebre del caso es que la conversación no versa en un tema serio de gobierno o asuntos que interesan a la nación. Todo lo que ha hablado con sus ministros ha sido sobre la pesca en La Coruña de un atún que pesó 320 kilos. El caudillo daba todo género de detalles de la lucha que sostuvo con el monstruo, que por poco se le lleva la mano. Al mismo tiempo la lancha era juguete del oleaje y se pudo estrellar contra los acantilados. Franco, que es un tanto vanidoso, estaba eufórico con su relato. Los ministros le animaban haciéndole preguntas que él contestaba con gran entusiasmo. Creo que si no fuese por mi cara de aburrido e impaciente por terminar la conversación, hubiera durado mucho más. Muñoz Grandes, que tiene ingenio, comentando más tarde lo anterior decía a sus colegas: "Si no le hablamos del atún cogido nos pasa a la B." ¡No había otra actualidad que la del atún de 320 kilos!»

No, tampoco le convence usted a Pacón como orador y cada vez el ya viejo huérfano está menos dispuesto a creerse las adhesiones inquebrantables, los ¡Franco, Franco, Franco! que jalonan sus carísimos viajes de afirmación franquista. «Ha hablado el caudillo, que no es orador, no da energía a su parlamento, no arrastraría a las masas. Ha empleado como otras veces la expresión de "cuando teníamos el toro en la plaza, cuando había que torearle", etc., etc. Deberíamos dejar en paz a los toros, que bastante desgracia tienen con serlo, y no acordarnos de ellos como recurso oratorio. Ha tenido la habilidad de dirigir un "cálido elogio a los gobernadores civiles", metiéndose con los de otros regímenes; pobrecillos, si no disponían del dinero ni los medios de que ahora disponen, ¿cómo podían hacer nada? ¡Si todo el tiempo lo empleaban en mantener el orden público, tanto los de la monarquía como los de la república! A los de ahora, con tener a don Blas Pérez, el ministro de Gobernación, contento, y lo mismo a Fernández Cuesta y Girón, ya están asegurados. Excuso decir que cuando el caudillo dijo: "Yo desafío a las generaciones de los años pasados a que nos muestren algo igual", toda la sala aplaudió ruidosamente. Claro está que en ella estaban cincuenta y un gobernadores de las provincias españolas y sus secretarios. Al oír estos brillantes discursos me acuerdo muchas veces de Hamlet, cuando decía "palabras, palabras, palabras". Se habla demasiado del movimiento, de sindicatos, etc., pero la realidad es que todo el tinglado que está armado sólo se sostiene por Franco y el ejército, que aunque no esté contento ni satisfecho, tiene el patriotismo de apoyar a Franco y evitar que venga el caos. Lo demás... movimiento, sindicatos, Falange y demás tinglados políticos, no han arraigado en el país después de diecinueve años del alzamiento; es triste consignarlo, pero es la verdad. La culpa de ello es la falta de espíritu de sacrificio, que, a excepción del ejército, se observa en nuestra vida oficial. Como español y egoístamente, deseo que Dios dé mucha vida a Franco y que éste se aproxime más al ejército y comprenda el deber que tiene de dejar arreglada la sucesión, que yo creo que no puede ser otra que una monarquía muy social y popular de verdad, no de camelo, como ahora se dice que es la Falange, quizá sin culpa de esta institución; pero la realidad es que el pueblo no está a su lado como debía ser.»

Y ¿cuál es el pago que usted da a su auténtico sostenedor, el ejército? Las quejas de Pacón llegan a ser patéticas. «Mucha gente cree —dice— que los militares gozamos de los beneficios del régimen: ¡Qué equivocación! Nunca se nos exigió tanto y nunca fuimos peor pagados con relación al coste de vida y a los sueldos que hay en otros puestos de la administración.» Otras veces lamenta las magras pensiones a las viudas de altos militares héroes de la cruzada, como la de Sáenz de Buruaga, «el rubito» como usted le llamaba, y por el color de su pelo visto en el aeropuerto de Tetuán se decidió usted a tomar tierra con el *Dragon Rapide*. El propio Pacón tiene miedo por su futuro y se interroga con frecuencia qué será de su viuda y de sus hijos, con el escaso peculio que les quedará y lamenta no haber tenido las oportunidades de los que se han pegado a ministros y subsecretarios en busca de negocios fáciles. Pero sobre todo el frío, lo frío que es usted precisamente con aquellas personas que más le respetan, el propio Girón dice que su frialdad a veces hiela el alma. Se necesitaba mucha frialdad para helar a Girón, general, pero usted, lo conseguía. Usted según parece era efusivo con los que le dominan y con los pelotillas. Girón también estaba muy preocupado por la vida privada del marqués de Villaverde, demasiado ligón, «... no se da cuenta del daño que está causando a su suegro».

La debilidad económica, resaca del bloqueo internacional y de la pertinaz sequía, unida a los alarmantes síntomas de pérdida de la unidad de acción entre nuestros propios efectivos, provocó por una parte que no pudiéramos dar respuesta adecuada a las exigencias marroquíes de plena independencia, de fin del régimen de protectorado y que fuera necesario dotar a nuestra política de orden público a la vez de una firmeza casi militar y un instrumental disuasorio de acorde con los disturbios que se avecinaban. Habían pasado los años suficientes desde la guerra para que la memoria de sus horrores se hubiera desvanecido y nuevas promociones necesitaban recibir una lección de orden y autoridad. Le propuse a Blas Pérez González dejar el ministerio de la Gobernación y darle un ministerio de Sanidad, pero para mi sorpresa, rechazó la propuesta y argumentó preferir pasar a la vida privada y rehacer su fortuna, maltrecha por tanta dedicación pública. ¿Maltrecha? Me constaba la buena relación que siempre había mantenido con Juan March, a quien respaldó en el caso de la Barcelona Traction y que había heredado una cuantiosa fortuna de un tío emigrado a Venezuela, pero no iba a retenerle a la fuerza y los relevos ministeriales de 1957 fueron decisivos para cambiar de una vez la estrategia política y económica de cara a los próximos veinte años de nuestro régimen. No obstante, pedí frecuentemente información sobre Blas Pérez al SIM y a la Guardia Civil porque si bien había sido uno de mis colaboradores más inteligentes y comprometidos, también podía convertirse exactamente en todo lo contrario, pero los informes me decían bien a las claras que el ex ministro se ganaba muy bien la vida a la sombra de March y que se dedicaba a coleccionar cuadros y a hacerse una espléndida residencia en El Escorial. No sé muy bien qué hace ahora, pero si he de emitir un juicio sobre su persona he de decir que fue un colaborador excelente y que valía mucho.

Las revueltas estudiantiles de inspiración comunista, la crisis ministerial consiguiente y la propuesta saducea del Partido comunista español de una «reconciliación nacional» entre todos los antifranquistas, mientras se aprestaba a infiltrarse en los sindicatos obreros y estudiantiles, envalentonó también a una oposición verbalista, los Ridruejos y compañía, que trataron de utilizar a los Estados Unidos para que urgieran una democratización de nuestro régimen. También fue entonces Carrero Blanco quien se hizo eco de mi pensamiento y desde las páginas de Arriba se preguntaba: «¿Qué libertad es la que quieren ciertos conciliábulos?», y terminaba aduciendo que *sólo cabía una democracia española, propia autóctona, la democracia orgánica basada en la representatividad de la familia, el sindicato y el municipio. Había que desarrollarla y eso era todo, mediante una legislación ad hoc que debía empezar por un proyecto de Leyes Fundamentales. Se formó una ponencia para redactar el proyecto de Leyes Fundamentales y al margen de sus deliberaciones, Arrese encargó al Instituto de Estudios Políticos un anteproyecto de igual signo. Desde el principio creí percibir un pulso entre la visión de Carrero, progresivamente inspirada por el catedrático López Rodó, miembro del Opus Dei, y la de Arrese que perpetuaba la hegemonía falangista dentro del movimiento, incluso el Estado se ponía a las órdenes del movimiento y el secretario general del mismo se convertía factualmente en el comisario político de la nación. Otra vez la vieja música de «la falange auténtica» dirigida ahora por Arrese que no tenía precisamente cartel de auténtico. El proyecto de Arrese mereció un varapalo generalizado, desde un tradicionalista como Iturmendi, presidente de las Cortes, hasta la más alta jerarquía de la Iglesia, Pla y Deniel. En una polémica periodística por entonces orquestada, mi cuñado volvió a la palestra para pedir que la Falange fuera... «honrosamente licenciada». Recién nombrado por Carrero, secretario general técnico de la Presidencia, Laureano López Rodó empezó a estudiar la renovación del basamento jurídico de la administración del Estado y el proyecto de Leyes Fundamentales se convertía en la piedra fundamental teórica. Tuve el primer cara a cara con López Rodó en enero de 1957 y me pareció un catalán típico: trabajador y poco amante de líos. Hablaba lo justo en un tono de voz persuasivo y hacía buena mi divisa: «El hombre es esclavo de sus palabras y dueño de sus silencios.» Mi prevención ante todo alto cargo que sirviera a intereses no estrictamente del Estado, en su caso era miembro del Opus Dei, no llegaba hasta el punto de asumir que la excepción confirma las reglas y López Rodó formaría parte del equipo de relevo que yo necesitaba para salir del círculo un tanto crispado de los dirigentes falangistas que al parecer seguían esperando al Ausente, como si yo aún estuviera esperando el retorno de Santiago Apóstol para que ayudara a ganar las batallas de la paz. No iba a ser fácil el nuevo injerto por cuanto se produciría en una situación no sólo de crisis política sino también de crisis económica que inesperadamente afloró con toda su crudeza entre 1956 y 1957. Fue Carrero el primero en avisarme de que la Economía tal como la llevaba Arburúa y Suanzes,*

510

y tal como la inflacionaban las políticas demagógicas de Girón y Arrese, iba al desastre. Me advertía de la gravedad de la situación española y de que era necesario dar un viraje de ciento ochenta grados a nuestra economía, porque se había acabado el sueño autárquico y políticas como la que encabezaba Suanzes al frente de INI sólo conducía a gastar los recursos del Estado sin favorecer una industrialización competitiva, ¿acaso abandonar nuestra filosofía de la autosuficiencia y la no dependencia del capital exterior no nos conducía a abrir las puertas de nuestra fortaleza al caballo de Troya? No, no, me respondió Carrero, porque el régimen que V.E. preside es imprescindible para la estrategia occidental. No pueden permitirse el juego de debilitarle políticamente y necesitan fortalecerle económicamente. No era su lenguaje anterior y yo creía escuchar en sus labios argumentos de López Rodó o de una nueva hornada de altos funcionarios que Girón me advertía estaban vinculados al Opus Dei.

Las reticencias de Girón y Arrese sobre el ascenso de López Rodó como consejero de Carrero resucitaba una batalla larvada entre falangistas y miembros del Opus Dei, hasta ahora intelectualista que a mí nunca me había interesado demasiado porque hasta los años cincuenta mi problema político se reducía a equilibrar falangistas con democristianos, más algún monárquico, algún carlista y todos unificados por una lealtad al movimiento que estaba por encima de sus familias ideológicas de origen. Yo había conocido a Escrivá de Balaguer, fundador del Opus Dei, en Burgos. Era entonces un joven cura que empezaba a ser influyente, fundador de un instituto secular dotado de una filosofía un tanto sorprendente. A diferencia de otras órdenes, institutos o compañías religiosas, el Opus, es decir, el padre Escrivá, hablaba claramente de no desdeñar el poder, porque el poder es un instrumento de cristianización, quizá el más determinante. Otra afirmación bien clarificadora era la necesidad de atraer a las élites hacia el mensaje cristiano, porque esas élites luego lo fecundarían en la sociedad en que ejercieran su liderazgo. La verdad es que el expansionismo intelectual del Opus se quedó taponado durante los años cuarenta por la existencia de los intelectuales de origen falangista, de diferentes tendencias, representantes de la cultura positiva que entonces se hacía en España, pero ya al final de los años cuarenta y comienzos de los cincuenta, en parte por el valimiento que les había ofrecido el ministro de Educación Ibáñez Martín y en parte por su propia capacidad de maniobra, el Opus ya estaba sólidamen-

te instalado en la universidad, en la administración del Estado y entre el poder económico. No desconocía el fenómeno y sólo me molestaba algo el tufillo a cultura de la infiltración que Girón se encargaba de subrayarme... «Son como los comunistas. Se infiltran y cuando nos demos cuenta estarán hasta en la sopa.» Cuando advertí que Carrero se dejaba aconsejar tanto por aquel joven catalán, catedrático en Santiago, del que tan buenas noticias me traían quienes le escuchaban exponer su teoría sobre la organización del Estado, procuré asesorarme, hablé con mis confesores, con el círculo de personas que me merecían más confianza y o bien hallé un encastillamiento en posiciones tradicionales frente a la dinámica modernista del Opus, o bien un respeto ante el poder secreto que era a la vez interesante y peligroso. Para empezar se me dijo que entre las fuerzas incondicionales del régimen, las más preparadas para dar un giro a nuestra economía que nos salvará de la fuerte crisis con la que habíamos pasado de 1956 a 1957 militaban en el Opus. A lo largo de mi relación de casi veinte años con miembros del Opus Dei he podido darme cuenta de la diversidad de su comportamiento, forma de ser y aun criterios técnicos, pero evidentemente todos tenían el sello de secta elegida para salvar el mundo desde arriba. ¿Acaso no era una propuesta de la revolución desde arriba, el empeño de Maura del que yo podía considerarme legítimo heredero? Superficiales en cambio me parecían las críticas sobre algunos aspectos de su conducta espiritual. Por ejemplo, a Vicentón le irritaba y le divertía al mismo tiempo que los miembros del Opus se mortificaran mediante el uso de cilicio y cada vez que coincidía con López Rodó en El Pardo, no sólo se lanzaba a decirle lo que él consideraba «indirectas», sino que luego me hacía comentarios de muy mal gusto: «Dónde llevará puesto ése el cilicio hoy»; o bien: «Es lo más parecido que hay a una solterona.» Tampoco eran de registro los sarcasmos sobre el voto de castidad, pobreza y obediencia, aun teniendo en cuenta la afición del instituto a coleccionar seguidores de mucho dinero, precisamente porque aunque fueran ricos, su dinero debía ser obediente a las intenciones de la Obra. Muy bien. ¿Qué intenciones tenía la Obra con respecto a nuestro movimiento? Esa pregunta se la hice a Carrero a la vista de que me proponía gente del Opus para ministerios económicos, direcciones generales, cargos de la enseñanza y se sacaba a López Rodó de la manga para un barrido y para un fregado, incluso para corregir la Ley de Principios del Movimiento, que, cierto es, Arrese había dejado im-

presentable. En López Rodó era tan innegable la eficacia como un estilo que chocaba con la forma de ser de la cultura del trato directo y la virilidad heredada de la guerra civil. Yo entendía y agradecía su amabilidad de vendedor de propuestas y planes, pero a los Girón, Arrese, Gil les sacaba de quicio. Afortunadamente luego llegaron Navarro Rubio, Ullastres y sobre todo Gregorio López Bravo, todos miembros de la Obra, pero dotados de estilos diferentes. No sólo arroparon con sus maneras de toros bravos la aparente mansedumbre de Laureano López Rodó, sino que atrajeron hacia ellos parte de la conflictividad crítica de falangistas y democristianos, extrañamente cómplices en los años sesenta para hacer frente a la infiltración del Opus. No negaré que esta infiltración me preocupaba, sobre todo cuando se produjo la primera oleada, envuelta en urgencias, presionada por una premonición de catástrofe, de caos económico y político que yo no acababa de entender. ¿Cómo era posible que nos hubiéramos gastado en tan poco tiempo el ingente trabajo de reconstrucción iniciado desde el día siguiente de la victoria? Para Girón, cada vez más convertido en la cabeza de un francofalangismo nostálgico de la revolución nacionalsindicalista, «la revolución pendiente», la entrada del Opus significaba la entrega a un modelo económico, político, social y cultural capitalista que llevaría a desvirtuar las esencias revolucionarias del régimen, especialmente su carácter nacionalista, ya que el Opus tenía una visión economicista que llevaría a la sucursalización de la economía española en relación con los grandes centros de decisión macroestatales. ¿Qué pintaba Carrero allí? ¿A qué intereses servía Carrero? ¿A los de España, que eran los míos, o a los del Opus y el liberalismo económico? Las arcas están vacías, me dijeron. Urgía un cambio ministerial que diera el viraje. Girón insistía en que frente a los desmanes de aquellos hijos de buena familia desagradecidos por la paz que el régimen les había aportado, había que atraernos a la clase obrera convocada periódicamente por el Partido comunista a supuestas huelgas nacionales de veinticuatro horas. En el consejo de ministros del 3 de mayo de 1956, el ministro de Trabajo consiguió que aprobáramos una elevación del 20 % de los salarios que se complementarían con otra subida del 70,50 % en el próximo otoño y todo ello, según él, sin forzosa repercusión en los precios. La medida era bienintencionada pero se nos disparó la inflación y todas las miradas, incluso la mía, se volvieron hacia Girón, que no supo defender lo descabellado de su decisión. Su gran corazón le había jugado una mala

pasada y todos mis consultores me advirtieron que la dema-
gogia de Girón nos llevaba a la bancarrota. Tampoco nos ayu-
daba Arrese presentando el proyecto de Ley de los Principios
Fundamentales del Movimiento que resucitaban el lenguaje to-
talitario falangista de los años cuarenta. Mientras tanto López
Rodó supo encontrar una fórmula de equilibrio que fue la
finalmente aprobada. Los trabajos para la reforma adminis-
trativa que llevaba adelante López Rodó a las órdenes de Ca-
rrero se complementaron pues con la Ley de los Principios
Fundamentales del Movimiento consensuada con juristas e
intelectuales que finalmente pudo aprobarse respetando en lo
fundamental los criterios de Carrero que eran los míos: la mo-
narquía quedaba definida como forma política del Estado, la
democracia orgánica como fórmula participativa, pero que-
daba el Estado y el Gobierno al margen del comisariado polí-
tico del movimiento que eran un todo inspirador, no una parte
fiscalizadora. La que más me angustiaba, no obstante, era
aquella sorprendente amenaza de quiebra, conocedor yo de
que las crisis económicas conllevan crisis políticas. Urgía un
cambio ministerial, insistía Carrero, que diera el viraje que
necesitábamos, lo asumí, pero asegurándome el control de las
fuerzas armadas, de gobernación a través de Camilo Alonso
Vega y de la propaganda, en las seguras manos de Gabriel
Arias Salgado.

La crisis ministerial de 1957 significaba el relevo de per-
sonalidades tan habituales en la vida política del régimen
como Muñoz Grandes, Martín Artajo, Pérez González, Arbu-
rúa, Girón y Arrese. Se habían quemado, honestamente, pero
quemado y en el caso de Arrese le entregué un ministerio de
la Vivienda para que se enfriase un poco y combinara su frus-
trada vocación de arquitecto con la no menos frustrada de
poeta social. Con el tiempo me di cuenta de que aquel hom-
bre, tal vez demasiado condicionado por sus correligionarios,
no se daba cuenta de la realidad y en plena crisis económica
difícilmente navegada por la política de austeridad de Ullas-
tres y Navarro Rubio, proponía planes de la vivienda dema-
gógicos, que no cabían en el presupuesto general del Estado.
No tendría más remedio que prescindir de él, pero práctica-
mente estuvo en vía muerta desde sus primeros choques con
Navarro Rubio en los consejos de ministros. Algunos cuadros
despechados de la Falange acogieron con recelo la capitanía
del nuevo secretario general, Solís Ruiz y le sometieron a una
política de control ideológico a la que no siempre Pepe Solís
supo resistirse, pero su habilidad personal era extraordinaria

y pudo capear el temporal durante más de diez años, convi-
viendo con los ministros de la obra en los aparatos de poder
político, económico e incluso militar. Curiosamente donde peor
lo tenía el Opus era en el seno de la Iglesia, reacia a integrar
aquella novedad y atraída su base por los cantos de sirena
del populismo, la reforma social y la oferta de un socialismo
evangélico contra la barbarie de la sociedad capitalista. Aun-
que Pla y Deniel gobernaba con mano de hierro la jerarquía,
también él tendría que asumir parte de los planteamientos
reformistas que llegaban del Vaticano bajo Juan XXIII y que
se radicalizarían con motivo del Concilio Vaticano II y el pa-
pado de Paulo VI, nuestro tenaz enemigo, el obispo Montini.

A Julio su familia se lo llevó a Estados Unidos antes de
acabar la carrera, para alejarlo de las malas compañías. Yo
salí a la calle tras ocho meses de cárcel y me costo más vencer la desmoralización de mis padres que la mía. Al contrario. Quizá viviera yo entonces los años de mayor entereza de
mi vida y mi padre me daba algo de conversación política a
costa de su memoria oculta, mientras se estabilizaba lo de
Lucy, aunque la primera vez que la llevé a la calle Lombía
me di cuenta que jamás comunicaría con mis padres, por más
popular que ella se creyera y más cháchara política le diera a
mi padre amnésico y a mi madre que sólo era una roja sentimental, una roja a veces de tango, a veces de bolero, aunque
su vida más pareciera un corrido mexicano. Era difícil que
Lucy pudiera reprocharles algo a mis padres, pero algo tenía
que encontrar para justificar su futura, vitalicia, desgana hacia
ellos y finalmente llegó a la conclusión de que no sólo habían
perdido la guerra, sino también la conciencia de clase. «En
realidad tienen una moralidad de supervivientes.» Con el tiempo, cuando recurría a este comentario hiriente, a continuación fruncía los ojos, me miraba a mí y añadía: «Y a ti te
pasa algo parecido.» Luego suspiraba y como si nos tuviera
a los tres, mis padres y yo, en una fotografía mental, suspiraba y exclamaba: «¡Qué raros sois!»

Carrero me aportó a dos prestigiados técnicos para Comer-
cio y Hacienda, Ullastres y Navarro Rubio, ex combatientes,
del Opus Dei y franquistas por encima de todo, me ratificó
Carrero. Suanzes estaba molesto porque los nuevos ministros
le recortaron la financiación a cargo del tesoro público y de
nada valió su argumentación de que gracias al INI se había
empezado una industrialización nacional (Pegaso, Seat, Ensi-

515

desa), nada de aquello era rentable, según los nuevos técnicos si dependía del erario público. ¿Y el papel del Estado? Son unos vulgares liberales me decían Suanzes y Girón cuando se me confesaban, pero si bien yo comprendía sus argumentaciones, los datos objetivos eran claros, estábamos al borde de la bancarrota y los nuevos técnicos me ofrecían la ayuda de organismos internacionales para reorientar nuestra economía.

Me era difícil entender la gravedad de la crisis cuando durante años se me había estado diciendo que el país prosperaba y que precisamente nos habíamos crecido gracias a todas las escaseces iniciales, hasta el punto de que yo llegué a expresar en varios discursos mi contento porque los rusos nos hubieran quitado el oro, lo que nos había servido de estímulo para trabajar más intensamente, suprimir las importaciones y nivelar la balanza. ¿A dónde íbamos? ¿A la desnacionalización de nuestra economía? ¿Por qué? ¿Para qué? ¿Para quién? ¿Qué o quiénes nos habían traicionado? La crisis económica amenaza la supervivencia de nuestro sistema político, me decían Ullastres y Navarro Rubio. Yo miraba a Carrero y sus cejas espesas asentían. ¿Tan mal estábamos? Me tendieron un plan de reforma económica, un plan de estabilización que significaba una dura política de represión de los gastos públicos, congelación de salarios y apertura al exterior para créditos e inversiones extranjeras. Girón me decía que empezaba un proceso que podía llevar a la colonización económica y traté de exhibir mis ideas económicas ante Navarro Rubio, que me parecía más receptivo que Ullastres. «Con todos mis respetos, excelencia, estamos al borde de la quiebra y o salimos del fondo del pozo o pasaremos por serios conflictos políticos y económicos.» «Nos vamos a endeudar. Vamos a quedar en manos de acreedores de dudoso origen», oponía yo. La masonería estaba detrás de los grandes poderes bancarios, la habíamos rechazado orgullosamente y ahora llamábamos a su puerta. Girón me hizo llegar un respetuoso recado: «Nos entregamos en manos del capitalismo internacional.» Su visceralidad le hacía incompatible con el sesgo del cambio ministerial y un grave accidente de automóvil que le dejó en muy mal estado, le alejó de la política activa, aunque permaneció vigilante desde su retiro de Fuengirola, donde había hecho grandes negocios, gracias al boom turístico de la Costa del Sol. Siguió vigilando la ortodoxia de nuestro régimen, rugiendo de vez en cuando, no en balde empezaron a llamarle «el león de Fuengirola».

¿Verdad que estaba usted hecho un lío, general? En 1956 estimula a Arrese para que tire adelante unos principios fundamentales eminentemente falangistas. Las resistencias que provoca casi aúna a todos los llamados «franquistas» no falangistas y meses después deja en la estacada a Arrese y Girón y pone en manos de Carrero la salida de una situación que planteaba la crisis más profunda de su reinado. Carrero lleva de la mano, o le lleva a él de la mano, a López Rodó y el Opus Dei, monarquicofranquista, neoliberal, y los falangistas empiezan a fingirse agresivos, como si vieran planteada otra vez la necesidad de emprender la conquista del Estado. Usted les necesitaba para que le llenaran las manifestaciones de adhesión inquebrantable y colorearan la represión. Para nada más.

Autoricé a Ullastres y Navarro Rubio a solicitar el diagnóstico de nuestra economía al Fondo Monetario Internacional y a la OCDE, pero mis informadores privados aseguraban que muchos rojos y masones se habían infiltrado en las comisiones de relación y en el equipo de estudios que daría un diagnóstico crítico de nuestra situación. Navarro Rubio me puso la pistola en el pecho cuando me anunció que estaba en Madrid el director para Europa del FMI y que era necesario encargarle el estudio conjunto del Plan de Estabilización. Tres días. Me daban tres días de tiempo. «España está en bancarrota, excelencia»; repitió Navarro Rubio con tanto dramatismo que dije: «Proceda.» No hay mal que por bien no venga y quizá gracias a aquella renuncia de la autarquía, que tantas satisfacciones morales nos había dado, como si toda España unida se hubiera calentado en torno de una mesa camilla con brasero de orujo, dimos el gran salto económico de los años sesenta. Navarro Rubio me lo solía comentar: «¡Qué decisión tan preclara tuvo usted, excelencia, cuando nos permitió dar un giro de ciento ochenta grados a la política económica!» Siempre traté de combinar los principios con el pragmatismo y gracias a la apertura al exterior, a las inversiones extranjeras, al turismo, el propio Girón hizo negocios importantes en su pedazo de costa por el que nadie daba dos pesetas en los años cincuenta. Estoy hablando de la Costa del Sol. No obstante, y a pesar del aprecio con el que siempre distinguí a Navarro Rubio, cuando se vio implicado en el caso Matesa, un fraude de falsa exportación de maquinaria subvencionada por el Estado, no moví un dedo para impedir que fuera pro-

*cesado. Se quejó de este trato y le dije que yo creía en su
honor, pero que sería más conveniente para todos que mi
creencia la ratificara el Tribunal Supremo. Luego me escribió
una carta irritada e irritante. Estos técnicos tienen mal perder, cosa sorprendente en el caso que me ocupa, porque Navarro Rubio se jactaba de una rectitud total y la rectitud empieza por uno mismo. Cuando todavía no era ministro, sino
subsecretario de Obras Públicas, le dije al conde de Vallellano, su superior, que intercediera para que nombrara secretario del Consejo de Obras Públicas a un recomendado de Carmen. El conde estaba dispuesto a hacerlo, pero debía contar
con el beneplácito de Navarro Rubio, su inmediato subalterno. Cumplió con su deber comparando el expediente de mi
recomendado con el de otros optantes y si bien había méritos
en mi propuesto, era mucho mejor el expediente del otro con-
cursante. Resolvió pues en contra de mi deseo y me hizo llegar los dos expedientes en liza como prueba de su objetividad. Le dije a Vallellano: «Felicite usted al subsecretario por
la forma de llevar estos asuntos.» Era lo correcto. Y lo correcto cuando estalló el caso Matesa era que los jueces decidieran. No yo.*

Con frecuencia, a lo largo de su memoria, general, se sorprende usted del contraste entre las fuerzas que apuntalaban
su reinado sin corona y la histeria con que reaccionaban las
clases dominantes ante la menor situación crítica: una huelga de tranvías, la declaración de un general, un desliz policial, los movimientos de don Juan... Las fugas de divisas
hacia Suiza eran como la señal de alarma de que algo iba
mal o iba a ir mal. Y la que ustedes detectaron entre 1957 y
1958 fue de escándalo, hasta el punto de que se hizo una gestión política para repatriar los fondos y obtener la lista de
traficantes. Si usted vivió hasta 1953 amedrentado en su fuero
interno ante la posibilidad de un «retorno» de los que habían
sido vencidos, nunca pudo sacarse de encima una cierta sensación de provisionalidad, incluso de usurpación cuando se
debatía la legitimidad monárquica. El Decreto Ley de 4 de
junio de 1958 ponía la economía española bajo el ojo crítico
y sancionador del Fondo Monetario Internacional y del Banco
Internacional de Reconstrucción y Desarrollo. A partir de
ahora, distintos técnicos en contacto con los ministros españoles del Opus y sus equipos de asesores marcarían las pautas de una política económica desideologizada del voluntarismo de tercera vía: ni capitalismo, ni socialismo. «Es una po-

lítica obediente a las consignas del capitalismo, contraría a las clases populares.» Coincidían azules y rojos. Navarro Rubio contestaba: «Al hablar de las consecuencias dañosas del plan de estabilización se dice que las que salieron más dolidas fueron las clases económicamente débiles. Creo que los más afectados fueron en primer lugar los estraperlistas —que desaparecieron fulminantemente—; en segundo lugar las empresas marginales —que tenían todo vendido en la época de escasez a pesar de fabricar a precios desorbitados y con calidades difícilmente aceptables en un régimen de competencia—. Y en tercer lugar desapareció, también, esa "fauna", grotesca y lamentable del intermediario comercial tipo "haiga", exhibiendo licencias de importación con aires de triunfo.

»Es cierto que se produjo un éxodo muy duro de la población campesina hacia los centros industriales y una emigración masiva de trabajadores al extranjero. Pero las causas fundamentales hay que buscarlas en el retraso del campo respecto a la industria y en el retraso de la industria española respecto a la extranjera. El plan de estabilización lo que hizo fue poner al descubierto el grado de postración en que nos encontrábamos.

»No creo honradamente que se pueda decir, sin matizaciones explicativas, que los precios contenidos entre 1960 y 1961 se dispararon luego, desandándose parte del camino andado. Se puede admitir esta frase añadiendo que en realidad fue una involución de carácter circunstancial, y limitada tan sólo a este punto, porque el camino andado en los demás puntos —y también en éste, pasado el momento coyuntural— fue sin duda, irreversible.

»Quizá la observación más señalada que se me ocurre hacerles es la relativa al Plan de Desarrollo. También sobre este punto hay una pequeña historia que pone muchas cosas en claro. El planteamiento del Plan de Desarrollo fue un auténtico "golpe de mano" que hubo de dar el ministro de Hacienda ante el *staff* del Banco Mundial, a fin de que se rectificasen públicamente los juicios desfavorables que se habían hecho, con anterioridad, sobre la administración española y se dijese a los cuatro vientos —como así sucedió— que España era un país económicamente recomendable para el inversor extranjero.»

Pese a lo sombrío del panorama económico, aceptadas las sombras por agoreros y derrotistas, el 27 de junio de 1957 la fábrica de automóviles Seat lanzó al mercado el primer coche utilitario español propiamente dicho, el Seat 600 que ya se ha convertido en material de sociólogos e historiadores: la sociedad española antes y después del 600. Ya se había creado un coche utilitario previo según diseño del ingeniero francés Voisin, conocido popularmente por Biscuter, automóvil muy primario, sin capota ni marcha atrás, y la vespa o la lambreta empezaban a motorizar a nuestra juventud, síntomas evidentes de que pese a la crisis se progresaba. Pero el Seat 600 era para nosotros como el Balilla para los italianos bajo Mussolini o el Volkswagen creado por la industria hitleriana. El 600 motorizó a la clase media española en primera instancia, pero luego llegaría incluso hasta los económicamente débiles mediante una certera política de plazos que aumentaba indirectamente la productividad. El 600 y la televisión eran dos instrumentos de cambio de hábitos y mentalidad social que darían sus frutos en la década posterior. A la par que nosotros lanzábamos el 600 al mercado, la URSS ponía en órbita el primer Sputnik, síntoma evidente de un progreso técnico que sólo pueden alcanzar los pueblos que tienen unidad política y disciplina social, constatación objetiva que manifesté en un discurso en la central de Escombreras y que fue interpretado como un elogio contra natura del comunismo. Era simplemente una defensa de características políticas que yo juzgaba positivas: unidad y disciplina.

Comentamos su discurso de Escombreras en la sobremesa del escaso banquete que sufragó mi suegro para celebrar mi boda con Lucy. Un banquete reducido a mis padres y a mi tío Ginés por mi parte, a unos treinta Casariego Bustamante y Álvaro Feijó, por parte de la novia, algún falangista auténtico amigo de mi suegro y caído políticamente en desgracia, aunque no económicamente, y compañeras de Lucy de la facultad, sin que invitáramos a ningún camarada porque no estaban los tiempos para sobremesas peligrosas. Recuerdo sobre todo que traté de proteger a mis padres y a mi tío para que no se sintieran desplazados y no lo fueron, sino aplastados por la euforia verbal del bando de mi mujer, veteranos ex combatientes de su causa, general, que cuando alegraron el espíritu y abrieron los esfínteres, cantaron canciones de guerra. Demasiadas, por lo que Lucy se puso brava y entonó el ¡Ay Carmela! republicano que emocionó a los falangistas hasta el punto de corearlo y puso a mi padre en la posición teórica de sufrir un infarto. En cambio mi tío Ginés se tomó al pie de la letra la igualdad de oportunidades y por su cuenta y riesgo pasó a cantar *Los cuatro generales* bien tolerada hasta que llegó a los versos

> para la Nochebuena
> mamita mía
> serán ahorcados,
> serán ahorcados.

Hubo algún silbido, bisbiseos y enérgicos ruidos de sillas previos a verticalidades tambaleantes de algunos de sus ex combatientes. Ya estaba mi tío Ginés, muy bravo, con el ¡hijos de puta! en los labios y los puños cerrados, cuando mi suegro picó con la cucharilla en una copa e impuso su discurso de conclusión: la reconciliación entre vencedores y vencidos, desde la esperanza de que a la verdad se puede llegar por el error. No tenía mi tío registros intelectuales suficientes para detectar la sutileza y le pareció un discurso propicio, por lo que aplaudió. Luego Lucy y yo nos fuimos tres días a Cercedilla, prenevado, regalo de bodas de una tía, y yo me pasé la breve luna de miel haciendo la transcripción fonética de un diccionario Italiano-Español, Español-Italiano. Quince mil pesetas de las de 1958, aunque luego tuve que repartirlas entre los trece meses que me duró el trabajo, alternando con las clases de siempre, el cobro de recibos del seguro de entierro de siempre y las primeras observaciones de Lucy sobre mi falta de ambición. Ni me presentaba a oposiciones de instituto, ni era nunca candidato a responsable de organización de la célula del PCE; el responsable político lo seguían designando desde arriba. Ella fue auxiliar de cátedra, prácticamente desde que acabó la carrera.

La muerte de Pío XII fue un duro golpe, porque el papa Pacelli había comprendido en líneas generales la lógica de nuestro régimen y su sucesor, Juan XXIII, aunque era una incógnita, bien pronto se vio que estaba dominado por los sectores más «progresistas» del episcopado italiano que le arrancaron la convocatoria del Congreso Vaticano II, intento de poner al día la doctrina y la estrategia de la Iglesia. Desde el principio, Carrero me advirtió de que nos aguardaban tiempos conflictivos, porque un nuevo clero e incluso un nuevo episcopado, alejado de las condiciones que hicieron necesaria nuestra cruzada, se mostraba levantisco, cuestionaba los acuerdos del Concordato y exigía una democratización de la vida española. Nos llegaban noticias de que algunas parro-

521

quias servían de refugio a conspiradores comunistas que trataban de poner en pie un sindicato obediente a Moscú, dentro del sindicato vertical, lo que con los años daría lugar a la aparición de Comisiones Obreras.

El nuevo Papa, el cardenal Roncalli, en sus tiempos de nuncio en París no había cerrado ni puertas ni oídos a los exiliados españoles y, según Carrero, Juan XXIII sería una marioneta en manos del arzobispo de Milán, Montini, obispo rojo y declarado enemigo de nuestro régimen. Tal vez envalentonados con este cambio, parte del clero vasco y catalán empezó a alentar reivindicaciones separatistas y los vascos protegieron la formación de la banda terrorista ETA, una escisión del PNV que optó por la línea armada y lanzó una espiral de violencia desde fines de los años cincuenta hasta hoy. Poco podía imaginarse Carrero cuando despachaba conmigo el asunto de ETA, aún incipiente, o el de la carta de curas y obispos vascos denunciando al nuncio del Vaticano «... la encarnizada persecución de las características étnicas, lingüísticas y sociales que Dios nos dio a los vascos», que allí estaba el huevo de la serpiente que le quitaría la vida catorce años después. «Traidores de Cristo» llamaba Carrero a aquellos curas olvidadizos del papel redentor de nuestra cruzada. Tampoco el clero catalán inspiraba confianza y a la cabeza de los sospechosos estaba nada menos que el abad de Montserrat, el padre Escarré, que siempre me había recibido con la sonrisa en los labios, pero a nuestras espaldas daba asilo a toda clase de conspiraciones y una vez al año acogía una peregrinación rojoseparatista de claro signo subversivo. De este clima de complicidad catalanista de la Iglesia, derivarían dos hechos lamentables que enrarecieron el clima estable de convivencia entre los catalanes y el Estado. Por una parte la desabrida y torpe respuesta de mi biógrafo y director de La Vanguardia, Luis de Galisonga a la prédica antiespañola de un párroco en una iglesia de Barcelona y por otra las muestras de insumisión agresiva que exhibieron algunos catalanistas en el Palacio de la Música de Barcelona, llegando a cantar un himno separatista en presencia de algunos de mis ministros, mereciendo una dura sanción el promotor de aquella algarada, un joven médico separatista que se llama Jorge Pujol. A Galinsoga tuvimos que destituirle porque se había propasado, como era frecuente en él, por su celo de ser más franquista que Franco, e igual tuvimos que hacer más tarde con el gobernador Civil de Barcelona, Acedo Colunga, honesto servidor de la cruzada que se había distinguido como fiscal acu-

sador en el proceso contra Besteiro, pero demasiado apasio-
nado, hasta el punto de dirigir personalmente las cargas
contra los estudiantes en los sucesos de final de los años cin-
cuenta y de haber abofeteado a un periodista crítico de unas
viviendas protegidas dentro de la política social del régimen.
Yo he ido sumando los consejos que me han parecido útiles
y me he guardado de los demagogos casi tanto como de los
masones, como me pedía Nicolás, pero aprendí por mi pro-
pia cuenta a guardarme de los partidarios demasiado apasio-
nados, sinceros o no. Más tarde o más temprano, te dan un
disgusto y te dejan en mal lugar.

Los gobernadores que siguieron a Felipe Acedo fueron há-
biles negociadores con la sociedad catalana, de natural pac-
tista, tanto Martín Vega, Ibáñez Freire o Garicano Goñi, aun-
que vivieron años de insumisiones que contemplaban con el
mismo rechazo los representantes del Estado como la inmen-
sa mayoría de la burguesía catalana, clase adicta y llena de
«seni» (1). Pero el nombramiento que sería un total acierto
fue el de don José María Porcioles como alcalde, hombre re-
comendado por López Rodó y por lo tanto inmediatamente
calificado de opusdeísta, sin que faltaran informaciones sobre
su antigua militancia en la Lliga. Aquella formación política
regionalista tan ambigua, había abierto los ojos a la realidad
con la proclamación de la II República, cuando se vio des-
bordada por el catalanismo de izquierdas respaldado por anar-
quistas y marxistas y por lo tanto buena parte de sus figuras
más sobresalientes colaboraron con la cruzada. He de decir
que casi en la misma época incorporaba a altos cargos a dos
catalanes de parecida hechura, don Pedro Gual Villalbí como
ministro sin cartera y a Porcioles como alcalde. Lo único que
me molestaba de Porcioles es que tenía un horroroso acento
catalán y farfullaba más que hablaba, mientras de su boca
salía una continua lluvia, finísima, de saliva. Pero era hom-
bre hábil, leal en lo fundamental y que tenía el don de la
medida de lo que Cataluña debía pedir y el Estado podía con-
ceder. Con Porcioles se cerraba un capítulo de alcaldes de Bar-
celona problemáticos, asignatura pendiente, porque en Madrid
había marcado un estilo el conde de Mayalde, camisa vieja,
aunque poco amigo de meterse en líos y politiquerías y al que
le daba igual dar la bienvenida a Himmler en 1940 como dár-
sela a Eisenhower en 1959.

1.   Se escribe «seny» (sentido común, moderación). *(N. del e.)*

Llegaría a más, excelencia. En 1978 le daría la bienvenida a Dolores Ibárruri, *la Pasionaria*, durante el acto inaugural del primer parlamento democrático posfranquista.

La década de los cincuenta terminaba, y yo me acercaba a una edad, setenta años, que en condiciones normales hubiera significado jubilación. No así en las mías. Al contrario. Debería aún hacer frente a conmociones políticas y privadas que cambiarían el paisaje humano de mi entorno. Entre 1956 y 1962 se producía un cambio drástico de colaboradores políticos, a la par que la desaparición de personajes tan habituales en mi horizonte que hubieran podido pasar por imprescindibles. ¿Quién podía imaginar mi vida sin Millán Astray o mi tranquilidad estratégica sin Pío XII? Pues bien, en ese período van a pasar al desván de la memoria política personas tan relevantes como Arrese, Arburúa, Artajo, Girón, Fernández Cuesta y la plana mayor de militares de la cruzada o muertos o pasados a la reserva según las reglas militares. Conseguí superar las lógicas molestias que implica renovar conocimientos y tratamientos, manteniendo el círculo estricto de mis asesores personales, aunque el tiempo tampoco pasaría en balde para ellos. Ni siquiera para mi familia, porque las nuevas circunstancias fueron alejando a Nicolás y Pilar de mi persona, aunque no hubo acontecimiento familiar al que no fueran convocados, ellos y sus hijos. En un plano de coincidencia entre lo familiar y lo político, la presencia que cambiaría cualitativamente en estos años sería la de mi hermano Nicolás, «el relojero» que tan bien había sabido dar cuerda de vez en cuando al reloj de Lisboa y al de Estoril, a las relaciones con un Oliveira Salazar que empezaba a ser demasiado impugnado por la oposición encabezada por el general Humberto Delgado, y al versátil reloj de don Juan de Borbón. Delgado era un liante y años después acabó de mala manera. Al parecer fue asesinado por algún policía incontrolado de la PIDE (la policía política de Salazar) y nos dejaron el cadáver en España. Afortunadamente, las buenas relaciones hispano-lusas nos ayudaron a superar la embarazosa situación. La etapa de Nicolás había terminado propiamente en 1954, cuando el arreglo de nuestras relaciones internacionales nos dotaba de una fuerza en la que ya no tenía sentido la zalamería y la habilidad complaciente de Nicolás. Pero nunca me ha gustado precipitarme y Nicolás en Lisboa no molestaba a nadie y tal vez de retorno a Madrid sus hábitos de conducta podían molestar no sólo a mí, sino incluso a él

524

mismo. De la vida regalada de Nicolás en Portugal y otros países me llegaban frecuentes noticias, pero tal vez la más malévola fue aquella que llegó acompañada de una fotografía en la que Nicolás en traje de baño posaba al lado de una jovencita de muy buen ver. Si retiré a Nicolás de la embajada en Lisboa no fue por esta fotografía, sino porque el volumen de sus negocios en España le absorbía demasiado tiempo y además yo necesitaba renovar el diálogo con don Juan mediante un embajador más adecuado para la nueva circunstancia, y el más adecuado era José Ibáñez Martín, que había sido militante de la CEDA pero más fiel a mí que a su jefe Gil Robles, un buen ministro de Educación y estaba muy bien situado cerca de Carrero y de López Rodó y de los llamados «tecnócratas» del Opus Dei. Además, una hija de Ibáñez Martín estaba casada con un Calvo Sotelo, un ingeniero al decir de todos muy eminente, pero excesivamente monárquico y voluntariamente distanciado de lo que llamaban «franquismo». Mi decisión de sustituir a Nicolás la tenía entre ceja y ceja desde 1955, luego en 1956 mi hermano sufrió un accidente automovilístico y tuve noticia de que fue muy visitado en el hospital por don Juan de Borbón, habían intimado y mis servicios de información me tenían al día sobre sus encuentros en torno a botellas de excelente whisky y conversaciones sobre el mar, del que los dos, como yo, eran unos enamorados, y otros temas de charla que no vienen a cuento. Cuantas veces yo le preguntaba a Nicolás si no concedía demasiadas familiaridades a don Juan, me contestaba: «El whisky que se bebe conmigo no se lo bebe con los que conspiran contra ti.» Nicolás me había servido durante el período en que mis conversaciones con el pretendiente estaban marcadas por mis dificultades internacionales, pero una vez ya reconocido internacionalmente y dentro de la ONU, el pretendiente no tenía otra salida que el sometimiento razonable y necesitaba un embajador algo más duro que le recordara con frecuencia en qué lugar estaba él y en qué lugar estaba yo. Ibáñez Martín, por todo lo dicho, era el más adecuado; además, influido por la moral austera del Opus Dei, Ibáñez Martín daría un carácter más grave que mi festivo hermano a una representación diplomática que tenía el frente propicio del gobierno portugués y el frente versátil del inestable don Juan. Nicolás no se molestó cuando le llegó el cese el 10 de enero de 1958 y cuando le recibí en El Pardo para explicarle de viva voz las razones que ya le había avanzado en otros encuentros y mediante correspondencia por valija, no me dejó continuar la explicación

*y me dijo: «No te preocupes, Paco, que ya me interesaba venir
a España, porque esto se está industrializando mucho y a mí
me interesan los negocios industriales. Recuerda, Paco. No hay
mal que por bien no venga.»*

Tal vez uno de los privilegios que más añoraría su hermano al dejar la embajada de Lisboa fue el de llegar tarde al aeropuerto de Sintra, donde tripulación y pasajeros debían esperar pacientemente el arribo del influyente personaje, demasiado noctámbulo y con demasiados relojes a su distante cuidado, como para esclavizarse en la lógica de la puntualidad. Los pasajeros no le veían, porque Nicolás entraba directamente por la cabina de pilotos y a veces no salía de ella, e incluso tripulaba durante algún tiempo el aparato de Iberia de la línea Lisboa-Madrid, exhibiendo su título de piloto de aviación obtenido a capítulo de hobby en la escuela francesa Bleriot. Ni siquiera cuando don Nicolás llegaba demasiado cansado, con demasiado trasnoche y bebida a cuestas, se le discutía este privilegio. Usted estaba rodeado de superlativos y Nicolás al fin y al cabo era el hermanísimo, además era simpatiquísimo y tolerantísimo, como toda persona que sabe ha de hacerse perdonar muchas cosas.

*Ante el avance mundial del comunismo y la alarmante
caída de China en manos del marxismo leninismo, Europa me
iba dando la razón. En Inglaterra volvieron al poder los conservadores en 1955, para corregir los excesos de un gobierno
laborista que había consentido los acercamientos al comunismo del funesto Bevan, antiguo enemigo de nuestra causa. En
Yugoslavia se dio la contradictoria situación de que un comunista, Tito, se negara a aceptar la tutela de Moscú y cuando Kruschev inició la hipócrita revisión del stalinismo, Tito
fue invitado a viajar a la URSS, pero yo pensaba: No vayas,
Tito, no vayas, que éstos se te quedan. Vano pensamiento,
porque nada me iba en aquel lance y entre marxistas andaba
el juego. Conscientes de que una Alemania, dividida entre las
distintas fuerzas ocupantes, ya no era un peligro militar, los
Estados Unidos potenciaron la economía de la Alemania Occidental contra el salvaje criterio de algunos políticos ingleses, partidarios de convertir Alemania en un país de agricultores y pastores. También se me propuso a mí esta solución
para Cataluña cuando la ocupamos en 1939, por el procedimiento de desmontar las plantas industriales y trasladarlas a
otra zona de España, pero buena estaba la economía española*

en aquellos años como para improvisar una reindustrializa-
ción sin infraestructuras. Una Alemania económicamente fuer-
te daba seguridad a Europa y al mundo entero.

Consta que usted pronunció más de un discurso en el que
vaticinó un desastre económico para Alemania e Italia, obli-
gadas por los aliados a adoptar el sistema demoliberal y la
partitocracia. Usted seguía en sus trece de que democracia
equivale a división y pobreza, una concepción de reaccionario del siglo XVIII capaz de imponerla en el siglo XX. Insistió
tan pertinaz como la sequía en estas afirmaciones, incluso
cuando era obvio que empezaba la recuperación económica
de los dos países y Martín Artajo tuvo que rogarle que eliminase esa admonición presente en un discurso antes de entregarlo para su publicación. Las palabras se las lleva el viento.
La letra impresa no. ¿Acaso el hombre no es dueño de lo que
calla y esclavo de lo que dice?

Sin autoridad no es posible el progreso de las naciones y
un nuevo autoritarismo europeo, aunque conservara la másca-
ra neoliberal, respaldaba la recuperación económica. Las izquier-
das eran desplazadas en todas partes por fuerzas políticas de
orden y los pueblos, sabiamente, creaban mayorías electorales
que apostaban por la seguridad, el trabajo, la paz social. La
evidencia progresiva de que el paraíso soviético no existía y que
las condiciones de vida de los obreros en Occidente eran mejo-
res que las de los obreros en los países comunistas, dinamita-
ba viejos radicalismos. Bastaba tener en cuenta cuántos ciuda-
danos comunistas se fugaban de su «paraíso» al cabo de un
año y cuántos ciudadanos occidentales obraban a la inversa.
Nosotros habíamos vencido la subversión comunista y ése era
el empeño colectivo, total, de la Europa democrática. El colmo
de la aproximación de Europa a nuestra inamovible posición
de reserva espiritual de Occidente, fue el ascenso del general
De Gaulle al poder en Francia en 1958, pasando por el embu-
do de la razón de Estado toda la politiquería de los partidos
controlados por el marxismo y la masonería internacional. Cuan-
do alguien me recordó, creo que Carrero, que De Gaulle en 1945,
tras la liberación de Francia, había consentido gobernar con
los comunistas yo le contesté: Sí, pero al menos es un militar.
Anticuadamente liberal para mi gusto, pero militar.

Esta apreciación sobre De Gaulle la contradice su propio
secretario y primo, Franco Salgado Araujo, que pone en sus

labios: «De Gaulle estoy seguro que defraudará a los que hoy le han votado. Mantuvo después de la guerra un ministro del Ejército que era comunista y con eso ya está juzgado. Ya los aliados le aguantaron demasiado y no debieron tener con él tantas consideraciones. Inglaterra le explotaba cuando gobernó la otra vez e incluso tenían instalado un aparato en su despacho que registraba todo lo que De Gaulle hablaba y luego lo copiaba un agente del servicio secreto inglés. A nosotros nos informaba Londres y por eso estábamos perfectamente enterados del pensamiento y de los planes del presidente de la nación vecina.» ¿En qué cine le echaron esa película, general? ¿Se la contó usted a sí mismo tantas veces que llegó a creérsela?

Cuando se llega a la jefatura del Estado se accede al santuario de la razón de Estado, santuario necesariamente lleno de secretos que no siempre quedan luego en los archivos. Fue para mí una sorpresa descubrir que si queríamos una buena imagen en Estados Unidos había que contar con un lobby, es decir, con un grupo de personas influyentes, metidas en el Senado, en la Cámara de Representantes, en los medios de información, lobby financiado a cargo de los fondos reservados del Estado. Podrían parecer gastos superfluos y así me lo pareció en primera instancia acostumbrado a una economía clara, a la transparente contabilidad de la intendencia militar. Pero Lequerica me demostró la necesidad de crear ese grupo de presión, para contrarrestar el antifranquismo dominante en los círculos liberales norteamericanos, fomentado por personaje tan estrafalario como la viuda Roosevelt o el eterno candidato demócrata a la presidencia, Adlai Stevenson. En cada familia hay de todo y mientras la viuda Roosevelt hacía antiespañolismo en defensa de los valores democráticos, uno de sus hijos pertenecía a un lobby muy lucrativo, el que manejaba el dictador dominicano Rafael Leónidas Trujillo, capaz de controlar al mismísimo presidente del Senado. El nuestro era más modesto pero nos costaba nuestros buenos cuartos. Lequerica lo llamó «Clark» y ese nombre en clave utilizábamos en nuestros encuentros. Por el bien de España era necesario contar con los Estados Unidos, sobre todo a partir del nuevo rumbo económico iniciado en los años 57 y 58. Pronto llegaría el espaldarazo a tanto esfuerzo. Si las relaciones con la Iglesia ya habían empezado a enrarecerse mediante la polémica entre el ministro Arias Salgado y el director de Ecclesia, se deterioraron seriamente bajo el papa Roncalli y frente a la desfachatez de parte del clero catalán y vasco, en cambio nuestras relaciones con Estados Unidos tuvieron un clima culminante con motivo de la visita de Eisenhower a Madrid en 1959. No ignorábamos que mientras Eisenhower y Foster Dulles defendían nuestro papel ante altas instancias de la administración, una parte de esa misma administración conspiraba abiertamente contra nuestro régimen y financiaba movimientos contra España, como el fantasmagórico Congreso por la Libertad de la Cultura urdido en París a fines de los años cincuenta y en parte financiado por la fundación Ford, pero también auspiciado por la CIA. Era importante que Eisenhower se llevara una buena impresión de España y aplicamos todas nuestras energías para que Madrid fuera el punto de recepción más cálido de su gira alrededor del mundo.

El recibimiento a Eisenhower era un hecho capital en el apuntalamiento de nuestro sistema, porque Eisenhower era el símbolo de la democracia victoriosa sobre el totalitarismo fascista y había demostrado, junto a Foster Dulles, las mejores virtudes del pueblo norteamericano para hacer frente a la conjura comunista, exterior e interior. Conscientes del valor simbólico y político de la visita, los enemigos de España se predispusieron a combatirla. Desde el exterior se movilizaron efectivos anarquistas y comunistas, aunque éstos actuaron desde sus células reconstruidas en el interior, especialmente jóvenes estudiantes que repartieron propaganda antinorteamericana, antiimperialista como les gustaba decir, sin darse cuenta de que ellos eran instrumentos del imperialismo soviético. Carlos Arias Navarro, a la sazón director general de Seguridad, vino a verme, me expuso los peligros que se cernían sobre la visita y solicitó que en la travesía de Madrid fuéramos en coche blindado: «Que cada uno cumpla con su deber. El mío es ir en coche descubierto y el de usted el que no pase nada.» Se practicaron algunas detenciones, no muchas, y el recibimiento fue triunfal. Me emocioné cuando Ike me dijo: «Generalísimo, tenemos dos vidas paralelas. Hemos sido dos militares al servicio de la paz.»

Semanas antes de la llegada de Eisenhower a Madrid tuve un contacto con una enviada del Comité Central del PCE, en el parque de Rosales, una poderosa señora con aspecto soviético pero con acento catalán (siempre me ha perseguido el acento catalán, excelencia). La camarada quería proponerme ser uno de los corresponsales básicos de Radio España Independiente, especializado en los movimientos de las fuerzas de la cultura, denominación que me sorprendió entonces aunque prosperó a lo largo de los años sesenta. Pocas fueron las crónicas que envié, menos las que pude oír sin interferencias y siempre tan cambiadas que parecía haberlas escrito otro, aunque yo procuré adoptar la sintaxis habitual de la emisora e incluso imaginaba la euforia nasal que era habitual entre los locutores. Al margen de estos pequeños trabajos irrelevantes, le cito este contacto porque la camarada me preguntó mi opinión sobre los resultados de las convocatorias de huelgas nacionales pacíficas de veinticuatro horas. Yo era muy pesimista y para mi sorpresa la mujer sonrió condescendiente: «Te falta visión de conjunto, camarada. Tanto en Madrid, como Barcelona, Asturias y algunos puntos de Andalucía, tenemos tantos militantes que podríamos colocar estas localidades en estado de sitio.» Yo interiormente estaba pasmado. Me constaba que Carabanchel, Burgos, la Modelo de Barcelona, eran lugares penitenciarios llenos de comunistas y que allí disponían de una libertad de estudio, debate y actividad política de la que carecían en la calle, siempre y cuando no se pasasen y supieran detenerse en el límite de las celdas de castigo e incomunicación. Pero no me parecía a mí contar con efectivos para colocar, por ejemplo, Madrid en estado de sitio. ¿Y después qué? La misma pregunta había hecho una vez en una reunión de célula, ¿después de una huelga nacional pacífica de veinticuatro horas, qué? El responsable político, un teórico del cine cuyo nombre no viene al caso, me perdonó la vida y la historia: ¿Tú crees camarada que el régimen podría resistir una huelga nacional pacífica de veinticuatro horas? ¿No comprendes que sus contradicciones se agudizarían y la contestación estallaría en su seno? Me tenía desorientado aquel responsable político y Carrillo también, porque de vez en cuando amenazaba con renunciar a la política de reconciliación nacional y volver a la lucha armada y yo contemplaba el inmediato panorama humano de los miembros de mi célula y me preguntaba: ¿quién coño, con perdón, va a ir a la lucha armada? Un cojo, un manco, yo con los pies planos, un ciego, dos muchachas con demasiadas dioptrías.... Lucy... Lucy, sí, pero ¡los demás! Pensé que habría células más dotadas para la lucha armada y me imaginaba a Pradera o a Sánchez Dragó, a Múgica con prismáticos nuevos, Tagüeña, encaramándose por Navacerrada entre esquiadores y cursillistas del movimiento, que no sé por qué siempre se reunían en los paradores de Navacerrada. Tal vez fuera cierto. Tal vez me faltara visión de conjunto. Pero cuando llegó

Eisenhower nos encargaron dejar Madrid cubierto de octavillas de protesta y no sé qué pasó pero aquel día todo me salió mal: las octavillas escasas, los contactos fallidos. Yo me quedé solo y propietario de unas quinientas octavillas que fui tirando por los portales de Lavapiés, mi barrio asignado. Poco pudimos hacer con aquellas octavillas frente a las ganas de los madrileños de ver de cerca, en tecnicolor, al vencedor de la segunda guerra mundial, el mitificado Ike, junto al que usted parecía un bedel del imperio, por aquellos días empeñado en glosar cuanto nos unía con USA, a pesar del desastre del 98. Porque sorprendió usted, mi general, por su insospechado proamericanismo, cuando se le conocen manifestaciones anti-yanquis como las implícitas en unas declaraciones al *Evening Star* en 1947: «¿Pero qué les voy a decir a ustedes el mayor poder del mundo, que ya empezada la guerra de Inglaterra y Francia, continuaron vendiendo a los japoneses a pesar de saber que estaban preparando una guerra contra ustedes y de su país salieron materias vitales, minerales y gasolina hasta muy poco tiempo antes de la fecha en que ellos atacaron Pearl Harbour?» Sorprendente mi general su insospechado proyan-quismo, cuando en sus conversaciones con el doctor Soriano, el que le rehabilitaba la mano izquierda, llegó a decir: «La mayor aportación que nos han hecho los americanos es limpiarnos de "curritas" los bares y los cabarets de Madrid, según me cuenta don Camilo, pues casi todas se casan con sargentos y soldados. Tengo grato recuerdo de las "curritas" cuando yo mandaba la Legión. Iban con nosotros, pasaban nuestras fatigas y es justo decir que, dada la vida que llevaban las pobres, cuando encuentran a un marido le son fieles hasta la muerte... y ahora hablando un poco en serio, he de decirle que me produce un cierto miedo que el mundo esté en manos de los norteamericanos. Son muy infantiles; me da más seguridad el aplomo de los gobernantes ingleses. Hace poco estuvo aquí Foster Dulles. Con ese motivo hemos hecho un repaso de los acontecimientos mundiales, le pregunté entonces: «Señor Foster Dulles, ¿qué piensan hacer ustedes con China? ¿Por qué no sueltan a Chiang Kai-shek, que aún goza de cierto prestigio en el continente e indudablemente cuenta con partidarios, en forma de guerrillas, unas en el norte, otras en el sur, etc..., y sin dar la cara ustedes y sólo proporcionándoles las armas de guerra? De ese modo Mao Tse-tung no viviría tranquilo, ni le será posible hacer propaganda, ni programas de gobierno con sosiego, y China no se podrá organizar correctamente.» Foster Dulles movió la cabeza y me dijo que China es como un colchón al que se le da un puñetazo por un lado y aumenta su tamaño por el otro. Foster Dulles, aquel gánster internacional, al menos tuvo modales para no ridiculizar su estrategia, mi general, una estrategia de tertulia de *Azor*, desconocedora de la complejidad dialéctica de la revolución china, aunque supongo que los norteamericanos le tenían catalogado como un aliado interesado que les utiliza como policía interior frente a los avances de las fuerzas democráticas y debieron quedarse perplejos cuando usted les saludó fascistamente, convirtiendo el ¡Arriba España! de la Falange en un ¡Arriba los Estados Unidos! proclamado con su gangoso frenillo durante las maniobras de la escuadra norteamericana en las costas españolas el 11 de octubre de 1954: "Yo, en nombre de mi nación, de una nación amiga vuestra, y como soldado, os felicito, felicito a la flota americana y felicito a la nación que tiene estas máquinas y estos hombres. Yo deseo que la lealtad con que España sirve a la amistad entre los pueblos y a la palabra empeñada, sea un vínculo de amor, de fraternidad entre nuestras naciones y de una camaradería entre nuestros ejércitos. ¡Arriba los Estados Unidos!"»

El abrazo que me dio Eisenhower era un aval internacional. Los presidentes norteamericanos cuidan mucho la gestualidad, sea la duración de las audiencias, sea en los gestos que comparten con el aliado. Si un presidente norteamericano te abraza, me dijo Lequerica, es que está contigo: «Piense, excelencia, que a los anglosajones les angustia el contacto físico.» Una vez más me sentía seguro, consciente de que el resultado de la corrida dependía sólo de mí. Vuelvo la vista atrás y contemplo la caída de tantos dictadores, precisamente por serlo, por no dotarse de un refrendo popular como yo he sabido hacerlo. Perón, Trujillo, Pérez Jiménez, Batista... El primero dejó el control de las masas en manos de aquella mujer tan habladora, el segundo se convirtió en una caricatura de sí mismo y nombró a uno de sus hijos, un niño, mariscal, y al tercero le gustaba perseguir mujeres por los jardines de palacio, ellas desnudas y él en Vespa. A Batista le perjudicó el cabo furriel que llevaba dentro. Un jefe de Estado debe saber ante todo lo que no puede permitirse y Perón, el más sólido de los tres citados, se permitió topar con la Iglesia, a pesar de mis consejos. Tras su caída política un hombre con tan poca capacidad de matiz como Muñoz Grandes dijo: «Que se pegue un tiro», y en su presencia, el doctor Eijo Garay, obispo patriarca de Madrid-Alcalá, cerró los ojos y sentenció: «Así se evitará que se le encontrara en el cielo.» No fui de la misma opinión, al menos aquí en la tierra y años después daría asilo político a Perón, como se lo daría a Batista tras la entrada de los castristas en La Habana. Un exiliado político importante es una baza que un estado siempre puede instrumentalizar en sus relaciones con el estado del que procede el exiliado. Yo mismo habría podido ser un exiliado más si la Providencia no se hubiera puesto al servicio de nuestra cruzada y siempre tuve la sensación de que salvo los más íntimos, muchos de los que me rodeaban, muchísimos, siempre albergaron dudas sobre la buena suerte de nuestra causa. Cualquier factor inesperado les desestabilizaba, les hacía tomar «precauciones» y volvió a repetirse esta situación cuando los republicanos perdieron las elecciones en Estados Unidos en beneficio de los demócratas encabezados por John Kennedy, al frente de un equipo de colaboradores lleno de liberales radicales, a priori no muy amistosos con el régimen que yo capitaneaba y menos sensibles al peligro que representaba tener un régimen revolucionario como el cubano a pocas millas de las costas de Florida, otrora exploradas por los gigantes conquistadores españoles Ponce de León y el desdichado Álvaro Núñez Cabeza de Vaca. Pero yo sabía que la subida de Kennedy al poder era un mal menor. Peor hubiera sido si Adlai Stevenson, antiguo enemigo de España y heredero del espíritu roseveltiano, sobre todo del de doña Eleonora, hubiera sido el candidato demócrata victorioso. Aunque la nueva administración nos dio toda clase de seguridades en cuanto a la continuidad de una política de apoyo, determinados signos externos no eran demasiado entusiasmantes. Kennedy fue el anfitrión de un concierto de Pablo Casals, inveterado enemigo de España, quien aprovechó la ocasión para afirmar sus principios democráticos contra nuestro régimen y su reivindicación nacional catalana. Occidente había perdido los papeles. Cuba se convertiría en un foco de exportación revolucionaria a América Latina y el poder económico cubano estaba en manos de un forajido argentino que firmaba los cheques del estado con un escueto Che. Recién llegado al poder, Castro enseñó el verdadero rostro marxista de su revolución, expropió la propiedad privada y se metió con mi dictadura en varios de sus inacabables discursos. Estaba en uno de ellos, ante las cámaras de la televisión cubana, cuando nuestro embajador Lojendio irrumpió en el estudio y le contradijo. Castro le dejó hablar pero yo tuve que cesarle, porque un buen embajador debe *conocer sus límites. A los que me pedían que rompiera las relaciones con Castro yo les contestaba: ¿Saben cuántos gallegos o hijos de gallegos quedan en Cuba? El propio Castro era hijo de gallegos.*

En África se sublevaban las colonias europeas y caían en manos de agentes educados de Moscú o de sargentos indígenas coloniales que volvían al canibalismo y a los peores usos tribales. La administración Kennedy respaldaba vergonzante, cobardemente la acción de los patriotas cubanos de reconquistar Cuba y se producía la derrota histórica de Bahía de Cochinos, mientras la CIA dejaba caer bastiones seguros de los intereses occidentales en América como Trujillo o Pérez Jiménez y por si faltara algo, De Gaulle, convocado para salvar a Francia de la disgregación, empezaba a chalanear con el Frente de Liberación Argelino hasta llegar a conceder la independencia a Argelia, dejándola en manos de un partido socialista radical y pasando por encima de la resistencia de los colonos franceses que habían permanecido en Argelia, enriqueciéndola, durante generaciones. El presidente Kennedy duró poco y aunque se mantuvo dignamente durante la crisis del Caribe, frente al intento soviético de convertir Cuba en un portaaviones nuclear amenazante de la seguridad de los Estados Unidos, era un hombre demasiado veleidoso y mal aconsejado. Víctima de un atentado lamentable, no hay mal que por bien no venga, con él desapareció un peligroso aventurerismo liberaloide al frente de la política exterior norteamericana. No opino desde el alivio de haberme sacado de encima a un mal aliado, porque no fue así y mi embajador en Washington, Antonio Garrigues, hombre de pasado republicano y muy liberal en sus apreciaciones, cayó muy bien en la corte de los Kennedy, llegando a rumorearse una relación amorosa entre nuestro embajador y Jacqueline Kennedy, ya viuda, desde luego. Pero si renovamos el recuerdo con USA fue para gozar de un padrino disuasorio del envalentonamiento del nuevo rey de Marruecos, Hassan II, inspirador cuando era príncipe de la intentona subversiva de Ifni y ahora reclamante ante las Naciones Unidas de la descolonización del Sahara, con amenazas indirectas de reclamarme también Ceuta, Melilla e incluso ¡Canarias! El doble juego característico del alma árabe, se plasmaba en la estrategia del nuevo rey de Marruecos Hassan II, quien no contento con la prevista dejación de Ifni, posición insostenible tras la resolución de la ONU y la dificultad militar de mantener aquel bastión aislado, ahora reivindicaba Ceuta, Melilla y el Sahara Occidental. Si el caso de las dos ciudades españolas era intratable por razones de historia y de constatación demográfica (en Ceuta y Melilla la población española era aplastantemente mayoritaria) la pretensión sobre el Sahara ponía en peligro importantes intereses españoles en la explotación de yacimientos de fosfatos y en la pesca de aquellas feraces aguas. Además, la etnia saharaui nada tenía que ver con los marroquíes, por lo que las pretensiones de Hassan II eran tan «colonialistas» como podían serlo las nuestras. Era desconcertante que la diplomacia marroquí encontrara eco en las altas instancias internacionales, no ya la ONU impedida por su propia retórica descolonizadora que tantos daños estaba causando ya sobre África, sino incluso en el Departamento de Estado que a nosotros nos daba una cara y a Hassan otra, confirmando mis recelos sobre la estrategia internacional de los Estados Unidos. Ignorante de la doblez de la política, feliz y confiado, el pueblo español nos dejaba guiar su destino, entregado al trabajo, la paz, el sosiego, cada vez con más motocicletas per cápita, con más 600 en las calles y el que no encontraba trabajo aquí se iba al extranjero, en una Europa en la que estallaba el resplandor económico fruto del trabajo y de la paz social. A pesar del dramatismo de la emigración, no hay mal que por bien no venga, y un productor español en Alemania u Holanda, si soportaba bien la soledad y su familia permanecía en España, en diez años podía ahorrar para comprarse un piso y en quince o veinte hasta atreverse con un pequeño negocio. Muchos de aquellos trabajadores gracias a la emigración pasaron del trabajo de peonaje al de productor cualificado, lo que mejoraba su nivel de vida en el extranjero, pero luego no sabíamos qué hacer con ellos cuando volvían porque las especialidades europeas no se correspondían exactamente con las españolas. Girón había fomentado las Universidades Laborales, en un afán a la vez preclaro y demagógico de que los hijos de los productores pudieran recibir un nivel técnico universitario. Pero las Universidades Laborales no podían extenderse en tiempos de austeridad y ningún aprecio les tenían los nuevos ministros. Más a nuestro alcance estaban las Escuelas de Formación Profesional, que no gozaron de mucha estima porque hasta los productores consideraban que era más atractivo que sus hijos estudiaran bachillerato y trataran de llegar a la universidad. Podréis ver, muchachos, cuán cambiado estaba el panorama de las exigencias inmediatas y por lo tanto yo podía descansar, dentro de lo que cabe, de las tensiones económicas resurgidas en 1957 y de los zaran-

deos políticos que mis enemigos quisieron darme en 1962. Casi todos me pedían que liberalizase y para muchos eso sólo quería decir libertinaje político, libertinaje moral o que abriera casinos de juego, como le propuso a Arias Salgado un consorcio francés potentísimo. «Europa degenera, excelencia», me comentó el señor ministro, afectado sobre todo porque el consorcio francés representaba el inversionismo a la sombra de una orden religiosa de cuyo nombre no quiero acordarme.

Conocedor por propia y dolorosa experiencia del daño que el juego había causado en las vidas de mi padre y mi hermano Ramón, así como en compañeros de milicia, lo prohibí drásticamente en todo el territorio nacional y sólo autoricé los sorteos, tanto de la Lotería Nacional como de la ONCE (Organización Nacional de Ciegos) cuya obra benéfica me enternecía. Siendo delegado de Deportes el glorioso general Moscardó, me propuso autorizar las quinielas de fútbol que ya se estilaban en toda Europa y aunque en principio me opuse por mis prejuicios contra todo tipo de ludomanía, finalmente acepté porque era una manera de recaudar indirectamente dinero para el deporte y para la beneficencia. No sólo lo acepté sino que me aficioné a llenar cada semana dos boletos de quinielas, con la complicidad de Vicentón Gil, y si bien al principio yo firmaba con el seudónimo Francisco Cofrán, finalmente ya firmo con mi propio nombre y apellido. Sólo conseguí ganar un premio menor de 2 800 pesetas, claro que de las de los años cincuenta, pero me aficioné como complemento a la afición por el fútbol que acabó por determinar la televisión. Cuando no podía ver los partidos en directo por la televisión, los oía por la radio, casi siempre, si podía a través de la voz de Matías Prats si retransmitía partidos de la selección nacional de fútbol. Seguía los partidos con tanta pasión que a veces si estaba de gira hacía detener la caravana y nos quedábamos alineados en el arcén escuchando la retransmisión hasta que acababa. Recuerdo que una vez Matías se equivocó al dar el resultado en el momento en que yo conectaba la radio del coche. Dijo, por ejemplo: España 1, Suiza 2 y el resultado real era el inverso. Me molestó tanto perder frente a Suiza que aunque Matías se corrigió no pude evitar comentar: ¡Matías, como te equivoques otra vez te meto un paquete!

Llegué a conocer el fútbol, no podía ser de otra manera porque ya habréis comprobado hasta la saciedad muchachos que yo jamás me he dedicado a nada a medias. Yo comprendía muy bien el fútbol emocional español de los años treinta, cuarenta y aun cincuenta, la llamada «furia española», basada en el coraje, ese coraje que tantas veces ha compensado nuestras insuficiencias físicas. También entendía aquel fútbol maravilloso del Madrid de Kopa, Joseíto, Di Stéfano, Rial y Gento o Puskas y Gento cuando el coronel húngaro huyó del terror rojo. Aquél era un fútbol de seda, hecho por maestros y aunque no corrían ellos, es un decir, corría la pelota. Lo que empezó a molestarme fue ese fútbol «técnico» realizado por mediocridades, sin coraje, sin fuerza, remilgado, como si fuera el reflejo en el campo de juego de un cambio del espíritu de la raza, de la aparición de una juventud sin fuerza, la misma que a partir de los años sesenta empezó a encontrarle toda clase de peros a nuestra obra. Yo me di cuenta de esta decadencia no cuando nos eliminó Turquía de los campeonatos del mundo de 1954 por culpa de aquel sorteo en el que intervino la mano «inocente» de un niño italiano, sino cuando hicimos un flojo papel en Inglaterra en 1966. Aquello no era un equipo de hombres, aquello era un equipo de señoritas y sólo Sanchís, un defensa valenciano del Real Madrid, jugó como tenía que jugar dentro de una concepción de juego en el que ningún jugador puede eludir ser a veces ataque, a veces defensa, es decir, lo que ahora se llama fútbol total que yo presagiaba mentalmente ya en los años sesenta y que he visto plenamente realizado en el reciente mundial de Alemania. Claro que así desaparece el jugador artista, especialista y el jugador orquesta a lo Di Stéfano se ve sustituido por el jugador apaleador de pelotas hacia la delantera, a la manera de Bekenbauer o Netzer, pero prefiero este fútbol fuerza que ese fútbol de posturitas y posiciones teóricas centrocampistas que no son más que disculpas para escurrir el bulto. Me exaspera a veces la falta de lógica que hay en las reglamentaciones futbolísticas internacionales, como por ejemplo ese sin sentido de que cuando se apura el tiempo de un partido y la prórroga, se recurre a la tanda de penalties para decidir el ganador. ¿Por qué delegar esa responsabilidad de «un equipo» en «una persona»? Se me ocurrió una idea que hice llegar a nuestros dirigentes futbolísticos. ¿Por qué no dirimir la cuestión mediante lanzamientos de córners? Así la victoria o la derrota se la jugarían los once jugadores contra los otros once, unos volcados sobre el lanzamiento del córner y otros defendiendo. Se me ha ocurrido hace muy poco esta idea, y por eso la añado a lo que tenía redactado sobre estos temas. Fue precisamente el otro día, en ocasión de la final de la Copa del Generalísimo entre el Atlético de Madrid y el Real Madrid cuando tras los contumaces empates, se decidió el trofeo a penalties: me incliné sobre el presidente de la Federación Española de Fútbol y le dije: «¿Qué le parece a usted si se lo jugaran mediante córners?» El hombre se creyó que se lo estaba sugiriendo para la ocasión y se disculpó esgrimiendo que necesitaba permiso de la FIFA. «Pues si hemos de esperar permiso de la FIFA, estamos frescos.»

A pesar de las amabilidades que siempre rodean mis desplazamientos, yo el fútbol prefiero verlo en casa, en televisión. Puedo comentar la jugada más libremente y no he de controlar lo que digo o hago con todos los ojos de la tribuna pendientes de mí. Aunque por mi cargo he tenido que ir a muchas corridas de toros y aun admirando la majeza de la fiesta y a los toreros de raza, no puedo decir que me guste tanto como el fútbol, ni mucho menos. He conocido a pocos toreros personalmente a pesar de que casi todos los que han estado en ejercicio en los últimos cuarenta años me han saludado y brindado toros. Recuerdo con emoción a Pepe el Algabeño, torero y rejoneador, que alternaba los rejones con las armas, soldado voluntario en el ejército del Sur de Queipo de Llano. Casi todos los toreros, por no decir todos, estuvieron en nuestro bando, por más literatura que el señor Ernesto Hemingway le haya echado a la fiesta y al Niño de la Palma. De los toreros de mi juventud me gustaba Belmonte, aunque se decía que era masón, republicano, amigo de Ortega y Gasset y algo soberbio, con la soberbia sumada del torero y del aprendiz de intelectual. Luego me gustó Dominguín hasta que le traté y se me cayó a los pies. Una vez nos encontramos entre otros invitados a una comida campestre en un cortijo y el torero fumaba sin parar. De todos es conocida mi repugnancia por el tabaco, pero yo nada le hubiera dicho y tuvo que ser Vicentón quien le afeara su conducta, con los modos desabridos que acostumbra a gastar Vicente cuando está en juego, según él, mi salud: «¿Cómo fuma usted en presencia del caudillo?» «Porque me gusta», le contestó desdeñoso y yo le dije a Gil: Déjalo, Vicente, es un payasito. Luego he sabido que es amigo de Picasso, que lee libros comunistas y Camilo me advierte que uno de sus hermanos está detrás de la reorganización del Partido comunista. Payasitos y señoritos, como aquel señorito católico y marxista, Bergamín, creo que se llama, que tanto daño hizo desde Cruz y Raya predicando la alianza entre marxismo y catolicismo. Volviendo a los toreros, el Viti me impresiona pero es tan serio que parece gafe y el Cordobés es un pedazo de carne bautizada.

Aunque no sé si estará bautizado. Su padre era rojo y me parece que lo pasó mal cuando llegaron los nacionales a su pueblo. El chico nunca se me ha quejado. Ningún torero es mala persona. Nadie que se juegue la vida es una mala persona.

Una afición difícil de cumplir es la de simple espectador de las cosas y la belleza. Siempre estoy rodeado de gente. Cuando yo era «persona», me gustaba ir a exposiciones, sobre todo de retratistas y paisajistas y al teatro, a ver zarzuela, un género que me entusiasmaba y que está en plena decadencia. Cuando yo era un hombre «normal», solía ir al museo del Prado en horas de pocas visitas y me quedaba extasiado en las salas dedicadas a Velázquez. Allí está la cima del arte de todos los tiempos y cuanto se ha hecho después, salvando a Goya, y restándole efluvios derrotistas y disgregadores, ha sido imitación o farsa. ¿Me gusta el arte contemporáneo? No, en la medida en que ha dejado de ser armónico y natural hasta llegar a ser pura geometría o pura nada. Sólo la propaganda comunista ha podido decretar que Picasso es un genio, extremo en el que discrepo de Dalí, que me parece el mejor de los seguidores contemporáneos de Velázquez, extravagancias filosóficas aparte. En algunos de mis viajes a Cataluña se han empeñado en que vea la obra de Gaudí y sólo en una ocasión me atreví a decir que no me entusiasmaba y que no necesitaba ver las obras de Barcelona para dar esta opinión, porque ya cuando pude contemplar el palacio arzobispal de Astorga me di cuenta de la falta de naturalidad de este arquitecto. El palacio no parece de piedra, sino de barro, está lleno de ventanucos, no de ventanas y por dentro más parece un casino que un palacio arzobispal. Igual diría de la llamada arquitectura de vanguardia, incluso de la de un hombre tan honesto y creyente como Fissac. Los templos que construye sorprenden, pero para rezar sigo prefiriendo la ermita de la Virgen de Chamorro y, ¿para qué sirve un templo? ¿Para rezar o para hacer una película de miedo con Peter Lorre como actor principal? Pero a pesar de mis gustos, avalados por mi afición y buena maña en la práctica de la pintura, nunca he impuesto mi gusto, ni siquiera lo he insinuado a mis directores de Bellas Artes y cuando a partir de los años cincuenta empecé a ver engendros colgados en las paredes de nuestros museos o de nuestras salas de exposiciones, me limité a callar lo que pensaba. Ni siquiera he emitido un juicio contra los pintores españoles enemigos de nuestra cruzada. Yo nunca he sido rencoroso, pero sí implacable, con los enemigos de España y puedo ofrecer algunos ejemplos de esta disposición. Se celebraba en París en 1971 un homenaje universal a Picasso, comunista y antifranquista notorio, y un director general de Bellas Artes me sugirió que se hiciera lo mismo en España, porque Picasso era español y los franceses querían arrebatárnoslo. Di el visto bueno y con timidez, el director general fue más allá y me pidió permiso para solicitar al Museo de Arte Moderno de Nueva York que nos dejaran exponer en Madrid el famoso cuadro Guernica, pintado por Picasso en plena campaña de propaganda roja sobre el confuso episodio del bombardeo de la ciudad vasca. A mí Picasso no me gusta, pero algún mérito tendrá, aparte del apoyo que sin duda ha recibido por parte de esnobs y del aparato propagandístico universal del comunismo, pero un cuadro con el tiempo sólo es un cuadro y me limité a contestar: «Por mí, que se exponga el Guernica, pero ya verá cómo no nos lo van a dejar.» En efecto, funcionaron una vez más los resortes de la anti-España y el Guernica no pudo ser expuesto en Madrid. Yo nunca le hice ascos al arte de vanguardia, aunque insisto en que prefiero el clasicismo y en mis encuentros con Dalí, incluso almorzamos en torno a su proyecto de pintarme, tuve ocasión de dar mis opiniones sobre el arte que le maravillaron por su sensatez, apreciación que tenía doble valor en labios de un hombre tan excéntrico. Me sorprendieron en cambio sus juicios sobre la vida y la muerte y uno de ellos me pareció de una profundidad suma. «A veces lo que parece cruel es necesario. Veinte condenas a tiempo pueden evitar una guerra civil.» Pero ¿quién maneja la moviola de la historia? Sólo Dios sabe por qué veinte sentencias de pena de muerte a tiempo, no pudieron evitar nuestra guerra civil y si Portela Valladares me hubiera hecho caso tras la victoria del Frente Popular, quién sabe si hubiéramos podido ahorrarnos tanta muerte y destrucción.

Si os cuento cosas referentes a mis aficiones y a mis gustos, relacionadas con aquellos años de relativa bonanza, tras el reconocimiento internacional de España, es para que descubráis la persona que hay en todo hombre al que la Providencia le ha obligado a asumir responsabilidades tan terribles. Nunca me movió la ambición de mando y si en mi mano hubiera estado, me habría retirado hace tiempo a administrar mis fincas, ver crecer mis árboles, pintar, cuidar de mis animales, porque el ojo del dueño engorda el caballo. La propaganda internacional me ha construido un retrato sangriento en el que no me reconozco, pero nunca se es dueño de la *imagen que los otros necesitan atribuirte. Yo creo ser una persona con sentido del humor, capaz incluso de ironizar sobre mis debilidades y son frecuentes las carcajadas que mis comentarios provocan a mi alrededor.*

Con toda sinceridad, excelencia, he leído y releído los rasgos de humor que se le atribuyen y no me explico los desternillamientos que provocaba, de no suponer el grado de servilismo que le rodeaba. Sólo me hacen gracia, mucha gracia, algunas de sus salidas sobre la política y sobre algo al parecer tan sagrado como el movimiento. En cierta ocasión fue a agradecerle un nombramiento el director general de vaya usted a saber qué y al pedirle consejo sobre cómo durar mucho en el puesto, usted le contestó: «Haga como yo. No se meta en política.» Fino, muy fino su comentario al redactor de una de las leyes fundamentales, me parece que la Orgánica de 1966, cuando al expresarle sus problemas para incluir el movimiento nacional en la lógica de su razonamiento, usted le aconsejó: «Ponga el Movimiento de vez en cuando, como si estuviera en el fondo, como si fuera el paisaje.» Es tan bueno que dudo fuera suyo.

Tiene razón Cristóbal, mi yerno, cuando afirma que yo disfruto con los chistes que se cuentan sobre mí, siempre y cuando el chiste no sea demasiado grosero, porque los chistes groseros ensucian a quien los cuenta y ofenden a quien los escucha. Millán Astray no tenía medida. Contaba chistes de los llamados verdes hasta en presencia del capellán Bulart, mi confesor, y yo veía lo mal que lo pasaba el sacerdote, hasta el punto de que dirigía una mirada de censura al caballero mutilado y con una mirada bastaba. Los chistes sobre mi persona, obra y milagros van recorriendo toda la historia de mi actuación pública, pero sobre todo se disparan tras la guerra civil. En algunos casos el chiste ofende incluso al pueblo español, como aquel que me contara el propio Millán en el que yo visito el supuestamente humilde hogar de un peón caminero y me sorprendo ante el confort que le rodea: gramófono, una buena nevera, muebles caros y al preguntarle de qué vive, me contesta, de mi trabajo, soy peón caminero. ¡Qué bien sabe administrarse este hombre! Exclamo yo y le comento a uno de mi séquito: he aquí un ejemplo para los que critican desde el extranjero nuestra política social, ¡Qué bien vive este hombre! Sí, excelencia, vivo muy bien, pero es que mi mujer, mientras yo hago de peón, ella hace de p... Frente a esta grosería puede oponerse un chiste tan fino que dice: España es el país de las tres eses: sable, sotana y sindicato. O aquel otro en el que yo me entero de que hay un especialista en elucubrar chistes sobre mí y me intereso por conocerle: ¿usted es el autor de chistes sobre mi persona? Sí, excelencia, pero no de todos. Por ejemplo, ese que dice que no habrá ni un hogar sin lumbre, ni una mesa sin pan... ése no es mío. En otro, ante la difícil situación económica y política del régimen, Solís me propone declarar la guerra a los Estados Unidos y yo lo pienso y finalmente reflexiono en voz alta: Muy bien... interesante... pero ¿y si les gano? También circularon muchos chistes que especulaban sobre mi muerte y mi destino final: cielo o infierno y de todos ellos el más desagradable fue el que me contaron poco después del atentado que le costó la vida al almirante Luis Carrero Blanco. Llego yo al cielo y doy un paseo... cuando de pronto me encuentro con Carrero. Tras la lógica emoción, me fijo en que Carrero lleva algo así como un aro sobre su cabeza y me alarmo: ¿Cómo es que tú llevas ese halo de santidad y yo no? No es un halo de santidad, excelencia, es el volante del coche que se me ha quedado incrustado en la cabeza y no hay Dios que me lo quite. Chistes así deberían estar contemplados en el Código Penal. En otros casos se puede ser algo indulgente, aunque el chiste roce la irreverencia, como aquel que relata la conversación entre dos loqueros. Uno le dice al otro: Tengo a Franco en mi manicomio y se cree Dios. Pues peor yo, contesta el otro, que tengo a Dios en mi manicomio y se cree Franco. Irreverente pero, innegablemente, ingenioso.

Los chistes irreverentes no suelen gustarle a Carmen y mucho menos si había gente joven cerca. Con los años, la espiritualidad de Carmen se acentuaba y, por ejemplo, si al comienzo de la instalación del brazo incorrupto de santa Teresa en nuestro dormitorio fui yo quien más empeño puso en que nos protegiera en lo más recóndito de nuestra intimidad, luego ha sido ella quien más énfasis ha puesto en que lo conservemos y la reliquia sólo ha salido de nuestros aposentos en contadísimas ocasiones, por ejemplo cuando algún familiar o allegado muy íntimo ha estado en peligro de muerte, entonces sí, generosamente, Carmen me ha pedido que se lo prestemos. El rito crea la fe. Estoy convencido. Cuanto más práctica religiosa se haga más religioso se vuelve uno y llega un momento en que la liturgia, por menor que sea, nos es tan indispensable como cualquier gimnasia, en este caso, gimnasia regenerativa del espíritu. Por ejemplo, el rezo del santo *rosario, que tanto me aburría de niño, sobre todo cuando se rezaban todos los misterios, hoy lo necesito como si fuera un acto de higiene espiritual. Lo del rezo del santo rosario en familia se institucionalizó desde el día en que le hice a Carmen la confidencia de que mi madre no dejaba pasar un día sin rezar un rosario completo. ¡Ah! Pues nosotros haremos lo mismo. Y así fue y así ha quedado como un ejercicio de relajamiento espiritual que a veces me proporciona importantes servicios políticos. Más de una vez he empezado a rezar el rosario con los misterios de dolor por delante y cuando he llegado a los de gloria ya sabía qué decirle a Carrero sobre el asunto de la carta a Salazar, es un decir, o por qué se me había escapado aquel salmón tan poderoso en la última salida de pesca, y es que rezar es un rito que te levanta los posos más secretos del espíritu y no tenía razón Vicente cuando refunfuñaba que entre rezar, pescar y cazar no me quedaba tiempo para enterarme de lo que pasa en la calle. Carmen le cogió ojeriza a Vicentón porque le parecía un judío ante el Muro de las Lamentaciones, que el muro de las lamentaciones era yo y luego de noche descansaba mal. Carmen siempre cree que de noche descanso mal. Desde el primer día en que dormimos juntos. Y no es verdad. Qué difícil resulta a veces superar los tópicos que te dedican las personas más próximas, que más te quieren, aunque es cierto que Carmen siempre ha sabido sacar consecuencias de todo y a todos los que según ella me quitan el sueño les declara una guerra tenaz y vitalicia y de vez en cuando me transmite su especial parte de guerra. Y no es que me quiten el sueño. Es que yo siempre he sido hombre de poco dormir, como todos los Franco, e incluso mi santa madre era trasnochadora sin salir de casa. Parecía empeñada en arrancarle a la muerte el tiempo en que se duerme y algo de eso debe haber en mi recelo ante el sueño. Pero a partir del comienzo de los sesenta y tal vez remontándome a la época en que me sometía a los ejercicios de rehabilitación de mi mano izquierda herida en el accidente de caza, me asaltaba la somnolencia y llegó a ser un efecto incontrolado del que salía entre sobresaltos y sensación de desaire que los demás se esforzaran por no acentuar.*

Ya que he hablado del accidente que me hirió en una mano, dejadme que lo inscriba en la sección del debe de ese libro que es la vida, que es el poder también, en el que debe y haber forman la parte de un todo. Hasta los sesenta y nueve años cumplidos en diciembre de 1961, no había tenido otros percances físicos que la herida de guerra de 1916 y al-

gunos rasguños en los distintos y milagrosos accidentes automovilísticos. Pero aunque ni la vida ni la historia nos jubilen, el cuerpo tiene sus secretas leyes y, a medida que he ido envejeciendo, médicos, medicinas y cuidados han ocupado una parte importante de mi existencia. Tal vez esta impresión me la causara el extremo celo de mi médico, Vicente Gil, acentuado a partir del accidente de caza de 1961, o la dedicación de mi yerno, médico también, cuando a su juicio mi salud, excelente, precisaba un cuidado más especializado a medida que yo me convertía en un viejo, sano y vigoroso, pero viejo al fin. No creo pecar de irracional sin embargo si me remonto al accidente de 1961 como un ecuador divisorio del antes y después de un estado físico, de la misma manera que me reconozco un antes y después de estado anímico a partir de la proclamación en 1969 del príncipe Juan Carlos como heredero de la jefatura del Estado a título de rey. El accidente de 1961 fue como una señal de advertencia sobre lo azaroso de la existencia y el papel del dolor en la vida. Lo del 1969 abrió espectativas que aún hoy no me atrevo a valorar. Lejos estaba yo de pensar aquella tarde del día de Nochebuena de 1961 que la Providencia me preparaba un aviso. Eran muchas mis preocupaciones, quise descargarlas, cogí la escopeta y me fui hacia los montes de El Pardo a cobrar algunas piezas. De pronto me estalló el cañón del arma y sentí un vivísimo dolor en la mano izquierda que quedó convertida en un pobre apéndice cubierto de sangre y quemaduras. Me llevaron al hospital Central del Aire de la calle de Princesa, y según el reconocimiento practicado por el cirujano jefe de traumatología, doctor Garaizabal, tenía una fractura abierta de la primera falange del dedo índice, con destrozo de partes blandas del primer espacio interdigital de la mano izquierda. El radiólogo se metió en el quirófano, sin apenas luz y no me reconoció por lo que me preguntó: ¿Qué le pasa buen hombre? Un accidente de caza y lamento que le moleste en un día de fiesta. El radiólogo afinó la mirada en la penumbra y se volvió a la monja: ¡Ay que ver lo que se parece este hombre al caudillo! Eso dicen algunos, le contesté, y en medio de los dolores aquella pequeña picardía me sirvió de consuelo. Ya aclarada mi identidad, cambiaron lógicamente los tonos de voz y casi tenía que pedirles que la alzaran más porque apenas les oía: Hemos de anestesiarle, excelencia. Adelante, que se haga lo que mande la tabla. Yo mientras tanto pensaba en la magnificación que pudiera hacerse de lo ocurrido, tanto entre los nuestros como entre los enemigos de España y por eso antes

544

de entrar en el quirófano, mientras recibía el abrazo de Camilo, le había encarecido: «Ten cuidado de lo que ocurra.»
No pasó nada y con la mano vendada y entre espasmódicos
dolores, me reincorporé a mi vida cotidiana, vigilado de cerca,
eso sí, por el inevitable Vicente Gil que se empeñaba en velarme y luego al día siguiente dormía como un tronco y yo
tenía que rogar silencio a todos los que entraban a despachar conmigo para no despertarle. Gil fue siempre la principal víctima de mis enfermedades, escasas, aunque gracias a
ellas incluso consiguió llegar a aprender medicina.

Genio y figura hasta la sepultura, fiel al retrato épico bonapartista, general. «¡A ver si disparáis mejor!» En cambio su propio primo, Franco Salgado Araujo, le arranca que la herida le hace sufrir fuertes dolores, que está decaído, desmejorado, que ansía llegue el momento en que le quiten la escayola y que se sorprende cuando le informa de que muchos de sus «incondicionales», nada más reconocer el accidente empezaron a preparar las maletas para salir de España: «Con la mayor candidez me pregunta: Y ¿con qué iban a vivir en el extranjero? Le contestó que de sobra tienen esas familias, y muchas más, asegurada su vida en el extranjero. No comprende que nadie pensara que iba a morir por una herida en la mano.»

Cuando me quitaron la escayola y me vieron el estado en
que había quedado la mano y el brazo inmovilizados, tras una
consulta de médicos, decidieron aplicarme una intensa rehabilitación de seis horas al día, repartidas en tres turnos de
dos horas, cada uno a cargo de un médico diferente, pero
siempre bajo la mirada vigilante de Vicente que en pocos días
se había convertido en un experto en todo aquello que pudiera afectar a la movilidad de mi mano y mi brazo. Instalaron
una mesa de rehabilitación en claro contraste con la ornamentación de aquella dependencia subalterna de El Pardo, situada entre la Saleta Gris y el Oratorio, es decir en el Salón de
Espejos y Tapices Pompeyanos donde solíamos tomar Carmen
y yo el café después de los almuerzos. Los terapeutas estaban un poco impresionados por mi persona y por el ambiente, por lo que tuve que extremar las pruebas de naturalidad,
no fuera a conducir tanta impresionabilidad a un tratamiento
envarado y contraproducente. La rehabilitación continuaba tediosa, y sólo conseguía superarla mediante el recurso a la
somnolencia, hasta que un día el terapeuta, doctor Soriano,

tuvo una idea brillante: «¿Por qué no prueba usted de soste-
ner una escopeta con la mano herida y yo le voy corrigiendo
los movimientos?» Se me abrió el horizonte y en aquel salón
neoclásico del palacio de El Pardo, el médico y yo nos íba-
mos pasando la escopeta y apuntando hacia un punto deter-
minado y en estas que un día entró Vicentón muy festivo y
se quedó de piedra cuando vio al fisioterapeuta con la esco-
peta sobre el hombro y apuntando hacia no sé dónde. Re-
puesto del susto, considerable, el terapeuta le explicó su ocu-
rrencia, feliz, porque poner la escopeta en mi mano y sentir
que volvían a mí los reflejos de toda la trayectoria militar de
mi vida fue todo uno.

Las especulaciones sobre la posibilidad de un atentado fa-
llaban por su propia base y fueron irresponsablemente ali-
mentados por el celo protector de personajes como Camilo o
Vicentón. ¿Cómo podía prever el saboteador que yo, precisa-
mente yo iba a utilizar aquel cartucho? Mi escopeta no había
podido ser manipulada y por lo tanto sólo el azar era el cul-
pable del accidente. Sin duda, por error, introduje un cartu-
cho inferior al que exigía la escopeta, quedó encasquillado y
sin darme cuenta introduje otro del calibre justo, pero al tra-
tar de salir topó con el que estaba encasquillado y se produ-
jo la explosión. Yo mismo establecí un cálculo de probabili-
dades que fue muy elogiado incluso por los investigadores del
cuerpo de seguridad del Estado:

Primero: que hubieran caído algunos cartuchos de los que
empleaba mi hija en mi bolsa (Carmen tiraba con el calibre
16 y yo con el 12).

Segundo: que precisamente esa bolsa fuera la que se lle-
vara aquella tarde para la caza de palomas en El Pardo.

Tercero: que al coger el cartucho del calibre 16, el «secre-
tario» no se diera cuenta que era más pequeño y lo metiera,
además, precisamente, en el cañón izquierdo.

Cuarto: que disparara sólo un tiro, el del cañón derecho,
pues acerté a una paloma con el primer disparo.

Quinto: que el cartucho correspondiera al porcentaje del
30 % de los del calibre 16 que se introducen dentro del cañón
de la escopeta del 12.

Sexto: que el «secretario», al abrir la escopeta, no se diera
cuenta que el cartucho se había corrido hacia dentro.

Séptimo: que la siguiente vez yo disparara los dos tiros.

Se hicieron experiencias para probar si el accidente había
sido debido a alguna pella de barro o a unas hojas que hubie-
ran podido introducirse en el cañón; pero esto se desestimó.

En el interior del cañón que había explotado se encontraron partículas de un cartucho, introducido primero, que no estalló.

Su amigo Camilo no le hizo ningún caso al informe ni a usted y siguió sosteniendo que se trataba de un atentado. El propio López Rodó pone en duda la naturaleza del accidente, aunque desde su sobrenatural prudencia tampoco se apunta al bando de los partidarios del atentado: «En opinión del ministro de la Gobernación, que fue quien me comunicó confidencialmente, el accidente no fue fortuito, sino que quienes suministraron la munición lo hicieron con el intento de matar a Franco.»

Aquel pequeño lance volvió a disparar las elucubraciones y angustia sobre la sucesión y Camilo empezó a dar síntomas de una intranquilidad sucesoria que le duraría toda una década. Yo dejaba hablar, dejaba especular, dejaba insinuar, pero esclavos de las palabras, muchos de los que me rodeaban pronunciaban con demasiada frecuencia el nombre de don Juan de Borbón, como si no hubiera otra alternativa. Mis relaciones con el conde de Barcelona eran epistolarmente constantes y el tono del pretendiente había cambiado: ya sabía con quién hablaba, pero me constaba por los informes constantes del SIM (Servicio de Información Militar) y del servicio de información de la Guardia Civil, que ni don Juan en Estoril mantenía la lealtad que implicaban sus cartas, ni los monárquicos en España habían cejado en su sueño legitimista restaurador. La educación del príncipe se ultimaba según mis previsiones y aun lamentando que las visitas a Estoril malearan su conciencia, en general estaba satisfecho ante los progresos del príncipe en la comprensión del papel que debía asumir: presunto heredero de la legitimidad del movimiento. Don Juan ya no inspiraba confianza a los exiliados, como demostraría Prieto en un artículo publicado en El Socialista, *editado en Toulouse. El señor Prieto se despachaba a gusto con el pretendiente hasta llegar a la injuria y me apresuré a enviarle una copia a don Juan por si se le había escapado el artículo del viejo líder socialista. La respuesta de don Juan implicaba su total acatamiento y corresponsabilidad con lo que yo representaba: «El hecho de que nos injurien juntos indica la exasperación de los viejos republicanos exiliados ante los rumbos del futuro de España.»*
No sólo el malévolo Prieto juzgaba tan duramente a don

Juan. Mis servicios de información tuvieron acceso a una carta enviada desde España por el doctor Marañón a Prieto en la que mostraba su desencanto por la indecisión, la excesiva prudencia de don Juan y apreciaba en él algo que era obvio, que no se necesitaba ser médico para elaborar un diagnóstico: una tendencia natural a las definiciones vagas. Tampoco Salvador de Madariaga se mostraba demasiado entusiasmado con el pretendiente, irritado porque un día amanecía monarca liberal y al siguiente monarca del movimiento. «Don Juan irá cediendo hasta la muerte de Franco», decía un anónimo editorialista, ¿Madariaga?, en la revista Ibérica *editada en Nueva York. ¿Cómo se defendía don Juan ante sus adeptos más impacientes? Con una fórmula cargada de razón, de la única razón que no le pertenecía exclusivamente: «No hago política, hago dinastía.»*

Era yo quien le estaba haciendo dinastía y no él. A medida que el príncipe se sentía un español más, desde los círculos republicanos falangistas y desde las filas del carlismo se montaban actos de contestación contra su persona. El mismo día en que asistió a las primeras clases en la Universidad de Madrid se le gritó de todo, desde consignas afirmativas del ideal republicano falangista hasta insultos personales: «No queremos reyes tontos.» En esta línea tanto falangistas como carlistas divulgaron chistes contra el príncipe en los que siempre salía malparado, como si se tratara de un retrasado mental. A mí me hizo mucha gracia aquel en el que se le suponía en un banquete y a la vista de que todo el mundo va a pedir de primer plato melón con jamón, su secretario le dice: Usted, alteza, debe pedir algo igualmente sencillo pero diferente. El príncipe se lo piensa un minuto y finalmente sonríe y le grita al camarero: ¡Para mí, sandía con chorizo! Que me hiciera gracia este chiste, de la misma manera que me hacían gracia los dedicados a mi persona, no quiere decir que me complacieran los actos de hostilidad al príncipe, ni que los fomentaran. Ahora bien, así aprenderían tanto él como su padre lo impopular que era la restauración monárquica en España y lo mucho que me debían tratando de contrarrestarla. A comienzos de 1961 me llegaron las primeras noticias que confirmaban el compromiso matrimonial del príncipe Juan Carlos con la princesa Sofía de Grecia, compromiso que, analizado, sólo presentaba un escollo mayor y varios menores. El mayor era la confesión religiosa ortodoxa de la princesa, que obligaría a la abjuración y al bautismo según la fe católica, y los menores vendrían de la agitación monárquica que la boda conlle-

548

varía, como así fue. Si el escollo mayor fue fácilmente resuelto por la buena disposición de la joven casadera, los otros traté de relativizarlos pactando con don Juan una boda discreta, sin grandes manifestaciones promonárquicas. Las lógicas reacciones despechadas de los puristas del movimiento que multiplicaban sus insultos y descréditos, dirigidos tanto al príncipe como a doña Sofía, escoraban mi mal humor hacia babor, pero en seguida me reequilibraba hacia estribor, porque no era menor la impaciencia de los otros tratando de que acelerara la redacción y promulgación de una Ley Orgánica del Estado, a manera de carta constitucional ultimadora del proceso de legitimación jurídica de la monarquía. Tanta urgencia tenía el señor López Rodó por la promulgación de la ley y tan cómplice de esa urgencia era Carrero que entré en sospecha y durante seis años estudié punto por punto lo que se me proponía, no fuera a meter el caballo de Troya cuando ya tenía ganada plenamente la batalla institucional. Empezaron a sonar voces que pedían «apertura» política, voces que provenían de nuestras filas, ¿qué otra cosa estábamos haciendo desde 1936, sin prisas pero sin pausas? ¿No querrían que la apertura implicara el final del caudillaje que se había revelado providencial como árbitro político y social? Con frecuencia me llegaban las críticas a la trayectoria política y económica del gobierno que aún provinientes de Girón y gentes de su círculo, no estaban faltas de sentido lógico. España había sido dueña de sus destinos hasta 1957 y a partir de esta fecha cada vez dependíamos más del extranjero, dependencia que aumentaría si nos aceptaban en el Mercado Común europeo, consecuencia de nuestra petición de ingreso en febrero de 1962. Pero por otra parte los cambios económicos que se habían iniciado en 1957 eran irreversibles y ya nos habían causado un gran costo social, especialmente los movimientos migratorios del campo a la ciudad, primeramente absorbidos por las zonas industriales de Barcelona, Madrid y el País Vasco y luego por las primeras potencias industriales de Europa que necesitaban mano de obra inmigrante en el inicio de un espectacular despegue económico. Ni me gustaba que los extranjeros se metieran en nuestra casa ni que los nuestros fueran al extranjero a recibir influencias perniciosas que nada bueno auguraban. Recordaba mis sensaciones de cadete en Toledo, a comienzos de siglo cuando veía a aquellos primeros turistas que nos dejaban divisas pero nos miraban por encima del hombro. Para que no se reprodujera aquella alevosa prepotencia, asumí los cambios económicos pero recordé al mundo entero que eran posibles porque nos habíamos adelantado en quince años en el planteamiento del problema político-social y económico de nuestro tiempo y en agosto de 1963, ya más seguro de nuestra buena singladura, declaré: «Estamos más cerca de tener resuelto este problema que los otros pueblos europeos.»

En pleno regeneracionismo económico de derechas, general, desde su alabanza de aldea y menosprecio de corte particular, a la manera del clásico Guevara, en los años cuarenta hablaba de vez en cuando de una reforma agraria que frenase la emigración del campo a la ciudad, hablaba de crear una burguesía agraria que compensara la dureza de depender de la mucha lluvia o de la pertinaz sequía: «El pensamiento nuestro, el de mi gobierno, el pensamiento del movimiento nacional español, es levantar los pueblos, levantar las aldeas y darles vida y bienestar, hasta lograr que no tengan que volcarse sobre la capital los que hoy lo hacen, produciendo ese crecimiento monstruoso de una urbe que imposibilita de poder llevar a todos los lugares ese ideal de buena presentación, de vida confortable.» Y por si fuera inevitable la emigración: «Queremos llevar a las cabezas de partido y a los pueblos importantes nuevos institutos, pero unos institutos laborales, unos institutos rurales, unos institutos de barrio que, compendiando las enseñanzas teóricas, formen la verdadera preparación obrera y eleven la cultura de nuestras clases laborales para que el hombre que sale de España y emigra tenga unas dotes, conocimientos y preparación que aseguren su triunfo.» Veinte años después, ante la evidencia de que la única reforma agraria la habían hecho los campesinos marchándose primero a los cinturones industriales de España y luego a Europa, hasta totalizar una hégira de casi dos millones de españoles forzados a ganarse la vida en todo el mundo, a usted sólo le quedaban ánimos para alertar sobre la emigración de las mujeres, preferibles chicas de servicio que emigrantes: «Esta emigración, justificada en los hombres, no tiene razón de ser en las mujeres, ya que en nuestras ciudades se les ofrece hoy puestos de servicio bien remunerados que les evitarían los peligros de esa aventura en país desconocido.» Mujeres, mariposillas locas, al decir del barítono de Los claveles, una de las zarzuelas pertenecientes a su refinado gusto, que requería su paternal preocupación: «En este orden demanda cuidado especial el caso de la emigración aislada femenina que, sin las garantías debidas, arrastra a nuestras jóvenes a una aventura llena de peligros, expuesta a explotaciones, estafas y atropellos en el interior de las grandes urbes, sin que sea fácil el que nuestras autoridades consulares y servicios establecidos para atenderlas les puedan prestar la protección eficaz y el apoyo debido. Son tantos los casos que descubrimos, desgracias y atropellos sufridos por muchas de estas jóvenes, que yo aconsejo a las familias españolas que corten esta clase de emigración, innecesaria por otra parte, ya que la situación de empleo y remuneración de nuestro servicio doméstico es suficientemente satisfactoria para no sujetar a nuestras jóvenes a estos tristes vejámenes.»

El 14 de mayo de 1962 se celebró en Atenas el enlace entre don Juan Carlos de Borbón y Borbón y Sofía de Grecia y como era de esperar el acontecimiento se convirtió en un acto de afirmación monárquica que irritó a quienes lo consideraban el resultado de una prefabricación urdida desde Estoril. Se me censuró que hubiera autorizado el viaje del crucero Canarias, *buque insignia de nuestra Armada, hacia Atenas, al mando del almirante Abárzuza, mi representante en la boda. Me preocupaban más otros acontecimientos, como las huelgas de Asturias que estaban salpicando de conflictividad a toda España, pero tuve que tranquilizar a los más próximos, vencer suspicacias y sacar finalmente la conclusión de cuanta suerte habíamos tenido de que la boda se hubiera celebrado tan lejos.*

Julio Amescua, ya máster del MIT y al frente de Amescua, S. A., fue a la boda de Juan Carlos y Sofía en Atenas. A su vuelta yo estaba en la cárcel por circunstancias que más adelante le detallaré y no pudo entonces informarme de cómo había ido aquello, pero casualmente en el verano de 1962 llegó a Carabanchel un grupo de presos políticos del Frente de Liberación Popular de toda España, pero sobre todo catalanes, con esa manía que tienen los catalanes de ponerles a las personas y a las cosas otros nombres, para que se note que son catalanes, se hacían llamar FOC. Pues bien, uno de aquellos chicos del FOC era un abogado que se llamaba Sardá, un tipo alto que parecía un argelino, y había estado en la boda de Atenas. Los del FLP o FOC ya eran entonces casi más rojos que nosotros y por eso me sorprendió la afinidad monárquica de aquel hombre, pero en definitiva era un profesional joven y curioso que, como Julio, había ido a Atenas como quien va a Las Vegas: a ver un espectáculo en tecnicolor.

Fue Sardá quien nos contó qué había pasado y algunas intimidades del príncipe, un poco cansado de ser un islote monárquico en el mar del franquismo, de hacerse el sordo para no oír los insultos y de no mover ni un músculo cuando le tiraban tomates o huevos, general, que eso usted se lo ha callado. Había conocido a la chica durante un crucero en el yate *Agamenón* de la familia real griega por las islas del Egeo, porque la madre de ella era muy aficionada a montar cruceros para que se relacionaran los príncipes y las princesas que aún quedaban. Luego se fueron viendo en distintos lugares de Europa, dentro de esos ciclos de encuentros aristocráticos al alcance de las gentes del Gotha y finalmente decidieron casarse, convencido él de que era la única forma de superar la sensación de rehén dinástico, con el cuello martirizado de tanto mirar hacia Estoril y luego hacia el palacio de El Pardo. Lo de Atenas había sido una fiesta de exaltación borbónica. Miles de monárquicos españoles acudieron al jubileo, en barcos, vuelos regulares, vuelos chárter. Allí les esperaba el embajador de España, nada menos que Luca de Tena, urdidor de guerras civiles, dramaturgo, procurador en Cortes de su excelencia y miembro del consejo privado de don Juan, aliado con Aristóteles Onassis para editar cada día un *Diario español de Atenas*, tan monárquico como *ABC* pero sin su censura previa, general. Estaba preparado un numerito que le pareció excesivo al señor embajador y consiguió que se renunciara: el despliegue de una pancarta ante la puerta de la catedral de Atenas en el que se iba a poder leer: «Los españoles saludan al rey don Juan con motivo de la boda de su hijo, el príncipe don Juan Carlos.» La marcha real sonó ante la presencia de la reina Victoria Eugenia y los ciento veinte oficiales de marina del crucero *Canarias* rindieron honores con bandera y banda, lo que le costaría una reprimenda posterior al almirante Abárzuza. Sardá nos obligaba a imaginar la situación de una ciudad ocupada por españoles que se pasaban el día hablando mal de Franco: «Fue una catarsis.» Lo vivíamos imaginativamente como una catarsis pero luego, los comunistas, en privado criticábamos la frivolidad del compañero del FLP: «¿Tú hubieras ido a eso?», nos preguntábamos los unos a los otros y, generalmente, antes de contestar levantábamos los ojos hacia el pedazo de cielo rectangulado que permitía ver el patio de Carabanchel y los más veteranos contestaban con la voz opaca y la boca seca: No. Yo me limitaba a contemplar el cielo y a recordar que la luna de Madrid es la misma que la del Partenón.

Los buenos vientos de nuestra política y nuestra econo-
mía no podían ser tolerados por los enemigos de siempre y
1962 iba a ser un año de pulso entre la España y la anti-Es-
paña. Estallaron huelgas en la cuenca minera en la primave-
ra de 1962, secundados por algaradas estudiantiles de poca
consideración en Barcelona y Madrid y la caída del aparato
del PCE en el interior, dirigido por un agente de Moscú, un
criminal, Julián Grimau, responsable de una checa de Barce-
lona durante la guerra civil. Luego vendría el contubernio de
Munich, una puñalada antiespañola urdida por Gil Robles y
sus corifeos masones y comunistas. Al producirse las huel-
gas de Asturias yo estaba a punto de ir hacia allá, porque
era la mejor época para el salmón en los ríos asturianos, pero
me sacrifiqué para no dar una falsa impresión de despreocu-
pación con respecto a unos conflictos que tal vez tuvieran una
base real, pero que estaban siendo desmesurados y aprove-
chados por activistas llegados del exterior secundados por
curas soliviantadores que suelen llamarse curas obreros, si-
tuados por encima por lo tanto del papel universal e interclasista de su misión. ¿Tenían razones para la huelga los mine-
ros asturianos y los curas que los jaleaban? Procuré infor-
marme y supe que un picador podía ganar entre 4 000 y 8 000
pesetas al mes. Hablé de lo que ocurría en Asturias en pre-
sencia de Vicente Gil y no se le ocurre otra cosa que procla-
mar: «Mi general, ya se lo he dicho más de una vez. Hasta
que no se coja a un obispo y se le cuelgue como un badajo
de una campana no se solucionará el problema.» «Eso mismo.
No sé con qué piensas tú, Vicente, pero con la cabeza bien
poco. Lo que me faltaba. Convertirlos en mártires. Ya tengo
bastante con los de la cruzada.» Lo que sí hice fue decretar
la suspensión del artículo 14 del Fuero de los Españoles, me-
dida que evitaba una declaración del estado de excepción en
toda la regla, acogiéndome a la evidencia de que «... las cam-
pañas que desde el exterior vienen realizándose para dañar
el prestigio y el crédito de España, han encontrado eco y com-
plicidad en algunas personas que, abusando de las libertades
que el Fuero de los Españoles les reconoce, se han sumado a
tan indignas maniobras». En aquel contexto de arbitraria in-
comprensión de una minoría vocinglera de productores, tuvo
especial significación para mí merecer una distinción el 1 de
mayo. La placa que recibí con motivo del día de San José
Artesano de 1962 decía: «En el XXV aniversario del glorioso
caudillaje de Franco, por imperativo de las leyes dictadas bajo

su providencial capitanía y en cumplimiento de sus órdenes, han quedado incorporados sin excepción a los beneficios del mutualismo laboral y de la seguridad social todos los trabajadores españoles. Las mutualidades laborales, para perpetuar el histórico acontecimiento, lo proclaman en esta parte del nuevo día de la victoria, alcanzada en la batalla de la paz y de la conquista irrevocable de la justicia social como homenaje al capitán de la revolución nacional, que ante los futuros y decisivos avances renuevan su juramento de fidelidad.

»Madrid, 1 de mayo de 1962.

»Festividad de San José Artesano, patrono de los trabajadores de España.

»Las mutualidades laborales a Francisco Franco, caudillo de España, presidente de honor de su Asamblea Nacional a perpetuidad.» He de confesar que los ojos se me llenaron de lágrimas, y que mis lágrimas contagiaron a los trabajadores que me entregaban la placa que ya con las manos libres, aplaudían entusiasmados su emoción y la mía.

Yo me enteré del cambio de gobierno en la cárcel de Carabanchel y lo vi por primera vez fotografiado en el periódico *Redención* de la Dirección General de Prisiones. Tal vez no se acuerde usted de mí, pero yo fui uno de los últimos procesados por el delito de Rebelión Armada por Equiparación, antes de que usted creara el Tribunal de Orden Público. Cualquier actividad subversiva era encausada y juzgada militarmente y a mí me tocó su feroz fiscal instructor, general, el coronel Eymar, un hombre que llevaba la venganza en el alma y una crueldad de cazador de recompensas espirituales en la mirada. Y todo porque Lucy se empeñó en que era indispensable hacer algo por los mineros asturianos, en abierta concordancia con las instrucciones que traía el responsable de célula. En vano unos cuantos esgrimimos el argumento de que no había condiciones objetivas ni subjetivas para la movilización. Al fin y al cabo la dirección del partido, y en aquel caso, Lucy, tenían mejor acceso que los demás a las condiciones objetivas y forzaron una movilización de varias docenas de entrecortados gritones que recorrimos unas cuantas manzanas desde la Moncloa hasta el Callao, gritando primero ¡Huelga general!, hasta que a alguien se le ocurrió dar el paso a ¡Muera el general! Así constó luego en mi atestado, aparte de la grave acusación de haber cantado *Asturias patria querida*... por aquel entonces canción melancólica de borrachos de autocar y ahora himno autonómico de Asturias. Cuando releo los considerandos y otros síes que llevaban a la petición fiscal de seis años de cárcel, la verdad es que siento vergüenza ajena, general, gratis, se la traspaso, gratis. Entonces no sentía eso, me dolía el cuerpo por las palizas recibidas, primero en un rinconcito de la calle Preciados, sobre todo el parietal derecho que había asumido quejumbroso el impacto de la portezuela del jeep que un sargento cúbico abrió de pronto a sabiendas que mi cabeza tenía que pasar por allí. Y luego en la Dirección General de Seguridad, sus sicarios predilectos, general, dirigían la orquesta. Aquellos puñetazos en el estómago por sorpresa, aquella prohibición de mear, de dormir y la amenaza de que me iban a hostiar a Lucy en mi presencia, también ella detenida y era de leona la voz que le oía al fondo del corredor cuando amenazaba con echarles encima la furia de su padre, alférez provisional y medalla de mérito en combate. Me descomponía la simple idea de que nos torturaran al uno en presencia del otro, como les había ocurrido a otros matrimonios de camaradas y a pesar de las brutalidades, cuando me enteré que Lucy ya estaba en la cárcel de Yeserías y que pronto me llevarían a Carabanchel, me palpé todos los descosidos de mi cuerpo y me sentí aliviado hasta cierto punto. A Lucy la condenaron a seis meses. A mí a tres años. Nos vimos el día del juicio y nos dejaron estar sentados juntos en el banco. Mi suegro nos miraba de reojo, en un lugar destacado entre el escaso público asistente, prácticamente copada la sala por la Brigada Político Social y algunos militares. Mi suegro llevaba sobre el pecho las medallas de guerra y mis padres se habían quedado en la calle contando con los dedos las negras rentas de su mala historia. Cuando ya estábamos vistos para sentencia y nos llevaban hacia el furgón, al separarnos Lucy y yo, mi suegro me dio un abrazo y dijo en voz alta para que todos lo oyeran: «El alférez provisional Venancio Carriego Bustamente te saca a ti de Carabanchel.» Estaba muy excitado porque su hija iba esposada y trataron de calmarlo varios policías que al parecer le conocían y le trataban con mucha consideración. Lo vi todo de reojo mientras me llevaban con una muñeca esposada con la de un trabajador de Manufacturas Metálicas. En cierto sentido mi suegro cumplió su palabra. Me vino a buscar a Carabanchel en coche dos años después, cuando me cayó un buen indulto porque se había muerto Juan XXIII, y como nos dijo el capellán de Carabanchel a Lucy y a mí: «No hay mal que por bien no venga.»

El cambio ministerial de 1962 era inevitable —siempre me resistí a hablar de crisis ministerial— y empezó la rueda de los exámenes personales para formar un nuevo gobierno. Sin duda la historia dirá que el nombramiento más espectacular fue el de Manuel Fraga Iribarne para sustituir a Gabriel Arias Salgado al frente de Información y Turismo, pero he de decir que me costó tomar la decisión entre Fraga y otro gallego, Jesús Suevos, buen escritor, leal franquista, bien visto por los falangistas, pero excesivamente dedicado a las mujeres, como mi cuñado Serrano, Beigbeder y no censo también a Nicolás, porque lo suyo es más vicio de glotón visual que otra cosa. Hubo quien, allá por los años cuarenta, me aconsejó que nombrara ministro de Información a Dionisio Ridruejo, y yo le contesté: ¿Cómo voy a nombrar ministro a un poeta? Ahora la cosa estaba entre un espadachín intelectual y un percherón no menos intelectual, con todas las matrículas de honor de este mundo pero de una visceralidad de la que me habían llegado noticias. Don Gabriel Arias Salgado no supo digerir el cese y se murió del disgusto a las pocas semanas, para subir a los cielos donde sin duda habrá recibido el agradecimiento de cuantos se salvaron gracias a todo lo que don Gabriel les prohibió conocer. Los méritos académicos y el hecho de que Fraga hubiera realizado una buena tarea al frente del Instituto de estudios políticos hizo que me inclinara por él. También era bueno el informe de Carrero: «Fraga, sin ser un falangista, tampoco es un demócrata cristiano.» Me habían hablado de su genio vivo, no siempre identificado con el valor, como cuando se enfrentó a una multitud que había desbordado la audiencia posible para una conferencia de Dalí y a base de gritarles «fementidos» y «bellacos» consiguió meterlos en su sitio. Luego tuve pruebas de esta vehemencia y llegaron a mis oídos historias de cables de teléfonos arrancados porque le molestaban las llamadas o broncas a grito pelado contra personajes a los que nadie les había gritado desde que habían hecho el servicio militar. Pero fue muy positivo el genio que sacó con motivo de la campaña antiespañola por el fusilamiento del comunista y torturador Julián Grimau, o cuando se enfrentó a las mentiras sobre los malos tratos sufridos por los mineros asturianos y sus mujeres y al presentarle una lista de intelectuales que habían suscrito un documento de protesta, gritó a los correveidiles: «¡Intelectuales, nosotros que nos hemos pelado los codos de la chaqueta estudiando y haciendo oposiciones!» Tenía razón porque se había presentado a casi todas las oposiciones y las había ganado, no era de extrañar con el poderoso cabezón que Dios le había dado, aunque a veces me desconcertaba porque hablaba más rápido de lo que pensaba e incluso en más de una ocasión en el transcurso de los consejos de ministros parecía como si me riñera si yo le ponía alguna objeción a su ponencia. Cuando se produjo la manifestación antiespañola internacional por el ajusticiamiento de Grimau, Fraga estuvo muy valiente y defendió la tesis de que Grimau se había arrojado voluntariamente por una ventana. «Se sometió a la suerte de arrojarse por el balcón a la calle, porque no quería declarar una palabra más.» Aunque siempre le consideré un trabajador impresionante e inteligente también le conservé una cierta reserva porque carecía de valor frío. Era el suyo un valor caliente que gustaba mucho a Pedrolo, por ejemplo, que siempre fue su gran padrino, tal vez porque Fraga era gallego. «Es el único civil que conozco al que algún día se le podrían cuadrar los militares», solía decirme Pedrolo. ¿Ya teníamos otro pretendiente? La importancia del gabinete nombrado en el verano de 1962 fue extrema, por cuanto confirmaba el signo innovador del de 1957, protagonizaría en buena parte el final de nuestra etapa constituyente, en la que se aprobaría la Ley de Prensa, la Ley Orgánica y se confirmaría el carácter monárquico de nuestro sistema, al tiempo que un espectacular crecimiento económico conducido por los planes de desarrollo de López Rodó, primero como comisario, luego como ministro, pondrían a España en el camino de ser uno de los países más industrializados del mundo. También fue importante aquel gobierno, porque a la par de la apertura de España al mundo, al turismo, a los capitales extranjeros, a los vientos culturales de Europa y América, la subversión penetraría en nuestro seno como la ganga de tan nobles metales y por desgracia se demostraría una vez más que es difícil escarmentar en cabeza ajena y que las generaciones que habíamos vivido la tragedia española iniciada en 1898 y culminada en la guerra, no habíamos conseguido trasladar plenamente nuestras experiencias a todos los nuevos españoles. Qué razón tenía quien había dicho: Los pueblos que olvidan su historia están condenados a repetirla. Por eso buena parte de mi celo durante esta época de espectacular crecimiento y dejación de vigilancias fue reforzar la urdimbre del nuevo Estado, de cara a dejarlo todo atado y bien atado el día en que Dios tenga a bien llamarme a su lado.

Para empezar, aquel gabinete tuvo que hacer frente a la resaca de las huelgas y a los movimientos subversivos iniciados en Asturias y extendidos a otros puntos de España, preferentemente a la Universidad de Barcelona y también al cinturón industrial de la ciudad condal. A continuación, el contubernio de Munich, reunión de supuestos demócratas españoles encabezados por Madariaga, Gil Robles y Rodolfo Llopis (nuevo secretario del PSOE), demandantes de un retorno de la democracia a España. Y tampoco había que ignorar las renacidas expectativas donjuanistas, interesadamente activadas con motivo de la boda del príncipe Juan Carlos, siempre respaldadas por un «reverencial» temor a que yo pudiera desaparecer, ley de Dios, y todo el movimiento quedara deslegitimado. Para tranquilizar a los que se habían asustado en 1961 tras el accidente de caza, creé en el gabinete de 1962 el puesto de vicepresidente de gobierno, en la persona de Agustín Muñoz Grandes. Satisfacía así a los intranquilos, también la callada ambición del general e intranquilizaba a muchos de mis íntimos que dudaban de la lealtad franquista y monárquica del que aún era considerado un general falangista republicano. Yo conocía los límites y los excesos de Muñoz Grandes y prefería tenerle en el gobierno que en los pasillos de la maledicencia. Muñoz Grandes protegía bajo su capote de ex divisionario azul a los ministros tecnócratas y equilibraría especialmente el ascenso de López Rodó al cargo de ministro comisario del Plan de Desarrollo. Si la estrategia de Agustín Muñoz Grandes era exclusivamente personal, la de López Rodó podía obedecer a una estrategia general del Opus, a pesar de sus repetidas protestas de independencia. En los informes que me llegaban constaban los encuentros entre López Rodó y Escrivá de Balaguer, tanto en España como en Roma. ¿A santo de qué tanta consulta? Pero preferible tener a López Rodó controlado en el gobierno, con Carrero a su vera y yo sin perderles de vista, no porque desconfiara de la lealtad de Carrero, sino porque no quería exponerme a que descansaran demasiadas prerrogativas en el incansable, insistente, omnipresente López Rodó. No hay mal que por bien no venga y al desatarse el reunionismo entre todos los preocupados por la «indeterminación» de nuestro régimen, los servicios de información del SIM y de la Guardia Civil disponían de material para que yo me hiciera una composición de lugar sobre las extrañas parejas que se estaban formando: García Valiño recibía a un enviado del PSOE, Ruiz-Giménez se dejaba querer por destacados marxistas, don Juan había recibido en Estoril a todo el espectro de la oposición con la excepción de los comunistas. Con el tiempo iría de sorpresa en sorpresa y mientras en los consejos de ministros hacíamos frente *a la subversión, altos cargos del movimiento y del sindicato se veían con los líderes comunistas infiltrados en los sindicatos. A veces me lo contaban. Otras no. Pero en España siempre ha sido fácil ocultarse y muy difícil callarse y al fin y al cabo el hombre pierde lo que dice y gana lo que calla.*

Durante dos años más o menos, antes de que me metieran en la cárcel, Julio Amescua me hacía confidencias sobre sus contactos de altura con políticos de la oposición: Giménez Fernández, Gil Robles, Martín Santos, Montero Díaz, Ridruejo... ya sabes. Luego me contaba algunos de aquellos encuentros y yo recordaba las fotografías de los personajes y trataba de imaginármelos acogiendo las preguntas de Julio, con aquella habilidad que le distinguía de hacer preguntas que excitaban la inteligencia del otro. Me sonó a fantasmada la respuesta de Gil Robles cuando Julio le preguntó si tenía organizada por toda España a la Democracia Cristiana antifranquista. ¿Organizada? ¿Para qué? Organizar que lo hagan los comunistas, porque ésos dependen de lo que reclutan e instrumentalizan. Yo sé que todos los farmacéuticos de España, por ejemplo, son demócrata cristianos y en veinticuatro horas, una vez se restituyan las libertades, dispongo de un partido de masas. A los socialistas les pasará lo mismo. Tenemos bases potenciales que están esperando el momento sin saberlo. Julio estaba bastante de acuerdo con la seguridad de Gil Robles. Se es demócrata cristiano o se es socialdemócrata como se es de Cáceres o de Valencia, es como un empadronamiento moral potencial. ¿Y cómo se es comunista? Julio sonrió y me miró como si estuviera evaluándome. Como un infiltrado perpetuo. ¿Estaba condenado a ser toda la vida un infiltrado, un no aceptado, un exiliado interior? De entre las piezas de la colección política de Julio destacó con excepcional fulgor una entrevista que tuvo con el general Rojo, vuelto del exilio. ¡Qué lucidez la de este hombre! ¡Qué estatura moral! ¡Qué capacidad de diagnóstico sobre la tragedia española! Esperé a que Julio agotara su entusiasmo y luego me resumió una de las parrafadas de don Vicente: «Los republicanos perdimos la guerra porque nadie, ni en Europa ni en América, podía ver con buenos ojos la subversión del orden establecido. Y nosotros, por lo que fuere, al no obligar al adversario a guerrear a nuestro aire, nos impusimos unos sacrificios tremendos. En una palabra: hicimos una guerra —todos los soldados sin excepción: los del frente y los que dirigíamos las operaciones— en unas condiciones que luego, como usted bien sabe, ningún pueblo de Europa fue capaz de afrontar. ¿Qué más quiere que le diga, mi querido amigo? Respecto al futuro de nuestro país, soy optimista, aunque no me atrevería a decirle a cuántos años vista, porque el batacazo aquel fue de órdago. Con todo, tengo una gran confianza en nuestro pueblo. Lo que hay que procurar, lo que tienen que procurar ustedes los jóvenes, es que la próxima vez no fallen otra vez los conductores o los orientadores. Bueno, no quiero que esto pueda considerarse como una crítica contra nadie, pero es verdad: yo soy de los pocos generales republicanos que no ha aceptado un solo céntimo, en concepto alguno, del Estado franquista.»

Bien. Bien por el viejo. En la primera visita que le hice a mi padre, le conté en voz muy bajita, porque sabía que si se lo contaba en voz alta se asustaría, la conversación de Julio con el general Vicente Rojo. Mi padre se emocionó. «Así que ¿está aquí?...» y miraba a su alrededor, como si Madrid hubiera cambiado de repente y volviera a ser la capital de la gloria, la capital de la resistencia.

En diciembre de 1962, año crucial, cumplí setenta años, esa edad en la que dejas de estar a prueba y empiezas a vivir de propina. No me temblaba el pulso.

¿Cómo puede decir que no le temblaba el pulso, si ya empezaba a tener un Parkinson declarado?

Lo tenía todo bajo control, pero cada vez era más sensible a lo que permanecía extramuros del quehacer político y de vez en cuando sentía la llamada de la vida normal, de cuando yo era persona y podía trasnochar por las calles de Madrid, en compañía de camaradas de armas, de Pacón, o coger el coche sin escolta e irme con Carmen a merendar a la sierra o entrar en un cine como un espectador más. Apenas si podía asimilar a las personas que no formaban parte de la batalla política cotidiana. Todos a cuantos veía en audiencias o encuentros más íntimos llevaban su etiqueta, su reivindicación, su adhesión a cuestas y tenía muy pocas conversaciones espontáneas con gente nueva. Mujeres, por ejemplo. ¿A qué mujeres he tratado yo en mi vida desde que se murió mi madre, me casé con Carmen, nació Nenuca...? ¿Eva Duarte de Perón? ¿Las actrices y cantantes que venían a rendir pleitesía a La Granja cada verano? ¿Las amigas de Carmen? Hasta las vivencias de caza y pesca eran fundamentalmente masculinas y previsibles. De todas las mujeres que la vida política me ha permitido conocer la que mejor impresión me dejó fue la reina Federica de Grecia, muy señora y muy guapa, dotada del don de la eterna juventud. Daba gozo verla en el Azor, tan suelta, tan deportista, la primera en zambullirse en el mar a las siete de la mañana y siempre sonriente y dispuesta a una palabra amable. Vicente Gil, mi médico particular, puso algo de malicia en el comentario que me hizo cuando presumió de haberse dado cuenta de lo simpática que me era la reina Federica. Vicentón era tan bruto que se dejaba llevar por las apariencias y así se lo dije, pero sumó una brutalidad más cuando me contestó que no juzgaba por las apariencias. «Por ejemplo, Pepe Sanchís es un canalla. Está usted rodeado de sinvergüenzas, mi general.» ¿Y qué tiene que ver la gimnasia con la magnesia? ¿Qué tiene que ver que me caiga bien la reina Federica con lo que tú piensas del bueno de Sanchís? «Pues por lo que usted dice de las apariencias, por ejemplo, yo le he puesto a usted un régimen severísimo y viene el sinvergüenza ese y le regala un lote completo de latas de foie gras. No le quiere bien. Aparentemente es un obsequio, pero es una agresión a su salud.» Luego me enteré que Sanchís traía frecuentemente cosas apetitosas para obsequiarme y que Vicentón las iba tirando una por una al mar y yo me atreví a llamarle al orden para no crear una situación tensa, por eso resolví lo de su insinuación sobre la reina Federica con un lacónico: «¡Pero qué bruto eres, Vicente, qué bruto eres!» Todo lo que he dicho y diré sobre la brutalidad de Gil será poco, aunque he de decir que a veces le añoro y si no reclamo que vuelva a ser mi médico es porque me sometía a una dieta espartana y sin imaginación y porque Cristóbal y Carmen se enfadarían. Pero si sería cabestro Vicentón que, desde la manía por los del Opus Dei, un día le dijo a López Rodó que nunca tendría buena salud si se daba tantos golpes de pecho y no se iba de vez en cuando de picos pardos. Con lo discreto que es don Laureano, seguro que se puso colorado y no supo qué cara poner. Vicentón no sólo espiaba mis reacciones ante la reina Federica o los lotes de manjares que me enviaba Sanchís o la sexualidad de López Rodó, sino que a veces, me confesaba, se quedaba escondido entre las cortinas en el transcurso de algunas de mis entrevistas políticas por temor a un atentado. Esperaba un atentado no de personalidades políticas extranjeras, sino de las de aquí, afirmación rayana en la osadía, porque no sólo presuponía malevolencia en mis colaboradores, sino estupidez por mi parte al elegirlos. En cam-

bio me relajaba mucho llenar la quiniela con él y utilizarlo para depositarla en las Apuestas Mutuas. Vicentón siempre se creyó insustituible y parecía serlo porque él mismo se había creado esa sensación y creía habérmela transmitido. Se preocupaba de mis comidas, de mis medicinas, de mi cuerpo cuando fue necesario darle masajes para la circulación como sólo se había preocupado mi madre cuando estaba acatarrado de niño o cuando volví de África con aquella terrible herida que ella cuidaba con los dedos más tiernos. Pacón era otra cosa. Un silencioso satélite al que le bastaba estar a mi lado y que yo hablara, como si fuera el mismo niño que la muerte de sus padres había metido en la vida de los Franco Bahamonde. ¿Cómo respondía yo a estos afectos? Como suele responder un soldado acostumbrado a vivir estrechamente vinculado con la muerte, desde la provisionalidad de todo y de todos, una serena provisionalidad. Mi tendencia a la emotividad me forzaba a adoptar un continente inmutable porque todos me pedían la imagen serena del caudillo, del césar situado entre Dios y los hombres y eran tantos los desafíos concretos que apenas si me quedaba tiempo para la especulación y el escapismo. Otra cosa era la imaginación. Siempre he tenido una gran capacidad de imaginar a partir de mínimos datos y he sabido adivinar las intenciones de los otros gracias a imaginar lo peor. Si imaginas lo peor más te complace la sorpresa de lo mejor. Con la edad descubres que el corazón humano tiene muchas compuertas que esconden espacios reservados para distintos sentimientos. Amor a la madre, a la patria, a los hijos, a los nietos y ¿por qué no? a los animales, a las plantas. He de confesaros que de todos mis afectos, no es el menor el que reservo a mi acacia «masona» del Pazo de Meirás o a un abeto de «La Piniella», que planté cerquita de un poderosísimo abeto que Carmen adora desde que era niña. Más de una vez Carmen me hacía ver la ridícula desproporción entre el tamaño de su abeto y el que yo había plantado no lejos del grandullón, para que se sintiera estimulado por su crecimiento. Nada más entrar en «La Piniella», Carmen va a por su abeto y una vez ordenó que talasen el mío, hasta que yo le hice ver que el crecimiento del arbolito era un punto de referencia de mi memoria. Ha crecido bastante, pero dista de ser como el de Carmen. Así que cuando llegamos a la finca, ella se va a hacerle carantoñas al suyo y yo al mío de la misma manera que quieras o no haces distingos entre los hijos, si tienes varios, o entre los nietos. A los últimos que llegaron apenas si los trato, pero a los mayores, Carmen, Francisco, Mariola, Merry los conservo en recuerdos, situaciones concretas instaladas en la memoria, muy especialmente en los años sesenta cuando empezaban a ser personas y veías sus afinidades, decantaciones que yo contemplaba casi siempre sin participar, pero valorándoles en silencio, incluso puntuándoles. Yo me había acostumbrado a tener un hijo único, Nenuca, y jamás he podido imaginar cómo hubiera podido repartir mi cariño, pero siempre me han molestado esos comentarios que ponen en entredicho la buena educación del hijo único, duda que se hace extensiva a sus padres. Es cierto que son admirables y recomendables las familias numerosas y bien que me dediqué a protegerlas, pero ¿acaso no hay que apreciar lo diferente? Vicentón tenía la boca blanda y el tono duro. Hablaba lo primero que se le ocurría, sin darse cuenta de que a veces mortificaba inútilmente e incluso de que me mortificaba a mí. En cierta ocasión, no sé a causa de qué, empezó a lanzar una diatriba contra los hijos únicos: «El hijo único es lo peor que le puede ocurrir a un matrimonio. Toda la familia está pendiente de él y se le malcría. Los hijos únicos no se curten como los que tienen seis hermanos, por eso la mayoría resultan unos cursis.» Lancé una mirada durísima y le salí al paso: «Vicente, no creo que mi hija Carmen se haya criado mal. Es una muchacha cariñosa, discreta...» Vicentón perdió su aplomo y balbuceó, como excusa: «Perdón, mi general, pero me estaba refiriendo a los hijos únicos, no a las hijas únicas.» Sobre mi Carmen pude lanzar mi sombra protectora, pero ¿llegaría sobre mis nietos?

Todos los nietos son iguales, sin duda, pero a usted se le atribuían ciertas veleidades por Francisco, el primogénito, continuidad de la hegemonía viril, perpetuada con el cambio de orden de apellido: Franco Martínez Bordiu, no Martínez Bordiu Franco, como sus hermanos y como legalmente correspondía y por Merry, la lozana e independiente Merry, que tal vez le atraía como excepción y le hacía vaciar el bolso para ver qué era capaz de llevar allí dentro aquella chica incontrolable. Usted le animaba a «hacer su vida», frente al ceño blando y algo lelo de su padre, el marqués de Villaverde, y se moría de risa a la vista de lo que podía llegar a salir de aquel bolso. Su esposa, la Señora, como usted la bautizó y lo divulgó el periodista Emilio Romero, se lo confirmó a Jimmy Giménez Arnau cuando se hizo novio de la chica: «... Nos encontramos con la Señora. Nunca antes la había encontrado. Vestida de negro, con pasos cortos, como ella anda, se acercó a nosotros y Merry nos introdujo.

»—Ah, tú eres el famoso Joaquín del que tanto me habla la "chiquituca". Me alegro mucho de conocerte. La "chiquituca" se pasa el día hablando de su Joaquín. ¿Así que tú eres Joaquín?

»—Sí, Señora. También yo esperaba conocer a la Señora.

»Le besé la mano y cuando levanté la cabeza observé unos ojos profundos como un lago llenos de calor y frío. Las circunstancias históricas los habían congelado, pero no sé en dónde la Señora encendió un fuego y me lo cedió con la mirada. Cogió por los hombros a su nieta, la besó, le acarició la cara con las manos, la miró a los ojos con cariño y satisfacción y, sin volverse a mí, prosiguió:

»—Sí, la "chiquituca" está muy contenta. ¿Le has dicho a Joaquín que eras la preferida del abuelo?

»—Claro, Abu.

»—Me parece muy bien, porque era a la que más quería. Como la "chiquituca" siempre se mueve y salta tanto, nunca se queda quieta, ¿verdad, "chiquituca"?... Paco la llamaba *la Ferrolana,* por lo viva que está.

»Le dio un nuevo beso a su nieta en la frente, me tendió la mano, la besé y se dispuso a entrar en el ascensor.

»—Me ha gustado mucho conocerte.

»—Para mí ha sido un honor, Señora.

»—Bueno, "chiquituca", a ver si vienes a verme y me dices qué día vienes a comer con Joaquín.

»—Muy bien, Abu.

»La Señora es el personaje insigne de la familia. El único verdadero personaje de novela que hay en este libro. Es la diosa de la decadencia. Con una entereza a prueba de dinamita. Con un espíritu absolutamente entregado al recuerdo del general. Vive en una alta e inmensa nube de la que apenas desciende, si acaso para solucionar asuntos minúsculos. Su rumbo es la nostalgia. Desciende unos segundos y en seguida vuelve a ascender a ese silencio donde vive sus últimas horas, deseando más la muerte que seguir viva, puesto que aquí, como ella suele repetir, «sólo me queda ver ingratitud». Cuando lo manifiesta, lo hace sin ninguna clase de rencor. Está desencantada de todo.

»En la entrada de Hermanos Bécquer estaba la escolta. Tres hombres, maduros, educados y serios, inspectores del Cuerpo General de Policía. Unas semanas antes, la escolta estaba formada por tres hombres más, pero por disposición gubernamental, tres inspectores fueron destinados a otros servicios. Empezaban las rebajas.»

No podíamos estar a socaire de las campañas internacionales. No les gustaba España, como siempre, y cualquier pretexto era bueno para demostrar la antigua inquina. No podíamos aplicar justicia sumaria a los anarquistas que venían a asesinar a nuestros policías y a nuestros patronos y tampoco podíamos condenar a muerte a un destacado dirigente comunista, Julián Grimau, responsable de monstruosos hechos criminales cometidos en una checa de Barcelona durante la guerra civil cuando apenas contaba veinticuatro años. Primero se nos acusó de torturarlo, luego de arrojarlo por las ventanas de la Dirección General de Seguridad, a continuación lo recuperamos, lo recompusimos y lo fusilamos. Tamaña sarta de insensateces provocó sin embargo una campaña internacional a la que contribuyeron, cómo no, Kruschev con una carta personal en demanda de gracia y el cardenal Montini, futuro Papa. Si atendí a la demanda de Montini de que no se aplicara la sentencia de muerte contra el joven anarquista catalán Jordi Cunill, sentencia que no era tal, sino sólo petición de condena, no estaba dispuesto a que las acciones de Grimau se quedaran sin castigo y a pesar de haber actuado el ministro de Exteriores, Castiella, como abogado del diablo, oponiendo razonablemente los daños que podía causarnos la campaña, el consejo de ministros de tan reciente ejecutoria se solidarizó con mi criterio de que Grimau debía ser ejecutado. Algunos errores de procedimiento, como que el fiscal ponente hubiera ocultado carecer de título para poder ejercer tal cargo, resucitaron tiempo después las campañas pro Grimau, convertido en un «mártir» del Partido comunista, que al parecer no puede aspirar a otro tipo de mártires. No fue fácil fusilarle porque la Guardia Civil se negó a hacerlo, acogiéndose a la ordenanza de que ellos sólo deben velar el cadáver del ajusticiado, no ajusticiarlo. Tuvo que hacerlo, pues, el pelotón de soldados designado por el capitán general de la I Región Militar, García Valiño, y hubo que darle el tiro de gracia. Veintisiete años después de la guerra civil se hacía justicia. ¿Son demasiados veintisiete años? ¿Acaso han prescrito los crímenes de guerra nazis?

Yo contemplaba a los camaradas condenados a más de veinte años como se contempla a un condenado a muerte y el simple recuerdo de los que, como Marcos Ana, estaban en la cárcel desde los diecisiete años, diecisiete años cumplidos en los años cuarenta, me llenaban de pesadillas las noches en mi celda, esas noches en las que cuentas y recuentas los meses que te faltan, las rebajas de la condicional, de la redención de penas por el trabajo... Algunas noches se te atascan las aritméticas y descubres angustiado que te queda mucho más tiempo del que habías asimilado. Deshacer las malas operaciones aritméticas a veces cuesta toda una madrugada, pero casi siempre, al amanecer, los números han cuadrado y a medida que se acerca el ruido abridor de celdas te renacen las canciones interiores y los propósitos. ¿Cómo iba a mirar a Grimau? Estaba ya muerto y tenía el rostro desfigurado, aunque a los pocos minutos de hablar con él la persuasión de su voz, su valor frío, como usted lo habría clasificado, general, te hacía olvidar aquel rostro machacado por los golpes y por la caída contra el asfalto de los traseros de la Dirección General de Seguridad. Grimau hablaba con la serenidad y la lentitud de quien dispone de mucho tiempo, siempre dentro del estilo de catedrático de cárcel, ese estilo que tienen Miguel Núñez, Moreno Mauricio, Sánchez Montero, Lobato Marcos Ana, Cazcarra, Camacho... hombres que iban pasando por Carabanchel en espera de sus cárceles de destino, sobre todo Burgos, a donde iban a parar los comunistas peces gordos. Semana Santa de 1963. Conocíamos las campañas mundiales proindulto de Grimau y hasta el último momento esperamos el milagro. De pronto Grimau desapareció de nuestra vista, perdió aquella facilidad que tenía incluso de traspasar las puertas de nuestras celdas, como si fuera el suplente de un alcaide imaginario. Estaba recluido para la muerte. Cebado de soledad para la muerte. Y casi todos nos echamos a llorar cuando imaginamos escuchar las descargas de los fusiladores en un campo de tiro del ejército, madrugada del 23 de abril de 1963. Ojos tan cerrados como el puño en alto, general. Ya ve cómo son las cosas. Usted permaneció inmutable, aunque ya algo parkinsoniano, ante el horror del mundo. En *Le Canard Enchaîné* le dedicaban una cita de Hume: «Sí, hay que perdonar a los enemigos, pero después de ahorcarlos.»

A pesar de tanta cara nueva y tanta jerga técnica pronto me sentí a gusto con el equipo gubernamental, no ya con los habituales Carrero y Camilo, sino también con los más jóvenes. Vicentón era el único que se atrevía a comentarme que los ministros acudían aterrados a los consejos porque era conocida mi capacidad de control de los esfínteres y de aguantar horas y horas de reunión sin necesidad de ir al mingitorio. Reconozco que puede haber causas físicas que hagan de unas personas más resistentes que las otras ante esta prueba de contención, pero muchas veces me parece fruto o de mala crianza o de falta de voluntad y autodisciplina. En cierta ocasión viajaba yo por Andalucía y al entrar en Sevilla me esperaba en el límite de la provincia el señor gobernador y otras autoridades. Empecé a preguntarle sobre los problemas locales y al rato observé que el gobernador palidecía, tartamudeaba, juntaba las piernas y fruncía los labios en un rictus de dolor. Le pregunté si se encontraba mal y aseguró que no, que ni mucho menos, pero como continuaba en sus raros estremecimientos y retortijos, le insté a que me confesara qué le pasaba y lo hizo demudado y avergonzado. «Eso tiene fácil remedio.» Ordené al chófer que parara y bajó el gobernador dispuesto a aliviarse, pero sorprendida la escolta por nuestra maniobra y temerosa de que algo nos hubiera pasado, volvió grupas, nos rodeó y se quedó el señor gobernador entre dos fuegos. Renunció al alivio, regresó a su coche, y pude enterarme después que allí dentro se liberó de la húmeda carga, secreto a voces que provocó hilaridades secretas, menos la mía. ¿Qué clase de gobernador civil puede ser el que utiliza su coche oficial como urinario?

Tan indispensable para conocer los problemas reales del país era despachar con los ministros como estar atento a los informes confidenciales del SIM y la Guardia Civil o recibir cada día audiencias civiles y militares que eran nutridoras de información y de continuadas adhesiones inquebrantables a mi persona. Me emocionaban especialmente las audiencias con los responsables de la ONCE (Organización Nacional de Ciegos), entidad que yo impulsé decididamente desde el comienzo de nuestra posguerra, vieja idea que siendo ministro de Gobernación don Severiano Martínez Anido le expuse y le encarecí que la tirara adelante. Pero me sorprendió la mala disposición del general, quejoso porque en cierta ocasión un grupo de ciegos le rodearon en el salón de un hotel y quisieron pegarle con sus bastones. «Los ciegos tienen muy mala l..., Franco. Hágame caso.» Es posible. Pero, ¿qué estado de ánimo puede tener quien ha perdido el sentido más maravilloso, el que nos permite ver a nuestra madre, a nuestra patria? Y aun, el ciego de nacimiento desconoce el punto de referencia de la visión, pero esos ciegos consecuencia de enfermedad, accidente, combate bélico... Es terrible. Me duelen los ojos sólo pensando en la posibilidad de quedarme ciego. Mi madre siempre me decía que mirara fijamente las personas y las cosas. Paquito, tienes unos ojos que intimidan... ¿Por qué habían querido pegar a Martínez Anido aquellos ciegos? Se lo pregunté a uno de los dirigentes de la ONCE con la suficiente edad como para recordar o conocer la peripecia y me contestó que don Severiano, siempre tan expeditivo, había concebido el plan de encerrar a todos los ciegos en residencias: «Para que no les atropelle un coche.» «Como si fuéramos leprosos, excelencia, lo mismo que si fuéramos leprosos.»

Se acercaba el XXV aniversario de nuestra victoria, de la paz y la bonanza de España, apenas alterable, contrastaba con el desorden del mundo y ese desorden era nuestra única amenaza, por ejemplo una frenética campaña de descolonización creadora de pueblos débiles. La liquidación del pustch de Argelia a cargo de De Gaulle fue cuando menos discutible, aunque De Gaulle saliera del lance con su prestigio metropolitano casi intocado, pero la historia me daba la razón. Georges Bidault, el mismo politiquillo que en 1945 había declarado la cuarentena de España, cerrando la frontera francesa, ahora estaba en la clandestinidad, al servicio de la causa desesperada pero romántica de la OASS y esa curiosa evolución histórica me inspiró una de las afirmaciones que realicé con motivo de la inauguración de la VIII legislatura de las Cortes Españolas, el 8 de julio de 1964: «Sin embargo, en un mundo en el que predominan las ideas de tipo materialista, anticolonialistas, antidogmáticas, de indiferencia religiosa, de libertinaje de expresión, de tendencia a la creación de grandes espacios económico-políticos superiores a la nación, los pueblos se nos presentan cansinos, apáticos, resignados, inconscientes de ser sumergidos por la ola de la nueva barbarie.»

Y en *La mano izquierda de Franco*, general, cuando usted acusa a De Gaulle de falta de responsabilidad en la resolución del *pustch* de Argel, hace una comparación entre la OAS y la Falange que no debió ser demasiado del agrado de tropa tan adicta: «La OAS está desfasada. La Falange Española era en España algo así como la OAS y pronto la metí en cintura. Si hubiera existido un gobierno fuerte en Francia no hubieran hecho nada.»

Dentro de la lógica alternativa de los tiempos, casi todo lo que habían sido dificultades políticas y subversivas en los años inmediatamente anteriores, se convirtieron en meses de bonanza en 1964, a tono con la declaración del XXV años de nuestra victoria, acogidos al afortunado lema: «Veinticinco Años de Paz», que nuestros enemigos parafrasearon convirtiéndolo en veinticinco años de paciencia. Fueron muchas las celebraciones, discursos, actos de inquebrantable adhesión, manifestaciones abundantes las mías en el sentido de que mientras Dios me dé vida gobernaré la nave del Estado, pero, voluntad de la Providencia, ninguna satisfacción como la victoria de nuestra selección nacional de fútbol, en la Copa de Europa frente a la... soviética. Si el gol de Zarra a Inglaterra en Brasil en 1950 había sido una victoria simbólica contra la pérfida Albión, el de Marcelino en Madrid en 1964 derrotaba a la URSS, nuestro enemigo de fondo, la exportadora de una revolución mundial, de una monstruosa hidra cuya cabeza española habíamos cercenado en 1939. Veinticinco años después, la voz de Matías Prats consagrando aquella victoria a los XXV Años de Paz, volvía a ser la voz de un pueblo. Nos habíamos resistido a aceptar choques deportivos con selecciones de países comunistas para evitar que los agentes subversivos los convirtieran en problemas de orden público, pero no podíamos permanecer al margen de las costumbres deportivas internacionales si nos integrábamos o queríamos integrarnos en todas las instancias. De la misma manera que las victorias del Madrid pentacampeón de Europa nos abrían las puertas cerradas de los prejuicios, la Copa de Europa de 1964 conquistada contra el primer país comunista del mundo y la segunda potencia ¿iba a carecer de efectos simbólicos?

López Rodó me pasaba constantemente informes sobre nuestro espectacular desarrollo económico y no había día que no bendijera planes de desarrollo aquí y allá que iban extendiendo el tejido industrial de España, equilibrando en lo posible las diferencias interregionales. A donde no llegaba el capital español llegaba el extranjero, cada vez más atraído por la verdad de España, el prudente nivel de nuestros salarios y la paz social, la más alta de Europa a pesar de los intentos del comunismo internacional por desestabilizarnos. El profeta Azaña había dicho en 1938 que durante cincuenta años los españoles estarían condenados «a la pobreza estrecha y a trabajos forzados... esto ya no tiene remedio» para superar los desastres de una guerra que gentes como él nos habían obligado a iniciar. López Rodó, a lo largo de dos planes de desarrollo, servido de especialistas capaces de los que saldrían ministros del futuro, me iba dando datos gozosos que yo veía materializados en la realidad del país. Miles de millones de pesetas de los fondos públicos y privados demostraban la po-

sibilidad de una economía mixta y al mismo tiempo planificada, vinculante la planificación para los fondos públicos e indicativa de los privados. El producto nacional bruto llegó a subir un 11 % al año, nos proponíamos simplemente pasar a una renta nacional per cápita de 500 dólares y llegamos a los 1 000... Nuestra producción con respecto a la de 1931 se multiplicaba por diez, por quince, incluso por 27 en el caso de la energía eléctrica y llegamos a colocarnos en el quinto lugar de países industrializados a comienzos de la década de los setenta. Era mi sueño regeneracionista cumplido, que conllevaba el riesgo de ablandar la conciencia del país, especialmente de las nuevas generaciones para las que todo resultaría muy fácil. En nuestros encuentros, Oliveira Salazar sostenía que los pueblos pobres nunca deben dejar de serlo del todo porque con la prosperidad penetra el capricho y la división, buen punto de partida que no puede hacerse vitalicio porque la escasez tanto puede provocar sumisión como su contrario. En los momentos en que era preciso salvar el alma de España no me importaba condenar a todo un pueblo a comer un solo tomate al día, porque a veces la abundancia provoca más desesperación que su contrario. Ahí está el progresivo número de crímenes, suicidios y síntomas de descomposición de un mundo occidental reflejo de la desesperación de pueblos que han llegado a un nivel de riqueza material, pero descompensada por la carencia de valores espirituales. Pero en la década de los sesenta el pueblo español se había ganado luchar por estar a la cabeza de los pueblos más desarrollados del mundo.

¿Está usted convencido de eso mi general? También podría decirse que Liberia es la poseedora de la marina mercante más importante del mundo. Pero ¿quiénes son realmente los dueños de la marina liberiana o de la panameña? Los economistas críticos han dicho que los planes de desarrollo, en buena parte financiados con los créditos norteamericanos, hincharon gaseosamente el crecimiento económico español y fueron pasos contradictorios entre demagogia postautárquica condicionada por el tráfico de influencias y prebendas y pasos reales hacia la integración del sistema productivo español en relación con el sistema capitalista europeo e internacional. No implicaron cambios estructurales de fondo positivos, ni la reforma del campo, ni la aparición de una industria realmente competitiva y desde el punto de vista de la ideología del movimiento fueron una traición. El señor Mateu, su ex combatiente, general, industrial del libro veía así la operación imperial-industrializadora de sus tecnócratas del Opus Dei, los iniciadores de la *modernización* de España: «Nuestras industrias están en manos del capital extranjero. Todos nuestros coches fabricados en España son concesiones de marcas extranjeras. Los medicamentos, los electrodomésticos, la maquinaria, la mayor parte de las cosas que se fabrican en España pagan derechos de concesión al extranjero. Ellos ponen la idea, a veces hasta el dinero, y nosotros la mano de obra barata y sin complicaciones. Nadie paga más royalties que nosotros. Y cuanto más petróleo se encuentra en nuestra tierra o en nuestros mares más cara pagamos la gasolina, porque tampoco las explotaciones petrolíferas son españolas. Cuando Willy Brandt fue a pasar las vacaciones a Canarias pudo pasearse por las islas sin salirse de territorio alemán. Y los *tours operators* europeos son los que rigen los destinos de nuestro turismo. Un día pagaremos con inflaciones desbordadas y devoluciones humillantes, este alegre enriquecimiento de los bancos y las multinacionales.»

Yo observaba, a veces con tristeza, con qué facilidad la riqueza cambia a pueblos y personas, sin que a mí me alterara un ápice. Yo seguía siendo el mismo, imperturbable, cumpliendo el destino de España que era el mío y con un sentido del tiempo que estaba por encima de las contingencias del presente. «Conócete a ti mismo.» ¿Es posible? Retengo unas declaraciones de mi yerno, que no me parecen del todo suyas, me suenan a que proceden de otras que se pronunciaron en mi entorno, pero no consigo saber quién. Exactamente Cristóbal dijo que yo era el más español de los españoles y al mismo tiempo parezco un extranjero entre los españoles, que no tengo prisa, que en vez de reloj tengo un calendario. En esto no se equivoca lo más mínimo.

Su hermetismo a propósito de su yerno no fue respetado por sus allegados una vez usted muerto, general. Su ilustre esposa, doña Carmen Polo de Franco, solía referirse a Villaverde en presencia de su hija como «ese hombre con el que te has casado» y en el primer encuentro entre la marquesa de Villaverde y Jimmy Giménez Arnau, aspirante a la mano de su hija Merry, su juicio no puede ser más taxativo: «... Te he de avisar de una cosa... Mi marido es un desequilibrado.» Tampoco la opinión de sus hijos ayudaba demasiado al señor marqués: «... Con el tiempo, sondeando a Francis, a José Cristóbal, a Merry y a Mariola, supe que el general pasaba del marqués. No le interesaba para nada. El marqués le hacía una pregunta y el general no le respondía. Me lo contaron:

»—No le hablaba. Íbamos a comer y el abuelo ni se fijaba en él. El abuelo se ponía a comer lo que más le gustaba, yogur con nescafé; nos sonreía a todos y pasaba del marqués porque sabía que se lo hacía muy mal con mi madre. Siempre pensó que es el peor hombre con quien se pudo haber casado su hija. Pero lo tenía que aguantar y militarmente lo aguantó.

»La Señora a lo largo de estos años que la he conocido me ha brindado incontables veces su cariño, cosa que en la familia Franco es difícil de encontrar, pues conocerla es como entrar en una habitación donde hace mucho frío. Hartos ya de adulaciones, de regalos, de abanicos y de elogios, no se fían, y hacen bien, de absolutamente nadie, lo que les hace ser herméticamente cerrados. Cuando se abren aparece el desencanto y en una aparición la Señora me manifestó su falta de fe en su yerno, a quien educadamente aparta de sus planes, preocupándole, por el interés que tiene hacia sus nietos, la conducta futura del marqués. Es más, estaba pensando en la posibilidad de donar en vida algunas cosas para que así llegasen a los nietos sin pasar por las manos de quien tanto desconfía. Ya he citado el comienzo de *Ana Karenina*: "Todas las familias felices se parecen; cada familia infeliz es infeliz a su manera." Esto es cierto y tomé mis precauciones. Para ser feliz había que seguir la estrategia de Rafael y Mariola. Pedir la mano, casarte y abandonar el mausoleo.» Jimmy Giménez Arnau: *Yo Jimmy, mi vida con los Franco.*

¿CON QUIÉN ESTÁN?

SERENO SE NACE. *Pero luego los usos y costumbres de la vida modifican el carácter. Mi serenidad era congénita y luego cultivada por la milicia y por el deporte en tiempos de paz. El deporte es la continuidad de la guerra. Toda una vida practicando deporte, lo que me había dotado de estas poderosas piernas tan elogiadas por mis sastres y por Vicentón, quien cuando cumplí sesenta años me exigió que buscara paulatinamente un sucedáneo al tenis y un complemento a la caza y la pesca. Alguien me sugirió el golf, que yo ya había practicado excepcionalmente en el pasado y aproveché un verano en el Pazo de Meirás para frecuentar el club de golf coruñés de la Zapateira. Me apasionó tanto este deporte que jugaba hiciera frío o calor, lloviera o hiciera sol, entre la admiración de los que no podían soportar las inclemencias del tiempo. Acostumbrado a soportar lluvias de balas, ¿cómo no iba a soportar un aguacero, sin más protección que el paraguas que portaba el* caddie? *Se asombraban muchos jugadores más avanzados que yo tardara nueve o diez horas en hacer nueve «calles», sin descanso, mientras ellos iban con la lengua fuera y yo tan fresco. También les sorprendía que yo recordara exactamente las bolas perdidas y que no cejara hasta encontrarlas, porque, acostumbrado siempre a llevar cuentas de intendencia o de mis fincas, perder una bola me parecía un desperdicio inútil y en más de una ocasión he recuperado una pelota extraviada en la temporada anterior, porque recordaba exactamente el lugar donde la había perdido.*

El control de mi memoria, de mi cuerpo, de mis escasos pero fundamentales deseos estaba por encima de las contingencias de lugares y personas, aunque, ser humano al fin y al cabo, también tengo mis personas y mis paisajes predilectos. Mas por el mucho vivir y por el hecho de ser palo de pajar de la reconstrucción de España, he tenido que dejar pasar lugares y personas a veces con dolor, siempre con curiosidad sobre mi capacidad de adaptación a lo nuevo. De todas las presencias que me acompañaban prácticamente desde la infancia y que se habían renovado como tales dentro de los círculos de poder, Juan Antonio Suanzes fue una de las que más permanecieron. Nos habíamos entendido a la perfección desde que nos conocimos en la pubertad en la academia de su padre en El Ferrol y fue, bien en el gobierno, bien a través del INI, el instrumento de una política económica nacionalista, inevitable en los años de la posguerra. Pero ni los cambios ministeriales de 1957, ni los de 1962 fueron de su agrado, y muy especialmente los de 1962. Suanzes no se entendía con el nuevo ministro de Industria, López Bravo, al que procuraba no saludarle efusivamente, luego ni siquiera saludarle, desde unos incomprensibles celos de ingeniero naval viejo a ingeniero naval joven. Además, López Bravo, a tenor con los vientos de liberalización económica que inflaban las velas de nuestro desarrollo y de la modernización de España, era partidario de ir recortando las atribuciones del INI y de favorecer el desarrollo industrial privado. No es que López Bravo renunciara al papel intervencionista de un Estado social como el nuestro, pero argumentaba que bajo los faldones de la inversión pública se barrían demasiados escombros. Suanzes me presentó su dimisión y se marchó a casa. Quedaban así liquidados sesenta años de relaciones intensísimas, pero conociendo el carácter apasionado, vehemente de Juan Antonio, me resigné a verle desaparecer. Ya me quedaban pocos amigos paisanos: Pedrolo Nieto Antúnez, Camilo Alonso Vega, Pacón, siempre Pacón, al que le respetaba un cargo que yo no necesitaba, secretario para asuntos militares, pero si hubiera prescindido de sus servicios le habría matado. Pedrolo Nieto Antúnez tenía el carácter joven y sabía adaptarse a las circunstancias, pero Camilo se arterioesclerotizaba por momentos, no entendía nada de los nuevos tiempos, era inflexible como un garrote y me hizo añorar en algunos casos la dureza flexible de su antecesor, Blas Pérez González, en tiempos nuevos en el que el orden público debía imponerse con mucha mano izquierda, habida cuenta la complejidad de nuevas formas de subversión que abarcaban tan nuevos enemigos como parte del clero o un estudiantado de origen social acomodado, sin descuidar el doble juego de las cancillerías extranjeras. La norteamericana al frente, sin tratar de asfixiarnos, con una mano nos ayudaba y con la otra financiaba la formación de una alternativa al régimen, desde la desconfianza sobre la posibilidad de que el franquismo se sucediera a sí mismo y pudiera funcionar sin Franco. Hasta que años después, preocupado por las consecuencias de la designación del príncipe Juan Carlos como heredero, no me decidí a pedirle a Carrero que creara un servicio de información adaptado a las nuevas circunstancias, dependía del SIM, de la Guardia Civil o de intuiciones sobre la cantidad y cualidad de los personajes tocados por la CIA para que en el futuro heredaran una situación posfranquista y sustituirla por una solución liberal controlada por los Estados Unidos. Cuando empezaron a llegarme informes confidenciales me quedé estupefacto: habían llegado muy alto, muy alto con la pretensión de dictar desde el Departamento de Estado qué ocurriría en España después de mi desaparición. En cualquier caso, aún intuyéndolo, en la década de los sesenta me sentía lo suficientemente fuerte como para seguir arbitrando todas las sectas que en teoría respaldaban al régimen, fueran del movimiento, del Opus, de la Iglesia o de la CIA. Ni siquiera puse trabas a ascensos de militares y administradores civiles de los que constaba estaban en permanente consulta con Washington. Mientras yo viviera y Carrero estuviera a mi lado, lo único que hacían era turismo. Pero a veces sí me preocupaba el paso del tiempo, que yo advertía en los demás y no en mi mismo. De uno en uno bien cierto es que nadie es imprescindible, que no hay ausencia que no pueda cubrirse, que no hay mal que por bien no venga. Pero de pronto un día intuyes que la desaparición de los otros no es otra cosa que el anuncio de la tuya, vacío el espacio de los rostros que te hacen reconocible.

¡Se me hicieron tantas veces viejos mis leales! Me di cuenta por primera vez el día en que mi jefe de la casa civil, Navarro Morenés, conde de Casa Loja me llenó el despacho de frailes franciscanos que habían pedido audiencia y rutinariamente Navarro Morenés leyó: «Ante su excelencia, el Consejo Económico Sindical...» Los frailes estaban entre la risa y el desconcierto y para salvar la situación me limité a llamarle: «Loja...» El conde levantó la mirada del papel, la pasó por el salón, repito lleno de frailes, volvió a su papel y leyó: «Ante su excelencia, el Consejo Económico Sindical...» Bueno, así sea, dije en voz alta y todo el mundo fue cómplice de mi resignación. Pero si la vejez de mis leales era ley de vida, ¿qué podía decir de la deslealtad de los que me habían sido leales? Ya he hablado de deserciones espectaculares, casi pato-

lógicas, como la del señor Sáinz Rodríguez, pero las más sorprendentes fueron las contadas deserciones a lo Ruiz-Giménez, que siempre me hizo llegar el testimonio de su respeto personal, o a lo José M.ª de Areilza, conde de Motrico, franquista enfebrecido desde 1936 a 1964 o al menos lo parecía desde el momento que aceptó ser alcalde del Bilbao liberado. Miembro de la Junta Política, el hombre que aconsejó a don Juan que se alistara en la División Azul, coautor con Castiella de las reivindicaciones imperiales de España que Serrano y yo utilizamos en nuestras negociaciones con Hitler y Mussolini, embajador en Argentina, Washington, París... Y de pronto reaparece como secretario general del consejo privado de don Juan, proponiéndole una línea política ambigua, pero en nada conciliadora con la legitimidad monárquica que provenía de nuestra cruzada y en cambio cada vez más proclive al entendimiento con las fuerzas políticas vencidas en la guerra, en línea parecida al pacto de San Juan de Luz. Que él se convirtiera en cabeza visible del juanismo me parecía curioso, pero peor que al creerse puente entre nuestro régimen y un funesto retorno del pluripartidismo pudiera levantar temibles espectros de la memoria. En el dossier que me prepararon sobre Areilza dispongo de perlas no precisamente «liberales» ni «democráticas», tal como entienden el liberalismo los enemigos de España. Este Areilza es la misma persona que tras la conquista de Bilbao se dirige a sus conciudadanos y les dice: «Nada de pactos ni de agradecimientos póstumos. Ley de guerra, dura, viril, inexorable. Ha habido, ¡vaya si ha habido!, vencedores y vencidos. Ha triunfado la España una, grande y libre, es decir, la España de la Falange Tradicionalista.» Le recuerdo en las fotografías de la época, camisa azul, brazo en alto, saludando a nuestros aliados alemanes e italianos, es decir, a los nazis y a los fascistas, como les llamaba la propaganda roja. Ha dado vivas a Hitler, a Mussolini, a Salazar, incluso a Salazar, escasamente vitoreado habitualmente. No se le escapó ni un vitor. Ha escrito: «El futuro de nuestro pueblo es el nacionalsindicalismo.» Ha condenado el liberalismo burgués de Occidente, como expresión del individualismo liberal democrático. Recomiendo a los que quieran conocer el antiguo pensamiento de Areilza que repasen Reivindicaciones españolas, *escrito en colaboración con Castiella, o el artículo publicado en* Revista de Estudios Políticos, *número 11, año 1943. En mi memoria tengo todas las lealtades, todas las traiciones y sólo unas cuantas tonterías, como la evolución de Areilza. Últimamente hay quien compara la evolución de Areilza con la de Fraga Iribarne. Nada más opuesto. Aunque Fraga salió molesto del gobierno en la crisis de 1969, conoce la regla de que no hay futuro si se rompe con la legitimidad del movimiento y sus escaramuzas políticas son más fruto de su fogosidad que de su mala fe. Durante el período que media entre 1963 y 1966, año de la aprobación de la Ley de Prensa, fueron muchos los contactos que tuve con Fraga, contactos que me ratificaron todas mis impresiones previas: inteligencia, capacidad de trabajo y temperamento, tal vez demasiado temperamento. No hubiera sido un buen militar, aunque Pedrolo, su gran padrino, crea que sí. El temperamento está bien para un militar, pero demasiado no. La Ley de Prensa era un antiguo proyecto que ya había preparado Arias Salgado, unas veces con demasiadas usuras derivadas de su vocación apostólica y otras con demasiadas premuras, condicionado por la presión de quienes nos pedían «apertura». Yo quería una Ley de Prensa que aunque superara las lógicas restricciones de la que habíamos decretado veinticinco años antes, respetase no una libertad en abstracto, que luego está en condiciones de usurpar los propietarios de los medios, sino la libertad de ratificar la soberanía de la mayoría del pueblo que había hecho posible la victoria en la guerra y en la paz. La ley que Fraga me ofreció suprimía la censura previa y cada editor era libre de presentar sus libros ya impresos a la administración. Pero la administración se reservaba el criterio de permitir la circulación o no del libro, según su contenido se ajustara a la legislación vigente. Fraga me aseguró que sobre todo el artículo 2 nos permitía una gran capacidad de maniobra para evitar que nos metieran goles, expresión deportiva que luego ha hecho fortuna, pero que yo escuché por primera vez en boca de Fraga. Por otra parte, se mantenía la censura previa y el control total tanto de la televisión como de la radio. Por desgracia algunos goles nos metieron, aunque los empresarios, escarmentados ante los secuestros, pensaban y repensaban lo que publicaban porque un secuestro de un libro significaba la pérdida de toda la inversión y en cambio a veces era más cómodo presentarlo a censura previa, se le aconsejaban algunos cortes y todo el mundo contento. A los dos años de promulgada la ley, los escaparates de las librerías se habían llenado de literatura peligrosa, incluso marxista, y como yo llamara la atención a Fraga sobre la circunstancia, me trajo un libro marxista: Salario, precio y ganancia... ¿Quién va a leer esto, excelencia? Cuatro especialistas, que si quieren se lo pueden* comprar en el extranjero y pedir permiso especial de acceso a los libros prohibidos de la Biblioteca Nacional. El argumento pudo ser válido, pero los hechos son los hechos y nunca ha habido tanto marxista en España como últimamente, hasta el punto de que mi hija me ha dicho que a veces ellos se encuentran algún marxista de buena sociedad en los cócteles y reuniones y que estaría mal visto que les negaran el saludo. Por ejemplo, Dominguín, el torero, lee libros marxistas, supongo que por consejo de su hermano, dirigente clandestino y muy astuto del PCE. Pues bien, Dominguín es amigo de Cristóbal y Carmen. ¿Libertad de Prensa? ¿Libertinaje? Libertad de Prensa ¿para qué? La libertad de prensa no existe porque cada periódico dice lo que quiere el dueño. Los únicos diarios que no decían lo que quería el dueño eran los míos, los del movimiento o los de los sindicatos, los más heterodoxos, los que más críticas indirectas dedicaban a nuestro sistema. Además, era poner un arma demasiado sofisticada en manos de los propietarios de medios y de los profesionales. He observado que los periodistas no saben su oficio. Por ejemplo, cada vez que llega una personalidad extranjera al aeropuerto de Barajas, lo primero que le preguntan es: «¿Qué le parece nuestro país?» Pregunta que sería mucho más lógico hacérsela cuando se van, no cuando acaban de llegar. Sería más larga la lista de los contra y hablo con conocimiento de causa sobre el fastidio que puede dar la censura previa, porque a mí mismo, aún siendo jefe del Estado, me la han aplicado. Si se compara la primera edición de Diario de una bandera de 1922 con las que aparecieron a partir de 1936 puede comprobarse que yo he sido censurado. Una vez, casi al final de la guerra, visitó el Pazo de Meirás la señora de Neville Chamberlain, el premier inglés con el que nos interesaba quedar muy bien. Le pedí a Ruiz Gallardón «Tebib Arrumi» que hiciera un artículo elogiando a la señora, pero él no se atrevía porque Chamberlain no tenía demasiada buena prensa entre los «falangistas auténticos». Entonces le dicté lo que tenía que decir, lo firmó él, lo entregó a la censura y... nos censuraron. Luego de vez en cuando me llegaban noticias pintorescas sobre los excesos de la censura, por ejemplo, que se cortara la simple mención de reyes españoles, aunque fuera el mismísimo Alfonso X el Sabio. Luca de Tena me dijo en cierta ocasión que yo hubiera sido un director general de Prensa mucho más liberal que los que ejercían ese cargo, casi siempre profesores o intelectuales que venían de las filas del catolicismo más radical, muy a la medida de Arias Salgado.

La *Ley de Prensa dejaba a la consideración del director de cada medio la publicación de mensajes y opiniones. Teníamos bajo control a los empresarios, depurados tras la cruzada y sólo autorizados a ejercer como tales después de someterles a una seria investigación política, económica y personal. Pero ¿quién podía meterse por aquella rendija? ¿A qué escándalos conduciría la noticia del secuestro de libros y publicaciones? Fraga me dio primero a mí, y luego al consejo de ministros en pleno, toda clase de explicaciones sobre su capacidad de control del cumplimiento correcto de la Ley a partir del artículo 2 que nos permitía secuestrar cualquier mensaje que estuviera en contradicción con las leyes fundamentales del movimiento. Era un hombre vehemente, un huracán de palabras pero aún le iba más rápido el pensamiento por lo que a veces se comía las terminaciones de palabras y oraciones y me costaba entenderle. Ya he brindado ejemplos de su vehemencia anterior al nombramiento de ministro y en 1965, cuando estábamos discutiendo la Ley de Prensa, yo ya disponía de otras pruebas de su carácter decidido. No hay que olvidar que es el hombre que cuando cae una bomba atómica norteamericana en aguas de Palomares, se presenta en aquella playa acompañado del embajador norteamericano y de dos subalternos del ministerio de Información y Turismo, Sentís y Mendo, se ponen todos en meyba y se bañan para demostrar que el agua no ha quedado contaminada. Excelente detalle aunque entonces Fraga estaba demasiado gordo y comenté con Vicente que no le sentaba bien el meyba, comentario que no le gustó a Pedrolo, que siempre le veía a Fraga todas las gracias. Pero hubo otro incidente que me puso en guardia sobre los excesivos impulsos de mi ministro, reflejo de lo precipitado que podía llegar a ser don Manuel. En una cacería en Santa Cruz de Mudelo (Toledo) no se adónde miraría el señor ministro, pero albergó un buen puñado de perdigones en el lugar donde la espalda de mi hija Carmen pierde su nombre. Estaba tan confuso el ministro que balbuceaba doscientas excusas por segundo, lívido y pesaroso, porque en el momento de tan desafortunado disparo, Carmencita estaba entre su madre y yo. «¡Mire que si le llego a dar a usted, excelencia!» Mi hija, con una entereza ejemplar y a pesar del dolor, consoló a Fraga, que desde entonces, al menos en las cacerías que ha hecho conmigo, siempre ha tirado con pantallas.*

Le montamos una buena manifestación frente a la embajada norteamericana cuando lo de Palomares. Por cierto, ¡qué cerca está su domicilio privado en Hermanos Bécquer de la embajada Americana! «¡Yanquis, asesinos!, ¡Abajo las bases!» Yo no quería ir porque aún tenía en mis pesadillas, de hecho aún las tengo, esas inevitables situaciones en que estás en la cárcel y de pronto descubres que te has equivocado en el cálculo del tiempo que te falta para salir. Cuando te despiertas angustiado, en tu camastro y compruebas que todo ha sido un mal sueño, has recibido sin quererlo un injerto de miedo. Pero Lucy quería ir de todas todas y me ofreció quedarme con el niño desde una prepotencia de Madre Coraje y Pasionaria juntas. Así que me fui pegando a las esquinas hasta que vi cuajar el grupo ante la embajada y mis piernas querían seguir a Lucy, que avanzaba hacia la primera línea dispuesta al choque con los grises, pero mi cerebro me aconsejó que no lo hiciera, que no lo hiciera... hasta que la carga de la policía me pilló en el centro de mi indecisión y de la calle Serrano vi cómo se revolvía Lucy unos metros delante mío saltando al compás de los porrazos que le daban los guardias. Dudé entre acercarme a ella o salir corriendo, pero ya tenía encima las porras y entre tres grises me tiraron al suelo, me pegaban en las corvas de las piernas, convertido yo en un caracol con la cabeza entre las rodillas. Ahora te cogerán. ¡Hombre, Pombo, otra vez por aquí! Me levantaron y me estrellaron contra el cristal de una mantequería. Tenía sangre en los labios y en la nariz, me dejé caer al suelo y contemplé lo que quedaba de la manifestación, regueros de pobres gentes tratando de poner la máxima distancia entre la policía y su miedo. Habían detenido a Lucy. Cogí al niño y lo llevé a casa de mis suegros, porque era probable que registraran nuestro piso de Gaztambide y el de mis padres. Mi suegro dijo que iba a hablar con el general, con el que no había podido hablar cuando nos detuvieron en el 62. Mi suegra no sabía cómo se llevaban mantas ni ropa interior a la Dirección General de Seguridad. Finalmente lo hizo el propio padre de Lucy. Treinta y dos horas de detención. Diez mil pesetas de multa de las del año 66, general, que yo apenas si me sacaba mil pesetas al mes haciendo kilómetros de folios. La noche en que Lucy volvió a casa los dos estábamos muy tiernos y nueve meses después, día más, día menos, nació Ángela, mi niña. Lucy siempre tuvo el culo muy bonito y sobre él lucieron durante varias semanas los cardenales de los porrazos, grabado de reja sobre melocotón que me recordaba sueños de cárcel. En verano.

Cuantas veces me han llegado críticas sobre la lentitud pre-
visora y legislativa de nuestro régimen no puedo más que
sonreírme. Todo ha llegado a su tiempo. Sin prisas, pero sin
pausas. En el mismo año 1966 no sólo ponemos a disposi-
ción del pueblo una ley tan fundamental como la de Prensa,
sino que ofrecemos la Ley Orgánica del Estado a disposición
de las Cortes y se inician los trámites de la aprobación de la
que está llamada a ser Carta Magna de la Democracia Orgá-
nica construida por el Glorioso Movimiento Nacional. No era
cuestión de precipitarse, ni de ponerse a la rueda de López
Rodó, que en cuanto le encargaban el redactado de una ley
tardaba una semana en hacerla, tal vez por el poco tiempo
que perdía en actividades comunes. Cuando empezaron a fil-
trarse los primeros redactados, no dejó de alarmarme que un
diario como Le Monde, *normalmente crítico de cuanto hacía-*
mos, por la malevolencia de su corresponsal, José Antonio
Novais, considerara que la Ley Orgánica era un intento de
liberalización del régimen. En un despacho con López Rodó
le pregunté: «¿Nos liberalizamos o nos liberalizan?» Me dio
toda clase de seguridades y sólo le encarecí que fuera lo menos
mala posible, porque a ver si nos íbamos a pasar de tanto
recorrer el camino del leguleyismo. Los falangistas seguían
acusando al Opus de haber secuestrado el movimiento y Es-
crivá de Balaguer defendía la neutralidad de su instituto, bien
en declaraciones a la prensa, bien en cartas a distintas per-
sonalidades como a Solís, al que le reprochó el hostigamiento
de la prensa falangista.

Una vez redactado el proyecto de Ley Orgánica del Esta-
do había que convocar un referéndum y no veía la necesidad
de hacerlo todo precipitadamente. No pasaba semana sin que
Carrero me preguntara cuándo y cómo, y si no era Carrero el
que venía a sonsacarme y a tratar de influirme era López
Rodó. Me constaba que el ministro del Desarrollo veía con
mucha frecuencia a don Juan Carlos, frecuencia no necesaria
para el cargo del uno y el no cargo del otro. Me constaba
igualmente una reunión en el domicilio del alcalde de Barce-
lona, señor Porcioles, a la que acudió el príncipe y López Rodó.
El príncipe le consultó a Porcioles: ¿A quién debo ser fiel?
¿A la seguridad dinástica que me da Franco o a la jefatura
moral que mi padre tiene? Porcioles recurrió a la Biblia para
contestarle, no podía ser menos en presencia de López Rodó:
«Dejará el hombre a su padre y a su madre y se unirá a su
mujer.» Juan Carlos aprovechaba las visitas a Barcelona para
verse con destacados miembros de la oposición, incluso la opo-

sición nacionalista y de izquierdas, de la mano suponíamos de los activos juanistas catalanes. Pero no me importaba que el príncipe se fogueara y descubriera por su cuenta lo poco que podía ofrecerle aquella gente y lo mucho que podía darle su lealtad a sus planteamientos.

Por fin di vía libre a la Ley Orgánica, pasando por alto el comentario de Carrero Blanco que me llegó a través de Vicentón, un poco molesto el almirante por lo que tardé en decidirme a convocar el referéndum: «¡Cuánto le cuesta parir a este hombre!» No era una desconsideración, sino una manera de hablar algo cuartelera, pero normal entre militares. A Carrero se le había oído decir que a los amigos hay que darle el c... y a los enemigos por el c..., y esta grosería no desmerecía en nada la integridad del personaje. Son hábitos del habla que se adquieren en el trato viril con los compañeros de cuerpo y quedan en el alma para toda la vida. Aprobada la ley por las Cortes, el referéndum se convoca para el 14 de diciembre y una recién constituida oposición encabezada por mi ex ministro Ruiz-Giménez hace campaña en contra, sin que nadie les diga nada.

Un poco de formalidad, general. A sus opositores no se les reglamentó la menor comparecencia en los medios de comunicación públicos y se persiguió cualquier publicidad que pudieran hacer a través de unos medios privados atados de pies, manos y lengua. ¿De qué campaña en contra está hablando?

La ley se aprueba por una aplastante mayoría. Hubo una participación del 89% y un 95% dijo sí. No todos a mi alrededor estaban seguros de tan contundente resultado, ni siquiera los que más prisa me habían dado para que convocara el referéndum, pero yo me había dirigido a la nación que entendió el mensaje: Decir sí, es decir sí a Franco. «Quiero que meditéis —le dije al pueblo español a través de la televisión— sobre lo que fuimos y lo que somos. Nunca me movió la ambición de mando. Desde muy joven echaron sobre mis hombros responsabilidades muy superiores a mi edad y empleo. Hubiera deseado disfrutar la vida como tantos españoles; pero el servicio de la patria embargó mis horas y ocupó mi vida. Llevo treinta años dirigiendo la nave del Estado, liberando a la nación de los temporales del mundo actual, pero pese a todo, aquí permanezco al pie del cañón, con el mismo espíritu de servicio que en mis años mozos, empleando lo que me quede de vida útil en vuestro servicio. ¿Es mucho exigir que yo os pida, a mi vez, vuestro respaldo a las leyes que en vuestro excesivo beneficio y en el de la nación, van a ser sometidas en referéndum?» ¿Qué planteaba la Ley Orgánica? En lo fundamental, despegaba al Estado y al gobierno de excesivas tutelas del movimiento, sin prescindir de su espíritu y sobre todo de sus efectivos humanos. Cuando los redactores, López Rodó el más determinante, me preguntaban dónde metían lo del movimiento y les decía: es como el paisaje. El hecho de que la ley se aprobara por referéndum y no en las Cortes, convirtió en protocolario el acto de presentarla ante nuestro Parlamento donde los partidarios de la «revolución pendiente» del falangismo se limitaron a testimoniar su mal humor mediante murmullos, aunque en la calle se encontraran a veces hermanados los que la consideraban poco falangista y los que la consideraban continuismo franquista. Como dije en mi discurso de presentación, la Ley Orgánica englobaba todo lo ya legislado que no estuviera obsoleto y se convertía en nuestra Constitución, válida para mí y mis poderes especiales y válida en el futuro para mi sucesor, habida cuenta de que, como me decía López Rodó: «Yo no conozco a otro Franco que pueda suceder a Franco.» En líneas generales en la Ley declaré ante las Cortes: «Se perfecciona el ya muy avanzado Estado de derecho. Se establece un sistemático equilibrio de los órganos primarios del Estado y de sus relaciones recíprocas. Se establece un justo poder ejecutivo, encabezado por un presidente del Gobierno en quien se centra la dirección política y administrativa del país. Las Cortes asumen la plenitud de la función legislativa y de control y a través de un Consejo del Reino intervienen en los más altos nombramientos. Las Fuerzas Armadas asumen la garantía de la seguridad y el orden, así como de la unidad en independencia de la patria.» Y añadí dos consideraciones fundamentales: «No se trata de una necesidad de urgencia sino de una previsión del futuro. Hoy, y por muchos años, se tiene asegurada la estabilidad. La nación goza de una salud pública formidable. Su progreso social y su desarrollo son innegables. Y si esto no fuera suficiente, contamos con la asistencia comunitaria del pueblo y con la guarda fiel de la paz por nuestros ejércitos y fuerzas de orden público.» La segunda: «Recuerden los españoles que a cada pueblo le rondan siempre sus demonios familiares, que son diferentes para cada uno; los de España se llaman espíritu anárquico, crítica negativa, insolidaridad entre los hombres, extremismo y enemistad mutua.»

Comprendo que los falangistas puros, «auténticos», como les gustaba llamarse, les molestara la consagración para siempre de que el secretario general del Movimiento sería un ministro más designado por el jefe del Gobierno y no un cargo elegido por el Consejo Nacional del Movimiento, que para empezar ya no se llamaría así, sino Consejo Nacional a secas. Pretendía que mi heredero, que no heredaba mi carisma, no se viera obligado a asumir una estatura histórica de la que para mal o para bien carecía. Así lo entendió el pueblo español que mediante los resultados del referéndum me volvió a demostrar una confianza que estaba por encima de las banderías. Había sido un éxito personal, dijeron cuantos me rodeaban. «El pueblo sabe —me dijo mi hermana Pilar con la voz rota por la emoción— que tú te hiciste cargo de él cuando llevaba alpargatas y ahora van todos con seiscientos.» «Todos no, mujer. No tendríamos carreteras para todos.» «Tú ya me entiendes.» Sí, lo entendía y sin embargo una vez aprobada la ley, el acoso se dirigió entonces a que me decidiera de una vez por todas a nombrar heredero a Juan Carlos. Mi primera respuesta reprodujo lo que ya había contestado en 1945 cuando me exigían que proclamara rey a don Juan y yo me quedara vigilándolo todo: «Jamás seré una reina madre.» Volví a repetirlo, pero las argumentaciones me llegaban ahora a través de los más variados portadores. Por ejemplo, Camilo. El ministro de la Gobernación, muy atendido últimamente por López Rodó, aprovechaba cualquier ocasión para recordarme que ya éramos muy mayores, que él se sentía viejo, que hay que dar paso a los jóvenes y dejar el futuro atado y bien atado. ¡Qué sabía él, que no tenía hijos! De la indirecta, Camilo pasó a la directa y finalmente a dar testimonio de su pensar por escrito: «Designa al príncipe y elimina el último factor de intranquilidad que puede albergar el alma del pueblo español.» Si estaba tan viejo Camilo, mejor es que dejara de ser ministro de la Gobernación y prescindí de él en los cambios ministeriales parciales de 1969, respetuoso con el equilibrio de sensibilidades ensayado a partir de 1957. Quien seguía sin entender nada de nada era el «pretendiente», quien en una carta de respuesta a otra de su hijo en el que le preguntaba si debía votar o no la Ley Orgánica, le contestaba que los reyes no votan, principio discutible en el caso de un referéndum, pero sin duda menos incordiante que los juicios de don Juan sobre la ley, que según él defrauda a una gran parte de la opinión pública. ¿A qué parte? ¿A la mínima abstención? ¿A los escasos votos en contra? La carta al hijo, escrita a mano, poco tenía que ver con la que me envió a mí, calurosa felicitación por la victoria electoral alcanzada, en la que apenas deslizaba un juicio dubitativo sobre la perfección de lo aprobado.

Tan dubitativos como don Juan estaban los recalcitrantes del movimiento y Carrero Blanco me hizo ver que tenía al caballo de Troya metido en Troya, en la persona de Muñoz Grandes, vicepresidente del Gobierno y al mismo tiempo jefe del Estado Mayor, quien no ocultaba sus antipatías por la monarquía como régimen y contra lo que consideraba maniobra de Carrero y el Opus Dei para desbancar a los hombres del movimiento. Era éste un sector ya más incordiante que positivo, aunque años después no dejo de reconocerles cierta capacidad de premonición sobre las consecuencias de una excesiva apertura. En aquellos años, 1967 y 1968, se oponían por sistema a todo lo que ellos no predeterminaran y se producían situaciones absurdas como la de muchos falangistas cuyo ateísmo o agnosticismo me constaba, se opusieran a la Ley de Libertad Religiosa porque amenazaba la unidad de España, sin la menor sensibilidad ante la necesidad de adaptarnos a todo lo asimilable del Concilio Vaticano II. Si la abolición de la ley especial contra la masonería nos había abierto muchas puertas en USA, una cierta libertad religiosa era el paso de la llave que faltaba. ¿Acaso no la secundaba el propio Opus Dei? Se me advirtió más de una vez que el Opus, según la norma general de todas las instituciones religiosas, jugaba una doble carta perfectamente coordinada. Mientras López Rodó, López Bravo y Carrero como presunta alcahueta, forzaban la entronización del príncipe, otra banda de miembros de la obra encabezada por Calvo Serer y Antonio Fontán jugaban la baza del padre, adoptando posiciones cada vez más contrarias al régimen que han llevado últimamente a Calvo Serer, tan integrista en los años cuarenta, a defender la tesis de una ruptura democrática en España sin dejar de lado a los comunistas. Ni me lo creo ni me lo dejo de creer. Cada vez que departo con López Rodó y le saco el tema del compromiso político del Opus, me contesta que son libres, que cada miembro del Opus tiene libertad de acción. Este hombre a veces me pone a la defensiva y él lo nota porque tiene una retaguardia muy fina: «Es que no se fía de mí, excelencia?» «¿Por qué lo dice?» le pregunto más que le contesto.

Convenía además que don Juan tuviera en cuenta que su hijo no era el único candidato a perpetuar la dinastía, porque el hijo mayor del infante don Jaime, el sordomudo, don Alfonso de Borbón Dampierre se había instalado en España desde los años cincuenta y había conectado a las mil maravillas con el movimiento y con los sindicatos, hasta el punto de ser presentado por los diarios del movimiento como «el príncipe sindicalista». No sólo podía presentar su candidatura a renovar los derechos de su padre, sino que además era considerado aspirante al trono de Francia por los legitimistas franceses. En mi fuero interno yo, Franco, sabía que aquella candidatura despertaría peligrosas indignaciones en el seno de un ejército todavía nostálgico del rey de su juventud, de Alfonso XIII, pero como jefe de Estado me convenía don Alfonso como pieza disuasoria en el tablero de ajedrez donde se desarrollaba mi partida contra don Juan. El otro candidato era, de entrada, exótico, Carlos Hugo de Borbón, un príncipe francés que había heredado los derechos de su padre Javier de Borbón y Parma, a su vez heredero del último rey carlista en el exilio. Carlos Hugo estaba casado con la princesa Irene de Holanda y, así como don Alfonso no disponía de posibles, el aspirante carlista tenía tras de sí la fortuna de su suegra, una de las mujeres más ricas del mundo: la reina Juliana de Holanda. Ni siquiera los tradicionalistas estaban unidos a este príncipe, excéntricamente inclinado hacia la izquierda, pero también era interesante como tercero en discordia. Aún había un cuarto. Yo mismo. Sectores importantes del movimiento insistían en que yo asumiera las funciones de regente y en su día se diera paso a una república inspirada en los principios fundamentales del movimiento o a una monarquía electiva, a la manera de la tradición monárquica de los reyes godos. Con todo, algo irritado por las excesivas idas y venidas de don Carlos Hugo, en 1964 le negué la nacionalidad española que había solicitado, demostración indirecta de que él no entraba en mis previsiones sucesorias y si no entraba en las mías ¿en cuáles iba a entrar? Finalmente en 1968 tuve que expulsarle del país porque se movía demasiado. Como Pedro por su casa.

El hecho de que en 1967 don Juan Carlos hubiera cumplido treinta años, la edad requerida para ocupar el puesto de jefe del Estado, según la Ley de Sucesión de 1947, se convirtió en un dato más para la presión. Sin prisas pero sin pausas: todo llegaría a su tiempo. Don Juan Carlos y doña Sofía ya habían sido padres de dos niñas y en 1968 la princesa dio a luz a un niño que, según la tradición, era el destinado a perpetuar la dinastía si algún día se restablecía. Era un acontecimiento y me temí que fuera instrumentalizado para la afirmación monárquica. La noticia de que la reina Victoria

Eugenia vendría para la ceremonia del bautizo no era tran-
quilizadora. ¿Qué tratamiento se le daba que no la desmere-
ciera y no pudiera ser aprovechado como una relativización
de mi papel? Yo recordaba con aprecio la augusta estampa
de aquella reina desgraciada y Carmen siempre había sentido
ante ella una emoción especial, la que se experimentara ante
la verdadera majestad. ¿Cómo sería interpretado que fuera a
recibirla al aeropuerto? ¿El que no fuera?

Sus más íntimos se sorprenden ante su mal ocultada angustia, general. Don Juan no conseguía bajarle del pedestal
del caudillaje, pero la reina era otra cosa. La reina les había
visto a usted y a su señora inclinarse en el besamanos y había
oído cómo Alfonso XIII les tuteaba, costumbre borbónica que
al parecer ha perdido don Juan Carlos. La reina sabía que
usted había sido Franquito y conocía la gracia que le hacía
al rey lo chulo que usted era a pesar de lo bajito. Usted dio
la excusa de que su presencia en Barajas para recibir a la
reina comprometía al Estado con la monarquía. ¿No está comprometido ya? le preguntó Juan Carlos. Hay que hacer las
cosas sin prisas pero sin pausas, contestó usted. Le aterraba
el momento de la aparición de su reina, general, en lo alto de
la escalerilla, tan alta, como si estuviera aquella mujer en disposición de rebajarle de estatura y grado. Pudo evitar aquel
mal trago, pero no el vademécum monárquico que le arma-
ron, con el pueblo de Madrid curioso ante el retorno de la
reina, don Juan concediendo audiencias en el palacio del duque
de Alburquerque y cabeceando condescendiente cuando alguien le gritaba desde el público: ¡Viva Juan III! Usted dele-
gó en el ministro del Aire, general Lacalle, su representación
al pie de la escalerilla del avión y se irritó cuando supo que
otros cuatro ministros, entre ellos Castiella, el de Exteriores,
habían acudido por su cuenta al recibimiento. ¿Con quién
están? Probablemente volvió a preguntarle, a preguntarse doña
Carmen. ¿Con quién están? Empezaba a preguntarse usted a
sí mismo con demasiada frecuencia.

Pasado el bautizo del príncipe Felipe empezó un período
de idas y venidas a propósito de la designación o no de here-
dero de la monarquía del 18 de julio. Camilo Alonso volvía a
la carga y Carrero me advertía que desde Washington y el
Vaticano, nuestros dos pies en el mundo, empezaban a pro-
pagar que era azaroso llegar a acuerdos con un país cuya es-
tabilidad dependía de un hombre que se acercaba a los ochen-

ta años. Camilo estaba especialmente tétrico: «Somos hijos de la muerte... toda la gran labor que tú has realizado podría venirse abajo... el príncipe es un gran muchacho, prudente...» Finalmente llamé a Carrero y le dije que a veces es inútil demorar lo inevitable y que antes del verano designaría mi sucesor, a título de rey, en la persona de Juan Carlos. Con esta decisión mataba de por vida la posibilidad de la restauración en la persona de don Juan y en cambio tomaba la iniciativa de la reinstauración en la persona de su hijo. Si había conflictos entre padre e hijo era su problema. Yo siempre le había aconsejado a don Juan Carlos que no chocara con su padre, pero no podía evitar que don Juan chocara con su hijo.

«¡Ya parió!», le dijo Carrero a López Rodó al salir de la histórica audiencia. López Rodó lo tradujo a un lenguaje más casto, a un lenguaje con cilicio: «Ya picó el salmón», cuando comunicó la buena nueva a Silva Muñoz, ministro de Obras Públicas y cabeza visible de los vaticanistas en el gobierno.

Padre e hijo no se entendieron, pero el príncipe Juan Carlos no flaqueó y asumió una monarquía legitimada por el movimiento. Me constaba que don Juan Carlos y su madre cuando se hablaban por teléfono utilizaban la clave «¿Ya reventó el grano?» para referirse a si yo había tomado o no alguna decisión. Este dato me puso en la pista de que la madre era la aliada del hijo en una decisión que sin duda molestaría a don Juan. Lo comprendía muy bien. El instinto de madre de doña María estaba por encima de su lealtad de esposa, aunque en este caso estaba en juego algo que también interesaba a su marido, a pesar de las muchas insensateces que había cometido: la continuidad dinástica. El diálogo telefónico no se hizo esperar y doña María quedó encargada de ir ganando la batalla de la reconciliación, ya que la primera reacción de don Juan sería sin duda la de confrontación. Juan Carlos escribió a su padre comunicándole su decisión, yo también, porque la decisión de Juan Carlos era la mía. La reacción de don Juan fue una declaración que Fraga Iribarne consideró constitutiva de delito y alocadamente la pasó al fiscal del Tribunal Supremo. Afortunadamente pude frenar al vehemente ministro, a la vista de un texto que era una rabieta lógica, casi punto final a la tensión sucesoria con la que aquel hombre había vivido durante treinta años. Especialmente leí un párrafo que era el reconocimiento de su impotencia: «Nunca pretendí, ni ahora tampoco, dividir a los españoles. Sigo cre-

yendo necesaria una pacífica evolución del sistema vigente, hacia estos rumbos de apertura y convivencia democrática...», etc., etc., etc. Pero allí estaba agazapada la rendición: «Nunca pretendí... ni ahora tampoco... dividir a los españoles.» Ni ahora tampoco. Ya me bastaba. Horas después, don Juan disolvía su consejo privado y esperaría la fecha de la convocatoria de Cortes para designar al sucesor. Me consta que presenció desde la taberna de un pueblo marinero la retransmisión televisiva del juramento de su hijo y que con los ojos velados por las lágrimas sólo contestó: «Bien leído, Juanito, bien leído.» Y era cierto. Ante unas Cortes a la que había habido que liar los colmillos antimonárquicos y superar la petición de voto secreto que entre otros sostenían Pedrolo Nieto Antúnez, a pesar de lo que le dije, y José Solís Ruiz, Juan Carlos leyó un discurso que me consultó y del que yo le aconsejé retirar una mención de homenaje al patriotismo de su padre, para que no se la silbaran los falangistas y los carlistas, no por otra cosa. Resolvió el expediente recordando que pertenecía por línea directa a la casa real de España, reunificada en sus dos ramas dinásticas, y que se proponía ser un digno continuador de quienes le precedieron... Cada cual podía entenderlo a su manera. Como suele suceder en las comedias de enredo, don Juan había sido el último no en enterarse, sino en admitir lo que ya sabía. ¿Cómo no iba a saber que estaba desahuciado como pretendiente, si hasta su madre lo había pregonado en correspondencia que de una u otra manera obraba en mi poder? La vieja reina, con la experiencia de aquellos años difíciles de su reinado, tenía los instrumentos intelectuales más afinados para saber quién podía y quién no podía ser rey de España. A pesar de lo que se ha dicho sobre sus simpatías por su nieto más «desgraciado», don Alfonso de Borbón Dampierre, ella sabía, con su instinto dinástico, que no había otra salida que la de Juan Carlos, aunque en público rindiera a su propio hijo honores de rey sin corona. Curiosa coincidencia. Don Juan y yo hemos sido dos reyes sin corona. Yo con poder, él no.

Tendrá más información usted que yo sobre las acciones y reacciones de la oposición ante la jugarreta dinástica que finalmente urgieron entre usted, Carrero y López Rodó con el respaldo de los vaticanistas entonces dirigidos por Silva Muñoz, el distante apoyo de Fraga y el obligado recelo de Solís y «los del movimiento», que por entonces más parecían un grupo de viejos rockeros con varices que una alternativa de sentido histórico. Lo cierto es que casi toda la oposición real se tomó lo de Juan Carlos en broma: empezaron a llamarle Juan Carlos el Breve. Nosotros estábamos en un momento contradictorio. Crecíamos pero nos cascaban por todas partes y empezaba a desarrollarse una extrema izquierda más o menos maoísta, a veces con ribetes ácratas, que renegaba del tacticismo reformista de los «carrillistas». Condenamos la invasión soviética de Checoslovaquia y las gentes del partido formábamos más un frente de antifranquistas activos que de comunistas convencidos. En plena Ley de Excepción de 1969, decretada tras los incidentes en que fue abroncado un viejo almirante que iba en su coche y llegó al Pardo hecho un basilisco, Lucy me dejó. Casi trece años de matrimonio le habían llevado a la conclusión de que yo era un hombre sin atributos, que nunca llegaría a nada y tampoco le ofrecía emociones épicas militando en un partido tan reformista. A Lucy siempre le han gustado los atletas revolucionarios, desde una nunca confesada envidia por no haber estado en la primera línea de asalto al Palacio de Invierno. El chico ya tenía doce años y era casi tan equilibrado como ahora. La niña era un macaquito y me supo mal dejar de verla amanecer todos los días, pero poco podía ver yo cada día si ya amanecíamos con bronca y la voz de Lucy era como una cordillera de indignación que me aplastaba. Era tan agresiva verbalmente que se me escapó una bofetada en abril de 1969 y desde entonces tengo una ficha por malos tratos en la comisaría de Princesa, vivir para ver, pero dudo, dudo hasta el fondo de la duda, general, que un ser humano medianamente dotado de espíritu de supervivencia hubiera podido reprimir aquella bofetada ante la catarata de insultos y descalificaciones que me caía desde lo más alto de la cordillera. Tras unos años traté de rehacer mi vida sexual, porque la sentimental nunca llegué a rehacerla, incluso de convivir establemente con una camarada del distrito Maravillas, demasiado más joven que yo y que me admiraba por mi pasado combativo, volví a casa de mis padres, a este rincón de sombra mediocre del barrio de Salamanca, a tiempo de ver romperse a mi madre, poquito a poquito, hemiplejía tras hemiplejía, hasta que se negó a comer si no le traía melocotones, fue en diciembre, murió en enero de 1970, y aún no estaba el mercado tan loco como ahora, con la fruta de verano chileno en invierno. Mi padre se jubiló y ahora vive en una residencia que puede pagar gracias a los estipendios que le han reconocido por haber trabajado dos años, dos, al servicio de la república, mientras que la paga que le ha quedado por haber trabajado como un animal y un ex presidiario, durante el resto de su vida, no le darían ni para un kilo de melocotones chilenos en diciembre. Nada más volver a este piso de Lombía supe que a veces las placentas son como tumbas, que nada tienen de renacimiento. Pero me adelanto demasiado a su biografía. Yo volví a este piso cuando usted empezaba a morirse. Cuando se dormía en las audiencias, aunque se las concediera al mismísimo Kissinger o a Ford, al borde de la flebitis. Yo casi no salía de esta casa, obligado a una superproducción para atender mis obligaciones económicas para con Lucy y los chicos, soñando en el momento en que fueran independientes y autosuficientes. El chico lo fue en seguida y ahora es casi rico. La chica salió a mí. No tenía atributos, se casó mal, se drogó mal, en fin, ya verá usted como tampoco le salieron a usted las cosas como para echar las campanas al vuelo. Curioso que estos tiempos en los que se inician prácticamente sus postrimerías políticas, inquietudes de muerte política relacionadas con la decadencia física, yo estuviera en uno de mis peores momentos sentimentales y en cambio en el esperanzado trance de por fin empezar a ser considerado un escritor con mayúscula después de haber redactado veinticinco libros biográficos, desde la princesa de Éboli hasta Lou Von Salome, pasando por María Pita y Jenny Calamity para la colección «Mujeres, Mujeres, Mujeres» de Amescua, S. A. Obras de divulgación que siempre pasaron por censura (Julio las pasó por censura previa, por aquello de mis antecedentes), un ex seminarista encargado de las lecturas sancionó: «El estilo barroco enmascara una desafección de fondo con el sistema establecido. Pero no es gravemente peligrosa.»

Creo que he dejado bien claro que un gobernante no debe ir nunca a remolque de la opinión pública, pero tampoco tiene por qué ir a remolque de sus asesores, por muy probada que tenga su fidelidad. Recapitulemos. Desde el momento en que en 1964 comprendí que habíamos llegado a puerto seguro, veinticinco años después de la gloriosa victoria, en el inicio de una prosperidad general, vencidos los fantasmas convocados por la contienda fratricida, di tiempo al tiempo, sin prisas pero sin pausas. La Ley Orgánica era una llave para el futuro, no abría las puertas a ningún reformismo aventurero como querían nuestros enemigos y algunos de nuestros amigos, al parecer no demasiado confiados en la lógica lenta pero implacable de nuestro régimen. Nada más promulgarse en 1967 ya surgieron voces que reclamaban el nombramiento de un jefe de gobierno o la decidida proclamación de Juan Carlos como heredero de la monarquía instaurada por el movimiento nacional. De hecho yo delegaba funciones en Carrero y él se fiaba mucho de López Rodó y su equipo de asesores, pero era mía la responsabilidad de guiar la nave de la victoria mientras Dios me diera vida y salud. Nadie era imprescindible y así di el cese a Agustín Muñoz Grandes en 1967, porque estaba seriamente enfermo y tan recalcitrante como siempre, sin entender los cambios profundos que en la sociedad española, o en nosotros mismos, aportaba la prosperidad. Ya todos esperaban que nombrara un jefe de gobierno, pero me limité a ascender a Carrero a vicepresidente, el lugar dejado por Agustín, y no pasó nada.

En cuanto a la designación de Juan Carlos como heredero no había ninguna razón para acelerarla y contuve presiones e indirectas hasta tomar la decisión el 6 de enero de 1969, que por cierto era el día de la Epifanía y la consiguiente llegada de los Reyes Magos. La decisión personal se convertiría en pública meses después. A veces me parecía dirigir una nave llena de niños impacientes, sin una finalidad clara para tanta impaciencia, ¿navegar?, ¿llegar a puerto? Liberalizar la economía, me decía Girón, implica liberalizar la política y es preferible que su excelencia controle esa liberalización. La controlaba y era mi liberalización, no la liberalización liberal que nos hubiera llevado otra vez a los partidos políticos y a la nefasta situación previa a la proclamación de la II República. Cuando me llegara la hora y el príncipe se convirtiera en rey todo estaría atado y bien atado para que fuera rey de todos los españoles, sí, pero imbuido de los principios que habían dado la victoria a la verdadera España contra la anti-España. Y así acepté un sistema electoral que, basado en las organizaciones naturales y básicas de nuestro asociacionismo, la familia, el sindicato y el municipio, permitieran al pueblo elegir entre la pluralidad de ideologías sanas que aglutinaría nuestro movimiento. Asociaciones naturales, sí. Partidos políticos, nunca. ¿Qué querían los «liberalizadores»? ¿Que abriéramos las puertas a los comunistas, a los socialistas, a los masones? Los liberalizadores ya habían conseguido la Ley de Prensa que no siempre aportó buenos resultados y una legislación sobre la huelga en 1965 que permitía una interpretación malintencionada, por cuanto al admitirse que las huelgas económicas eran legales y las políticas no, con cualquier pretexto económico se convocaba una huelga política. Además yo había declarado repetidas veces que la lucha de clases había terminado entre nosotros y no era momento de desdecirse. Lo había proclamado en mi discurso de 11 de marzo de 1951 en Valencia, con motivo del II Congreso de Trabajadores: «La huelga es lícita y puede proclamarse como tal cuando la legislación acepta el principio de la lucha de clases. ¡Ah! ¿Cómo íbamos a dejar sin armas a los que de otra forma hubiesen sido vencidos y esclavizados por las otras clases en lucha?» Pero precisamente por eso, para impedir el canibalismo del gran capital o del proletariado marxistizado, convertimos al Estado en árbitro superador del conflicto entre clases. Nuestro desarrollo industrial, tan costosamente forjado, excitaba la codicia internacional y la rata comunista trataba de salir del saco donde la habíamos metido, porque el comunismo puede compararse con un saco lleno de ratas, que si no se le mantiene en continuo zarandeo y se deja trabajar a las ratas tranquilamente, empieza una a abrirse camino a través del saco, las demás la siguen y pronto habrán devastado toda la casa. No, mientras yo viviera, nuestro movimiento nunca estaría al servicio de una minoría de privilegiados, ni de las elucubraciones que elaboran en sus criptas y cenáculos pequeños grupos de iniciados, que auguran sobre el presente y profetizan sobre el porvenir sin arrimar el hombro a nada.

Había seguido con mucha atención los desórdenes de París, conocidos como «el mayo francés», una peligrosa farsa revolucionaria interpretada por señoritos que ponían en peligro la estabilidad de todo un país y de toda Europa. También por aquí, mimetismos juveniles y propaganda llegada del exterior, proliferaron movimientos de protesta que ordené fueran inmediatamente cercenados, porque seguía siendo válido el principio de que el árbol que nace torcido ha de ser corregido inmediatamente, de lo contrario crecerá torcido. De todas las ratas que trataban de salir del saco de nuestro orden sagrado, después de las comunistas, eran las separatistas las que más querían dañarnos y allí estaba en pie otra vez la violencia del terrorismo vasco asesinando policías y guardias civiles o la ambigua conducta de parte del clero catalán alentando movimientos nacionalistas que no se detendrían en un sano regionalismo, sino que llevaría otra vez al separatismo aventurero de Luis Companys del 6 de octubre de 1934. Pero de todos los síntomas de inquietud dentro del saco, el que más me hería era el que procedía de la Iglesia, sobre todo de la Iglesia española, la misma que había bendecido la cruzada y ahora llegaba a pedir perdón desde los púlpitos por la complicidad que en 1936 había establecido con el «fascismo». Desaparecidos los Gomá, Pla y Deniel, Arribas Castro o ya muy viejos, una nueva hornada de obispos encabezados por Tarancón levantaba bandera de liberalismo o de un llamado cristianismo de base, que no era otra cosa que camuflaje para la penetración marxista en la comunidad de los fieles.

Carrero, que tenía buena información sobre los nuevos movimientos de renovación católica, me tranquilizaba ante la desconcertante actuación de tantos sacerdotes y obispos que parecen haber olvidado la causa sagrada de nuestra cruzada. «El Vaticano tiene el enemigo dentro y el propio Montini fue en el pasado aliado de izquierdistas y de los sectores más antifranquistas de la Democracia Cristiana italiana.» Parece ser que Montini, al abrir la caja de Pandora del Congreso Vaticano II, ya no estaba en condiciones de controlar a teólogos que más parecían demoniólogos, porque de ellos se vale el diablo para dinamitar la Iglesia desde dentro. «La curia italiana —me informa Carrero— está minada por el marxismo y sería necesario desitalianizar la cúpula de la Iglesia Católica universal.» ¿Cuándo se ha visto que el superior de los jesuitas, el vasco Arrupe, publique en el Osservatore Romano *un artículo en el que la única cita es del* Che Guevara, *aquel facineroso que firmaba los cheques del Banco de Cuba con un simple* Che? *Los buenos oficios de los hombres de Acción Católica en mi gobierno, Castiella o Silva Muñoz, y la inteligencia y lealtad que embajadores como Garrigues o Sánchez Bella pusieron sobre la política romana, se estrellaban contra la evidente voluntad del Vaticano de dar un vuelco a la relación entre Iglesia y Estado, desmarcándose del régimen nacido de la cruzada. Dos nuncios sucesivos, Riberi y Dadaglio, trabajaron en esa dirección y aunque yo insistía en mi total acuerdo con la renovación de la doctrina pontificia y muy especialmente con* Populorum Progressio, *encíclica en la que creí ver ratificados los principios sociales y cristianos de mi idearium, la lógica reformista del Vaticano pasaba por encima de la tozudez de los hechos. Cuanto más insistían ellos en que nos separáramos, menos voluntad de divorcio yo exhibía y todavía en 1971, en la advocación ante el apóstol Santiago recuperé el lenguaje de los primeros días de mi caudillaje bajo palio: «En los meses de nuestra cruzada de liberación se repitió el hecho de que los combates decisivos en la guerra se resolvían decididamente en los días en que se celebraban las mayores festividades de la Iglesia, con toda claridad se acusa*

en la batalla de Brunete, que después de varios días de em-
peñados combates, se resolvió la pugna a las doce de la ma-
ñana del día de nuestro santo patrón. Y no puede ser de otro
modo cuando se combate por la fe, por España y por la jus-
ticia. La guerra se hace más fácil cuando se tiene por aliado
a Dios.»

No era yo quien había topado con la Iglesia y nada haría
para que se produjera el choque. Pero sin duda las disensio-
nes internas en el movimiento y la distancia que iba toman-
do la jerarquía católica, envalentonaron a nuestros enemigos.
En las iglesias se reunían comunistas y cristianos, bajo las
sotanas protectoras de sacerdotes como Gamo y Llanos y aun
de obispos como Iniesta. Los comunistas tomaban buena nota
de todo esto y mientras Marcelino Camacho, el jefe de los sin-
dicalistas rojos de Comisiones Obreras, se daba el pico con
sacerdotes como Gamo, Llanos o Díaz Alegría, Carrillo envia-
ba sus emisarios a Roma para que dialogaran con nuestro
embajador Garrigues y le expusieran su plan de reconcilia-
ción nacional de marxistas y católicos. El encargado de ven-
der el comistrajo fue el intelectual comunista Manuel Azcára-
te, de la estirpe de los Azcárate de la funesta Institución Libre
de Enseñanza, y Garrigues me envió un relato puntual de la
surrealista reunión. Después de ironizar sobre el respeto a la
libertad del comunismo, tan evidenciado en los países comu-
nistas, les dijo que se sorprenderían si pudieran hablar con-
migo, por lo mucho que yo solía elogiar las realizaciones ma-
teriales de la URSS, obra sin duda de un pueblo disciplinado
y con una unidad de destino en lo universal. Pero lo único
que querían aquellos curiosos mensajeros era sembrar cizaña
en terreno abonado, porque llegamos al extremo de que algu-
nos sacerdotes abjuraran de su complicidad en la cruzada y
prohibieran colocar ramos de flores ante las lápidas que en
los muros de las iglesias reproducían los nombres de los caí-
dos por Dios y por España. Los enemigos vaticanistas del ré-
gimen español presionaban sobre la curia y el Papa a través
de dos operaciones sucesivas y orquestadas que se llamaron
Operación Moisés y Operación Aarón, que más parecían nom-
bres judaicos que evangélicos.

El padre Higueras murió en una residencia para sacerdotes ancianos en Colmenar Viejo. Empezó a enfermar seriamente en 1965 y hasta su muerte en 1971 le hice tres, cuatro visitas, siempre instado por mi madre, hasta que la pobre mujer
tuvo que empezar a preocuparse más de su propia muerte

que de la del cura, nuestro protector. Notaba que le alegraban mis visitas y estaba al día de cuanto pasaba en el país. «Ahora que he dejado de ser pastor de almas, ya sólo soy pastor de recuerdos.» En una de mis tacañas visitas, cada cual que asuma sus remordimientos, me reveló que durante la república se escondió en casa de uno de sus feligreses, porque en los primeros meses «... vosotros veníais a por las sotanas», me inculpó, pero que nunca se había sentido franquista y mucho menos tras la ocupación de Madrid y el espectáculo del desquite desproporcionado. «Mi padre era guardagujas de un cruce ferroviario de Lorca», me reveló ya muy poco antes de morir. «Mi padre era más anarquista que marxista» añadió y no se adjetivó a sí mismo. Era, simplemente, un gran tipo.

En todos los gobiernos que he presidido ha habido enfrentamientos que casi siempre se habían resuelto merced a una mirada mía o a la última palabra que yo pronunciaba. Salvo la conmoción de los cambios de fondo de 1957, esta norma de comportamiento gubernamental se mantuvo siempre, pero yo observaba que, al igual que en la calle, el progresivo alejamiento del dramatismo de la guerra y la inmediata posguerra acentuaba la audacia crítica y las mutuas impugnaciones entre los ministros. Este clima fue creciendo en el seno del gabinete de 1962, que si bien fue muy positivo porque hizo frente al gran desafío del desarrollo económico, el fomento del turismo, la culminación de nuestro proceso constitucional, no fue ajeno a las divisiones e impaciencias reformadoras que anidaban en algunos sectores de la sociedad española. Un ejemplo. Lora Tamayo dimitió de Educación Nacional en 1968 porque el ministro de la Gobernación, Camilo, ordenó que se cargara contra la rebeldía universitaria y en el zafarrancho recibieron los que se pusieron por medio, incluido el rector de la Universidad, que no supo retirarse a tiempo. En uno de estos encuentros provocados por los agitadores universitarios recibió un contundente correctivo el ilustre señor rector de la Universidad de Madrid y Lora me envió una respetuosísima carta de dimisión. Yo ni le contesté. Me fui a pescar a Asturias y le dije a Carrero que obrara en consecuencia. Luego concedí una audiencia a Lora Tamayo y al darle el abrazo de despedida le dije: «Me ha vencido usted, pero no me ha convencido.» Y se fue confuso pero contento. Uno es esclavo de lo que dice pero dueño de lo que calla y me callé que el señor rector había recibido su merecido por meterse

donde no le llamaban, como recibieron su merecido los cate-
dráticos Aranguren, García Calvo, Montero Díaz y Tierno Gal-
ván, que fueron remojados por la policía en una refriega con
los estudiantes y posteriormente cesados y expulsados de sus
cátedras.

Los enfrentamientos en el seno del gabinete, excelente por
tantos conceptos, obedecieron fundamentalmente a los pun-
tos de vista enfrentados entre Carrero Blanco y Castiella, mi-
nistro de Exteriores, a propósito de la descolonización de Gui-
nea y la renovación de los acuerdos con USA y Gibraltar y
los choques entre los llamados tecnócratas, encabezados por
López Rodó y secundados tanto por Carrero como por el que
representaba a los demócratas cristianos, Federico Silva
Muñoz, un hombre brillante que quemó su carrera política
por una cuestión privada, y Solís Ruiz, que muchas veces a su
pesar tenía que representar las posiciones de la Falange, aun-
que había sido acusado por los falangistas de ser un liquida-
cionista. Los enfrentamientos entre estos dos bandos se pro-
dujeron tanto en torno al contenido de la Ley Orgánica como
a la proclamación de don Juan Carlos como futuro rey de
España. A priori no me molestaban estos choques que refor-
zaban mi natural condición de árbitro, pero el vaso se colmó
cuando estalló el caso Matesa. Muy sucintamente, porque el
caso ya pasó a la historia, se descubrió que un fabricante
catalán, el señor Vila Reyes no exportaba los telares que decía
exportar y se beneficiaba de los subsidios que el Estado daba
a la exportación. La congelación de estos subsidios llevaba a
la empresa a la crisis, pero además había un hecho delictivo
que implicaba políticamente a los ministros que habían con-
sentido o ignorado desde la negligencia los manejos de la em-
presa. Estaban pues en la picota Navarro Rubio, ex ministro
de Hacienda y gobernador del Banco de España en el mo-
mento del escándalo, García Moncó, ministro de Comercio, y
Espinosa San Martín, ministro de Hacienda, así como otros
cargos menores. Lo que pudo ser un espinoso asunto digeri-
do por el consejo de ministros, como ya había ocurrido con
Manufacturas Metálicas Madrileñas o Calzados Segarra, se
convirtió en un escándalo público por la campaña desatada
por los medios de comunicación al servicio teóricamente del
propio estado. Responsables de la campaña eran los minis-
tros Solís Ruiz, al frente de la Prensa y la agencia del movi-
miento, y Fraga Iribarne como ministro de Información y Tu-
rismo. Los azules aprovecharon la ocasión para entrar a de-
güello contra los del Opus, desde el supuesto de que Matesa

era una empresa de miembros del Opus Dei, protegidos por los ministros del mismo instituto. A la vista de un informe de miles de páginas que leí detalladamente, quedaban a salvo de toda responsabilidad los que precisamente eran los principales objetivos políticos de la campaña de los del movimiento: López Rodó y López Bravo. En cambio eran formalmente insalvables, aunque me constaba la buena fe puesta en el asunto, Navarro Rubio, Espinosa San Martín, García Moncó. En el consejo de ministros siguiente a mi toma de posición dije que cada palo aguantara su vela y me predispuse a que la justicia aclarara el asunto en el que se habían cometido más negligencias y abusos de confianza que prevaricaciones. También merecían un castigo político Solís Ruiz y Fraga por haber permitido y desatado el escándalo, por lo que fueron cesados y se abría así una renovación ministerial juzgada monocolor, sobre todo porque la vacante de Castiella como ministro de Exteriores la ocupó López Bravo. Quiero decir que Castiella había demostrado una versatilidad sorprendente en un hombre que en los años cuarenta se mostraba como un expansionista acérrimo del imperio español. Ahora por una parte forzó la independencia de Guinea, que tan malos resultados trajo, endureció el pulso con los ingleses sobre Gibraltar, puso la proa a la renovación de los acuerdos con USA y propuso una «neutralización» del Mediterráneo que sin duda fue jaleada en Moscú porque obviamente debilitaba la fortaleza de Occidente.

No hay mal que por bien no venga. El cambio ministerial me obligaría a entrar en la década de los setenta rodeado de rostros y talantes nuevos, agravada la impresión por la pérdida de Camilo Alonso Vega, ya que sus continuas protestas de vejez compartida conmigo le hacían inhábil para un ministerio tan conflictivo que no había sabido capear el temporal universitario ni el crecimiento de la subversión obrera movida por el sindicato comunista Comisiones Obreras dirigido por un miembro del comité central del PCE, Marcelino Camacho. Tampoco se había corregido a tiempo el rebrote de nacionalismo radical de ETA, que me mataba policías y guardias civiles y llegaba a la desfachatez de provocarme directamente cuando el conocido nacionalista Elósegui se quemó a lo bonzo en el frontón de Anoeta y se tiró desde el anfiteatro como una llama humana, en mi presencia. Finalmente el nuevo gobierno, vicepresidido por Carrero, acogía a López Bravo como ministro de Exteriores, Alfredo Sánchez Bella en Información y Turismo, Torcuato Fernández-Miranda en la

Secretaría General del Movimiento y pivotaban en torno de los criterios de López Rodó, ratificado como ministro del Plan de Desarrollo, los nuevos ministros de Hacienda, Comercio y Relaciones Sindicales. Nada de especial tenían los nuevos ministros militares, leales y disciplinados. Como esperaba fueran leales y disciplinados los demás ministros, los últimos que yo iba a nombrar como jefe de Gobierno, porque la próxima hornada correría a cargo de Carrero, cuando le nombré presidente del consejo de ministros en 1973. De momento Garicano Goñi había demostrado su saber hacer como gobernador civil de una plaza tan difícil como Barcelona y Sánchez Bella tenía un brillante historial como diplomático e informador. Ha sido quizá el embajador que más ha atendido la necesidad de mantenernos al día sobre la conjura externa contra España y los movimientos de los exiliados, aunque a veces parecía incluso como si no se fiara de nuestra capacidad de mantener el control sobre la subversión en el interior. Tenía el vicio de la correspondencia confidencial. Yo esperaba que metiera en cintura a los medios de comunicación, porque a pesar de las restricciones de la Ley de Prensa, las actitudes desafiantes de algunos periódicos como el Diario de Madrid, teledirigido por el opusdeísta Calvo Serer habían llegado al extremo de pedir mi dimisión por el procedimiento de aplaudir la de De Gaulle. Nadie se había atrevido a tanto. Nunca. El diario fue fulminantemente suspendido, tuvo dificultades económicas y la empresa, abiertamente controlada por enemigos del régimen, voló el edificio, en parte para sacar partido económico del solar y en parte para convertir la voladura en una expresión simbólica de reacción numantina ante la persecución del régimen.

Esperaba además que el nuevo equipo no me presionara como el anterior sobre la necesidad de dar protagonismo al príncipe, demandas que exasperaban a mis allegados porque aparte de políticamente contraproducentes, eran de mala educación, como si me instaran continuamente a la despedida. Me gustó mucho un artículo que salió en la prensa sobre Kruschev, en el que el político soviético elogiaba a los políticos de raza, a los que asumen su responsabilidad ante el poder y no conocen la palabra dimisión. Yo, que no era político, que había conseguido estar por encima de la politiquería, ¿por qué tenía que ceder un poder que sin mí aún era problemático? En el gabinete ahora cesado las impaciencias por dar protagonismo al príncipe habían llegado a ser escandalosas y en boca de ministros aparentemente tan poco políticos como el de Hacienda, quien me vino a dar lecciones sobre el papel del príncipe. «Conviene que se foguee y que no se pase la vida inaugurando exposiciones. Eso puede desgastar su imagen.» «¿Qué quiere usted que haga el príncipe?» «Que deje de ser mudo.» Y luego me razonó que el pueblo debía oír su voz y su alteza se ejercitara en el hablar en público, una de sus más importantes tareas de cara al futuro: «Todo se andará y dígale al príncipe que no tenga prisa. Que es mejor ser mudo que tartamudo.» Se dio por aludido y me ofreció toda clase de excusas por su injerencia, afirmando una y otra vez que nada había dicho por encargo expreso de don Juan Carlos. Por si acaso. Muchos de los recién nombrados eran auténticas incógnitas para mí y tuve que alertarles sobre constantes doctrinales que me parecían asumidas. Por ejemplo, ante una huelga minera, al de Asuntos Sindicales no se le ocurre otra cosa que consultarme un discurso en el que decía: «Como dijo Lenin, la política todo lo estropea, ella es la que está impidiendo la unidad de los trabajadores.» «Mire usted, señor ministro, le respondí, la frase está muy bien y es muy oportuna, pero omita al autor.» Estaría bueno que mi gobierno empezara a hacer campañas leninistas. Me vi rodeado de gente capaz, joven, pero quizá de un lenguaje demasiado nuevo para mis oídos y aunque era evidente el respeto con el que me escuchaban, pronto vi que también tenían demasiado empeño en precipitar el protagonismo del príncipe, acogiéndose a la razón de mi edad, y si bien era buena aquella razón, más poderosa era que quedara claro quién era el dueño del ritmo de nuestra historia y de su finalidad. Carrero tiraba de las riendas de sus caballos y yo podía sentirme seguro de su fidelidad. Me acostumbraba tanto a la presencia de un colaborador, si era eficaz, que luego me apenaba deshacerme de él, sobre todo a medida que me hacía mayor, por ejemplo, López Bravo, tan querido por Carmen y por mi hija, hombre de porte irreprochable, de una formación envidiable y siempre tan bien vestido, consideró que se había gastado ya en el ministerio de Industria y que debía cesar. «Yo no concibo una crisis ministerial prescindiendo de usted.» Me sonrió encantadoramente y me pidió el ministerio de Asuntos Exteriores. Con la percha que tenía, seguro que iba a ser un excelente ministro, me confirmó Carmen aquella noche cuando le anuncié el futuro nombramiento. Alguna de mis nietas aplaudió. No recuerdo cuál.

No dudo de la bondad técnica de los nuevos, pero no habiendo sido protagonistas directos de la cruzada, situaban las razones de eficacia por encima, no ya de las ideologías, sino de las políticas. Además, me costaba memorizar sus nombres aunque siempre lo conseguía cuando les concedía audiencias privadas. A veces tenía la impresión de capitanear una nave llena de marineros eficaces pero fatalistas, que todo lo hacían bajo el dictado de los hechos y las comprobaciones estadísticas e imbuidos de esa relativa verdad de que es mucho mejor el equipo que el individuo. ¿Trabajo en equipo? ¿Comisiones? Yo creo en los hombres, no en las comisiones. Lo que no tiene cabeza es un monstruo. Por otra parte me molestaba el lenguaje hermético que utilizaban algunos de mis colaboradores, imbuidos de que poseían un latín especial, un código de excelsos para excelsos. Lo que yo no entendía ¿cómo iba a entenderlo el español medio? Lo mismo he de decir sobre los dictámenes, manera de escurrir el bulto y pasar la patata caliente de la propuesta a un ente indeterminado, una comisión, por ejemplo. Una vez me vino un ministro de Hacienda con un dictamen sobre agricultura, según él, del Banco Mundial en colaboración con la FAO. Pero a medida que lo iba leyendo, yo recordaba partes enteras del contenido que había escuchado en labios del propio señor ministro, así que le dije: «Yo creo que hay partes enteras que usted ha sugerido.» «Pero excelencia —objetó—, ¿cómo voy a sugerir yo algo al Banco Mundial o a la FAO?» «Vamos a ver, ¿quien ha pagado el informe?» «El ministerio de Hacienda, excelencia.» «¿Lo ve usted? Todos los dictámenes dicen lo que interesa que diga a quien los paga.» Estos economistas eran los que más me ponían en guardia. Su lenguaje se había complicado, ya no era el de un Calvo Sotelo, un Larraz, un Arburúa con los que me entendía perfectamente. Por eso cuando les llamaba para encargarles la cartera, con el fin de que no se pensasen que hablaban con un lego, les sometía a un verdadero examen sobre la materia, en lo que afectaba a los problemas fundamentales: «¿Qué piensa usted sobre la mejora del sistema recaudatorio? ¿Cómo ve usted la actual política de regadíos y obras hidráulicas? ¿Cómo ve usted la financiación exterior y su repercusión en la política monetaria? ¿No cree usted que los préstamos extranjeros contribuyen a la inflación? ¿Se deben transformar las becas del Fondo Nacional del principio de igualdad de oportunidades en préstamos bajo palabra de honor? ¿Qué opina usted de la política de colonización agraria? ¿Y del precio de la leche? ¿Piensa que los funcionarios están bien retribuidos? La Seguridad Social, ¿qué? ¿Le parece justo o demasiado mínimo el salario mínimo? ¿Qué tiene que de-

*cirme usted sobre la política forestal?» Ministro tras ministro
dedicado a asuntos económicos pasó por un interrogatorio similar, a partir del momento en que Navarro Rubio me dijo
que o dejábamos de ser autárquicos o nos hundíamos.*

*A veces para desconcertar al ministro más pagado de sí
mismo, que insisto, suelen ser los economistas, imbuidos de
que poseen esa ciencia en secreto y no siempre conocedores
de mi vieja dedicación, les hago preguntas que rompen su esquema mental. Por ejemplo, cuando se debate la elevación pe-
riódica del coste de la vida, que se miraba muy escrupulosa-
mente para evitar que se disparase la inflación, los titulares
de las carteras económicas enumeraban los precios de los
productos básicos considerados para llegar al índice de elevación de precios del consumo. Nunca he entendido por qué
seleccionan unos servicios sí y otros no, y cuando ya cansado de cifras, puntos y comas y demás martingalas técnicas,
yo preguntaba: Y el precio del chocolate, ¿qué?, se quedaban
desconcertados, repasaban sus apuntes y nunca sabían el precio del chocolate. Nunca he conseguido un ministro de Hacienda o Comercio o del Plan de Desarrollo que supiera el
precio de una pastilla, ni siquiera de una tableta de chocolate. ¿Cómo puede saberse el signo de la inflación si no se sabe
lo que cuesta la merienda de los niños? ¿O acaso los niños
en España ya no meriendan, como yo y mis hermanos, pan
con chocolate? Pero un jefe de Estado no puede estar en todo,
sino atender lo más general y a veces, por desgracia, descuidar la inmensa cantidad de saber y capacidad de diagnóstico
que hay en el precio de una pastilla de chocolate como la que
nos daba mi madre en las tardes de El Ferrol con un pedazo
de chusco y a correr.*

López de Letona, ministro de Industria y considerado uno
de los tres «lópeces» tecnócratas en mayor o menor grado vinculados al Opus Dei, le trató a usted ya un poco tarde, cuando
sin duda la naturaleza había conseguido darle un aspecto de
«anciano afable del que emanaba una gran autoridad», que
demostraba estar bien informado sobre casi todo. «Sólo en
materia de economía era patente su falta de formación, pero
—consciente de ella— su natural prudencia le permitía defenderse bastante bien.» Se había vuelto usted prudente en
economía. Más de cuarenta años separan el asombro de Calvo
Sotelo ante su portentoso saber económico y el poco respeto
hacia ese saber que manifiesta el joven ministro tecnócrata.
En cuanto a la historia del chocolate, ha quedado definitiva-

mente aclarada tras la publicación de las *Memorias* de López Rodó. Fue él quien tuvo que soportar el interrogatorio sobre el chocolate, que al parecer no había sido provocado por sus recuerdos de infancia, sino por la misma causa que el turbio asunto del sobaco y el escote desnudo de la cantante Rocío Jurado. Una tarde en El Pardo, no sé si en presencia o en ausencia del brazo incorrupto de santa Teresa, doña Carmen se le quejó de lo caros que eran los bombones de chocolate. Por eso hizo usted la pregunta a López Rodó y él le contestó que ni los bombones de chocolate, ni el caviar, ni el champaña son precios consultados para determinar la subida del coste de la vida. Es el mismo proceso que siguió a la aparición de una espléndida y juvenil Rocío Jurado cantando ante las cámaras de TVE con sus abundancias presecretas al descubierto, lo que motivó una airada repulsa de tres damas tan influyentes como su propia esposa, la de Alonso Vega y la del todopoderoso Carrero. Mientras estas damas tuvieron ojos para mirar y ustedes oídos para escuchar sus quejas aquellas audacias desaparecieron de TVE, aunque alguna vez la excepción confirmó la regla, como en el espléndido *streap tease* incompleto de Ian Eory en *Historia de la frivolidad*, de Ibáñez Serrador, que estuvo a punto de desencadenar un alzamiento nacional de «generales».

Prueba fundamental de la lealtad de Carrero la recibiría con motivo de los procesos de Burgos de 1970 contra criminales convictos y confesos de ETA, condenados a muerte y situados por lo tanto bajo el arbitrio de mi decisión: o indulto o ejecución. Aquellos desalmados habían matado funcionarios del orden público y atentado contra bienes del Estado, pero la anti-España internacional se había movilizado a su favor y dentro de España todos los colectivos antifranquistas, con importantes contingentes clericales vascos y catalanes a la cabeza, se dejaban instrumentalizar por los comunistas para convertir el proceso de Burgos no en un juicio contra el terrorismo, sino en un juicio contra el franquismo. Carrero estuvo a la altura de los acontecimientos: «Excelencia, deje que yo asuma la responsabilidad de las ejecuciones.» Distintas movilizaciones de leales respaldaban cualquier decisión que tomáramos, pero antes de adoptarla quise oír a algunos ministros y muy preferentemente a López Bravo, el nuevo ministro de Asuntos Exteriores. Por razones de la progresiva normalización de nuestras relaciones exteriores, era partidario del indulto y creía que ésa era la opinión mayoritaria del gabinete:

*«Deje hablar al gabinete, señor ministro.» El 30 de diciembre
estaba convocado el consejo de ministros y allí debían tomarse los acuerdos pertinentes sobre indulto o ejecución. Yo solía
acudir a los consejos vestido de civil, pero aquel día me puse
el traje de gala de general de infantería y fui clavando mis
ojos penetrantes en los ministros a medida que les iba recibiendo y dándoles la mano. No voy a violar el secreto del
consejo, pero tras el turno de palabras, encabezado por López
Bravo y teniendo en la cabeza un sorprendente editorial de
ABC publicado aquella mañana, en el que se inclinaba por la
generosidad desde la fortaleza de nuestro régimen, acordé los
indultos y tal vez aquel día abrimos las puertas a un envalentonamiento de la oposición que costaría muchas vidas,
entre ellas la del mismo Carrero, que hasta el último minuto
de aquel consejo estuvo pendiente de mi mirada, dispuesto a
echarse a la palestra en defensa de mi posición, por dura que
hubiera sido.*

En efecto, general, usted se presentó al consejo vestido de
militar, quién sabe si para impresionar a los ministros civiles
o para impresionar a los militares. Los ministros civiles veían
la ola de sangre que se les venía encima y no tenían el estómago del consejo de ministros de 1963, solidario con la ratificación de la sentencia de muerte contra Julián Grimau. Lo
que usted no sabía es que uno de ellos, López de Letona, había
acudido personalmente el día anterior al despacho del muy
influyente director de *ABC*, Torcuato Luca de Tena, para pedirle que publicase un editorial en demanda de clemencia.
ABC ha estado siempre presente en su conciencia, general,
desde la mesa camilla de El Ferrol, hasta su decisión del
29 de diciembre de 1970, pasando por la colaboración de los
Luca de Tena en su gloriosa cruzada. No se comprometió de
buenas a primeras el periodista con el ministro, pero al día siguiente, López de Letona suspiró aliviado cuando leyó por
dónde iba el editorial de *ABC* «La justicia y la clemencia».
Tal vez podría salir del consejo de ministros con las manos
limpias de sangre.

*Yo dejaba hablar a los ministros y cada vez intervenía más
raramente, pero siempre en el momento justo. A pesar del
rigor mental que exhibían, sin duda manifestaban un total
respeto y adhesión a mi persona, sólo distraída por la frecuencia con que casi todos iban a la Zarzuela. Yo estaba al
día de cuanto allí se hablaba y Carrero incluso de lo que se*

*hablaba desde los teléfonos de la Zarzuela, de lo que me daba
cumplida información y por eso puedo decir que la impaciencia por el cambio no disminuía el respeto por cuanto yo representaba y que firmemente mantenía sentado a la mesa del
consejo de ministros sin levantarme nunca, mientras ellos,
tan jóvenes, eran incapaces de resistir una sesión de consejo
sin la necesidad de levantarse. Sin duda tenía que avenirme
a la comprobación de que las nuevas promociones estaban
hechas de otra pasta y no habían necesitado capacidad de
autocontrol porque yo seguía aguantando los consejos sin levantarme y ellos parecían afectados de incontinencia de orina.
La disciplina mental puede ser consecuencia de la corporal o
al revés. Creo que se interrelacionan. Se ha glosado mucho
mi capacidad de aguantar horas y horas de reunión sin necesidad de ir al mingitorio, capacidad que mantengo pese a mis
años. Es una costumbre que tengo desde niño y ya entonces
contemplaba con un cierto desprecio a aquellos compañeros
de micción torrencial que necesitaban salir de clase cada dos
por tres para evacuar. «¡Es que este hombre no bebe!», dicen
que comentan mis ministros. Claro que bebo, agua, y además tengo el cuerpo disciplinado y bien estudiado, no en balde
es el compañero real de toda una vida y según lo tratas, así
te trata. Frugal en mis comidas, aunque Vicentón Gil se empeñó siempre en criticarme si como esto o aquello, con ese
celo a veces insoportable con el que se cernía sobre mí, fruto
sin duda de su afecto. Bebo el vino necesario y fuera de horas
sólo de vez en cuando un jerez y cuando tomo queso tomo
vino, porque el vino y el queso se dan un beso, como decían
los antiguos. Si te controlas los apetitos alcanzas el equilibrio. Tal vez aquella impaciencia que les impedía contener la
orina era la misma que les llevaba a la aceleración del proceso histórico, frente a mi afortunado lema de hacerlo todo sin
prisas pero sin pausas. ¿Qué hubiera sido de la historia de
España si yo hubiera tenido las prisas de Sanjurjo en 1932,
las prisas por la toma de Madrid en 1936, por el retorno de
la monarquía en 1942, por el desmantelamiento del movimiento en 1945, por la fijación de principios ideológicos y constitucionales en los años cincuenta? Cada cosa en su sitio, cada cosa
en su sitio, cada cosa a su tiempo y así fueron llegando las
soluciones necesarias que ponían en evidencia a las que hubieran sido innecesarias. El nombramiento del príncipe fue
sin embargo una señal de sálvese quien pueda, el inicio de
movimientos subterráneos para situarse en torno del futuro
rey de España y crear grupos hostiles o jubiladores hacia mi*

persona y la verdadera España que yo represento. Insensatos. Ni en 1936, ni en 1970, ni ahora mismo en 1975, eran capaces de aguantar sus propios esfínteres.

Aunque cada vez me cansa más poner atención en lo que pasa y opinar, interiormente sigo siendo el mismo, sigo controlando mi equilibrio a tenor de un programa de vida. Así, las ventanas de mis aposentos privados de El Pardo dan al patio donde cada mañana suena el toque de diana, me despierta y me comunica la ilusión de un cadete. Desayuno en familia, hojeo los periódicos (luego ya me señalan si he de leer algo con mayor atención) y durante años jugué cada mañana al tenis o montaba a caballo por los montes de El Pardo, ejercicios que hoy no puedo permitirme y que he sustituido por el golf, no tanto como yo quisiera. A las diez en el despacho para recibir audiencias, a las dos el almuerzo en familia (últimamente Pilar o Nicolás casi no vienen), otra vez el despacho, que si un discurso dictado a mi taquígrafo, que si un ministro con urgencias, que si cartas credenciales, que si un cardenal con alguna consulta atípica y casi cada día hasta su muerte, Luis Carrero Blanco, lloviera o hiciera sol. Luego la cena, la radio hasta los años sesenta, la televisión después y de vez en cuando una película de estreno preferente o que me pide mi filmoteca mental, proyectada en el teatrillo delicioso del palacio. Así fue mi vida desde 1951 hasta el asesinato de Carrero y a esa regularidad debo mi buena salud, tan difícil de conservar por parte de un jefe de Estado. En verano el Azor, el Pazo de Meirás, Ayete son prolongaciones, en distinto marco, de la misma vida ordenada, aunque evidentemente menos oficial, especialmente en el Azor, más relajada. Si pescar desde el Azor o ir de caza son actividades que me relajan, tal vez mi preferida es ir a la finca de «La Piniella» en la temporada de pesca del salmón y de la trucha, actividades en las que hasta Max Borrell me reconoce como un experto. Allí, en «La Piniella», están los recuerdos de mi entronque con la familia Polo, la botella de Piper Brut Extra que no abrimos en la noche de boda, el cuadro de Carmen pintado por Sangróniz y los dos árboles que provocaron el debate entre Carmen y yo. Conseguí salvar mi árbol de la tala y desde entonces cada vez que iba a «La Piniella» y le contemplaba, me parecía como si él me mirara a su vez con gratitud. Las cosas no deben moverse de su sitio si están en el sitio de las cosas. También en «La Piniella» conserva Carmen su colección de pisapapeles, una entre tantas, y un escudo heráldico sobre la familia que yo tallé con mis propias manos y que ha sido siempre muy elogiado por los especialistas que lo han visto.

Era evidente para sus allegados y camarillas su decadencia. Cuando tenía que aparecer en una audiencia comprometida, le acentuaban la medicación y así salió airoso del encuentro con un De Gaulle vencido y arterioesclerótico, que quiso viajar por España y estrechar la misma mano que en el pasado había estrechado el mariscal Pétain. De Gaulle le elogió, general, porque al fin y al cabo todos los militares se respetan, se reconocen hijos de una misma lógica y a pesar de la distancia cultural existente entre un hombre capaz de tener a Malraux como ministro de Cultura y usted que no había pasado de Sánchez Bella, una solidaridad corporativa y una cierta envidia por sus prerrogativas vitalicias venció el penúltimo escrúpulo democrático que De Gaulle pudiera sentir ante su persona. Desde la calle no apreciábamos suficientemente su decadencia biológica y política, el vacío de solidaridades que empezaba a notarse a su alrededor, mientras aumentaba el cerco rastrero del palacio de la Zarzuela donde su heredero esperaba que el «hecho biológico» se produjera. Para no hablar de su muerte, el profesor Jiménez de Parga se había inventado la fórmula, «hecho biológico»... «cuando se produzca el hecho biológico». A mí me parecía imposible que usted pudiera morirse y empezaba a estar cansado de tanta tensión histórica, ahora, precisamente ahora, en el principio del fin. La politización se extendía por doquier y hasta en los institutos se formaban células de grupos políticos, se lanzaban octavillas, llegaba el lenguaje criptócrito que creado en los cenáculos culturales de la clandestinidad o de las revistas como *Triunfo* o *Cuadernos para el diálogo*, iba descendiendo hasta impregnar la jerga de una vasta progresía. Consciente de que mi hijo estaba a punto de empezar el bachillerato tras la educación general básica, le advertí sobre la necesidad de que asumiera un compromiso político, según su libre decisión, al margen de presiones familiares... Me cortó: «Ya lo he hablado cien veces con mamá.» «¿Y bien?» «Allá vosotros con vuestro rollo.» «¿Qué quieres decir con eso?» «Mamá y tú sois dos esclavos de la memoria. Yo aún no tengo memoria.» Y el angelito sólo tenía catorce años.

La subversión se pluralizaba y se sofisticaba y el régimen carecía de instrumentos afinados para detectar causas y procedimientos que llevaban al grave grado de conflictividad acelerada que marca el período final de los años sesenta y el primero de los setenta. Carrero me propuso montar un servicio de información especial, dedicado a estudiantes y mundo intelectual en general, dependiendo del ministerio de Educación, pero meses después nos dimos cuenta de que el servicio debía hacer frente al conjunto de la subversión política por cuanto los movimientos estudiantiles, profesorales, profesionales, clericales, separatistas, etc., etc., estaban conectados entre sí y en cualquier caso se complementaban. Carrero creó pues un servicio de información que nos iba suministrando datos de la subversión como filosofía y de los subversivos como agentes de intoxicación de las masas y de corrosión de nuestras instituciones. De los trabajos de ese servicio informativo, impulsado sobre todo por el coronel José Ignacio San Martín, nacería el Libro rojo de la subversión *que llegó a mis manos a fines de 1970 o comienzos de 1971. Al final del informe figuraba una frase de Ossorio, de su libro sobre* Cambó, *que me provocó una gran iluminación interior: «Los regímenes políticos no se derrumban ni perecen por el ataque de sus adversarios, sino por la aflicción y el alejamiento de los que deberían sostenerlos.» El informe era explosivo porque ponía en tela de juicio el compromiso a fondo de muchos de los que aparecían como valedores del régimen y por eso ordené que sólo se repartieran a contados receptores, pero seguros. Tan amenazados se sintieron algunos que trataron de liquidar aquel valioso servicio de información, pero yo le dije a Carrero: Saber es poder, y el almirante una vez más se me cuadró, con esa manera tan segura y percherona con la que se me cuadraba. José Ignacio San Martín era un militar probado, un buen soldado, hijo de uno de mis profesores en la Academia de Toledo, y en las audiencias que le concedí me dejó grata impresión, aunque no todas las recuerdo con igual intensidad. En la primera evocamos a su padre, un gran jurista militar que me comunicó ese «sentido jurídico de las cosas» que siempre me alababa López Rodó. La segunda la recuerdo confusamente. En mis notas consta, pero no hay ninguna observación, como si estuviera en blanco.*

No está en blanco en las memorias del propio coronel San Martín, uno de los golpistas del 23 de febrero de 1981: «Fue a mediados de 1970. En ella el panorama había cambiado totalmente, pues el caudillo, ya muy envejecido —a los casi setenta y ocho años—, apenas hablaría... y hasta hubo un momento penosísimo para mí, en que, queriendo articular unas palabras, parecía que se asfixiaba, que se moría. Fueron unos segundos o quizá décimas de segundo, en que me imaginé lo peor. En mi imaginación me veía llamando a los ayudantes de campo para que lo atendieran. Salí francamente impresionado... Me miraba con una agudeza impresionante, parpadeando constantemente. Captaba, eso sí, cuanto le exponía y le veía interesado por todo lo que iba diciendo. Al final se interesó por mi familia y recordó con afecto, una vez más, a mi padre.»

Me consta que volví a verle en otras dos ocasiones y siempre me insistía en que el régimen estaba más amenazado desde dentro que desde fuera, aunque no se atrevía a darme nombres concretos, sino que me remitía a los informes especiales que elaboraba. En otra ocasión me dijo que nuestras acciones represivas contra la subversión eran débiles y demasiado legalistas, que debíamos infiltrarnos en territorio enemigo y realizar acciones arriesgadas contra sus bases. ¡Adelante!, le dije varias veces. Pero no se qué pasó que, una vez muerto Carrero, trasladaron a San Martín de servicio y se lo llevaron a Chinchilla de Montearagón, en Albacete, al mando de un grupo de artillería ¿Qué pintaba un buen informador como San Martín en un grupo de artillería? Quise preguntárselo varias veces a Arias Navarro cuando sustituyó como jefe de Gobierno al malogrado Carrero, pero no supo darme razón o no quiso.

Estaba usted enfermo de parkinson, general, bastante enfermo y se lo habían dicho a medias. Cada vez más, cuantos le rodeaban obraban por su cuenta y hasta Carrero, meses antes de morir, revelaría que estaba angustiado por la lentitud que usted imprimía a las decisiones más obvias. Se dormía en las audiencias fuera en presencia del Gerald Ford o de Kissinger y cuando ya generalizaban impresiones de decadencia y relevo como la que tuvo el coronel San Martín, de pronto resucitaba con un extraño dinamismo condicionado por una medicación recomendada por especialistas norteamericanos, a espaldas de su médico de cabecera, Vicente, Vicentón Gil. Usted padecía el parkinson desde 1960. El medicamento se llamaba L. Doppa y gracias a él usted fue resistiendo, aunque progresivamente se acentuaran los síntomas de temblores, somnolencias, rigidez facial, cambios de carácter, incluso la impresión de cara de cera que producía su rostro, como si ya estuviera interpretando su papel terminal en un museo de figuras de cera. Según los médicos, el parkinson desintegra a sus afectados, favorece la rigidez mental, las ideas fijas, destruye el sentido de la adaptación, frena la imaginación y bloquea la percepción amplia de las informaciones. Los que le rodeaban se aprovechaban, cautamente, temiendo sus resurrecciones, de tan prolongada decadencia y en su más estricto núcleo, en lo que se conocía como el clan del Pardo, se urdió la trama favorecedora del matrimonio de su nieta mayor, Carmen, con don Alfonso de Borbón Dampierre, el príncipe «azul» por oposición al príncipe «blanco» Juan Carlos. Su yerno soñó en la posibilidad de que don Alfonso ocupara el lugar del heredero dinástico que usted le había concedido a su primo en 1969, pero tal vez el parkinson prestó un último servicio a Juan Carlos y sus ideas definitivamente fijas le impidieron darse cuenta de que le colaban un nieto político por la puerta trasera de la dinastía. La boda fue casi regia, pero usted desentonó. Su imprescindible sobrina Pilar supo verle en 1972 en su ya casi definitiva presencia de jefe de Estado menguante en el museo de las figuras de cera. «En marzo de 1972 se celebraba en El Pardo la boda de su nieta mayor, María del Carmen, con don Alfonso de Borbón Dampierre. Sobre varios aspectos de la boda ya hablé en otro lugar. Ésta es la gran consagración de los inquilinos de El Pardo, que entran así a formar parte de la realeza. Un nieto de don Alfonso XIII contrae matrimonio con una nieta de los Franco. Doña Carmen no cabe en sí de gozo, a mi tío, dentro de su estado de salud, se le ve muy satisfecho. No es de los que vibran con acontecimientos de este estilo, aunque este enlace le interesa de verdad, pero ya su salud está francamente quebrantada. Cuando acompañado por Fuertes de Villavicencio, visita los salones llenos de invitados, apenas se fija en la gente, casi no me conoce cuando voy a saludarle, va arrastrando los pies, con la boca medio abierta y un aspecto penoso. Creo que la numerosa concurrencia que llenaba los salones recibe una impresión lamentable. A todos nos parece que ya no hay hombre, y quizá resalte más su condición física ante el cúmulo de invitados de gala, entre los vestidos suntuosos y la belleza de las mujeres y el brillo de las joyas, entre los vistosos uniformes y los trajes de etiqueta. Todo estaba preparado en honor suyo, más que en el de los mismos novios, y él es como una imagen patética a la cual su fiel Fuertes apenas deja acercarse. Una sombra que no recuerda en absoluto su vigor y sus ojos de otros tiempos.»

¿Por qué nombré jefe de Gobierno a Carrero Blanco en 1973? «*Soy un hombre totalmente identificado con la obra política del caudillo y mi lealtad a su persona y a su obra es total, clara y limpia, sin sombra de ningún íntimo condicionamiento ni mácula de reserva mental alguna.*» *Estas confesiones de Carrero al periodista Emilio Romero, traducían la buena disposición hacia mí, sin duda de las más leales que recibí durante toda una vida, dentro de lo que cabe. Caballero sin miedo y sin tacha, Carrero era capaz de declarar que prefería una civilización destruida por un holocausto nuclear a una civilización dominada por el ateísmo marxista soviético, y no era la suya una fe teatral o una lealtad opresiva como la que podía dispensarme Vicentón, sino que fe y lealtad estaban dotadas del don de la austeridad que presidió toda su vida, por más que se especuló sobre supuestos negocios de Carrero en Guinea Ecuatorial, que al decir de los mal intencionados habían retrasado la resolución del pleito con los independentistas dirigidos por Macías. A este respecto diré lo mismo que siempre contesté a quienes venían a presumir de pureza al tiempo que me demostraban la impureza de los demás:* «*¿Usted se ha enriquecido? ¿No? Pues mal hecho, porque nadie se lo va a creer.*» *Carrero tras sus veleidades de los años cuarenta se había convertido en un monje de la política: ni cacerías, ni devaneos femeninos desde que escarmentó y entró en la línea espiritualista del Opus Dei, prolongación de su integrismo congénito. Sólo vivía para despachar conmigo, leer cuanto necesitara leer para ratificar sus creencias y escribir como un apologeta moderno de la buena nueva del franquismo. Envalentonados por el clima general de olvido de las condiciones de la guerra y de la posguerra, algunos intelectuales empezaron a hacer ajustes de cuentas al pasado, con el propósito de denigrar nuestra obra y entre los empeños más lamentables ahí estaba la revista* Triunfo, *llena de intelectuales ex presidiarios o la película de un director rojo, Basilio Martín Patino, hermano de un obispo coadjutor igualmente rojillo. Aquella película se titulaba* Canciones para después de una guerra, *Carrero la vio y se limitó a hacer este comentario:* «*A ese director habría que fusilarle*», *y me rogó que no la viera porque me iba a llevar un disgusto innecesario. Uno de los síntomas de la vejez es que rehúyes los disgustos y a veces me sorprendo a mí mismo durante las proyecciones de las películas que me echan en el teatrillo de El Pardo, cerrando los ojos cuando el malo está a punto de hacer alguna fechoría o va a sufrir demasiado el bueno. Queda tan*

poco tiempo de vida que el corazón se defiende del sufrimien-to y el cerebro de la comprensión del mal. Tal vez Carrero era demasiado integrista para mi gusto, pero no me intran-quilizaba excesivamente que prefiriera morir de un desastre nuclear a vivir como «un esclavo de Dios». Nuestras leyes fun-damentales matizarían sus excesos y personas de la sutileza de López Bravo o López Rodó, compensarían los esquematis-mos del almirante. Carrero era el continuismo, la garantía de que el régimen se sucediera a sí mismo o así lo creí yo en aquel momento de su nombramiento como jefe de Gobierno, primera cesión de poderes que yo hacía desde mi proclama-ción como jefe del Estado y del Gobierno treinta y cinco años atrás. Carrero en el gobierno, las cortes regidas por un incon-dicional como Rodríguez de Valcárcel, la seguridad en manos de Arias Navarro, los ejércitos en su sitio. ¿Qué quedaba por atar? El príncipe. Carrero me lo había dicho más de una vez, al tiempo que presionaba con López Rodó para que el retor-no de la monarquía fuera una reinstauración que nos conti-nuase y no una restauración que nos eliminase, según el deseo de los rupturistas que rodeaban a don Juan en Estoril: «Ex-celencia, debemos tomar nuestras precauciones para que el príncipe no nos salga rana como su padre.» Estaban contro-lados todos los contactos de la Zarzuela y los informes del coronel San Martín me abrieron los ojos hasta la sorpresa, aunque pude disimular porque forma parte del arte militar la impavez del jefe ante los avatares. Durante la breve etapa al frente del gobierno, Carrero siguió siendo el mismo, pero al-gunos ministros empezaron a cultivar casi tanto la Zarzuela como El Pardo, al igual que sus inmediatos antecesores. Ca-rrero me había consultado todos los nombramientos de su go-bierno. Yo le había pedido que me enderezara el rumbo del país, porque pese a mis desvelos, habíamos abierto mucho la mano y urgía rearmarnos ideológicamente. López Rodó deja-ba de ser ministro del Plan de Desarrollo y asesor permanen-te, cotidiano, de Carrero, para encargarse de Asuntos Exterio-res, una manera como otra de terminar con más de veinticin-co años de permanente influencia sobre la evolución del movimiento. Hombres jóvenes formados en el movimiento como Utrera Molina, encargado del resucitado ministerio de la Vivienda, demostraban que la semilla de la victoria había crecido, al igual que Cruz Martínez Esteruelas, encargado del Desarrollo y Carlos Arias, al frente de Gobernación, del que esperábamos la mano firme que la situación requería, al igual que del ministro de Justicia, Ruiz Jarabo, al que no le había nunca temblado el pulso desde la presidencia del Tribunal Supremo. Tracé sendos círculos en torno de dos de las propuestas de Carrero, exactamente Julio Rodríguez Martínez, en Educación, y nada menos que Torcuato Fernández-Miranda como ministro Secretario General del Movimiento y vicepresidente del Gobierno. Carrero me despejó los círculos: Rodríguez Martínez es franquista, joven y un rector enérgico. Torcuato representa la tranquilidad del movimiento más equilibrado y es como una taza de tila para el príncipe, porque le tiene confianza. Un poco de tila al príncipe no le iría mal, pero lo de Rodríguez Martínez no saldría demasiado bien. En cuanto me dijeron que escribía versos rimados y los recitaba en público en las conclusiones de actos políticos y académicos, me pareció como si la historia me hubiera jugado una mala pasada. Yo que me había negado a nombrar ministro a Ridruejo, porque era poeta, ahora se me colaba en el gobierno un poeta disfrazado de rector. Afortunadamente, don Julio era un hombre fiel a Carrero y a mi persona y no jugó como los otros a congraciarse cuanto antes con la Zarzuela. Carrero me dijo que López Rodó estaba muy contento con su cargo, porque le permitía dejar de ser «el hombre en la sombra», como se le llamaba y lucir el palmito en las recepciones de embajadas. No faltó el comentario malévolo de Vicentón: ¿También allí llevará cilicio?

Mientras tanto las elecciones sindicales y las llamadas a cubrir el tercio de procuradores a Cortes en representación de la familia demostraba que la capacidad de penetración del enemigo era mucha y Carrero toleró experimentos como las «cenas políticas», debates de sobremesa conducidos por un tal Antonio Gavilanes, a los que se invitaba a amigos y enemigos a ver qué opinaban sobre el futuro. Posiciones liberales como las que sostenían algunos de los implicados en el contubernio de Munich de 1962 eran ampliamente rebasadas por posiciones descaradamente marxistas y antirrégimen, por más que a veces se disfrazaran de un supuesto socialismo leal o de socialfalangismo, como el propuesto por Manuel Cantarero del Castillo, clásico producto de un Frente de Juventudes convertido en coartada de muchos hijos de vencidos. Cantarero era hijo de madre nacionalista y padre rojo y con los años estaba más cerca de su padre que su madre, por más que se acogiera a las reglas de un asociacionismo regido por nuestra democracia orgánica. «Tranquilo, excelencia, todo está atado y bien atado», me aseguraba el pobre Carrero, demasiado confiado en sus preces, en la seriedad de su comporta-

miento, en el proyecto de Ley de Asociaciones Políticas que le preparaba Torcuato Fernández Miranda y en la rutina de su vida de leal servidor. Precisamente esa rutina le costó la vida. Aquel hombre que en 1942, hoy puedo revelarlo, me propuso que me coronara rey, iba hacia la muerte sin saberlo, porque por el subsuelo de Madrid los agentes de ETA preparaban la trampa mortal que le dinamitaría. Al parecer, primero se pretendió secuestrarle y utilizarlo como chantaje para la liberación de terroristas, pero Carrero iba demasiado protegido y no era hombre que se dejara intimidar ante una pistola. Se optó pues por construir un túnel que llevara hasta un punto bajo la calle Claudio Coello por el que él pasaba todos los días cuando iba a misa y a comulgar, siempre en la misma iglesia, la de los jesuitas de la calle Serrano. Carrero se había convertido en el punto de mira por su decidido enfrentamiento a la incomprensión de la Iglesia dirigida por el cardenal Tarancón, nuestro principal enemigo, según solía repetir el almirante, y porque incluso era considerado un tapón para la evolución del régimen por cancillerías extranjeras que en teoría eran leales. Era un tapón de la fuga de las esencias del franquismo, pero también de los excesos de los ultras dirigidos por Blas Piñar, buen patriota, cabeza de iceberg de un bloque ultra integrado por civiles y militares, que José Antonio Girón respaldaba desde lejos, desde los jardines de sus posesiones de Fuengirola, en la Costa del Sol. No podíamos tolerar ni el desorden de los rojos y los masones, ni el de nuestros supuestos adictos que se habían vuelto demasiado indisciplinados y podían generar una dialéctica de la violencia similar a la que había hecho necesaria nuestra cruzada de liberación. Carrero se esforzaba en convencer a los ultras. ¿Contra quién queréis que demos un golpe, contra nosotros mismos? Contra los enanos infiltrados en el régimen, clamaba la revista ultra Fuerza Nueva, *y tal vez tuvieran razón, hoy puedo decirlo, cuando quizá sea demasiado tarde. Lo cierto es que a la vista de cómo degeneraba la situación el propio gabinete formado por Carrero no estaba exento de sospechas. ¿Qué hacía allí Fernández-Miranda, un profesor que explicaba a Hegel y a Marx en sus clases y del que constaba su eclecticismo, cuando no su cinismo político y su decantación abierta por una inmediata reinstauración de la monarquía? Carrero lo justificó por el equilibrio de fuerzas y me señalaba la presencia de Arias en Gobernación o de Iniesta Cano al frente de la Guardia Civil. ¿Y Manuel Díez-Alegría al frente del Estado Mayor? ¿No era acaso un militar liberal que hasta es-*

cribía ensayos sobre Baroja? En el libro Lecturas buenas y malas del padre jesuita Garmendia de Otaola se decía que Baroja era moralmente desaconsejable por su desolador escepticismo y por su libre pensamiento. Añadía: «Sus obras han hecho mucho daño a los jóvenes. En su conjunto puede tolerarse su lectura a personas mayores sólidamente formadas.» ¿Pero un militar de tan alta graduación como Díez-Alegría podía dar el mal ejemplo no sólo de leer, sino también de comentar a Baroja? Por otra parte un hermano del general, jesuita, era una de las cabezas visibles de los curas rojos, aunque otro hermano, el teniente general Luis Díez-Alegría, era uno de los incondicionales y jefe de mi casa militar.

Apenas si tuvo tiempo Carrero de precisar un estilo de gobierno, y no porque yo siempre mantuviera un marcaje estrecho de sus actividades, sino por la brevedad de su mandato. Pero he de decir que nunca estuve del todo tranquilo frente a aquel gabinete y no creo que mi intranquilidad fuera fruto de la reducción de mi papel, porque Carrero me consultó uno por uno cada ministro y una por una las decisiones fundamentales que tomaría. Algunos ministros, como López Rodó, que habían demostrado una deslumbrante eficacia en otros ministerios o cometidos políticos, parecían un tanto perdidos, como los pies pequeños en los zapatos grandes y menos mal que estaba yo allí para, con mano izquierda, mi dañada mano izquierda, poner más de un punto sobre las íes. Voy a poner un ejemplo. La política exterior nos llevó a la real política de establecer o iniciar la relación normal con los países comunistas y el primer gigante que se incorporó a nuestra agenda diplomática fue la República Popular China. Los dirigentes de aquel país eran muy suyos e invitaron a nuestro embajador en Pekín a que en sus desplazamientos no rebasara un radio de cuarenta kilómetros en torno de la capital china, y López Rodó me propuso que diéramos la réplica y no dejáramos mover al embajador chino más allá del circuito señalado por Toledo, Aranjuez, El Escorial, Ávila y Segovia. «Déjele llegar usted también a Guadalajara, hombre, don Laureano.» Le hizo tanta gracia que se le salieron las lágrimas y cuando se marchó, Vicentón, que solía espiar algunas audiencias desde detrás de las cortinas, me comentó: «Seguro que se le ha caído el cilicio.» Tuve que llamarle al orden y afearle su conducta. Por muy verde que estuviera aquel gabinete, para los liquidacionistas representaba la prueba de que el régimen se sucedía a sí mismo y tenía en el reformismo de los ministros del Opus el límite del horizonte de cambios y en la lealtad de

Carrero la seguridad de seguir fieles al espíritu de los caídos por Dios y por España.

Pero la suerte estaba echada. A las nueve de la mañana del 20 de diciembre, cuando Carrero volvía de sus prácticas religiosas, estallaron bajo el asfalto y bajo su coche tres cargas de dinamita goma, con un total de 75 kilos y fue tal el impacto que el vehículo voló con sus ocupantes dentro y fue a parar al patio de un convento, por lo que durante un tiempo pareció cosa de fantasmas. ¿Dónde estaba el almirante, dónde estaba el coche? Luego mis expertos me dijeron que el golpe había sido magistral y dudaban que ETA dispusiera de personal lo suficientemente especializado como para llevarlo a cabo. ¿Y la internacional masónica y comunista? ¿Acaso no pertenecía ETA a esa internacional, disfrazada de fuerza nacionalista refugiada bajo las faldas de sus curas y sus obispos? Cínicamente, Santiago Carrillo, el secretario general del PCE, declararía a L'Humanité, el órgano de los comunistas franceses, que aquello no era obra de amateurs. ¡Si lo sabría él, que con todas las monsergas de la «reconciliación nacional» no había vacilado en dar apoyo logístico a ETA en momentos de debilidad! Informado de lo que había sucedido me enteré al mismo tiempo de las reacciones oficiales ante el atentado: Iniesta Cano había ordenado la presencia activa de la Guardia Civil en toda España para hacer frente a un previsible levantamiento, en cambio Fernández-Miranda y Díez-Alegría eliminaron la orden y recomendaron calma, porque nada iba a pasar. Aquel mismo día estaba previsto el juicio del 1 001 contra la plana mayor de Comisiones Obreras, encabezada por Marcelino Camacho (miembro del comité central del PCE), Julián Ariza, el cura García Salve y Nicolás Sartorius, un señorito rojo, descendiente de un título nobiliario que un antepasado suyo, polaco, había conseguido sin más méritos que hacer la corte a la fogosa Isabel II. Las sentencias fueron duras aunque no compensaban el magnicidio cometido, ni el clima de inseguridad que percibí a mi alrededor, no sólo condicionado por el vacío de Carrero, sino porque dos días después del atentado los países miembros de la OLP, los países productores de petróleo, subían salvajemente los precios y nos abocaban a una crisis económica que, como la de 1956 y 1957, aparecía ante nosotros de repente, pillando de sorpresa a aquellas lumbreras técnicas que tantas lecciones habían tratado de darme. Yo estaba afectado por lo de Carrero, pero es deber de un militar permanecer por encima de los desastres y por eso, aunque me emocioné al dar el pésame a la señora

Pichot, viuda de Carrero, luego pronuncié una frase que ha sido el lema de mi vida: No hay mal que por bien no venga.

. Su latiguillo preferido, general, «No hay mal que por bien no venga», utilizado esta vez a propósito del atentado contra Carrero no fue excesivamente bien entendido ni siquiera por el entonces ministro de Información y Turismo, Fernando Liñán, y responsable de buena parte de la redacción de su discurso: «Siguiendo las indicaciones de Fernández-Miranda, acudí a ver al generalísimo y le dije que por encargo del almirante Carrero había redactado un borrador para su intervención de fin de año, que ése lo dejaba para su consideración y que estaba pendiente de sus instrucciones por si necesitaba nuevos datos sobre temas que quisiera introducir. Me citó dos días después, me mostró el texto definitivo con una serie de supresiones y añadidos, alguno no muy afortunado, como el de «no hay mal que por bien no venga», referido a la muerte de Carrero. Yo no supe si había sido redactado por el propio caudillo o por algún otro colaborador.»

Mi serenidad no quería decir claudicación. Yo oía las voces de la calle donde mis leales, mal dirigidos por Blas Piñar y otros jefes ultras bien intencionados, se atrevían a gritar: «¡Tarancón al paredón!» señalando con el dedo justo la traición de la Iglesia, aberrante traición ya que yo había respetado el principio de no chocar con ella, lo estuve respetando hasta el final, prohibiendo a Carrero y a su sucesor Arias que reaccionaran con dureza frente a las provocaciones de obispos o demasiado sociales o demasiado nacionalistas, como Cirarda o Añoveros, al que Arias quería expulsar de España. ¿Quién, cuándo se había abierto la caja de Pandora?

Si 1973 había sido un año negro, 1974, llegó preñado de amenazas. Me hablaban de crisis económica. Todos los técnicos que López Rodó había incubado como una clueca me daban malas noticias y empecé a añorar aquellos tiempos en que Navarro Rubio o López Bravo o el mismo López Rodó, exultantes de alegría patriótica, me iban informando del crecimiento del producto nacional bruto o de la renta per cápita o que estábamos en una política de pleno empleo, tanto en España como fuera de España, porque ni uno de nuestros trabajadores emigrantes carecía de puesto de trabajo y eso que eran casi dos millones. Que si subía la inflación, que si aumentaba en un 20 por ciento la progresión de precios industriales, que si en 1974 el índice de vida había subido un

21 por ciento, que si la subida del precio del petróleo puede abocarnos a una crisis energética. Pues arreglen todo eso, pienso, aunque no lo digo, que para eso están en el cargo. «Está rodeado de aprovechados y traidores», me decía constantemente Vicentón y sus comentarios me irritaban porque me devaluaba. ¿Cómo se atreven a rodearme? El otro día le confié a un ministro que hay una conjura internacional para hundir nuestro sistema en la que se suman las fuerzas del comunismo con las de la masonería, como viene sucediendo desde aquel nefasto año de 1917. El ministro no estaba de acuerdo del todo con la generalización de «masonería» y veía más claro el papel incluso de cancillerías de estados supuestamente aliados, sin descartar, supongo yo, al mismísimo Vaticano. Ese frente de comunistas, masones, curas democratistas o rojos, multinacionales ávidas de lanzarse sobre una España liberalizada, de estados que sueñan con que bajemos la guardia para colonizarnos política y espiritualmente, necesitaría la respuesta decidida de nuestros mejores hombres y para empezar de un gobierno dirigido por un hombre de lealtad probada. ¿Quién? ¿Qué estadista no está amenazado por Antonio Pérez? Han desaparecido de mi entorno casi todos los rostros de mi memoria militar y política y los que quedan me inquietan por su vejez, espejo de la mía. ¿Y Vicentón? ¿Por qué no viene a verme Vicentón?

Vicentón se mostró muy activo en los días que siguieron al asesinato de Carrero, quien también se había dejado mediatizar demasiado últimamente por los partidarios de dar más rapidez al hecho sucesorio y ahora tenía ante mí la oportunidad de encontrar un sustituto más acorde con mi sentido del tiempo y menos maleado por el largo proceso que había conducido a la proclamación de don Juan Carlos como heredero de la corona de España a título de rey. Pero ¿quién? Me gustaba escuchar toda clase de opiniones, aunque yo tenía ya mi predilecto. Vicentón Gil me esperaba casi al pie de la cama, al día siguiente del atentado, para decirme: «Ya veo que ha dormido usted muy mal, mi general, no se preocupe... aún quedamos muchos españoles con las p... necesarias para sacar las castañas del fuego.» Yo no le contesto y me voy al cuarto de baño, reflexiono y comento con Juanito, mi ayuda de cámara: Nieto Antúnez es el más adecuado. Le conozco de toda la vida. Nada más oír este comentario, Juanito salió de la estancia y a los pocos minutos tenía ante mí a un airado Vicentón que me prohibía, me prohibía a mí, nombrar a ese «... negociante... entérese, entérese de quién es ese suje-

to». No sabía cómo sacármelo de encima y le ofrecí otro nom-
bre: Torcuato Fernández-Miranda, a pesar de Hegel, aunque
le caía bien a mi vehemente médico, también le encontraba
alguna desgracia, por ejemplo que era sospechoso de promo-
cionar socialistas dentro de los altos cargos del movimiento.
¿Y García Rebull, el valiente general que era un cadete cuan-
do yo le liberé del alcázar de Toledo? Ése, según Vicentón,
era un hombre leal, pero sólo servía para mandar tropa. Ése,
tiene de político lo que yo. Mi mujer, que había entrado tam-
bién, empezó a defender a Nieto Antúnez y Vicentón le dijo
que Nieto era un golfo, un trepador, un tío, le llamó tío, fo-
rrado de millones. Le dije que se marchara porque ya me tenía
muy harto. Pero no sé qué pasaba aquella mañana que tras
Vicentón apareció Nieto Antúnez y casi pisándole los pies Ro-
dríguez de Valcárcel, el presidente de las Cortes. Yo estaba
decidido a nombrar a Nieto, pero me lo discutieron. Yo le
decía, Pedrolo, me gustaría que fueras tú, porque tú eres leal,
pero me dicen que estás muy mayor. Pedrolo se puso triste,
no contestaba y yo insistí: ¿Es qué estás muy mayor? Final-
mente dio una palmada en el aire, como si borrara un pensa-
miento que silenciaba para siempre y dijo: «Es verdad. Un
viejo no es el mejor apoyo para otro viejo.» Es decir, el otro
viejo era yo y aunque tenía razón, no por eso dejó de doler-
me aquel juicio. Mis dudas pasaron a otros optantes: Rodrí-
guez de Valcárcel, José Antonio Girón y un tercer nombre que
me insistió Carmen, Carlos Arias Navarro, nombre que sin
duda iba a ser cuestionado porque algunos le atribuían cierta
negligencia como ministro de Gobernación ante la prepara-
ción del atentado contra Carrero. Rodríguez sólo tenía ima-
gen ante la burocracia del movimiento, Girón era un perso-
naje demasiado ligado al pasado y estaba postrado en una
silla de ruedas a causa de su accidente. Carlos Arias no me
complacía del todo, pero era un político contundente, creía
que leal y siempre tan amable que seguramente tendríamos
buenas relaciones. Tampoco estaba demasiado escorado hacia
la Zarzuela, por lo que sabría ser el necesario fiel de la ba-
lanza. Carlos Arias me dijo que iba a contar con el asesora-
miento de Girón y Rodríguez de Valcárcel y me consta que le
pidió a Girón ideas para el discurso de toma de posesión, dis-
curso que me pareció muy gironiano, aunque Vicentón me
hizo ver que alguien me había metido la pluma y que Carlos
Arias iba a ser demasiado contemporizador con la carcoma li-
beral y marxista que se había metido hasta en los mismísi-
mos cuerpos del Estado. Cosas de Vicentón, me dije. Quien se

tomó peor el nombramiento de Arias, fue Fernández-Miranda y en su discurso de despedida atribuyó a brujas y meigas las causas de que no fuera él el designado, en clara indirecta a las supuestas influencias de mi entorno. A Carmen le molestó esta agresión inmotivada. Toda la confianza que me merecía Arias, compartida por Girón, Carmen y mis allegados y a pesar de la leyenda de dureza que le habían tejido sus enemigos desde sus tiempos de fiscal en Málaga tras la conquista de la ciudad o de gobernador civil y director general de Seguridad, se vio ratificada a través de sus primeras actuaciones y también la amabilidad del trato que me dispensaba. No era la nuestra una relación como la que tenía con Carrero, tan buen entendedor que una mirada mía o un silencio bastaban, pero Arias estaba pendiente de mis opiniones y deseos y así entendí su discurso aperturista, que dio origen a lo que la prensa llamó «El espíritu del 12 de febrero», porque no se salía de los límites de la coherencia de nuestros principios fundamentales. Así que le telefoneé y le dije: «Arias, hoy ha hecho usted mucho bien al país. ¡Que Dios se lo pague!» Como había hecho mucho bien al país proponiéndome la ejecución del anarquista Puig Antich, asesino de policías, ejecución indispensable si queríamos evitar la espiral de violencia que condujera a situaciones equivalentes a las que provocaron nuestra cruzada de liberación. Otras veces tuve que decirle: «Con prudencia, Arias, con prudencia», pero desde la seguridad de que le estaba recomendando prudencia a un prudente. La negación del indulto al anarquista Puig Antich fue una prueba de fuego para aquel gobierno encabezado por Arias y en mi opinión demasiado aperturista, sobre todo en los niveles de direcciones generales. Les miré fijamente mientras exponían pros y contras y cuando Arias dio su opinión, en el sentido de que la gangrena sólo se ataja cortando, yo le respaldé con toda mi autoridad y nadie se atrevió a dimitir. Las dimisiones llegarían después, desde argumentaciones bastardas y poco viriles, pero de aquel consejo de ministros que no dio el indulto al anarquista catalán todos salieron corresponsables de la decisión.

Difícil explicarle a usted el porqué de la escasa reacción española, ante el asesinato legal de Puig Antich, un joven anarquista que mató a un policía mientras forcejeaban por una pistola. Tampoco reaccionó la oposición. La oposición empezaba a ver la salida del túnel, con su féretro por delante, excelencia, y no quiso arriesgar territorios de libertad factualmente recuperados, por la muerte de un anarquista. Ni siquiera nos puso en tensión la salvaje decisión de matar también a un pobre polaco apátrida, cuya sentencia de muerte se había ido demorando y que fue ejercida junto a la de Puig Antich como acompañante subalterno que restaba enjundia a la operación política. Hubo algunas manifestaciones, sobre todo en Barcelona. Extrema izquierda. Cristianos para el socialismo. Simples horrorizados ante la operación de matar, pero los estados mayores de los partidos trataban de despegarse de la violencia, en busca de una respetabilidad pactante de la futura llegada de la democracia a España. Eso no quiere decir que no nos tragáramos aquel cadáver como un sapo y que no fuera necesaria mucha verbalidad para hacerlo digerible. Marcelino Camacho, el líder de Comisiones, al conocer las brutales condenas contra los del proceso 1 001, venganza indirecta por el asesinato de Carrero, había declarado: «Nuestras condenas son el precio por las libertades de mañana.» Alguien parafraseó a mi lado: «La ejecución de este muchacho a garrote vil es una prueba de la debilidad del franquismo.» Y de la nuestra. Pensé. Pero, probablemente, no lo dije.

Últimamente veía a Arias cariñoso, eso sí, pero protector, como si dudara de mi capacidad de comprender y de actuar aunque sin aquella soberbia que caracterizaba a Serrano, porque Arias evidentemente no es un intelectual y sí un hombre de acción. Como director general de Seguridad, Carlos Arias había sido también implacable cumplidor de nuestra legislación y como alcalde de Madrid había demostrado una gran capacidad de comunicación con todos los estamentos sociales y Carmen lo encontraba distinguido, prudente y él siempre manifiesta en público que se deja guiar por la lucecita que ilumina su ventana de mis aposentos de El Pardo, como si fuera el faro y el punto de referencia de su quehacer. Hablaba de mí como Vicentón. ¡Vicentón! ¿Por qué ya no es mi médico? Al mirar hacia atrás descubro que siempre confié o desconfié a primera vista y pocas veces falló mi primera impresión. Si Carrero desempeñó un papel muy importante en mi tranquilidad política, un médico personal como Vicente Gil me proporcionaba una seguridad física, aunque no todos los de mi entorno estuvieran de acuerdo. Cristóbal me estuvo insistiendo durante veinte años: Nombre a un médico más experto, con mejor curriculum. ¿Mejor curriculum que el haber dedicado toda una vida y todo lo que sabía al cuidado de mi persona? Ya os he hablado de mi encuentro con Gil en el hogar asturiano de sus padres, luego su intento de hacerse militar, sin duda atraído por su respeto a mi persona. El joven Gil estudió medicina en Valladolid y allí se afilió a la Falange, después hizo la guerra pendiente de algunas asignaturas para acabar la carrera, fue gravemente herido en el Alto de lo Leones de Castilla, quedó dañado su brazo derecho e impidió que se lo amputaran por el procedimiento de amenazar a los médicos pistola en mano. El brazo le quedó hecho una lástima, por lo que una vez acabada la contienda, tuvo que renunciar a la cirugía y dedicarse a la medicina general. Durante la guerra me lo había encontrado alguna vez, siempre con su centuria y su mosquetón, muy echao palante, como dirían los castizos, y poco amigo de prebendas ni apaños. Quise tenerle a mi lado en el Cuartel General y junto a mí participó en algunas acciones de guerra, en muchos encuentros con mis leales, siempre Vicentón admirado por mi memoria: «Es que usted, excelencia, es la leche. Lleva toda la guerra en su cabeza. Esas banderitas de colores que pone en los pueblos ganados... se los sabe todos de memoria.» «Y los por ganar, Vicentón, los por ganar.» Le incorporé a mi escolta una vez acabada la guerra, pero le animé a que terminara la carrera y en cuanto lo hizo, le nombré médico personal y familiar, confiando más en su lealtad y en lo que aprendería, que en lo que sabía. Ése fue el inicio de una larga relación de treinta años de fidelidad por su parte, pero también de convivencia con un joseantoniano puro, como a él le gustaba llamarse, sólo más franquista que joseantoniano, añadía a continuación y convencido de que la mejor lealtad para mi persona era vigilar mi salud y a todos los que me rodeaban. Tanto lo uno como lo otro lo hizo con un celo excesivo, a veces asfixiante, progresivamente asfixiante a medida que yo me hacía mayor y mi salud daba sus primeras muestras de flaqueza. Se casó con una joven actriz de teatro, María Jesús Valdés, matrimonio arriesgado porque nunca se sabe cómo puede salir el matrimonio entre un profesional y una cómica, pero Vicentón impuso drásticas condiciones de retirada escénica y la actriz cumplió el compromiso, nunca dio la nota y aunque permaneció al margen de la vida de palacio, no por mi hostilidad, sino por el propio interés de Vicentón, nunca fue un obstáculo para la carrera de su marido al que no sólo hice mi médico particular, sino también presidente de la Federación Española de Boxeo, sabedor de la admiración que sentía por este deporte, de los buenos puños que había exhibido en sus tiempos de falangista de choque y de lo frustrado que le había dejado su brazo lisiado. He de decir que siempre noté una seria antipatía mutua entre mi médico particular y mi yerno, también médico, antipatías cruzadas que casi siempre se han establecido a mi alrededor con el sano objetivo de la emulación entre personas que me querían bien. Pero a veces los que te quieren bien te quieren demasiado y en un sentido exclusivista, posesivo. ¡Cuántos celos ha suscitado a veces una simple amabilidad mía dedicada a fulano de la que se ha sentido excluido mengano! El otro día se lo dije a mi actual médico el doctor Pozuelo, quejoso porque parte de mi casa civil le ponía palos en las ruedas: «¡No se preocupe, es que tienen celos!» El doctor Pozuelo es otra cosa, discreto y liberal, en cambio Vicentón era indiscreto y un dictador, sobre todo en cuanto se refería a las comidas. A medida que se iba envalentonando me sometía a unas dietas aburridísimas y Pozuelo lo primero que hizo fue alegrarme la dieta. Además a Pozuelo le encanta que pesque, que cace, que juegue al golf, todo lo que sacaba de quicio a Vicente Gil. Si cazaba o pescaba porque cazaba o pescaba y si no lo hacía pues porque no lo hacía, lo suyo era siempre ir a la contra de mis deseos y siempre por mi bien, cosa que no dudo, hasta el punto de que le hice experto en cuantas enfermedades tuve y no tuve, pero él presumió. Varios de mis allegados me insistieron en que buscara a un médico de cabecera de más prestigio científico, pero Vicente lo que no sabía lo aprendía siempre que guardara relación con mi salud de la que se sentía responsable ante la historia. Un día llegó a decirme que no pescara de noche porque me exponía al atentado de un hombre rana o a un torpedo o al ataque de un submarino. Vamos a ver, Vicente, ¿de dónde va a venir ese hombre rana o ese submarino o ese torpedo? El marxismo y la masonería piensan en todo, excelencia, me contestó. ¿Qué me vas a enseñar tú del marxismo y de la masonería a mí? Y así le hice callar.

Es posible, excelencia, que lo de Gil fuera paranoia, pero en sus memorias hay demasiadas coincidencias de información y diagnóstico con las de su primo de usted, el igualmente leal, aunque frustradísimo, teniente general Franco Salgado Araujo. A medida que usted envejecía y decaía, Gil se consideró el depositario de la salud de todo un país, dependiente de la de usted. Y hablaba, conversaba, trataba de influir en su entorno político para que no se fuera al garete la obra de su caudillo. Militares, políticos, que si Girón, que si Carrero.

Los escándalos económicos del régimen le preocupaban y le hacen preguntarse: ¿Cómo una sociedad anónima que tiene veintidós mil millones de déficit puede repartir del nueve y medio al diez y medio por ciento a sus accionistas? Y le llevaba a usted pruebas, siempre asombrado por su desdén ante la evidente corrupción que le rodeaba, un instrumento de conocimiento y posesión política que usted utilizó sabiamente para rodearse de leales menos leales que el pobre Gil: «Carrero, con un tono confidencial evidente, me contó que no comprendía cómo el caudillo no reemplazaba al ministro de Educación Nacional, que era un loco. Y para respaldar esta afirmación me dijo que había recibido al subsecretario de Información y Turismo en la sauna, donde le hizo meterse y a poco se asfixia, con toda la ropa puesta. Me refirió también que el ministro de la Gobernación era una calamidad. En el fondo coincidimos en todo. Yo le dije que como vicepresidente del Gobierno, él tenía la culpa y era el responsable. Me respondió que el caudillo no le hacía caso, que era cada vez más tarde en sus reacciones. Se refirió a la crisis en la que salió Suanzes y me aseguró que el caudillo había tardado tres años en tomar la decisión, después de su propuesta. Luego me preguntó por ciertos nombres. Por Carlos Arias, que para él sería un gran ministro de la Gobernación; que si era verdad que Serrano de Pablo había sufrido un infarto. Total, que fue una entrevista dura y blanda, porque con esta gente no sé nunca a qué carta quedarme. Le dan a uno la razón y después hacen lo que les da la gana. Les va bien, como se dice comúnmente, en el machito.»

Y se calló como un muerto, el leal Gil, cuando vio cómo usted entraba en una a veces angustiosa, a veces apacible senilidad, como cuando le sorprendió en la bañera moviendo los labios como si rezara y al acercarse vio que usted estaba leyendo en voz alta las instrucciones de la loción para después del afeitado, y la ubicación de la razón social, ¿Varón Dandy, general? Y fue Gil quien le pidió silencio patriótico a aquel fontanero que se quedó estupefacto cuando en pleno trabajo le vio a usted viejecillo, con la cabeza de polluelo asomando sobre los bordes de una bata de franela, frotándose las manos muy contento, atravesando el salón pasito a pasito mientras cantaba el dúo de *La del manojo de rosas*, tanto en el papel del barítono como en el de la tiple: «Hace tiempo que vengo al taller y no sé a qué vengo. / Eso es muy alarmante, eso no lo comprendo. / Cuando tengo una cosa que hacer / no sé lo que hago...»

Un ex ministro opinaba sobre su situación en vida, en una vida que era ya casi muerte: «Franco está aislado; ya no conoce directamente a la gente, y se guía —decantado con buen sentido— de lo que oye en su círculo familiar, lo que le cuenta su médico de cabecera, y algún comentario que puedan hacer sus ayudantes militares de servicio.»

Ni los ministros económicos del gobierno Carrero, ni los del gobierno Arias acertaban a solucionar la crisis económica. Aunque todo pasaba ante mis ojos y por mis manos según el antiguo ritual de los despachos con ministros a lo largo de la semana, los casi cotidianos con Arias y el consejo, yo notaba que las cosas marchaban por sí solas y que las consultas que me hacían eran cada vez menos importantes, menos decisivas. Yo les clavaba mis ojos en los suyos para adivinar la sinceridad de sus actitudes, pero era otra gente y el mundo cambiaba no para bien. Síntoma de catástrofes futuras fueron las previsiones pesimistas sobre el desarrollo económico emitidas por el Club de Roma, un club de cerebros en el que no escaseaban marxistas, masones y judíos. También el envalentonamiento del rey de Marruecos, reivindicador de lo irreivindicable, Ceuta y Melilla, y amenazante de una ilegal anexión de nuestras provincias del Sahara Occidental aprovechándose de que ya no tenía frente a él a aquel joven oficial, Francisco Franco, que les había derrotado en Alhucemas, y por si faltara algo, la revolución portuguesa llamada de los claveles me demostró una vez más que el hombre es el único animal que tropieza dos veces en la misma piedra. Un ejército colonial como el portugués, forjado en la lucha contra la subversión comunista en Angola y Mozambique, había sido infectado por la ideología que trataba de combatir y altos oficiales como Spínola, que debían toda su carrera a Salazar o Caetano, apadrinaban una revolución con el propósito de controlarla, alentados por la CIA. Se repetía el juego de los Fermín Galán, mi hermano Ramón, Queipo, aprendices de brujo que abrían las puertas al comunismo, creyendo abrirlas a la democracia. Y Spínola tenía la misma responsabilidad que Queipo, porque él era militar curtido y dio el golpe para perderlo a manos de los rojos. No sólo me pareció un insensato sino que además no paraba de hablar. Hablaba demasiado. Los subversivos empezaron a construir el mito del general Manuel Díez-Alegría, que si bien hablaba poco, a diferencia de Spínola, escribía demasiado y demasiado esbozada su jerarquía de valores hacia escritores que si bien pertenecían al patrimonio literario, poco bueno habían enseñado moralmente. Fue el autor de un proyecto de objetores de conciencia con respecto al servicio militar, duramente impugnado en las Cortes, hasta el punto de que hubo que retirarlo en 1971. Me constaba que al igual que otros militares de su tendencia, era bien visto por los Estados Unidos y por la Zarzuela, e igual podía decirse de su ayudante, el coronel Manuel Gutiérrez Mellado. ¿Qué preparaban estos militares y nuestros «aliados» americanos a espaldas del movimiento? Cuando se produjo el golpe en Lisboa, Díez-Alegría empezó a recibir monóculos como los que portaba el militar lisboeta, clara invitación a la rebeldía, pero el principal desliz que cometería el general «aperturista» fue tomarse demasiadas atribuciones aperturistas en el transcurso de un encuentro con el dictador comunista Ceaucescu de Rumania. Ordené, previa propuesta de Arias, que fuera destituido del cargo de jefe del Alto Estado Mayor y se convirtió en un ídolo hasta de los comunistas. Pero a mis oídos llegaban y llegan rumores sobre deslealtades increíbles, como las relaciones entre gentes de la presidencia del Gobierno y la nueva dirección del PSOE en el interior e incluso aproximaciones a los comunistas que dieron lugar al chascarrillo de Carrero a Carro y de Carro a Carrillo, porque se me dijo que era Carro el hombre encargado de tranquilizar a los comunistas de cara al futuro, él, que había sido perseguidor de comunistas desde el ministerio de Gobernación dirigido por Camilo.

La salud de nuestro ministerio estaba a prueba y aunque meses después se descubriría la conspiración de unos cuantos oficiales «demócratas» miembros de la UMD, Arias me dijo que todo estaba controlado y de la misma opinión eran los ministros militares, aunque a mis oídos llegaron noticias de que la oposición interior seguía enviando monóculos al general Manuel Díez-Alegría en recuerdo del que lucía Spínola, el Kerenski de la revolución portuguesa, para animarle a ser el Kerenski español. ¿Tienen controlado a Díez-Alegría? Se controla a sí mismo, excelencia, es un hombre fiel a su excelencia y no dará un paso mientras usted permanezca al frente de la situación, con su pulso sereno y su voluntad de servicio. Muy buenas palabras las de Arias, pero no todos eran de la misma opinión. Tampoco la caída política de Nixon nos beneficiaba, porque presagiaba el retorno de una administración demócrata y mal les había ido a los norteamericanos la guerra del Vietnam, lastrado el ejército por el trabajo de políticos y civiles en general que se manifestaban contra la guerra y minaban la solidez del ejército. Si los americanos se hubieran empleado con la contundencia que pedían sus jefes militares, la guerra del Vietnam no habría sido una de las más crueles derrotas sufridas por el mundo libre. Era la misma situación que yo había vivido en África, la misma traición continuada de políticos y civiles controlados por la masonería. ¿Estaba lejos la masonería del trabajo minador del régimen estable de los coroneles griegos que se tambaleaba hasta pocas semanas después?

¿Y Pacón, general? Se ha olvidado usted de su primo huérfano, del que les iba siguiendo en los paseos por El Ferrol, pendiente de la labia de su tutor y luego se pegaría a su sombra, sacrificando, según él, su carrera militar. A comienzos de 1971 se despega de su cargo simbólico de más o menos, mejor o peor secretario militar y, achacoso, deja de escribir las notas en las que recogía sus monólogos, porque Pacón parecía un criado mayéutico interrogando a su primo socrático. En su última nota escrita insiste: «Tal vez el día de mañana mis herederos dirán que yo era "primo" en toda la acepción de la palabra, por no explotar mi cargo ni mi apellido. El generalísimo nada me ha dado por mis servicios durante tantos años, mi trabajo constante durante la guerra a su lado; lo que tengo y lo que soy me lo debo a mí mismo y a nadie más. Antes de cumplir los treinta y dos años tenía un ascenso por méritos de guerra, la medalla militar individual y otra colectiva. Cuando empezó nuestra guerra de liberación yo llevaba una de las mejores carreras del ejército. Cuando se terminó la guerra me habían saltado en el escalafón infinidad de compañeros y por poco no consigo llegar a teniente general. Si no mandé ninguna unidad en la guerra fue porque el caudillo me lo negó, por considerarme necesario a su servicio inmediato; con lo cual me causó una desilusión y un perjuicio en mi carrera. La casualidad de fallecer siete generales más antiguos, pero más jóvenes que yo, hizo que pudiese llegar a teniente general todavía en activo. Expongo todo esto aquí pues sé lo apasionada que es la crítica, y en cierto libro del Opus que conservo parece que se comenta, censurándome, que yo he empleado mi apellido. Éste no me ha reportado jamás ventaja alguna. Impulsado por la fe y el cariño hacia mi primo, y sobre todo a mi patria y al ejército, no me pesa haberme portado como lo he hecho durante tantos años, con tantísimo desinterés. Me queda una conciencia muy tranquila y limpia, y esto me da una satisfacción de espíritu que vale más que nada.» Pacón ni siquiera fue capaz de sobrevivirle y respetó el síndrome del huérfano hasta el punto de morirse también en 1975, como usted. Sus herederos no quisieron seguir haciendo el primo y publicaron sus notas, notariales miradas desde la retina de un perdedor, por más teniente general con mando en plaza que hubiera llegado a ser.

De pronto tuve deseos de descansar y añoré el verano como cuando era niño y esperaba las vacaciones para corretear por las plazas de El Ferrol, embarcar hacia la Graña, jugar a soldados y mombis por las laderas del Chamorro, llegar hasta el Chamorro a rezarle a la Virgen y a mi madre, en busca del abrigo de su memoria protectora. La subversión mordía por doquier. Cuando no era ETA era el FRAP, una fuerza terrorista que manejaba desde el extranjero el masón Álvarez del Vayo, capaz de matar a fuerzas del orden público y colocarnos en el disparadero de la respuesta incontrolada que me exigían los seguidores de Piñar. Cada vez que recibía la noticia del asesinato de un policía o un guardia civil, me echaba a llorar. Estaba cansado. Necesitaba el verano.

Pero julio de 1974 empezó muy mal para mí. Me dolía la pierna derecha y creí ver un edema a partir del tobillo. Vicentón cabeceó hosco y empezó a llamar a otros médicos, señal de que no se encontraba seguro de sí mismo y decidieron un tratamiento que no dio el resultado apetecido. Los médicos eran partidarios de internarme en un hospital, pero Carlos Arias prefería que me trataran en El Pardo. A mí me ilusionaba cambiar de aires, pero dejaba hablar, opinar y de vez en cuando clavaba mis ojos penetrantes en cualquiera de ellos, por ver si se desconcertaban y adivinaba sus secretas intenciones. Finalmente Vicentón decidió que me ingresaran en la Ciudad Sanitaria Provincial Francisco Franco, y cuando yo le pregunté: ¿Cómo se lo tomará Cristóbal? Vicentón se encogió de hombros y le reprochó estar en Manila con sus amigos los Marco, asistiendo a la proclamación de miss Mundo. Esto será una bomba política, Vicentón. No tenía pelos en la lengua cuando me contestó: Peor bomba sería que usted la espichara, excelencia. Así considerado tenía razón. Me ingresaron pues y yo les oía hablar de una tromboflebitis y de una agudización del parkinson y vi cómo Vicente se enfurruñaba porque de pronto alguien le reveló el secreto de que Cristóbal había convocado en el pasado a un médico canadiense para consultarle mi parkinson. Lo que había sido una delicadeza hacia Vicentón, él se lo tomaba como una ofensa personal, como una prueba de desconfianza. Compensó este disgusto convirtiéndose en el carcelero de la puerta de mi habitación, por la que sólo dejó pasar a mi familia, al presidente Arias, al príncipe y a Girón, que era de su entera confianza. Vicente aprovechaba mi debilidad para recriminarme algunas costumbres, según él origen de mi tromboflebitis, por ejemplo apoyar la caña de pescar sobre el triángulo de escarpa derecho donde se ha formado·el trombo o ver demasiado tiempo la televisión, completamente inmovilizado. Yo temía que me prohibiera lo uno y lo otro y que dada mi tendencia a obedecer siempre a los médicos, me viera privado de los pocos placeres que me quedan, como cuando voy a comer por ahí y dada mi cualidad de jefe del Estado, los camareros me ponen más carne que patatas de los guisos y a mí lo que me gustan son las patatas. ¡Son tantas cosas las que se imponen sobre en teoría a un jefe de Estado! Y luego aún queda gente que me llama dictador.

La llegada de Cristóbal fue espectacular, me hizo un reconocimiento somero y me dijo que estaba perfectamente y que iba a dejar entrar a los periodistas para que lo comprobasen y me hicieran fotos. Vicente se le encaró y no oí muy bien lo que le decía pero Nenuca me contó que le había faltado al respeto y ordenado al jefe de la casa militar que si pasa algún periodista por la puerta que disparen sobre él. Luego me ridiculizó una máquina que Cristóbal ha hecho traer de no sé dónde para detectar la contrapulsación extracorpórea. Es la chocolatera del señor marqués, mi general. Pero no me encontraba todo lo bien que los demás se creían y cuando tuve una hemorragia digestiva todos corrían, menos Cristóbal, que me dijo: No se preocupe, es que ha subido un poco la urea. De una subida de urea murió mi padre y sólo me faltaba esta información. Menos mal que Vicente en seguida me dijo que no le hiciera caso, pero no me gustó nada que Carlos Arias se me presentara para pedirme la cesión de poderes al príncipe, con carácter transitorio, desde luego, excelencia. Mejor dicho, Carlos Arias no se atrevía a proponérmelo y fue Vicentón, al que por cierto vi algo acalorado, el que me lanzó casi una arenga: «Mi general, en España hay unas leyes que han de servir para algo, creo yo, para cumplirlas. El artículo II de la Ley Orgánica del Estado expresa que en caso de enfermedad o salida al extranjero del jefe del Estado, asumirá los poderes el príncipe y cuando pase esta circunstancia el caudillo vuelve a su puesto. Usted en estos momentos podría

estar pescando salmón en Alsacia o donde le diera la gana.
Se da la mala suerte de que está aquí, tumbado en la cama
de un hospital.»

Me gustó aquella idea de pescar salmones en Alsacia, era
un buen ejemplo desdramatizador, así que me volví a Carlos
Arias y disimulando el disgusto que me provocaba su falta
de decisión, le comuniqué: Cúmplase la Ley, presidente.
Nunca pude saber después qué había pasado exactamente
entre Cristóbal, Carlos Arias y Vicente, lo cierto es que com-
probé que la dedicación de Vicentón menguaba y que un día
dejó de pronto de venir. Yo preguntaba por Vicentón a Car-
men, a mi hija, a mis ayudantes y todo eran evasivas hasta
que mi hija me dijo: Papá, prepárate para no ver más a Vi-
centón, ha cometido la grosería de insultar e intentar agredir
a Cristóbal. Incluso le lanzó un puñetazo. ¿Le llegó a dar?,
pregunté, asombrado ante la capacidad boxística que conser-
vaba Vicentón. «No, pero fue un espectáculo lamentable el que
formaron los dos. A Cristóbal no podemos despedirle.» Como
siempre, mi hija opinaba con sensatez y cuando me comuni-
caron el nombre del nuevo médico yo ya estaba saliendo de
la crisis de la tromboflebitis y quería retomar el poder cuan-
to antes, no sin alarma ante todo lo que había ocurrido a mi
alrededor y la sensación molesta de que todas las lealtades
habían sido sustituidas por cálculos de futuro. Era una apre-
ciación justa. A mi alrededor casi todos me miraban como el
pasado y en cambio en cuanto aparecía el príncipe todos le
miraban como el futuro y así sería biológica y políticamente,
pero aunque nunca me movió la obsesión de mando, yo había
recibido un mandato de Dios, de la historia, de nuestros caí-
dos y ese mandato lo apuraría hasta el último aliento de vida
y mucho más ahora, cuando había detectado la corriente de
aire de la disidencia.

En efecto, general, Vicente Gil entró acalorado en su habitación para pedirle la cesión de poderes. En la puerta había
tenido que apartar a su prepotente yerno, porque se oponía a
la medida y durante toda su enfermedad, una vez vuelto de
Filipinas, el marqués de Villaverde no hizo otra cosa que burlarse de su médico y de otros médicos, juzgándoles irrelevantes al lado de su papel de real salvador de su suegro. Cuando usted cedió poderes al príncipe, su yerno se enfrentó a Vicentón y le acusó de haber favorecido los intereses de ese
niñaco de Juanito y ese niñaco de Juanito era nada menos
que el príncipe Juan Carlos, el nieto de su siempre respetado

Alfonso XIII. Y fue su yerno quien encimó a la madre y la hija para que avasallaran al presidente de la Federación de Boxeo, y no contento con ese acoso, él mismo fue al encuentro de Gil, cuando salía de examinarle a usted, le fue empujando hacia la zona donde aguardaban autoridades y plañideros y ante la evidente intención de darle dos bofetadas, el médico y presidente de la Federación de Boxeo le pegó un empujón a su yerno y al mismo tiempo le largaba un derechazo que no llegó a su destino, pero sí consiguió amedrentar al prepotente marqués, semiescondido entre los visitantes, hasta que pudo retirarse con más velocidad que dignidad. «Entonces advertí —ha contado el doctor Gil— que este individuo, que es bastante chulesco, lo que pretendía era darme dos bofetadas delante de toda aquella gente. De un codazo lo lancé contra la pared y en el trance me arrancó todos los botones del pijama. La lástima fue que fallara con la derecha, pero al ir hacia él como un rayo, echó a correr para meterse en el grupo del general Iniesta. "Si eres hombre —le dije— baja conmigo al jardín. Anda. Baja conmigo al jardín." "Eso no, eso no" gritaba desde el fondo de la verdadera muralla humana que se había formado. Aguardé un momento alerta para ver si quedaba un momento descubierto para machacarle.» Luego su yerno, general, fingió haber tenido un amago de infarto de miocardio y conminó a su suegra y a su mujer: «O ese bruto de Vicentón o yo.» Y Vicentón vivió el cese y todo lo que le pasó a usted posteriormente, desde la impotencia de un ama de cría a la que le han quitado al mamón preferido. Recordaba con nostalgia aquellos masajes circulatorios que le daba, excelencia y en la evocación de aquella circunstancia concreta, aparecían cincuenta años de cariño, toda una vida y treinta y siete años como médico particular, sin un fracaso profesional. Siempre esperó que usted se impusiera sobre sus mujeres y su yerno y le volviera a llamar y muchas mañanas iba a El Pardo, sin pasar del cuarto de oficiales y le veía caminar a usted por el jardín a través de un agujero abierto en la tapia. Usted no pudo ver más allá del agujero aquel ojo lleno de lágrimas y como en los melodramas llenos de reencuentros imposibles, Vicentón Gil lloró como un chorro, como un río asturiano, el día en que Pepe Iveas, su dentista y amigo común, le contó que Franco se había interesado por su situación económica. ¿Ha quedado arreglado? No se preocupe, excelencia, un buen amigo y leal franquista, Valero Bermejo, le ha tendido una mano y le ha hecho médico de una de sus empresas estatales. Y usted lloró, general. Y Vicentón, lloró general. A distancia. Y a distancia, a poca distancia, usted se murió, general, y Vicente Gil también, general, en 1980. Pero aún queda una escena de *melo* tan inenarrable, que prefiero dejar al doctor Gil esa responsabilidad ante la historia del melodrama. Usted, con todos mis respetos, general, se estaba muriendo y alguien le dijo a Vicentón: Franco, quiere verte:

«A gran velocidad llegué a El Pardo. Me esperaba abajo Pepe Iveas y subimos juntos a la habitación del caudillo. Antes de entrar tuve el primer encuentro con Cristóbal, después del incidente de la clínica. El caudillo estaba gravísimo y parece que fue Cristóbal, en esta ocasión, quien dijo que me avisaran para que el caudillo me viera antes de morir. Nos cruzamos una mirada fría; pero Cristóbal me abrazó y me dijo:

—Vicente, perdóname por todo el daño que te he hecho.

Entré en la habitación del caudillo y Pepe Iveas, que iba delante, se acercó a la cama y le dijo:

—Mi general, está Vicente. ¿Quiere decirle algo?

Le saludé brazo en alto:

—Mi general, a sus órdenes, como siempre.

Después me acerqué a la cabecera de su cama y le besé en la frente.

El caudillo balbuceó algo. Me miró y quiso hablarme; pero no pudo.

Regresé a casa en un estado de tensión enorme y mientras contaba lo ocurrido a mi mujer y a mi hija, permanecimos abrazados llorando.»

Durante su larga agonía, Gil aún buscaba por su cuenta remedios posibles que nunca estuvo en condiciones de proponer y cuando le comunicaron su muerte y un amigo le preguntó: «¿Y ahora qué piensas hacer?» Vicente le contestó: «Ponerme la camisa azul e ir a velarle.» Luego se puso enfermo y dejó también su pequeño testamento, no tan leído, general, como el de usted, pero sin duda el testamento de un hombre que le quiso como una madre: «Han transcurrido cuatro años desde la muerte de Franco. Me asombraba y me entristece el transformismo político; vuelven las dos Españas a debatirse en la arena; se desguaza con prisa una obra de cuatro décadas; se deteriora la moral, la familia, la religión católica, los ideales de la juventud; se incrementa el paro, el terrorismo, la inseguridad ciudadana, la pornografía, las drogodependencias. No puedo más. Pero sin embargo conservo la fe en la juventud, que una vez más salvará los destinos de España.

»Estoy enfermo y pido a Dios que no tarde en reunirme

con aquellos que murieron cantando en Somosierra, en el Alto de los Leones, el Ebro, el Alfambra, el Jarama, Belchite, Garavitas, Villanueva de la Serena, Monterrubio, Pozoblanco, Teruel, la Casa de Campo, Arganda, Brunete y tantos y tantos frentes, mientras era cierto que en España empezaba a amanecer.»

El cese de Vicentón volvió a demostrarme que no hay mal que por bien no venga. Siempre he sido muy respetuoso con mis médicos, porque quien sabe mandar sabe obedecer, pero también he procurado cercionarme de su lealtad porque los médicos nos convierten en seres frágiles, estamos a su merced y ante un médico no vale guardia de seguridad. O hay confianza o se prescinde de él. El nuevo médico, don Vicente Pozuelo Escudero, venía avalado no sólo por su prestigio científico, sino por el hecho de ser hijo de médico militar y haber presenciado de niño la entrada salvadora de la Legión en Melilla, después del desastre de Annual. Además, una de sus primeras disposiciones fue la de cambiarme la dieta espartana que me había ido agravando Vicentón. Pozuelo se disgustó porque me veía sometido a la monotonía del siguiente menú: un yogur y una ciruela para desayunar, un zumo de naranja a media mañana, menestra de verduras, pollo a la plancha y dos ciruelas para el almuerzo, té con tres galletas a media tarde y para cenar, sopa juliana, merluza hervida y tres ciruelas. Muy sano pero muy aburrido, sentenció el doctor y a mí me entró como un alivio y luego una gran alegría cuando ordenó al cocinero que me sorprendiera, que me trajera de vez en cuando un aperitivo variado, que si unas virutas de jamón, unas gambitas, unos pedacitos de queso, una cerveza y siempre que procurase ilusionarme con el menú. El cocinero ya estaba hecho a los menús lapidarios de Vicentón y al igual que los demás miembros de mi casa civil y militar, de buenas a primeras acogieron a Pozuelo con prevención, como si fuera un intruso que usurpara el lugar de Vicente. A mí me divertía aquella situación, como me habían divertido en el pasado la competencia estimulante entre Serrano y Varela o entre Ruiz-Giménez y Fernández Cuesta, Navarro Rubio y Arrese, López Rodó y Fraga. Conviene arbitrar entre opiniones encontradas y no entregarte atado de pies y manos a una sola opción. No haga caso, doctor Pozuelo, le decía yo, le tienen celos porque pasa tantas horas a mi lado. La envidia es el primer defecto de los españoles. No me importó que el equipo médico reforzado por Pozuelo emitiera un comunica-

do en el que se reconocía que yo tenía algo de parkinson, secreto a voces que se había pretendido guardar por dos reservones de la talla de Carrero o de Vicente. No. No hay mal que por bien no venga. Me sentía en cierto sentido liberado de un secreto de Estado, y además Pozuelo me entendía y me hacía desfilar a los acordes del himno de la Legión para acelerar mi recuperación. ¡Qué sagacidad la de Pozuelo! La misma sagacidad que había demostrado el doctor Soriano, el fisioterapeuta que contribuyó a la recuperación de mi mano después del accidente de caza y que consiguió prodigios cuando me puso una escopeta entre las manos. Yo desfilaba a los acordes de Soy el novio de la muerte o del himno de infantería y Pozuelo, con los labios, iba marcando la regularidad de mis pasos; victoria total la suya y la mía, por encima del recelo de Carmen, que contempló los preparativos del desfile como si Pozuelo estuviera loco. Pozuelo se ha revelado como un buen organizador, como un estratega resolutivo. Por ejemplo, después de tanto hospital, yo tenía ganas de ir al Pazo de Meirás a descansar y lógicamente el viaje más rápido y adecuado era el aéreo. Pozuelo pensó que mi aparición en Barajas y mi subida al avión iba a ser contemplada por cientos de periodistas y que era imprescindible que yo diera impresión de seguridad en el ascenso de la escalera. Así que hizo traer una de las escaleras rodantes de Iberia al jardín de El Pardo y me hizo subir y bajar una y otra vez hasta que conseguí hacerlo con la naturalidad que demostré el día de la verdad. Igual claridad de ideas y mucha sutileza psicológica ha utilizado en las clases de foniatría, ya que ha sido empeño suyo que mi dicción, tantas veces puesta a prueba en público, no traicionase en ningún momento la fragilidad de mi recuperación. En cambio me resultó nulo pescador y cazador, pretextando que lo suyo era salvar vidas y que le repugnaba matar seres vivos, aunque me animaba a proseguir en los hábitos de toda mi vida, incluso favorecedores de mi pronta recuperación. Todo lo que era firmeza tozuda en Vicentón era firmeza razonada y amable en Pozuelo, y atendía con suma atención mis opiniones sobre la organización de la sanidad e incluso de los equipos médicos. Siempre he considerado que los médicos en los hospitales deberían acoplarse a una organización militar y así como en el ejército hay una escuadra, un pelotón, una sección y una compañía, en los hospitales deberían existir agrupaciones equivalentes según una estructura piramidal de poder que culminara en el jefe de cada departamento. Estas observaciones las había yo elucubrado a *lo largo de toda la vida, pero últimamente las había reactualizado con motivo de mi hospitalización. Durante todas las vacaciones, Pozuelo estuvo a mi lado, vigiló mis jugadas de golf, mis paseos y se abstuvo de intervenir, ni siquiera de opinar, sobre los hechos políticos que se sucedían. Tenía oído finísimo para todo lo que concernía a mi salud y un oído cerrado para todo lo que concernía a la política. Cualquier comparación con Vicente, que ejercía de falangista y de gironiano desde que se levantaba hasta que se acostaba era imposible y en el fondo yo me sentía relajado. También se debe a él que yo empezara a redactar unas memorias, aunque mantuve en secreto que desde hacía algunos años yo forcejeaba con esta autobiografía. Yo fingí como si me viniera de nuevo la necesidad de redactarlas, consciente del poco tiempo que me queda y es cierto que las generaciones del futuro merecen conocer mi vida y mi gigantesca obra, gigantesca gracias a la divina Providencia, a través de mi memoria y no de la de mis enemigos. Es cierto que el procedimiento de Pozuelo para motivarme despertó alguna suspicacia en mi entorno, incluido el familiar, a pesar de que el doctor buscó un escrupuloso sistema de control para que lo que yo dictaba al magnetófono fuera transcrito por persona de confianza y depositados los originales en una caja fuerte. El doctor me trajo biografías de la reina Victoria de Inglaterra, Napoleón, un médico alemán, para que me sirvieran de pauta y él mismo me redactó un índice vertebrador de mi vida muy acertado que de hecho no difiere del que yo mismo había establecido completado con mi hoja de servicios tal como figura en mi expediente militar, un índice bibliográfico de discurso y otro sobre la guerra civil. Finalmente empecé a dictar, la propia esposa de Pozuelo pasaba a máquina mis grabaciones, yo las corregía y las guardaba. Así hicimos hasta cuatro grabaciones que llegaban hasta mi ingreso en los Regulares, pero recibí presiones para no continuar, porque con todas las precauciones tomadas había fisuras y un día u otro algo saldría de aquellas confesiones. Por eso di largas al asunto para no ofender al bueno de Pozuelo y en secreto continué la redacción de este memorándum que os ofrezco, juventudes de España, dictado por el temor a que algún día os pueda llegar un retrato injusto de mi vida y mi obra que sería también un retrato injusto de España.*

Usted había seguido de reojo y reoído el proceso contra Luciano Rincón, firmante con el seudónimo Luis Ramírez de

Francisco Franco: Historia de un mesianismo. Publicado en El Ruedo Ibérico, editorial exiliada en París, era el primer intento de interpretación de su psicopatología de poder. Publicado en 1964, se tardó en identificar al autor, procesarlo, pero se le condenó a seis años de cárcel, mientras usted seguía imaginando de reojo y reoído aquel libro que era un aviso de destrucción de su memoria. ¿Sabe cómo terminaba aquel libro, todavía bajo la impresión del asesinato de Grimau?: «Franco ha convertido a España en una torre de Babel en la que a los únicos que se entiende es a los que no hablan: los muertos.» Usted por una parte temía la prueba de la escritura y recordar con demasiada precisión hechos que en su ancianidad podían conmoverle, como esas escenas de películas que le hacían daño y ya no se atrevía a contemplar. Pero, ¿cuántos Luis Ramírez esperaban agazapados a que usted se muriera para derribarlo de los pedestales de la memoria?

El tratamiento del doctor Pozuelo obró milagros y pronto me sentí mejor que nunca hasta el punto de presentarme a veces en los consejos de ministros que presidía interinamente el príncipe Juan Carlos, a ver qué tal iban, y me gustaba comentarlos con los ministros en los descansos, por los jardines, relajadamente. De todo lo que acontecía aparte del envalentonamiento del terrorismo y de los altos niveles conspiratorios que se habían producido en Cataluña mediante una asamblea que reunía a las fuerzas de la oposición bajo la batuta comunista, lo que más me preocupaba era la amenaza de Hassan II sobre el Sahara, Ceuta y Melilla. ¿Sabría el príncipe salir de aquel atolladero? ¿No era más lógico que yo recuperara los poderes para solucionar al menos lo del Sahara? Arias no me dijo que no, y salvo mi hija, tanto Cristóbal como Carmen no disimulaban la inquietud que les producía mi subalternidad que amenazaba la tranquilidad de España. Hice un pequeño sondeo sobre la recuperación de poderes y me enteré que algunos ministros, cómo no Pío Cabanillas, se habían opuesto y habían llegado a opinar que las funciones del príncipe debían ser declaradas irreversibles. Los traidores se atrevían por fin a dar la cara, los enanos infiltrados de los que hablaba Fuerza Nueva. Cristóbal montó una consulta médica el 31 de agosto en el Pazo de Meirás y el diagnóstico no pudo ser más claro: me daban de alta. Y si me daban de alta los médicos, yo me daba de alta en la jefatura del Estado otra vez, para pasmo de los traidores, especialmente de Pío Cabanillas, sin duda masón y traidor, al que le di el cese el

29 de octubre sin que Arias moviera una ceja. Al contrario.
Me consta que mi decisión de recuperar los poderes no le
gustó sobre todo a dos personas, al príncipe Juan Carlos y a
mi hija. El primero nada me dijo. Nenuca en cambio me co-
mentó: «Si no te matan ellos te vas a matar tú a ti mismo.»
A mi edad uno ya no se mata. Se muere.

El cese de Pío Cabanillas me fue consultado por Arias Na-
varro en un despacho que tuvimos a fines de octubre de 1974.
Arias estaba saturado por el libertinaje de los medios de in-
formación tutelados por Pío y aunque habían abundado las
suspensiones ante los excesos (especialmente la de la revista
de mal humor Por Favor *que había reproducido la santa cena*
con la inclusión de un camarero presentándole la cuenta a
Cristo. ¡A Cristo Rey!), resulta que ya se publicaban entre-
vistas con líderes de la oposición socialista o se hacían elo-
gios indirectos de comunistas como Santiago Carrillo o la Pa-
sionaria. Y junto a estos elogios directos de nuestros enemi-
gos, en cambio Pío Cabanillas dejaba pasar que en una revista
se llamara a Carlos Arias «carbonero consorte» porque esta-
ba emparentado, a través de su mujer, con una rica y labo-
riosa familia leonesa dedicada a la explotación e importación
del carbón. Tampoco había evitado que mi hermano Nicolás
apareciera en la prensa mezclado con el caso REACE, la de-
saparición de toneladas de aceite de los depósitos de Redon-
dela, que luego tuvo una misteriosa secuela de muertes. Y
por si faltara algo, me constaba que Cabanillas había conspi-
rado contra mi recuperación de poderes legítimos. El cese me
pareció oportuno, porque Cabanillas tenía unos niveles de am-
bición que ni siquiera debíamos permitírselos a un gallego y
eso sí estaba yo en condiciones de valorarlo. Que dimitieran
sus inmediatos colaboradores me parecía tan lógico como de-
seable, pero que empezara una cadena de dimisiones encabe-
zada por el ministro de Hacienda, Barrera de Irimo, y por el
responsable del INI, Fernández Ordóñez, eso ya era un es-
cándalo político, una auténtica rebelión política. La explica-
ción de Arias Navarro tampoco fue satisfactoria: «Se prepa-
ran para el futuro.» Le miré fijamente y pregunté a la vez:
«¿Para qué futuro? Dimitir hoy significa perder el futuro.»
Arias se apresuró a decir que, en efecto, se habían equivocado
en sus cálculos de futuro.

¿Recuerda usted al chico Fanjul? Ya no es un chico. Ya es
un setentón casi, hijo del general muerto por los republicanos en el 36, tras el asalto al cuartel de la Montaña. Sin duda

alguien le dijo que «el chico Fanjul» se reunía con los aperturistas y opinaba que el régimen se hundía si no se abría y dijo algo terrible, general, que si usted lo supo sin duda le hirió el corazón como pocas cosas se lo hubieran podido herir. «Lo único que produce encerrarse en los sótanos de la cancillería es provocar el hundimiento de la cancillería.» A usted se le suponía en un búnker, primero guardado por Carrero, ahora ya por Arias y el clan del Pardo. Casi todos habían conseguido un pasaporte hacia el futuro sin necesidad de que el régimen se perpetuara. Usted les había amenazado desde 1939 con el desquite de los vencidos. Ahora sólo tenían miedo a morir junto a usted, entre las ruinas de la victoria. ¿Con quién estaban?

¿Me abandonaba la Providencia? Después del alevoso asesinato de Carrero se me moría en un accidente de tráfico Fernando Herrero Tejedor, un político joven, leal, formado en la Falange leal y con la sensibilidad suficiente como para conducir el movimiento nacional hacia el futuro. Presiones que nunca en el pasado se hubieran atrevido a hacerme, cayeron esta vez sobre mí como en un tiroteo y para pacificar a los gironianos, suspicaces ante Arias Navarro, propuse a un colaborador de Herrero Tejedor que también lo había sido de Fraga y de Utrera Molina y por lo tanto inspiraba confianza a muy distintas familias del movimiento y sobre todo a Girón. En tiempos de Carrero, Carrero por ejemplo, mi palabra hubiera sido un decreto, pero Arias se puso tozudo, llegó a alzarme la voz, sin que yo tuviera capacidad de respuesta a tiempo y se salió con la suya, es decir, que yo no me saliera con la mía, aunque el ministro escogido me inspiraba una gran confianza, el bueno de Pepe Solís otra vez, tan sonriente, tan gracioso, tan rápido, como buen andaluz. Si la muerte se llevaba a los creadores y a los hijos del movimiento, la ambición propiciaba actitudes de insumisión que yo atribuía a la blandenguería de Arias y que él en cambio descargaba en el equivocado proyecto de futuro de sus protagonistas. Pero ¿dónde estaban los leales? Llamé a Nicolás y le expliqué la situación, aún a sabiendas de que la iba a desdramatizar. «Toda la vida estamos a prueba, Paco, y a nuestra edad, de propina.» Le contesté que considerase muy seriamente la tendencia de nuestra familia a morirse por orden de antigüedad y que a él le tocaba primero. «A tus años para qué necesitas lealtades, Paco. Ya has tenido todas las que necesitaste.» Vicentón al menos reaccionaba con pasión y me proponía sal-

*vajadas con los desleales, pero reaccionaba. Mi mujer, mi hija,
mi yerno me decían que no me preocupara, que ellos vigilaban y que todo estaba atado y bien atado para que los traidores no penetraran en el santuario espiritual de la victoria.
«Y si es necesario, yo dejo la medicina y me meto en la política», ofreció mi yerno y yo hice como si no oyera, porque si
la política es difícil para un militar, ¿cómo no será para un
médico? Carmen se puso muy melancólica cuando mataron a
Carrero y sólo habla con los nietos. Cuando estamos solos se
queda mirando un punto que sólo ella ve y cuando sus ojos
tropiezan conmigo rehúye todo lo que le preguntan mis ojos
incisivos. Nunca ha tenido demasiado en cuenta mis ojos incisivos o sólo cuando le parecían los ojos de un guerrero cenete. ¿Y Pilar? ¿Por qué no viene Pilar?*

Sus hermanos se habían dado cuenta de que eran parientes subalternos. Cuando usted enfermó, Pilar y Nicolás quisieron verle en El Pardo, antes de que le trasladaran a la clínica de la Paz. «No me dejaron ver a mi pobre hermano moribundo», declararía Pilar. Y yo pienso en lo que diría mi
pobre hermano: ¿Por qué no viene a verme Pilar? ¿Qué le
habré hecho yo? Y cuando dicen una misa por Paco, ni siquiera me avisan.» Pilar trató de ir a una misa al Valle de los
Caídos, pero usted hizo las escaleras muy altas para una an-
ciana de ochenta años. «Estuve media hora tosiendo después
de haber subido la escalinata.» En cuanto usted dejó de estar
lúcido, los Franco ya no interesaban en aquella corte que dependía de usted, aunque fuera moribundo, para sobrevivir.

Su nueva familia política, los Martínez Bordiú, compensa-
rán a doña Carmen de la sensación de poquedad que siempre
le habían inspirado los Franco, clase media militar enriquecida, pero que no le evocaban el pequeño pero brillante mundo
social de Oviedo. Así como doña Pilar nunca encajó bien el
factual destierro de sus afectos, Nicolás le echó bonhomía al
asunto y siguió haciendo uso del apellido para presidir la empresa FASA que autorizaba la fabricación de coches franceses en España o para no pagar una letra de cuatro millones
al banquero Rato, y ante su reclamación judicial permitir que
se echara sobre el banquero el ojo fiscalizador del Estado,
que actuó como elemento disuasorio. Hasta su muerte, general, no se atrevió el banquero a destapar otra vez la causa,
pero entonces Nicolás ya estaba demasiado viejo, casi pre-
muerto, desde la osadía de sobrevivirle, sin respetar el orden
biológico jerárquico. También aparecía Nicolás en algunos es-

cándalos inmobiliarios, personaje híbrido, como la situación de poder autárquico consanguíneo y del desarrollo de la España de Franco y del Opus Dei y culminó su brillante carrera de relojero mezclado en el escándalo REACE, la desaparición de toneladas de aceite de los depósitos de Redondela, tan aireada por la prensa ya en el gobierno Arias Navarro, que usted, la espada más limpia de Occidente, le pidió que le cortara la cabeza al ministro de Información, Pío Cabanillas, por haber permitido la implicación de su hermano. «Ya no eres el que eras, Paco», le había comentado un anciano lagrimoso que en poco recordaba al *play boy* de Cannes junto a la doncella de los siete bikinis. En sus últimos años, Nicolás parecía ignorar que su hermano había muerto, que él mismo había gastado casi todo lo que tan fácilmente había ganado y enterrado en febrero de 1977, murió a tiempo de no ver cómo embargaban a sus herederos el piso del paseo de la Castellana o de comprobar que había tenido un hijo tan posibilista que era capaz de aceptar la misión del rey de viajar al extranjero para entrevistarse junto al presidente de Europa Press, con Santiago Carrillo, secretario general del Partido comunista de España. Nicolás Franco Pascual de Pobill y José Mario Armero se presentaron ante Santiago Carrillo y sin duda el político comunista experimentaría satisfacciones agridulces cuando un sobrino de Franco le preguntara: «Don Santiago, ¿estaría usted dispuesto a tener paciencia hasta que, en el más breve plazo de tiempo posible, fuera legalizable el Partido comunista?»

Aunque mis allegados se esfuerzan por que no me entere, ¿cómo no me voy a enterar de que en el extranjero se plantean las consecuencias políticas de mi muerte? ¿Cómo no me voy a enterar de que crece la audacia de la oposición comunista entre los emigrados económicos y que los gobiernos «aliados» les dejan hacer, les dejan pasar? Empezábamos a recibir las consecuencias negativas de tanto contacto con el exterior. La comunistización entre nuestros obreros emigrantes a Europa se producía por la acción propagandística de los agentes del Partido comunista, mercenarios a sueldo de Moscú, y por la insensata toma de posición de los capellanes que les asistían espiritualmente. El nuevo ministro de Trabajo, don Fernando Suárez, me dijo en el transcurso de una reunión consultiva, que los trabajadores españoles en Europa están aprendiendo democracia y que alguna consecuencia han de sacar, por ejemplo los que están en Alemania, de que nin-

gún trabajador alemán se vaya al Este a gozar del paraíso comunista. En cambio sobre los capellanes fue mucho más realista y juzgó su obra como peligrosamente desvirtuadora del sentido cristiano de nuestra cruzada. No quise desilusionarle, pero cuando las ideas de la nefasta democracia liberal penetran en el cerebro de un trabajador, dejan la puerta abierta para la penetración de ideas de cambios radicales y más tarde o más temprano, el comunismo se mete por esa brecha. En cuanto sale del saco la rata comunista lo contamina todo desde la ferocidad mordedora o desde la cantinela sabia que seduce a los aparentemente más firmes. Con el tiempo me daba cuenta de que sólo hay que dejarse guiar por las lealtades personales que te han acompañado toda una vida o por aquellas suficientemente probadas y aun así nunca están suficientemente probadas. Durante treinta años me bastaba lanzar una mirada a Luis Carrero para que no hicieran falta las palabras y aun así me ha quedado la duda de si en sus últimos años la lealtad probada del almirante se repartía excesivamente entre mi persona y precipitados deseos de restaurar la monarquía. Si esa sombra de duda me la suscitaba el bueno de Carrero, ¿qué decir de todos los demás? Por ejemplo, ese ministro de Información y Turismo que me ha puesto Carlos Arias, empeñado en darme noticias sobre la mala imagen que nuestro régimen tiene en el extranjero y en cambio no hace lo conveniente para reprimir el desmadre antirrégimen, anticristiano y antiespañol que irrumpe en la prensa, en la radio, en la televisión y en el cine, desmadre que yo veo con mis propios ojos y del que me informan gentes que me son leales como mi familia o Ramona, la mujer de Camilo Alonso Vega, a la que no se le escapa ni una. Mientras los terroristas del FRAP y de ETA me matan a mis policías, la anti-España de siempre quisiera vernos atados de pies y manos, como ante Ferrer Guardia, los condenados de Jaca, Grimau, Puig Antich... ¿De qué me había servido la generosidad de amnistiar a los asesinos de ETA en 1970? Volvía a tener las cárceles llenas de asesinos y me pedían clemencia, ¿la habían tenido los terroristas?

Daba usted una cierta sensación de soledad, de ídolo necesario pero deshabitado y su heredero, el aún entonces príncipe de España, recomendaba a diversas personas que le visitaran, que le regalaran la ilusión óptica de su imprescindibilidad, cuando era obvio que cuantos querían prolongarse en el futuro, tenían más claro el camino del palacio de la Zarzuela que el de El Pardo. Su ex ministro Vicente Mortes da prueba de ello: «A finales de mayo del 75 visité al príncipe de España en el palacete de la Quinta. Hablamos del generalísimo —él siempre le llamaba así— y de su última y grave enfermedad de la que ya clínicamente estaba repuesto. Me aconsejó que le pidiera audiencia porque "estaba muy solo". Los ministros ya no despachaban con él y sus contactos con el exterior se limitaban al propio príncipe, que procuraba verle casi a diario, antes de almorzar; al presidente Arias, que acudía cada semana a informarle de los asuntos de Estado y a recabar su firma, y a las pocas audiencias militares y civiles que recibía los martes y miércoles.

»Solicité la audiencia y se me concedió en seguida. Fue cordialísima. Siguiendo el consejo del príncipe llevé la conversación por caminos de amenidad y de afecto. Él pasó un rato agradable, distendido, yo me llevé el último recuerdo vivo del hombre que había sido todo en España. Pero Franco ya no era el mismo.

»Después... los juicios sumarísimos de El Goloso, las ejecuciones y la violentísima reacción internacional subsiguiente. ¿Se pudo haber evitado todo esto? El gobierno de 1970, ante las sentencias del proceso de Burgos, actuó de otro modo. En todo caso, para el mundo exterior, el régimen de Franco había terminado. Su fundador, enfermo, le sobrevivió pocas semanas.»

Recordaba el celo de Vicentón, algunas de sus obsesiones y los hechos casi le daban la razón. Sus advertencias me martilleaban el cerebro: ¿Por qué no se reproducen sus cuadros en las revistas ilustradas, ya que son mejores que los de muchos de esos «genios» de la pintura? ¿Sabe usted que muchos de los que juran lealtad ante usted en el momento de aceptar el cargo, a los dos minutos ya están buscando un buen árbol para cobijarse a su sombra, de cara al futuro? Pero no podía recuperar a Vicentón, porque Cristóbal y Carmen lo hubieran cuestionado y bastantes problemas tenía yo con lo de la Marcha Verde y el clima de insumisión general del país. Lo de Carmen con Vicentón empezó el día en que él se quejó porque no le habíamos invitado a una fiesta familiar y culminó cuando Vicente hizo excesivos alardes de honradez al rechazar el regalo de un coche fabricado por Barreiros, un regalo que al fin y al cabo era para su mujer. Ante la tozuda negativa de Vicente, Carmen le dijo: «Pero es una tontería, es un buen coche», y a él no se le ocurre otra cosa que contestar que aún hay categorías y que aunque le vaya muy bien el regalo, no lo puede aceptar. Carmen se lo tomó como una indirecta y también se tomó a mal que Vicente intercediera por unos falangistas ultras que habían causado alborotos. Yo mismo tuve que decirle a Vicente que se contuviera y su reacción fue molestísima.

General, es que usted se pasó y le dijo que los falangistas eran unos chulos de algarada y le dio un disgusto, porque empezó a recordar a sus camaradas muertos, tanto disgusto que al día siguiente casi le llamó a usted traidor, con un cierto respeto, pero le llamó traidor, general, el presidente de la Real Federación Española de Boxeo. Y sus relaciones ya nunca fueron iguales, a pesar de que habían alcanzado situaciones de ternura, como cuando Vicente le contó que no había podido dejarle su perro a una domadora de circo entusiasmada por las habilidades del can. En el último momento, el perro había mirado a Vicente tan tristemente que lo cogió y se lo llevó a casa. «Has hecho muy bien, Vicente, yo tampoco le hubiera dejado», sancionó usted y Vicente ya estaba en el séptimo cielo: «¿Verdad que sí, mi general? Hago mía la frase, cuanto más conozco a los hombres más quiero a los perros. Bueno eso le pasará a usted también conmigo, porque en el fondo soy su perro fiel. Su perro fiel, general. Bueno, su perro fiel, pero muerdo a veces, general.» «Anda, vete ya, loco.» Anda, vete ya loco, dijo usted, general. Y Vicente le grababa poemas de falangistas desencantados, discursos de Girón y Blas Piñar, para que usted se fuera dando cuenta de la inquietud de los leales ante los presuntos traidores.

Escrutaba el rostro de los nuevos políticos, algunos de una edad que podrían ser mis nietos, pero en muchos de ellos vislumbraba la majeza de los guardianes del movimiento, de los guardianes de siempre, como en Adolfo Suárez, un joven muy apuesto que empezó de gobernador civil de Ávila, luego fue director de TVE, finalmente un alto cargo del movimiento, de la mano de Herrero Tejedor. Suárez me dijo una vez unas palabras muy adecuadas y centradas: «Seguimos en esto vuestra lección: España ha alcanzado en los treinta y nueve años de vuestra jefatura más de cuanto soñaron los españoles en siglo y medio de demagogias y de promesas, porque todo desarrollo y todo progreso es cambio y por ello no nos encerramos en el puro continuismo que no puede resolver los problemas nuevos, ni tampoco en el cambio por el cambio que

*pretende alterar en su propia esencia nuestro sistema políti-
co, cuyos logros son absolutamente evidentes, y han trans-
formado radical y positivamente la vida española en pocos
años.» Ni más ni menos. Éste es el lenguaje que yo quiero en
los labios de las juventudes de España. Ni inmovilismo, ni
abandonismo. Yo lo dejo todo atado y bien atado. Nuestras
leyes permiten que el movimiento se suceda a sí mismo siempre y cuando sean interpretadas lealmente por los nuevos
guardianes del espíritu de la cruzada. Pero nosotros habíamos sido hijos de gentes y tiempos difíciles y nos vimos obligados a ser fuertes o a enderezar y enderezarnos si queríamos sobrevivir personalmente y que sobreviviera España.
¿Cuál iba a ser en cambio el temple de generaciones nacidas
entre tanta abundancia, que habían pasado, gracias a mí,
como decía Pilar, de las alpargatas al 600 e incluso mejores
marcas? Los árboles que crecen bien testimonian mejor que
nada la obra de Dios. Mi árbol de «La Piniella» consiguió superar su debilidad gracias a mis cuidados y últimamente me
entretengo deteniéndome ante los árboles y dialogando con
ellos, preguntándoles sobre el misterio de la vida, de la misma
manera que cuando era más joven me gustaba preguntar a
los que se hacían mayores si notaban el paso de las décadas,
de los lustros, esos círculos concéntricos de nuestra vida que
también lo son de nuestra muerte. En el jardín del Pazo de
Meirás está mi acacia negra, «la masona», y este verano le
pregunté otra vez por qué su madera es incorruptible. En los
consejos de guerra de El Goloso, los terroristas del FRAP y
de ETA fueron condenados a muerte y ni siquiera tuve esta
vez que dirigir una mirada indicativa a Carlos Arias, porque
él fue el primero que ratificó la necesidad de ser duros para
que el árbol de la evolución del régimen no saliera ni torcido
ni podrido. Nadie se atrevió a oponer seriamente que caería
otra vez sobre nosotros la chusma de la anti-España, la de
fuera y la de dentro y cuando algunos embajadores se mar-
charon después de la sentencia y eran asaltadas nuestras embajadas y consulados y vejada mi efigie, volví a tener la misma
sensación que en 1946, cuando miles de españoles se concentraron en la plaza de Oriente para rechazar la injerencia extranjera. Volvió a repetirse. Otra vez la plaza de Oriente y a
mi lado el príncipe Juan Carlos, respaldando el desafío de la
soberanía española para la vida y para la muerte, como un
árbol recto que yo había ayudado a bien crecer pese a los
que se empeñaban en lo contrario fingiendo quererle, cuando
de lo que se trataba era de querer a España. Firme, a mi*

lado, el príncipe se hacía corresponsable de nuestro desafío y yo me sentía satisfecho porque sabía que la blandenguería hace a los ejércitos y a los pueblos débiles y en cambio el acoso y las dificultades los hacen fuertes. Pero sería necio que me ocultara a mí mismo la sensación de deshabitación que progresivamente siento y que ha puesto alas en mi ya débil voz para dictar lo que faltaba de estas páginas. Algo dentro de mí avisaba de que el final podía estar próximo. No se trataba de una amenaza exterior a la que yo pudiera mirar cara a cara, como a los desleales o a las masas fanáticas de Hassan II avanzando hacia nuestro Sahara frente a los que siempre podría alzarse el cadete Francisco Franco Bahamonde con mi ametralladora belga. Quería dejar cerrada la argumentación de esta autobiografía, a manera de testamento que, dirigido a todos los españoles, fijara en ellos para siempre la memoria de mis razones, frente a cualquier intento de reducirlas al narcicismo de un militar que practicó una apropiación indebida de la historia de España. No fue así. Yo fui la historia de España sin buscarlo, pero sí es cierto que hice de la salvación de España la causa de toda una vida.

«Españoles: Al llegar para mí la hora de rendir la vida ante el Altísimo y comparecer ante su inapelable juicio, pido a Dios que me acoja benigno a su presencia, pues quise vivir y morir como católico. En el nombre de Cristo me honro, y ha sido mi voluntad constante ser hijo fiel de la Iglesia, en cuyo seno voy a morir. Pido perdón a todos, como de todo corazón perdono a cuantos se declararon mis enemigos sin que yo los tuviera como tales. Creo y deseo no haber tenido otros que aquellos que lo fueron de España, a la que amo hasta el último momento y a la que prometí servir hasta el último aliento de mi vida, que ya sé próximo.

»Quiero agradecer a cuantos han colaborado con entusiasmo, entrega y abnegación en la gran empresa de hacer una España unida, grande y libre. Por el amor que siento por nuestra Patria os pido que perseveréis en la unidad y en la paz y que rodeéis al futuro rey de España, Juan Carlos de Borbón, del mismo afecto y lealtad que a mí me habéis brindado, y le prestéis, en todo momento, el mismo apoyo de colaboración que de vosotros he tenido. No olvidéis que los enemigos de España y de la civilización cristiana están alertas. Velad también vosotros, y para ello deponed, frente a los supremos intereses de la Patria y del pueblo español, toda vida personal. No cejéis en alcanzar la justicia social y la cultura para todos los hombres de España, y haced de ello vuestro *primordial objetivo. Mantened la unidad de las tierras de España, exaltando la rica multiplicidad de sus regiones como fuente de la fortaleza de la unidad de la Patria.*

»Quisiera, en mi último momento, unir los nombres de Dios y de España y abrazaros a todos para gritar juntos, por última vez, en los umbrales de mi muerte: ¡Arriba España! ¡Viva España!»

Y cuando llegue la muerte la miraré a los ojos, conocedor de su irreversible ceguera. No espero disuadirla de su propósito, al contrario, sino entregarle mi mirada privilegiada y dejarla para siempre en posición descanso.

EPÍLOGO

Entregué nuestra autobiografía, general, con un cierto retraso sobre el programa previsto, acuciado por las llamadas de la secretaria de Ernesto Amescua: «Se nos echa encima la feria del libro y además ya convendría empezar a trabajar de cara a los planes de lectura de BUP y COU del próximo curso.» Lo que en principio iba a ser un texto con vocación de futuro duradero, ya empezaba a ser manipulado como una mercancía urgente. «Además, piensa Pombo que 1992 es el primer centenario del nacimiento de Franco y si lo publicamos después del verano va a producir la impresión de que nos acercamos de una manera oportunista a la fecha de su nacimiento.» Esta argumentación me la hizo en directo Ernesto Amescua, el dueño de la editorial, general, el condicionador de nuestro proyecto. Yo leía y releía los textos, recordaba de pronto algunas lagunas que seguramente me reprocharán los historiadores incapaces de entender que en nuestro caso no era lo exhaustivo de los hechos el empeño, sino lo exhaustivo del sentido de los actos. Los hechos no tienen sentido. Los actos sí. Cuando di por bueno lo escrito, aún tardé un par de días en llevarlo a la editorial. Tenía la gruesa carpeta sobre una mesita auxiliar sobre la que coloco, como usted, cuestiones aplazadas que probablemente quedarán para siempre aplazadas, pero que recuerdo una por una, como si me complaciera sentir llamadas que nunca contestaré. Pero finalmente cogí la carpeta, la metí en el coche y la llevé a la editorial como se lleva un hijo a la estación cuando se va a la mili. Me parecía una hermosa carpeta, la última, la heredera de cuatro o cinco que se habían ido deteriorando a medida que nuestro trabajo crecía, decrecía, volvía a crecer, en un ejercicio continuado de siembra y poda que me había ocupado meses y meses. No estaba visible Ernesto Amescua y me resistía a dejarle nuestra obra a la secretaria, por lo que requerí la presencia del director literario recién nombrado, un compañero de estudios de Ernesto que al ver la voluminosidad del trabajo no pudo contener una mueca de sorpresa y un comentario que no le correspondía: «Esperaba algo más sintético.» ¿Qué derecho tenía él a esperar algo más sintético o algo más analítico o algo más vitamínico o algo más proteínico? La carpeta quedó sobre aquella mesa de cristal en la que no había ni un papel de más, ni un detalle de confort burocrático de menos, y desde la puerta cerré los ojos para comunicarme mentalmente con su contenido y salí a la calle con el corazón pequeño, un nudo en la garganta pero en cierto sentido más ligero, tal como lo hubiera expresado usted desde la poquedad de su estilo, como si me hubiera sacado un peso de encima. Nada más llegar a casa empecé a hacer cálculos: cinco días de lectura, al menos, una llamada concertando la cita, alguna observación peregrina, de esas observaciones que les gusta hacer a los editores para demostrar que su trabajo tiene algo de intelectual y cocreador. Y finalmente el cheque. Muriel había conseguido hablar con no sé quién de la Comunidad de Madrid y probablemente el tratamiento desintoxicador de Ángela nos saliera casi gratis, es decir, me saliera casi gratis, porque Muriel, al tiempo que me daba esta información por teléfono me escupía su habilidad para conseguir favores del gobierno autonómico y mi incapacidad para pedirlos: «¿Acaso no es un gobierno de coalición entre socialistas y comunistas?» «Nosotros estamos de adorno —le contesté— y nunca me ha gustado utilizar el tráfico de influencias.» «¿Tráfico de influencias, tú? ¿Con qué influencia vas a traficar tú?» Podía haberle contestado que con la influencia de mi memoria, pero estaba cansado y además Ángela se había levantado de la cama, casi desaparecida dentro de un viejo albornoz gris mío, descalza, con ese color gris que ha cogido y esos ojos tan grandes porque apenas si le queda cara. «Tú como siempre, papá, o escribiendo a máquina o peleándote con mamá.» La obligué, es un decir, a que volviera a la cama, me fui a calentarle un caldo, lo único que tolera su estómago, y me esperé sentado a su lado a que se lo tomara, con el alma en vilo por si le venía un vómito o una crisis nerviosa, mientras le comentaba algo que había oído por la radio del coche, de esas pocas cosas que podían interesarle tanto a ella como a mí, no sé, algo sobre los noviazgos del príncipe Felipe, que no tiene acomodo el príncipe, general, desde que tratan de malbaratarle los amores con una chica muy guapa que se llama Isabel Sartorius, sobrina de Nico, mi camarada de tantos años, pero en nada conectada con lo nuestro. Y fue en estas cuando sonó el teléfono y la voz de la secretaria de Ernesto me emplazaba para una cita aquella misma tarde. Apenas si habían pasado veinticuatro horas de mi entrega, ¿cómo era posible que hubiera leído el escrito? No estaba la secretaria para respuestas de este tipo y sí para decirme que el señor Amescua me esperaba a las cinco en punto y que procurara ser puntual porque tenía ya toda la tarde y casi toda la noche programada. Veinticuatro horas para hacerse una idea, o quizá dos, del trabajo de meses y meses, me parecía un tiempo que podía ser a la vez esperanzador y amenazador, aunque mi larguísima experiencia me transmitía seguridad, no exenta de inquietud que no podía comunicar con nadie. Estuve a punto de sincerarme ante Ángela, ensimismada aunque plácida, sentada sobre la almohada, con las piernas enlazadas por sus brazos, siempre dentro de mi viejo albornoz. Pero hubiera tenido que empezar en Adán y Eva y sólo ante su nombre, general, hubiera puesto una cara de fastidio: «¿Otra vez ese rollo?» Así que hablé todo lo que pude conmigo mismo, apenas si comí, me adormilé ante el culebrón latinoamericano de la sobremesa y antes de salir hacia la editorial vigilé el sueño de mi hija y temí que algún día se despertara y me volviera a dejar para echarse a caminos que yo no había sabido hacerle propicios, las personas normales suplimos la tendencia al suicidio con la de la autocompasión, fórmula de aminoramiento más o menos incruenta. Yo era un experto divulgador que iba al encuentro de un inexperto editor. O no. Yo era un viejo divulgador que iba al encuentro de un joven editor. No hubo antesala y por lo tanto no tuve tiempo de decidir cuál iba a ser la situación y cuál mi actitud. Pero era aplomo, seguridad en mí mismo sin duda lo que emanaba de mi andar estudiadamente elástico y a la vez relajado, a la manera del Actor's Studio, ¿acaso no tendría James Dean mi misma edad de no haberse matado en un accidente de coche? Ernesto estaba despachando con su director literario, pero apenas advertí cómo le daba las últimas instrucciones, le despedía y el hombre pasaba a mi lado saludándome con una escasa inclinación de cabeza, porque toda mi atención se concentró en la carpeta negra, llena, llenísima, que parecía incómoda sobre el tablero de la mesa de Ernesto y como si él captara la parálisis de mi mirada, se inclinó sobre ella con sus manos largas y fuertes, incluso morenas, sorprendentemente morenas para aquel tiempo, cogió la carpeta y la levantó para enseñármela. Me sonrió desde un segundo plano y luego se movió hacia una mesita lateral donde nos esperaban dos sillas para sentarnos y negociar. Dejó el escrito en el centro de la mesa, me instó a que me sentara, hizo lo propio, cruzó las piernas, unió las puntas de los dedos de sus manos, me miró fijamente a los ojos y permitió que el silencio delatara el ronquido de mi respiración nicotinada y nerviosa.

—Marcial. Buen trabajo.

Iba a respirar aliviado pero me di cuenta que no lo había dicho todo y, en efecto, sus manos se separaron para abarcar un espacio que aún estaba lleno de nada, casi ocupado sólo por su cara algo perpleja, en la que destacaban aquellos labios que me estaban diciendo lo que no tenía más remedio que oír.

—Buen trabajo... pero, no es lo acordado. Espléndido el acopio de material, justamente el necesario, tal vez excesivo para un libro de divulgación y excelente el tono que has sabido darle a Franco. Verosímil que pensara así, que escribiera así. Mira, Marcial, yo cierro los ojos y me imagino la obra, esta misma obra estrictamente compuesta de lo que dice el general y te digo: *Chapeau*. Ahí está el mejor Marcial Pombo, has superado aquella deliciosa biografía de Raquel Meller o la de Lili Álvarez, menos celebrada, pero aquí entre nosotros, una maravilla como reconstrucción de época. ¡Qué años veinte y treinta me montabas en ese libro! Guai. Pues bien, cuando Franco habla, se explica, aunque está cohibido por ti, por tu vigilancia... sí, sí, no te sorprendas, ese defecto se produce constantemente, Franco habla presionado por ti, incluso si no tuviéramos en cuenta tus interrupciones constantes, a eso iremos luego, Franco seguro que hubiera dicho cosas diferentes sin tu *pressing*. Pero bueno, este riesgo ya lo asumía y pensaba que iba a fortalecer la musculatura de la obra, sabiendo que eras lo suficientemente inteligente como para no caer en la parodia. Una parodia no te la hubiera aceptado. Bien, pues, lo de Franco... Nada tengo que decir. Pero ¡esos ruidos!

¿De qué ruidos me estaba hablando? ¿De qué *pressing*? ¿De qué leches?

—Marcial, desde el punto de vista de la teoría de la comunicación ¿sabes qué es un ruido? Para empezar, resumiendo: un ruido es todo aquel fenómeno que al producirse una comunicación no pertenece al mensaje intencionalmente emitido. Es decir, un mensaje establece un nexo entre un emisor activo y un receptor pasivo, a través de un canal. Todo lo que en ese canal obstaculiza la correcta, la natural finalidad de ese mensaje, ir directamente del emisor al receptor, es un ruido. Pues bien. Yo te propuse un mensaje: que Franco explique a las generaciones del futuro quién fue y por qué fue lo que fue y eso está explicado y muy bien, pero constantemente ese mensaje aparece obstaculizado por tus ruidos.

¿De qué ruidos me estaba hablando? Y me atreví a preguntárselo.

—¿De qué ruidos me estás hablando?

—Al empezar te mantienes prudentemente en tu papel, pero poco a poco vas interrumpiendo cada vez más al general, le vas contradiciendo, vas aportando elementos subjetivos, que a ti te parecen objetivos, que anulan el mensaje del generalísimo. Estos ruidos pertenecen a una visión crítica de la historia que cada vez tendrá menos sentido, que pertenece a la memoria de los que convivieron con Franco, ni siquiera es estrictamente tu memoria. Pero es que no contento con impedir el discurso coherente, es decir, el mensaje del general, además le cuentas tu vida, integras tu vida en la suya o la de tus padres o la de tu mujer, tus hijos, tus amantes. Es inaudito. ¿Qué coño pintan estos ruidos en este canal, en este mensaje? ¿Qué coño le importaría a la generación del futuro que tú trataste de aguarle la fiesta a Franco tirando octavillas contra Eisenhower o que Serrano Súñer no le caía bien a doña Carmen o lo que sea?

—Pero me estás diciendo que Franco es el único dueño de su imagen. De que yo no tengo derecho a desenmascararle.

—Eso es cosa de historiadores.

—Los historiadores del futuro, incluso los del presente, no habrán tenido la vivencia de la crueldad, la desfachatez, la mediocridad del franquismo.

—¿Y qué? ¿Te consta que Aníbal era brillante? ¿Que lo era Constantino el Grande? ¿Qué importa eso? ¿Qué importa una crueldad tan momificada como sus víctimas?

—Pero yo he vivido la tortura.

—Perfecto. Algún día te encargaré un libro sobre la evolución de la tortura a través de la historia.

—El franquismo fue un ruido, eso sí fue un ruido que interrumpió el mensaje de la democracia... de la libertad...

—Corta el rollo, Marcial, no me hagas el mitin.

Se recostó contra el respaldo y me observó como se contempla a una especie zoológica en la que hasta entonces no se había reparado.

651

—Mi padre y tú habéis sido demasiado... históricos, pero dando al adjetivo un sentido moral. La historia sólo puede tener un sentido fáctico, lo que está hecho, hecho está y sólo interesa resaltar lo curioso de su causalidad, no la moral de su causalidad. ¿Cómo puedes sancionar una causalidad de algo que ya se ha producido? En definitiva, Franco es el que hizo la historia y vosotros la sufristeis. Mala suerte. Eso es todo. Dentro de cien años vuestras sensaciones de odio, impotencia, fracaso, miedo no estarán en parte alguna y Franco al menos será siempre, para siempre una voz de diccionario enciclopédico, unas líneas en los manuales o en los vídeos o en los disquets, en cualquier soporte de memoria seleccionada para el futuro. Y en esas pocas líneas no cabrá vuestro sufrimiento, vuestra rabia, vuestro resentimiento.

Y de todo esto se había dado cuenta en veinticuatro horas, ¿en cuántas horas, minutos, segundos de aquellas veinticuatro horas había leído el escrito? ¿En diagonal? ¿En zig zag? Yo pensaba en un mitin, no recuerdo qué mitin, un mitin del comienzo de la transición. ¿Qué mitin? ¿Por qué pensaba en un mitin? Luego me vino a la memoria el comisario Conesa cuando nos dijo que él era un profesional y que siempre sería necesario, cambiara el régimen o no cambiara, hiciera frío o calor. Pero no podía refugiarme en la caverna de mi mente, porque el veredicto ya estaba emitido.

—Me quedo la obra. Respeto nuestro acuerdo económico. Pero creo que sólo voy a hacer uso del monólogo del general, es decir, voy a quitar todos los ruidos. No tenemos tiempo, porque ya está programada la colección, pero si tuviéramos tiempo y tú pudieras dejar descansar la obra, te darías cuenta de la justicia de mi decisión.

Me sentía demasiado cansado para ser digno. La carpeta se deshinchaba en el centro de la mesa, como si de ella escaparan todas las ánimas del antifranquismo para dejar al general consigo mismo, un *Franco par lui même* a la manera de la literatura divulgadora francesa de los años cincuenta. En el comportamiento de Ernesto advertí el mismo espíritu que el de esa pandilla de historiadores objetivos que están reescribiendo su historia, general, llenándolo de sí pero no y de no pero sí, en busca de la asepsia histórica, del desodorante de la historia que evite el olor de la sangre y la carroña. Era una frase espléndida y la tuve en la punta de los labios, pero Ernesto había sacado ágilmente el talonario del bolsillo interior de su americana, una pluma Caran d'Ache de oro... Caran d'Ache... De niño había soñado poseer una de aquellas cajas metálicas de colores Caran d'Ache y me tuve que conformar con los Alpino, ni siquiera con el Faber rojiazul, general, que usted utilizaba para enterarse de la muerte o para conmutarla o para dar garrote y prensa a sus enemigos. La pluma de oro Caran d'Ache de Ernesto trazó decidida los signos previstos y al parecer necesarios, luego la mano arrancó el talón de su matriz y la misma mano me lo tendió taxativa. Estaba a mi nombre. Yo esperaba dos millones y eran tres. Ernesto sonreía. «En esta casa se te quiere bien.» Yo ya había cogido el talón y lo sostenía en el aire, como invitándole a levitar.

—Por este libro tendrás pasta larga, Marcial, ya verás tú cómo pegará y promoción escolar tras promoción escolar, tal vez no inmediatamente, pero a partir de los próximos cinco años, será un libro de lectura aconsejada.

—¿No podrían salvarse las notas críticas históricas? Prescinde de las mías, pero deja que Serrano Suñer o Hidalgo de Cisneros o su propia sobrina...

—Ruidos.

El cheque ya estaba doblado en el bolsillo interior de mi chaqueta, es decir, habría mucho que hablar sobre la teoría del ruido, porque mientras mis labios trataban de oponer algún ruido al mensaje del cheque, mis dedos lo habían doblado casi sin que yo me diera cuenta y me lo había metido en el bolsillo desde donde enviaba señales, mensajes por lo tanto, de seguridad.

—¿Puedo firmarlo con seudónimo?

—Ni hablar. Yo no te pago esa burrada para que aparezca con la firma de un desconocido. Tú tienes un nombre en el mundo escolar. Tú tienes un público juvenil.

Mientras volvía a casa pensaba que tal vez sin las notas críticas sin duda, usted mismo, ya que por la boca muere el pez, se bastaba y se sobraba para autocondenarse al infierno de la memoria del futuro. Al fin y al cabo yo no era responsable exclusivo del juicio de la historia, yo no era la conciencia del mundo. ¿Por qué debía asumir la empresa de resucitar a sus víctimas, general? Cuando llegué a casa descubrí que Ángela se había cortado las venas, pero poco. Una ambulancia se la estaba llevando y una Muriel vociferante y de color verde me apostrofaba por haber dejado a mi hija sola en aquellas condiciones. Estúpidamente le contesté que era Ángela la que me había dejado en aquellas condiciones y no pudo entender mi respuesta porque yo tampoco podía entenderla. Luego me puse a llorar con los codos sobre la mesa, la cabeza sobre las palmas de las manos y los ojos fijos en el talón de tres millones de pesetas que limitaba el horizonte del halo de luz que descendía de la lámpara cenital. Con aquel dinero le pagaría un viaje a Ángela. ¿Por qué no una estancia en Peruggia para que estudiara arte? ¿Por qué no había estudiado Historia del Arte, para la que estaba tan dotada desde que era una niña y me preguntaba sobre el mal de la piedra y aquella pregunta tan interesante sobre el frontis de Fromista? ¿Qué me había preguntado sobre el frontis de Fromista? General, yo mismo he buscado una copia del manuscrito y he ido apartando todas las notas que le contradicen o que le sitúan, como a los personajes de Fu Manchú, en circunstancias poco favorables para usted. Pero antes de que termine nuestra extraña relación y desde la evidencia de que usted no vivió para contar las últimas semanas de su vida, ni para conocer qué ocurrió después de su muerte, quiero relatarle parte de estos acontecimientos, hechos ya que fueron actos y respondieron, responden a la intención de que no muriera y de que se salvara incluso de la sanción de la historia, un juicio universal venido a menos.

Le he dejado el 18 de octubre de 1975 redactando su testamento y coqueteando otra vez con sus tics ante la historia, sus tics de anciano por encima del bien y del mal que le ha confesado al doctor Pozuelo que todas las noches de su vida ha rezado la misma oración: «Señor, dame fuerzas para cumplir mi obra. No tengo prisa y no quiero pausas.» Usted había salido al balcón de la plaza de Oriente, esa plaza calificada por sus aduladores como «La gran urna del voto de los españoles», para saludar a los que le expresaban su adhesión inquebrantable por haber ajusticiado a cinco de los nueve condenados a muerte en los procesos contra ETA y el FRAP y la exposición al fresquito de la tarde de otoño le ha constipado. Le goteaba demasiado la nariz, general y los ojos, porque no le cabía en la cabeza que Hassan II avanzara hacia el Sahara y que tuviera que elegir entre Utrera Molina y Arias Navarro que se acusaban mutuamente de traidores. Utrera Molina le vino a decir que Arias se jactaba de que usted estaba gagá y que podía obligarle a hacer lo que él quisiera, entre otras cosas suprimir la Secretaría General del Movimiento de un plumazo. Usted ya notaba que últimamente Arias le trataba con una cierta desconsideración, sobre todo si usted se le dormía en los despachos. Ya no era el cariño zalamero de los primeros días. Pero pocas horas después de que Utrera le dijera: Arias es un traidor, el propio Arias se presentó en El

Pardo para obligarle a firmar la destitución de Utrera, porque era un traidor y un desleal. Ya tenía usted las paredes del búnker de papel y tenía miedo, tanto que aquella noche durmió con su querida ametralladora belga debajo de la cama, por si no era suficiente el brazo incorrupto de santa Teresa como barrera frente al maligno. «Quieren destrozar a España» repite obsesivamente, una y otra vez. ¿Quiénes? ¿Los moros? ¿Los demonios familiares de la división? Duerme usted mal, hasta la asfixia. Ni siquiera le ilusiona ver *Horizontes lejanos* en el teatrillo de El Pardo, entre otras cosas porque la copia le llega en inglés. El Pardo se llena de equipos de detección de infartos, que le podían conectar estuviera usted donde estuviera, incluso en los consejos de ministros que ya eran casi una farsa, una breve farsa que le seguía concediendo la condición de estadista. En la habitación de al lado, el doctor Pozuelo seguía su electrocardiograma, le estaba leyendo el alma histórica, porque usted se afectaba sobre todo cuando aparecía la cuestión de Marruecos, como si se hubieran rebelado otra vez las kabilas y estuviera a punto de sufrir otro desastre de Annual. Sigue obsesionado con los traidores y le preocupa quién puede suceder al frente de las Cortes y del Consejo del Reino a Rodríguez de Valcárcel, que cesa protocolariamente en noviembre.

Es una pieza clave en la lógica sucesoria, pero ¿qué dicen? ¿Quién ha sido el criminal que le ha dicho que los Estados Unidos subvencionan la operación marroquí de hostigamiento contra el Sahara español? ¿Qué se hizo de aquel abrazo que le dio Eisenhower? Usted se va poniendo cada vez más enfermo y entre Villaverde y Pozuelo lo callan, incluso ocultan el grado de gravedad a Arias Navarro pero finalmente no hay más remedio que hacer público el primer parte médico, sobre todo cuando Arias despachó con usted y salió del encuentro llorando. Su decrepitud había conseguido deprimirle: «En el curso de un proceso gripal, su excelencia ha sufrido una crisis de insuficiencia coronaria aguda, que está evolucionando favorablemente...» Se ponen en marcha los planes especiales para prevenir ¿el caos?, ¿la revolución? «Se prestará especial atención a los establecimientos penitenciarios ante la posibilidad de concentraciones en sus proximidades de personas para pedir indulto o amnistía. También se observará la venta de artículos alimenticios en los mercados, por si se apreciaran operaciones acaparativas...» El Pardo es un pueblo ocupado por periodistas del mundo entero que esperan su muerte y Arias y Villaverde negocian con el príncipe que se haga cargo del poder interinamente. «Nada de interinidades.» «¿Pero qué se habrá creído ese niñato?» Es lo más suave que le dicen. A usted le hace daño el cuerpo y cuando el capellán Bulart le pregunta que por qué se queja, usted contesta: «Porque me da la gana.» Faltaría más.

Vaya cuadro clínico tenía usted: insuficiencia cardíaca, edema pulmonar, agravación secundaria de la hemorragia gástrica. El arzobispo de Zaragoza le trae el manto de la Virgen del Pilar y lo desparrama sobre su cama, sin que rechiste el brazo de santa Teresa, ni se sepa si seguía bajo la cama la ametralladora belga. No le quieren comunicar que es imprescindible la transmisión de poderes a todos los efectos, porque «... el disgusto podría matarle». Le sangra el estómago y usted mueve los labios para que se acerquen oídos cariñosos a los que poder decir: «¡Qué duro es morirse!» Por fin interiorizaba usted el conocimiento de la muerte después de una larga vida de matarife. No es lo mismo matar que morir. Quieren operarle en El Pardo para no dar el espectáculo y Pozuelo se opone. Sería una operación inútil. Pero le operan en un quirófano provisional, con los frascos de plasma colgados de perchas y allí le llevan a usted sin moverle, en su propia cama, esta vez no bajo palio, excelencia, sin salir del recinto de El Pardo, una comitiva de camilleros, familiares y soldados dispuestos a dar su sangre para la continuada transfusión que precisa su hemorragia que ya es un chorro, su cuerpo chorrea sangre, general, mancha las sábanas, las escaleras cuando le descienden, los guijarros del jardín del Pardo, mientras un comandante retransmite el procedimiento y la operación a políticos y subalternos que la siguen desde el bar de oficiales del regimiento, como si se tratara de una retransmisión de un partido de fútbol a cargo del humorista Gila. En la madrugada del día 4 de noviembre, los agotados médicos habían contenido la hemorragia y usted y su régimen y su clan del Pardo recibían una prórroga. Pero usted no levanta cabeza, casi no abre los ojos y cuando lo hace los clava incisivos en lo primero que encuentra, por si acaso es la muerte, cara a cara, y finalmente le trasladaron a la Ciudad Sanitaria de la Paz, donde su agonía ocupó una planta entera durante trece días, con los esfínteres, por fin, sublevados de tan larga disciplina. No había esfínter sin tubo, casi ni vena sin tubo, conmovía verle a usted convertido en un vegetal conectado con toda clase de inútiles pasadizos hacia la nada.

Tienen que volver a operarle y le dejan el estómago reducido a un cuarto, mientras los partes médicos han superado la reserva que le ha rodeado toda la vida y se le meten dentro, general, para proclamar lo que está pasando en su interior, casi un poema surrealista escatológico... «... heces fecales sangrientas en forma de melena». ¡Qué completa retransmisión la de su muerte, comparada con el silencio que rodeó a las que usted causó, cuando no eran simples, escuetos partes de linchamiento! Tantos partes médicos se emitieron, tan evidente era que trataban de sobrevivir sobreviviéndole, que hasta se improvisaron chistes y usted disculpe a su yerno, excelencia, si no se los contaba pero estaba frenético, al frente de aquella operación de política o de ciencia ficción que significaba prolongarle a usted la vida. El chiste decía: «Víctimas del agotamiento físico, han fallecido todos los componentes del equipo médico habitual. Firmado: Francisco Franco.» Eran del tipo de chistes que le gustaban. ¿Sabía que en la clínica coexistió usted con un detenido por protestar contra sus últimos fusilamientos? Le habían trasladado a La Paz porque sus policías se habían pasado en el transcurso de un «hábil interrogatorio» y se llamaba Juan Alberto Sevilla, estudiante de la Politécnica. Mientras tanto en la Zarzuela se prepara el futuro y alguien sostiene la tesis de que es imposible conseguir una estabilidad democrática sin legalizar a los comunistas... y usted todavía vivo, general, aunque aún volverán a abrirle, en una carnicería para la supervivencia que horroriza a su propia hija, pero Villaverde se agranda y se cierne como nuevo doctor Frankenstein, alertado de que su vida, general, se lleva buena parte de su estatura. Un hijo de Herrero Tejedor cuenta, en un libro escrito en colaboración con otro compañero periodista, que Fraga llegó a Madrid pocas horas antes de que usted se muriera y que aún tenía la cabeza llena de las carcajadas que tuvo que emitir cuando la reina Isabel de Inglaterra le contó un chiste sobre la agonía de Franco. Va por usted: «Franco se está muriendo en la cama y hasta él llegan los gritos de sus leales: ¡Qué va a ser de nosotros sin ti! Y usted pregunta: Y toda esa gente ¿a dónde se va...?»

El 19 de noviembre usted decide morirse. Lo notan y tratan de impedírselo cubriéndole de bolsas de hielo para rebajarle la temperatura del cuerpo. Quieren que llegue al día 20, unos dicen que para que coincida su muerte con la del fusilamiento de José Antonio y otros porque aún se espera el milagro de su resurrección. A todos los efectos oficiales murió usted en la madrugada del 19 al 20 de noviembre de 1975, aunque su hermana Pilar siempre sospechó que hubiera muerto antes y mantuvieron en secreto la noticia. Leyó el parte oficial aquel ministro de Información que le ponía nervioso porque siempre le informaba de lo malas que eran las campañas de la prensa internacional contra su régimen. León Herrera se llama todavía y su testamento lo declamó con voz de No-Do el inquietante Carlos Arias Navarro ante las cámaras de televisión, lloriqueando. Lo más coherente de todo, general, fue que los primeros beneficiarios de su muerte fueron los curas rojos, a tenor de una circular enviada a los gobernadores civiles por el ministro del gremio:

«Urgente y secreto.

»De ministro Gobernación a gobernador civil:

»Con motivo llorado fallecimiento S.E. Jefe del Estado, por respeto a su memoria y como recuerdo de su bien probado amor a la Iglesia de la que tan devoto hijo se declaró en el último mensaje, participo a V.E. que, en el supuesto de que en esa provincia hubiere algún sacerdote o religioso detenido cumpliendo arresto sustitutorio de pago de multa impuesta como consecuencia de homilía o conferencia pronunciada y haya sido objeto de multa gubernativa con arreglo a los preceptos de la Ley de Orden Público, dispondrá su inmediata puesta en libertad. Asimismo procederá a la condonación de las multas que estén pendientes de pago.

»Salúdale,

JOSE GARCÍA HERNÁNDEZ.»

Hubo reacciones inmediatas para todos los gustos, desde el descorche de miles y miles de botellas de cava lanzando una lluvia de tapones por encima del *sky line* de los pueblos y las ciudades de España, hasta los sollozos y las colas para verle de cuerpo presente. De todas escojo por la carga que tiene de cansancio y sabiduría histórica, la de Horacio Fernández Inguanzo, un viejo militante comunista asturiano que se había pasado veintidós años en sus cárceles y que en régimen de prisión domiciliaria, se disponía aquella mañana del 20 de noviembre a realizar sus ejercicios de bicicleta fija, ejercicios vigilados por cuatro policías, cuatro. Primero Horacio abrazó efusivamente a su esposa y luego se preguntó por qué: «¿Por qué había muerto Franco? Porque se acercaba nuestra libertad? No puedo definirlo. Volví a la bicicleta y continué pedaleando hasta cumplir el tiempo prescrito por los médicos. No sentía alegría, no pensaba ya en Franco. Me obsesionaba la imagen de mi padre fusilado, de mis dos hermanos muertos a consecuencia de la guerra, del padre y el hermano de mi mujer, también desaparecidos por la misma razón, de tantos y tantos que he visto salir muchas mañanas para el piquete de ejecución en mis once meses largos de condenado a muerte. Pensé en mis ilusiones truncadas por el 18 de julio, recién hechos los cursillos para ingreso en el magisterio, me absorbía el ansia de lacrar para siempre un capítulo de la historia de España que había supuesto para mí la pérdida de tantos seres queridos, alrededor de veintidós años de cárcel y trece de absoluta clandestinidad en "busca y captura". Al terminar mi sesión de bicibleta, en mi rutinario acto de presencia en la salita donde hacían guardia los agentes, me encontré con uno de los más ardientes defensores del régimen que moría con Franco de cuantos cumplían con la misión de vigilarme en aquellos tiempos. Nos miramos, nos dimos como siempre los buenos días. Sus ojos estaban tristes y cansados, los míos no se traslucían. Lo que sí recuerdo es que existía en la mirada mutuo respeto. Los españoles podemos vivir como personas, pensé...»

¿Qué hice yo? Acababa de dejarme la compañera del distrito de Maravillas y había vuelto a casa de mi padre (mi madre había muerto hacía un año) sosteniendo una situación imposible porque el viejo decía no tener ganas de vivir y yo no podía cuidarle en la medida si no de mis deseos, sí de mi imperativo cultural categórico de hijo único. Él mismo escogió marcharse a una residencia decente cuando empezó a cobrar una jubilación de «ensueño», setenta u ochenta mil pesetas, cuando le reconocieron sus derechos como funcionario de la II República represaliado. Pero aquel día estaba en la habitación de al lado, en aquel oscuro piso al que yo había vuelto para acabar de pagar mis deudas y enterrar a mis muertos y no sabía si despertarle o no. Finalmente me metí en la que había sido alcoba de mis padres y ahora parecía excesiva para aquel cuerpecillo residual entre los pliegues de la ropa de la cama. Respiraba como si estuviera escasamente vivo y le removí con suavidad, insuficiente, porque se despertó sobresaltado y se me quedó mirando como a un desconocido peligroso: «Franco ha muerto.» Se fue izando trabajadamente, consciente de que tenía que decir algo fuera de lo común y desde un gesto adecuado, pero allí se quedó, mudo, sentado, con la espalda adosada a la almohada. Miró hacia la ventana y me preguntó: «¿Qué pasa en la calle?» «De momento nada.» Ya aseado, afeitado, silencioso como todas las mañanas, asistió distante a la llamada que hice a Lucy para enterarla por si no lo estuviera. Lo estaba y mucho mejor que yo, porque me pasó un informe telefónico completo sobre las conjuras que empezaban a establecerse en pro de la herencia política. Tenía una botella de cava en la nevera, o frigorífico, yo aún la llamo como a aquella nevera de hielo que mi padre compró de segunda mano a un trapero de la calle de Cuchilleros. No me atrevía a proponerle un trago a mi padre porque me daba cuenta de que se iba nublando hasta que se atrevió a decirme lo que pensaba: «Escóndete. Esa gente vendrá a por ti. Se les ha muerto el jefe. Estarán asustados. Yo nunca debí volver de La Habana.»

No me escondí. Han pasado diecisiete años de aquel día y se haría cruces, materialmente, usted si supiera todo lo que ha ocurrido. El rey cesó a Arias, se autoliquidó el movimiento, tal como lo oye. Volvieron los partidos políticos, el comunista incluido, *la Pasionaria,* excelencia, *la Pasionaria...* Sus leales más inteligentes se hicieron demócratas porque ya lo era una sociedad dominada por una élite extensa de pequeña burguesía algo culta y consumista y aunque la extrema derecha aún cumplió la tarea de amedrentar al público matando estudiantes, sindicalistas, comunistas, advirtiéndonos de lo peligroso que sería dar un bandazo excesivamente rupturista, casi todo el mundo se dio por satisfecho porque dos años después hubo elecciones generales y ganaron los centristas, buena parte de ellos provenientes de aquellas nuevas camadas de jóvenes del movimiento que a usted le aseguraban la posibilidad de que todo quedara atado y bien atado. Fraga casi ni se comió un rosco. Los comunistas, relativamente. Los socialistas en cambio recibieron el beneficio de la memoria y de la desmemoria: fueron muchos los que les votaron porque había sido la izquierda mayoritaria hasta 1936 y otros los que también les votaron porque no les ofendieron con excesivas audacias resistenciales a partir de 1939. En cambio los comunistas asustaron al público, salieron al escenario con sus mártires, sus mutilados de resistencia, sus héroes excesivos y cuando les veía delante de las manifestaciones y oía que llamaban «el frente de juventudes» a Carrillo, *la Pasionaria,* López Raimundo, Sánchez Montero, Fernández Inguanzo, Marcelino Camacho... comprendí que la historia no iba a ser como se la merecían. Y aún no sabía de esta derrota la mitad, porque, y se lo digo desde la sospecha de que usted no va a creerme, el comunismo ya casi no existe: la Unión Soviética ya no existe, general. Y no, no es que quiera quedarme con usted, es que es verdad. España es hoy un Estado de las Autonomías con cierta vocación federal. Fraga, por ejemplo, es el Companys de Galicia y Jorge Pujol lo es en Cataluña y quiere recibir al rey Juan Carlos a los acordes de un himno separatista, *Los segadores*. Hubo conspiraciones de militares, pero no demasiado respaldadas por tramas civiles, ni por el poder económico, ni por la Iglesia y fue avanzando esta democracia, como una capa de melaza sobre las tostadas de los desayunos tranquilos y rutinarios, aunque de vez en cuando el terrorismo vasco sigue matando y no faltan profetas de una posible desvertebración de España cuando se consume la unidad europea. Estamos en Europa, en la OTAN. A partir un piñón con los yanquis, a pesar de que gobiernan los nietos del PSOE de Prieto desde 1982, exactamente diez años, general, casi una tercera parte de lo que usted gobernó, liderados por Felipe González, aquel «Isidoro» que según sus informes privados, era considerado un mal menor por los franquistas abandonistas, conscientes de que el franquismo moriría con usted. En el capítulo familiar, primero murió Nicolás, no demasiado rico, y su chico jugó un cierto papel en la negociación con los comunistas para que rebajaran presupuestos y se dejaran legalizar. Murió Pilar, entristecida porque no le dejaron verle en el lecho de muerte, general. Murió su esposa, tras pasar por la experiencia de casi perecer achicharrada en un falso accidente, que tuvo todo el aspecto de un atentado: el incendio del hotel Corona de Aragón, en el que estaba toda su familia para asistir a la recepción de despacho de oficial en la Academia Militar de Zaragoza de su nieto Cristóbal. Al marqués de Villaverde se le atribuyen romances con chicas de la edad de sus hijas y su hija Carmen, Nenuca, asiste dignamente todavía a las pocas y escasamente multitudinarias manifestaciones franquistas. Lo de los nietos no ha ido por donde usted esperaba. Cristóbal dejó el ejército. Carmen se separó del príncipe «azul» y se casó con un anticuario francés. El «príncipe azul» se fue, consecuentemente con la mala suerte de su rama borbónica y se autodegolló esquiando. Su nieta Mariola sigue en su matrimonio estable con un arquitecto hijo de un militar republicano y su nieto Francis está separadísimo y ha pagado un cierto precio por no llamarse Francisco Martínez y llamarse Francisco Franco: nadie se ha tomado en serio ese postizo y el chico no ha encajado en la silueta prefigurada por la historia. Merry, *la Ferrolana* se casó con un hijo de uno de aquellos Giménez Arnau, falangistas «auténticos», escritores, que tan nervioso le ponían a usted durante la guerra y la inmediata posguerra. Jimmy, así se llama su fugaz nieto político, convivió con lo que quedaba de los

Franco y escribió un espléndido libro diagnóstico, algo entristecedor, como los retratos amarillos de cualquier decadencia. No es que a sus nietos les falte el dinero, general, y no precisamente porque hayan heredado sus ahorros, unos veinte millones de pesetas que su viuda guardó para repartirlos directamente entre ellos, porque no se fiaba de su padre, el marqués. Tal vez Merry, separada de Jimmy, y en el momento en que esto escribo, en paradero desconocido con la hija de ambos, sea la que viva más estrechamente. Los demás tienen posibles y se han vendido o esperan vender fincas hoy abandonadas que usted tanto cuidó u otros bienes que siguen siendo secreto de Estado. Porque el Estado, lo oficial, se ha portado bastante bien con ustedes y con usted. Apenas si ha habido revisiones críticas, nadie ha querido tirarse la memoria por la cabeza y aquella idea parida por el sociólogo Linz, hijo de madre dirigente de la Sección Femenina de que usted no había sido «totalitario» sino «autoritario» ha causado estragos y ha lavado la cara de todos los que se la ensuciaron, impasible el ademán, más o menos firmes, cara al sol del amanecer y a la luna de tanto fusilamiento y tortura. Usted fue declarado material humano para la sanción de la historia y hoy tienen la sartén por el mango una raza de historiadores objetivos que reparten culpas repartibles y olvidan la culpa inicial de que usted empezó el tiroteo en medio de tanto alboroto y que conservó el tiroteo hasta el final de sus días, totalitario o autoritario, a usted le daba lo mismo, no hay mal que por bien no venga y hoy yunque, pero mañana sin prisas pero sin pausas... martillo. Sin prisas pero sin pausas le estamos olvidando general y olvidar el franquismo significa olvidar el antifranquismo, el esfuerzo cultural ético más generoso, melancólico y heroico en el que se resistieron puñados de mujeres y hombres de la raza de Matilde Landa, de Quiñones, de Tomás Centeno, de Peiró, de los anarquistas que trataron de matarle a usted para matar la muerte, de Ruano, de Marcelino Camacho, de Marcos Ana, de Nicolás Redondo, de Sánchez Montero, de tantos chicos nacionalistas que se echaron al monte porque usted era el dueño de los valles y caseríos de rebeldes con causa... No quiero hacer un inventario de mártires, ni de laceraciones, ni de tiempo perdido. Me temo que dentro de cincuenta años los diccionarios enciclopédicos audiovisuales, irán reduciendo el capítulo dedicado a usted: cuatro imágenes, cuatro gestos, cuatro situaciones y una voz en *off* obligada al resumen y a la objetividad histórica: «Francisco Franco Bahamonde, El Ferrol 1892-Madrid 1975.

Militar y político español (político sí, general, lo siento). Destacó en las campañas africanas de comienzos de siglo y comandó el bando nacionalista durante la guerra civil española (1936-1939) frente al bando republicano. Jefe del Estado hasta su muerte en 1975, gobernó con autoridad no exenta de dureza, pero bajo su mando se sentaron las bases del desarrollismo neocapitalista que hizo de España una mediana potencia industrial en el último cuarto del siglo XX.» Y eso será más o menos todo, todo. Los historiadores insistirán algo más pero le objetivarán y nos objetivarán: guerra de crueldades equivalentes, posguerra de autoritarismo a cambio de desarrollo... en fin, la historia es biplana y en ella no caben los ruidos, sean gemidos o gritos de rabia y terror. Y cada vez que un ciudadano del futuro lea esa historia objetivada o presencie esos vídeos reductores, será como si usted emergiera del horizonte conduciendo un fantasmal bulldozer negro dispuesto a cubrir con una capa más de tierra a todas sus víctimas de pensamiento, palabra, obra y omisión.

Lucy me ha llamado desde el hospital. La chica está fuera de peligro. Se lo he comunicado a mi hijo Vladimir por teléfono: está indignado porque Comisiones Obreras y UGT han convocado una huelga general para el 28 de junio. ¡No respetan ni siquiera que 1992 es el año internacional de España! ¡La Exposición Internacional en Sevilla! ¡Los Juegos olímpicos en Barcelona! No quería guerra y no me he prestado. Tengo ganas de autocompadecerme. No sé desde cuando. Probablemente desde aquel día en que nos vi, a los tres, en el salón donde al juzgar a mi padre, también nos juzgaban a mi madre y a mí por haber perdido la historia, aquel salón al que me había llevado mi madre para inspirar compasión. Nos vi. A los tres y tuve el presentimiento de que pese a las apariencias, nunca volveríamos a casa. Y usted allí, tras el tribunal, junto al crucifijo, su retrato, evidentemente trabajado para que destacara su mirada: «Paquito, tienes unos ojos incisivos...»

Índice onomástico*

Abad de Santillán, Diego: 208.
Abárzuza, almirante: 552.
Abd el-Krim: 116, 136, 139, 141, 144, 146, 152, 154, 155, 158.
Abella, Rafael: 48.
Acedo Colunga, Felipe: 522, 523.
Agamenón: 297.
Aguirre, cardenal: 79.
Aguirre y Lecube, José Antonio: 296.
Aizpuru, Luis: 107, 146, 147.
Alba, Fernando Álvarez de Toledo, duque de: 129.
Alba, Jacobo Stuart Fitz-James y Falcó, duque de: 487.
Alba, Santiago: 152.
Albéniz, Cecilia: 455.
Alberti, Rafael: 274.
Albornoz, Gil Álvarez Carrillo de: 78.
Alcalá Zamora, Niceto: 118, 172, 180, 181, 186, 209, 213, 220, 232.
Aldana, Agustina: 50, 51, 52.
Aledo, los: 160, 357.
Alfonso VI de Castilla: 87, 88.
Alfonso X el Sabio, de Castilla: 88, 578.
Alfonso XIII: 40, 68, 84, 86, 117, 131, 140, 141, 144, 146, 154, 156, 172, 173, 184, 185, 194, 204, 222, 252, 257, 267, 268, 293, 336, 345, 346, 385, 386, 393, 410, 421, 430, 441, 475, 486, 496, 586, 587, 610, 631.
Almanzor: 297.
Alonso, Dámaso: 469.
Alonso Goya, José María: 318.
Alonso Vega, Camilo: 68, 70, 77, 78, 80, 97, 98, 99, 138, 140, 168, 441, 491, 495, 514, 531, 538, 545, 546, 547, 566, 574, 584, 587, 588, 596, 598, 603, 626, 627, 641.
Alvarado, Francisco de: 54.
Álvarez, Lili: 650.

Álvarez, Melquíades: 118, 124.
Álvarez, Miguel: 498.
Álvarez Buylla, Arturo: 237.
Álvarez del Vayo, Julio: 430, 628.
Allende Salazar, Manuel: 152.
Allué Salvador, Miguel: 166.
Amado, Alfonso: 332.
Ampuero, los: 357.
Andes, conde de los: 480.
Andrade, Jaime de: 409.
Anguiano, Daniel: 120, 124.
Anguita, Julio: 22.
Aníbal: 651.
Ansaldo Bejarano, Juan Antonio: 215, 231, 250, 251, 268.
Antoniutti, Ildebrando: 475.
Añoveros, Antonio: 617.
Aparicio, Juan: 296.
Arafat, Ben: 505.
Aragón, Agustina de: 166.
Aranda, Pedro Pablo Abarca de Bolea, conde de: 55, 411.
Aranda Mata, Antonio: 300, 308, 397, 413, 414, 415, 416, 487.
Aranguren, José Luis L.: 476, 597.
Aranguren Roldán, José: 196, 280.
Arburúa, Manuel: 457, 510, 514, 524, 601.
Arburúa, los: 357.
Arce (presidente del Tribunal del Santo Oficio): 413.
Ardid, Rafael: 572, 661.
Areilza, José María de: 321, 379, 420, 422, 477, 576, 577.
Argillo, condes de: 447.
Argillo, los: 357.
Argüelles: 160.
Arias Navarro, Carlos: 331, 396, 418, 432, 442, 495, 496, 529, 609, 612, 614, 617, 619, 620, 621, 624, 625, 626, 628, 629, 630, 636, 637, 638, 640, 641, 644, 654, 655, 658, 660.
Arias Salgado, Gabriel: 282, 348,

* Índice alfabético de personajes reales.

665

668

Puente Bahamonde, Ricardo: 245, 246, 301.
Puente, los: 37, 246.
Puig Antich, Salvador: 620, 641.
Pujol i Soley, Jordi: 522, 660.
Pultney, teniente general: 28.
Puskas: 451, 537.

Queipo de Llano, Gonzalo: 103, 157, 172, 175, 181, 182, 187, 193, 199, 230, 232, 243, 245, 249, 252, 260, 263, 274, 276, 279, 293, 294, 295, 297, 298, 300, 305, 308, 309, 315, 317, 374, 413, 415, 487, 538, 625.
Quevedo Villegas, Francisco de: 353.
Quintanar, marqués de: 252.
Quintero, Joaquín: 122, 353.
Quintero, Serafín: 122, 353.
Quiñones de León: 324, 662.
Quiroga Palacios, Fernando: 366, 435.
Quirós, padre: 115, 116.

Rada, Pablo: 40, 158, 172, 181, 182, 188, 193.
Raisuni, Al-: 103, 110, 112, 139.
Ramírez, Santiago: 489.
Ramírez, Luis: *véase* Rincón, Luciano.
Ramón y Cajal, Santiago: 47.
Ramón de Sampedro, José María: 485.
Ramona (cuñada): *véase* Polo Martínez-Valdés, Zita.
Ramos Rueda, Manuel: 418.
Rato (banquero): 639.
Recaredo, rey godo: 79, 87, 297.
Redondo, teniente coronel: 202.
Redondo, Nicolás: 662.
Redondo, Onésimo: 204, 332.
Reina, Juanita: 348.
Rial: 451, 537.
Ribbendrop, Joachim von: 375, 380.
Riberi, Antonio: 594.
Richelieu, Armand Jean du Plessis, cardenal de: 496.
Ridruejo, Dionisio: 312, 321, 322, 323, 373, 377, 391, 397, 398, 476, 499, 509, 556, 559, 613.
Ridruejo de Ros, Gloria: 322.
Rieber: 256.
Riego, Rafael de: 174, 237, 250.
Rincón, Luciano: 635, 636.
Ríos, Fernando de los: 119, 120, 180.
Ripalda, Jerónimo: 368.
Riquelme, Manuel: 187.

Rivas, Natalio: 152, 153, 160, 162, 204, 348, 483, 496.
Rivas Cheriff, Cipriano: 361, 364.
Robespierre, Maximilien de: 193, 207.
Roca y Cornet, Joaquín: 64.
Rocha: 106.
Roda, Dolores: 168, 247.
Rodezno, Tomás Domínguez Arévalo, conde de: 200, 226, 332.
Rodríguez, Alonso: 54.
Rodríguez del Barrio, Ángel: 232.
Rodríguez y Díaz de Lecea, José: 155, 298.
Rodríguez Martínez, Julio: 613.
Rodríguez Sampedro: 639.
Rodríguez de Valcárcel, Alejandro: 612, 619, 635.
Rodríguez de Viguri: 126.
Rojo, Vicente: 163, 194, 279, 334, 338, 339, 559, 560.
Romanones, Álvaro de Figueroa, conde de: 93, 110, 185.
Romerales Quintero, Manuel: 237.
Romero, Emilio: 122, 563, 611.
Rommel, Erwin: 376.
Roncalli, Angelo Giuseppe: *véase* Juan XXIII.
Roosevelt, Eleanor: 411, 424, 528, 533.
Roosevelt, Franklin D.: 294, 296, 411, 420, 424.
Rossi, Arcarobaldo Bonarcossi, conde: 255, 353.
Rossi Jean Marie: 661.
Rousseau, Jean-Jacques: 54, 124, 420.
Ruano (estudiante): 443, 662.
Rubio (aviador): 155.
Rubio García-Mina, Jesús: 11, 499, 502.
Ruiseñada, conde de: 480.
Ruiz, Carmen (María): 310.
Ruiz, Julián: 218.
Ruiz de Alda, Julio: 40, 159, 304.
Ruiz Amado, Ramón: 95.
Ruiz Gallardón, José María: 499.
Ruiz-Giménez Cortés, Joaquín: 11, 367, 437, 463, 470, 496, 499, 499, 558, 576, 582, 633.
Ruiz Jarabo, Francisco: 612.
Ruiz Vilaplana: 272.
Ruspoli, príncipe: 453.
Russell, Bertrand: 296.

Saborit, Andrés: 124.
Sáenz de Buruaga, Eduardo: 77, 244, 245, 403, 508.

Sáenz de Heredia, José Luis: 401, 409.
Sáez de Aranaz: 404.
Sagasta, Práxedes Mateo: 69.
Sainz Rodríguez, Pedro: 11, 64, 125, 196, 197, 200, 262, 283, 284, 318, 321, 322, 331, 332, 387, 430, 433, 485, 576.
Sajarov, Andréi: 18.
Salán, Raoul: 381.
Salas Larrazábal, Ángel: 266.
Salas Larrazábal, Ramón: 266.
Salazar, António de Oliveira: 263, 266, 299, 452, 524, 543, 570, 576, 625.
Salcedo Molinuevo, Enrique: 280.
Salgado, Enrique: 243.
Salgado Araujo, Mercedes: 68.
Salgado Araujo, los: 37.
Saliquet, Andrés: 139, 232, 271, 308, 341, 403, 414, 416.
Salom, Jaime: 48.
Salome, Lou von: 591.
Samaranch Torelló, Juan Antonio: 394, 448.
Sánchez, Federico: véase Semprún, Jorge.
Sánchez Albornoz, Claudio: 291, 406.
Sánchez-Albornoz, Nicolás: 406.
Sánchez Bella, Alfredo: 594, 598, 599, 607.
Sánchez Blanco, Jaime: 454.
Sánchez Cabezudo, coronel: 404.
Sánchez Dragó, Fernando: 9, 21, 490, 500, 530.
Sánchez González, Juan Bautista: 499, 500.
Sánchez Guerra, Rafael: 171.
Sánchez-Mazas, Miguel: 499.
Sánchez Mazas, Rafael: 482, 490, 499.
Sánchez Montero, Simón: 443, 566, 660, 662.
Sánchez Román, Felipe: 395, 396.
Sánchez Soler, Mariano: 38.
Sanchís (futbolista): 537.
Sanchís Sancho, José María: 449, 492, 561.
Sanchís, los: 450.
Sander: véase Sperrle, Hugo von.
Sangróniz (retratista): 168, 606.
Sangróniz y Castro, José Antonio: 254, 260, 292, 293, 315, 330, 331.
Sanjurjo Sacanell, José: 104, 115, 116, 121, 138, 139, 142, 146, 148, 154, 157, 163, 173, 183, 187, 192, 194, 195, 196, 197, 199, 221, 230,

231, 232, 233, 244, 250, 251, 252, 254, 274, 292, 300, 485, 605.
Sanmartín, José: 55.
San Martín, José Ignacio: 608, 609, 612.
Santamarina, Luis: 128, 142.
Sandra Marta de Babio, alcalde: 466.
Santiago apóstol: 283, 333, 364, 594.
Santos Fontenla, César: 10.
Sanz de Arana, comandante: 194.
Sanz Orrio Apesteguia: 272.
Saña, Heleno: 373, 390.
Sardá, profesor: 552.
Sartorius, Isabel: 648, 649.
Sartorius, Nicolás: 616, 649.
Sartre, Jean-Paul: 10.
Satrústegui, Joaquín: 397, 480.
Schell, Maria: 10.
Schiapparelli: 453.
Sediles, capitán: 183.
Seeckt, general von: 166.
Seguí, Salvador «El noi del Sucre»: 120.
Segura Sáenz, Pedro: 186, 197, 236, 283, 365, 366, 474, 475.
Semprún, Jorge: 9.
Sender, Ramón J.: 157.
Sentís (funcionario de Información y Turismo): 579.
Serrano de Pablo: 624.
Serrano Suñer, Fernando: 311.
Serrano Suñer, José: 311.
Serrano Suñer, Ramón: 35, 52, 106, 122, 169, 170, 173, 229, 235, 236, 262, 270, 282, 290, 292, 293, 306, 309, 311, 312, 313, 315, 316, 318, 319, 320, 321, 322, 323, 325, 328, 330, 331, 332, 341, 343, 345, 346, 349, 355, 365, 369, 370, 372, 373, 374, 375, 376, 377, 379, 380, 381, 382, 383, 385, 386, 387, 388, 389, 390, 391, 392, 393, 412, 416, 419, 456, 494, 556, 576, 621, 633, 651, 653.
Sesé, María Teresa: 165.
Sevilla, Juan Alberto: 657.
Shannon. C.: 5.
Sherman, Forrest: 436, 476.
Silva, José Antonio: 41, 42, 337.
Silva Muñoz, Federico: 588, 589, 594, 597.
Simeón Vidarte, Juan: 214.
Skozernik, Otto: 419.
Sofía de Grecia: 548, 549, 551, 586.
Solchaga, José: 308, 414.
Solís Ruiz, José: 514, 542, 581, 589, 597, 598.

Villaverde, Cristóbal Martínez Bordiu, marqués de: 434, 447, 448, 456, 508, 541, 544, 561, 563, 571, 572, 578, 621, 623, 628, 629, 630, 631, 632, 636, 639, 642, 655, 657, 661, 662.
Villegas Montesinos, Rafael: 232.
Viñas, Ángel: 269.
Viñas Andrade, María de: 24.
Viti, el (torero): 538.
Vivero, Augusto: 151.
Vives y Vich, coronel: 39.
Voltaire, François Arouet, *llamado*: 54.

Warren, John: 28, 56.
Wellington, Arthur Colley Wellesley, duque de: 29.
Weyler Nicolau, Valeriano: 84, 85.

Wharton, Felipe: 412.
Wiener, N.: 5.

Yagüe, Juan: 210, 213, 243, 260, 264, 271, 275, 308, 318, 329, 334, 339, 341, 374, 376, 418.
Yanguas Messía, José de: 364, 365.
Ybarra, los: 357.
Yzurdiaga, Fermín de: 282.

Zarra: 450, 569.
Zarraonaindía, Telmo: *véase* Zarra.
Zubiri, Xavier: 427.
Zugazagoitia, Julián: 274, 361.
Zukov, Giorgi Konstantinovich: 416.
Zuloaga, Ignacio de: 101, 369.

Este libro se imprimió en los talleres
de Printer Industria Gráfica, sa
Sant Vicenç del Horts
Barcelona